Sara Paretsky
Feuereifer

Sara Paretsky

Feuereifer

Roman

Deutsch von Sibylle Schmidt

Goldmann Verlag

Die Originalausgabe erschien 2005
unter dem Titel »Fire Sale«
bei Putnam Adult, a member of the Penguin Group (USA),
New York.

FSC
Mix
Produktgruppe aus vorbildlich
bewirtschafteten Wäldern und
anderen kontrollierten Herkünften
Zert.-Nr. SGS-COC-1940
www.fsc.org
© 1996 Forest Stewardship Council

Verlagsgruppe Random House FSC-DEU-0100
Das für dieses Buch verwendete FSC-zertifizierte Papier *EOS*
liefert Salzer, St. Pölten

Für Rachel, Phoebe, Eva, Samantha und Maia
– meine eigenen Hoffnungen für eine bessere Welt

Prolog

Als der orangerote Blitz aufflammte, befand ich mich auf halber Höhe der Böschung. Ich ließ mich zu Boden fallen und schützte den Kopf mit den Armen. Der Schmerz, der mir in die Schulter fuhr, war so schlimm, dass mir die Luft wegblieb.

Da lag ich nun mit dem Gesicht in Adlerfarn und irgendwelchem Müll und hechelte mit glasigen Augen wie ein Hund, bis der Schmerz so weit nachließ, dass ich mich rühren konnte. Auf allen vieren kroch ich von den Flammen weg, dann richtete ich mich halb auf und saß eine Weile ganz still. Atmete tief und langsam, um den Schmerz wegzudrängen. Schließlich berührte ich behutsam die linke Schulter. Etwas Längliches, ein Stück Metall oder Glas vom Fenster, das herausgeschossen war wie ein Pfeil. Ich versuchte, daran zu ziehen, worauf mich eine heftige Schmerzwelle erfasste und mir fast schwarz vor Augen wurde. Ich beugte mich vor und legte den Kopf auf die Knie.

Als die Welle nachließ, schaute ich zu der Fabrik hinüber. Aus dem explodierten Fenster an der Rückseite loderte ein Feuer, eine blaurote Wand, so massiv, dass ich keine einzelnen Flammen unterscheiden konnte, nur glühende Farben. Dort waren Stoffballen gelagert, die natürlich gut brannten.

Frank Zamar. Der fiel mir nun schlagartig ein. Wo hatte er sich während der Explosion aufgehalten? Ich rappelte mich mühsam auf und stolperte los.

An der Tür zerrte ich meine Dietriche raus und versuchte, das Schloss aufzukriegen, während mir vor Schmerz die Tränen übers Gesicht liefen. Erst beim dritten vergeblichen Versuch fiel mir mein Handy ein. Ich holte es aus der Tasche und rief die Feuerwehr an.

Dann mühte ich mich weiter mit dem Schloss ab, wobei ich die dünnen Metallstäbe kaum handhaben konnte. Ich versuchte, die linke Hand wenigstens zum Stützen zu benutzen, aber es gelang mir nicht, die Dinger ruhig zu halten.

Mit diesem Brand hatte ich nicht gerechnet – ich hatte mit gar nichts gerechnet, als ich hierherkam. Eigentlich war ich auf dem Heimweg nur bei Fly the Flag vorbeigefahren, weil mir irgendwas keine Ruhe ließ. Ich war schon auf der Route 41, als ich spontan beschloss, der Fabrik noch einen Besuch abzustatten. Ich wendete, fuhr auf die Escanaba und fädelte mich durch das Gewirr kleiner Straßen zur South Chicago Avenue durch. Als ich bei Fly the Flag vorbeikam, war es sechs Uhr und schon dunkel, doch auf dem Parkplatz standen noch ein paar Autos. Leute sah ich keine, aber in dieser Gegend geht selten einer zu Fuß; nur ein paar Wagen waren unterwegs, Einheimische, die in den wenigen hier verbliebenen Fabriken arbeiteten und zur nächsten Bar oder sogar nach Hause fuhren.

Ich parkte den Mustang in einer Seitenstraße und hoffte, dass ihn keiner aus Lust und Laune zerdeppern würde. Handy und Brieftasche verstaute ich in meinen Manteltaschen, dann holte ich die Dietriche aus dem Handschuhfach und schloss meine Tasche im Kofferraum ein.

Es war ein kalter, düsterer Novemberabend, was mir zugute kam, als ich die steile Böschung hinter der Fabrik hochkraxelte. Auf dieser Anhöhe verläuft die Mautstraße, oberhalb meines alten Wohnviertels. Das Dröhnen der Autos auf dem Skyway übertönte sämtliche Geräusche, die ich verursachte – inklusive dem unterdrückten Aufschrei, als ich mit einem Fuß in einem Autoreifen hängen blieb und unsanft zu Boden ging.

Von meinem Aussichtspunkt unter der Brücke konnte ich nur die Rückfront und den seitlichen Hof der Fabrik sehen. Als um sieben die Schicht zu Ende war, sichtete ich schattenhafte Gestalten, die zur Bushaltestelle tappten, und ein paar Autos, die über die unebene Zufahrt zur Straße holperten.

Die Lichter an der Nordseite waren noch an, und auch aus einem der Kellerfenster auf meiner Seite drang ein fahler Lichtschein. Wenn Frank Zamar sich noch auf dem Gelände aufhielt, konnte er mit allem Möglichen beschäftigt sein, von Lagerbeständen checken bis tote Ratten in der Lüftung deponieren. Ich beschloss, den Müll an der Böschung nach einer Kiste zu durchforsten, auf die ich vielleicht steigen konnte, um durch das Fenster an der Rückseite zu spähen. Auf halber Höhe des Abhangs stöberte ich in dem Schutt herum, als besagtes Fenster kurz dunkel wurde und dann grellrot aufloderte.

Als ich jetzt die Sirenen auf der South Chicago Avenue hörte, fummelte ich immer noch an dem Schloss herum. Zwei Spritzenwagen, ein Kommandowagen und eine ganze Phalanx von Streifenwagen kamen auf den Parkplatz gerast.

Schlagartig war ich umgeben von Männern in schwarzen Regenmänteln. Vorsicht hier, Miss, treten Sie beiseite, wir haben's im Griff, das Krachen, als Äxte durch Metall brachen, mein Gott – schau dir mal das Ding in ihrer Schulter an, ruf einen Krankenwagen, eine riesige Handschuhhand, die mich so mühelos hochhob, als wäre ich ein Kind und nicht eine 64 Kilo schwere Privatdetektivin, und dann, als ich mit den Füßen nach draußen auf dem Beifahrersitz des Kommandowagens hockte, wieder hechelnd vor Schmerz, eine vertraute Stimme:

»Ms. W., um Himmels willen, was machst du hier?«

Ich blickte verblüfft auf und war unsagbar erleichtert. »Conrad! Wo kommst du denn her? Woher wusstest du, dass ich hier bin?«

»Wusste ich nicht, aber ich hätte mir denken können, dass du irgendwo in der Nähe bist, wenn in meinem Revier Häuser in die Luft fliegen. Was ist passiert?«

»Ich weiß nicht.« Die Schmerzwelle überrollte mich wieder, zog mir den Boden unter den Füßen weg. »Zamar. Wo ist er?«

»Wer ist Zamar? Dein jüngstes Opfer?«

»Der Fabrikbesitzer, Commander«, sagte ein Mann, den ich nicht sehen konnte. »Sitzt da drin fest.«

Ein Funkgerät quäkte, Handys klingelten, Männer redeten durcheinander, Maschinen dröhnten, Feuerwehrleute mit rußschwarzen Gesichtern trugen einen verkohlten Körper vorbei. Ich machte die Augen zu und erlaubte der Welle, mich davonzutragen.

Ich kam kurz zu mir, als der Krankenwagen eintraf. Es gelang mir noch, mich selbstständig zur Tür zu schleppen, aber dann musste der Sanitäter mich reinheben. Als sie mich in einer unbequemen Position, auf der Seite liegend, festgeschnallt hatten und der Wagen losruckelte, zog sich alles in mir zusammen vor Schmerz. Wenn ich die Augen zumachte, wurde mir übel, aber öffnen konnte ich sie auch nicht, weil mir dann das Licht durch Mark und Bein ging.

Als der Wagen auf den Hof des Krankenhauses einbog, sah ich kurz das Schild mit dem Namen, aber ich war vor allem damit beschäftigt, die Fragen der Triageschwester zu beantworten. Ich schaffte es irgendwie, meine Versicherungskarte aus meiner Brieftasche zu nesteln, Formulare auszufüllen, Lotty Herschel als meine Hausärztin anzugeben und zu sagen, dass sie Mr. Contreras benachrichtigen sollten, falls mir etwas zustieße. Ich wollte auch Morrell anrufen, aber ich durfte mein Handy nicht benutzen und war überdies auf eine Trage verfrachtet worden. Irgendein Jemand stach mir eine Nadel in den Handrücken, andere Jemands verkündeten, dass sie meine Kleider aufschneiden müssten.

Ich wollte protestieren, weil ich unter meiner marineblauen Seemannsjacke einen guten Hosenanzug trug, aber da wirkte die Droge bereits, und ich gab irgendein sinnloses Kauderwelsch von mir. Ich war nicht vollständig narkotisiert, aber sie mussten mir eine Gedächtnisdroge gegeben haben, denn ich konnte mich später weder daran erinnern, wie mir die Kleider vom Leib geschnitten wurden, noch daran, wie man mir den Teil des Fensterrahmens aus der Schulter entfernte.

Als ich zu einem Bett gerollt wurde, war ich bei Bewusstsein. Die Teilnarkose und ein Pochen in der Schulter rissen mich immer wieder aus dem Schlaf, wenn ich einzudösen drohte. Als die Ärztin um sechs Uhr morgens ins Zimmer kam, war ich wach, aber so grauenvoll müde, dass ich die Welt wie durch eine Watteschicht wahrnahm.

Die Ärztin hatte selbst die ganze Nacht kein Auge zugetan, sondern Notfälle wie mich operiert. Sie sah völlig übernächtigt aus, war aber so jung, dass sie es noch schaffte, mit heller, fast munterer Stimme zu sprechen, als sie sich auf einem Stuhl an meinem Bett niederließ.

»Als das Fenster explodiert ist, hat sich ein Stück vom Rahmen in Ihre Schulter gebohrt. Sie können von Glück sagen, dass es gestern Abend kalt war, denn Ihr Mantel hat den Splitter abgebremst.« Sie hielt ein fünfzig Zentimeter langes verbogenes Metallstück hoch – ein Souvenir, falls ich Wert darauf legte.

»Wir werden Sie jetzt nach Hause schicken«, verkündete sie, nachdem sie mein Herz, den Kopf und die Reflexe meiner linken Hand untersucht hatte. »So funktioniert die Medizin heute, wissen Sie. Raus aus dem Operationssaal und ab ins Taxi. Ihre Wunde wird schön verheilen. Der Verband darf allerdings eine Woche lang nicht nass werden, also keine Dusche, bitte. Kommen Sie nächsten Freitag in die Ambulanz, dann wechseln wir den Verband und schauen, wie es Ihnen geht. Was arbeiten Sie?«

»Ich bin Ermittlerin. Privatdetektivin.«

»Würden Sie dann bitte ein bis zwei Tage aufs Ermitteln verzichten? Ruhen Sie sich aus, warten Sie ab, bis Ihr Körper die Narkose verarbeitet hat, dann geht's Ihnen wieder gut. Können Sie jemanden anrufen, der Sie abholt, oder sollen wir Sie in ein Taxi setzen?«

»Ich habe gestern Abend darum gebeten, dass man einen Freund von mir unterrichtet«, sagte ich. »Aber ich weiß nicht, ob sich jemand drum gekümmert hat.« Außerdem wusste ich nicht, ob Morrell die Fahrt hierher schaffen würde. Er war im Sommer in Afghanistan angeschossen worden und befand sich noch in der Rekonvaleszenzzeit; ich wusste nicht, ob er es sich zutraute, fünfzig Kilometer mit dem Auto zu fahren.

»Ich bring sie nach Hause.« Conrad Rawlings war in der Tür aufgetaucht.

Ich fühlte mich zu matschig, um erstaunt, erfreut oder gar geschmeichelt zu sein ob seiner Anwesenheit. »Sergeant – oder nein, du bist befördert worden, stimmt's? Muss ich jetzt Lieutenant sagen? Stattest du allen Opfern vom Abend vorher einen Besuch ab?«

»Nur denen, die nicht weiter als achtzig Kilometer vom Tatort entfernt waren und Alarm geschlagen haben.« Sein kantiges, kupferfarbenes Gesicht war ziemlich ausdruckslos, keine Spur von Sorge oder vom Zorn des einstigen Liebsten, der seinerzeit sehr wütend gewesen war, als er mich verließ. »Und, ja, ich bin befördert worden, bin jetzt Watch Commander im Revier an der 103rd, Ecke Oglesby. Du findest mich im Eingangsbereich, wenn die Frau Doktor hier dich für fit genug befindet, die South Side in die Luft zu jagen.«

Die Ärztin unterzeichnete meine Entlassungspapiere, schrieb

mir ein Rezept für Schmerzmittel und reichte mich an die Schwestern weiter. Eine Schwesternschülerin händigte mir die Überreste meiner Kleidung aus. Die Hose konnte ich noch anziehen, obwohl sie nach Rauch stank und mit Bestandteilen der Böschung durchsetzt war, aber mein Mantel, mein Sakko und die rosa Seidenbluse waren an den Schultern aufgeschlitzt worden. Sogar den BH-Träger hatten sie durchgeschnitten. Beim Anblick der Seidenbluse und des Sakkos hätte ich am liebsten losgeheult. Beides gehörte zu einem Lieblingsoutfit von mir, das ich gestern Morgen zu einer Präsentation bei einem Klienten in der City getragen hatte, bevor ich in die South Side fuhr.

Die Schwesternschülerin nahm wenig Anteil an meiner Trauer, fand aber auch, dass ich schlecht halbnackt draußen rumlaufen konnte. Sie begab sich zur Stationsschwester, die irgendwo ein altes Sweatshirt für mich organisierte. Bis das alles geklärt war und wir einen Krankenpfleger aufgetrieben hatten, der mich im Rollstuhl in die Eingangshalle beförderte, war es fast neun.

Conrad hatte es sich erlaubt, mit seinem Dienstwagen direkt vor dem Eingang zu parken, und war dann dort eingeschlafen, aber er wurde wach, als ich die Beifahrertür öffnete.

»Uff. War 'ne lange Nacht, Ms. W.« Er rieb sich die Augen und startete den Wagen. »Wohnst du noch in der alten Bude oben an der Wrigley? Ich hab gehört, wie du einen Freund erwähnt hast bei der Ärztin.«

»Ja.« Zu meinem Ärger klang ich ziemlich krächzend, und mein Mund fühlte sich trocken an.

»Nicht dieser Ryerson, hoffe ich doch.«

»Nein, nicht dieser Ryerson. Morrell. Schriftsteller. Ist im Sommer bei Recherchen in Afghanistan ziemlich zusammengeschossen worden.«

Conrad gab eine Art Grunzen von sich, dem zu entnehmen war, dass zusammengeschossene Schreiberlinge ihn wenig beeindruckten; er war in Vietnam von einem Maschinengewehr unter Beschuss genommen worden.

»Ich hab übrigens von deiner Schwester gehört, dass du auch nicht grade einen mönchischen Eid abgelegt hast.« Conrads Schwester Camilla und ich gehören beide dem Vorstand desselben Frauenhauses an.

»Flotte Sprüche waren ja schon immer dein Ding, Ms. W. Einen mönchischen Eid. Nein, hab ich in der Tat keinen abgelegt.«

Wir verfielen beide in Schweigen. Conrad steuerte seinen Dienstwagen, einen Buick, nach Jackson Park, wo wir uns in den dichten Verkehr einfädelten, den letzten Rest der Früh-Rushhour, und durch die Baustellen Richtung Lake Shore Drive vorarbeiteten. Die matte Herbstsonne versuchte, durch die Wolkendecke zu brechen, und verbreitete ein fahles Licht, das mir in den Augen wehtat.

»Du sagtest Tatort«, äußerte ich schließlich, um das Schweigen zu brechen. »War es Brandstiftung? War das Frank Zamar, den die Feuerwehrleute rausgetragen haben?«

Conrad gab ein weiteres Grunzen von sich. »Das wissen wir erst, wenn der Gerichtsmediziner sich meldet, aber man kann wohl davon ausgehen – ich hab mit dem Vorarbeiter gesprochen, und der meinte, als die Schicht aus war, hielt sich nur noch Zamar im Gebäude auf. Und ob es Brandstiftung war, kann ich auch erst sagen, wenn die Sondereinheit sich alles angesehen hat, aber der Typ ist jedenfalls nicht an Unterernährung gestorben.«

Er wechselte das Thema und erkundigte sich nach meiner alten Freundin Lotty Herschel, gab seinem Erstaunen Ausdruck, dass er sie nicht im Krankenhaus gesehen hätte, wo sie doch Ärztin und meine große Beschützerin sei.

Ich erklärte ihm, dass ich keine Zeit gehabt hatte, um Anrufe zu machen. Dennoch sann ich über Morrell nach, aber das wollte ich Conrad nicht auf die Nase binden. Vermutlich hatte ihn niemand vom Krankenhaus angerufen, denn sonst hätte er sich auf jeden Fall gemeldet, auch wenn er nicht kommen konnte. Ich bemühte mich, nicht an Marcena Love zu denken, die derzeit in Morrells Gästezimmer wohnte. Aber sie war dieser Tage ohnehin anderweitig beschäftigt. Oder eher dieser Nächte. Unvermittelt fragte ich Conrad, wie es ihm gefiel, so weit entfernt vom Mittelpunkt des Geschehens zu arbeiten.

»Wenn du bei der Polizei bist, dann ist South Chicago der Mittelpunkt des Geschehens«, antwortete er. »Mord, Gangs, Drogen – hier haben wir das ganze Programm. Und Brandstiftung, massenhaft, wenn diese alten Fabrikgebäude und sonst was an die Versicherungsfirmen verkauft werden.«

13

Er hielt vor meinem Haus. »Dieser alte Knabe, Contreras, wohnt der immer noch im Parterre? Müssen wir erst wieder 'ne Stunde mit dem quasseln, bevor wir hochgehen können?«

»Vermutlich. Und ›wir‹ gibt's nicht, Conrad: Ich komme alleine die Treppe hoch.«

»Ich weiß, dass du dafür stark genug bist, Ms. W., aber du glaubst doch wohl nicht, dass ich aus nostalgischer Sehnsucht nach deinen schönen grauen Augen heute früh im Krankenhaus aufgetaucht bin, oder? Wir werden uns ein bisschen unterhalten, wir beide, und du wirst mir haarklein berichten, was du gestern Abend bei Fly the Flag zu suchen hattest. Woher wusstest du, dass der Laden in die Luft fliegen würde?«

»Das wusste ich überhaupt nicht«, knurrte ich. Ich war todmüde, die Wunde schmerzte, die Narkose steckte mir noch in den Knochen.

»Ja, und ich bin der Ayatollah von Detroit. Wo immer du dich aufhältst, werden Leute angeschossen, massakriert oder umgebracht, also wusstest du entweder, dass das passieren würde, oder du warst selbst dafür verantwortlich. Was interessiert dich so an dieser Fabrik?«

Seine Stimme klang bitter, aber diese Anschuldigung machte mich so wütend, dass ich schlagartig munter war. »Vor vier Jahren bist du angeschossen worden, weil du nicht geglaubt hast, dass ich was wusste. Jetzt willst du mir nicht glauben, dass ich nichts weiß. Ich hab es satt, dass du mir nie was glaubst.«

Er verzog die Lippen zu einem niederträchtigen Copgrinsen. Sein goldener Schneidezahn glitzerte in der fahlen Sonne. »Dann werde ich deinen Wunsch jetzt erhören. Ich werde jedes einzelne Wort von dir glauben. Wenn wir das Spießrutenlaufen hinter uns gebracht haben.«

Den letzten Satz murmelte er nur noch, da Mr. Contreras und die beiden Hunde, die meinem Nachbarn und mir gemeinsam gehören, bereits nach mir Ausschau gehalten hatten und zu dritt die Treppe heruntergestürmt kamen, als ich aus dem Wagen stieg. Mr. Contreras allerdings zögerte, als er Conrad erblickte. Er war ohnehin nie dafür gewesen, dass ich ein Verhältnis mit einem schwarzen Mann hatte, hatte mich aber gehätschelt, als Conrad mich verließ, und war nun völlig verdattert, uns zusammen zu sehen. Die Hunde dagegen hatten keinerlei Vorbehalte. Ob sie sich an Conrad erinnerten oder nicht – Peppy, eine Golden-Retriever-Hündin, und ihr Sohn Mitch, der zur Hälfte Labradorblut hat, begrüßen jeden gleich stürmisch, den Parkuhrenableser wie den Sensenmann.

Mr. Contreras folgte ihnen in gemäßigtem Tempo. Als er meine Verletzung bemerkte, war er besorgt und verärgert, weil ich mich nicht gemeldet hatte. »Ich hätte Sie doch abgeholt, Herzchen, wenn Sie's mir gesagt hätten, wär doch keine Polizei-Eskorte nötig gewesen.«

»Es ist spätabends passiert, und sie haben mich gleich heute früh rausgelassen«, erklärte ich geduldig. »Conrad ist jetzt übrigens Commander im Fourth District. Diese Fabrik, in der es gestern Abend gebrannt hat, liegt in seinem Revier, und jetzt möchte er gerne erfahren, was ich darüber weiß – er will mir nämlich nicht glauben, dass ich keinen blassen Schimmer habe.«

Schließlich begaben wir uns alle zusammen in meine Wohnung – die Hunde, der alte Mann, Conrad. Mein Nachbar kramte in meiner Küche herum und servierte mir dann eine Schale Yoghurt mit Apfelschnitzen und braunem Zucker. Es gelang ihm sogar, meinem betagten Espressokocher eine große Tasse abzuringen.

Ich machte mich auf der Couch lang, die Hunde auf dem Boden daneben. Mr. Contreras ließ sich im Sessel nieder, und Conrad rückte sich den Klavierstuhl so zurecht, dass er mein Gesicht beobachten konnte, während ich redete. Er förderte einen Kassettenrecorder zutage und gab Datum und Ort ein.

»Okay, Ms. W., das ist jetzt offiziell. Erzähl mir, was du in South Chicago zu suchen hattest, und zwar die ganze Geschichte.«

»Das ist meine Heimat«, antwortete ich. »Ich gehöre da mehr hin als du.«

»Vergiss es. Du lebst seit über fünfundzwanzig Jahren nicht mehr dort.«

»Spielt keine Rolle. Du weißt so gut wie ich, dass du das Viertel, in dem du groß geworden bist, dein Leben lang nicht mehr loswirst.«

1

Reminiszenzen

Die Rückkehr nach South Chicago ist für mich immer eine Rückkehr zum Tod. Die Menschen, die ich am meisten geliebt habe, die mir in meiner Kindheit am wichtigsten waren, starben alle in diesem verwaisten Viertel am südöstlichen Rand der Stadt. Der Leib meiner Mutter, die Asche meines Vaters sind zwar nicht in South Chicago bestattet, aber während ihrer schlimmen Krankheit habe ich beide dort gepflegt. Mein Cousin Boom-Boom, der mir näher war als ein Bruder, wurde vor fünfzehn Jahren dort ermordet. In meinen Albträumen werde ich vom dichten, gelben Rauch der Stahlwerke bedrängt, doch die gewaltigen Schornsteine, die in meiner Kindheit hier aufragten, sind heute selbst nur noch Geister.

Nach Boom-Booms Begräbnis hatte ich mir geschworen, mich nie wieder in die South Side zu begeben, doch solche Gelübde sind albern und bombastisch, weil man sie nicht einhalten kann. Dennoch versuche ich immer noch, daran festzuhalten. Als meine einstige Basketball-Trainerin bei mir anrief, um mich zu bitten – oder vielmehr zu beauftragen –, sie wegen ihrer Krebsoperation zu vertreten, sagte ich erst mal automatisch: »Nein.«

»Victoria, du hast es durch den Basketball geschafft, aus der Gegend rauszukommen. Du bist den Mädchen, die jetzt in derselben Lage sind wie du damals, etwas schuldig. Sie sollen die Chance auch haben.«

Ich erwiderte, nicht Basketball, sondern die Entschlossenheit meiner Mutter, die mir um jeden Preis ein Studium ermöglichen wollte, hätten mich aus South Chicago rausgebracht. Und meine Abschlussnoten, die verdammt gut waren. Mary Ann McFarlane versetzte darauf, das Sportstipendium für die University of Chicago habe wahrlich auch nicht geschadet.

»Weshalb kümmert sich denn die Schule nicht um eine Ersatztrainerin?«, wandte ich bockig ein.

»Glaubst du, ich bekomme Geld von der Schule?« Mary Ann

klang aufgebracht. »Es handelt sich hier um die Bertha Palmer High, Victoria. Um South Chicago. Die haben kein Geld, und jetzt sind sie auch noch von der Schulbehörde schlecht eingestuft worden, das heißt, jeder Cent wird für die Vorbereitung auf Standardtests ausgegeben. Sie erhalten das Training für die Mädchen nur aufrecht, weil ich umsonst arbeite, und wir hängen ohnehin schon am Tropf. Ich muss ständig irgendwo schnorren, damit wir Trikots und Ausrüstung bekommen.«

Mary Ann McFarlane hatte an der Bertha Palmer auch Latein unterrichtet und sich für Mathematik ausbilden lassen, als die Schule nur noch Spanisch und Englisch anbot. Und in den ganzen Jahren hatte sie dort Basketballmannschaften trainiert. Das alles wurde mir erst bewusst, als sie mich anrief.

»Es sind nur zwei Stunden zwei Nachmittage die Woche«, fügte sie hinzu.

»Plus eine Stunde Fahrzeit pro Strecke«, sagte ich. »Ich schaffe das nicht, ich habe eine Detektei, arbeite derzeit ohne Assistentin, muss mich um meinen Partner kümmern, der in Afghanistan zusammengeschossen wurde. Und meine Wohnung und zwei Hunde habe ich auch am Bein.«

Coach McFarlane zeigte sich davon wenig beeindruckt; das waren für sie nur Ausflüchte. »*Quotidie damnatur qui semper timet*«, sagte sie erbost.

Ich musste mir den Satz mehrmals stumm wiederholen, bevor ich ihn übersetzen konnte: Wer sich immer fürchtet, ist Tag für Tag verdammt. »Ja, mag sein, aber ich habe seit zwanzig Jahren keinen Wettkampf-Basketball mehr gespielt. Die jungen Frauen, die samstags immer zu unseren Streetball-Spielen ins YMCA kommen, spielen viel schneller und härter als wir damals. Vielleicht kann eine von diesen Zwanzigjährigen zwei Nachmittage pro Woche erübrigen – ich werd mich gleich dieses Wochenende drum kümmern.«

»Du kriegst doch keines von diesen jungen Dingern hier zur 90th, Ecke Houston«, gab Mary Ann scharf zurück. »Das ist deine Gegend hier, hier sind deine Nachbarn, nicht in diesem aufgemotzten Lakeview, wo du dich gerne verkriechen möchtest.«

Diese Bemerkung ärgerte mich so, dass ich am liebsten aufgelegt hätte, aber dann sagte Mary Ann: »Nur bis die Schule jemanden findet, Victoria. Vielleicht geschieht ja auch ein Wunder, und ich komme wieder.«

Da wurde mir klar, dass sie sterben würde. Und mir wurde klar, dass ich ein weiteres Mal nach South Chicago zurückkehren und mich dem Schmerz aussetzen musste.

2

Homie

Der Lärm war ohrenbetäubend. Die Bälle knallten auf den abgenutzten gelben Linoleumboden, prallten von den Backboards und der Zuschauertribüne am Spielfeld ab. Das rhythmische Trommeln war so donnernd laut wie ein Orkan. Die Mädchen trainierten Korbleger und Freiwürfe, Rebounds, Dribbling zwischen den Beinen und hinter dem Rücken. Nicht alle hatten einen eigenen Ball, dafür reichte das Schulbudget nicht, aber mit zehn Bällen kann man auch schon einen Höllenkrach machen.

Die Halle selbst sah aus, als sei sie seit meiner Schulzeit nicht geputzt, geschweige denn gestrichen worden. Es roch nach altem Schweiß, und zwei der Deckenstrahler waren kaputt, sodass es hier drin permanent Februar zu sein schien. Der Boden war zerkratzt und teilweise aufgequollen, und wenn man an der Freiwurflinie oder der linken Ecke – den beiden schlimmsten Stellen – nicht aufpasste, machte man eine Bauchlandung. Letzte Woche hatte eine unserer beiden talentierten Aufbauspielerinnen sich auf diese Weise den Knöchel verstaucht.

Ich hatte mir vorgenommen, mich von der bedrückenden Atmosphäre nicht runterziehen zu lassen. Immerhin gab es an der Bertha Palmer sechzehn Mädchen, die spielen wollten, und einige von denen waren mit Leib und Seele bei der Sache. Ich war verpflichtet, ihnen zu helfen, bis die Schule eine neue Trainerin gefunden hatte. Musste ihnen den Rücken stärken, wenn die Saison anfing und sie gegen Mannschaften antreten sollten, die unter viel besseren Umständen trainieren konnten – und mit besseren Coaches.

Die Mädchen, die unter den Körben herumlungerten, sollten sich eigentlich warmlaufen oder stretchen. Stattdessen versuchten sie, den anderen die Bälle wegzugrapschen, oder schrien herum, dass April Czernin und Celine Jackman sich zu viel Zeit ließen beim Abwerfen.

»Deine Mam hat nicht die Beine breit gemacht, um für den Ball zu blechen – her damit!«, wurde gerne gegrölt. Ich musste die Streitereien im Auge behalten, damit sie nicht eskalierten, aber zugleich die sportlichen Fehler korrigieren. Bei all dem tat ich gut daran, mich nicht vom Geheul des Babys und des Kleinkinds auf der Zuschauertribüne ablenken zu lassen. Sie gehörten zu meiner Center-Spielerin, Sancia, einer schlaksigen Sechzehnjährigen, die selbst noch ein Babygesicht hatte, obwohl sie fast eins neunzig war. Ihr Freund sollte auf die Kinder aufpassen, doch der hockte mit dem Discman auf den Ohren stumpfsinnig neben ihnen und starrte vor sich hin.

Und ich durfte mich nicht von Marcena Love nervös machen lassen, obwohl deren Anwesenheit sowohl den Trainingseinsatz als auch den Ausstoß an Beleidigungen beflügelte. Marcena war weder Talentscout noch Trainerin, sie verstand nicht mal sonderlich viel vom Spiel, aber die Mädchen reagierten heftig auf ihr Dasein.

Als Marcena – unsäglich aufgedonnert mit schwarzem Prada-Spandex-Kleid und wuchtiger Ledertasche – mit mir anrückte, stellte ich sie kurz vor: Sie war eine Journalistin aus England, die sich Notizen machen und in den Pausen mit der Mannschaft reden wollte.

Die Mädchen hätten sie so oder so bewundert, aber als sich auch noch herausstellte, dass Marcena vom Usher-Konzert im Wembley-Stadion berichtet hatte, kreischten sie aufgeregt los.

»Reden Sie mit mir, Miss, mit mir!«

»Hör'n Sie nicht auf die, 'ne größere Lügnerin gibt's in der ganzen South Side nicht.«

»Wollen Sie mich nicht fotografieren, wenn ich einen Sprungwurf mache? Ich werd dieses Jahr Auswahlspielerin.«

Ich hätte sie nur mit dem Brecheisen von Love weggebracht. Sie schielten sogar noch zu ihr rüber, während sie sich um den Ball und die Würfe zankten.

Ich schüttelte den Kopf: Ich ließ mich selbst viel zu sehr von Love ablenken. Ich nahm April Czernin, auch eine gute Aufbauspielerin, den Ball ab und versuchte, ihr zu zeigen, wie sie rückwärts zur Freiwurflinie dribbeln, sich dann im letzten Moment umdrehen und diesen Sprungwurf machen konnte, mit dem

Michael Jordan berühmt wurde. Wenigstens landete der Ball im Korb, sehr von Vorteil, wenn man grade was vorführen möchte.

April machte den Spielzug ein paar Mal, worauf schon wieder eine Stimme laut wurde: »Wieso darf die den Ball behalten, und ich komm nicht dran, Coach?«

Mir war immer noch unbehaglich zumute, wenn sie mich »Coach« nannten. Ich wollte mich an den Job hier nicht gewöhnen, er sollte ein Gastspiel bleiben. Für diesen Nachmittag hatte ich mir vorgenommen, eine Sponsorfirma aufzutreiben, die bereit war, einen Profi oder wenigstens Halbprofi zu bezahlen, der die Mannschaft unter die Fittiche nehmen konnte.

Als ich mit der Trillerpfeife das Ende des Aufwärmtrainings ankündigte, tauchte Theresa Diaz vor mir auf.

»Ich hab meine Periode, Coach.«

»Prima«, sagte ich. »Du bist nicht schwanger.«

Sie wurde rot und blickte finster; obwohl ständig etwa fünfzehn Prozent der Klasse schwanger waren, fanden die Mädchen das Thema Körper peinlich und sprachen nicht gerne darüber.

»Ich muss mal aufs Klo, Coach.«

»Immer nur eine, du kennst die Regeln. Wenn Celine zurückkommt, kannst du gehen.«

»Aber, Coach, meine Shorts, Sie wissen schon.«

»Du kannst auf der Bank warten, bis Celine wieder da ist«, gab ich zurück. »Und die anderen: Bildet zwei Reihen, wir üben Korbleger und Rebounds.«

Theresa seufzte gequält und schlenderte betont langsam zur Bank.

»Bringt diese Form von Machtdemonstration hier was? Spielt das Mädchen besser, wenn sie gedemütigt wird?« Marcena Loves Stimme war so hell und klar, dass die beiden Mädchen in ihrer Nähe das Gezanke um den Ball schlagartig aufgaben, um zu lauschen.

Josie Dorrado und April Czernin blickten von Love zu mir und warteten gespannt ab. Ich konnte – durfte – jetzt nicht aus der Haut fahren. Vielleicht bildete ich mir ja auch nur ein, dass Love beabsichtigte, mich zur Raserei zu treiben.

»Wenn ich sie demütigen wollte, würde ich sie zum Klo verfolgen und nachsehen, ob sie wirklich ihre Periode hat.« Ich sprach laut, damit alle mithören konnten. »Ich gebe vor, ihr zu glauben, weil es ja wirklich stimmen könnte.«

»Glaubst du, sie will nur eine rauchen?«

Jetzt sprach ich leiser. »Celine, das Mädchen, das vor fünf Minuten auf die Toilette verschwunden ist, legt sich mit mir an. Sie ist Anführerin einer der Mädchen-Gangs in der South Side, den sogenannten Pentas, und Theresa ist eine ihrer Gefolgsfrauen. Wenn Celine es schafft, während des Trainings auf dem Klo ein kleines Gangtreffen abzuhalten, hat sie die Mannschaft im Griff.«

Ich schnipste mit den Fingern. »Aber du könntest natürlich Notizen von den Wünschen und Träumen der beiden Mädels machen. Da wären sie endlos begeistert. Und du könntest in deiner Reportage einen Vergleich zwischen den Schulklos in der South Side von Chicago und denen in Bagdad und Brixton anstellen.«

Love bekam große Augen und lächelte dann entwaffnend. »Entschuldige. Du kennst deine Mannschaft. Aber ich dachte, der Sport soll die Mädchen aus den Gangs raushalten.«

»Josie! April! Zwei Reihen, eine wirft, eine macht Rebounds, ihr wisst, wie's läuft.« Ich wartete ab, bis alle sich aufgestellt hatten und mit den Würfen begannen.

»Soll sie auch davon abhalten, schwanger zu werden.« Ich wies Richtung Zuschauertribüne. »Sechzehn Mädchen sind in der Mannschaft, und nur eine ist Mutter. Und das an einer Schule, an der fast die Hälfte der Mädchen Babys haben, bevor sie in die Oberstufe kommen. Es funktioniert also durchaus. Und nur drei – soweit ich weiß – gehören einer Gang an. Die South Side ist die soziale Müllhalde der Stadt. Deshalb ist die Halle in diesem miesen Zustand, die Hälfte der Mädchen hat kein Trikot, und wir müssen rumbetteln, damit wir genug Bälle haben, um halbwegs anständig trainieren zu können. Aber mit Basketball alleine kann man diese Kids nicht von Drogen und Schwangerschaften fernhalten und sie zum Lernen anspornen.«

Ich ließ Love stehen und wies die Mädchen an, hintereinander zum Korb zu laufen und zu werfen; die Nachfolgende sollte jeweils die Rebounds fangen. Wir übten von der Freiwurflinie und von der Drei-Punkte-Linie aus Hakenwürfe, Sprungwürfe, Korbleger. Irgendwann kam Celine anspaziert. Ich fragte sie nicht, was sie in den zehn Minuten draußen getrieben hatte, sondern bedeutete ihr, sich einzureihen.

»Jetzt kannst du gehen, Theresa!«, rief ich.

Theresa steuerte Richtung Tür und brummte dann: »Ich glaub, ich halt durch bis zum Ende, Coach.«

»Das Risiko würd ich nicht eingehen«, sagte ich. »Lieber fünf Minuten Training versäumen, als dass es schiefläuft.«

Sie lief wieder rot an und behauptete, es sei alles in Ordnung. Ich platzierte sie getrennt von Celine und warf einen Blick auf Marcena Love. Die betrachtete eingehend das Geschehen unter dem Korb, der ihr am nächsten war.

Ich grinste in mich hinein: Der Punkt ging an die Straßenkämpferin aus der South Side. Wiewohl Straßenkampf im Einsatz gegen Marcena Love nicht die Methode der Wahl sein konnte – die Frau hatte allerhand im Arsenal, was mich außer Gefecht setzen konnte. Wie diesen knochigen – also von mir aus schlanken – Körper, den das schwarze Prada-Teil bestens zur Geltung brachte. Oder die Tatsache, dass sie meinen Liebsten schon kannte, als er noch beim Peace Corps war. Und dass sie sich im letzten Winter mit ihm in Afghanistan aufgehalten hatte. Und dass sie vor drei Tagen, während ich Mary Ann McFarlane in South Shore besuchte, in seiner Eigentumswohnung in Evanston aufgekreuzt war.

Als ich abends in die Wohnung gekommen war, saß Marcena an Morrells Bett, den löwengelben Schopf über Fotos gebeugt, die sich die beiden ansahen. Morrell musste wegen seiner Schussverletzungen immer noch hauptsächlich liegen; es war also nicht weiter verwunderlich, dass er sich im Bett aufhielt. Aber der Anblick einer fremden und überaus ansehnlichen Frau, die sich – um zehn Uhr abends – über ihn beugte, sorgte doch dafür, dass sich mir das Nackenfell sträubte.

Morrell streckte die Hand aus, um mich an sich zu ziehen und zu küssen, bevor er uns vorstellte: Marcena, alte Journalistenfreundin, war in der Stadt, um eine Serie für den *Guardian* zu schreiben, hatte vom Flughafen aus angerufen, würde eine Woche oder so im Gästezimmer wohnen. Victoria, Privatdetektivin, Basketballtrainerin auf Zeit, geborene Chicagoerin, die ihr die

Stadt zeigen konnte. Ich bemühte mich um das freundlichste Lächeln, das mir gelingen wollte, und versuchte in den folgenden drei Tagen angestrengt, nicht darüber nachzudenken, was die beiden wohl trieben, während ich in der Stadt auf Achse war.

Ich war natürlich nicht eifersüchtig auf Marcena. Keinesfalls. Schließlich war ich eine moderne Frau und überdies Feministin, ich konkurrierte nicht mit anderen Frauen um die Zuwendung eines Mannes. Aber Morrell und Love merkte man die Vertrautheit ihrer langen Freundschaft an. Als sie redeten und gemeinsam lachten, fühlte ich mich ausgeschlossen. Und war, na gut, okay, eifersüchtig.

Ein Gerangel unter einem der Körbe brachte mich wieder in die Gegenwart. Wie üblich hatten sich April Czernin und Celine Jackman, meine Gangbraut und Flügelspielerin, in der Wolle. Die beiden waren die besten Spielerinnen in der Mannschaft, aber eine Strategie zu entwickeln, wie man diese beiden zu Teamwork anhalten konnte, gehörte zu den wenig aussichtsreichen Herausforderungen dieser Arbeit. In solchen Momenten war mir meine Straßenkampferfahrung durchaus nützlich. Ich trennte die beiden und teilte die Mannschaft in Gruppen auf zum Scrimmage, zum Übungsspiel.

Um halb vier machten wir eine Pause; alle waren inzwischen schweißgebadet, auch ich. Dank einer Spende von einem meiner Firmenkunden konnte ich den Mädels Gatorade offerieren. Während die anderen mit ihrem Getränk beschäftigt waren, kletterte Sancia Valdéz, meine Center-Spielerin, auf die Tribüne, sorgte dafür, dass ihr Baby seine Flasche bekam, und eröffnete eine Art Gespräch mit dem Vater des Kinds, den ich allerdings nur irgendwas vor sich hinmurmeln hörte.

Marcena suchte beliebig – oder vielleicht nach Hautfarbe – eine Blondine, eine Latina, eine Afroamerikanerin aus und begann, diese Mädchen zu interviewen. Die anderen lungerten neidisch um sie herum.

Ich sah, dass Marcena das Gespräch mit einem schnuckligen roten Gerät aufzeichnete, das an einen Füllhalter erinnerte. Eindrucksvolles Teilchen, natürlich digital, in dem man acht Stunden Interview speichern konnte. Und sofern Marcena den Leuten nicht sagte, dass sie die Unterhaltung aufzeichnete, merkten sie nichts davon. Den Mädchen hatte sie es verschwiegen, aber ich beschloss, kein Aufhebens davon zu machen – sie wären ohnehin wohl eher geschmeichelt als empört gewesen.

Ich ließ ihnen eine Viertelstunde Zeit, dann holte ich meine Trainertafel heraus und zeichnete Spielzüge auf. Marcena war fair – als sie merkte, dass die Mädchen lieber mit ihr reden als mir zuhören wollten, legte sie ihre Sachen weg und sagte, sie wolle nach dem Training weitermachen.

Ich schickte die Mädchen wieder ins Übungsspiel. Marcena schaute ein paar Minuten zu, dann kraxelte sie die klapprige Tribüne hoch und ließ sich neben Sandras Freund nieder, der sich ruckartig aufsetzte und weitaus lebhafter wirkte als zuvor. Was wiederum Sandra so ablenkte, dass sie einen Routinepass vermasselte und dem anderen Team Punkte schenkte.

»Aufs Spiel achten, Sandra«, bellte ich in bestem Coach-McFarlane-Stil, war aber doch erleichtert, als ich sah, dass die Reporterin von der Tribüne kletterte und hinausschlenderte; das war der Konzentration förderlich.

Als Marcena am Abend vorher beim Essen vorschlug, mich zum Training zu begleiten, versuchte ich, ihr die Idee auszureden. Man hat eine lange Anfahrt nach South Chicago, und ich sagte ihr, dass ich sie nicht ins Zentrum chauffieren könne, falls ihr langweilig würde.

Love lachte. »Ich langweile mich nicht so schnell. Ich mache eine Serie für den *Guardian* über das Amerika, das Europäer nicht zu sehen bekommen. Irgendwo muss ich anfangen, und wer könnte unsichtbarer sein als die Mädchen, die du da unterrichtest? Deinen Aussagen zufolge werden die weder Olympiasieger noch Nobelpreisträger werden, sie kommen aus sozial schwachen Familien, sind minderjährige Mütter ...«

»Kurz gesagt, wie die Mädchen in South London«, warf Morrell ein. »Ich glaube nicht, dass du da eine weltbewegende Story hast, Love.«

»Aber es könnte eine dabei herausspringen«, erwiderte sie. »Vielleicht das Porträt einer amerikanischen Detektivin, die zu ihren Wurzeln zurückkehrt. Detektivgeschichten kommen immer gut an.«

»Du könntest die Geschichte der Mannschaft verfolgen«, pflichtete ich ihr mit geheuchelter Begeisterung bei. »Könnte eines dieser Rührstücke werden, bei denen diese Mädchen, die zu wenig Bälle und Trikots haben, unter meiner inspirierenden Führung Landesmeisterinnen werden. Aber, weißt du, das Training dauert zwei Stunden, und ich hab direkt danach eine Verabredung mit einem Firmenchef in der Gegend. Wir sitzen dann in der runtergekommensten Ecke der Stadt – da gibt's nicht viel zu tun für dich, falls du es öde findest.«

»Ich kann doch jederzeit gehen«, meinte Love.

»Raus auf die Straßen mit der höchsten Mordrate Chicagos.«

Love lachte wieder. »Ich komme gerade aus Bagdad. Ich habe aus Sarajewo, Ruanda und Ramallah berichtet. Ich kann mir nicht vorstellen, dass es in Chicago schlimmer zugeht als an einem dieser Orte.«

Ich hatte ihr natürlich beigepflichtet; blieb mir ja nichts anderes übrig. Ich hatte Love nur nicht mitnehmen wollen, weil sie mir nicht in den Kram passte – und das lag wiederum daran, dass ich eifersüchtig, verunsichert oder einfach bloß eine Straßenkämpferin aus der South Side mit Komplexen war. Wenn die Mannschaft ein Presseecho bekam – und sei es im Ausland –, würde mir das die Suche nach einem Sponsor womöglich erleichtern.

Trotz ihrer vollmundigen Beteuerungen, dass sie in Kabul und der West Bank auf sich selbst aufgepasst hätte, zog Love ein bisschen den Kopf ein, als wir bei der Schule eintrafen. Die ganze Gegend ist schon zum Heulen – jedenfalls empfinde ich das so. Als ich zwei Wochen vorher an dem Haus vorbeifuhr, in dem ich aufgewachsen bin, brach ich tatsächlich in Tränen aus. Die Fenster waren zugenagelt, und der Garten, in dem meine Mutter liebevoll *bocca di leone gigante* und eine japanische Kamelie gezogen hatte, war mit Unkraut zugewachsen.

Das Schulgebäude ist mit Graffiti besprüht, die Fensterscheiben sind eingeworfen, überall liegt Müll herum, und sämtliche Eingänge bis auf einen sind mit fünf Zentimeter dicken Stahlketten versperrt. Dieser Anblick zieht jeden runter. Selbst wenn man die Ketten und den Dreck nicht mehr richtig wahrnimmt, wird man doch davon beeinflusst. Schüler und Lehrer, die sich in so einer Umgebung aufhalten müssen, sind zwangsläufig irgendwann deprimiert und reizbar.

Marcena war auffallend schweigsam, als wir dem Wachmann unseren Ausweis vorzeigten. Sie murmelte nur, dass sie diese Zustände aus dem Irak und von der West Bank kenne, aber nicht gewusst habe, dass auch Amerikaner eine Besatzungsmacht in ihrer Mitte hätten.

»Die Polizei ist keine Besatzungsmacht«, fuhr ich sie an. »Diese Rolle übernimmt hier die brutale Armut.«

»Polizisten sind immer machtversessen, egal wer ihnen ihre Position auch zuweist«, versetzte sie, blieb aber weiterhin ziemlich wortkarg, bis wir auf die Mädchen trafen.

Als Love aus der Sporthalle verschwunden war, legte ich einen Zahn zu mit dem Training, obwohl ein paar Spielerinnen bockten und jammerten, dass sie erschöpft seien und sie so was bei Coach McFarlane nicht hätten machen müssen.

»Das könnt ihr vergessen«, bellte ich. »Ich hab selbst bei ihr trainiert, daher hab ich ja diese Methoden.«

Ich ließ sie Pässe und Rebounds üben, ihre größten Schwachpunkte. Die Drückebergerinnen beorderte ich unter die Körbe und ließ sie Bälle ans Brett schmettern und fangen, weil sie ständig zu lahm waren zuzupacken. Celine, die Gangbraut, rammte eine der Trödeltanten so, dass die zu Boden ging. Das hätte ich heimlich zwar selbst gerne gemacht, aber mir blieb nichts anderes übrig, als Celine auf die Bank zu schicken und ihr mit Ausschluss zu drohen, falls sie noch mal eine Keilerei anfing. Was ich äußerst ungern tat, weil Celine, April und Josie Dorrado unsere einzige Hoffnung für eine Mannschaft waren, die vielleicht ein paar Spiele gewinnen konnte. Falls sie sich verbesserten. Falls die anderen sich mehr anstrengten. Falls sie alle weiterhin antraten, nicht schwanger oder erschossen wurden, die richtigen Schuhe und die Ausstattung fürs Krafttraining bekamen, die sie brauchten. Und falls Celine und April sich nicht gegenseitig fertigmachten, bevor die Saison überhaupt begonnen hatte.

Alle legten sich plötzlich ins Zeug, und ich wusste auch ohne Blick auf die Uhr, dass wir noch eine Viertelstunde hatten. In dieser Zeit tauchten Freunde und Familienmitglieder auf. Obwohl die meisten Mädchen alleine nach Hause gingen, spielten alle besser mit Publikum.

April Czernin strengte sich heute zu meiner Verwunderung besonders an – ihre Rebounds waren so flott wie die von Theresa Witherspoon. Ich schaute zur Tür, um zu sehen, für wen sie sich solche Mühe gab. Marcena Love war zurückgekehrt, in Begleitung eines Mannes, der etwa in meinem Alter war, einem dunklen Typ, der ein bisschen verwittert wirkte, aber immer noch einen zweiten Blick lohnte. Die beiden lachten zusammen, und seine rechte Hand befand sich etwa einen Millimeter von ihrer linken Hüfte entfernt. Als April merkte, dass er nur auf Marcena achtete, schmetterte sie ihren Ball mit solcher Wucht gegen das Brett, dass er beim Abprall Sandra an den Kopf knallte.

3

Auftritt Romeo
(Bühne links)

Mit einem lockeren Lächeln auf den Lippen trat der Mann auf mich zu. »Du bist es also wirklich, Tori. Dachte ich's mir doch, als April uns deinen Namen gesagt hat.«

Seit dem Tod meines Cousins Boom-Boom hatte mich niemand mehr mit diesem Spitznamen angesprochen. Es war sein Kosename für mich gewesen – meine Mutter verabscheute amerikanische Spitznamen, und mein Vater nannte mich immer Pepperpot, Pfefferstreuer –, und es passte mir überhaupt nicht, dass dieser Fremde ihn in den Mund nahm.

»Warst schon so lang nicht mehr hier, dass du deine alten Kumpel nicht mehr kennst, was, Warshawski?«

»Romeo Czernin!«, rief ich verblüfft, als die Erinnerung zurückkehrte. Romeo – sein Spitzname – war in Boom-Booms Klasse gewesen, eine über mir, und die Mädchen in meiner Clique hatten ihn immer kichernd beäugt, wenn er eine unserer Klassenkameradinnen anbaggerte.

Jetzt waren es Celine und ihre Kumpaninnen, die laut grölten, um April anzustacheln. Was funktionierte, denn April schmetterte einen Ball in Celines Richtung. Ich sprang dazwischen und fing ihn auf, wobei ich mich erfolglos an Romeos bürgerlichen Namen zu erinnern versuchte.

Czernin grinste selbstgefällig, weil ihm sein Jugendspitzname schmeichelte oder aber weil es ihm vor Marcenas Augen gelungen war, die Aufmerksamkeit sämtlicher Mädchen im Raum auf sich zu lenken. »Genau der.« Er legte den Arm um mich und beugte mich nach hinten, offenbar mit der Absicht, mich zu küssen, aber ich drehte mich in seinem Arm und hakte den linken Fuß um seinen Knöchel, worauf er ins Schwanken geriet und ich entkam. Ich legte keinen Wert darauf, dass die Mannschaft sich diesen Kniff merkte, aber natürlich schauten alle aufmerksam zu, und ich hatte die üble Vorahnung, dass Celine die Nummer im nächsten Spiel zum Einsatz bringen würde. Marcena Love beobachtete das Geschehen mit einem amüsierten Lächeln, und ich kam mir nicht minder pubertär vor als meine Gangbräute.

Romeo wischte sich den Staub von der Kleidung. »Du bist so überheblich wie eh und je, was, Tori? Warst du nicht damals eine von McFarlanes Lieblingen? Als ich gehört hab, dass sie immer noch Basketball unterrichtet, wollt ich mal vorbeischaun und ein Wörtchen mit ihr reden – hab mir gedacht, dass sie meiner Kleinen jetzt denselben Müll erzählt wie uns damals. Und nun muss ich wohl deutlicher dafür sorgen, dass du April anständig behandelst.«

»Irrtum«, erwiderte ich. »April zu unterrichten macht Spaß. Sie ist dabei, sich zu einer ernsthaften Spielerin zu entwickeln.«

»Wenn ich mitkrieg, dass du Lieblinge hast oder eine von diesen dreckigen Mexikanerinnen sie fertigmacht, kriegst du's mit mir zu tun, vergiss das nicht.«

April fand das so peinlich, dass sie rot anlief, weshalb ich nur lächelte und sagte, ich würde es mir merken. »Komm nächstes Mal früher und schau ihr beim Scrimmage zu. Wirst beeindruckt sein.«

Er nickte mir zu, als wolle er seine Machtposition noch mal bekräftigen, dann stellte er für Marcena wieder das Lächeln an. »Würd ich ja machen, wenn ich könnte, aber da muss ich arbeiten. Heut hab ich früher frei und dachte, ich führ meine Kleine zum Pizza-Essen aus – was hältst du davon, Schätzchen?«

April, die sich mit Josie Dorrado nach hinten verzogen hatte, blickte so mürrisch, wie Teenager gerne gucken, wenn sie ihre Begeisterung nicht zeigen wollen.

»Und diese englische Lady hier, die was über deine Mannschaft und die South Side schreibt, möchte auch gern mit. Hat mich auf dem Parkplatz angesprochen, als ich mit dem Truck angekommen bin. Was meinst du? Gehen wir zu Zambrano's und zeigen ihr mal, was hier so los ist?«

April zog eine Schulter hoch. »Von mir aus. Wenn Josie auch mitkommen kann. Und Laetisha.«

Romeo willigte ein und schlug seiner Tochter kräftig auf die Schulter; dann sagte er, sie solle sich ranhalten, er habe nach dem Essen noch Touren.

Zambrano's ist so ziemlich das einzige Restaurant in der Gegend, das noch übrig ist von damals. Fast alle anderen sind zugenagelt. Sogar Sonny's, wo es für einen Dollar ein Bier und einen Whiskey gab – unter dem lebensgroßen Porträt von Ex-Bürgermeister Richard Daley – , hat aufgegeben.

Ich schickte die Mädchen in die Duschen, die sich in einem derart düsteren und muffigen Umkleideraum befanden, dass ich meine verschwitzten Sachen lieber anbehielt, bis ich bei Morrell war. Marcena heftete sich an die Fersen des Teams und verkündete, sie wolle sich einen Eindruck von allem verschaffen, und außerdem müsse sie pinkeln. Worauf die Mädchen entsetzt keuchten, weil sie dieses Wort in Anwesenheit eines Mannes benutzte, und sich noch eifriger um sie scharten.

Ich schaute zur Tribüne hinüber, um zu sehen, ob sich jemand um Sancias Kinder kümmerte, während sie duschte, und entdeckte Sancias Schwester; die Mutter und sie wechselten sich offenbar ab mit den Kleinen. Sancias Freund lungerte mit ein paar Typen, die auch Freundin oder Schwester in der Mannschaft hatten, im Flur herum. Bei meinem ersten Training hatten die Jungs Grenzen getestet, indem sie mit den Bällen rumknallten, bis ich ihnen auftrug, in Zukunft draußen zu warten.

Romeo nahm sich einen Ball und warf ihn ans Backboard. Er trug Arbeitsstiefel, aber ich beschloss, auf eine Ermahnung wegen falschen Schuhwerks zu verzichten; der Boden war ohnehin in üblem Zustand und die Stimmung zwischen uns angespannt genug.

Mein Cousin Boom-Boom, der schon an der Schule ein Basketball-Star war und mit siebzehn von den Black Hawks geholt wurde, machte sich damals gerne lustig über Romeo, weil er um die Sportskanonen herumlungerte. Ich hatte am selben Strang gezogen, weil ich meinen Cousin und seine coolen Freunde beeindrucken wollte, aber jetzt musste ich zugeben, dass Czernin sogar mit Arbeitsstiefeln eine ziemlich gute Leistung brachte. Er löffelte fünf Bälle in Folge von der Freiwurflinie aus in den Korb; dann versuchte er andere schwerere Würfe aus weiterer Entfernung, allerdings mit weniger Erfolg.

Er merkte, dass ich ihm zusah, und warf mir ein selbstgefälliges Lächeln zu: Alles war verziehen, wenn ich ihn bewunderte.

»Und was hast du so getrieben, Tori? Stimmt das, was die Leute sagen, dass du bei der Polizei bist, wie dein alter Herr?«

»Nicht ganz. Ich bin Privatdetektivin. Ich kümmere mich um die Sachen, für die sich die Polizei nicht interessiert. Und du fährst einen Truck, wie dein Vater?«

»Nicht ganz«, machte er mich nach. »Er war selbstständig, ich arbeite für By-Smart. So ziemlich die einzige Firma hier, die heutzutage noch Leute einstellt.«

»Und da brauchen sie einen Sattelschlepper?«

»Ja, von dem großen Lagerhaus zu den Läden, nicht nur dem an der 95th, in meiner Gegend gibt's elf von denen – South Side, Northwest Indiana.«

Wenn ich auf der Autobahn Richtung Süden fuhr, kam ich immer an dem riesigen Billigladen an der 95th, Ecke Commercial vorbei. Er war so groß wie die Ford-Fabrik weiter im Süden. Der Laden mit Parkplatz nahm fast einen Quadratkilometer vom einstigen Sumpfgelände ein.

»Ich muss heute Nachmittag selbst ins Lagerhaus«, sagte ich. »Kennst du Patrick Grobian?«

Auf Romeos Gesicht trat wieder dieses wissende Grinsen, das mir an den Nerven riss. »Na klar. Ich mach viel mit Grobian. Er organisiert immer noch gerne die Touren, obwohl er Geschäftsführer vom Lagerhaus ist.«

»Und du zeigst Marcena also die Läden an der Indiana, nachdem du mit den Mädchen bei Zambrano's warst?«

»Ganz genau. Auf den ersten Blick kommt sie so eingebildet daher wie du, aber das liegt nur an dem Akzent und der Aufmachung; sie ist 'n echter Mensch und interessiert sich für meine Arbeit.«

»Sie ist mit mir hergekommen. Kannst du sie nach eurer Tour zum Loop bringen? Sie sollte hier spätabends nicht mit der Bahn fahren.«

Er grinste anzüglich. »Ich werd schon dafür sorgen, dass sie auf ihre Kosten kommt, da zerbrich dir mal nicht dein verblasenes Hirn drüber.«

Ich widerstand der Versuchung, ihm eine zu kleben, sammelte stattdessen die anderen Bälle ein und brachte sie in den Geräteraum. Wenn ich sie nicht sofort wegschloss, lösten sie sich in

Luft auf, wie ich nach meinem ersten Training feststellen musste: Als die Besucher verschwunden waren, fehlten zwei Bälle. Ich hatte vier neue von Freunden erbettelt, die Mitglieder von teuren Sportclubs in der City sind, und schloss jetzt regelmäßig alle zehn Bälle in einem Schrank mit Vorhängeschloss ein, wobei ich dem Trainer der Jungenmannschaft und den Sportlehrern auch Schlüssel geben musste.

Während die Mädchen in der Umkleide waren, füllte ich an einem schmalen Tisch im Geräteraum für die imaginäre zukünftige Trainerin unsere Anwesenheitsliste aus und schrieb einen Kurzbericht über unsere Fortschritte. Als ein Schatten in der Tür erschien, blickte ich auf. Josie Dorrado, Aprils spezielle Freundin im Team, stand da, wickelte ihren langen Zopf um den Finger und trat von einem Bein aufs andere. Sie war ein schlaksiges, stilles und fleißiges Mädchen, eine der stärksten Spielerinnen der Mannschaft. Ich lächelte und hoffte insgeheim, dass es sich nicht um ein zeitraubendes Problem handelte, denn ich wollte bei meinem Termin mit dem Lagerhausleiter von By-Smart nicht unpünktlich sein.

»Coach, ähm, ich hab gehört, ähm, stimmt es, dass Sie bei der Polizei sind?«

»Ich bin Privatdetektivin, Josie. Ich arbeite für mich selbst, nicht für die Stadt. Brauchst du jemanden von der Polizei?« Dieses Gespräch hatte schon mehrfach stattgefunden beim Training, obwohl ich allen meinen Beruf erklärt hatte.

Sie schüttelte den Kopf und blickte etwas erschrocken bei der Vorstellung, dass sie die Polizei benötigen könne. »Ma, meine Ma, die hat gesagt, ich soll Sie fragen.«

Ich erahnte einen gewalttätigen Ehemann, einstweilige Verfügungen, eine langwierige Anhörung vor Gericht, und bemühte mich, nicht hörbar zu seufzen. »Was für ein Problem hat sie denn?«

»Irgendwas wegen ihrer Arbeit. Nur, ihr Boss, der will nicht, dass sie drüber redet.«

»Weshalb – belästigt er sie?«

»Können Sie nicht mal 'ne Minute mit ihr reden? Ma kann's Ihnen erklären, ich weiß nicht recht, worum es geht, sie hat nur gesagt, ich soll Sie fragen, weil sie gehört hat, wie jemand in der

Wäscherei meinte, Sie seien hier aufgewachsen und jetzt bei der Polizei.«

Romeo tauchte hinter Josie auf und ließ den Ball im Stil der Harlem Globetrotters auf der Fingerspitze kreisen. »Wofür braucht denn deine Ma 'nen Cop, Josie?«, fragte er.

Josie schüttelte den Kopf. »Gar nicht, Mr. Czernin, sie möchte nur mal mit der Trainerin über irgendein Problem reden, das sie mit Mr. Zamar hat.«

»Was für ein Problem mag das sein, wenn sie ihm 'nen Schnüffler auf den Hals hetzen will? Oder ist es umgekehrt?« Er lachte herzhaft.

Josie sah ihn verwirrt an. »Sie meinen, ob sie ihn verfolgen lassen will? Glaub ich nicht, aber ich weiß es eben nicht genau. Bitte, Coach, es dauert nicht lang, und sie nervt jeden Tag mit ›Hast du schon die Trainerin gefragt? Hast du die Trainerin gefragt?‹, und jetzt kann ich ihr sagen, dass ich Sie gefragt hab.«

Ich warf einen Blick auf meine Uhr. Zehn vor fünf. Ich musste um Viertel nach fünf am Lagerhaus sein und bei Mary Ann Mc-Farlane vorbeischauen, bevor ich zu Morrell fuhr. Wenn ich Josies Mutter noch dazwischenquetschte, würde ich wieder erst um zehn zu Hause sein.

Ich blickte in Josies ängstliche schokobraune Augen. »Hat es nicht Zeit bis Montag? Da könnte ich nach dem Training mit ihr reden.«

»Okay.« Sie entspannte die Schultern, und nur daran merkte ich, wie erleichtert sie war, dass ich eingewilligt hatte.

4

Warenberge

Ich steuerte zwischen den Trucks vor dem Lagerhaus hindurch und hielt Ausschau nach dem Parkplatz. Sattelschlepper hielten vor Ladezonen, kleinere Laster waren auf einer Rampe zum Kellergeschoss unterwegs, Müllwagen nahmen sich der Container an, und überall liefen Männer mit Bierbauch und Schutzhelm herum und schrien den anderen zu, dass sie verflucht noch mal aufpassen sollten, wo sie hinfuhren.

Die schweren Lastwagen hatten tiefe Furchen in den Weg gegraben, und mein Mustang wurde durchgeschüttelt und mit Schlamm bespritzt. Es hatte tagsüber immer wieder geregnet, und der Himmel war bleigrau. Seit einem Jahrhundert wird die Sumpflandschaft hier im Süden von Chicago als Abladeplatz für alles von Zyanid bis Zigarettenpapierchen benutzt und hat sich in eine Art trostloses Niemandsland verwandelt. Vor diesem düsteren Hintergrund wirkte das Lagergebäude von By-Smart unheimlich und bedrohlich, wie die Behausung eines gefräßigen Ungeheuers.

Es war ein monströs riesiges Gebäude, so groß wie zwei Wohnblocks, ein Ziegelbau, der früher vermutlich mal rot gewesen war, sich im Laufe der Jahre aber grauschwarz verfärbt hatte. Das gesamte Gelände war von einem hohen Drahtzaun umgeben, und wer hineinwollte, musste ein Wachhaus passieren. Als ich von der 103rd Street abbog, wollte irgendein Knabe in Uniform meinen Ausweis sehen. Ich teilte ihm mit, ich hätte einen Termin bei Patrick Grobian, worauf der Mann in der Behausung des Unholds anrief und mir bestätigte, dass ich erwartet wurde. Der Parkplatz sei gleich geradeaus, ich könne ihn nicht verfehlen.

Der Mann hatte offenbar ein anderes Richtungsverständnis als ich; nachdem ich um zwei Ecken gefahren war, sichtete ich schließlich die Parkzone, die aussah wie der Abstellplatz eines Gebrauchtwagenhändlers – zwischen den Schlaglöchern waren kreuz und quer irgendwelche alten Schüsseln geparkt. Ich suchte mir ein Plätzchen am Rand, in der Hoffnung, dass dort keiner meinem Mustang in die Seite fahren würde.

Als ich die Tür aufmachte, blickte ich bestürzt auf den Boden. Der Eingang zum Lagerhaus war ein paar hundert Meter entfernt, und nun sollte ich mit meinen guten Pumps durch Matsch und Pfützen stöckeln. Ich kniete mich auf den Sitz, wühlte in dem Tohuwabohu aus Papieren und Handtüchern auf der Rückbank und förderte schließlich ein Paar Flip-Flops zutage, die ich letzten Sommer am Strand getragen hatte. Ich schaffte es auch mit Strümpfen, sie mir an die Füße zu klemmen, und machte mich peinlich watschelnd Richtung Eingang auf. Als ich dort eintraf, waren jedenfalls nur meine Strümpfe und Hosenaufschläge voller Schlamm. Ich zog die Pumps wieder an und steckte die schmutzigen Flip-Flops in eine Plastiktüte, die ich in meinem Aktenkoffer verstaute.

Durch hohe Türen gelangte ich in eine Art Konsumentenalbtraum. Regale, so weit das Auge reichte, vollgestopft mit allen nur erdenklichen Waren. Direkt vor mir baumelten Besen, Hunderte von Besen, Strohbesen, Besen mit Plastikstiel, Besen mit Holzstiel, Drehbesen. Daneben warteten Tausende von Schaufeln darauf, im nächsten Winter zum Schneeschippen benutzt zu werden. Rechter Hand Kartons mit der Aufschrift »Enteiser« in Regalen, die fast bis zu der vier Meter hohen Decke reichten.

Ich setzte mich in Bewegung und wich wieder zurück, als ein Gabelstapler auf mich zuraste, der Kartons mit Enteiser geladen hatte. Gegenüber der Schaufeln kam er zum Halten. Eine Frau in Overall und leuchtend roter Weste begann, die Kartons aufzuschlitzen, noch bevor sie richtig abgeladen waren, entnahm ihnen kleinere Kartons und fügte sie dem Enteiserberg hinzu.

Ein zweiter Gabelstapler kam angesaust und wurde von einem Mann, der die identische rote Weste trug wie die Frau und immer wieder auf einen Computerausdruck blickte, mit Besen beladen.

Als ich einen erneuten Ansatz machen wollte, mich fortzubewegen, kam jemand von der Wachmannschaft angelaufen. Es handelte sich um eine massige schwarze Frau, an deren Weste

Reflektoren glitzerten. Sie trug einen Schutzhelm mit der Aufschrift »Sei smart, kauf bei By-Smart« und einen Gürtel, an dem sämtliche Utensilien eines Ordnungshüters baumelten, inklusive einer Betäubungspistole. Sie musste ziemlich schreien, um den Krach der Förderbänder und Laster zu übertönen, und erkundigte sich, was ich hier wohl zu suchen hätte.

Ich gab wieder meine Erklärung zum Besten. Sie pflückte ein Handy von ihrem Gürtel und ließ sich meine Info bestätigen. Danach versah sie mich mit einem Anstecker und Anweisungen zu Patrick Grobians Büro: Gang 116 S entlanggehen, bei 267 W links abbiegen, durchgehen bis zum Ende, dort würde ich Büros, Toiletten, Kantine und so fort finden.

Erst jetzt fielen mir die riesigen roten Zahlen auf, die über dem Eingang zu jedem Gang standen; sie waren so groß, dass ich sie übersehen hatte. Auch die Förderbänder über den Gängen registrierte ich erst jetzt; von dort oben wurden die Waren über Rutschen zu den Ladestationen hinuntergeschafft. An Wänden und Regalen verkündeten Schilder »Rauchen strengstens verboten« und »Achten Sie auf Sicherheit am Arbeitsplatz«.

Da ich auf Gang 122 S blickte, bog ich bei den Schaufeln links ab und ging sechs Gänge weiter, wobei ich an einem Gebirge aus Mikrowellen und einem Wald aus künstlichen Weihnachtsbäumen vorbeikam. Im Gang 116 S wanderte ich zwischen Weihnachtsdeko hindurch: Lawinen von Glocken, Lichterketten, Servietten, Plastikengeln, Madonnen mit rosa Gesichtern und käseweißen Jesuskindern im Arm.

Mir wurde zusehends schwindlig zwischen diesen endlosen Warenbergen, den rasselnden Förderbändern über meinem Kopf, den wild umhersausenden Gabelstaplern. Es gab Menschen hier in diesem Lagerhaus, aber auch sie wirkten wie eine Art Maschinen. Ich hielt mich an einem Regal fest, damit mir nicht schwarz vor Augen wurde. Bei Patrick Grobian konnte ich nicht schwankend antreten; ich wollte ihm schließlich Geld für die Basketballmannschaft der Bertha Palmer Highschool entlocken und sollte lieber einen dynamischen, professionellen Eindruck machen.

Als ich drei Wochen vorher die stellvertretende Direktorin der Schule kennen gelernt hatte, die für die Projekte zuständig war, wurde mir klar, dass ich selbst einen Ersatz für Mary Ann suchen musste, wenn ich nicht bis an mein Lebensende als Trainerin antreten wollte. Natalie Gault war Mitte vierzig, klein, untersetzt und sich ihrer Autorität höchst bewusst. Sie saß zwischen Bergen von Arbeitspapier. Mädchen-Basketball war für sie etwa so bedeutsam wie die Anschaffung einer neuen Kaffeemaschine fürs Lehrerzimmer.

»Ich kann nur bis Jahresende für Mary Ann einspringen«, verkündete ich, als sie mir für meinen schnellen Einsatz dankte. »Wenn im Januar die Saison anfängt, kann ich nicht mehr hier runterkommen. Bis dahin will ich dafür sorgen, dass die Mädchen in Form bleiben, aber sie brauchen eine ausgebildete Trainerin, und das bin ich nicht.«

»Sie brauchen in erster Linie Erwachsene, die Interesse an ihnen bekunden, Ms. Sharaski.« Gault lächelte mich unverbindlich an. »Niemand erwartet von ihnen, dass sie tatsächlich Spiele gewinnen.«

»Warshawski. Und die Mädchen wollen durchaus gewinnen – sie spielen nicht, um ihre Fairness unter Beweis zu stellen. Die haben sie ohnehin nicht drauf. Mit dem richtigen Training könnten aus drei oder vier von ihnen erstklassige Basketballerinnen werden – sie verdienen mehr Einsatz und Qualifikation, als sie von mir kriegen können. Was unternimmt die Schule, um eine neue Trainerin zu finden?«

»Für die Gesundheit von Mary Ann McFarlane beten«, antwortete Gault. »Ich weiß, dass Sie hier zur Schule gegangen sind. Damals konnte die Schule noch jedem musikinteressierten Kind ein Instrument zur Verfügung stellen. Wir können seit achtzehn Jahren keine Musik mehr anbieten, abgesehen von dem Band-Club, den einer der Literaturlehrer betreibt. Kunst gibt es auch nicht mehr, wir sagen den Schülern stattdessen, sie sollen downtown kostenlose Angebote nutzen – zu denen man eine Anfahrt von zwei Stunden hat. Wir können uns keine Trainerin leisten – wir brauchen jemanden, der das freiwillig übernimmt, verfügen aber nicht über eine Lehrkraft, die entsprechend ausgebildet wäre oder Zeit dafür hätte. Wenn wir ein Unternehmen finden würden, das uns sponsert, ließe sich vielleicht darüber reden.«

»Welche Firmen könnten denn eine solche Summe in Basket-ball-Förderung stecken?«

»Einige kleinere Unternehmen in der Gegend wie Fly The Flag stellen uns manchmal eine gewisse Summe für Trikots oder Instrumente zur Verfügung. Aber dieses Jahr tun sie auch nichts für uns, weil es der Wirtschaft so schlecht geht.«

»Gibt es noch irgendwelche großen Unternehmen hier, seit so viele Fabriken geschlossen haben? Das Ford-Werk kenne ich noch.«

Gault schüttelte den Kopf. »Das ist an der 130th, zu weit weg von uns, und wir sind auch zu klein für die, obwohl einige Eltern von Schülern dort arbeiten.«

Ihr Telefon klingelte. Jemand vom Ordnungsamt der Stadt wollte morgen vorbeikommen, um nach Exkrementen von Nagetieren Ausschau zu halten – was sollte in der Küche passieren? Ein Lehrer kam herein und verkündete, er habe zu wenig Bücher für den Sozialkundeunterricht, ein anderer wollte, dass acht Schüler aus seiner Klasse in einen separaten Raum gesetzt wurden.

Als die stellvertretende Direktorin sich wieder mir zuwandte, wusste sie nicht mal mehr, ob ich nun Sharaski oder Varnishky hieß, geschweige denn, wie die Schule mir behilflich sein konnte, eine Trainerin aufzutreiben. Zähneknirschend zog ich von dannen und machte nachmittags ein paar Recherchen. Im Umkreis von drei Kilometern fand ich drei Unternehmen, die groß genug waren, um für Spenden in Frage zu kommen, aber bei den beiden ersten bekam ich nicht mal einen Termin.

Zu By-Smart gehörte der Megastore an der 95th, Ecke Commercial, und die Lagerhalle an der 103rd, Ecke Crandon. Im Laden sagte man mir, sie könnten über Sponsoring nicht entscheiden, dazu müsse ich mit Patrick Grobian, dem Vertriebschef der hiesigen Sektion, sprechen, der sein Büro im Lagerhaus habe. Ein junger Mann, der sich in Grobians Büro am Telefon meldete, sagte, sie hätten sich für so etwas noch nie engagiert, aber ich solle doch mal vorbeikommen und die Angelegenheit darlegen. Weshalb ich nun zwischen Warenbergen hindurch zu Grobians Büro pilgerte.

In meiner Kindheit hatte ich nie von By-Smart gehört, obwohl der Konzern damals in South Chicago seinen kometenhaften Aufstieg begann. Meinen Recherchen zufolge hatte das Unternehmen im letzten Jahr einen Umsatz von 183 Milliarden Dollar gemacht, eine Zahl, die ich mir kaum vorstellen kann – bei so vielen Nullen wird mir ganz anders.

Vermutlich gab es dieses Lagerhaus an der 103rd, Ecke Crandon schon, als ich noch hier lebte, aber niemand, den ich kannte, arbeitete hier – mein Vater war Polizist, und meine Onkel waren bei den Getreidehebern tätig oder in den Stahlwerken. Wenn ich mich jetzt hier umsah, konnte ich kaum glauben, dass ich nichts von diesem Unternehmen gewusst hatte.

Heutzutage musste man allerdings schon Trappistenmönch sein, um die Firma nicht zu kennen, denn sobald man den Fernseher einschaltet, kriegt man die Werbespots mit den fröhlichen Angestellten in ihren roten Kitteln und der Aufschrift »Sei smart, kauf bei By-Smart« zu sehen. In vielen kleineren Städten in Amerika besteht der gesamte Einzelhandel aus einer By-Smart-Filiale.

Der alte Mr. Bysen war in der South Side groß geworden, drüben in Pullman; das wusste ich, weil Mary Ann mir erzählt hatte, dass er damals auch auf die Bertha Palmer Highschool ging. In seiner offiziellen Biografie äußerte man sich dazu nicht, sondern hob vielmehr seine heroischen Taten als Kanonier im Zweiten Weltkrieg hervor. Als Bysen aus dem Krieg zurückkam, übernahm er den kleinen Gemischtwarenladen seines Vaters an der 96th, Ecke Exchange, und machte aus diesem winzigen Samenkorn ein weltumspannendes Unternehmen von großen Discountläden – wenn man mal die pompöse Diktion eines Wirtschaftsjournalisten übernahm. Von den sechzehn Mädchen in meiner Mannschaft arbeiteten vier Mütter im Superstore, und inzwischen wusste ich ja auch, dass April Czernins Vater bei der Firma angestellt war.

Die South Side war Bysens Ausgangspunkt und blieb auch Schwerpunkt seines Unternehmens, erfuhr ich aus *Forbes*; als Ferenzi Tool and Die 1973 Pleite ging, kaufte Bysen der Firma dieses Lagerhaus ab und behielt es weiterhin als Vertriebszentrum für den Mittelwesten bei, nachdem er den Sitz des Unternehmens nach Rolling Meadows verlegt hatte.

William Bysen, dessen Spitzname Buffalo Bill lautete, war inzwischen dreiundachtzig Jahre alt, kam aber immer noch täglich in die Firma und überwachte alles von der Wattzahl der Glühlampen in den Angestelltentoiletten bis zu den Verträgen mit großen Zulieferern. Seine vier Söhne waren allesamt im Unternehmen tätig, seine Frau May Irene galt als Stütze der Gemeinde, war in der Wohltätigkeitsarbeit und der Kirche tätig. May Irene und Buffalo Bill gehörten den Evangelikalen an; jeden Morgen wurde im Firmensitz als Erstes eine Gebetsstunde abgehalten, zweimal pro Woche kam ein Pfarrer und hielt einen Gottesdienst ab, und das Unternehmen unterstützte eine Reihe von Missionen in Übersee.

Von den Mädchen aus meiner Mannschaft waren auch einige evangelikale Christen. Ich hoffte, dass die Firmenleitung sich vielleicht über den Glauben bewegen ließ, Gutes für South Chicago zu tun.

Als ich Gang 267W erreicht hatte, betete ich jedenfalls nur noch darum, nie wieder im Leben etwas kaufen zu müssen. Aus dem Gang trat ich in einen zugigen Korridor, der sich über die gesamte Länge des Gebäudes erstreckte. Am anderen Ende sah ich die Umrisse von diversen Rauchern, die sich in der offenen Tür drängten, offenbar bedürftig genug, um sich Regen und Kälte auszusetzen.

Ich kam an einer offenen Tür vorbei und spähte in den Raum, der eine Kantine zu sein schien. An der Wand standen ein paar Automaten, an zerkratzten Holztischen hockten ein paar müde Gestalten. Einige verspeisten einen Eintopf aus dem Automaten oder Kekse, andere waren eingeschlafen; ihre roten Kittel hingen auf den schmutzigen Boden.

Ich wanderte weiter und inspizierte die anderen Räume. Als Nächstes entdeckte ich einen Kopierraum, in dem zwei große Drucker stapelweise Lagerbestände ausspuckten. Auch eine Faxmaschine in der Ecke bemühte sich, die papierlose Gesellschaft ad absurdum zu führen. Ich starrte wie gebannt auf die Papierhaufen, und da traf auch schon eine Kolonne Gabelstapler ein, um den Ausstoß abzutransportieren. Als sie davonsausten, erwachte ich aus dem Bann, blinzelte und zog mich wieder in den Korridor zurück.

Hinter den nächsten beiden Türen befanden sich winzige Büros, in denen Menschen so emsig mit Computern und Aktenordnern beschäftigt waren, dass sie nicht mal aufblickten, als ich nach Grobian fragte, sondern nur den Kopf schüttelten und mit ihrer Tätigkeit fortfuhren. An der Decke bemerkte ich kleine Videokameras; vielleicht wurden die Lohnschecks zurückgehalten, wenn man die Angestellten dabei ertappte, dass sie außerhalb ihrer Pausen von der Arbeit aufblickten.

Ein Stück weiter hinten lungerten fünf Männer vor einer geschlossenen Tür herum. Einige tranken etwas aus Papptassen. Trotz der spionierenden Kameras und der unübersehbaren Rauchverbotsschilder rauchten zwei von ihnen heimlich. Sie hielten die Kippen in der halbgeschlossenen Faust und schnippten die Asche in leere Papptassen. Die Männer trugen abgewetzte Jeans und schwere Arbeitsstiefel, das Standard-Outfit von müden Männern, die für zu wenig Kohle zu viel arbeiten müssen. Fast alle trugen alte Bomberjacken oder Fleecewesten, die für alles Mögliche warben, von Harley-Davidson bis New Mary's Wake-Up Lounge.

An der Tür hinter ihnen befand sich ein Schild mit Grobians Namen. Ich blieb stehen und zog eine Augenbraue hoch. »Ist der bedeutende Mann da drin?«

Der Typ mit der Harleyjacke lachte. »Bedeutender Mann? Ganz recht, Lady. Ist zu bedeutend, dass er unsere Aufträge abzeichnet, ohne die wir nicht losfahren können.«

»Weil er meint, er sei schon unterwegs nach Rolling Meadows.« Einer der Raucher hustete und spuckte in seine Papptasse.

Die Wake-Up-Lounge-Jacke grinste böse. »Stimmt ja vielleicht. Ist die Bettlakenkönigin nicht… hey, wofür war denn das, Mann?« Einer der anderen Raucher hatte ihm ans Schienbein getreten und wies mit dem Kinn auf mich.

»Keine Angst, ich bin nicht von der schwatzhaften Sorte, und außerdem arbeite ich nicht für die Firma«, sagte ich. »Ich hab einen Termin beim wichtigen Mann, und normalerweise würd ich jetzt einfach reinmarschieren, aber da ich ihn um einen Gefallen bitten will, werd ich lieber brav anstehen.«

Das brachte mir einen Lacher ein, und die Knaben machten

Platz für mich, damit ich mich auch an die Wand lehnen konnte. Ich hörte zu, als sie über ihre anstehenden Touren redeten. Der Typ mit der Harley-Jacke sollte nach El Paso fahren, die anderen blieben hier in der Gegend. Sie redeten über die Bears, die keine Offense hatten, wie vor fünfundzwanzig Jahren, bevor Ditka und McMahon uns einen kurzen Ruhmestaumel verschafften, aber ob wohl Lovey Smith der Richtige war, um die McMahon-Payton-Ära wieder zum Leben zu erwecken? Keiner verlor ein weiteres Wort über die Bettlakenkönigin oder Grobians Ambitionen, in den Firmensitz vorzustoßen. Ich muss das nicht unbedingt wissen, aber ich nehme mal an, dass ich vor allem aus Interesse am Leben anderer Leute Detektivin geworden bin.

Nach geraumer Zeit ging die Tür auf, und ein Jugendlicher trat in Erscheinung. Er hatte rötliche Haare, die er kurz geschnitten und glatt gestriegelt trug, um die Locken zu unterdrücken. Sein kantiges Gesicht war voller Sommersprossen, und an den weichen Konturen merkte man, dass seine Kindheit noch nicht lange vorbei war, aber er bemühte sich, ernsthaft und männlich zu blicken. Als er den Mann mit der Harley-Jacke sah, grinste er jedoch so vergnügt, dass ich unwillkürlich mitlächelte.

»Billy the Kid«, sagte Harley und haute dem Jungen kräftig auf die Schulter. »Wie läuft's denn so, Kleiner?«

»Hi, Nolan. Alles bestens. Fahren Sie heute nach Texas?«

»Ganz genau. Wenn der wichtige Mann mal seinen Hintern in Bewegung setzt und mich auf die Reise schickt.«

»Wichtiger Mann? Ach, du meinst Pat? Er hat grade die Termine durchgesehen und wird jeden Moment rauskommen. Tut mir echt leid, dass ihr so lange warten musstet, aber er kümmert sich wirklich gleich um euch.« Er trat zu mir. »Sind Sie Ms. War-sha-sky?«

Er gab sich Mühe, aber es klappte trotzdem nicht mit der Aussprache. »Ich bin Billy – ich hab Ihnen den Termin heute gegeben, nur Pat, Mr. Grobian, der ist nicht hundertprozentig, na ja, er ist spät dran, und – ähm – ich muss ihn vielleicht noch ein bisschen bearbeiten, aber er wird Sie auf jeden Fall empfangen, sobald die Jungs hier unterwegs sind.«

»Billy?«, schrie ein Mann von drinnen. »Schick Nolan rein – wir können loslegen. Und bring mir die Faxe!«

Mein Mut sank: Ein neunzehnjähriger Laufbursche, der begeisterungsfähig war, aber nichts zu sagen hatte, war zuständig für meinen Termin mit dem Typen, der das Sagen hatte, aber bestimmt nicht begeistert sein würde. »Whenever I feel dismayed, I hold my head erect«, sang ich vor mich hin.

Während Billy zum Kopierraum ging, drückten die Raucher ihre Kippen aus und ließen sie in der Tasche verschwinden. Nolan betrat Grobians Büro und schloss die Tür hinter sich. Als er ein paar Minuten später wieder auftauchte, rückten die anderen Männer vor. Da sie die Tür offen ließen, heftete ich mich kurz entschlossen an ihre Fersen.

5

Direkter Draht zur Hoheit

Büros in Industriebauten sollen nicht der Behaglichkeit oder dem Ansehen ihrer Benutzer dienen. Grobian hatte einen größeren Raum bekommen als seine Kollegen in den winzigen Kabuffs – und einen Schrank obendrein –, aber die Wände waren im selben Schmutziggelb gehalten, er hatte ebenfalls nur einen schnöden Metalltisch und Metallstühle, und auch er war nicht von der Videokamera an der Decke verschont geblieben. Offenbar traute Buffalo Bill niemandem über den Weg.

Grobian selbst war ein energischer junger Mann, etwa Mitte dreißig. Die Ärmel seines Hemds hatte er hochgerollt, was einem Gelegenheit verschaffte, ein Tattoo von einem wuchtigen Marineanker an seinem linken Bizeps zu bewundern. Er hatte ein kantiges Quarterback-Kinn und einen Bürstenschnitt, vermutlich ganz der Typ Mann, der Truckern Respekt abnötigte.

Als er mich hinter den Männern auftauchen sah, runzelte er die Stirn. »Sind Sie neu? Sie sind jedenfalls falsch hier, gehen Sie zu Edgar Diaz in …«

»Ich bin V. I. Warshawski. Wir hatten einen Termin um 17 Uhr 15.« Ich versuchte, dynamisch und professionell zu klingen, nicht ärgerlich, weil es schon fast sechs war.

»Ach ja. Billy hat das abgemacht. Sie müssen warten. Die Männer hier sollten schon längst unterwegs sein.«

»Natürlich.« Frauen haben auf Männer zu warten, das ist ihre angestammte Pflicht. Aber diesen Gedanken behielt ich bei mir; wer betteln will, muss gute Laune ausstrahlen. Ich verabscheue Betteln. Als ich mich nach einem Sitzplatz umsah, entdeckte ich hinter mir eine Frau. Sie war ganz bestimmt keine By-Smart-Angestellte; ihr Make-up war so kunstvoll aufgetragen, als habe Vermeer ihr Gesicht als Leinwand benutzt. Und ihre Klamotten – ein hautenges Jersey-Top und ein lavendelfarbener Kilt, den sie kunstvoll so arrangiert hatte, dass schwarze Spitzenbesätze zum Vorschein kamen – waren gewiss nicht mit

45

einem Lohnscheck von hier erstanden worden, geschweige denn in einer By-Smart-Filiale. Außerdem hatten die erschöpften Arbeiterinnen, die ich in der Kantine gesehen hatte, gewiss keine Kraft mehr, für so eine sorgfältig gestylte Figur zu trainieren.

Die Frau lächelte, als sie meinen Blick bemerkte; sie ließ sich gerne betrachten, vielleicht auch beneiden. Da sie auf dem einzigen Stuhl diesseits des Schreibtischs saß, lehnte ich mich an den Metallschrank neben ihr. Auf dem Schoß der Frau lag ein Aktenordner, in dem es allerhand Zahlen zu sehen gab, die bedeutungslos für mich waren, aber als ihr meine Blickrichtung auffiel, klappte sie den Ordner zu und schlug die Beine übereinander. Sie trug kniehohe, lavendelblaue Stiefel mit acht Zentimeter hohen Absätzen. Ich fragte mich, ob sie für die Strecke zu ihrem Wagen auch Flip-Flops im Gepäck hatte.

Zwei Männer kamen herein und stellten sich hinter den ersten vier auf, die vor Grobians Schreibtisch anstanden, dann folgten weitere drei, allesamt Fahrer, die ihre gelieferten Ladungen oder die Fracht, die sie ausliefern sollten, abzeichnen ließen.

Ich langweilte mich und wurde langsam übellaunig, aber richtig übellaunig würde ich erst sein, wenn ich mir die Chance vermasselte, meine Basketball-Mannschaft loszuwerden. Ich atmete tief durch – schön frisch und munter bleiben, Warshawski – und fragte die Frau, ob sie zur Geschäftsleitung gehöre.

Sie schüttelte den Kopf und lächelte herablassend. Ich würde ihr zwanzig Fragen stellen müssen, um irgendwas aus ihr rauszukriegen. Es war mir nicht furchtbar wichtig, aber ich musste mir die Zeit vertreiben. Die Bemerkung der Trucker über die Bettlakenkönigin fiel mir wieder ein. Entweder kaufte sie die Laken ein, oder sie hielt sich mit Vorliebe dazwischen auf – vielleicht auch beides.

»Sind Sie die Wäscheexpertin?«, fragte ich.

Eine Spur von Stolz war ihr anzumerken; die Leute sprachen über sie, sie hatte sich einen Namen gemacht. Sie bestelle die Handtücher und Bettlaken für sämtliche By-Smart-Läden im ganzen Land, berichtete sie.

Bevor ich das Spielchen fortsetzen konnte, erschien Billy mit einem dicken Stapel Papier. »Oh, Tante Jacqui, da sind ein paar

Faxe für dich dabei. Ich weiß nicht, weshalb sie die hierher geschickt haben statt nach Rolling Meadows.«

Tante Jacqui stand auf, ließ dabei aber ihre Akte fallen. Papiere flatterten zu Boden; drei Stück landeten unter Grobians Schreibtisch. Billy hob den Ordner auf und legte ihn auf Tante Jacquis Stuhl.

»O je«, sagte sie gedehnt mit honigsüßer Stimme. »Ich glaube, in diesem Outfit kann ich nicht unter den Schreibtisch krabbeln, Billy.«

Billy platzierte die Faxe auf den Aktenordner und kroch auf allen vieren unter den Tisch, um die Papiere einzusammeln. Tante Jacqui nahm sich den Faxstapel, blätterte ihn durch und zog sich diverse Blätter heraus.

Billy kam wieder hoch und reichte ihr die herausgefallenen Seiten. »Du solltest dafür sorgen, dass der Boden häufiger geputzt wird, Pat. Es ist dreckig da unten.«

Grobian verdrehte die Augen. »Billy, du bist hier nicht in der Küche deiner Mama, sondern in einem Lagerhaus. Solang der Boden nicht Feuer fängt, ist es mir egal, wie dreckig er ist.«

Einer der Trucker lachte und knuffte Billy auf dem Weg nach draußen an die Schulter. »Wird Zeit, dass du mal wie wir auf Achse gehst, Junge. Da siehst du so viel echten Dreck, dass du hinterher von Grobians Linoleumboden futterst.«

»Grobian könnte ihn auch putzen«, schlug einer der anderen vor. »Danach sieht Dreck immer gut aus.«

Billy wurde rot, stimmte aber in das Gelächter ein. Pat sprach kurz mit dem letzten Fahrer über eine Lieferung für den Laden an der 95th Street. Als der Mann verschwunden war, trug Pat Billy auf, etwas bei der Ladezone zu erledigen, aber der schüttelte den Kopf: »Wir müssen erst mit Ms. War-sha-sky sprechen, Pat.« Er wandte sich mir zu, entschuldigte sich für die lange Wartezeit und fügte hinzu, dass er versucht habe, mein Anliegen zu erklären, ihm das aber nicht so richtig gelungen sei.

»Ach so, ja. Gemeinnütziges Projekt, so was machen wir schon häufig.« Grobian runzelte erneut die Stirn. Beschäftigter Mann, keine Zeit für Sozialarbeiter, Nonnen und andere Wohltäter.

»Ja, ich habe mir Ihre Zahlen angesehen, zumindest diejenigen, die der Öffentlichkeit zugänglich sind.« Ich zog einen Folder mit Papieren aus meinem Aktenkoffer, wobei die Flip-Flops in der Plastiktüte rausfielen, und verteilte Visitenkarten an Grobian, Billy und Tante Jacqui. »Ich bin in South Chicago aufgewachsen, bin jetzt Anwältin und Ermittlerin, aber im Moment trainiere ich auch die Basketball-Mannschaft der Bertha Palmer Highschool.«

Grobian blickte demonstrativ auf seine Uhr, doch der junge Billy sagte: »Ich kenne einige Mädchen von da, durch den Kirchenaustausch, Pat. Sie singen im Chor in…«

»Ich weiß, dass Sie Geld von uns haben möchten«, schaltete sich Jacqui mit ihrer lasziven Stimme ein. »Wie viel und wofür?«

Ich setzte ein dynamisches, professionelles Lächeln auf und reichte ihr die Kopie einer Liste über die gemeinnützigen Aktivitäten von By-Smart, die ich zusammengestellt hatte. »Ich weiß, dass By-Smart über die Läden soziale Projekte unterstützt, aber nur in kleinem Rahmen. Der Laden an der Exchange Avenue hat drei Eintausend-Dollar-Stipendien an Studenten vergeben, deren Eltern im Laden arbeiten, und die Angestellten werden aufgefordert, in Obdachlosenheimen und Armenküchen mitzuarbeiten, aber der Geschäftsführer an der Exchange sagte mir, Mr. Grobian sei zuständig für größere Summen für die South Side.«

»Das ist richtig. Ich bin der Geschäftsleiter dieses Lagerhauses und Vertriebsleiter für den Bereich South Chicago-Northwest Indiana. Wir unterstützen schon die Boys and Girls Clubs, den Fonds für die Hinterbliebenen von Feuerwehrleuten und diverse andere Organisationen.«

»Das ist wunderbar«, sagte ich enthusiastisch. »Die Filiale an der Exchange Avenue hat letztes Jahr etwas unter eins Komma fünf Millionen Umsatz gemacht, etwas weniger als der landesweite Durchschnitt, wegen der schlechten Wirtschaftslage dort. Soweit ich weiß, hat sie insgesamt neuntausend Dollar für gemeinnützige Zwecke gestiftet. Mit fünfundfünfzigtausend…«

Grobian fegte meinen Bericht beiseite. »Mit wem haben Sie geredet? Wer hat Ihnen vertrauliche Informationen zukommen lassen?«

Ich schüttelte den Kopf. »Das findet man alles im Netz, Mr. Grobian. Man muss nur wissen, wo man sucht. Mit fünfundfünfzigtausend könnte der Laden die Trikots, Trainingshanteln, Bälle und einen Teilzeittrainer bezahlen. Sie stünden in der South Side als echte Helden da und könnten das Ganze natürlich auch gut steuerlich absetzen. Wer weiß, die Sachen fürs Krafttraining könnten Sie vielleicht sogar noch in alten Lagerbeständen finden.«

Was ich By-Smart in erster Linie rausleiern wollte, war ein Trainer, und ich dachte mir, dass man für zwölftausend jemanden finden konnte. Mann oder Frau, und die betreffende Person müsste nicht mal als Lehrer ausgebildet sein, sondern nur etwas von Basketball verstehen und gut mit Jugendlichen umgehen können. Ein Student aus einem älteren Semester, der an der Uni Basketball spielte, wäre gut; jemand, der Sport studierte, noch besser. Meine Strategie war, die Summe vier- oder fünfmal so hoch anzusetzen wie notwendig, damit am Ende wenigstens der Trainer heraussprang.

Aber Grobian war immer noch verstimmt. Er beförderte meinen Vorschlag in den Papierkorb. Jacqui warf ihren Stapel Blätter lässig Richtung Abfalleimer, aber sie fielen einen Meter vorher zu Boden.

»Kein einzelner Laden kriegt von uns solche Summen«, sagte Grobian.

»Das soll doch kein Laden bekommen, Pat«, erklärte Billy und hob Tante Jacquis Papiere auf, »sondern die Schule. Großvater ist sehr dafür, dass man junge Leute fördert, die ihr Leben verbessern wollen.«

Ah, Billy war ein Bysen. Deshalb konnte er es sich erlauben, Termine mit Bettlern zu vereinbaren, obwohl er keine Erfahrung hatte und einen Boss, der nichts wissen wollte von sozialen Belangen. Was hieß, dass auch Tante Jacqui zu den Bysens gehörte und ich nicht mehr das Zwanzig-Fragen-Spiel mit ihr spielen musste.

Ich lächelte Billy freundlich an. »Ihr Großvater ist vor siebzig Jahren auf diese Highschool gegangen. Fünf Mädchen aus der Mannschaft haben ein Elternteil, das für By-Smart arbeitet. Hier bietet sich die großartige Gelegenheit für eine Synergie zwischen dem Unternehmen und dem Viertel.« Ich zuckte innerlich zusammen, als ich mich Managerjargon absondern hörte.

»Dein Großvater hält nichts davon, solche Summen für wohltätige Zwecke zu spenden, Billy. Wenn du das noch nicht weißt, hast du ihm bislang nicht gut zugehört«, warf Jacqui ein.

»Das stimmt nicht, Tante Jacqui. Was ist mit dem Anbau für das Krankenhaus in Rolling Meadows und der Missionsschule, die sie in Mozambique gegründet haben?«

»Das waren große Gebäude, die dann seinen Namen trugen«, erwiderte Jacqui. »Ein kleines Programm hier, das keinen Ruhm bringt...«

»Ich rede mal selbst mit ihm«, sagte Billy aufgebracht. »Ich kenne ein paar von diesen Mädchen, und wenn er deren Geschichten hört...«

»Wird er Krokodilstränen weinen«, fiel Jacqui ihm ins Wort. »Und er wird sagen: ›Hnnh, hnnh, wenn sie Erfolg haben wollen, müssen sie hart arbeiten, so wie ich. Mir hat keiner was geschenkt, und ich hab auch ganz unten angefangen, hnnh, hnnh.‹«

Grobian brach in Gelächter aus, aber Billy hatte einen roten Kopf bekommen und wirkte gekränkt. Er hielt sichtlich große Stücke auf seinen Großvater. Um seine Verwirrung zu verbergen, kramte er im Papierkorb herum und suchte zwischen den Faxen nach meinem Vorschlag.

»Hier ist was von Adolpho aus Matagalpa«, sagte er. »Ich dachte, wir seien uns einig gewesen, dass wir nicht mit ihm arbeiten wollen, aber er zitiert dich hier...«

Jacqui nahm ihm das Fax aus der Hand. »Ich hab ihm letzte Woche geschrieben, Billy, aber vielleicht hat er den Brief nicht bekommen. Gut, dass du darauf geachtet hast.«

»Aber es sieht aus, als hätte er schon einen Terminplan für die Produktion.«

Jacqui lächelte ihn an. »Das hast du bestimmt falsch verstanden, Billy, aber ich werde das klären.«

Grobian zog meinen Vorschlag aus dem Papierkorb. »Ich habe ein bisschen vorschnell reagiert in dieser Sache, Billy. Ich werde mir die Zahlen ansehen und mich bei deiner Freundin melden. Inzwischen geh doch mal zur Ladezone und schau nach, ob sich Bron an der 32 auf den Weg gemacht hat – er lungert gern noch eine Weile herum und schäkert mit den Mädchen. Und Sie, Ms. – ähm, wir melden uns in einigen Tagen bei Ihnen.«

Billy blickte wieder Tante Jacqui an. Er sah besorgt aus, erhob sich aber artig. Ich folgte ihm, als er rausging.

»Ich besorge Ihnen gerne weitere Informationen, die für die Entscheidung Ihres Großvaters wichtig sein könnten. Vielleicht möchten Sie ihn mal mitbringen zum Training.«

Billys Miene erhellte sich. »Wahrscheinlich wird er nicht mitkommen, aber ich könnte, ich meine, wenn ich hier freikriege, ich könnte mal früher anfangen, trainieren Sie nicht montags und donnerstags?«

Verblüfft fragte ich ihn, woher er das wisse.

Er lief rot an. »Ich bin im Chor, und die Jugendgruppe von meiner Kirche, ich meine, unserer Kirche, wo meine Familie hingeht, also wir machen manchmal so einen Austausch mit anderen Kirchen, wir tauschen die Pfarrer aus, und die Chöre singen zusammen und so, und meine Jugendgruppe steht in Verbindung mit der Mount-Ararat-Kirche an der 91st Street, und einige von den Kids von da gehen auf die Bertha Palmer. Zwei sind im Basketball-Team. Josie Dorrado und Sancia Valdéz. Kennen Sie die?«

»Ja klar, in der Mannschaft sind nur sechzehn Mädchen, die kenne ich natürlich alle. Wieso arbeiten Sie eigentlich hier im Lagerhaus? Sollten Sie nicht selbst an der Highschool sein oder an der Uni?«

»Ich wollte nach der Highschool ein freiwilliges Jahr machen, zum Peace Corps gehen oder so, aber Großvater hat mich überredet, stattdessen ein Jahr in der South Side zu verbringen. Er ist nicht krank oder liegt im Sterben oder so, aber er wollte gerne, dass ich ein Jahr in der Firma arbeite, solange er noch da ist und meine Fragen beantworten kann, und zwischendurch kann ich mich in der Kirchengemeinde nützlich machen und so. Deshalb weiß ich auch, dass Tante Jacqui, na ja, dass sie nur zynisch ist. So ist sie eben manchmal. Ziemlich oft sogar. Manchmal hab ich den Eindruck, dass sie Onkel Gary nur geheiratet hat, weil sie …« Er unterbrach sich und wurde dunkelrot.

»Hab vergessen, was ich sagen wollte. Sie tut echt viel für die Firma. Großvater ist nicht dafür, dass die Frauen aus der Familie im Unternehmen arbeiten, nicht mal meine Schwester Candace, als sie … aber jedenfalls hat Tante Jacqui irgendein Diplom in

Design, Stoff, glaube ich, und sie hat Großvater klargemacht, dass sie irre wird, wenn sie zu Hause sitzen muss. Wir haben Wal-Mart in Bettwäsche und Handtüchern überrundet, seit sie den Einkauf macht, und sogar Großvater ist von ihrer Arbeit beeindruckt.«

Tante Jacqui hatte Onkel Gary nur geheiratet, weil sie scharf war auf einen Teil des Bysen-Erbes. Ich hörte förmlich die Anschuldigungen am Esstisch der Bysens: Buffalo Bill war ein Geizkragen, Tante Jacqui geldgierig. Aber der Junge hier war ein fleißiger Idealist. Als ich mit ihm durch die langen Korridore zur Ladezone marschierte, hoffte ich, dass er noch mehr Familieninterna ausplaudern würde, zum Beispiel, was mit seiner Schwester los war, aber er erklärte mir nur noch den Hintergrund seines Spitznamens. Sein Vater war der älteste Sohn – William der Zweite.

»Ist so 'ne Art Familienwitz, aber ich find ihn nicht so toll. Alle sagen zu Dad ›der junge Mister William‹, obwohl er schon zweiundfünfzig ist. Deshalb nennen sie mich Billy the Kid. Die meinen alle, ich hab 'ne große Klappe, und das wird Pat bestimmt auch erzählen, was Sie betrifft, aber geben Sie nicht auf, Ms. War-sha-sky, ich fände es echt toll, wenn wir die Basketball-Mannschaft unterstützen könnten, und ich verspreche Ihnen, dass ich mit Großvater darüber rede.«

6

Mädchen bleibt Mädchen

Der Streit am Montagnachmittag entbrannte über Religion und erstreckte sich weiter auf Sex, was nahelag, obwohl die andere Reihenfolge genauso wahrscheinlich gewesen wäre. Als ich in die Sporthalle kam, saßen Josie Dorrado und Sancia Valdéz, die Center-Spielerinnen, auf der Zuschauertribüne und lasen in ihren Bibeln. Sancias zwei Kinder wurden diesmal von einem etwa zehnjährigen Mädchen beaufsichtigt – Sancias kleiner Schwester. April Czernin stand vor ihnen und spielte mit einem Ball, den einer der Sportlehrer draußen vergessen hatte. April war katholisch, aber eng mit Josie befreundet, und sie blieb meist in der Nähe, wenn Josie sich mit der Bibel befasste.

Eine Minute nach mir kam Celine Jackman herein und warf einen bösen Blick auf ihre Mitspielerinnen. »Betet ihr für mehr Kinder oder was?«

»Hauptsache, wir beten«, versetzte Sancia. »Der katholische Hokuspokus hilft dir auch nix mehr, wenn du mit den Pentas rumhängst. Die Wahrheit steht in der Bibel.« Sie schlug auf das Buch.

Celine stemmte die Hände in die Hüften. »Ihr meint, katholische Mädchen wie ich scheren sich nicht um die Bibel, weil wir zur Messe gehen, aber mit April hängst du trotzdem rum, und soweit ich weiß, geht die in dieselbe Kirche wie ich, Saint Michael and All Angels.«

April ließ den Ball knallen und befahl Celine, den Mund zu halten.

Das rührte die wenig. »Weil ihr braven Mädels jeden Tag in der Bibel lest, wisst ihr natürlich, was gut und schlecht ist, wie du mit deinen zwei Babys. Ich bin ja viel zu verdammt, ich kenn die Bibel ja nicht und weiß nicht, was drin steht, über Ehebruch zum Beispiel.«

»Zehn Gebote«, antwortete Josie. »Und wenn du das nicht weißt, Celine, bist du noch blöder, als du tust.«

Celine warf ihren langen, kastanienbraunen Zopf über die Schulter. »Hast du das in der Mount Ararat an der 91st gelernt, Josie? Dann nimm doch April mal am Sonntag mit.«

Ich packte Celine an den Schultern und drehte sie Richtung Umkleideraum. »In vier Minuten fangen wir mit den Drills an. Beweg deinen Allerwertesten hier rein und zieh dich um. Und, Sancia, Josie, April, ihr lockert bitte eure Muskeln, nicht eure Zunge.«

Ich wartete ab, bis Celine verschwunden war, bevor ich die Bälle aus dem Geräteraum holen ging. Als ich kurz darauf mit dem Aufwärmtraining anfing, fehlten mir nur vier Spielerinnen – ein Zeichen dafür, dass wir uns allmählich näherkamen, denn bei meinem ersten Training erschien die Hälfte der Mannschaft mit Verspätung. Ich hatte allerdings die Regel eingeführt, dass die Anzahl der verspäteten Minuten in Liegestütze umgesetzt wurde, während die anderen schon mit dem Ball arbeiten durften; das war der Pünktlichkeit ungemein förderlich.

»Wo ist die englische Lady, die was über uns schreibt?«, erkundigte sich Laetisha Vettel, als die Mädchen auf dem Boden Dehnungsübungen machten.

»Frag doch April«, antwortete Celine und kicherte.

»Frag mich«, sagte ich sofort, aber April, die sich über ihr linkes Bein gebeugt hatte, saß schon aufrecht.

»Was soll sie mich fragen?«, wollte sie wissen.

»Wo die englische Lady steckt«, sagte Celine. »Falls du's nicht weißt, frag deinen Dad.«

»Ich hab wenigstens einen«, schoss April zurück. »Frag deine Mama mal, ob sie überhaupt weiß, wer dein Dad ist.«

Ich ließ die Trillerpfeife ertönen. »Ihr zwei braucht nur eine Frage zu beantworten: Wie viele Liegestütze mache ich, wenn ich nicht sofort still bin und mit dem Stretchen anfange.«

Mein Tonfall geriet so drohend, dass die beiden in der Tat umgehend ihre Zehen Richtung Kinn zogen, linkes Bein, bis acht zählen, rechtes Bein, bis acht zählen. Ich war müde und kein bisschen motiviert, über einen einfühlsameren Umgang mit der Psyche junger Mädchen nachzusinnen. Ich hatte eine Strecke von fünfzig Kilometern zu Morrells Wohnung in Evanston vor mir, für die ich an den rar gesäten Tagen, an denen die

Verkehrsgötter milde gestimmt waren, eine Stunde brauchte, an den meisten jedoch anderthalb. Meine Wohnung und mein Büro lagen etwa auf halber Strecke. Meine Detektei in Schuss zu halten, mit den Hunden zu laufen, die ich mir mit meinem Nachbarn von unten teile, und mich ein bisschen um Mary Ann McFarlane zu kümmern – das war alles nicht so leicht unter einen Hut zu bringen.

Ich war mit allem gut zurechtgekommen, bis Marcena Love auftauchte; Morrells Wohnung war normalerweise ein Zufluchtsort für mich, an dem ich mich abends von den Strapazen des Tages erholen konnte. Obwohl Morrell noch schwach war, schöpfte ich in seiner Nähe neue Kraft. Doch zur Zeit beunruhigte mich Marcenas Anwesenheit so sehr, dass meine Besuche bei ihm nur zur letzten Strapaze des Tages gerieten.

Wenn Morrell sich in Chicago aufhält, kann jederzeit jemand bei ihm unterkommen, und fast jeden Monat wohnt irgendwer – Journalistenfreunde, Flüchtlinge, Künstler – in seinem Gästezimmer. Für gewöhnlich freue ich mich über seine Besucher, weil sie mir einen Blick auf Teile der Welt ermöglichen, die ich sonst nicht zu sehen kriege, aber letzten Freitag hatte ich ihm unverblümt mitgeteilt, dass Marcena Love ein Problem für mich darstellte.

»Sie ist nur noch ein, zwei Wochen hier«, antwortete Morrell darauf. »Ich weiß, dass ihr beide euch nicht grün seid, aber ehrlich, Vic, du brauchst dir keine Sorgen zu machen. Ich bin in dich verliebt. Aber Marcena und ich kennen uns seit zwanzig Jahren, wir haben schon allerhand gemeinsam durchgemacht, und wenn sie in Chicago ist, wohnt sie auch bei mir.«

Ich bin zu alt, um einen Krach vom Zaun zu brechen, bei dem man dem Liebsten ein Ultimatum stellt und sich dann trennt, aber ich war froh, dass ich die Entscheidung, mit Morrell zusammenzuziehen, noch aufgeschoben hatte.

Samstagnacht war Marcena nicht da, aber tags darauf tauchte sie wieder auf, zufrieden wie eine wohlgenährte Katze, und schwärmte von den vierundzwanzig Stunden, die sie mit Romeo Czernin verbracht hatte. Sie traf ein, als ich gerade eine Schüssel Pasta auf den Tisch stellte, und redete wie ein Wasserfall über ihre Abenteuer in der South Side. Als sie berichtete, wie toll es sei, so einen schweren Lastwagen zu fahren, fragte Morrell, ob es sich vergleichen ließ mit der Geschichte in Bosnien, als sie mit einem Panzer durch Vukovar nach Cerska gerattert war.

»O mein Gott, das war eine Nacht, was?«, sagte sie lachend und wandte sich zu mir. »Das hätte dir gefallen, Vic. Wir hatten unsere Besuchszeit überzogen, und unser Fahrer war verschwunden. Wir dachten schon, unser letztes Stündlein hätte geschlagen, als wir einen von Milosevics Panzern entdeckten. Es war keiner mehr drin, aber der Motor lief noch – zum Glück, weil ich nicht gewusst hätte, wie man so ein Ding in Gang kriegt –, und irgendwie hab ich es geschafft, dieses Teil bis zur Grenze zu manövrieren.«

Ich erwiderte ihr Lächeln – das hätte mir tatsächlich einen Höllenspaß gemacht. Da war wieder so ein Anflug von Neid; Landmaus und Stadtmaus. Meine Abenteuer waren auch nicht grade von der schlappen Sorte, aber eine Fahrt mit einem Panzer durch ein Kriegsgebiet hatte ich nicht zu bieten.

Morrell gab einen kaum merklichen Seufzer der Erleichterung von sich, weil Marcena und ich uns zur Abwechslung zu vertragen schienen. »Und wie war nun der Sattelschlepper im Vergleich mit dem Panzer?«

»Na ja, war natürlich nicht so aufregend, weil keiner auf uns geschossen hat – obwohl Bron erzählt hat, dass das manchmal auch passiert. Aber so ein Ding lässt sich schwer steuern; Bron wollte mich nicht damit auf die Straße lassen, und nachdem ich fast so einen Schuppen plattgefahren hatte, musste ich ihm Recht geben.«

Bron. Das war Romeos bürgerlicher Name, der mir nicht eingefallen war. Ich erkundigte mich, ob sie bei den Czernins hatte übernachten können; insgeheim fragte ich mich, ob April die englische Journalistin wohl noch immer anhimmeln würde, wenn sie wüsste, dass ihr Vater mit ihr schlief.

»Kann man so sagen«, antwortete Marcena leichthin.

»Du hast in der Fahrerkabine übernachtet?«, erkundigte ich mich. »In diesen modernen Trucks gibt es ja manchmal regelrechte kleine Wohnungen.«

Sie warf mir ein provokantes Lächeln zu. »Gut geraten, Vic, gut geraten.«

»Glaubst du, dass du an einer Story dran bist?«, warf Morrell rasch ein.

»Unbedingt.« Marcena fuhr sich durch ihre üppige Mähne und erklärte, dass Bron ihr Schlüssel zum authentischen Erleben von Amerika sei. »Ich meine, über ihn stoße ich auf alles Mögliche: den sozialen Verfall, diese armen Mädchen, die hoffen, dass sie über den Basketball aus dieser Gegend rauskommen, die Schule und Brons eigene Geschichte – Trucker, der versucht, mit seinem Lohn eine Familie durchzubringen. Seine Frau arbeitet auch, ist bei By-Smart angestellt. Als Nächstes nehme ich mir seine Firma vor, By-Smart, meine ich, für die er fährt. Man hat natürlich schon von denen gehört, die haben den europäischen Einzelhandel in Angst und Schrecken versetzt, als sie vor drei Jahren über den Atlantik gestartet sind. Aber ich wusste nicht, dass der Firmensitz hier in Chicago ist oder zumindest in einem der Vororte. Rolling-irgendwas. Fields, glaube ich.«

»Rolling Meadows«, sagte ich.

»Ja, genau. Bron hat mir erzählt, der alte Mr. Bysen sei wahnsinnig frömmlerisch, und zu Beginn jedes Arbeitstages werde erst mal gebetet in der Zentrale. Könnt ihr euch das vorstellen? Das ist doch total viktorianisch. Ich muss das unbedingt sehen. Ich werd versuchen, mir da oben einen Interviewtermin zu organisieren.«

»Vielleicht könnte ich dich begleiten.« Ich berichtete ihr von meinem Vorhaben, das Unternehmen als Sponsor für das Basketball-Team zu gewinnen. »Billy the Kid verschafft uns vielleicht einen Gesprächstermin bei seinem Großvater.«

Dafür wurde mir ein begeistertes Lächeln zuteil. »Oh, Vic, das wäre super, wenn das klappt.«

Wir beschlossen den Abend in recht entspannter Stimmung, was ein Segen war, aber ich schlief trotzdem schlecht. Morgens stand ich früh auf, als Morrell noch schlief, und fuhr zu mir, um einen ausgedehnten Lauf mit den Hunden zu machen, bevor ich mein Tageswerk begann. Heute war wieder Training, und danach hatte ich Josie Dorrado versprochen, mit ihrer Mutter zu sprechen.

Die Hunde und ich rannten bis zur Oak Street und wieder zurück, insgesamt an die elf Kilometer. Wir brauchten die Bewegung alle drei, und ich fühlte mich viel besser, allerdings nur, bis Mr. Contreras, mein Nachbar von unten, mir mitteilte, ich sähe angeschlagen aus.

»Dachte, wenn Morrell wieder da ist, würden Sie munterer werden, Herzchen, aber Sie sehn schlimmer aus denn je. Sie gehen mir nicht aus dem Haus, bevor Sie nicht anständig gefrühstückt haben.«

Ich versicherte ihm, es gehe mir wirklich prima, seit Morrell wieder zu Hause und auf dem Weg der Besserung war, ich sei nur momentan etwas überarbeitet, bis ich jemanden für die Mädchen an der Bertha Palmer gefunden hätte.

»Und wie gehen Sie das an, Herzchen? Haben Sie schon jemanden an der Hand?«

»Ich hab schon mal die Fühler ausgestreckt«, murmelte ich. Außer mit Patrick Grobian von By-Smart hatte ich mit den Frauen gesprochen, mit denen ich samstags Streetball spiele, und mit jemandem, der im Park District ein ehrenamtliches Freizeitprogramm für Mädchen organisiert. Bislang war nichts dabei herausgesprungen, aber wenn es Billy the Kid gelingen sollte, bei seinem Großvater ein paar Mäuse lockerzumachen, fände ich vielleicht ein offeneres Ohr bei meinen Kontakten.

Ich suchte das Weite, bevor Mr. Contreras in Fahrt kam und mich noch eine Stunde aufhielt, und rief ihm über die Schulter zu, dass ich auf jeden Fall frühstücken würde. Schließlich ist das der Wahlspruch meiner Familie: Niemals eine Mahlzeit auslassen. Steht unter dem Familienwappen der Warshawskis – dem gekreuzten Besteck über dem Teller.

Aber ich war alles andere als begeistert über Mr. Contreras' Bemerkung. Als ich im Auto saß, blickte ich sofort in den Rückspiegel. Angeschlagen, wirklich und wahrhaftig. Ich sah so hager aus, dass es bestenfalls noch als interessant durchging; meine Wangenknochen standen hervor wie bei einem magersüchtigen Mannequin. Da keine acht Stunden Schönheitsschlaf im Angebot waren, mussten ein anständiger Concealer und Make-up her, aber nicht, wenn ich mich noch zwei Stunden mit sechzehn Kids in einer Sporthalle rumschlagen musste.

»Morrell findet mich schön«, brummte ich, auch wenn Marcena Love ihm zur Zeit vor der Nase herumtanzte, supergepflegt und perfekt. Ihr Make-up war vermutlich auch makellos, als sie sich den Panzer schnappte und damit zur bosnischen Grenze bretterte. Ich schnallte mich so erbost an, dass ich mir am Gurt den Daumen einklemmte, und wendete rabiat. Wenn ich mal einen Panzer klauen kann, lege ich vorher Lippenstift auf.

Ich nahm in einem Diner Rühreier und in einem Coffeeshop einen doppelten Espresso zu mir und war um zehn im Büro, wo ich Finanzunterlagen und Haftstrafen im Bundesstaat durchcheckte, um einen Mann zu überprüfen, den einer meiner Klienten einstellen wollte. Zum ersten Mal seit einer Woche gelang es mir wahrhaftig, mich auf meine Arbeit zu konzentrieren; ich brachte drei Aufträge zu Ende und schrieb sogar noch die Rechnungen.

Meine bessere Laune versaute ich mir dann wieder, indem ich Morrell anrief, als ich auf der 87th Street an einer Ampel stand, und nur seinen Anrufbeantworter zu hören bekam. Vermutlich war er mit Marcena im Botanischen Garten in Glencoe; darüber hatten sie am Abend vorher gesprochen. Ich hatte überhaupt kein Problem damit. Es war doch schön, wenn er sich so gut fühlte, dass er einen Ausflug machen konnte. Dennoch sorgte diese Vorstellung dafür, dass ich Celine und April zu Beginn des Trainings ziemlich hart rannahm.

Fünf Minuten lang herrschte Ruhe in der Halle, wenn man von dem üblichen Gerempel und dem Gemaule absah, dass die Übungen viel zu schwer seien und Coach McFarlane nie so was von ihnen verlangt hätte.

Celine, die offenbar heute unbedingt Hader und Zwietracht verbreiten wollte, brach schließlich das Schweigen. Als sie auf dem linken Bein stand und das rechte an der Ferse festhielt und über den Kopf zog, fragte sie mich, ob ich *Romeo und Julia* kannte. Celine war ausgesprochen gelenkig; selbst wenn sie mich zur Raserei trieb, ließ ich mich immer von der Schönheit ihrer Bewegungen besänftigen.

»Du meinst, das unsternbedrohte Liebespaar, das der Väter langgehegten Streit durch den Tod begräbt?«, fragte ich vorsichtig. Ich wusste nicht recht, worauf sie hinauswollte. »Nicht auswendig.«

Celine verlor das Gleichgewicht. »Häh?«

»Shakespeare. So beschreibt er Romeo und Julia.«

»Ja, das ist 'n Stück, Celine«, meldete sich Laetisha Vettel zu Wort. »Wenn du Englisch nicht immer schwänzen würdest, wüsstest du das. Shakespeare hat vor tausend Jahren oder so gelebt und was über Romeo und Julia geschrieben, bevor es 'nen Film gab. Bevor man überhaupt wusste, wie man Filme macht.«

Josie Dorrado wiederholte das Zitat. »›Unsternbedroht‹. Das bedeutet, dass nicht mal die Sterne im Himmel ihnen helfen konnten.«

Zu meiner Verblüffung trat April Josie darauf ans Schienbein. Die wurde rot und setzte das Stretchen mit Feuereifer fort.

»Das also heißt ›unsternbedroht‹«, sagte Theresa Diaz. »So wie bei mir und Cleon. Meine Mama erlaubt mir nie, dass wir uns nach dem Abendessen treffen, nicht mal zum Lernen.«

»Weil er in den Pentas ist«, sagte Laetisha. »Deine Mama ist schlauer als du, hör auf die. Sieh zu, dass du wegkommst von den Pentas, wenn du deinen nächsten Geburtstag erleben willst.«

Celine zog ihr linkes Bein hoch. Ihr langer Zopf schwang hin und her. »Du und Cleon, ihr solltet es machen wie Aprils Dad. Romeo der Herzensbrecher, der hat die englische Lady in seinen…«

April hechtete sich auf sie, bevor Celine den Satz beendete, doch die hatte damit gerechnet, schwang ihr Bein wie ein Gewicht und fegte April von den Beinen. Josie sprang April bei, und Theresa Diaz schlug sich auf Celines Seite.

Ich bekam Laetisha und Sancia am Kragen zu fassen, die sich auch ins Getümmel stürzen wollten, und führte sie zur Bank. »Ihr bleibt hier sitzen und rührt euch nicht vom Fleck.«

Darauf rannte ich zum Hauswartsraum und schnappte mir einen Putzeimer – dass er voller Schmutzwasser war, kam mir gerade recht – und schüttete ihn über den Mädchen aus.

Die sprangen spuckend und fluchend auf, als sich das kalte, stinkende Wasser über sie ergoss. Ich packte Celine und April an ihren Zöpfen und zerrte kräftig. Celine holte wieder aus, worauf ich die Zöpfe losließ, Celines Arm packte, ihn hinter ihren Rücken bog und ihre rechte Schulter blockierte. Mit dem rechten Arm unter ihrer Schulter hatte ich sie fest im Griff, mit der linken Hand schnappte ich mir Aprils Zopf. Celine schrie auf, was aber in dem allgemeinen Gebrüll von Sancias Babys und ihrer Schwester unterging.

»Celine, April, ich lasse euch jetzt los, aber wenn eine von euch noch mal anfängt, schlage ich euch bewusstlos. Habt ihr das kapiert?« Ich gab noch etwas Druck auf Celines Kinn und riss kurz an Aprils Zopf, um meine Aussage zu verdeutlichen.

Es dauerte ein Weilchen, aber dann nickten die beiden verdrossen. Ich ließ sie los und schickte sie auf die Bank.

»Sancia, sag deiner Schwester, sie muss mit den Kleinen rausgehen; wir müssen ein Gespräch führen, und ich kann es nicht brauchen, wenn sie die ganze Zeit heulen. Und alle anderen setzen sich auch auf die Bank. Sofort! Rührt euch!«

Hastig eilten alle zur Bank, eingeschüchtert durch mein Auftreten. Ich hatte aber nicht die Absicht, mich durchzusetzen, indem ich Angst und Schrecken verbreitete. Während sie sich niederließen, stand ich ganz ruhig da und versuchte, mich zu konzentrieren, Abstand zu gewinnen von meinem Ärger. Sie ließen mich nicht aus den Augen und waren zur Abwechslung mal mäuschenstill.

Schließlich sagte ich: »Ihr wisst alle, dass Theresa, Josie, Celine und April nicht nur aus der Mannschaft ausgeschlossen werden, wenn ich diese Prügelei der Direktorin melde – sie werden auch von der Schule fliegen. Alle vier haben sich geprügelt und …«, ich hielt die Hand hoch, als Celine rief, April habe sie angegriffen, »… und es ist mir vollkommen egal, wer angefangen hat. Wir reden hier nicht über Schuld, sondern über Verantwortung. Wollt ihr Basketball spielen, oder wollt ihr, dass ich der Schule sage, ich hätte keine Zeit, einen Haufen Mädchen zu trainieren, die sich nur prügeln?«

Jetzt war das Geschrei groß. Sie wollten spielen, und wenn Celine und April immer Stress machten, sollten sie ausgeschlossen werden. Eine wies darauf hin, dass nicht mehr viel dran sei an der Mannschaft, wenn Celine und April rausgeschmissen würden.

»Die denken immer bloß an sich«, schrie eines der Mädchen. »Wenn sie nur ihre Spielchen abziehen, sollen sie verschwinden.«

Eines der stilleren Mädchen schlug vor, dass ich die beiden bestrafen, aber nicht aus der Mannschaft ausschließen sollte, worauf zustimmendes Gemurmel zu vernehmen war.

»Und wie soll die Strafe aussehen?«, erkundigte ich mich.

Nun wurde gezankt und gekichert, bis Laetisha verkündete, die beiden sollten den Boden der Sporthalle putzen. »Wir können heute sowieso nicht mehr spielen, wenn nicht aufgewischt wird. Sie sollen heute putzen, dann können wir morgen trainieren.«

»Was war denn hier los?«

Ich fuhr verblüfft herum, als ich hinter mir eine Erwachsenenstimme hörte. Es war Natalie Gault, die stellvertretende Direktorin, die sich meinen Namen nicht merken konnte.

»Oh, Ms. Gault, die beiden …«

»Delia, habe ich dich um einen Bericht gebeten?«, fiel ich der Petze ins Wort. »Es gab ein paar Spannungen in der Mannschaft, die wir aber geklärt haben. Die Mädchen gehen jetzt nach Hause, bis auf vier, die den Boden der Sporthalle putzen werden, der seit meinem Abschluss hier vor Jahrmillionen offenbar nicht mehr gereinigt worden ist, obwohl im Hauswartraum Mopp und Eimer stehen und es einen Hausmeister gibt, der Lohn kassiert. April, Celine, Josie und Theresa werden ihre Teamfähigkeit trainieren, indem sie gemeinsam den Schmutz entfernen. Morgen wollen wir den Raum dann zum Üben benutzen.«

Ms. Gault sah mich mit demselben Blick an, der mir schon von der Schulleiterin zuteil wurde, als ich selbst noch Schülerin war. Ich merkte, dass ich plötzlich so kleinlaut wurde wie damals, und ich musste mich wahrhaftig anstrengen, meine aalglatte Rede zu Ende zu bringen.

Gault betrachtete mich lange genug, um mir zu vermitteln, dass sie mich durchschaut hatte – das Blut an Celines Bein und Aprils Gesicht sprachen eine deutliche Sprache –, sagte aber zu guter Letzt, dass sie mit dem Trainer der Jungenmannschaft reden wolle; wenn wir die Sporthalle saubermachten, sollten wir sie auch als Erstes benutzen dürfen. Sie wolle dem Hausmeister sagen, er solle mehr Mopps und eine neue Flasche Reiniger rüberbringen, fügte sie hinzu.

Teamgeist durch Putzen zu stärken erwies sich als sinnvolle

Strategie: Gegen Ende des Nachmittags waren sich die vier Übeltäterinnen einig – in ihrer Wut auf mich. Als ich sie endlich ziehen ließ, war es schon nach sechs. Die Mädchen konnten kaum noch kriechen vor Erschöpfung, und ihre Trikots waren nass und schmutzig, aber der Fußboden glänzte, wie er es nicht mehr getan hatte, seit… nun, seit einem Tag vor siebenundzwanzig Jahren, als ich ihn mit anderen Mädchen aus meiner Mannschaft putzen musste. Nach einer viel schlimmeren Sache als einer Gangrangelei. Dieses Ereignis hatte ich ziemlich erfolgreich verdrängt – und wollte nicht mal jetzt dran denken.

Ich ging mit den Mädchen in den Umkleideraum, als sie sich umzogen. In den Duschen und Schränken gab es schimmlige Stellen, einige Toiletten hatten keinen Sitz mehr, in anderen lagen blutige Binden und Tampons. Vielleicht konnte ich Ms. Gault dazu veranlassen, dem Hausmeister einzuheizen, damit er hier sauber machte, nachdem die Mädchen nun die Halle auf Vordermann gebracht hatten. Ich hielt mir die Nase zu und rief Josie zu, ich würde im Geräteraum auf sie warten.

7

Dicht an dicht

Josie wohnte mit ihrer Mutter – sowie ihrer älteren Schwester, ihren beiden Brüdern und dem Kind der Schwester – in einem alten Wohnblock an der Escanaba. Auf der Fahrt dorthin bat mich Josie, ihrer Mutter nichts von der Strafe zu erzählen. »Ma meint, ich soll studieren und so, und wenn sie hört, dass ich Stress hatte im Basketball, darf ich vielleicht nicht mehr spielen.«

»Möchtest du denn studieren, Josie?«

Ich hielt hinter einem ziemlich neuen Pick-up, der vor dem Gebäude geparkt war. Auf der Ladefläche standen vier Lautsprecher, aus denen so laute Musik dröhnte, dass der Wagen vibrierte. Ich musste mich zu Josie rüberbeugen, um ihre Antwort zu verstehen.

»Ich denk schon. Ich meine, ich will nicht mein Leben lang so schuften wie Ma, und wenn ich studiere, kann ich vielleicht Lehrerin oder Trainerin werden oder so.« Sie zupfte an einer Nagelhaut herum und starrte auf ihre Knie, dann platzte sie heraus: »Ich meine, ich weiß ja nicht, wie es ist an der Uni. Ob sie da alle eingebildet sind und mich nicht mögen, weil ich Latina bin und hier unten groß geworden bin. Ich hab ein paar von diesen reichen Kids in der Kirche kennen gelernt, und die Familien von denen wollen nichts mit mir zu tun haben, wegen der Gegend, aus der ich komm. Ich hoff nur, dass es an der Uni nicht so ist.«

Billy the Kid hatte etwas von einem Austauschprogramm der Kirchen erzählt. Sein Chor hatte mit dem Chor aus Josies Pentecostal Church gesungen. Ich konnte mir gut vorstellen, dass reiche Familien wie die Bysens keinen Wert darauf legten, dass ihre Kinder sich mit Mädchen aus South Chicago anfreundeten.

»Ich bin auch hier aufgewachsen, Josie«, sagte ich. »Meine Mutter war eine mittellose Immigrantin, aber ich habe trotzdem an der University of Chicago studiert. Klar gab es da Idioten, die sich für besser hielten, weil sie mit viel Geld aufgewachsen waren. Aber für die meisten Studenten und Professoren da zählte nur, was für ein Mensch ich war. Nur – wenn du studieren willst, musst du ordentlich was für die Schule tun und fleißig trainieren. Das weißt du, oder?«

Josie zog eine Schulter hoch und nickte, aber der vertrauliche Moment war vorüber; sie schnallte sich ab und stieg aus. Als ich mit ihr zur Haustür ging, sah ich fünf junge Typen, die an dem Pick-up lehnten und Joints rauchten. Einer von ihnen war der Knabe, der immer teilnahmslos mit seinen und Sancias Kindern während des Trainings auf der Tribüne hockte. Die anderen vier hatte ich noch nie gesehen, aber Josie kannte sie. Sie riefen ihr irgendwas Anzügliches zu, das ich bei dem Gedröhne nicht verstehen konnte.

Josie schrie: »Passt bloß auf, wenn Pastor Andrés vorbeikommt, macht er euch die Karre noch mal platt.«

Die Typen schrien irgendwas zurück, und als Josie Anstalten machte, sich auf ein Handgemenge einzulassen, schob ich sie weiter zur Haustür. Das Wummern verfolgte uns, während wir die Treppe zum zweiten Stock hochstiegen. Als Josie die Wohnungstür im hinteren Teil des Hauses aufschloss, spürte ich die Bässe noch im Bauch.

Wir landeten direkt im Wohnzimmer, wo ein junges Mädchen in Babydoll-T-Shirt und Slip auf der Couch saß und gebannt auf den Fernseher blickte. Dabei aß sie mechanisch Chips aus einer Tüte auf ihrem Schoß. Auf einem Kissen mit Plastikbezug neben ihr lag ein Kleinkind und starrte an die Decke. Einziger Dekor im Raum waren ein großes, schlichtes Kreuz an der Wand und ein Bild von Jesus, wie er gerade eine Gruppe Kinder segnete.

»Julia! Die Trainerin ist hier, weil Ma mit ihr sprechen will«, rief Josie. »Wieso sitzt du hier mitten am Tag halbnackt rum?«

Als ihre Schwester nicht reagierte, marschierte Josie zu ihr und nahm ihr die Chipstüte weg. »Steh auf! Raus aus der Traumwelt, ans Tageslicht. Ist Mam zu Hause?«

Julia beugte sich vor und starrte auf den Bildschirm, auf dem eine Frau in einem roten Kleid gerade ein Zimmer im Krankenhaus verließ und von einem Mann zur Rede gestellt wurde. Die

Unterhaltung – auf Spanisch – hatte etwas mit der Frau in dem Krankenzimmer zu tun.

Josie stellte sich vor den Fernseher. »Du kannst *Mujer* morgen und übermorgen wieder gucken. Zieh dir was an! Ist Ma zu Hause?«

Julia erhob sich verdrossen. »In der Küche. Macht die Flasche für María Inés. Nimm María Inés mit raus, ich zieh mir meine Jeans an.«

»Ich bin mit April verabredet, wir müssen für ein Projekt in Naturwissenschaften arbeiten. Ich kann nicht hierbleiben und mich um dein Baby kümmern«, erwiderte Josie und nahm die Kleine hoch. »Tut mir leid, Coach«, sagte sie über die Schulter. »Julia lebt in dieser Telenovela. Sie hat sogar die Kleine nach einer Figur daraus genannt.«

Ich folgte ihr durch einen Torbogen in einen Raum, der offenbar als Ess- und Schlafzimmer zugleich fungierte: Am einen Ende eines alten Holztischs lagen ordentlich gefaltete Laken, am anderen waren Teller und Besteck aufgetürmt. Unter dem Tisch sah ich zwei Luftmatratzen und eine Kiste mit Power Rangers und anderen Action-Spielsachen, die wohl Josies Brüdern gehörten.

Julia drängte sich an uns vorbei in ein Zimmer, das auf der linken Seite des Flurs lag. Darin standen zwei ordentlich gemachte Betten mit Sternenbanner-Bettwäsche, was ich erstaunlich fand. So viel Patriotismus hatte ich bei den Dorrados nicht erwartet.

Die beiden Betten waren mit einer Wäscheleine umspannt, an der Babykleidung befestigt war. An einer Wand hing ein Poster vom Basketball-Team der University of Illinois – Josies Seite des Zimmers. Fast alle Mädchen aus der Mannschaft verehrten die Spielerinnen der U. of I., denn dort hatte Mary Ann McFarlane studiert. Die kleine Wohnung war vollgestopft, aber ordentlich.

Wir kamen in die Küche, die nur Raum für eine Person bot. Sogar hier hinten hörte man noch das Dröhnen der Bässe aus den gigantischen Lautsprechern.

Josies Mutter wärmte eine Babyflasche in einem Topf. Als Josie mich vorstellte, wischte sich ihre Mutter die Hände an ihrer weiten, schwarzen Hose ab und entschuldigte sich mehrmals dafür, dass sie mich nicht im Wohnzimmer empfangen hatte. Sie war klein, hatte leuchtend rote Haare und sah ihrer großen, schlaksigen Tochter so wenig ähnlich, dass ich sie im ersten Moment verdattert anstarrte.

Als ich beim Händeschütteln Ms. Dorrado zu ihr sagte, meinte sie: »Nein, nein, nennen Sie mich Rosie. Josie hat mir nicht gesagt, dass Sie heute kommen würden.«

Josie überhörte den indirekten Vorwurf und reichte ihr das Baby. »Ich kann nicht aufs Kind aufpassen. April und ich haben lange trainiert, und jetzt müssen wir an unserem Biologie-Projekt arbeiten.«

»Biologie?«, wiederholte Rose Dorrado. »Du weißt, ich will nicht, dass du an Fröschen rumschneidest oder so was.«

»Mam, das machen wir nicht. Es geht um Gesundheit, wie man vermeidet, dass man sich in der Schule die Grippe holt. Wir müssen, ähm, Pameter aufstellen dafür.«

»Parameter«, korrigierte ich.

»Ja, genau das machen wir.«

»Um neun bist du wieder hier«, sagte ihre Mutter warnend. »Sonst schick ich deine Brüder.«

»Aber, Ma, wir fangen doch erst so spät an, weil das Training so lange gedauert hat«, protestierte Josie.

»Dann arbeite eben schneller«, erwiderte ihre Mutter bestimmt. »Und was ist mit Abendessen? Du kannst dich ja nicht bei Mrs. Czernin durchfuttern.«

»April hat am Donnerstag noch eine extra Pizza mitgenommen, als Mr. Czernin uns mit der Reporterin zum Essen eingeladen hat. Sie hat sie für uns beide aufgehoben.« Josie wartete keine weiteren Einwände ab, sondern machte sich aus dem Staub. Zu den Bässen gesellte sich kurz darauf ein weiterer Knall, als Josie die Wohnungstür zuschmetterte.

»Wer ist diese Reporterin?«, erkundigte sich Rose Dorrado und testete die Milch an ihrem Handgelenk. »Josie hat am Donnerstag irgendwas erzählt, aber ich weiß es nicht mehr.«

Ich erklärte Marcena Loves Hintergrund und ihr Projekt mit der Mannschaft.

»Josie ist ein gutes Mädchen, sie hilft mir viel mit der kleinen

María Inés, sie sollte manchmal auch was Hübsches haben«, seufzte Rosie Dorrado. »Kommt sie zurecht in der Mannschaft? Meinen Sie, sie kann vielleicht mit Basketball ein Stipendium für die Uni kriegen? Sie soll eine Ausbildung haben, nicht enden wie ihre Schwester…« Sie verstummte und tätschelte die Kleine, als wolle sie ihr sagen, dass sie nicht schuld sei an ihren Sorgen.

»Josie ist eifrig bei der Sache, und sie spielt gut«, sagte ich und verzichtete darauf, Ms. Dorrado darauf hinzuweisen, dass es ziemlich aussichtslos war, es von einer Schule wie der Bertha Palmer in ein Uniteam zu schaffen. »Sie sagte, Sie wollten über irgendein Problem mit mir sprechen.«

»Bitte, was wollen Sie trinken? Dann spricht es sich leichter.« Da ich mich zwischen Pulverkaffee und orangem Kool-Aid entscheiden sollte, wollte ich gerade beides ausschlagen, als mir noch rechtzeitig einfiel, wie wichtig die Rituale der Gastfreundlichkeit in South Chicago genommen wurden. Romeo Czernin hatte durchaus Recht: Ich war zu lange nicht mehr hier gewesen, wenn ich naserümpfend Pulverkaffee ablehnte. Bei meiner Mutter gab es so etwas zwar nicht – sie hätte eher auf andere Dinge verzichtet als auf ihren italienischen Kaffee, den sie in einem Supermarkt in der Taylor Street zu kaufen pflegte –, aber während meiner Kindheit in der Houston gehörte der Pulverkaffee auf jeden Fall zu den Grundnahrungsmitteln.

Rose Dorrado klemmte sich das Baby auf die Schulter und goss etwas von dem heißen Wasser, in dem sie die Milchflasche gewärmt hatte, in zwei Plastikbecher. Ich trug beide ins Wohnzimmer, wo sich Julia, mittlerweile mit Jeans bekleidet, wieder vor der Telenovela niedergelassen hatte. Die zwei jüngeren Brüder waren inzwischen auch eingetroffen und stritten sich mit Julia über den Fernsehkanal. Ihre Mutter sagte ihnen, dass sie auf das Baby aufpassen müssten, wenn sie Fußball sehen wollten, worauf die beiden eiligst wieder auf die Straße flüchteten.

Ich trank den dünnen, bitteren Kaffee, während Rose sich laut darüber sorgte, wie wohl die Zukunft ihrer Jungen ohne einen Vater aussehen würde. Ihr Bruder versuchte einzuspringen und spielte am Sonntag mit ihnen, aber er musste sich auch um seine eigene Familie kümmern.

Ich schaute auf die Uhr und versuchte, Rose Dorrado dazu zu veranlassen, mit ihrer Geschichte anzufangen. Wie sich herausstellte, handelte es sich nicht um eine private Sache. Rose arbeitete für Fly the Flag, ein kleines Unternehmen an der 88th Street, das Banner und Flaggen anfertigte.

»Wissen Sie, wenn die Kirche oder die Schule ein Banner für eine Parade oder die Sporthalle wollen – so was machen wir. Und wir bügeln sie auch, wenn das gewünscht wird. Wenn die Fahne das ganze Jahr aufgerollt war, aber zur Abschlussfeier gebraucht wird, kann nur unsere Firma die bügeln, nur unsere Maschinen sind groß genug. Ich arbeite seit neun Jahren da. Ich hab schon angefangen, bevor mein Mann mich mit den ganzen Kindern hat sitzen lassen, und jetzt bin ich Vorarbeiterin, aber ich nähe auch noch.«

Ich nickte höflich und gratulierte ihr, aber das tat sie mit einer Handbewegung ab und redete weiter. Obwohl Fly the Flag auch die US-Flagge herstellte, war dieser Teil der Produktion bis zum 11. September nicht so wichtig gewesen. Die riesigen Banner, die Schulen oder andere Institutionen an Balkone oder Wände hängten, wurden vorher nicht allzu oft verlangt.

»Aber nach dem Trade Center gab es eine große Nachfrage, wissen Sie, jeder wollte eine Flagge für seine Firma, große Apartmenthäuser für reiche Leute wollten sogar welche vom Dach hängen. Jedenfalls hatten wir viele Aufträge, fast zu viele, wir kamen kaum hinterher. Die Banner werden alle von Hand genäht, die Flaggen aber mit Maschine, und es musste sogar eine zweite Maschine angeschafft werden.«

»Klingt gut«, sagte ich. »South Chicago kann Erfolgsgeschichten brauchen.«

»Ja, wir brauchen diese Firmen. Ich brauche den Job, ich muss vier Kinder ernähren, und jetzt auch noch Julias Baby. Falls diese Firma schließt, weiß ich nicht, was ich tun soll.«

Und nun kam sie zur Sache. Seit dem Sommer gingen die Aufträge zurück. Es gab immer noch zwei Schichten, aber Mr. Zamar hatte elf Leute entlassen. Josies Mutter war schon lange dabei, aber nun machte sie sich Sorgen um die Zukunft.

»Das klingt beunruhigend«, pflichtete ich ihr bei, »aber ich weiß nicht recht, was ich dagegen unternehmen soll.«

Rose Dorrado lachte nervös. »Vielleicht bilde ich mir das alles nur ein. Ich mache mir zu viele Sorgen, weil ich all die Kinder durchbringen muss. Ich verdiene da gut, dreizehn Dollar die Stunde. Wenn die Firma dichtmacht und nach Nicaragua oder China geht, wie manche Leute glauben, oder wenn Mr. Zamar – wenn dem Betrieb irgendwas passiert –, wo soll ich dann arbeiten? Dann kann ich nur zu By-Smart, wo man mit sieben Dollar die Stunde anfängt. Wer kann denn sechs Leute von sieben Dollar die Stunde ernähren? Und dann die Miete. Und wir zahlen immer noch für María Inés, für ihre Geburt, meine ich. Das Krankenhaus ist so teuer, und dann muss sie ihre Impfungen kriegen, und die Kinder brauchen alle Schuhe…« Sie verstummte und seufzte.

Während Rose Dorrados Klagerede starrte Julia auf den Fernseher, als hinge ihr Leben davon ab, aber die Spannung in ihren knochigen Schultern ließ darauf schließen, dass sie jedes Wort ihrer Mutter registrierte. Ich trank den Kaffee bis auf den letzten unaufgelösten Pulverkrümel aus; in dieser Umgebung mochte ich nichts vergeuden.

»Und was ist nun los in der Fabrik?« Ich versuchte, sie auf ihr Anliegen zu bringen.

»Wahrscheinlich ist es gar nichts«, antwortete sie. »Vielleicht ist wirklich nichts; Josie hat gesagt, ich soll Sie nicht damit belästigen.«

Als ich weiter nachbohrte, rückte sie schlussendlich damit heraus: Eines Morgens im letzten Monat, als sie zur Arbeit gekommen war – sie war immer früh dran, um sich keinerlei Verfehlungen zu leisten; wenn es noch mehr Entlassungen geben sollte, konnte ihr jedenfalls keiner Nachlässigkeit vorwerfen –, musste sie feststellen, dass ihr Schlüssel nicht ins Loch passte. Jemand hatte die Schlösser mit Sekundenkleber vollgespritzt, und ein ganzer Arbeitstag ging verloren, weil man warten musste, bis die Schlosser die Türen repariert hatten. Ein andermal, als sie als Erste zur Arbeit erschien, stank es schrecklich, und später wurden tote Ratten in den Heizungsrohren entdeckt.

»Weil ich so früh dran war, hab ich alle Fenster aufgemacht, und wir konnten noch arbeiten, es war nicht so sehr schlimm, aber Sie können sich das ja vorstellen! Zum Glück war das Wetter recht gut – im November kann es auch Regen oder Schneestürme geben.«

»Was sagt Mr. Zamar dazu?«

Sie beugte sich über das Baby. »Nichts. Er meinte, es gibt immer wieder Missgeschicke in Fabriken.«

»Wo steckte er denn, als die Schlösser verklebt waren?«

»Wie meinen Sie das?«, fragte Rose.

»Ich meine, ist es nicht eigenartig, dass Sie die Schlösser entdeckt haben? Wo war er denn?«

»Er kommt immer später, weil er abends bis sieben oder acht im Haus bleibt. Morgens ist er frühestens um halb neun da, manchmal auch erst um neun.«

»Er könnte die Schlösser am Abend vorher also selbst verklebt haben«, sagte ich unverblümt.

Rose sah mich erschrocken an. »Warum sollte er so was tun?«

»Um die Fabrik auf eine Art lahmzulegen, bei der er die Versicherungssumme kassieren kann.«

»Das würde er niemals tun!«, rief sie aus, zu hastig. »Das wäre Unrecht, und er ist ein guter Mann, er bemüht sich ...«

»Meinen Sie, jemand von den Entlassenen wollte sich rächen?«

»Alles ist möglich«, sagte Rose. »Deshalb ... ich frage mich eben ... und als ich hörte, dass eine von der Polizei jetzt anstelle von Mrs. McFarlane eingesprungen ist ... können Sie nicht mal hingehen und es rauskriegen?«

»Sie sollten sich lieber an die Polizei wenden, an die echte Polizei. Die können ...«

»Nein!«, rief sie so laut, dass das Baby hickste und zu weinen anfing.

»Nein«, sagte sie wieder, ruhiger jetzt, und wiegte die Kleine an der Schulter. »Mr. Zamar hat gesagt, keine Polizei, ich darf nicht anrufen. Aber Sie sind hier groß geworden, Sie könnten ein paar Fragen stellen, bestimmt hat niemand was dagegen, mit der Lady zu reden, die Basketball unterrichtet.«

Ich schüttelte den Kopf. »Ich bin alleine in meiner Firma, und eine solche Ermittlung braucht Zeit und ist teuer.«

»Wie viel kostet das?«, fragte sie. »Ich kann Ihnen etwas Geld geben, wenn ich das Krankenhaus für Julia abbezahlt habe.«

Ich brachte es nicht übers Herz, ihr zu sagen, dass ich pro Stunde 125 Dollar berechnete; nicht jemandem, der fünf Kinder mit dreizehn Dollar die Stunde durchbringen muss. Obwohl ich öfter unentgeltlich arbeite – zu oft, pflegt meine Buchhalterin mir regelmäßig mitzuteilen –, war mir schleierhaft, wie ich in einem Unternehmen ermitteln sollte, dessen Besitzer mich da nicht haben wollte.

»Aber verstehen Sie denn nicht, wenn das nicht aufhört, schließen sie die Fabrik, und was soll dann aus mir und meinen Kindern werden?«, rief Rose mit Tränen in den Augen verzweifelt aus.

Julia verkroch sich inzwischen förmlich in ihrem T-Shirt, und das Baby schrie noch lauter. Ich rieb mir die Stirn. Bei der Vorstellung, eine weitere Bindung an meine alte Gegend herzustellen, noch eine Verpflichtung einzugehen, hätte ich mich am liebsten zu Julia auf die Couch gehockt, um die wirkliche Welt zu verdrängen.

Mit bleischwerer Hand förderte ich meinen Taschenkalender zutage und betrachtete meine Termine. »Ich denke, ich könnte morgen früh mal vorbeischauen. Aber Sie wissen, dass ich mit Mr. Zamar reden muss, und wenn er mich rausschmeißt, muss ich gehen.«

Rose Dorrado strahlte mich erleichtert an. Sie dachte sich vermutlich, dass ich den ganzen Weg gehen würde, wenn ich den ersten Schritt tat. Ich hoffte inständig, dass sie sich irrte.

8

Innenleben einer Fabrik

Ich zog meine Windjacke fester um mich und schlüpfte durch ein Loch im Maschendrahtzaun. Der Himmel nahm das typische matte Stahlgrau eines Spätherbstmorgens an, und es war kalt.

Als ich Rose Dorrado gesagt hatte, ich würde am nächsten Morgen bei Fly the Flag vorbeischauen, hatte ich ursprünglich beabsichtigt, gegen halb neun zu erscheinen und die Angestellten zu befragen. Doch als ich die Sache abends mit Morrell besprach, wurde mir klar, dass ich frühmorgens dort sein musste. Wenn jemand einen Sabotageakt vor der Morgenschicht plante, könnte ich die Person vielleicht auf frischer Tat ertappen.

Am Abend vorher war es wieder spät geworden, denn nachdem ich mich mit meinen streitlustigen Spielerinnen herumgeplagt und Rose aufgesucht hatte, schaute ich auf dem Weg Richtung Norden noch bei Mary Ann McFarlane vorbei. Viermal die Woche kam eine Haushaltshilfe zu ihr und erledigte Wäsche und andere mühsame Aufgaben, aber ich brachte ihr öfter was zu essen, manchmal eine ganze Abendmahlzeit oder Kleinigkeiten, die niemand für sie einkaufte, die ihr aber Freude machten.

Mary Ann wohnte nördlich von meiner alten Straße in einem betagten Backsteingebäude mit acht Mietparteien; ihre Wohnung bestand wie meine aus vier aufeinanderfolgenden Zimmern. Als ich zu Mary Ann kam, lag sie im Bett, aber ihre Stimme war noch kräftig genug, dass ich sie im Flur hören konnte. Ich rief zurück und streichelte Scurry, ihren Dackel, der sich fast überschlug vor Freude, als er mich sah.

Was sollte ich mit dem Hund machen, wenn – falls – er ein neues Zuhause brauchte? Das fragte ich mich immer wieder. Ich hatte schon Peppie und ihren riesigen Sohn. Wenn ich mir einen dritten Hund zulegte, würde mir bestimmt das Gesundheitsamt auf die Pelle rücken – nicht wegen der Hunde, sondern um mich in die geschlossene Abteilung einzuweisen.

Als ich ins Schlafzimmer kam, hatte sich meine einstige Trainerin aus dem Bett gehangelt und bis zur Tür vorgearbeitet. Sie hielt sich an ihrer Kommode fest, winkte aber ab, als ich ihr helfen wollte, und wartete, bis sie wieder zu Atem kam. In dem trüben Licht sah sie erschreckend aus mit ihren eingefallenen Wangen und der faltigen Haut an ihrem Hals. Sie war früher eine kräftige Frau gewesen, doch nun hatten der Krebs und die Medikamente ihr das Leben ausgesogen, und durch die Chemotherapie hatte sie die Haare verloren. Sie wuchsen jetzt langsam nach, rote und graue Stoppeln, aber sie hatte sich auch dann geweigert, eine Perücke zu tragen, als sie so kahl war wie Michael Jordan.

Es war ein Schock für mich, als ich Mary Ann zum ersten Mal in diesem Zustand sah. Ich kannte sie nur kraftvoll und muskulös und konnte sie mir nicht alt oder krank vorstellen. Sie war auch noch nicht alt – erst sechsundsechzig, hatte ich zu meinem Erstaunen erfahren. Als sie mich damals trainierte und in Latein unterrichtete, wirkte sie auf mich so alt und würdevoll wie die Büste von Caesar Augustus in unserem Klassenzimmer.

Sie sprach erst, als sie sich in der Küche an dem alten Emailletisch niedergelassen hatte. Scurry sprang auf ihren Schoß. Ich setzte Wasser für Tee auf und packte die Lebensmittel aus, die ich für sie eingekauft hatte.

»Wie lief das Training heute?«, fragte sie.

Ich berichtete von dem Streit, und sie nickte, zufrieden über meine Lösung. »Der Schule ist es einerlei, ob diese Mädchen spielen oder nicht. Oder ob sie zum Unterricht erscheinen – Celine Jackman zieht das Klassenniveau runter. Die wären froh, wenn du sie rausschmeißen würdest, aber Basketball ist ihre Rettungsleine. Sieh zu, dass sie drinbleibt, wenn es irgend geht.«

Sie hielt inne, um Atem zu holen, dann sagte sie: »Du machst doch wohl nicht wieder diese Tofu-Pampe, wie?«

»Nein, Ma'am.« Als ich das erste Mal für sie kochte, hatte ich Misosuppe mit Tofu zubereitet, weil ich dachte, das sei leicht verdaulich und würde ihr Kraft geben, aber Mary Ann verabscheute diese Kost. Sie war nur für Fleisch und Kartoffeln zu haben, und auch wenn sie dieser Tage nicht viel von ihrem geliebten Schmorbraten zu sich nehmen konnte, genoss sie ihn jedenfalls mehr als Tofu-Pampe.

Während sie langsam so viel von ihrer Mahlzeit verzehrte, wie ihr möglich war, ging ich in ihr Schlafzimmer und wechselte die Laken. Es war ihr zuwider, dass ich das Blut und die Eiterflecken zu Gesicht bekam, weshalb wir beide so taten, als sähe ich sie nicht. An den Tagen, an denen sie zu schwach war, um aufzustehen, war es schmerzhafter, ihre Beschämtheit über den Zustand der Bettwäsche zu erleben, als an den Krebs selbst zu denken.

Während ich die Wäsche in einen Plastiksack für die Reinigung packte, warf ich einen Blick auf die Bücher, in denen sie las. Einen von Lindsay Davis' römischen Kriminalromanen. Den neuesten Band aus der Biographie von Lyndon B. Johnson. Eine Sammlung lateinischer Kreuzworträtsel – alle Angaben waren auf Latein. Es war lediglich ihr Körper, der sie im Stich ließ.

Als ich in die Küche zurückkam, berichtete ich von Rose Dorrados Geschichte. »Du kennst doch jeden in South Chicago. Kennst du Zamar? Ist das ein Typ, der Sabotageakte an seiner eigenen Fabrik verüben würde?«

»Frank Zamar?« Mary Ann schüttelte den Kopf. »So was würde ich von niemandem sagen können, Victoria. Die Leute hier sind verzweifelt, und sie handeln oft aus Verzweiflung. Aber Zamar würde bestimmt niemandem Schaden zufügen. Wenn er seine eigene Fabrik zerstören wollte, würde er auf jeden Fall darauf achten, dass sich niemand mehr drin aufhält.«

»Hat er Kinder an der Schule?«

»Soweit ich weiß, hat er keine Familie. Wohnt an der East Side, früher mit seiner Mutter, aber die ist vor drei, vier Jahren gestorben. Stiller, unauffälliger Mann, Mitte fünfzig etwa. Letztes Jahr hat er der Mannschaft Trikots gespendet. Ich nehme an, dass Josies Mutter ihn dazu gebracht hat. So hab ich ihn überhaupt kennen gelernt – Rose Dorrado hat ihn überredet, zum Training zu kommen, um Julia spielen zu sehen. Josies Schwester, weißt du. Sie war die beste Spielerin, die ich seit vielen Jahren an der Schule hatte, vielleicht seit dir damals, bis sie das Kind bekam. Jetzt ist ihr Leben aus den Fugen geraten, sie kommt nicht mal mehr in die Schule.«

Ich klatschte den Spülschwamm so aufgebracht ins Becken, dass er durch die Küche sprang. »Diese Mädchen mit ihren Schwangerschaften! Ich bin hier aufgewachsen und war auf derselben Schule. Es gab immer welche, die schwanger wurden, aber kein Vergleich mit heute.«

Mary Ann seufzte. »Ich weiß. Wenn ich eine Ahnung hätte, wie man das ändern kann, würd ich's tun. In deiner Generation waren die Mädchen noch nicht so früh sexuell aktiv, und außerdem boten sich bessere Möglichkeiten.«

»Aus meiner Klasse haben auch nicht grade viele studiert«, erwiderte ich.

Sie rang um Atem. »Das meine ich nicht. Auch die Mädchen, die nur heiraten und hier Kinder großziehen wollten, wussten, dass ihre Männer eine anständige Stelle finden würden. Damals gab es noch Arbeitsstellen. Heutzutage haben die Leute das Gefühl, keine Zukunft mehr zu haben. Männer, die früher im Stahlwerk dreißig Dollar die Stunde verdienten, sind froh, wenn sie heute für ein Viertel des Geldes bei By-Smart arbeiten können.«

»Ich hab versucht, mit Sancia, der Center-Spielerin, über Verhütung zu reden – ich meine, sie hat schließlich schon zwei Kinder. Ihr Freund hockt mit den Kindern beim Training; der sieht aus wie fünfundzwanzig, aber wenn ihm das Wort ›arbeiten‹ jemals untergekommen ist, hat er offenbar gedacht, es gehört zu einer Fremdsprache oder ist abgeschafft. Ich habe Sancia jedenfalls gesagt, falls sie weiterhin sexuell aktiv bleiben wollte, wäre es besser für ihre Chancen in der Schule und im Leben, wenn sie keine Kinder mehr kriegen würde. Am nächsten Tag hatte ich ihre Mutter am Hals, die mir gedroht hat, sie würde ihre Tochter aus der Mannschaft nehmen, wenn ich da noch mal über Verhütung reden würde – aber ich kann die Mädchen doch schließlich nicht ins Unglück laufen lassen, oder?«

»Glaub mir, ich wäre froh, wenn jeder an der Schule enthaltsam leben würde«, sagte Mary Ann, »aber das ist so wahrscheinlich wie eine Wiedergeburt der Dinosaurier, und deshalb müssen sie Bescheid wissen über Verhütung. Aber du darfst es ihnen nicht unaufgefordert erzählen. Das Problem ist, dass Sancias Mutter der Pentecostal Church angehört, und da wird verbreitet, dass man in die Hölle kommt, wenn man Verhütungsmittel benutzt.«

»Aber…«

»Debattier nicht mit mir darüber und vor allem, um Himmels

willen, nicht mit den Mädchen. In diesen kleinen Kirchengemeinden nehmen die ihren Glauben furchtbar ernst. Du siehst
sie ja vermutlich vor dem Training in ihren Bibeln lesen.«

»Auch das hat sich geändert seit meiner Jugend«, sagte ich
trocken, »dass die Latinos der Messe den Rücken kehren. Ich
hatte natürlich davon gehört, es aber noch nicht selbst erlebt.
Und sie versuchen sogar, andere zu bekehren – ich musste da
schon ein-, zweimal dazwischengehen.«

Mary Ann grinste breit. »In dieser Zeit Lehrer zu sein, ist harte
Arbeit – man muss aufpassen, worüber man spricht, damit man
selbst oder die Schule nicht einen Prozess an den Hals kriegt.
Aber Rose Dorrado ist praktischer veranlagt als Sancias Mutter.
Seit Julia das Kind bekommen hat, sitzt sie Josie im Nacken,
achtet darauf, mit wem sie sich trifft, lässt sie nicht mit Jungen
alleine ausgehen. Sie will, dass Josie studiert. Und die Eltern von
April sind auch dahinter her.«

»Ach Unsinn!«, widersprach ich. »Wenn Romeo – Bron –
Czernin mal an irgendwas außer seinem Hosenschlitz denkt,
dann nur an sich.«

»Gut, dann eben ihre Mutter«, räumte Mary Ann ein. »Sie will
unbedingt, dass April aus South Chicago rauskommt. Basketball
duldet sie, weil April damit vielleicht an ein Stipendium kommt,
aber sie gehört zu den wenigen Eltern, die jeden Abend dafür
sorgen, dass die Kids ihre Hausaufgaben machen.«

Die lange Unterhaltung hatte meine alte Trainerin erschöpft.
Ich half ihr zurück ins Schlafzimmer, machte dann eine Runde
um den Block mit Scurry und fuhr danach zu mir, um mich
meiner eigenen Hunde anzunehmen. Mr. Contreras war mit
ihnen draußen gewesen, aber ich fuhr mit ihnen zum See, damit
sie rennen konnten, und nahm sie dann mit zu Morrell, wo sie
auch blieben, als ich morgens um fünf aufstand und wieder in
die South Side zurückkutschierte.

Noch lag die Nacht über der Stadt, aber auf der Schnellstraße
war schon viel los – wann nicht? Laster, Leute auf dem Weg zur
Arbeit, Ermittler, die nach weiß der Geier was Ausschau hielten,
waren auf den zehn Spuren unterwegs. Erst als ich an der 87th
Street Richtung Westen runterfuhr, wurde es still in den Straßen.

Das Gebäude von Fly the Flag ragte vor der Böschung des Skyway an der South Chicago Avenue auf. Früher hatte es an dieser Straße wohl florierende Fabriken und Geschäfte gegeben, aber ich konnte mich daran nicht erinnern. Im Gegensatz zu der dicht befahrenen Autobahn, die vor allem von den Pendlern aus Indiana benutzt wurde, war die Straße hier unten völlig verlassen. Am Bordstein standen ein paar Autos mit offener Motorhaube oder verdrehten Rädern, die nicht geparkt, sondern zurückgelassen wurden. Ich stellte den Mustang in einer Seitenstraße ab, damit er zwischen den Wracks nicht auffiel, und ging die zwei Blocks zu Fly the Flag zu Fuß. Nur ein Stadtbus kam vorbei, der sich so schwerfällig Richtung Norden bewegte wie ein Bär im Gegenwind.

Von einer Eisenhütte abgesehen, auf deren abgeriegeltem Gelände sich ein modernes Fabrikgebäude befand, schienen sich die meisten Bauten, an denen ich hier vorüberkam, nur durch erbitterten Widerstand gegen die Schwerkraft aufrechtzuhalten. Die Fenster waren entweder gähnende Löcher oder zugenagelt, Aluminiumrahmen flatterten im Wind. Dass es dramatisch wenige Jobs hier in der Gegend gibt, kann man daran sehen, dass Menschen selbst in diesen verfallenden Gemäuern zur Arbeit gehen.

Erstaunt stellte ich fest, dass Fly the Flag in dieser Kulisse des Verfalls eine Ausnahme bildete. Nach Rose Dorrados Schilderung war ich fast davon ausgegangen, dass Frank Zamar selbst hinter der Zerstörung seines Unternehmens stand, aber ich hatte angenommen, dass man es dem Gebäude ansehen würde. Brandstiftung etwa findet häufiger durch gezielte Verwahrlosung statt – höhere Stromspannung, als die Kabel aushalten, schadhafte Stromkabel, die nicht repariert werden, Müllhaufen an entscheidenden Stellen – als durch Feuerlegen. Von außen jedenfalls machte Fly the Flag keinen heruntergekommenen Eindruck.

Ich schaltete meine Taschenlampe an und wanderte um das Gebäude herum. Der Hof war nicht groß, hier konnte höchstens ein einziger Sattelschlepper wenden. Auf ebener Erde gab es zwei Eingänge, und eine Rampe führte hinunter zu einer Ladezone.

Ich hielt am ganzen Gebäude nach Löchern im Fundament,

Beschädigungen an den Strom- und Gaszuleitungen und Fuß-
abdrücken auf dem feuchten Boden Ausschau, entdeckte aber
nichts Außergewöhnliches. Die Eingangstüren waren abgeschlossen, und als ich mit meinem Dietrich stocherte, spürte ich keinerlei Widerstände.

Auf meiner Uhr war es sieben nach sechs. Ich richtete die
Taschenlampe auf das Schloss am Hintereingang und fummelte
es mit den Dietrichen auf. Von der Autobahnbrücke konnte man
mich wahrscheinlich sehen, aber ich nahm nicht an, dass sich
jemand so sehr für die Zustände hier unten interessierte, dass
er die Cops rufen würde.

Das Innere des Gebäudes war übersichtlich: ein riesiger Raum
mit gewaltigen Schneide- und Bügelmaschinen, lange Tische für
die Näharbeit, über allem an der Wand die größte US-Flagge,
die ich je gesehen hatte. Als ich sie anleuchtete, sahen die Streifen so weich und glatt aus, dass ich Lust bekam, sie anzufassen.
Ich kletterte auf einen Tisch, streckte die Hand aus und berührte
den untersten Streifen. Er fühlte sich an wie dicker Samt, so
sinnlich, dass ich mich am liebsten darin eingehüllt hätte. Die
sorgfältige Näharbeit an den Streifen bewies, dass die Arbeiter
hier offenbar an das Credo glaubten, das darüber verkündet
wurde: »Fly the Flag – wir tun es mit Stolz.«

Ich sprang vom Tisch, wischte meine Fingerabdrücke ab und
erkundete den Raum weiter. In einer Ecke hatte man sichtlich
widerstrebend etwas Platz geschaffen für eine winzige Kantine,
eine schmutzige Toilette und ein Kabuff, das Frank Zamar als
Büro diente. In einer Nische neben der Kantine standen diverse
verbeulte Schließfächer, in denen die Angestellten ihre persönlichen Sachen einschließen konnten.

Auf der gegenüberliegenden Seite befand sich ein an zwei
Seiten offener Lieferaufzug zum Keller. Mit einer Handkurbel
beförderte ich mich in dem Gefährt nach unten. Der vordere
Ausgang führte zu der Ladezone, der hintere zu einem Raum,
in dem Hunderte von Stoffballen in allen erdenklichen Farben,
lange Garnspulen und ein Drahtkorb mit Fahnenstangen lager-
ten. Alles, was ein Flaggenhersteller benötigte.

Inzwischen war es halb sieben; die Zeit reichte nicht mehr
aus, um Zamars Büro unter die Lupe zu nehmen, bevor Rose

Dorrado durch frühes Erscheinen ihren Arbeitseifer unter Beweis stellte. Ich sann darüber nach, ob sie die Schlösser vielleicht selbst verklebt hatte, um zu beweisen, dass sie als Beschützerin vor Saboteuren unentbehrlich war für die Fabrik. Genügend tote Ratten zu sammeln, um damit die Heizungsschächte zu verpesten, stellte ich mir grässlich vor, aber es kam wohl immer darauf an, wie entschlossen jemand war.

Ich entdeckte eine Eisentreppe, die ins Obergeschoss führte, und begann, sie hinaufzusteigen, als ich von oben ein Geräusch hörte, ein Klacken, wie von einer zufallenden Tür. Falls es sich um Rose Dorrado handelte, war alles okay, aber falls nicht – ich schaltete die Taschenlampe aus, verstaute sie im Rucksack und tastete mich im Dunkeln voran. Ich hörte Schritte. Als ich in Augenhöhe mit dem Fußboden war, verstellte mir eine große Nähmaschine den Blick, aber ich sah einen unsteten Lichtkegel an den Arbeitstischen – jemand, der sich auch nicht auskannte. Hätte die Person sich rechtens hier aufgehalten, dann hätte sie ganz normal das Licht eingeschaltet.

Ich sichtete High-Tops, die sich hinter der Nähmaschine hervorbewegten, die Schnürsenkel schleiften am Boden. Ein Amateur – ein Profi hätte sich die Schuhe zugebunden. Ich duckte mich, doch dabei streiften meine Dietriche klappernd das Metallgeländer. Die Füße erstarrten, drehten sich um und liefen davon.

Ich hechtete die Treppe hoch und holte den Eindringling an der Tür ein. Er schleuderte seine Taschenlampe nach mir. Ich duckte mich eine Sekunde zu spät und kam ins Schwanken, als das Ding mich am Kopf traf. Als ich mich berappelt hatte und hinter ihm durch den Notausgang rannte, hatte der Bursche den Zaun schon hinter sich gelassen und kraxelte die Böschung zur Autobahn hoch. Ich folgte ihm, lag aber zu weit hinten, um mir noch Mühe mit dem Zaun zu machen; der Typ kletterte bereits über die Betonmauer oben an der Autobahn.

Ich hörte Hupen und quietschende Reifen, dann das Röhren von Autos, die wieder Gas gaben.

Wenn er es nicht über alle sechs Spuren geschafft hatte, würde ich in Kürze Sirenen hören. Doch als nach einigen Minuten nichts zu vernehmen war, kehrte ich um. Es war kurz vor sieben, die Morgenschicht würde bald eintreffen. Ich trottete über den matschigen Boden und rieb mir die Stelle am Kopf, an der die Taschenlampe mich erwischt hatte.

Als ich um die Ecke bog, sah ich Rose Dorrado auf dem Weg zum Vordereingang; ihre roten Haare leuchteten wie eine Flamme im trüben Morgenlicht. Als ich die Tür erreichte, hatte Rose schon aufgeschlossen und war hineingegangen. Einige Leute, die sich leise unterhielten, kamen durchs Tor. Sie zeigten kein sonderliches Interesse an mir.

Ich fand Rose an den Schließfächern, wo sie gerade ihren Mantel in den Schrank hängte und einen blauen Kittel herausnahm. Die Innenseite der Schranktür war mit Bibelsprüchen beklebt. Roses Lippen bewegten sich; ich war mir nicht sicher, ob sie betete, und wartete ab, bis sie damit aufhörte, bevor ich ihr auf die Schulter tippte.

Überrascht und erfreut blickte sie auf. »Sie sind früher gekommen! Da können Sie mit den Leuten reden, bevor Mr. Zamar erscheint.«

»Jemand anders war auch hier, ein jüngerer Mann. Ich konnte ihn nicht genau sehen, aber ich schätze, er war um die zwanzig. Groß, hatte aber seine Kappe ins Gesicht gezogen, so dass ich nur einen dünnen Schnurrbart erkennen konnte.«

Rose runzelte besorgt die Stirn. »Ein Mann war hier? Wie ich gesagt habe, ich hab ja versucht, Mr. Zamar zu warnen. Warum haben Sie ihn nicht aufgehalten?«

»Ich hab es versucht, aber er ist mir entkommen. Wir könnten die Polizei rufen, um nach Fingerabdrücken…«

»Nur wenn Mr. Zamar zustimmt. Was hat er gemacht, dieser Mann?«

Ich schüttelte den Kopf. »Das weiß ich leider nicht. Er hat mich gehört und ist abgehauen, aber ich glaube, er wollte zu der Treppe, die in den Keller führt. Was gibt es da, außer den vielen Stoffballen?«

Rose war zu verstört, um sich zu fragen, woher ich den Keller kannte oder wo ich mich aufgehalten hatte, als der Eindringling mich hörte. »Alles. Der Boiler, der Trockenraum, der Reinigungsraum, alles Wichtige ist da unten. *Dios*, sind wir jetzt nicht mehr sicher hier? Müssen wir Angst haben, dass jemand morgens eine Bombe versteckt?«

9

Vernebelt

Man trägt immer Risiken in einem Unternehmen. Ich kann das hier gut ohne Ihre Einmischung regeln.« Frank Zamars dickliche Hände bewegten sich so ruhelos über den Tisch wie Vögel, die nicht wissen, ob sie sich auf einem Ast niederlassen sollen.

»Laut Rose hatten Sie hier in den letzten Wochen ziemlich zu tun mit Sabotageakten: Ratten in den Heizrohren, Sekundenkleber in den Türschlössern und nun noch jemand, der um sechs Uhr früh einbricht. Macht Ihnen das keine Sorgen?«

»Rose meint es gut, das weiß ich, aber sie hatte kein Recht, Sie hierher zu bestellen.«

Ich blickte den Mann entnervt an. »Sie möchten also lieber, dass Ihre Fabrik in Flammen aufgeht, als herauszufinden, was hier los ist?«

»Niemand wird meine Fabrik in Brand stecken.« Sein kantiges Gesicht wirkte plötzlich eingefallen, und sein Blick strafte seine entschiedenen Worte Lügen.

»Haben Sie solchen Schiss vor den Gangs hier, dass Sie die nicht mal anzeigen wollen? Geht es hier um so genannte ›Schutzgeld‹-Zahlungen, Zamar?«

»Nein, verdammt, es geht nicht um Schutzgeld.« Er schlug ärgerlich auf den Tisch, was mich aber auch nicht überzeugte.

»Ich würde gerne mal mit Ihren Leuten sprechen, vielleicht hat jemand was zu verbergen. Oder jemand weiß etwas über den Typen, der heute früh hier eingebrochen ist.«

»Unter keinen Umständen werden Sie mit meinen Arbeitern sprechen! Wer hat Ihnen überhaupt aufgetragen, sich in meine Angelegenheiten zu mischen? Meinen Sie, ich werde Sie dafür bezahlen, dass Sie in meinem Unternehmen herumschleichen?«

Er murmelte das alles, statt laut zu werden, was ich bezeichnend fand: Zamar fürchtete sich vor dem, was ich erfahren könnte. Ich nickte trotzdem, denn er hatte Recht – keiner würde mich für meinen Einsatz hier bezahlen.

Als ich aufstand, sagte ich beiläufig: »Sie machen das nicht zufällig selbst, oder?«

»Was – Sie meinen, tote Ratten in die Heizungsrohre legen? Sie sind ja verrückt, Sie – Sie neugierige Kuh! Warum sollte ich so was Dämliches tun?«

»Sie haben in diesem Herbst elf Leute entlassen. Ihr Betrieb ist gefährdet. Sie wären nicht der Erste, der sein Unternehmen an die Versicherung verkauft – würde doch 'ne Menge Probleme lösen, wenn Sie durch Sabotage gezwungen würden aufzugeben.«

»Ich habe Leute entlassen, weil die Wirtschaftslage schlecht ist. Sobald sich die Lage bessert, werde ich sie wieder einstellen. Und nun verschwinden Sie.«

Ich holte eine Visitenkarte aus der Tasche und legte sie auf den Schreibtisch. »Rufen Sie mich an, wenn Sie Lust haben, mir zu erzählen, wer Ihnen solche Angst einjagt, dass Sie Ihr eigenes Unternehmen nicht schützen wollen.«

Ich verließ das Büro und ging zu Roses Arbeitsplatz. Sie war damit beschäftigt, ein kompliziertes Logo in Gold auf eine marineblaue Flagge zu sticken. Sie schaute kurz auf, zog den schweren Stoff aber weiterhin durch die Maschine. Die Nähmaschinen, die riesigen mechanischen Scheren und die Dampfbügelmaschinen machten einen unglaublichen Lärm.

Ich ging in die Hocke, um ihr direkt ins Ohr zu schreien: »Er behauptet, es sei nichts, trotz der Beweise. Meiner Meinung nach fürchtet er sich vor irgendetwas oder jemandem so sehr, dass er nicht reden will. Haben Sie eine Ahnung, wer das sein könnte?«

Rose schüttelte den Kopf, ließ den Stoff nicht aus den Augen.

»Er behauptet, es hätte nichts mit den Gangs zu tun. Glauben Sie das?«

Sie zog eine Schulter hoch und führte mit raschen Bewegungen die Nadel durch die Markierungen.

»Sie kennen die Gegend hier. Hier gibt's viele Gangs. Die Pentas, die Latin Kings, die Lions, die sind zu allem bereit. Aber normalerweise sind die – gewalttätiger, die würden eher Fenster einschlagen als Schlösser zukleben.«

»Und wie ist der Typ heute Morgen hier reingekommen?«
Vielleicht hatte ich selbst die Hintertür offen gelassen, als ich
mir Zutritt verschaffte; es kam mir unwahrscheinlich vor, aber
ich war mir tatsächlich nicht ganz sicher. »Wer hat außer Zamar
noch Schlüssel?«

»Der Vorarbeiter – tagsüber ist das Larry Ballatra und in der
zweiten Schicht Joey Husack.«

»Und Sie, oder? Sie sind doch schon oft so früh hier.«

Ein nervöses Lächeln spielte um ihre Lippen. »Ja, aber ich
versuche ja nicht, der Fabrik Schaden zuzufügen, im Gegen-
teil.«

»Oder Sie wollen Zamar beweisen, dass Sie unentbehrlich
sind, damit Sie nicht bei den nächsten Entlassungen dabei
sind.«

Zum ersten Mal gerieten ihre Hände ins Stocken, und sie
bewegte den Stoff nicht schnell genug weiter. Sie zischte einen
Fluch, als er vor der Nadel Falten warf. »Jetzt schauen Sie, was
mir wegen Ihnen passiert ist. Wie können Sie so was nur sagen?
Sie sind Josies Trainerin! Sie vertraut Ihnen. Ich habe Ihnen
auch vertraut.«

Plötzlich packte mich eine Hand an der Schulter und riss mich
hoch. Wegen des Maschinenlärms hatte ich den Vorarbeiter
nicht kommen hören.

Er hielt zwar mich fest, sprach aber mit Rose. »Rose, seit wann
dürfen Sie am Arbeitsplatz Besuch empfangen? Passen Sie auf,
damit Sie am Ende des Tages nicht im Rückstand sind.«

»Werde ich nicht sein«, erwiderte Rose, noch immer rot im
Gesicht vor Zorn. »Und sie ist kein Besuch, sondern Detektivin.«

»Die Sie hierher bestellt haben! Wo sie nicht hingehört. Der
Boss hat ihr gesagt, sie soll verschwinden. Wieso quatschen Sie
dann mit ihr?« Er schüttelte mich. »Der Boss hat gesagt, Sie
sollen verschwinden, und das tun Sie jetzt auch.«

Er marschierte mit mir zur Tür und schob mich mit solchem
Karacho raus, dass ich mit einem Mann zusammenstieß, der
gerade reinkommen wollte.

»Hoppla, nur die Ruhe.« Er fing mich auf und hielt mich fest.
»Sie trinken doch wohl nicht bei der Arbeit, Schwester?«

»Nein, Bruder, heute nicht, obwohl mir im Moment durchaus danach zumute wäre.« Ich löste mich von ihm und wischte mir die Schultern ab.

Er sah verblüfft aus, dann besorgt. »Sind Sie vielleicht entlassen worden?«

Er hatte einen leicht hispanischen Akzent, dessen Herkunft ich nicht einschätzen konnte – es mochte Mexiko, Puerto Rico oder sogar Spanien sein. Wie viele Leute, die hier arbeiteten, war er dunkelhäutig und untersetzt, aber der dunkle Anzug und die Krawatte sahen nicht nach Fabrik aus.

»Ich bin eine Detektivin, die Mr. Zamar nicht beauftragt hat und mit der er auch nicht reden will. Wissen Sie etwas über die Sabotageakte in der Fabrik?« Als der Mann nickte, fragte ich ihn, was er gehört hatte.

»Nur dass einige Mitglieder der Gemeinde beunruhigt sind. Ist heute wieder was vorgefallen?«

Ich beäugte ihn prüfend und fragte mich, ob ich ihm trauen sollte – aber falls er schon Bescheid wusste über den Eindringling, war es schließlich auch nichts Neues für ihn. Als ich ihm von meinem Erlebnis berichtete, sagte er nur, Mr. Zamar habe viele Probleme und könne es sich nicht erlauben, die Fabrik zu verlieren.

»Und warum will er die Polizei raushalten?«

»Wenn ich das wüsste, wäre ich ein Weiser. Aber ich werde ihn fragen.«

»Falls Sie eine Antwort bekommen, seien Sie doch so nett und weihen Sie mich ein.« Ich nahm eine Karte aus meinem Etui und reichte sie ihm.

»V. I. Warshawski«, las er langsam. »Und ich bin Robert Andrés. Guten Tag, Schwester Warshawski.«

Zu dieser merkwürdig förmlichen Verabschiedung schüttelten wir uns die Hand. Den Rest des Tages brachte ich mit Arbeit für meine zahlenden Klienten zu, aber ich musste immer wieder an Frank Zamar und Fly the Flag denken. Ich fragte mich besorgt, ob ich Rose unnötig verstört hatte, indem ich ihr die Sabotageakte unterstellte. Bevor ich Zamar kennen lernte, konnte ich es mir vorstellen, weil Rose so besorgt war um ihren Job, dass sie sich vielleicht als unentbehrlich erweisen wollte: Sie kam früh zur Arbeit, fand Ratten in den Heizungsrohren, holte Hilfe – und stellte sogar eine Detektivin ein! Wer könnte denn schon so eine hilfreiche Mitarbeiterin feuern?

Nach meiner Unterredung mit Zamar war ich von dieser Theorie abgekommen. Der Mann war viel zu beunruhigt wegen dieser Ereignisse. Der Bursche, den ich an der Tür getroffen hatte, Robert Andrés, wusste vielleicht mehr darüber. Ich hätte mir seine Telefonnummer geben lassen sollen, aber ich war so damit beschäftigt gewesen, mich über den rüden Rausschmiss durch den Vorarbeiter zu ärgern, dass ich sogar die Basics vergessen hatte.

Vielleicht war Zamar in Rose verliebt und machte sich Sorgen, weil er glaubte, sie stecke hinter der Sabotage. Oder Roses Tochter Julia mit ihrem Baby – er hatte Jacken fürs Aufwärmtraining gespendet, er hatte sie spielen sehen. War er womöglich der Vater des Kindes? Wollte Rose die Firma zerstören, um sich zu rächen?

»Gib's auf, Warshawski«, sagte ich laut. »Wenn du so weitermachst, schreibst du bald Drehbücher für Seifenopern.«

Ich war in den Suburbs im Westen unterwegs auf der Suche nach einer Frau, die ein Bankschließfach mit Inhaberschuldverschreibungen im Wert von acht Millionen Dollar zurückgelassen hatte und verschwunden war; ich brauchte meine ganze Konzentration für diesen Auftrag. Ich machte die Tochter der Frau und den Schwiegersohn ausfindig, die mehr zu wissen schienen, als sie sagen wollten. Meine Klientin betrieb einen kleinen Lebensmittelladen, der besagter verschwundener Frau gehörte, und hatte sich Sorgen gemacht, als die Besitzerin nicht mehr erschien. Kurz vor drei fand ich die Frau schließlich in einem Pflegeheim, wo man sie zwangseingewiesen hatte. Ich rief die Klientin an, die sofort in Begleitung eines Anwalts herkam. Als ich nach South Chicago brauste, um pünktlich zum Nachholtraining mit meiner Mannschaft zu erscheinen, war ich müde, aber äußerst zufrieden.

Die Mädchen spielten gut, sichtlich inspiriert von ihrer sauberen Halle. Zum ersten Mal wirkten sie wie eine eingeschworene Mannschaft – vielleicht hatte der Streit sie tatsächlich zusammengeschweißt. Wir machten ein kurzes Training, dann zogen sie im Triumph von dannen, stolz auf mein Lob und ihre Leistung.

Als ich auf dem Heimweg im Rushhour-Stau stand, rief ich meinen Anrufdienst an und vernahm erstaunt, dass Billy the Kid sich bei mir gemeldet hatte. Als ich ihn auf seinem Handy anrief, stammelte er, er habe seinem Großvater von mir und dem Basketball-Training an der Bertha Palmer erzählt. Wenn ich wollte, könnte ich morgen früh in der Firmenzentrale an der Gebetsstunde teilnehmen, mit der jeder Tag begonnen wurde. »Wenn Großvater Zeit hat, wird er danach mit Ihnen reden. Er konnte mir noch nicht versprechen, ob er Zeit für Sie hat oder etwas für Sie tun kann, aber er meinte, Sie könnten da hinkommen. Die Sache ist bloß, dass Sie schon gegen Viertel nach sieben da sein müssten.«

»Prima«, sagte ich begeisterter, als mir zumute war. Ich muss zwar häufig früh aufstehen, finde diese Uhrzeit aber keineswegs so toll wie Benjamin Franklin. Ich fragte Billy nach dem Weg zur Firmenzentrale in Rolling Meadows.

Er beschrieb ihn mir. »Ich werde übrigens auch da sein, Ms. War-sha-sky, weil ich ein bisschen mithelfe beim Gottesdienst. Der Pfarrer kommt von der Mount Ararat Church of Holiness, wissen Sie, mit der meine Kirche den Austausch macht, und er hält die Morgenpredigt. Tante Jacqui kommt wahrscheinlich auch, Sie treffen also nicht nur fremde Leute. Ich werd Herman anrufen, den Wachmann der Morgenschicht, und ihm sagen, dass er Sie reinlassen soll. Und Großvaters Sekretärin sag ich auch Bescheid, für den Fall, dass Großvater Zeit hat, mit Ihnen zu reden, wissen Sie. Wie geht's mit dem Basketball-Team?«

»Die Mädchen arbeiten fleißig, Billy, aber sie treten natürlich erst im neuen Jahr gegen andere Mannschaften an.«

»Was ist mit Sancia, und, äh, Josie?«

»Was soll mit denen sein?«

»Na ja, wissen Sie, die gehen auch zur Mount Ararat, und ich meine, wie machen die sich?«

»Gut, denke ich«, sagte ich langsam und überlegte dabei, ob ich Billy für Josies Schularbeiten einspannen könnte; wenn sie studieren wollte, brauchte sie mehr Unterstützung. Aber ich wusste natürlich nicht, ob Billy überhaupt ein guter Schüler gewesen war, und während man im Stau stand, ließ sich auch nicht gut darüber reden.

»Kann ich mal vorbeikommen und beim Training zuschauen? Josie meinte, Sie seien echt streng, was Jungs in der Halle angeht.«

Ich sagte ihm, wir könnten vielleicht eine Ausnahme machen, wenn er es mal schaffte, früher mit der Arbeit aufzuhören, und bedankte mich noch mal ausdrücklich für den Einsatz bei seinem Großvater. Auch wenn ich deshalb um fünf aufstehen und mich durch Chicagoland schlagen durfte.

Nach dem Gespräch dachte ich wieder an meine morgendliche Begegnung mit Rose Dorrado. Ich hatte mich ziemlich dumm benommen und musste mich bei ihr entschuldigen.

Josie nahm das Telefon ab. Das Geheul von María Inés hörte sich nah an, und Josie schrie ihrer Schwester zu, dass sie ihr das Baby abnehmen solle.

»Es ist dein Baby, Julia, also kümmer dich gefälligst drum… Hallo? Oh, Coach, oh!«

»Hi, Josie. Ist deine Mam da? Ich würde sie gerne mal sprechen.«

Eine Pause entstand. »Sie ist noch nicht zu Hause.«

Ich beäugte einen klapprigen Chevy, der sich vor mich drängen wollte, und ließ ihn in die Lücke. »Ich war heute Morgen in der Fabrik, hat sie dir das erzählt?«

»Ich hab sie seit dem Frühstück nicht mehr gesehen, Coach, und jetzt muss ich mir überlegen, was ich meinen Brüdern zum Abendessen geben soll und alles.«

Ich nahm den besorgten Unterton in ihrer Stimme wahr. »Machst du dir Sorgen, dass ihr etwas zugestoßen sein könnte?«

»Nee, nee, das wohl nicht. Sie hat angerufen und so, hat gesagt, sie – ich meine, sie hat gesagt, sie hätte noch was zu tun, mehr Arbeit oder so, denke ich, aber sie hat nicht gesagt, was, nur dass ich den Jungen Abendessen machen soll und alles. Aber ich mach ihnen schon das Frühstück, weil Ma zur Arbeit geht, bevor wir aufstehen, und jetzt heult das Baby, Julia tut nichts, und ich hab ein Projekt für Biologie.«

Ich konnte mir das Tohuwabohu in der kleinen Wohnung lebhaft vorstellen. »Josie, leg die Kleine ins Bett. Wenn sie ein bisschen weint, ist das nicht so schlimm. Zieh das Fernsehkabel raus und mach deine Aufgaben im Wohnzimmer. Deine Brüder sind groß genug, die können sich eine Dose mit irgendwas aufmachen und mit ihren Power Rangers im Esszimmer spielen. Habt ihr eine Mikrowelle? Nein? Okay, hast du eine Dose Suppe? Mach sie auf dem Herd warm und gib sie den Jungen. Deine Ausbildung geht vor. Alles klar?«

»Ähm, ja, okay, ich denk schon. Aber was soll ich machen, wenn das so weitergeht?«

»Meinst du denn, es bleibt so?«

»Wenn Ma noch einen zweiten Job hat, schon.«

»Ich werde mit deiner Mam reden. Muss ich ohnehin. Kannst du meine Telefonnummer aufschreiben? Sag ihr bitte, sie soll mich anrufen, sobald sie da ist.«

Als sie meine Handynummer wiederholte, gab ich ihr die Nachricht noch mal durch. Bevor ich auflegte, hörte ich noch, wie Josie ihrer Schwester zuschrie, sie solle sich jetzt sofort um das Baby kümmern, sonst würde sie María Inés ins Bett legen. Eine gute Tat hatte ich wohl vollbracht an diesem Tag – zwei sogar, wenn ich die alte Dame mitrechnete, die ich aufgespürt hatte.

Als ich bei Morrell eintraf, sprangen die Hunde so ekstatisch um mich herum, als sei ich zwölf Monate weg gewesen, nicht zwölf Stunden. Morrell berichtete stolz, dass er mit ihnen am See gewesen war – ein echter Triumph, denn als ich ihn vor sieben Wochen in Zürich abgeholt hatte, hatte er nicht mal die kurze Treppe zu seiner Wohnung hochgehen können. Er brauchte immer noch einen Stock, und Mitch hatte mehrmals sein Gleichgewicht gefährdet. Außerdem musste er sich nach der Unternehmung eine Stunde hinlegen, aber er hatte die vier Blocks hin und zurück ohne Zwischenfälle bewältigt und schien sich wohl zu fühlen.

»Das müssen wir feiern«, sagte ich enthusiastisch. »Ich habe heute Nachmittag Sherlock Holmes übertroffen und du Hillary am Everest. Fühlst du dich noch fit für einen weiteren Ausflug, oder soll ich uns was holen?«

Er fühlte sich nicht nur fit genug, sondern war geradezu versessen darauf, gemeinsam auszugehen; dazu hatten wir eine Ewigkeit keine Gelegenheit gehabt.

Während ich mich duschte und umzog, kehrte Marcena zurück. Als ich wieder auftauchte, saß sie mit einer Flasche Bier auf der Couch und kraulte Mitch die Ohren. Er klopfte ein bisschen mit dem Schwanz auf den Boden, als ich hereinkam, um zum Ausdruck zu bringen, dass er mich kannte, starrte dabei aber Marcena mit dämlich glückseliger Miene an. Ich hätte mir denken können, dass sie im Umgang mit Hunden so gut war wie in allem anderen.

Sie erhob ihre Bierflasche. »Wie geht's den hoffnungsvollen Athletinnen?«

»Machen sich. Übrigens hatten sie sich wegen dir am Montag in den Haaren. Sie vermissen dich. Kommst du bald mal wieder zum Training?«

»Ich will es an einem der nächsten Nachmittage versuchen. Ich war tagelang mit meinen Recherchen im Viertel dort beschäftigt.«

»Und sorgst damit für die Konflikte in der Mannschaft«, versetzte ich trocken. »Nur damit du's weißt: South Chicago ist eines dieser Viertel, in denen jeder Bescheid weiß, was der Nachbar treibt.«

Sie verbeugte sich spöttisch zum Dank.

»Wirklich, Marcie«, sagte Morrell, »du willst doch über diese Leute schreiben. Du kannst da nicht alles durcheinanderbringen, nur damit du eine dramatische Geschichte kriegst.«

»Natürlich nicht, Schätzchen, aber kann ich was dafür, wenn sie mir zu viel Beachtung schenken? Ich versuche, die Grundstrukturen dieser Community zu erkennen. Aber ich mache auch noch andere Sachen; ich will zum Beispiel zum alten Mr. Bysen vordringen und ihn interviewen. Seine Sekretärin hat mir gesagt, er redet nie mit Journalisten, deshalb suche ich jetzt nach einem anderen Ansatz. Ich hab mir überlegt, ob ich wohl dein Basketball-Projekt als Einstieg benutzen könnte, Vic.«

»Ich habe über besagtes Basketball-Projekt gerade den Einstieg gefunden«, sagte ich leichthin. »Morgen früh gehe ich zur Gebetsstunde.«

Sie bekam große Augen. »Meinst du … oh, Hilfe, warte mal kurz.«

Ihr Handy klingelte. Sie kramte es zwischen den Kissen hervor.

Mitch war ungehalten, weil sie ihn vernachlässigte, und platzierte eine Pfote auf ihrem Knie, doch sie schenkte ihm keine Beachtung.

»Ja?... Ja... hat sie wirklich? Das ist ja witzig! Was hat er gemacht? Oh, Pech. Was tust du jetzt?... Echt? Meinst du wirklich, das ist eine gute Idee?... Was, jetzt?... Oh. Na gut, warum nicht. Bin in einer Dreiviertelstunde da.«

Sie schaltete mit funkelnden Augen aus. »Apropos South Chicago, das war einer meiner Kontakte. Da findet ein Treffen statt, an dem ich teilnehmen möchte, ich werd euch beide also eurem trauten Glück zu zweit überlassen. Aber, Vic, morgen früh möchte ich gerne mitkommen.«

»Tja«, sagte ich zweifelnd, »ich muss aber schon um halb sieben aufbrechen. Ich soll um Viertel nach sieben da sein und will mir nicht die Chance vermasseln, mit Buffalo Bill zu reden.«

»Buffalo Bill? So nennen sie ihn? Ach so, weil er wie ein Büffel ist, oder? Kein Problem. Wann stehst du auf? So früh? Wenn du mich um sechs noch nicht siehst, weckst du mich, ja?«

»Neben deinem Bett steht ein Wecker«, sagte ich grantig.

Sie warf mir ein breites Lächeln zu. »Aber den höre ich vielleicht nicht, wenn ich zu spät ins Bett komme.«

Fünf Minuten später war sie verschwunden. Morrell und ich gingen zur Devon Avenue und führten uns Samosas und Curry zu Gemüte, aber die tolle Stimmung von vorher wollte sich nicht mehr recht einstellen.

10

Gewerkschaften?
Das möge der Himmel verhüten!

Himmlischer Vater, Deine Macht erfüllt uns mit Ehrfurcht, und doch erbarmst Du Dich unserer mit Liebe. Unentwegt wird uns Deine Liebe zuteil, und als Beweis sandtest Du uns Deinen himmlischen Sohn als kostbare Gabe, die uns Dir näherbringt.« Die Stimme von Pastor Andrés war sonor und etwas brummig, und sein hispanischer Akzent und das schlechte Mikrofon taten das ihrige, um ihn schwer verständlich zu machen. Zu Anfang der Predigt bemühte ich mich, ihm zu folgen, aber jetzt begannen meine Gedanken abzuschweifen.

Als Pastor Andrés morgens in Begleitung von Billy the Kid den Versammlungsraum betrat, wurde ich vor Erstaunen kurz munter: Es handelte sich um denselben Mann, dem ich gestern früh bei Fly the Flag begegnet war – und der mich um neun Uhr morgens für betrunken gehalten hatte. Der Gemeinde seiner Kirche, Mount Ararat Church of Holiness in Zion, gehörten Rose Dorrado und ihre Kinder an. Ich wusste, dass die Pfarrer dieser fundamentalistischen Kirchen gewaltigen Einfluss auf das Leben ihrer Gemeindemitglieder ausübten; vielleicht hatte Rose dem Pastor ihre Sorgen wegen der Sabotageakte anvertraut. Und vielleicht hatte Andrés nun im Gegenzug den Fabrikbesitzer dazu gebracht, ihm zu erklären, warum er die Polizei aus der Sache raushalten wollte.

Der Raum war so voll, dass ich mich nicht nach vorne durchdrängen konnte, um vor der Gebetsstunde mit ihm zu sprechen. Ich nahm mir vor, ihn danach abzupassen. Falls die Predigt jemals ein Ende nahm. Ab und an, wenn es einen dramatischen Höhepunkt zu geben schien, schreckte ich kurz auf, aber Andrés' Stimme war so getragen und beruhigend, dass ich wieder wegdämmerte.

»Mit Deinem Sohn zeigst Du uns den Weg und die Wahrheit und das Licht, mit Ihm geleitest Du uns durch alle Widrigkeiten des Lebens zu jenem wunderbaren Ort, an dem es keine Hürden mehr gibt und keinen Kummer und wo Du all unsere Tränen trocknest.«

Um mich herum beobachtete ich nickende Köpfe, heimliche Blicke zur Armbanduhr, ähnlich wie wir früher bei Arbeiten in der Schule ins Heft der Nebensitzer spähten und dabei der Überzeugung waren, es fiele keinem auf.

Tante Jacqui, die in der ersten Reihe saß, hatte die Hände fromm im Schoß zum Gebet gefaltet, aber ich sah, dass ihre Daumen sich an irgendeinem Gerät betätigten. Heute trug sie ein schwarzes Kleid, das trotz der Farbe keinen sonderlich heiligen Eindruck machte, denn der Gürtel war eng geschnürt, um ihre schlanke Taille zu betonen, und die Knöpfe vorne endeten auf Schenkelhöhe, weshalb ich feststellen konnte, dass sich das Muster ihrer Strumpfhose lückenlos bis obenhin fortsetzte.

Marcena neben mir war tatsächlich eingeschlafen und atmete ruhig, aber ihr Kopf nickte, als bete sie inbrünstig – zweifellos eine Fähigkeit, die sie auf ihrem elitären Mädcheninternat in England erlernt hatte.

Als wir um halb sieben bei Morrell aufgebrochen waren, war Marcena aschfahl im Gesicht und sackte stöhnend auf dem Beifahrersitz zusammen. »Ich kann einfach nicht glauben, dass ich jetzt nach drei Stunden Schlaf zur Predigt gehe. Das ist ja wie im Queen Margaret's, als ich die Direktorin davon überzeugen musste, dass ich mich nicht nachts davongeschlichen hatte. Weck mich zehn Minuten bevor wir da sind, damit ich mein Gesicht aufsetzen kann.«

Ich wusste, wie wenig sie geschlafen hatte, weil ich gehört hatte, wann sie letzte Nacht nach Hause gekommen war: um Viertel nach drei. Worüber ich deshalb im Bilde war, weil Mitch ihr Eintreffen mit gewaltigem Lärm kundtat. Als er zu bellen anfing, machte Peppy natürlich mit. Morrell und ich lagen im Bett und debattierten darüber, wer aufstehen musste, um die Hunde zur Ruhe zu bringen.

»Es sind deine Hunde«, sagte Morrell.

»Aber sie ist deine Freundin.«

»Ja, aber sie bellt nicht.«

»Macht aber die Hunde irre«, murrte ich, erhob mich aber

schließlich und tappte den Flur entlang, um Mitch und Peppy zu beschwichtigen.

Marcena saß mit einem Bier in der Küche und ließ Mitch an ihren Handschuhen zerren. Peppy sprang um die beiden herum und knurrte ärgerlich, weil sie nicht mitmachen durfte. Marcena entschuldigte sich dafür, dass sie uns geweckt hatte.

»Hör auf, mit Mitch zu spielen, damit ich sie still kriege«, fauchte ich. »Welche Treffen dauern denn wohl so lange?« Ich nahm Mitch die Handschuhe weg und befahl beiden Hunden, sich hinzulegen.

»Oh, wir haben wichtige Gebäude abgeklappert«, sagte Marcena und zuckte bedeutungsvoll mit den Augenbrauen. »Wann müssen wir los? Brauchen wir wirklich fast eine Stunde dorthin? Klopfst du bitte an die Tür, wenn ich um sechs nicht auf bin?«

»Wenn ich dran denke.« Ich schlurfte ins Bett zurück, wo Morrell bereits wieder fest eingeschlafen war. Ich schmiegte mich schwungvoll an ihn, aber er grunzte nur und legte den Arm um mich, ohne aufzuwachen.

Aus Marcenas anzüglichem Grinsen schloss ich, dass die Feldstudien aus einer Fahrt mit Romeo Czernin in seinem schweren Truck und Sex am Golfplatz neben der Mülldeponie oder womöglich auf dem Parkplatz der Highschool bestanden hatten. Wieso machte sie so ein Getue? Weil er verheiratet war, oder weil er aus der Unterschicht stammte? Es kam mir vor, als hielte sie mich für eine prüde Tante, die solche Anspielungen ungehörig und prickelnd zugleich fand. Vielleicht lag es daran, dass ich ihr vom Gerede der Mädchen über ihre Affäre erzählt hatte – oder wie immer man das nennen wollte.

»Vergiss es«, raunte ich mir im Dunkeln zu. »Vergiss es und entspann dich.« Nach einer Weile dämmerte ich tatsächlich wieder weg.

Morrell schlief noch, als ich um halb sechs aufstand, um mit den Hunden laufen zu gehen. Als ich von unserem kurzen Sprint zum See zurückkam, machte ich die Tür zum Gästezimmer auf und überließ es Mitch und Peppy, Marcena zu wecken, während ich unter die Dusche ging. Danach zog ich mein einziges offizielles Outfit an, das ich bei Morrell deponiert hatte, einen wirklich kleidsamen, umbrabraunen Hosenanzug aus guter Wolle.

Aber als Marcena in einem rotkarierten Swinger-Jäckchen erschien, kam ich mir in der Tat vor wie eine prüde Tante.

Es gibt keine einfache Route von Morrells Wohnung am See zu der Gegend hinter dem O'Hare-Flughafen, in der sich der Firmensitz von By-Smart befand. Ich konnte die Augen kaum offen halten vor Müdigkeit, als ich mich durch die kleinen Seitenstraßen fädelte, in denen auch um diese Zeit schon viel Verkehr war. Ich hatte das Radio eingeschaltet, hielt mich mit Scarlatti und Copeland wach und bekam zwischendurch immer wieder Werbung und schlimme Meldungen über Verkehrsunfälle zu hören. Marcena verschlief alles – das Radio, die Frau im Explorer, die uns beinahe rammte, als sie kopflos aus ihrer Ausfahrt geschossen kam, den Mann im Beamer, der an der Golf Road bei Rot über die Ampel fuhr und mir dann den Finger zeigte, als ich hupte.

Sie schlief auch – oder tat zumindest überzeugend so –, als Rose Dorrado mich um Viertel vor sieben zurückrief.

»Rose! Ich möchte mich bei Ihnen entschuldigen. Es tut mir leid, dass ich Ihnen unterstellt habe, Sie könnten an den Sabotageakten beteiligt sein; das war wirklich dumm von mir.«

»Das macht nichts. Sie brauchen sich keine Sorgen zu machen.« Sie sprach undeutlich, und ich verstand sie kaum wegen des Verkehrslärms. »Ich glaube – ich glaube, ich mache mir umsonst Sorgen –, ein paar Unfälle, und ich denke schon an was Schlimmes.«

Diese Aussage verblüffte mich derart, dass ich einen Moment nicht auf den Verkehr achtete. Lautes Hupen von dem Auto links von mir brachte mich zur Vernunft.

Ich fuhr an den Straßenrand und hielt an. »Wie meinen Sie das? Klebstoff landet nicht durch Zufall in Türschlössern, und ein Sack voll toter Ratten fällt nicht versehentlich in Heizungsrohre.«

»Ich habe keine Erklärung dafür, wie diese Dinge passiert sind, aber ich kann mir keine Gedanken mehr darüber machen. Vielen Dank für Ihre Mühe, aber Sie sollten nicht mehr in die Fabrik kommen.«

Das klang auswendig gelernt und heruntergeleiert, aber sie legte auf, bevor ich weiter in sie dringen konnte. Außerdem konnte ich es mir nicht erlauben, noch mehr Zeit zu vergeuden; die Erwägungen über Rose und Fly the Flag mussten warten bis später.

Ich klopfte Marcena auf die Schulter. Sie stöhnte wieder, setzte sich aber auf und begann, sich herzurichten – Make-up mit allen Schikanen inklusive Wimperntusche. Dann zog sie den roten Seidenschal aus ihrer Handtasche, der ihr Markenzeichen war, und band ihn unter ihrem Kragen fest. Als wir auf die Zufahrt von By-Smart einbogen, sah sie so elegant aus wie immer. Ich warf einen Blick in den Rückspiegel. Vielleicht sollte ich mit etwas Mascara meine roten Bindehäute betonen.

Die Firmenzentrale von By-Smart war ein Nutzbau wie auch die Megastores, ein riesiger Klotz, von einer winzigen Grünanlage umgeben. Wie viele Firmenparks war dieser ausgesprochen misslungen. Nachdem man das Grasland eingeebnet und mit Beton bedeckt hatte, brachte man noch einen winzigen Streifen Gras an, als Nachgedanken sozusagen. Der Landschaftsgärtner hatte ferner einen kleinen Teich angelegt, offenbar um der Sümpfe zu gedenken, die es hier dereinst gegeben hatte. Hinter dem braunen Grasstreifen erstreckte sich grau der Parkplatz, scheinbar bis zum Horizont, wo er sich mit dem tristen Herbsthimmel vereinte.

Nachdem wir mit unseren hohen Hacken über den Parkplatz zum Eingang gestöckelt waren, änderte sich der Eindruck: Hier war Schluss mit Nützlichkeit. Den Eingangsbereich hatte man mit einem hellgoldenen Stein gestaltet, Marmor vielleicht; daraus bestand jedenfalls der Fußboden. Die Wände waren mit rotgoldenem Holz getäfelt, hie und da akzentuiert durch bernsteingelbe Säulen. Ich dachte an die endlosen Regale voller Schneeschippen, Flaggen, Handtücher, Enteiser im Lagerhaus an der Crandon und an Patrick Grobian, der hoffte, sein schmutziges, kleines Büro bald gegen dieses Ambiente hier eintauschen zu können. Konnte man ihm das wirklich übel nehmen, selbst wenn er dafür mit Tante Jacqui ins Bett gehen musste?

So früh am Tag war der ausladende Empfangstresen aus Teakholz noch nicht besetzt, aber ein mürrisch blickender Wachmann erhob sich von seinem Stuhl und erkundigte sich nach unserem Vorhaben.

»Sind Sie Herman?«, sagte ich. »Billy the Kid – der junge Billy Bysen – hat mich zur Gebetsstunde eingeladen.«

»Ah ja.« Ein väterliches Grinsen trat auf Hermans Gesicht. »Ja, er hat mir erzählt, dass eine Freundin von ihm zum Morgengebet kommt. Er meinte, Sie sollen gleich in den Versammlungsraum gehen. Die Dame gehört zu Ihnen? Hier, diese Besucherpässe sind den ganzen Tag gültig.«

Er wollte nicht mal unsere Ausweise sehen, sondern reichte uns ohne weitere Umschweife zwei große, rosafarbene Anstecker mit der Aufschrift »Besucher«. Ich dachte mir, dass er nicht so umgänglich war, weil wir jemanden aus der Familie Bysen kannten, sondern wegen Billy. Wer mit Billy zu tun hatte, war entspannt und fürsorglich – dieselbe Reaktion hatte ich am Donnerstagabend bei den Truckern beobachtet.

Herman versorgte uns außerdem mit einem Plan und zeichnete uns den Weg zum Versammlungsraum auf. Das Gebäude war wie der Merchandise Mart oder das Pentagon angelegt: Konzentrische Flure führten zu Labyrinthen aus kleinen Räumen. Obwohl jede Ecke mit schwarzen Plastikschildern ausgestattet war, die zur Orientierung dienen sollten, verliefen wir uns ständig und mussten umkehren. Oder ich verlief mich; Marcena tappte blindlings hinterher.

»Ob du's wohl schaffst, dich zusammenzureißen, wenn wir Buffalo Bill treffen?«, knurrte ich.

Sie lächelte engelsgleich. »Ich stelle mich allen Herausforderungen. Bis jetzt lohnt es sich nur noch nicht.«

Ich verkniff mir die Retourkutsche; bei diesem Schlagabtausch konnte ich nur den Kürzeren ziehen.

Als plötzlich auch noch andere Leute in dieselbe Richtung strebten wie wir, wusste ich, dass wir auf dem richtigen Weg waren. Wir wurden ziemlich angestarrt: Fremde und dazu noch Frauen inmitten einer Horde von Männern in braunen oder grauen Anzügen. Als ich nachfragte, merkte ich, dass man uns für Vertreterinnen von auswärts hielt, und fragte mich, ob wohl jeder, der mit By-Smart Geschäfte machte, zuerst am Morgengebet teilnehmen musste.

Als wir im Versammlungsraum nach zwei benachbarten Plätzen Ausschau hielten, raunte eine Frau uns zu, die vorderste

Reihe sei für die Familie und die leitenden Angestellten reserviert. Marcena kam das sehr gelegen; sie wollte so weit wie möglich vom Zentrum des Geschehens entfernt sein. Wir ließen uns schließlich in der zehnten Reihe nieder.

Als Billy the Kid mich zu der Gebetsstunde eingeladen hatte, war vor meinem inneren Auge so etwas Ähnliches aufgetaucht wie die Kapelle einer Kirche, in der ein Freund von mir Priester ist: Marienstatuen, Kerzen, Kruzifixe, ein Altar. Doch wir befanden uns in einem gesichtslosen Raum im vierten Stockwerk, in dem es bis auf ein Oberlicht keine Fenster gab. Später stellte ich fest, dass es sich um einen Mehrzweckraum handelte; er war kleiner und weniger repräsentativ als der offizielle Festsaal und wurde von den Angestellten für Schulungen und dergleichen genutzt.

An diesem Morgen stand dort ein heller Holztisch, umgeben von halbkreisförmig angeordneten Stuhlreihen. Der alte Mr. Bysen traf erst kurz vor der Predigt ein, als alle anderen bereits saßen; ein massiger Mann, der im Alter einen Bauch angesetzt hatte. Er hatte einen Stock bei sich, den er aber nur wie einen Skistock benutzte, um sich schneller vorwärtszubewegen. Seine Entourage, diverse Männer in Grau und Braun, folgte ihm auf dem Fuße. Billy the Kid, der Jeans und ein sauberes, weißes Hemd trug und seine rotbraunen Locken mit Gel glatt gestriegelt hatte, kam am Ende der Prozession mit Pastor Andrés herein. Der Pastor mit seiner dunklen Haut war zwischen all den weißen Gesichtern so auffällig wie eine Rose in einem Topf voller Zwiebeln.

Von Marcena und mir abgesehen gab es nicht viele Frauen im Raum; eine war im Gefolge von Bysen eingetroffen. Sie wirkte unterwürfig und entschieden zugleich – die perfekte rechte Hand. Ihr Gesicht war so flächig wie eine Bratpfanne und mit kompletter Kriegsbemalung versehen. Unter dem Arm trug sie eine schmale, goldene Aktenmappe, die sie nun aufschlug und so auf den Tisch legte, dass Bysen und sie hineinblicken konnten. Sie nahm zu seiner Rechten Platz, während der Rest des Gefolges sich auf den Polsterstühlen am Tisch niederließ; Tante Jacqui, die etwas später hereinkam, musste sich mit einem Platz in der ersten Reihe zufriedengeben.

Vor dem Gebet gab es offenbar Gelegenheit zur Audienz bei Bysen. Diverse Leute begaben sich nach vorne und führten in gedämpftem Tonfall Gespräche mit dem alten Mann. Die Frau mit dem Pfannengesicht hörte aufmerksam zu und machte sich Notizen in der goldenen Mappe.

Außer Pastor Andrés und Billy the Kid saßen vier Männer am Tisch, die von den Wartenden gelegentlich angesprochen wurden; aber für Billy hatte jeder ein Lächeln und ein paar Worte parat. Irgendwann entdeckte er mich, winkte mir zu und lächelte auf seine scheue, liebenswerte Art, worauf ich mich schlagartig besser fühlte.

Nachdem Bysen eine Viertelstunde lang den Vasallen Gehör geschenkt hatte, nickte er der Frau zu, die daraufhin den Ordner verschwinden ließ. Alle begaben sich auf ihre Plätze, und Billy, der vor Aufregung rot wurde, stellte Pastor Andrés von der Mount-Ararat-Kirche vor und wies auf sein eigenes Engagement in South Chicago hin und die Wichtigkeit von Andrés' Arbeit für die Kirchengemeinde. Andrés sprach ein Bittgebet, und Billy las einen Abschnitt aus der Bibel vor, das Gleichnis vom reichen Mann und dem ungetreuen Haushalter. Danach setzte er sich wieder.

Als Erstes beteten wir für alle Angestellten von sämtlichen By-Smart-Unternehmen, baten um kluge Entscheidungen der Firmenleitung, das Wohl und die Kraft der Arbeiter hie und dort. Während Pastor Andrés predigte und die Gemeinde döste, ließ der alte Bysen den Pfarrer nicht aus den Augen, wobei seine buschigen Augenbrauen unruhig zuckten.

Als Pastor Andrés' Stimme lauter und dramatischer wurde, schreckte ich aus dem Halbschlaf auf und wandte mich wieder dem Geschehen zu.

»Als Jesus über den ungetreuen Haushalter sprach, der die Güter seines Herrn vergeudet hatte, sprach er zu uns allen. Wir alle sind seine Haushalter, und von jenen, denen am meisten gegeben wurde, wird auch am meisten erwartet. Himmlischer Vater, Du hast dieses Unternehmen, diese Familie mit großen Gaben gesegnet. Wir bitten Dich im Namen deines Sohnes, diesen Menschen vor Augen zu halten, dass auch sie nur Deine Haushalter sind. Hilf allen in diesem Unternehmen, dies nicht zu vergessen. Hilf ihnen, Deine Gaben weise zu verteilen, zum Nutzen aller, die für sie arbeiten. Dein Sohn hat uns gelehrt: Führe uns nicht in Versuchung, sondern erlöse uns von allem Übel. Auch der Erfolg von By-Smart führt in Versuchung – zu vergessen, dass viele der hier Arbeitenden mühselig und beladen sind und tränenüberströmt vor Deinen Sohn treten werden. Hilf jedem, der in diesem Unternehmen arbeitet, der Ärmsten in unserer Mitte zu gedenken und nicht zu vergessen, dass sie denselben göttlichen Funken in sich tragen, dasselbe Recht auf Leben haben, dasselbe Recht, für die Früchte ihrer Arbeit gerecht entlohnt zu werden …«

Ein lautes Klappern unterbrach den Pfarrer. Der alte Mr. Bysen hatte sich ruckartig erhoben und dabei seinen Stock umgeworfen. Einer der grauen Männer an seiner Seite sprang auf und nahm den alten Mann am Arm, aber Bysen schob seine Hand wütend weg und wies auf den Stock. Der Mann hob ihn auf und reichte ihn Bysen, der daraufhin zur Tür marschierte. Bratpfannengesicht griff rasch nach der goldenen Mappe, folgte ihrem Herrn und Meister und holte ihn an der Tür ein.

Durch den Tumult war auch noch der Letzte aufgewacht und starrte nach vorne. Ein Raunen ging durch die Menge. Marcena stieß mich an und wollte wissen, was los war.

Ich zuckte die Achseln und blickte zu dem Mann, der Bysens Stock aufgehoben hatte und jetzt wütend auf Billy the Kid einredete. Pastor Andrés hatte die Arme verschränkt und wirkte nervös, aber kämpferisch. Billy war dunkelrot angelaufen und erwiderte etwas, das den grauen Mann dazu veranlasste, entnervt die Hände in die Luft zu werfen. Dann kehrte er Billy den Rücken zu und verkündete den restlichen Anwesenden, die Gebetsstunde habe heute länger gedauert als gewöhnlich.

»Wir haben alle wichtige Termine und Projekte, deshalb wollen wir noch einen Augenblick der Andacht einlegen und still Gottes Segen erbitten für all die schwierigen Aufgaben, die uns bevorstehen. Wie Pastor Andrés uns vor Augen gehalten hat, sind wir alle nur Haushalter Gottes großen Gaben, wir tragen alle schwere Lasten und brauchen göttliche Hilfe bei jedem Schritt unseres Wegs. Lasst uns beten.«

Ich senkte den Kopf wie die anderen, beobachtete aber aus

dem Augenwinkel Tante Jacqui. Auch sie hatte andächtig den Kopf gesenkt, ihre Hände ruhten im Schoß, aber auf ihren Lippen lag ein verstohlenes, hämisches Lächeln. War es ihr recht, wenn Billy bei seinem Großvater in Ungnade fiel? Oder liebte sie dramatische Szenen?

Wir verharrten stumm etwa zwanzig Sekunden, dann sagte der grauhaarige Mann: »Amen«, und ging zur Tür. Sobald er verschwunden war, redeten alle aufgeregt los.

»Wer war das?«, fragte ich eine Frau links von mir, die beim Aufstehen ihr Handy inspizierte.

»Mr. Bysen.« Sie war so verblüfft über diese erstaunliche Frage, dass sie sich wieder hinsetzte.

»Nicht er, der Mann, der die Gebetsstunde beendet hat, der mit Billy the… dem jungen Billy Bysen debattiert hat.«

»Oh – das war der junge Mr. William, Billys Vater. Er war wohl nicht begeistert von dem Pfarrer, den Billy aus der South Side mitgebracht hat. Sie sind Besucherin, sehe ich – kommen Sie von einem unserer Zulieferer?«

Ich lächelte und schüttelte den Kopf. »Nur eine Bekannte vom jungen Billy aus South Chicago. Er hat mich für heute eingeladen. Warum hat sich Mr. Bysen so aufgeregt über Pastor Andrés' Predigt?«

Sie schaute mich argwöhnisch an. »Sind Sie Journalistin?«

»Nein, Basketballtrainerin an einer Highschool in der South Side.«

Marcena beugte sich vor, um mitzuhören; ihren praktischen Füller-Recorder hielt sie in der Hand. Bei der Frage setzte sie ein durchtriebenes Lächeln auf und sagte: »Ich bin nur zu Gast hier, aus England, und die ganze Sache hat mich völlig verwirrt. Ich habe auch wenig verstanden, weil der Pastor so einen starken Akzent hat.«

Die Frau nickte herablassend. »Sie haben bestimmt nicht viele illegale mexikanische Einwanderer in England, aber hier gibt es die massenhaft. Jeder hätte dem jungen Billy sagen können, dass sein Großvater nicht begeistert sein würde über eine solche Rede, auch wenn der Mann besser Englisch gesprochen hätte.«

»Ist der Pastor Mexikaner?«, fragte ich. »Ich konnte das nicht erkennen am Akzent.«

Marcena trat mich ans Schienbein, was heißen sollte: Die erzählen uns was, mach sie nicht sauer.

Unsere Informantin lachte freudlos. »Mexiko, El Salvador, ist doch einerlei. Die kommen alle hierher und glauben, sie hätten ein Anrecht auf ein lockeres Leben.«

Ein Mann vor uns drehte sich um. »Ach, Buffalo Bill wird dem Jungen diesen Unsinn schnell austreiben. Deshalb hat er ihn ja nach South Chicago geschickt.«

»Aber welchen Unsinn denn?« Marcena blickte verwirrt und hilflos, fehlte nur noch der Augenaufschlag. Ein knallharter Profi.

»Haben Sie denn nicht gehört, wie er über Arbeiter und die Früchte ihrer Arbeit geredet hat?«, sagte der Mann. »Das hörte sich nach Gewerkschaft an, und so was gibt's nicht bei By-Smart. Was der junge Billy so genau weiß wie wir alle.«

Ich schaute nach vorne, wo Andrés stand und sich immer noch mit Billy unterhielt. Der Pastor war klein und gedrungen und ähnelte eher einem Bauarbeiter als einem Geistlichen; ich konnte ihn mir durchaus als Gewerkschaftsführer vorstellen. Viele der kleinen Kirchengemeinden in der South Side können sich keinen Pfarrer leisten, und die Geistlichen arbeiten unter der Woche in einem bürgerlichen Beruf.

Aber würde Billy wirklich einen Gewerkschafter in Buffalo Bills Gebetsstunde eingeschleust haben? Ich hatte am letzten Donnerstag den Eindruck gewonnen, dass Billy seinen Großvater verehrte und große Stücke auf ihn hielt.

Doch Andrés schien der Junge auch sehr zu mögen; als der Raum sich leerte, blieb er an der Seite des Pfarrers, und seine Körpersprache ließ darauf schließen, dass ihm die Szene peinlich war und er den Pfarrer um Verzeihung bitten wollte. Schließlich legte der Pastor Billy die Hand auf die Schulter, und die beiden gingen zusammen hinaus.

Plötzlich fiel mir mein eigenes Vorhaben mit Andrés wieder ein. Ich rief Marcena zu, ich sei gleich zurück, schlängelte mich zwischen den Stühlen hindurch und flitzte den beiden hinterher. Doch als ich aus der Tür trat, waren sie schon im Labyrinth verschwunden. Ich rannte den Gang entlang und blickte in die abzweigenden Korridore, konnte sie aber nirgendwo entdecken.

Als ich wieder im Versammlungsraum eintraf, stapelten ein paar Hausmeister die Stühle an der Wand auf, dann öffneten sie die Tür zu einem Lagerraum und holten Sportmatten heraus. Eine Frau in Gymnastikanzug und Strumpfhosen kam mit einem wuchtigen tragbaren Kassettenrecorder herein, und Tante Jacqui, die zwischenzeitlich verschwunden war, kehrte im Fitnessoutfit zurück und begann mit Stretchingübungen, die ihr wohl geformtes Gesäß besonders zur Geltung brachten.

Der Mann, der uns erklärt hatte, dass bei By-Smart keine Gewerkschaften geduldet wurden, bemerkte meinen verblüfften Gesichtsausdruck und blickte ebenfalls auf Tante Jacquis Hinterteil. »Hier ist jetzt Aerobics dran. Sie und Ihre Freundin können gerne mitmachen, wenn Sie Lust haben.«

»Bei By-Smart gibt's also alles«, sagte Marcena grinsend. »Gebete, Liegestütze, was der Arbeitnehmer braucht. Wie sieht's mit Stärkung aus? Kann ich irgendwo frühstücken? Ich komme fast um vor Hunger.«

Der Mann legte ihr die Hand auf den Rücken. »Kommen Sie mit mir in die Cafeteria. Wir kriegen alle immer ein bisschen Hunger bei der Predigt.«

Als wir unserem Begleiter in den Irrgarten folgten, hörten wir drinnen die Musik loswummern.

11

Wie im trauten Heim

Aber, Großvater, ich wollte doch nicht…«

»Vor der gesamten Belegschaft. Ich hätte niemals geglaubt, dass du so wenig Achtung zeigen würdest. Deine Schwester, ja, aber du, William, von dir hatte ich angenommen, dass du zu schätzen weißt, was ich hier im Laufe meines Lebens aufgebaut habe. Und ich werde mir mein Lebenswerk nicht von einem Tagedieb ruinieren lassen, der zu faul ist, sich und seine Familie zu ernähren, und deshalb mich bestehlen muss.«

»Großvater, er ist kein…«

»Ich verstehe wohl, wie es dazu gekommen ist: Wie jeder andere auf der Welt hat er gemerkt, wie leichtgläubig du bist, und hat das ausgenutzt. Wenn es so zugeht in dieser Kirche, in dieser Mount Ararat, dann solltest du dich künftig lieber fernhalten von ihr.«

»Aber, Großvater, so ist es doch gar nicht. Es geht um die Gemeinde…«

Ich befand mich im Vorzimmer zu Bysens Büro, dem Raum, in dem die Sekretärin den Zugang zu den heiligen Gefilden hütete. Eine der inneren Türen stand einen Spalt offen, und Buffalo Bill brüllte so, dass ich jedes Wort deutlich verstehen konnte.

Der große Schreibtisch in der Mitte des Raums war unbesetzt, und ich steuerte zielstrebig auf die Lärmquelle zu, als mich jemand aus der Ecke des Raums ansprach. Es handelte sich um eine dünne, mausgraue Frau, die sich an einem Metalltisch mit einem Computer befasste und sich mit näselndem Akzent, der ihre Herkunft aus der South Side verriet, nach meinem Namen und meinem Anliegen erkundigte. Als ich sagte, Billy habe für mich ein Treffen mit seinem Großvater vereinbart, blickte sie einen Moment nervös zu der Bürotür hinüber, beantwortete jedoch zuerst einen Anruf, bevor sie sich weiter mit mir abgab.

»Ich sehe hier im Kalender keinen Eintrag für Ihren Termin bei Mr. Bysen, Miss.«

»Billy dachte wohl, dass wir nach dem Gottesdienst gemeinsam zu seinem Großvater gehen würden.« Ich lächelte arglos: Ich bin keine Bedrohung, ich bin auf deiner Seite.

»Einen Augenblick, bitte.« Sie nahm wieder das Telefon ab, hielt dann die Sprechmuschel zu und sagte zu mir: »Sie müssen mit Mildred sprechen; ich kann Sie nicht zu Mr. Bysen lassen ohne Mildreds Einwilligung. Setzen Sie sich doch, sie kommt gleich zurück.«

Das Telefon klingelte schon wieder. Ohne mich aus den Augen zu lassen, sagte die Sekretärin mit ihrer näselnden Stimme: »Mr. Bysens Büro... Es war wirklich keine große Sache, aber wenn Sie mit Mr. Bysen sprechen wollen, wird Mildred sich bei Ihnen melden und einen Telefontermin arrangieren.«

Ich wanderte durch den Raum und betrachtete die Bilder an den Wänden. Normalerweise sind die Büros von großen Unternehmen mit Kunst bestückt, aber hier gab es nur Fotos des alten Bysen. Er begrüßte den Präsidenten der Vereinigten Staaten, er legte den Grundstein für die tausendste By-Smart-Filiale, er lehnte an einem Flugzeug aus dem Zweiten Weltkrieg. Zumindest ging ich davon aus, dass es sich bei dem jungen Mann mit Fliegermütze und -brille auch um Bysen darselbst handelte. Ich starrte auf das Foto und bemühte mich dabei angestrengt, dem Wortwechsel im Chefbüro zu folgen.

»Billy, da draußen gibt es Millionen von Schwindlern und Rührgeschichten. Wenn du in diesem Unternehmen deinen Platz finden willst, musst du lernen, wie man solche Leute erkennt und richtig behandelt.«

Dies kam von dem durchdringenden, etwas verdrossen klingenden Bariton, der auch den Gottesdienst beendet hatte: Mr. William, der streng mit seinem impulsiven Sohn sprach. Ich spähte sehnsüchtig zu dem Türspalt hinüber, aber die Frau in der Ecke schien durchaus bereit, sich auf mich zu hechten, falls ich eine falsche Bewegung machen sollte.

Ich wollte aber auf jeden Fall an Bysen rankommen, bevor Marcena ihr Frühstück beendete und zu mir stieß – sie war scharf auf das Interview und würde womöglich meine Pläne vereiteln.

Außerdem gelang es ihr so leicht, die Aufmerksamkeit auf sich zu ziehen, dass Bysen mich vermutlich keines Blickes mehr würdigen würde, sobald sie im Raum war. Diese Fähigkeit, Menschen zu bannen, hatte sie erst vor ein paar Minuten in der Cafeteria unter Beweis gestellt, indem sie den Typen, der uns begleitete, dazu brachte, ein großes Frühstück mit Eiern und Speck und allen Schikanen mit ihr einzunehmen. Sie hatte diesem Knaben, ebenso wie den Mädchen vom Basketballteam, das Gefühl gegeben, eine perfekte Zuhörerin gefunden zu haben (nennen Sie mich doch Pete; ich bin im Einkauf und beschaffe Ihnen alles, wonach es Sie gelüstet, ha, ha, ha). Als die beiden vor dem Rührei standen, hatte sie ihn schon so weit, dass er vom Umgang mit Gewerkschaften bei By-Smart erzählte. Bei ihrer Fragetechnik konnte ich mir einiges abgucken.

Ich blickte wehmütig auf die Eier, schnappte mir aber nur einen Yoghurt als Proviant für den Weg zu Buffalo Bills Büro; ich wollte nicht nur Marcena abhängen, sondern den Alten auch treffen, solange Billy noch da war. Insgeheim hoffte ich, dass der alte Herr seinem Enkel gegenüber nachsichtig war und ihm die misslungene Predigt vergeben würde; in Billys Anwesenheit würde ich bestimmt bessere Karten für mein Anliegen haben.

Aber dem Dialog aus dem Büro nach zu schließen, war heute nicht der beste Tag, um mit Bitten an Großpapa heranzutreten. Wenn er einen Pastor, der sich für gerechten Umgang mit Arbeitnehmern einsetzte, als Schwindler bezeichnete, wollte ich mir lieber nicht vorstellen, was er über eine Horde Mädchen sagen würde, die sich keinen eigenen Trainer leisten konnte. Doch die Ermahnung des Baritons schien den alten Mann zu beruhigen. Ich hörte ihn grummeln: »Grobian kann Billy ein bisschen Härte beibringen.«

»Das nützt doch nichts, Vater. Wenn er so naiv ist, dass ein Pfarrer ihn ausnutzen kann, sollte er nicht einfach so ins Arbeitsleben geschickt werden«, äußerte Mr. William.

An diesem Punkt passierte so vieles gleichzeitig, dass ich die Erwiderung nicht mehr hören konnte. Hinter mir klingelte beharrlich das Telefon; der Tumult bei der Predigt hatte offenbar eine Art Erdbeben in der Firma ausgelöst. Als die Sekretärin wiederholte, dass es kein ernst zu nehmender Vorfall gewesen sei, kamen zwei Männer ins Büro marschiert.

»Mildred?«, rief der Größere und Ältere der beiden.

»Ist bei Mr. Bysen, Mr. Rankin. Guten Morgen, Mr. Roger. Möchten Sie Kaffee?«

»Wir gehen gleich rein.« Die Kleinere, Jüngere der beiden war zweifellos ein Bysen – im Gegensatz zu Mr. William sah er Buffalo Bill verblüffend ähnlich: derselbe stämmige Körperbau, die buschigen Augenbrauen, die dünne, spitze Nase.

Als die beiden Männer in Bysens Büro traten, heftete ich mich an ihre Fersen, ungeachtet der aufgeregten Protestrufe aus der Ecke. Bysen stand mit Billy, dem jungen Mr. William und Mildred, der Frau mit dem Pfannengesicht, vor seinem Schreibtisch. Ein weiterer Mann, lang und dünn wie Mr. William, befand sich im Raum, aber das Duo, dem ich gefolgt war, schenkte nur Bysen und Billy Beachtung.

»Guten Morgen, Vater. Billy, was zum Teufel hast du dir dabei gedacht, einen Aufrührer in die Gebetsstunde mitzubringen?«

Wiederum brachte die Attacke auf Billy seitens eines seiner erwachsenen Söhne den alten Bysen dazu, seinen Enkel zu verteidigen. »So schlimm ist es auch wieder nicht, Roger. Heute Morgen müssen wir eben Brände löschen, weiter nichts – die Hälfte der Vorstandsmitglieder hat schon Wind gekriegt. Haufen dämlicher alter Schnepfen – die Akte ist um zwei fünfzig gefallen wegen des Gerüchts, dass wir Gewerkschaften zulassen werden.« Er knuffte seinen Enkel an den Kopf. »Nur ein paar Burschen mit mehr Eifer als Vernunft, weiter nichts. Billy sagt, dieser Bohnenfr... dieser mexikanische Pfarrer ist kein Arbeiterführer.«

Billys Augen leuchteten vor Aufregung. »Pastor Andrés ist nur besorgt um das Wohl der Gemeinde, Onkel Roger. Da unten haben sie eine Arbeitslosigkeit von vierzig Prozent, und die Leute müssen...«

»Darum geht es jetzt nicht«, unterbrach ihn William. »Wirklich, Vater, bei Billy drückst du sämtliche Augen zu. Wenn Roger oder Gary oder ich etwas tun würden, wodurch die Aktie so in den Keller fällt, wärst du...«

»Ach, sie wird wieder steigen, sie wird wieder steigen. Linus, machen Sie der PR-Abteilung Dampf? Können die loslegen? Wer ist denn das? Eine der Redenschreiberinnen?«

Alle drehten sich um und starrten mich an: Bratpfanne, die mit einem aufgeklappten Laptop neben Bysens Schreibtisch stand, die beiden Söhne, der Mann namens Linus.

Ich lächelte fröhlich. »Ich bin V. I. Warshawski. Morgen, Billy.«

Billys Miene erhellte sich zum ersten Mal, seit sein Großvater aus der Gebetsstunde gestürmt war. »Ms. War-sha-sky, es tut mir leid, dass ich Sie vergessen habe. Ich hätte auf Sie warten sollen, aber ich musste Pastor Andrés zum Parkplatz bringen. Großvater, Vater, das hier ist die Dame, von der ich euch erzählt habe.«

»Sie sind die Sozialarbeiterin von der Highschool, hnnh?« Buffalo Bill senkte den Kopf wie ein Stier vor der Attacke.

»Ich bin wie Sie, Mr. Bysen, in der South Side aufgewachsen, aber nicht lange dort geblieben«, sagte ich leichthin. »Ich habe zugesagt, zeitweilig einzuspringen für die Trainerin des Basketballteams, und bin entsetzt über die Veränderungen im Viertel und an der Bertha Palmer. Wann haben Sie die Schule zuletzt gesehen?«

»Jedenfalls weiß ich, dass diese jungen Leute alles vom Staat haben wollen. Als ich noch zur Schule ging, habe ich gearbeitet, um ...«

»Ich weiß, Sir, Ihre Arbeitsethik ist legendär und Ihre Energie international gerühmt.« Er war so verdattert darüber, unterbrochen zu werden, dass er mich mit offenem Mund anstarrte. »Als ich damals an der Bertha Palmer Basketball spielte, konnte die Schule sich noch eine Trainerin leisten, sie konnte sich die Trikots leisten, es gab Musik-AGs, in denen meine Mutter unterrichtete, und Jungen wie Sie bekamen vom Militär das Studium bezahlt.«

Ich hielt inne und hoffte, dass es ihm gelänge, eine Verbindung herzustellen zwischen seiner eigenen vom Staat finanzierten Ausbildung und den Kids in der South Side, aber seiner starren Mimik nach zu schließen, war das wohl zu viel verlangt. »Inzwischen kann sich die Schule all das nicht mehr leisten. Basketball ist eine der Möglichkeiten ...«

»Ich brauche keine Vorträge von Ihnen, junge Frau, oder von

sonst wem, was junge Menschen brauchen und was nicht. Ich habe sechs ohne staatliche Hilfe großgezogen, hnnh, hnnh, und ohne Sozialhilfe, hnnh, und wenn diese Jugendlichen dort fleißiger wären, würden sie es auch zu was bringen. Anstatt haufenweise Kinder in die Welt zu setzen, die sie nicht ernähren können, und dann zu erwarten, dass ich ihnen Basketballschuhe kaufe.«

Ich verspürte eine derart gesteigerte Lust, dem Mann eine runterzuhauen, dass ich ihm den Rücken zukehrte und die Hände in die Jackentaschen bohrte.

»So sind sie nicht, Großvater«, hörte ich Billy hinter mir sagen. »Diese Mädchen arbeiten hart in den Jobs, die sie dort kriegen können, bei McDonald's oder in deinem Laden an der 95th. Viele arbeiten dreißig Stunden die Woche, um ihren Familien zu helfen, und gehen außerdem noch zur Schule. Ich weiß, du wärst beeindruckt, wenn du sie erleben würdest. Und sie finden Ms. War-sha-sky unheimlich toll, aber die kann nicht für immer die Mannschaft trainieren.«

Unheimlich toll? War das der Wortlaut von den Mädchen in der Mount Ararat oder Billys Auslegung? Ich drehte mich wieder um.

»Billy, du steckst deine naive Nase in Dinge, von denen du keinen blassen Schimmer hast.« Der Mann, der vorher schon im Raum gewesen war, meldete sich nun erstmals zu Wort. »Jacqui hat mir von deiner absurden Idee erzählt, dass Großvater dein Lieblingsprojekt hier finanzieren soll. Sie sagte, sie hätte dich gewarnt, dass er nicht das mindeste Interesse daran haben wird, und nun verschwendest du ausgerechnet heute, nachdem du dir alle Mühe gegeben hast, unseren guten Ruf bei den Aktionären zu ruinieren, noch mehr von unserer kostbaren Zeit und bestellst diese Sozialarbeiterin hier herauf.«

»Tante Jacqui hat Ms. War-sha-sky nicht einmal angehört, Onkel Gary, sie kann also gar nicht wissen, ob der Vorschlag gut war oder nicht. Sie hat die Unterlagen in den Papierkorb geworfen, ohne auch nur einmal draufzugucken.«

»Kein Stress, Billy«, sagte ich. »Hat deine Familie begriffen, dass ich keine Sozialarbeiterin bin? Ich mache ehrenamtliche Arbeit, für die ich nicht ausgebildet bin. Und für die ich keine

Zeit habe. Da der Staat in Gestalt des Bildungsministeriums den Mädchen an der Bertha Palmer nicht die Unterstützung gibt, die sie brauchen, hoffe ich, dass private Initiativen diese Lücke schließen können. By-Smart ist der größte Arbeitgeber in der South Side, die Firma hat sich früher schon im Viertel engagiert, und ich möchte Sie dazu ermuntern, die Basketballmannschaft unter Ihre Fittiche zu nehmen. Sie können auch sehr gerne mal zum Training mitkommen.«

»Meine eigenen Mädchen leisten freiwillige soziale Dienste«, erwiderte Bysen. »Gut für sie, gut für die Gemeinschaft. Bekommt Ihnen bestimmt auch gut, hnnh?«

»Und Ihre Jungs?«, konnte ich mir nicht verkneifen zu fragen.

»Die haben zu viel mit der Leitung dieses Unternehmens zu tun.«

Ich lächelte strahlend. »Genau mein Problem, Mr. Bysen. Ich bin selbstständig mit eigener Firma und viel zu beschäftigt für ehrenamtliche Arbeit. Kommen Sie doch mal mit und sehen Sie sich das Training an. An der Highschool wäre man begeistert, wenn der berühmteste Absolvent mal zu Besuch käme.«

»Ja, Großvater, du musst mal mitkommen. Wenn du die Mädchen kennen lernst...«

»Dann würden sie erst recht Almosen erwarten«, warf Onkel Gary ein. »Und, um es deutlich zu sagen, wir haben zu viel damit zu tun, die Suppe auszulöffeln, die Billy uns eingebrockt hat, um uns mit Gemeindearbeit abzugeben.«

»Könnt ihr nicht mal zwei Minuten damit aufhören?«, schrie Billy, dem jetzt die Tränen in den Augen standen. »Pastor Andrés ist kein Gewerkschafter. Er nimmt sich nur der Menschen in seiner Gemeinde an, die Dinge nicht tun können, die andere für selbstverständlich halten, wie Schuhe für ihre Kinder zu kaufen. Und sie arbeiten hart, ich weiß es, weil ich sie täglich im Lagerhaus sehe. Tante Jacqui und Pat sitzen im Hinterzimmer und lästern über die, aber die Leute arbeiten fünfzig, sechzig Stunden die Woche, und wir könnten dafür sorgen, dass sie es besser haben.«

»Es war offenbar ein Fehler, dass du dich in dieser Kirche so engagiert hast, Billy«, sagte der alte Bysen. »Die Leute bemerken deine Gutherzigkeit und nutzen sie aus, erzählen dir Unwahrheiten über uns, die Firma und ihr eigenes Leben. Die sind nicht wie wir, sie halten nichts von harter Arbeit, deshalb sollen wir ihnen Jobs verschaffen. Wenn wir da unten nicht dafür sorgen würden, dass sie ihren Lohnscheck bekommen, würden sie wahrscheinlich herumlungern und ihre Sozialhilfe verzocken.«

»Was sie vermutlich sowieso tun«, fügte Mr. Roger hinzu. »Vielleicht sollten wir Billy lieber in die Filiale in Westchester oder Northlake schicken, damit er sich nicht mehr in dieser Gegend aufhält.«

»Ich bleibe in South Chicago«, versetzte Billy. »Ihr führt euch alle auf, als sei ich neun, nicht neunzehn, und habt nicht mal genug Anstand, mit meinem Gast zu sprechen oder ihr einen Stuhl oder eine Tasse Kaffee anzubieten. Ich weiß nicht, was Großmutter dazu sagen würde, aber mich hat sie jedenfalls anders erzogen. Ihr interessiert euch nur noch für die Aktien, nicht für die Menschen, die euer Unternehmen am Laufen halten. Aber Gott interessiert sich nicht für die Aktien, wenn wir irgendwann vor seinen Richterstuhl treten, das kann ich euch garantieren.«

Er drängte sich an seinem Großvater und seinem Onkel vorbei, blieb vor mir stehen, schüttelte mir die Hand und versicherte mir, dass er noch mit mir alleine reden werde. »Ich habe einen Treuhandfonds, Ms. War-sha-sky, und Ihr Projekt ist mir wirklich sehr wichtig.«

»Du hast einen Fonds, zu dem du mit siebenundzwanzig Jahren Zugang bekommst, und wenn du dich weiter so benimmst, erst mit fünfunddreißig!«, schrie sein Vater.

»Na und? Glaubst du, das ist mir wichtig? Ich kann auch von meinem Lohnscheck leben, wie die anderen in der South Side.« Und damit stürmte Billy hinaus.

»Was gebt ihr und Annie Lisa euren Kindern zu essen, William?«, erkundigte sich jetzt Onkel Gary. »Candace ist heroinsüchtig und Billy ein hysterisches Kleinkind.«

»Nun, Annie Lisa hat wenigstens ihre eigene Familie. Die steht nicht von früh bis spät vor dem Spiegel und probiert Fünftausend-Dollar-Klamotten an.«

»Nutzt eure Kräfte sinnvoller, Jungs«, brummte Buffalo Bill.

»Billy ist ein Idealist. Man muss diese Energie nur in die richtigen Kanäle lenken. Aber hör auf, ihm mit diesem Fonds zu drohen, William. Solange ich noch auf diesem Planeten weile, werde ich dafür sorgen, dass der Junge seinen Anteil vom Erbe bekommt. Wenn ich nämlich vor den Richterstuhl trete, wird Gott bestimmt wissen wollen, wie ich meinen Enkel behandelt habe, hnnh, hnnh, hnnh.«

»Ja, ich kann mich jedenfalls darauf verlassen, dass du mir immer in den Rücken fällst«, erwiderte William kalt. Er wandte sich zu mir. »Und Sie, wer Sie auch sind, haben jedenfalls lange genug in unseren Büros herumgestanden.«

»Wenn sie zu den Leuten gehört, die Billy da unten beeinflussen, sollten wir lieber rausfinden, wer sie ist und was sie ihm erzählt«, schaltete sich Mr. Roger ein.

»Mildred? Haben wir noch Zeit dafür?«

Seine Assistentin blickte auf den Laptop und drückte ein paar Tasten. »Nein, Mr. B., ganz und gar nicht, vor allem, wenn Sie noch mit Anrufen des Aufsichtsrats rechnen müssen.«

»Na ja, zehn Minuten, die können wir uns erlauben. William kann die Aufsichtsratsmitglieder anrufen. Man braucht kein Genie zu sein, um denen klarzumachen, dass sie Gerüchten aufgesessen sind.«

Williams Wangen verfärbten sich rosa. »Wenn das so eine zweitrangige Sache ist, dann kann Mildred es auch übernehmen. Mein Tag ist voll, auch ohne Billys Chaos-Aktionen.«

»Ach, nimm doch nicht alles so persönlich, William. Du bist zu dünnhäutig, warst du immer schon. Wie war noch gleich Ihr Name, junge Frau?«

Ich wiederholte ihn und teilte Visitenkarten aus.

»Ermittlungen? Ermittlungen? Wie zum Teufel konnte Billy an eine Detektivin geraten? Redet ihr überhaupt jemals mit dem Jungen?«, fragte Roger seinen Bruder.

William überhörte ihn geflissentlich und sagte zu mir: »Was machen Sie mit meinem Sohn? Und hören Sie auf mit Ihren Lügen von wegen Basketball.«

»Das ist keine Lüge«, sagte ich. »Ich habe Ihren Sohn am letzten Donnerstag kennen gelernt, als ich einen Termin bei Pat Grobian im Lagerhaus hatte, um By-Smart als Sponsor für die

Mannschaft zu gewinnen. Billy fand die Idee großartig, wie Sie ja alle wissen, und hat mich hierher bestellt.«

Buffalo Bill starrte mich unter seinen buschigen Augenbrauen an und wandte sich dann zu dem Mann namens Linus. »Kümmern Sie sich darum. Jemand soll rausfinden, wer sie ist und was sie hier treibt. Und während Sie rumfragen, gehen wir alle in den Konferenzraum und unterhalten uns weiter. Mildred, stellen Sie diese Anrufe nach Birmingham durch, ich erledige sie von dort aus.«

12

Firmenpolitik

Im Konferenzraum ergab sich in etwa dasselbe Bild wie bei der Gebetsstunde: Bysen am Kopfende des Tisches, Mildred zu seiner Rechten, die Söhne und Linus Rankin an den Seiten. Mildreds Assistentin, die nervöse Person aus dem Vorzimmer, brachte einen Stapel Telefonnachrichten, die Mildred an die Anwesenden verteilte.

Ich reichte ihr den Bericht, den ich für meinen Termin im Lagerhaus vorbereitet hatte. Als ich ihr sagte, es gäbe nur zwei davon, schickte sie die Assistentin zum Fotokopieren, die kurz darauf wiederkehrte und ein Tablett mit Kaffee und Mineralwasser und den Stapel Kopien balancierte.

Während wir warteten, hatten die Herren allesamt ihre Handys zutage gefördert. Linus beauftragte jemanden, Informationen über mich zu beschaffen, William arbeitete seinen Stapel Nachrichten ab und versicherte Vorstandsmitgliedern, dass By-Smart nicht daran denke, Gewerkschaften zuzulassen. Gary führte eine lebhafte Unterhaltung über ein Problem mit einem Laden, in dem die Nachtschicht eingeschlossen worden war. Offenbar hatte eine Frau einen epileptischen Anfall bekommen und sich die Zunge abgebissen, weil man die Türen nicht öffnen konnte, um die Sanitäter hereinzulassen.

»Eingeschlossen?«, platzte ich heraus, als er das Gespräch beendete, obwohl ich mir doch vorgenommen hatte, den Herren Bysen Honig ums Maul zu schmieren.

»Das geht Sie gar nichts an, junge Frau«, knurrte Buffalo Bill. »Aber wenn ein Laden in einer gefährlichen Gegend ist, riskiere ich doch nicht das Leben unserer Angestellten, indem ich jeden Drogensüchtigen da hineinspazieren lasse. Gary, nimm dir den Geschäftsführer vor: Er muss sich einen Ersatzmann besorgen, der Leute im Notfall rauslassen kann. Linus, können wir hier ein Rechtsproblem kriegen?«

Ich biss mir selbst auf die Zunge, um den Mund zu halten,

während Rankin sich eine Notiz machte. Er war offenbar der Firmenanwalt.

Roger schaltete angewidert sein Handy aus und sagte zu William: »Dank deines schwachsinnigen Sohnes haben wir jetzt drei Händler, die glauben, aus ihren Verträgen aussteigen zu können, weil unsere Lohnkosten steigen werden, und die uns um Verständnis bitten, dass sie entweder zumachen oder nach Burma oder Nicaragua umsiedeln müssen, weil sie den Forderungen nicht mehr nachkommen können.«

»Unfug«, raunzte der alte Mann. »Hat gar nichts mit Billy zu tun, nur das übliche Gejammer und Gewinsel. Manche Leute machen das gern, um zu testen, ob wir in die Knie gehen. Ihr Jungen seid alle zu dünnhäutig. Ich weiß nicht, was aus diesem Unternehmen werden soll, wenn ich eines Tages nicht mehr hier bin, um alles abzufangen.«

Mildred raunte Bysen etwas ins Ohr, worauf er wieder »hnnh, hnnh« äußerte und zu mir herüberblickte. »Gut, junge Frau, kommen Sie zur Sache, kommen Sie zur Sache.«

Ich faltete die Hände auf dem Tisch und blickte ihm direkt in die Augen, soweit das bei den buschigen Brauen möglich war. »Wie ich schon sagte, Mr. Bysen, bin ich in South Chicago aufgewachsen und auf die Bertha Palmer Highschool gegangen. Da ich an der Schule in einer Auswahlmannschaft Basketball spielte, bekam ich ein Sportstipendium, das mir ein Studium an der University of Chicago ermöglichte. Als Sie auf die Bertha Palmer gingen – und auch noch zu meiner Zeit –, gab es an der Schule Angebote für ...«

»Die traurige Geschichte dieses Stadtteils ist uns allen bestens bekannt«, fiel mir William ins Wort. »Und wir alle wissen auch, dass Sie hier sind, um finanzielle Unterstützung für Leute zu erbetteln, die nicht arbeiten wollen.«

Ich spürte, wie mir das Blut zu Kopf stieg, und vergaß sämtliche guten Vorsätze: »Ich weiß nicht, ob Sie das wirklich glauben oder ob Sie das nur sagen, damit Sie nicht darüber nachzudenken brauchen, was es bedeutet, von sieben Dollar die Stunde eine Familie ernähren zu müssen. Es wäre nicht schlecht, wenn jeder hier am Tisch das mal einen Monat lang versuchen würde, bevor er die Menschen in South Chicago aburteilt.

Viele der Mädchen in meiner Mannschaft kommen aus Familien, in denen die Mütter sechzig Stunden die Woche für einen derartigen Lohn schuften, ohne die Überstunden bezahlt zu bekommen. Ob es nun in Ihrem Lagerhaus oder in dem Laden an der 95th oder bei McDonald's ist, Mr. Bysen – ich versichere Ihnen, dass diese Leute fleißig sind und hart arbeiten, härter als ich und auch als Sie. Sie stehen nicht auf der Straße herum und betteln.«

William wollte mir ins Wort fallen, aber ich bedachte ihn mit einem bösen Blick, der dem seines Vaters in nichts nachstand. »Lassen Sie mich ausreden, dann höre ich mir Ihre Einwände an. Diese Frauen wollen ihren Kindern ein besseres Leben ermöglichen. Eine gute Ausbildung ist die Voraussetzung dafür, und Sport ist eine der besten Möglichkeiten, die Kinder in der Schule zu halten und ihnen vielleicht damit den Weg zur Universität zu öffnen. Wenn Sie ihnen durch Sponsoring das Sportgerät, ihr Training und einen Raum zur Verfügung stellen würden, in denen sie nicht bei jedem Fastbreak ein gebrochenes Bein riskieren, wäre das großmütig und zum Wohl der Allgemeinheit. Die Kosten dafür wären geringfügig, nur für Ihren Laden in South Chicago gerechnet. Auf die Einnahmen des gesamten Unternehmens umgelegt, würden sie Ihnen gar nicht auffallen, aber Sie würden auf jeden Fall enorme Publicity dafür bekommen.

Ich habe gerade gehört, wie Mr. Roger Bysen einen Zulieferer davon überzeugt hat, dass er Ihnen ein Produkt für sechs Cent weniger, als der Mann haben wollte, verkauft. Mr. Gary Bysen ärgert sich über eine Angestellte, die sich die Zunge abgebissen hat, weil sie nachts im Laden eingesperrt war. Wenn diese Dinge an die Öffentlichkeit kämen, würden Sie dastehen wie der größte Geizhals von Nordamerika. Wenn Sie dagegen ein wichtiges Projekt in Mr. Bysens einstigem Viertel sponsern, seine eigene Highschool, wird man Sie für Helden halten.«

»Sie haben Nerven für zehn, das muss man Ihnen lassen«, bemerkte William mit seiner sonoren Stimme.

Bysen runzelte so heftig die Stirn, dass seine Augenbrauen über der Nase zusammenstießen. »Und Sie halten fünfundfünfzigtausend Dollar für ›geringfügig‹, hnnh, junge Frau? Ihre eigene

Firma muss ja sehr erfolgreich sein, wenn Sie eine solche Summe nicht weiter beachtenswert finden.«

Ich kritzelte ein paar Rechnungen auf das Papier. »Linus hier beschafft Ihnen bestimmt meine Umsätze, deshalb will ich mich nicht weiter damit aufhalten, aber wenn man einen Dollar in vierzigtausend Stücke zerteilen könnte, wäre eines dieser vierzigtausend Stücke in meinem Unternehmen die Entsprechung zu fünfundfünfzigtausend Dollar bei Ihrem. Das halte ich durchaus für geringfügig. Und die Steuerbegünstigungen sind da noch ebenso wenig hineingerechnet wie der Profit, der durch den Werbeeffekt zustande käme.«

Gary und William versuchten, beide gleichzeitig zu sprechen, Linus Rankins Handy klingelte, und Bysen donnerte los. In diesem Augenblick ging die Tür auf, und Marcena rauschte herein.

Sie zwinkerte mir kurz zu, so subtil, dass die Männer es nicht bemerkten, und wandte sich dann zum alten Bysen: »Ich bin mit Ms. Warshawski hergekommen – Marcena Love –, Ihr Pete Boyland hat mit mir über den Einkauf gesprochen, und ich wurde aufgehalten. Sind Sie das neben der Thunderbolt da draußen auf dem Foto? Mein Vater hat Hurricanes geflogen, von Wattisham aus.«

Buffalo Bill unterbrach seine Tirade schlagartig. »Wattisham? Da hab ich achtzehn Monate zugebracht. Die Hurricane war eine gute Maschine, gute Maschine, ist nicht so geachtet worden, wie sie's verdient hätte. Wie hieß Ihr Vater?«

»Julian Love. Seventy Tiger Squadron.«

»Hnnh, hnnh, wir müssen uns mal unterhalten, junge Dame. Arbeiten Sie mit diesem Basketballmädel hier?«

»Nein, Sir. Ich bin zu Gast, aus London. Habe gerade eine Tour durch South Chicago gemacht, mit einem Ihrer Trucker, so sagt man wohl hier.«

Marcenas britischer Akzent trat zusehends deutlicher zutage. Bysen genoss die Situation sichtlich, aber seine Söhne zeigten sich weniger begeistert.

»Wer erlaubt Ihnen, in einem Lkw mitzufahren?«, fragte William scharf. »Das ist sowohl illegal als auch im Unternehmen untersagt.«

Marcena hielt abwehrend die Hand hoch. »Tut mir leid, sind Sie für die Trucks zuständig? Ich wusste nicht, dass ich etwas Illegales tue.«

»Ich will trotzdem wissen, wie der Fahrer heißt«, sagte William.

»Da hab ich was angestellt, wie? Ich möchte wirklich nicht, dass der arme Knabe Schwierigkeiten bekommt. Sagen wir einfach, ich tu's nie wieder. Mr. Bysen, meinen Sie, wir könnten uns auf ein Gespräch verabreden, bevor ich nach England zurückfahre? Ich bin sozusagen mit den Luftschlachten meines Vaters groß geworden und würde zu gerne Ihre Schilderung dieser Jahre hören. Mein Vater wird begeistert sein, wenn ich ihm erzähle, dass ich mich mit einem seiner alten Kriegskameraden unterhalten habe.«

Bysen schnaubte ein bisschen und tat gewichtig, dann sagte er Mildred, sie solle einen freien Termin in der nächsten Woche suchen. Schließlich wandte er sich mit finsterer Miene zu mir. »Und Sie, junge Frau, mit Ihrer prächtigen Idee, Dollarscheine in vierzigtausend Stücke zu zerschneiden – Sie hören von uns.«

Linus war während Marcenas Auftritt mit seinem Handy beschäftigt gewesen, jetzt stand er auf und reichte Bysen ein Blatt Papier. Der alte Mann überflog es, worauf er noch erboster aussah.

»Ich sehe hier, dass Sie eine Reihe bedeutender Unternehmen zerstört haben, junge Frau, und sich in Dinge eingemischt haben, die Sie nichts angingen. Drängen Sie sich immer dort hinein, wo man Sie nicht haben will, hnnh?«

»Billy möchte, dass ich mich in die Basketballmannschaft einmische, Mr. Bysen – das reicht mir völlig aus. Er wird bestimmt wissen wollen, wie unser Gespräch hier verlaufen ist.«

Bysen starrte mich einen Moment an, als wäge er Billys Erwartungen ab gegen den Stressfaktor, den ich darstellte. »Es ist beendet, junge Frau. William, Roger, zeigt ihr die Tür.«

William sagte, er würde sich um mich kümmern. Als er mich aus dem Konferenzraum begleitete, die Hand auf meinem Rücken, sagte er: »Mein Sohn ist eigentlich ein anständiger Kerl.«

»Das glaube ich Ihnen. Ich habe ihn im Lagerhaus erlebt und fand es beeindruckend, wie die Männer auf ihn reagiert haben.«

»Das Problem ist seine Vertrauensseligkeit; die Leute nutzen ihn aus. Überdies war mein Vater immer so nachgiebig mit ihm, dass Billy nicht richtig gelernt hat, wie es in der Welt zugeht.«

Da mir nicht ganz klar war, worauf er hinauswollte, äußerte ich diplomatisch: »Dieses Problem kommt häufig vor bei Selfmade-Männern wie Ihrem Vater – mit ihren eigenen Kindern sind sie extrem streng, aber bei der dritten Generation lassen sie die Zügel locker.«

Er sah so verblüfft aus, als hätte ich ein Geheimnis seines Lebens entdeckt. »Ist Ihnen auch aufgefallen, wie mein Vater mit ihm umgeht? So läuft das schon seit Billys Geburt: Sobald ich versuche, irgendwelche elterlichen Richtlinien vorzugeben – die übrigens viel weiter gefasst sind als die meines Vaters früher –, untergräbt Vater sie und wirft mir vor... na ja, das gehört jetzt nicht hierher. Ich bin der kaufmännische Leiter des Unternehmens.«

»Und offenbar sind Sie sehr gut, wenn man sich den Profit anschaut.« Wo wir nun schon so herumturtelten, konnte ich auch noch eins draufsetzen.

»Wenn ich mehr Kompetenzen bekäme, könnten wir Wal-Mart überflügeln, das weiß ich genau. Aber meine geschäftlichen Entscheidungen werden wie meine elterlichen behindert. Jedenfalls möchte ich wissen, wann Sie Billy treffen und was Sie ihm sagen wollen.«

»Ich werde ihm genauestens berichten, was geäußert wurde, und ihn bitten, es für mich zu interpretieren – da ich Sie und die anderen nicht kenne, verstehe ich nicht alles, was da gesagt wurde.«

»Genau darum geht es«, sagte William. »Wir sagen alle dies und jenes, aber wir arbeiten eng zusammen als Familie. Meine Brüder und ich. Wir haben uns immer gestritten. Mein Vater glaubte, das würde uns härter machen, aber dieses Unternehmen betreiben wir als Familie. Und so treten wir auch gegenüber Konkurrenten auf.«

Was im Klartext hieß, ich durfte nicht publik machen, dass es zwischen den Brüdern Differenzen gab. Ich hatte große Unternehmen ruiniert, indem ich mich in deren Angelegenheiten einmischte; man musste mir klarmachen, dass By-Smart mich nicht mit Samthandschuhen anfassen würde, wenn ich diesem Unternehmen in die Quere kam.

»Wohnt Billy in South Chicago?«

»Natürlich nicht. Er mag diesen kleinen Prediger faszinierend finden, aber am Ende des Tages kehrt er zu seiner Mutter zurück. Seien Sie vorsichtig im Umgang mit ihm, Ms. – ähm –, denn wir behalten Sie im Auge.«

Vorbei war's mit der trauten Zweisamkeit. »Warshawski. Davon bin ich überzeugt – die Kameras im Lagerhaus sind mir nicht entgangen. Ich werde ganz vorsichtig sein, für den Fall, dass Sie mir eine im Auto installiert haben.«

Er zwang sich zu einem Lachen. Also doch noch Zweisamkeit? Ich setzte die undurchdringliche Miene auf, mit der ich Leuten den Eindruck gebe, eine gute Zuhörerin zu sein – nicht die Frau, die Gustav Humboldt aus dem Verkehr gezogen hatte.

»Ich muss wissen, mit wem diese Engländerin in South Chicago unterwegs ist. Es könnte uns schaden, aus Haftungsgründen, meine ich, wenn ihr irgendetwas zustößt.«

Ich schüttelte bedauernd den Kopf. »Sie hat mir nicht erzählt, mit wem sie sich dort trifft. Sie hat viele Freunde und lernt schnell neue Menschen kennen, wie Sie bei Ihrem Vater gesehen haben. Es könnte jeder sein, sogar Patrick Grobian, weil sie immer darauf achtet, wichtige Männer um sich zu scharen.«

Dieser Name schien ihn zu beunruhigen oder jedenfalls aus dem Tritt zu bringen. Er trommelte nervös mit den Fingern am Türrahmen und wollte mir eine weitere Frage stellen, suchte aber offenbar nach der richtigen Formulierung. Bevor er sie gefunden hatte, wurde er von Mildreds nervöser Assistentin ans Telefon geholt: Einer der Filialleiter rief ihn zurück.

Er ging zu Mildreds Schreibtisch, um den Anruf entgegenzunehmen. Ich trat zu dem Foto von Buffalo Bill neben dem Flugzeug. Als ich mich auf die Zehenspitzen stellte und die Augen verengte, konnte ich ganz unten am Rahmen die Adresse eines Fotografen in Wattisham lesen. Marcena war nicht nur raffinierter im Ausfragen von Leuten als ich, sondern auch eine bessere Ermittlerin. Deprimierende Erkenntnis.

William telefonierte immer noch, als Buffalo Bill Marcena aus dem Konferenzraum geleitete, seine Hand an ihrer Taille. Als er mich erblickte, runzelte er erbost die Stirn, sprach aber weiter zu Marcena: »Und bringen Sie unbedingt die Fotos von Ihrem Vater mit, junge Dame, hören Sie?«

»Auf jeden Fall. Er wird begeistert sein, wenn er hört, dass ich Sie getroffen habe.«

Während die beiden ein ausgedehntes Verabschiedungstänzchen vollführten, legte William die Hand auf den Hörer und winkte mich zu sich. »Kriegen Sie raus, mit wem dieses Mädel unterwegs ist, ja, und rufen Sie mich dann an.«

»Dann sponsern Sie meine Mannschaft?«, erwiderte ich fröhlich.

Er erstarrte. »Dann reden wir weiter darüber, gewiss.«

Ich setzte eine betrübte Miene auf. »Ich fürchte, bei diesem Angebot kann ich nicht meine beste Leistung erbringen, Mr. William.«

Ein Bysen war es nicht gewöhnt, dass Bettler aufmüpfig wurden. »Und mit dieser Haltung werde ich gar keine Leistung erbringen, junge ...«

»Mein Name ist Warshawski. Sie dürfen mich so nennen.«

Marcena und Buffalo Bill hatten ihren Plausch beendet, ich kehrte dem jungen William den Rücken zu und marschierte mit Marcena den Flur hinunter. Sobald wir außer Sichtweite des Büros waren, ließ Marcena die Schultern hängen, und das einnehmende Lächeln auf ihrem Gesicht erstarb.

»Bin ich *fertig*!«, sagte sie.

»Nur zu verständlich. Du hast in der letzten Stunde mit Pete und Buffalo Bill eine Tagesleistung erbracht. Ich bin auch etwas angeschlagen. Gibt es eigentlich einen Julian Love, der im Krieg mit Hurricanes herumsauste?«

Sie lächelte verschmitzt. »Nicht direkt. Aber der Tutor meines Vaters in Cambridge hat das gemacht, und mit dem habe ich ein- oder zweimal im Semester Tee getrunken, wenn ich meinen Vater besuchte. Ich kenne die Geschichten so gut, dass ich sie nacherzählen kann.«

»Und von Wattisham ist er auch nicht geflogen, wie?«

»Von Nacton, aber nach so vielen Jahren weiß Buffalo Bill bestimmt nicht mehr, wie der eine oder der andere Flugplatz aussah. Ich meine – der glaubt doch wahrhaftig, ich sei alt genug, um einen Vater zu haben, der im Krieg war!«

»Und die Fotos von deinem Vater werden wohl in der Post verloren gehen. Was jammerschade ist, denn damals gab es keine Digitalfotografie, und sie sind unersetzlich.«

Marcena brach in lautes Gelächter aus, was mehrere Blicke auf uns lenkte. »So ähnlich, Vic, in der Tat, so ähnlich, hnnh, hnnh.«

13

Auftrag für Schnüfflerin

Der Donnerstag begann frühmorgens mit einem Anruf von meinem Telefondienst. Ich freute mich auf meinen freien Vormittag mit Morrell – Marcena hatte ich nicht mehr zu Gesicht bekommen, seit ich sie gestern nach der Gebetsstunde abgesetzt hatte. Ich war gerade aufgestanden, um Morrells hypermoderne Espressomaschine anzuwerfen, und drehte vergnügt splitternackt Pirouetten im Flur, als ich mein Handy in meinem Aktenkoffer klingeln hörte.

Ich weiß nicht, weshalb ich es nicht einfach klingeln ließ – die Pawlow-Nummer mit der Glocke, vermute ich mal. Christie Weddington, die Angestellte bei meinem Telefondienst, die mich schon am längsten kennt, fühlte sich bemüßigt, streng mit mir zu sein: »Es ist einer von den Bysens, Vic, und er hat schon dreimal angerufen.«

Ich hörte auf mit der Tanzerei. »Es ist sieben Uhr achtundfünfzig, Christie. Und welcher der großen Männer?«

Es war William Bysen, den ich insgeheim »Mama Bear« nannte, wegen seiner Position zwischen Buffalo Bill und Billy the Kid. Ich war nicht begeistert über die Störung, gab mich aber der Hoffnung hin, dass sie Gutes verhieß: Ms. Warshawski, Ihre beherzte Art und Ihr exzellenter Projektvorschlag haben uns dazu veranlasst, eine unserer Billionen für die Bertha Palmer Highschool in vierzigtausend Teile zu splitten.

Christie gab mir Williams Nummer im Büro. Seine Sekretärin war natürlich schon auf dem Posten: Wenn früh geschossen wird, treten die Handlanger beizeiten zum Laden der Gewehre an.

»Ms. Warshawski, sind Sie das? Ja? Lassen Sie die Leute immer so lange warten, bis Sie zurückrufen?«

Das klang nicht nach einem Überbringer froher Botschaften. »Normalerweise bin ich so beschäftigt, Mr. Bysen, dass ich nicht so schnell zurückrufe wie jetzt. Worum geht's denn?«

»Mein Sohn ist letzte Nacht nicht nach Hause gekommen.«

Eine echte Schocknachricht – der Knabe war immerhin neunzehn, aber ich gab ein unverbindliches »Oh« von mir und wartete ab.

»Ich will wissen, wo er ist.«

»Möchten Sie mich beauftragen, ihn zu suchen? Falls ja, faxe ich Ihnen einen Vertrag zur Unterschrift. Danach stelle ich Ihnen am Telefon einige Fragen, denn heute und morgen ist mein Terminkalender voll bis zum Anschlag.«

Er kam vor Empörung ins Stottern und fragte dann, wo Billy sei.

Allmählich wurde mir kalt, weil ich nackt im Wohnzimmer herumstand. Ich griff mir die Wolldecke von Morrells Couch und legte sie mir um die Schultern. »Das weiß ich nicht, Mr. Bysen. Wenn das dann alles ist – ich bin mitten in einem wichtigen Gespräch.«

»Ist er bei dem Pfarrer?«

»Mr. Bysen, wenn ich ihn suchen soll, faxe ich Ihnen einen Vertrag und rufe Sie später an, damit Sie mir ein paar Fragen beantworten. Wenn Sie wissen wollen, ob er bei Pastor Andrés ist, würde ich vorschlagen, dass Sie den Pastor anrufen.«

Er rang mit sich und erkundigte sich schließlich nach meinem Honorar.

»Hundertfünfundzwanzig die Stunde, bei einem Minimum von vier Stunden, plus Spesen.«

»Wenn Sie mit By-Smart ins Geschäft kommen wollen, sollten Sie diese Forderungen noch einmal überdenken.«

»Spreche ich mit einer Bandaufnahme? Der besorgte Vater möchte, dass ich mein Honorar verhandle?« Ich lachte lauthals, bis mir einfiel, dass er mir vielleicht auf diesem Wege ein Angebot machen wollte. »Möchten Sie damit sagen, dass By-Smart meine Basketballmannschaft sponsert, wenn ich mein Honorar für die Suche nach Ihrem Sohn senke?«

»Wenn Sie Billy ausfindig machen, könnten wir Ihren Vorschlag weiter erörtern.«

»Das überzeugt mich nicht, Mr. Bysen. Geben Sie mir Ihre Faxnummer. Ich schicke Ihnen einen Vertrag, und wenn Sie ihn unterzeichnet zurückfaxen, unterhalten wir uns weiter.«

Darauf wollte er sich nicht einlassen. Ich legte auf, wanderte in die Küche und stellte die Espressomaschine an. Als ich wieder in den Flur trat, klingelte mein Handy: mein Telefondienst, der Bysens Faxnummer durchgab. Hey-ho. Ich ging in das kleine Zimmer, das Morrell als Büro benutzt, und faxte den Vertrag. Diesmal schaltete ich das Handy aus, bevor ich wieder ins Bett kletterte.

»Wer war denn das so früh am Tag? Du hast dem ziemlich viel Zeit gewidmet – muss ich mir Sorgen machen?«, erkundigte sich Morrell und zog mich an sich.

»O ja. Ich hab schon seinen Papa und seinen Sohn kennen gelernt. Deiner Familie bin ich noch nie vorgestellt worden, und dabei kennen wir uns schon seit drei Jahren.«

Er knabberte an meinem Ohrläppchen. »Ah, mein Kind, dazu wollte ich dir schon länger mal was erzählen. Aber du lernst immerhin meine Freunde kennen. Kennst du auch Freunde von diesem Typen?«

»Ich glaub, der hat keine. Zumindest keine, die so cool sind wie Marcena.«

Als ich schließlich um kurz vor zehn mein Büro betrat, fand ich ein Fax von William vor. Er hatte den Vertrag unterschrieben, aber einige Paragraphen durchgestrichen, darunter das Vier-Stunden-Minimum und die Spesen.

Ich pfiff durch die Zähne und sandte eine E-Mail: Ich bedaure sehr, den Auftrag nicht annehmen zu können, stehe aber gerne für künftige Aufträge zur Verfügung. Ich lasse durchaus mit mir handeln, was mein Honorar angeht – aber bestimmt nicht mit einem Unternehmen, das jährlich zweihundert Milliarden ein-fährt.

Da ich schon im Netz war, schaute ich mir die Aktie von By-Smart an; sie war zum Börsenschluss am Vortag um zehn Punkte gefallen und heute früh um noch einen. Die Frage, ob By-Smart Gewerkschaften zulassen würde, hatte die Schlagzeile von CNN in den Nachrichten auf meiner Homepage abgegeben. Kein Wunder, dass sie in Rolling Meadows mit den Zähnen knirschten wegen Billy.

Um elf hatte sich Mama Bear entschlossen, meine Konditio-nen zu akzeptieren. Als Nächstes verlangte er, dass ich alles ste-hen und liegen lassen und sofort nach Rolling Meadows brausen sollte. Bei By-Smart war man so daran gewöhnt, Anbieter durchmarschieren zu lassen, die alles inklusive dem Erstgeborenen verhökern würden, um mit dem Koloss ins Geschäft zu kommen, dass der junge Mr. William tatsächlich nicht kapierte, wie jemand sich weigern konnte, durch seinen Reifen zu hopsen. Schlussendlich, nach einer zeitraubenden Debatte, während der ich einmal auflegte und zwei weitere Male damit drohte, beantwortete er meine Fragen.

Niemand aus der Familie hatte Billy seit dem Treffen am Vortag zu Gesicht bekommen. Grobian zufolge war Billy im Lagerhaus erschienen, hatte acht Stunden gearbeitet und war seither spurlos verschwunden. Normalerweise fand er sich spätestens um sieben bei sich in Barrington Hills ein, aber am Vorabend war er nicht nach Hause gekommen, hatte nicht angerufen und war auch über sein Handy nicht erreichbar. Als seine Eltern um sechs Uhr aufstanden, stellten sie fest, dass er noch immer nicht da war. Weshalb Mama Bear mich sofort anrief. Zum Glück hatte sich mein Handy in Morrells Wohnzimmer befunden.

»Billy ist neunzehn, Mr. Bysen. Die meisten jungen Leute dieses Alters studieren oder arbeiten, und selbst wenn sie noch zu Hause wohnen, führen sie ein unabhängiges Leben, haben ihre eigenen Freunde. Und Freundinnen.«

»Aber so ist Billy nicht«, erwiderte sein Vater. »Er gehört ›Wahre Liebe Wartet‹ an und hat von seiner Mutter deren Bibel und ihren Verlobungsring angenommen, um dieses Gelübde zu besiegeln. Er würde sich niemals mit einem Mädchen treffen, wenn er es nicht heiraten will.«

Ich verkniff es mir, ihm mitzuteilen, dass man bei Teenagern, die ein Keuschheitsgelübde abgelegt hatten, ebenso viele sexuell übertragbare Krankheiten festgestellt hatte wie bei anderen. Stattdessen fragte ich, ob Billy schon öfter nicht nach Hause gekommen war.

»Natürlich, wenn er in einem Ferienlager war oder bei seiner Tante in Kalifornien …«

»Nein, Mr. Bysen, ich meine, wie jetzt, ohne dass Sie darüber Bescheid wussten. Oder seine Mutter.«

»Nein, natürlich nicht. Billy ist sehr verantwortungsbewusst. Aber wir machen uns Sorgen, dass er zu sehr unter den Einfluss dieses mexikanischen Pfarrers geraten sein könnte, der gestern hier war, und da Sie ja häufig in South Chicago unterwegs sind, hielten wir Sie für die richtige Person, um Nachforschungen anzustellen.«

»›Wir‹?«, wiederholte ich. »Sind das Sie und Ihre Frau? Sie und Ihre Brüder? Sie und Ihr Vater?«

»Ich … Sie stellen zu viele Fragen. Ich möchte, dass Sie sich jetzt auf die Suche machen.«

»Ich werde mit Ihrer Frau reden müssen«, sagte ich. »Geben Sie mir eine Nummer, zu Hause, Büro, Handy, was auch immer.«

Dieses Ansinnen erzeugte neuerliche Empörung: Ich arbeitete für ihn, seine Frau sei schon beunruhigt genug.

»Sie brauchen nicht mich, sondern einen folgsamen Bullen«, fauchte ich. »Davon rennen hier fünfzig oder sechzig durch die Gegend. Ich zerreiße den Vertrag und schicke ihn per Boten zu Ihnen.«

Er gab mir die Telefonnummer seiner Frau zu Hause und trug mir auf, mich um die Mittagszeit wieder bei ihm zu melden.

»Ich habe noch andere Klienten, Mr. Bysen, die länger als Sie warten, dass ihnen geholfen wird. Wenn Sie glauben, dass Ihr Sohn in Lebensgefahr schwebt, sollten Sie das FBI oder die Polizei anrufen. Andernfalls werde ich mich bei Ihnen melden, sobald ich etwas in Erfahrung gebracht habe.« Wirklich, ich hasse es, für die Reichen und Mächtigen zu arbeiten; die halten sich immer für den Chef der ganzen Welt, wie wir in South Chicago gerne sagen.

Während ich mit Bysen telefonierte, hatte Morrell mir Cappuccino gekocht und eine Pita mit Hummus und Oliven zubereitet. Das führte ich mir zu Gemüte, während ich mit Bysens Frau telefonierte. Mit leiser, fast mädchenhafter Stimme berichtete Annie Lisa Bysen mir gar nichts: O ja, natürlich hatte Billy Freunde, sie waren zusammen in der Jugendgruppe der Kirche und gingen manchmal zelten, aber er sprach immer zuerst mit ihr darüber. Nein, er hatte keine Freundin. Sie brachte auch seine Zugehörigkeit zu »Wahre Liebe Wartet« zur Sprache und sagte, sie seien stolz auf Billy, vor allem nach der Erfahrung mit ihrer Tochter. Nein, sie wisse nicht, warum er nicht nach Hause gekommen sei, er habe nicht mit ihr darüber gesprochen, aber ihr Mann sei sicher, dass er sich bei diesem Pfarrer in South Chicago aufhielt. Sie hatten ihren eigenen Pfarrer, Pastor Larchmont, gebeten, in der Kirche dort anzurufen, aber er hatte bislang noch niemanden erreichen können.

»Dieses Austauschprogramm mit den Kirchen in der Stadt war vermutlich ein Fehler; da gibt es so viele schlimme Jugendliche, die Billy beeinflussen können. Er ist so leichtgläubig und idealistisch, aber Daddy Bysen wollte ja unbedingt, dass Billy im Lagerhaus arbeitet, weil er selbst dort angefangen hat und alle Männer aus der Familie da arbeiten sollen. Ich habe versucht, William zu vermitteln, dass Billy doch lieber studieren sollte, wie er es sich gewünscht hatte. Aber Daddy Bysen umzustimmen ist wie gegen die Niagara-Fälle anzureden, und William hat es nicht mal versucht, sondern Billy dorthin geschickt, und seither höre ich immer nur Pastor Andrés, Pastor Andrés, als zitiere er aus der Bibel.«

»Was ist mit Ihrer Tochter, Billys Schwester – weiß sie, wo er ist?«

Ausgedehntes Schweigen am anderen Ende. »Candace – Candace ist in Korea. Selbst wenn man sie leichter erreichen könnte, würde Billy das nicht tun. Er weiß, dass William – wir – das absolut nicht gutheißen würden.«

Ich wünschte mir, Zeit zu haben für einen Abstecher nach South Barrington zum Anwesen der Bysens. Körpersprache verrät viel mehr als eine Stimme am Telefon. Glaubte Mrs. Bysen wirklich, dass ihr Sohn keinen Kontakt zu seiner Schwester hielt, weil die Eltern es ihm untersagt hatten – vor allem dann, wenn er von zu Hause weglief? Machte Annie Lisa tatsächlich alles, was Daddy Bysen bestimmte? Oder leistete sie passiven Widerstand?

Ich versuchte, Annie Lisa die E-Mail-Adresse von Candace oder ihre Telefonnummer zu entlocken, doch sie überhörte die Frage geflissentlich. »Wie steht's mit Ihrer Schwägerin, Jacqui Bysen? Hat Billy gestern im Lagerhaus mit ihr gesprochen?«

»Jacqui?« Annie wiederholte den Namen so zögernd, als handle es sich um ein Wort aus einer ihr völlig fremden Sprache. »Ich glaube, ich wäre nie auf die Idee gekommen, sie zu fragen.«

»Ich werde das übernehmen, Mrs. Bysen.« Ich schrieb mir die Namen von zwei Jungen auf, mit denen Billy befreundet war, vermutete aber, dass die Bysens Recht hatten: Papa und Mama Bear hatten einen Mann beleidigt, zu dem Billy aufschaute, und nun war Baby Bear wahrscheinlich zu ihm geflüchtet. Falls nicht, durfte ich mich wohl der undankbaren Aufgabe widmen, Candace Bysen aufzuspüren. Krankenhäuser in der näheren Umgebung würde ich auch checken, denn man weiß nie – auch Kinder von Superreichen sind nicht gegen Unfälle gewappnet. Das schrieb ich mir alles auf, weil ich aus Erfahrung gelernt habe, dass ich mir so viele Einzelheiten nicht merken kann.

Ich hatte für einige wichtige Klienten im Loop zu tun, war aber vor eins fertig und konnte früh in die South Side fahren. Als Erstes begab ich mich zum Lagerhaus, um mit Patrick Grobian zu sprechen. Er führte gerade eine engagierte Unterhaltung mit Tante Jacqui über Bettwäsche; beide hatten Billy an diesem Tag noch nicht zu Gesicht bekommen.

»Wenn er kein Bysen wäre, würd ich ihn vor die Tür setzen, das können Sie mir glauben«, knurrte Grobian. »Wer für By-Smart arbeitet, kommt und geht nicht, wie es ihm grade passt.«

Tante Jacqui rekelte sich wie eine Katze; um ihre Mundwinkel spielte dasselbe zufriedene Lächeln, das mir gestern während des Aufruhrs in der Gebetsstunde aufgefallen war. »Billy ist ein Heiliger. Er sitzt vermutlich irgendwo in einer Höhle und verspeist Heuschrecken und Honig – vielleicht sogar unter den Kisten im Keller. Pat und mir hält er nämlich gerne Predigten wegen der hiesigen Arbeitsbedingungen.«

»Warum?«, fragte ich mit unschuldig aufgerissenen Augen. »Stimmt damit was nicht?«

»Das ist ein Lagerhaus hier«, antwortete Grobian, »kein Kloster, aber das kriegt Billy nicht mit. Unsere Arbeitsbedingungen sind vollkommen konform mit dem Arbeitsrecht.«

Ich gab mich vorerst damit zufrieden. »Was meinen Sie, würde er sich an seine Schwester wenden?«

»An Candace?« Jacquis sorgfältig gezupfte Brauen wanderten bis unter ihren Haaransatz. »An Candace wendet man sich nur, wenn man vögeln will oder Drogen braucht.«

Ich wandte mich zum Gehen, während Grobian und sie sich über diesen Spruch amüsierten. Um drei musste ich zum Basketballtraining in der Schule sein, aber Roses Schicht endete zur selben Zeit. Die Mädchen konnte ich nicht warten lassen; wenn ich mit Rose reden wollte, musste ich noch mal in die Fabrik zurück.

14

Rückzug von Schnüfflerin

Nachmittags sah es auf dem Gelände anders aus als um sechs Uhr morgens. Am Rand standen ein paar Wagen zwischen Unkraut, die Zufahrt war halb blockiert von einem Laster, aus dem Männer Stoffballen ausluden, wobei sie sich auf Spanisch Anweisungen zuschrien. Ich parkte meinen Mustang neben einem neuen Saturn auf dem Unkraut.

Die Eingangstür zur Fabrik stand offen, aber ich ging zur Ladezone hinüber, wo mit laufendem Motor ein zweiter Lkw stand. Ich marschierte darauf zu und schwang mich auf die Rampe; auf diesem Wege hoffte ich, einen Bogen um Zamar und den Vorarbeiter machen zu können. Ich grinste und winkte munter den Männern zu, die mit dem Laden innehielten und zu mir herüberstarrten. An der Ladefläche des Lkw stand ein Gabelstapler mit Kisten, die von den Männern rasch mit einer Plane bedeckt wurden, als sie mich bemerkten. Ich schürzte die Lippen und fragte mich, was sie da versteckten. Vielleicht wurde hier Schmuggelware transportiert. Vielleicht war das Grund für die Sabotageakte. Aber die Burschen starrten mich so aufgebracht an, dass ich es vorzog, mich ins Innere der Fabrik zu begeben.

Auf der einen Seite des großen Raums im Erdgeschoss verstauten Arbeiterinnen Flaggen in Holzkisten. Natürlich hielt sich Larry Ballatra just hier auf und erteilte in barschem Ton Anweisungen. Ich marschierte ohne zu zögern an ihm vorbei zu der Eisentreppe. Er warf einen Blick auf mich, schien mich aber nicht zu erkennen, und ich lief flugs die Treppe hinauf.

Rose saß an ihrem Platz. Diesmal arbeitete sie an einer amerikanischen Flagge von den Ausmaßen des Banners, das unten an der Wand hing. Der weiche Stoff glitt von der Nähmaschine in eine Holzkiste; die Flagge der USA durfte nicht den Boden berühren. Ich ging neben ihr in die Hocke, damit sie mein Gesicht sehen konnte.

Sie keuchte, als sie mich bemerkte, und wurde bleich. »Sie! Was tun Sie hier?«

»Ich mache mir Sorgen, Rose. Um Sie und um Josie. Sie sagte mir, dass Sie einen zweiten Job angenommen haben und dass Josie sich jetzt um die Jungen und das Baby kümmern muss.«

»Jemand muss einspringen. Meinen Sie, Julia kriegt das hin? Das kann ich vergessen.«

»Sie haben mir gesagt, Sie möchten, dass Josie später studiert. Sie trägt zu viel Verantwortung für ihre fünfzehn Jahre, und außerdem kommt sie so nicht zum Lernen.«

Rose presste wütend die Lippen zusammen. »Sie denken, Sie tun etwas Gutes, aber Sie wissen gar nichts vom Leben hier. Und erzählen Sie mir nicht, dass Sie hier aufgewachsen sind – Sie wissen trotzdem nichts.«

»Das mag sein, Rose, aber ich weiß, was nötig ist, um zu studieren. Wenn Sie nicht bei Josie sein können und dafür sorgen, dass sie ihre Hausaufgaben macht, was wird sie dann tun? Wenn ihr zu viel Verantwortung aufgeladen wird, bricht sie vielleicht aus und bringt Ihnen noch ein Baby nach Hause, um das Sie sich kümmern müssen. Welcher Job könnte so wichtig sein, das in Kauf zu nehmen?«

Angst und Zorn spiegelten sich in Roses Miene. »Glauben Sie, das weiß ich nicht? Glauben Sie, ich habe kein Mutterherz? Ich muss diesen anderen Job machen. Es geht nicht anders. Und wenn Mr. Zamar Sie hier sieht, wird er mich rausschmeißen, und dann habe ich gar nichts mehr, also gehen Sie, bevor Sie mein Leben zerstören.«

»Rose, was hat sich über Nacht geändert? Am Montag wollten Sie noch, dass ich Saboteure ausfindig mache, und heute haben Sie Angst vor mir.«

Sie sah gequält aus, unterbrach aber ihre Arbeit nicht. »Gehen Sie sofort! Oder ich rufe um Hilfe.«

Mir blieb nichts anderes übrig, als zu verschwinden. Im Auto starrte ich eine Weile durch die Windschutzscheibe. Was hatte sich verändert in den letzten drei Tagen? Meine Unterstellung, die sie beleidigt hatte, war kein Anlass für dieses verstörte Verhalten. Etwas anderes musste dahinterstecken, eine Drohung, mit der Zamar oder der Vorarbeiter Rose unter Druck setzten.

Was konnten sie mit ihr anstellen? Mir fiel nichts Sinnvolles ein, nur reißerischer Unsinn wie Prostitution und dieses ganze Elend. Aber womit konnten sie Rose Dorrado in die Zange nehmen? Allein mit ihrer Angst vor dem Verlust des Arbeitsplatzes, vermutete ich. Vielleicht gab es irgendeinen Zusammenhang mit den Kisten, die von den Männern versteckt worden waren, doch der Laster war inzwischen verschwunden, und ich hatte keine Ahnung, wo er aufzufinden war.

Schließlich startete ich den Wagen und fuhr langsam zur Mount Ararat Church of Holiness, die an der 91st, Ecke Houston lag, nur einen Straßenzug entfernt von dem Haus, in dem ich aufgewachsen war. Ich näherte mich auf der 91st, weil ich nicht noch mal den verkrüppelten Baum im einstigen Vorgarten meiner Mutter sehen wollte.

In einer Wohngegend, in der zwanzig Leute mit Bibeln und ein leerstehender Laden normalerweise eine Kirche ausmachen, hatte ich keine Ahnung, was mich erwartete, aber Mount Ararat verfügte sogar über ein Gebäude mitsamt Turm und Buntglasfenstern. Die Kirche war abgeschlossen, aber auf einem Anschlag an der Tür waren Termine angegeben (Chorprobe mittwochs, Bibelstunde donnerstags, AA-Treffen freitags, Sonntagsschule und Gottesdienst sonntags) sowie Telefonnummern von Pastor Robert Andrés.

Bei der ersten stieß ich auf einen Anrufbeantworter bei ihm zu Hause, bei der zweiten zu meinem Erstaunen auf eine Baufirma. Ich fragte etwas verunsichert nach Andrés und bekam mitgeteilt, er arbeite auswärts.

»Bei einer Beerdigung, meinen Sie?«

»Nein, auf einer Baustelle. Er arbeitet drei Tage die Woche für uns. Wenn Sie ihn erreichen müssen, kann ich dem Vorarbeiter Ihre Nummer durchgeben.«

Da die Frau mich nicht weiterverbinden wollte, gab ich ihr meine Handynummer. Andrés rief wenige Minuten später zurück. Der Baulärm im Hintergrund erschwerte die Verständigung; er verstand zuerst weder, wer ich war, noch, was ich wollte, aber »Billy the Kid«, »Josie Dorrado« und »Mädchenbasketball« schienen durchgedrungen zu sein, denn er gab mir die Adresse der Baustelle an der 89th, Ecke Buffalo.

Auf einem großen leeren Grundstück waren vier Reihenhäuser im Entstehen begriffen. Die kleinen Quader, die in dieser ansonsten trostlosen Ecke aufragten, strahlten einen tapferen Optimismus aus, Hoffnungsschimmer im tristen Grau des Viertels.

Eines der Häuser schien fast fertig zu sein; ein Mann strich Leisten an, andere arbeiteten auf dem Dach. Ich holte einen Schutzhelm aus dem Kofferraum – habe ich immer dabei, weil ich so oft in Industriebetrieben unterwegs bin – und ging zu dem Anstreicher. Der Mann mit dem Pinsel blickte nicht von seiner Arbeit auf, bis ich ihn lautstark begrüßte. Als ich nach Robert Andrés fragte, wies er auf das Gebäude nebenan und strich wortlos weiter.

Vor dem anderen Haus war niemand zu sehen, doch von drinnen hörte ich das Heulen einer Motorsäge und laute Rufe. Ich wanderte zwischen rostigen Rohren und Betonbrocken hindurch, den Überresten der vorherigen Bauten, und trat über die Türschwelle und durch die Öffnung, in der sich später die Haustür befinden würde.

Ich stand vor einer Treppe; die Setzstufen waren gerade angebracht worden, die Nagelköpfe glänzten noch. Aus dem Raum neben mir war halbherziges Hämmern zu vernehmen, doch ich horchte auf die Stimmen und stieg die Treppe hinauf. Überall taten sich Öffnungen auf, das Skelett eines Hauses. Oben erblickte ich drei Männer, die gerade eine Trockenwand anheben wollten. Sie hatten sich gebückt und zählten laut auf Spanisch. Bei »*cero*« hievten sie die Wand hoch und rückten sie in die richtige Position, wobei ihre Muskeln ziemlich ins Flattern kamen. Sobald sie die Wand aufgerichtet hatten, kamen zwei weitere Männer angelaufen und begannen, sie festzunageln. Erst jetzt trat ich zu ihnen und erkundigte mich nach Pastor Andrés.

»Roberto«, rief einer der Männer, »hier ist 'ne Lady, die was von dir will.«

Andrés trat durch eine offene Stelle, an der sich wohl in Kürze eine weitere Wand befinden würde. Er trug einen Schutzhelm und einen Werkzeuggürtel; ich hätte ihn nicht erkannt in dieser Aufmachung, doch er schien sich auf Anhieb an mich zu erinnern, wohl von unserer Begegnung am Dienstag vor Fly the Flag. Jedenfalls drehte er sich um, sobald er mich sichtete, und verschwand. Zuerst dachte ich, er wolle sich aus dem Staub machen, aber eine Minute später kam er ohne den Werkzeuggürtel wieder heraus und bedeutete mir, ihm nach unten zu folgen. Offenbar hatte er nur dem Vorarbeiter mitgeteilt, dass er Pause machen wolle.

Um diese Zeit des Nachmittags war die Buffalo Avenue relativ ruhig. Eine Frau mit zwei Kleinkindern, die einen Einkaufswagen voller Wäsche schob, kam auf uns zu, und an der Ecke ergingen sich zwei Männer in Animositäten. Dabei schwankten sie so bedenklich, dass sie sich vermutlich verfehlen würden, falls sie zuschlagen sollten. Erst wenn die Sonne untergeht, wird's in South Chicago so richtig heiß.

»Sie sind die Detektivin, glaube ich, aber ich erinnere mich nicht an Ihren Namen.« Im Zwiegespräch war Andrés' Stimme leise und sein Akzent kaum hörbar.

»V. I. Warshawski. Machen Sie Seelsorge auf Baustellen in der Gegend hier, Pastor Andrés?«

Er zuckte die Achseln. »Eine kleine Kirche wie meine kann meinen Lebensunterhalt nicht bezahlen, deshalb arbeite ich nebenbei als Elektriker. Jesus war Zimmermann; ich trete gerne in seine Fußstapfen.«

»Ich war gestern früh in der Gebetsstunde von By-Smart. Diese Gemeinde haben Sie auf jeden Fall elektrifiziert mit Ihrer Predigt. Wollten Sie Billys Großvater im Umgang mit Gewerkschaften unterweisen?«

Andrés lächelte. »Wenn ich über Gewerkschaften predigen würde, hätte ich als Nächstes mit Streikposten an Baustellen wie dieser hier zu rechnen. Aber ich weiß, dass der Alte das glaubt und dass der arme Billy, der nur Gutes tun will, wegen meiner Predigt einen Streit mit seiner Familie hatte. Ich habe versucht, den Großvater anzurufen, aber er wollte nicht mit mir sprechen.«

»Wovon handelte Ihre Predigt denn dann?«, fragte ich.

Er spreizte die Hände. »Nur von dem, was ich gesagt habe – dass man alle Menschen mit Achtung behandeln soll. Ich dachte mir, das sei eine einfache und gute Botschaft für solche Leute, doch ich habe mich offenbar geirrt. Dieses Viertel hier leidet, Schwester Warshawski; es ist wie das Totenfeld. Der Heilige Geist muss uns benetzen und unsere Knochen mit Fleisch versehen und beseelen, aber die Menschensöhne müssen ihren Teil dafür tun.«

Sein Tonfall war beiläufig; er predigte nicht und zog auch keine Show ab, sondern sah die Dinge tatsächlich so.

»Ganz meine Meinung. Und was sollen denn die Menschensöhne und Menschentöchter konkret tun?«

Er schürzte nachdenklich die Lippen. »Arbeitsplätze schaffen für jene, die sie brauchen. Arbeiter mit Respekt behandeln. Ihnen einen angemessenen Lohn bezahlen, von dem sie leben können. Das ist eigentlich ganz einfach. Sind Sie deshalb zu mir rausgefahren? Weil Billys Vater und Großvater versuchen, meine Predigt zu deuten? Ich bin nicht gebildet genug, um in Rätseln oder Sinnbildern zu sprechen.«

»Billy war gestern Morgen sehr empört darüber, wie sein Vater und sein Großvater mit Ihnen umsprangen. Er ist letzte Nacht nicht nach Hause gekommen. Sein Vater möchte nun wissen, ob Billy bei Ihnen ist.«

»Sie arbeiten also jetzt für die Bysens?«

Automatisch wollte ich das verneinen, bis mir bewusst wurde, dass ich in der Tat für die Bysens arbeitete. Wieso sollte ich mich dessen schämen? Wenn es so weiterging, würde binnen zehn Jahren das ganze Land für By-Smart arbeiten.

»Ich habe Billys Vater gesagt, dass ich hier im Viertel nach seinem Sohn Ausschau halten würde, ja.«

Andrés schüttelte den Kopf. »Ich denke, wenn Billy jetzt nicht mit seinem Vater sprechen möchte, hat er ein Recht darauf. Er will erwachsen werden, sich selbst als Mann betrachten können, nicht mehr als Junge. Seine Eltern werden keinen Schaden nehmen, wenn er ein paar Nächte nicht nach Hause kommt.«

»Ist er bei Ihnen?«, fragte ich unumwunden.

Als Andrés sich abwandte, als wolle er in das Haus zurückgehen, fügte ich rasch hinzu: »Ich werde es der Familie nicht sagen, wenn Billy das wirklich nicht möchte, aber das würde ich gern von ihm selbst hören. Der andere Punkt ist: Die Eltern glauben, dass er bei Ihnen ist. Ob ich ihnen nun sage, dass ich ihn nicht gefunden habe oder dass er in Sicherheit ist, aber in Ruhe gelassen werden möchte – die verfügen jedenfalls über die Möglichkeiten, Ihnen das Leben schwer zu machen.«

Er drehte sich halb um. »Jesus hat sich nicht von Schwierigkeiten beirren lassen auf seinem Weg zum Kreuz, und ich habe vor langer Zeit gelobt, es ihm gleichzutun.«

»Das ist löblich, aber wenn die Bysens Ihnen die Polizei oder das FBI oder einen privaten Sicherheitsdienst auf den Hals hetzen und man Ihnen die Tür aufbricht – wird das dann gut sein für Billy oder Ihre Kirchengemeinde, die Menschen, die auf Sie zählen?«

Er wandte sich ganz um, den Anflug eines Lächelns auf dem Gesicht. »Schwester Warshawski, Sie sind scharfsinnig und können gut debattieren. Vielleicht weiß ich, wo Billy ist, vielleicht aber auch nicht. Falls ich es wissen sollte, kann ich das nicht jemandem mitteilen, der für seinen Vater arbeitet, da ich mich Billy verpflichtet fühle. Aber – wenn Polizisten um fünf Uhr meine Tür aufbrechen, werden sie nur meinen Kater Lazarus vorfinden.«

»Ich habe bis fünf reichlich zu tun und werde bestimmt keine Zeit finden, die Familie anzurufen.«

Er deutete eine Verbeugung an und wandte sich zum Gehen. Ich blieb an seiner Seite. »Bevor Sie wieder reingehen – können Sie mir etwas über Fly the Flag erzählen? Hat Frank Zamar Ihnen erklärt, warum er wegen der Sabotageakte in seiner Fabrik nicht die Polizei holt?«

Andrés schüttelte den Kopf. »Es wäre gut für Sie, wenn Sie mit den Mädchen Basketball trainierten, anstatt sich mit diesen anderen Sachen zu befassen.«

Das war ein ziemlicher Schlag ins Gesicht. »Diese so genannten anderen Sachen haben alle mit der Basketballmannschaft zu tun, Pastor. Rose Dorrado gehört Ihrer Kirche an; Sie müssten also wissen, dass sie große Angst hat, ihren Job zu verlieren. Ihre Tochter Josie ist im Basketballteam – sie hat mich zu sich nach Hause gebracht, weil ihre Mutter mich bitten wollte, die Sabotageakte aufzuklären. Eine ganz einfache Geschichte, Pastor.«

»South Chicago ist voll von diesen einfachen Geschichten, nicht wahr, die mit Armut beginnen und mit dem Tod enden.«

Diesmal klang er pathetisch, nicht poetisch oder natürlich, und ich überging die Bemerkung geflissentlich. »Und nun gibt es noch ein weiteres Problem. Rose hat einen zweiten Job angenommen und kann sich deshalb abends nicht mehr um ihre Kinder kümmern. Ihre Kinder brauchen sie, aber ich habe überdies das Gefühl, dass sie zu dieser Arbeit, was sie auch sein mag, gezwungen wurde. Sie sind ihr Pastor; können Sie nicht rauskriegen, was da los ist?«

»Ich kann niemanden zwingen, sich mir anzuvertrauen, der das nicht von sich aus möchte. Und Rose hat zwei Töchter, die alt genug sind, sich um den Haushalt zu kümmern. Ich weiß, dass man in Ihrer Idealwelt meint, fünfzehnjährige Mädchen müssten von der Mutter betreut werden, aber hier gelten sie als erwachsen.«

Ich hatte allmählich genug von all den Leuten, die sich aufführten, als sei South Chicago ein anderer Planet, der mir unbegreiflich war. »Fünfzehnjährige Mädchen sollten keine Kinder bekommen, in South Chicago ebenso wenig wie in Barrington Hills. Wissen Sie, dass mit jedem Kind, das eine Minderjährige bekommt, sich deren Jobchancen um fünfzig Prozent verringern? Julia hat bereits ein Baby. Ich glaube kaum, dass es für Rose oder Josie eine Hilfe ist, wenn Josie sich auf der Straße herumtreibt und auch eins kriegt.«

»Diese Mädchen müssen auf Jesus vertrauen und ihre Reinheit bewahren für ihre Ehemänner.«

»Wäre ja wundervoll, wenn sie's täten, aber sie tun's nun mal nicht. Und da Sie das ebenso gut wissen wie ich, wäre es verdienstvoll, wenn Sie aufhören würden, ihnen die Verhütungsmittel zu verbieten.«

Er presste die Lippen zusammen. »Kinder sind ein Geschenk des Herrn. Sie mögen glauben, dass Sie es gut meinen, aber Ihre Gedanken stammen aus einer schlechten Quelle. Sie sind eine Frau und unverheiratet und haben keine Ahnung von diesen Dingen. Beschränken Sie sich darauf, den Mädchen Basketball beizubringen, und verletzen Sie nicht ihre unsterblichen Seelen. Ich glaube, es wäre besser...«

Er verstummte und blickte über die Schulter auf jemandem, der die 91st Street entlanggeschlendert kam. Ein verdrossen blickender, hübscher Bursche, den ich irgendwo schon mal gesehen hatte. Andrés kannte den jungen Mann offenbar und rief ihm auf Spanisch etwas zu – so schnell, dass ich nichts verstand außer »warum« und die Anweisung, von hier zu verschwinden. Der Bursche starrte Andrés mürrisch an, zuckte aber schließlich mit einer Schulter und trollte sich.

»*Chavo banda!*«, murmelte Andrés.

Der Ausdruck war mir noch geläufig aus meiner Zeit als Strafverteidigerin. »Gehört er einer Gang an? Ich hab den irgendwo schon mal gesehen, aber ich weiß nicht mehr, wo. Wie heißt er?«

»Sein Name ist unwichtig, weil er nur das ist: ein Halunke, der sich rumtreibt, der abstaubt oder Jobs für noch üblere Typen macht. Ich will ihn nicht auf dieser Baustelle. Auf die ich jetzt zurückkehren muss.«

»Richten Sie Billy aus, er soll mich anrufen!«, rief ich dem Pastor nach. »Bis heute Abend, damit ich seinen Eltern Bescheid sagen kann.« Obwohl ich zugeben muss, dass ich es im Moment gerne gesehen hätte, wie die Cops die Haustür des Herrn Pastor zu Kleinholz machten.

Er hob die Hand, was sowohl bedeuten konnte, dass er mir zustimmte, als auch, dass ich endlich abhauen solle, und verschwand im Haus. Dieser Pastor Andrés wusste ziemlich viel: über Billy, über die *chavos banda* aus dem Viertel, über Fly the Flag und vor allem über Recht und Unrecht. Ich sollte mich um meine eigenen Angelegenheiten kümmern, hatte er mir vermittelt, mich nicht einmischen. Was für mich hieß, dass er sehr genau wusste, warum Frank Zamar die Polizei nicht in seiner Fabrik haben wollte.

Ich ging zum Wagen zurück. Sollte ich alles auf sich beruhen lassen? Ich hatte weder Zeit noch Lust, mich darum zu kümmern. Und wenn Andrés nicht seiner Meinung Ausdruck gegeben hätte, dass eine unverheiratete Frau weder über Sex Bescheid wissen noch darüber reden sollte, hätte ich vielleicht wirklich die Finger davon gelassen. Ich stolperte über einen Betonbrocken und vollführte eine artistische Verrenkung, um nicht ganz zu Boden zu gehen.

Ich ärgerte mich, dass ich nicht besser Spanisch sprach. Spanisch gleicht in vielem dem Italienischen, weshalb ich einiges verstehe, aber ich habe mit beiden Sprachen nur noch wenig zu tun und bin völlig aus der Übung. Mein Gefühl sagte mir, dass Andrés diesen *chavo banda* nicht nur vom Sehen kannte und er auf keinen Fall wollte, dass er mit ihm in Verbindung gebracht wurde. Nächste Woche, nahm ich mir vor, würde ich versuchen rauszukriegen, wer dieser spezielle *chavo* war.

Nachmittags beim Training gelang es mir nicht, irgendeines der Mädchen zur Konzentration aufs Spiel zu veranlassen. Vor allem Josie führte sich auf, als habe sie Hummeln im Hintern. Ich vermutete, dass die zusätzlichen Pflichten, die Rose ihr aufgebürdet hatte, sie stark beanspruchten, aber deshalb fiel mir der Umgang mit ihr auch nicht leichter. Ich beendete das Spiel zwanzig Minuten vor der Zeit und wartete ungeduldig darauf, dass die Mädchen aus der Dusche kamen, damit ich selbst verschwinden konnte.

Billy the Kid rief mich an, als ich gerade aus Mary Ann McFarlanes Haus trat. Er wollte mir nicht sagen, wo er sich aufhielt; im Grunde wollte er gar nicht mit mir reden.

»Ich dachte, ich könnte Ihnen vertrauen, Ms. War-sha-sky, aber dann lassen Sie sich von meinem Vater anstellen und belästigen auch noch Pastor Andrés. Ich bin erwachsen, ich kann auf mich selbst aufpassen. Versprechen Sie mir, dass Sie nicht mehr nach mir suchen.«

»So ein Versprechen kann ich dir nicht geben. Ich finde es verständlich, wenn du nicht möchtest, dass dein Vater weiß, wo du dich aufhältst. Aber dann müsste ich ihm versichern können, dass du nicht irgendwo gegen deinen Willen festgehalten wirst.«

Ich hörte sein erregtes Atmen am anderen Ende. »Ich bin nicht entführt worden oder so was. Und nun versprechen Sie mir, nicht mehr nach mir zu suchen.«

»Ich habe die Bysen-Familie inzwischen so satt, dass ich gerne eine Anzeige im *Herald-Star* aufgeben würde, in der dann steht, dass ich verspreche, nie wieder mit einem von euch auch nur ein Wort zu wechseln.«

»Soll das ein Witz sein? Ich finde das nicht sehr komisch. Ich will nur, dass Sie meinem Vater ausrichten, ich sei bei Freunden, und wenn er weiter nach mir sucht, rufe ich die Aktionäre an.«

»Aktionäre?«, wiederholte ich verständnislos. »Was soll das bedeuten?«

»Das ist die ganze Nachricht.«

»Bevor du auflegst, Billy, solltest du etwas wissen: Dein Handy strahlt ein GPS-Signal aus. Eine größere, reichere Detektei als meine hat entsprechende Geräte und kann dich orten. Das FBI auch.«

Er blieb einen Moment stumm. Im Hintergrund hörte ich Sirenen und ein weinendes Baby: der Sound der South Side.

»Danke für den Hinweis, Ms. War-sha-sky«, sagte Billy schließlich langsam. »Vielleicht habe ich Sie falsch eingeschätzt.«

»Vielleicht«, erwiderte ich. »Möchtest du –« Aber er legte auf, bevor ich ihn fragen konnte, ob er mich treffen wollte.

Ich rief Billys Vater an, um die Nachricht durchzugeben. Mr. William zeigte sich natürlich alles andere als begeistert und brachte das zum Ausdruck, indem er mich unwirsch anblaffte (»Was, das ist alles? Glauben Sie vielleicht, ich bezahle Sie für eine unverschämte Nachricht? Schaffen Sie *sofort* meinen Sohn her«). Als ich ihm mitteilte, dass der Auftrag für mich beendet sei, regte er sich nicht mehr über die Nachricht auf, sondern verlangte, dass ich mich unverzüglich wieder an die Arbeit machte.

»Das geht nicht, Mr. William, weil ich Billy versprochen habe, nicht weiter nach ihm zu suchen.«

»Was hat denn das eine mit dem anderen zu tun?«, erkundigte er sich verblüfft. »Das war ein schlauer Trick – jetzt rechnet er nicht mit Ihnen.«

»Ich habe mein Wort gegeben, Mr. William. Ich verfüge nicht über dreitausend Läden, die mich über Durststrecken retten. Mein Wort ist mein einziges Kapital. Wenn ich unglaubwürdig werde, wäre das für mich ein schlimmeres Desaster, als wenn Sie alle Ihre Läden verlieren, denn ich habe kein Kapital, um wieder von vorne anzufangen.«

Er schien es immer noch nicht zu kapieren: Meine Unverschämtheit lasse er mir mal durchgehen, aber er wolle umgehend seinen Sohn wiederhaben.

»Dideldum, dideldei«, murmelte ich, stieg ins Auto, knallte die Tür zu und fuhr los, Richtung Morrell. Auf halber Höhe des

Lake Shore Drive beschloss ich, mir von allem eine Auszeit zu nehmen – von den Bysens, der South Side, sogar von meinen wichtigen zahlungskräftigen Kunden und meinem verhedderten Liebesleben. Ich brauchte Zeit für mich, musste eine Weile alleine sein. Ich fuhr zu mir und holte die Hunde. Als Morrell nicht ans Telefon ging, hinterließ ich ihm eine Nachricht. Dem verdatterten Mr. Contreras teilte ich mit, dass ich Sonntagabend wiederkäme. Dann fuhr ich los, aufs Land. In einer einfachen Pension in Michigan stieg ich ab, lief fünfzehn Kilometer mit den Hunden am See, las einen von Paula Sharpes schrulligen Romanen. Ab und an musste ich an Morrell denken und an Marcena im Gästezimmer, aber nicht mal diese Gedanken konnten mir das Vergnügen an meinem Solo-Wochenende verderben.

15

Herzschocker

Meine entspannte Stimmung hielt an bis Montagnachmittag, als April Czernin beim Training zusammenbrach. Zuerst dachte ich, Celine Jackman hätte sie bei einer der üblichen Rangeleien zu Fall gebracht, aber die hielt sich im Backcourt auf. April spurtete zum Korb und sackte so plötzlich in sich zusammen, als sei sie erschossen worden.

Ich blies in die Trillerpfeife, um alle zu stoppen, und rannte zu April. Sie war blau um den Mund, und ich spürte keinen Puls. Ich begann mit Herzmassage und bemühte mich, mir meine Panik nicht anmerken zu lassen, damit mir die Mädchen nicht ausflippten.

Sie drängten sich um uns.

»Ist sie tot?«

»Ist sie erschossen worden?«

Josie beugte sich zu mir herunter. »Was hat sie, Coach?«

»Ich weiß nicht«, keuchte ich. »Weißt… du… ob April… irgendwelche… Krankheiten hat?«

»Nein, keine Ahnung. Das ist noch nie passiert.« Josie war kreidebleich und konnte kaum sprechen.

»Josie«, brachte ich hervor, während ich weiter Aprils Brustkorb bearbeitete, »in meiner Tasche im Geräteraum, im Tisch, ist mein Handy. Du musst… den Raum aufschließen.«

Ich hörte einen Moment auf und reichte ihr rasch die Schlüssel. »Hol es, ruf 911 an, beschreib ganz genau, wo wir sind. Wiederhol das!«

Als Josie meine Anweisungen abgespult hatte, sagte ich ihr, sie solle schnell machen, und sie lief los, in Begleitung von Sancia, die Gebete vor sich hinmurmelte.

Celine schickte ich zur Direktorin; sie mochte Gangmitglied sein, aber sie bewahrte auch am ehesten einen kühlen Kopf. Vielleicht war die Schulschwester noch da und konnte ihr etwas zu Aprils Gesundheitszustand sagen. Josie kam mit dem Handy zurückgerannt, bleich und zittrig und so aufgelöst, dass sie das Ding nicht bedienen konnte. Ich sagte ihr die einzelnen Schritte, während ich weiter auf Aprils Herz drückte, und ließ mir das Handy dann ans Ohr halten, damit ich selbst sprechen konnte. Ich wartete, bis mir von der Vermittlung unsere Ortsangabe bestätigt wurde, dann sagte ich zu Josie, sie solle Aprils Eltern anrufen.

»Die arbeiten beide, Coach, ich weiß nicht, wie ich die erreichen soll. Aprils Mam ist Kassiererin in dem By-Smart-Laden an der 95th, und ihr Dad, na ja, Sie wissen ja, der fährt diesen Laster. Ich weiß nicht, wo der ist.« Ihre Stimme brach.

»Schon gut, Mädel, ist gut. Ruf… diese Nummer an und drück die Entertaste.« Ich kniff die Augen zusammen und versuchte, mich so weit zu konzentrieren, dass mir Morrells Nummer wieder einfiel. Als ich sie endlich hatte, wies ich Josie noch mal an, sie einzugeben und mir dann das Handy ans Ohr zu halten.

»V. I.«, sagte ich, ohne mit der Massage innezuhalten. »Notfall, mit Romeos Tochter… muss Romeo finden. Frag… Marcena, ja? Wenn sie… ihn aufspürt… soll er… mich auf dem Handy… anrufen.«

Morrell hatte sich so oft in Kriegsgebieten aufgehalten, dass er keine Zeit mit überflüssigen Fragen verschwendete. Er sagte nur, er habe verstanden, und ich presste weiter auf Aprils Brust und blies ihr Luft in den Mund, während wir auf den Krankenwagen warteten.

Natalie Gault, die stellvertretende Direktorin, kam hereingerauscht. Die Mädchen, die sich um uns scharten, machten widerstrebend Platz für sie.

»Was ist hier los? Wieder eine Keilerei?«

»Nein, April… Czernin… ist zusammengebrochen. Haben Sie… irgendwas in ihrer Akte… über Krankheiten?« Schweiß lief mir den Hals hinunter; mein Rücken war schon klatschnass.

»Das habe ich jetzt nicht überprüft – ich dachte, es handle sich wieder um eine Ihrer Gangfehden.«

Ich war zu erschöpft, um Kraft auf Wut zu vergeuden. »Nein. Kam ganz plötzlich. Fürchte… es ist das Herz. Prüfen Sie ihre Akte, rufen Sie… die Mutter an.«

Gault blickte auf mich herunter, als müsse sie erst überlegen, ob sie von mir Befehle entgegennehmen könne. Zum Glück ereignete sich in diesem Moment eine Art Wunder für die South Side: Der Krankenwagen traf ein. Er hatte weniger als vier Minuten gebraucht. Ich erhob mich dankbar und wischte mir den Schweiß aus den Augen.

Während ich den Ärzten beschrieb, was vorgefallen war, legten die Sanitäter April auf eine Trage, schoben ihr feuchtes T-Shirt hoch und brachten die Elektroden eines transportablen Defibrillators an, eine unterhalb ihrer linken Brust, die andere an der rechten Schulter. Die Mädchen drängten sich um uns, verstört und fasziniert zugleich. Wie im Film wurden sie von den Sanitätern angewiesen, Platz zu machen; ich stieß sie beiseite, während die Ärzte das Gerät einschalteten. Aprils Körper zuckte, die Ärzte beobachteten angespannt den Monitor – kein Ausschlag. Zweimal mussten sie die Prozedur wiederholen, bis der Herzmuskel zum Leben erwachte und langsam zu arbeiten begann, wie ein Motor, der an einem kalten Tag nur zögernd anspringt. Sobald sichergestellt war, dass April atmete, packte die Crew ihre Sachen zusammen und rannte mit der Trage durch die Sporthalle.

Ich lief nebenher. »Wohin wird sie gebracht?«

»University of Chicago – die nächste Kinderklinik mit Notaufnahme. Sie muss von einem Erwachsenen eingewiesen werden.«

»Die Schule versucht, die Eltern zu finden«, sagte ich.

»Können Sie die Behandlung genehmigen?«

»Ich weiß nicht. Ich bin die Basketballtrainerin. Sie ist beim Training zusammengeklappt, aber ich bin kein Erziehungsberechtigter.«

»Wie Sie meinen, aber das Mädchen braucht einen Erwachsenen, der für sie spricht.«

Vor dem Schulgebäude hatten sich Schüler um den Krankenwagen versammelt, machten aber sofort Platz, als die Sanitäter die Tür öffneten und die Trage hineinschoben. Ich konnte April nicht alleine lassen in dieser Lage, so viel war klar.

Ich kletterte in den Wagen und nahm ihre Hand. »Alles wird gut, Schätzchen, alles wird gut«, murmelte ich und drückte ihre Hand. Halb bewusstlos lag sie da, die Augen verdreht.

Der Herzmonitor war das lauteste Geräusch der Welt, lauter als die Sirene, lauter als mein Handy, das klingelte, ohne dass ich es wahrnahm, bis die Sanitäter mich anwiesen, es auszuschalten, weil es die Geräte stören könne. Das unregelmäßige Piepen hallte in meinem Kopf wieder wie ein Basketball, der auf den Boden prallt. *A-pril lebt, ist aber in Lebensgefahr. A-pril lebt, ist aber in Lebensgefahr.* Alle anderen Gedanken – an By-Smart, Andrés, den Aufenthaltsort von Romeo Czernin – waren wie ausgelöscht. Das Geräusch schien nie mehr enden zu wollen. Als wir am Krankenhaus eintrafen, stellte ich verwundert fest, dass wir in zwölf Minuten elf Kilometer zurückgelegt hatten.

Sobald die Ambulanz anhielt, schafften die Sanitäter April in die Notaufnahme und überließen mich dem Papierkrieg, bei dem ich keine Chance hatte, weil ich nicht wusste, wie ihre Eltern versichert waren. Die Schule übernahm die Versicherung für Verletzungen während des Schulsports, aber nicht für Erkrankungen mit anderen Ursachen.

Als die Angestellten in der Notaufnahme merkten, dass ich nicht weiterkam mit den Formularen, schickten sie mich in ein Kabuff, in dem ich mich vierzig Minuten lang mit einer Bürokratin herumschlagen durfte. Als ich wieder auftauchte, fühlte ich mich wie eine Boxerin, die dreizehn Runden lang Treffer eingesteckt hat, aber noch nicht umfällt. Weil April als Notfall eingeliefert wurde, würde man sie behandeln, aber man benötige die Einwilligung der Eltern, und die Behandlung müsse bezahlt werden – nicht notwendigerweise in dieser Reihenfolge natürlich.

Ich konnte weder für die Bezahlung sorgen noch die Behandlung genehmigen und versuchte deshalb angestrengt, Aprils Mutter an ihrer Arbeitsstelle aufzuspüren, was wiederum ein bürokratischer Albtraum war: Ich brauchte geschlagene neun Minuten, um jemanden aufzutreiben, der berechtigt war, eine Nachricht zu übermitteln, und dann wurde mir mitgeteilt, Mrs. Czernin habe seit vier Uhr Feierabend und sei nicht mehr im Laden. Zu Hause war sie auch nicht, aber die Czernins hatten einen Anrufbeantworter; der zögernde Tonfall bei der Ansage ließ auf eine Person schließen, die sich mit moderner Technologie nicht allzu wohl fühlte.

Ich rief wieder bei Morrell an. Er hatte Marcena nicht erreichen können. Weil mir nichts anderes mehr einfiel, wählte ich die Nummer von Mary Ann McFarlane.

Meine einstige Trainerin war erschüttert, als sie hörte, was vorgefallen war – sie wusste nichts von gesundheitlichen Problemen bei April, und das Mädchen war ihres Wissens nach auch noch nie zuvor zusammengebrochen. Im letzten Jahr war ihr manchmal beim Aufwärmtraining die Puste ausgegangen, aber das hatte Mary Ann auf schlechte Kondition zurückgeführt. Über die Versicherung wusste sie auch nicht Bescheid; die meisten Mädchen in der Mannschaft hatten wohl Anspruch auf Medicaid, aber es war bislang nie nötig gewesen, sich damit zu befassen. Und da beide Elternteile arbeiteten, hatten die Czernins wohl auch keine Aussicht auf staatliche Unterstützung.

Als ich auflegte, teilte mir die Bürokratin mit, wenn die Bezahlung nicht gesichert sei, müssten sie April ins County Hospital verlegen. Darüber debattierten wir einige Minuten, bis ich verlangte, einen Vorgesetzten zu sprechen. In diesem Moment unterbrach eine Frau das Gespräch.

»Tori Warshawski, ich hätte es mir denken können. Was hast du mit meiner Tochter angestellt? Wo ist meine April?«

Ich nahm zunächst gar nicht wahr, dass sie mich mit dem Namen ansprach, den Boom-Boom immer benutzt hatte. »Haben Sie meine Nachricht auf dem Anrufbeantworter gehört? Es tut mir leid, dass ich Sie nicht anders erreichen konnte, Mrs. Czernin. April ist beim Training zusammengebrochen. Wir konnten sie wiederbeleben, aber niemand weiß, was los ist. Und ich fürchte, hier werden jetzt die Daten Ihrer Krankenversicherung benötigt.«

»Hör bloß auf mit Mrs. Czernin, Tori Warshawski. Wenn du meinem Mädchen was angetan hast, wirst du dafür mit deinem letzten Tropfen Blut bezahlen.«

Ich starrte die Frau fassungslos an. Sie war dünn, aber nicht gepflegt schlank wie die Reichen; an ihrem Hals traten Sehnen hervor wie Stahlseile, und um den Mund hatte sie tiefe Falten, vom Rauchen oder von Sorgen oder von beidem zugleich. Ihr Haar war brutal blondiert und in betonharten Wellen nach hinten frisiert. Sie sah so alt aus, dass sie Aprils Großmutter hätte sein können, und ich marterte mir das Hirn, wo wir uns schon mal begegnet sein könnten.

»Kennst du mich nicht mehr?«, fauchte sie. »Früher war ich Sandra Zoltak.«

Mir stieg unwillkürlich das Blut zu Kopf. Sandy Zoltak. Als ich sie zum letzten Mal sah, hatte sie weiche, blonde Locken und weibliche Rundungen, aber ein durchtriebenes Lächeln. Und besaß die Eigenart, plötzlich aufzutauchen, wenn man sie nicht erwartete und auch nicht brauchen konnte. Sie war in Boom-Booms Klasse gewesen, ein Jahr über mir, aber natürlich hatte ich sie gekannt. Doch, wahrlich, ich hatte sie gekannt.

»Tut mir leid, Sandy, dass ich nicht gleich geschaltet habe. Und tut mir auch leid wegen April. Sie ist beim Training plötzlich zusammengebrochen. Hat sie irgendwas am Herzen?« Meine Stimme klang rauer, als mir recht war, doch das schien Sandra nicht zu bemerken.

»Jedenfalls nicht, bis du ihr offenbar was angetan hast. Als Bron mir erzählt hat, dass du für Coach McFarlane einspringst, hab ich zu April gesagt, sie soll vorsichtig sein, du könntest gemein sein, aber ich hätte nie geglaubt…«

»Sandy, sie wollte einen Ball werfen, und ihr Herz hat ausgesetzt.«

Ich sprach langsam und laut, damit sie mir zuhörte. Sie hatte eine höllische Fahrt hinter sich, voller Ängste um ihr Kind. Nun musste sie irgendwo Dampf ablassen, und ich stand nicht nur grade zur Verfügung, sondern war auch noch eine einstige Gegnerin von ihr, aus einem Viertel, in dem alte Feindschaften so sorgsam gehortet wurden wie Lebensmittel in einem Bunker.

Ich versuchte, ihr mitzuteilen, was wir für April getan hatten, und dass es jetzt hier ein Problem gab wegen der Versicherung, aber sie beschimpfte mich unentwegt: Ich sei rücksichtslos und brutal und wolle mich nun über ihre Tochter an ihr rächen.

»Sandy, nein, Sandy, bitte, das ist doch alles längst vergessen. April ist ein prima Mädchen, sie gehört zu den Besten in der Mannschaft, ich will, dass sie gesund und froh ist. Ich muss wissen – und die Ärzte müssen es wissen –, ob sie ein Herzproblem hat.«

»Ladys«, herrschte uns die Bürokratin an, »streiten Sie sich bitte zu Hause weiter und sagen Sie mir jetzt, wer die Rechnung für das Mädchen bezahlt.«

»Natürlich«, fauchte ich. »In amerikanischen Krankenhäusern ist Geld ja wichtiger als Gesundheit. Warum sagen Sie Mrs.

Czernin nicht, was mit ihrer Tochter los ist? Ich glaube kaum, dass sie irgendwelche Formulare ausfüllen kann, bevor sie nicht weiß, wie es April geht.«

Die Frau schürzte die Lippen, griff aber zum Telefon und machte einen Anruf. Sandy hörte auf herumzuschreien und versuchte mitzuhören, aber die Frau sprach so leise, dass wir sie nicht verstehen konnten. Nach ein paar Minuten tauchte eine Schwester aus der Notaufnahme auf. Aprils Zustand sei stabil, die Reflexe seien in Ordnung, und sie könne sich an alles erinnern. Den Namen des Bürgermeisters und des Gouverneurs wisse sie zwar nicht, aber das sei wohl vorher auch schon gewesen. Sie wisse noch sämtliche Namen ihrer Mannschaftskameradinnen und die Telefonnummer ihrer Eltern, aber man wolle sie noch über Nacht hierbehalten, um Tests zu machen und sicherzugehen, dass nichts mehr passierte.

»Ich will sie sehen. Ich will zu ihr.« Sandras Stimme klang harsch und tonlos.

»Ich bringe Sie zu ihr, sobald Sie die Formulare hier ausgefüllt haben«, versprach die Schwester. »Wir haben ihr gesagt, dass Sie da sind, und sie möchte Sie unbedingt sehen.«

Mit fünfzehn hätte ich auch meine Mutter sehen wollen, aber ich konnte mir kaum vorstellen, dass Sandy Zoltak einem anderen Menschen so viel Liebe und Fürsorge angedeihen ließ wie meine Mutter mir. Ich blinzelte, um die Tränen zurückzudrängen, die mir in die Augen traten – aus Frustration, Erschöpfung, Sehnsucht nach meiner Mutter oder irgendwelchen anderen Gründen.

Ich verließ das Kabuff und wanderte in der Eingangshalle herum, bis Sandra aus der Notaufnahme kam und zum Aufnahmetresen trat. Ich ging zu ihr und sah, dass sie eine Versicherungskarte aus ihrer Brieftasche zog, auf der in großen Lettern »By-Smart« stand. Was mich beruhigte, aber auch wunderte, denn meinen Recherchen zufolge zahlte die Firma keine Krankenversicherung an die Kassiererinnen. Andererseits arbeitete auch Romeo für das Unternehmen; vielleicht hatte er andere Ansprüche. Als Sandra die Formulare ausgefüllt hatte, fragte ich, ob ich auf sie warten solle.

Sie verzog den Mund. »Du? Deine Hilfe brauch ich für gar

nichts, Victoria Iffi-Genie Warshawski. Du hast es weder geschafft, dir einen Mann noch ein Kind zuzulegen, und jetzt willst du dich in meine Familie drängen? Sieh bloß zu, dass du wegkommst.«

Ich hatte diesen alten Spottnamen vergessen, mit dem die Kinder mich hänselten. Mein zweiter Vorname, Iphigenia, Fluch meines Lebens – wer hatte ihn auf dem Spielplatz als Erster ausgeplaudert? Und dann der Anspruch meiner Mutter, dass ich studieren sollte, die Unterstützung von Lehrerinnen wie Mary Ann McFarlane, mein eigener Ehrgeiz – deshalb hielten mich manche Kids damals für schnöselig und überheblich, ein selbsternanntes Genie. Dass ich Boom-Booms Kusine und häufig an seiner Seite zu sehen war, hatte mir geholfen auf der Highschool. Aber wegen dieser ständigen Hänseleien hatte ich vielleicht auch einige Dummheiten gemacht – weil ich beweisen wollte, dass ich nicht nur schlau war, sondern mich genauso dämlich aufführen konnte wie jeder andere Teenager.

Trotz ihrer Gehässigkeit reichte ich Sandra eine meiner Karten. »Da steht meine Handynummer drauf. Ruf mich an, falls du es dir anders überlegst.«

Als ich das Gebäude verließ, war es erst sechs, aber ich fühlte mich so erledigt wie am Ende eines langen Abends. Zerstreut hielt ich an der Cottage Grove Avenue Ausschau nach meinem Wagen und sann darüber nach, ob ich die Alarmanlage eingeschaltet hatte, bis mir einfiel, dass er noch an der Highschool stand – ich war ja mit dem Krankenwagen nach Hyde Park gekommen.

An einem Stand gegenüber nahm ich mir ein Taxi und verdonnerte den Fahrer dazu, mich nach South Chicago zu chauffieren. Weshalb er sich auf der gesamten Route 41 darüber ereiferte, wie gefährlich es da unten sei und wer ihm wohl die Rückfahrt in den Norden bezahlen würde.

Da ich für heute endgültig genug hatte von Wortwechseln, lehnte ich mich zurück und schloss die Augen, in der Hoffnung, den Fahrer damit zum Schweigen zu bringen. Was ich dann nicht mitbekam, weil ich bis zum Parkplatz der Highschool schlief wie ein Murmeltier.

Halb benebelt fuhr ich nach Hause und sank dort wieder in

Tiefschlaf, in dem ich von unerfreulichen Träumen heimgesucht wurde. Ich war fünfzehn und befand mich in der Sporthalle der Schule. Es war dunkel, aber ich wusste, dass Sylvia, Jennie und die anderen aus meiner Mannschaft sich in der Nähe aufhielten. Wir waren schon so oft durch den Raum gerannt, dass wir automatisch die scharfen Kanten der Tribüne und das Pferd und die am Rand stehenden Hürden mieden. Wir wussten genau, wo die Leitern waren, mit denen man an die Kletterseile rankam.

Ich war die Stärkste, ich stieg die Leiter rauf und machte die Seile los. Sylvia, die klettern konnte wie ein Eichhörnchen, klammerte sich mit den Schenkeln fest und zog die Unterhose und das Spruchband hoch. Jennie hielt an der Tür Wache und schwitzte vor Angst.

Auch der Abschlussball am nächsten Abend kam in dem Traum vor. Ich war todtraurig und enttäuscht von Boom-Boom – er hatte versprochen, mit mir zu gehen, und nun ließ er mich sitzen. Was fand er bloß an dieser Sandy?

Der Rest der Geschichte lauerte um die Ecke, und deshalb wachte ich schlagartig auf. Ich wollte nicht weiterträumen, von Boom-Booms Wut und meiner Scham, sondern fuhr hoch, keuchend und schwitzend, und sah Sandy Zoltak vor mir, wie sie damals war – rundlich und strahlend, ein durchtriebenes Lächeln auf den Lippen für die Mädchen, ein kokettes für die Jungen, und ihr Satinkleid schimmerte so blau wie ihre Augen, als sie an Boom-Booms Arm in die Sporthalle kam. Ich verdrängte die Erinnerung und dachte stattdessen daran, dass ich sie heutzutage auf der Straße nicht mehr erkannt hätte.

Bei diesem Gedanken fiel mir der Typ ein, den ich auf der Straße gesehen hatte, als ich mit Pastor Andrés sprach, der »chavo banda«, den Andrés angeherrscht hatte, weil er auf der Baustelle auftauchte.

Ich wusste plötzlich wieder, wo ich ihn vorher schon gesehen hatte: am Dienstagmorgen im Gebäude von Fly the Flag. »Ein Halunke, der sich rumtreibt, der abstaubt und Jobs für noch üblere Schurken macht«, hatte Andrés gesagt.

Jemand hatte ihn mit den Sabotageakten bei Fly the Flag beauftragt. Andrés oder Zamar oder jemand, den Andrés kannte? Es war vier Uhr morgens. Mir stand nicht der Sinn danach, noch mal die weite Strecke nach South Chicago rauszufahren, um nachzuschauen, ob er wiederum sein Unwesen trieb in der Fabrik. Ich schlief unruhig weiter und wurde den Gedanken dabei nicht mehr los. Den ganzen Dienstag über, der mit Terminen vollgestopft war, grübelte ich über diesen *chavo* und die Fahnenfabrik nach und über die Kartons, die man dort verlud und vor fremden Blicken schützen musste.

Als ich abends fertig war mit meiner Arbeit, konnte ich der Versuchung nicht widerstehen, noch mal zu Fly the Flag zu fahren. Und während ich im Dunkeln um das Gebäude herumtappte, flog es in die Luft.

16

Commander in Aktion

Ich trug Conrad die ganze verworrene Geschichte vor. Als ich zum Ende kam, war es später Nachmittag. Die Betäubung steckte mir noch in den Knochen, und ich driftete immer wieder weg. Einmal wachte ich auf und sah, dass Conrad neben mir auf dem Boden lag und schlief. Mr. Contreras war sogar so fürsorglich gewesen, ihm ein Kissen unter den Kopf zu schieben, wie ich amüsiert feststellte. Während wir schliefen, war mein Nachbar nach unten gegangen, aber etwa eine halbe Stunde später tauchte er mitsamt einer großen Schüssel Spaghetti wieder auf.

Zu Anfang provozierte Conrad mich ständig, weil es ihn offenbar nervös machte, mich zu verhören; er war zapplig und aggressiv und fiel mir alle paar Sätze ins Wort. Ich dagegen war zu müde und erschöpft, um zu streiten. Wenn er mich unterbrach, wartete ich, bis er sich abgeregt hatte, und fing meinen Satz noch mal von vorne an. Nach einer Weile beruhigte er sich und raunzte mich auch nicht mehr an, wenn ich das Telefon abnahm – nur während meines langen Gesprächs mit Morrell ging er hinaus. Er bekam natürlich auch ständig Anrufe – vom Gerichtsmediziner, seiner Sekretärin, dem Stadtrat aus seinem Bezirk und diversen Zeitungen und Fernsehsendern.

Während er sich mit den Medien befasste, nahm ich ein Bad und zog mir frische Sachen an, was mit dem stechenden Schmerz in meinem linken Arm kein Vergnügen war. Ich beschloss, mir trotz Verband die Haare zu waschen, und war hinterher froh, dass der Rauchgestank sich verflüchtigt hatte.

Ich redete, bis ich heiser war. Natürlich behielt ich einiges für mich; Conrad brauchte nichts über mein Privatleben oder meine Probleme mit Marcena Love zu wissen. Über meine Vorgeschichte mit Bron Czernin und Sandy Zoltak schwieg ich mich ebenso aus, und Billy the Kid und Pastor Andrés servierte ich ihm auch nicht auf dem Silbertablett. Aber die wesentlichen Elemente bekam er zu hören, mitsamt einer für ihn weniger wichtigen Menge Zusatzinfos über das Basketballprojekt an der Bertha Palmer inklusive des Vorschlags, dass der Fourth Police District doch die Mannschaft fördern könnte, um die Beziehung zum Viertel zu verbessern.

Ich verschwieg Conrad allerdings nichts, was Fly the Flag anging, nicht einmal meinen eigenen Einbruch vor einer Woche, den *chavo banda* und Frank Zamars Weigerung, die Polizei einzuschalten. Ich berichtete, wie Rose Dorrado zuerst darum gebeten hatte, in der Fabrik zu ermitteln, und mich dann wegschickte. Und ich erzählte, dass Andrés den *chavo* bereits kannte.

»Und das ist die ganze Wahrheit, Ms. W., so wahr dir Gott helfe?«, fragte Rawlings, als ich fertig war.

»Im Namen Gottes passieren dieser Tage zu viele seltsame Dinge«, knurrte ich. »Sagen wir lieber, dass du ein aufrichtiges Resümee der Ereignisse gekriegt hast.«

»Und wie passt diese Marcena Love ins Bild?«

»Eigentlich gar nicht«, antwortete ich. »Ich habe sie nie in der Nähe der Fabrik gesehen, und es gibt auch keinen Hinweis, dass Czernin etwas mit der Sache zu tun hat. Sie mag irgendwas gehört haben bei ihren Streifzügen in der South Side, das ist alles. Ich schätze mal, wenn du dir Zamars Buchhaltung ansiehst, wirst du finden, was du suchst.«

»Heißt was?«

»Heißt, dass der Typ womöglich in der Klemme steckte. Rose Dorrado sagte, er habe irgendeine tolle neue Maschine angeschafft, die er nicht bezahlen konnte. Nehmen wir mal an, Zamar wollte oder konnte nicht reagieren, als seine Gläubiger tote Ratten in die Heizungsrohre stopften. Das hat sie vielleicht so geärgert, dass sie seine Fabrik und ihn gleich mit erledigt haben.«

Conrad nickte und schaltete den Recorder aus. »Gute Theorie. Könnte hinhauen – lohnt sich jedenfalls, sie mal unter die Lupe zu nehmen. Aber ich möchte, dass du mir einen Gefallen tust. Nein, noch anders: Ich will, dass du mir was versprichst.«

Ich zog die Augenbrauen hoch. »Und was darf's sein?«

»Dass du in meinem Revier keine Ermittlungen mehr anstellst. Ich werde unsere Finanzspezialisten auf Zamars Bücher ansetzen, und dann möchte ich nicht feststellen müssen, dass du dich schon an seinen Akten zu schaffen gemacht hast.«

»Ich verspreche dir, Zamars Akten nicht anzurühren. Die im Übrigen vermutlich sowieso Asche sind.«

»Das reicht mir nicht, Vic. Ich möchte, dass du nirgendwo in meinem Revier ermittelst, basta.«

»Wenn mir jemand einen Auftrag in South Chicago erteilt, Conrad, werde ich selbstverständlich ermitteln müssen.« Ich ärgerte mich einerseits über sein Ansinnen, musste aber auch fast lachen. Ich hatte nichts mehr zu tun haben wollen mit South Chicago, aber sobald mir jemand sagte, ich solle mich von dort fernhalten, wurde ich bockig und schlug Wurzeln.

»Recht so, Liebchen«, warf Mr. Contreras ein. »Fremde Leute sollten Ihnen nicht vorschreiben, wie Sie Ihren Lebensunterhalt verdienen.«

Conrad blickte den alten Mann ärgerlich an, sagte dann aber zu mir: »Deine Ermittlungen haben Ähnlichkeit mit Shermans Marsch durch Georgia: Du erreichst das Ziel, aber Gnade dem, der dir in die Quere kommt. In South Chicago gibt es schon genug Mord und Totschlag, deine Ermittlungsmethoden brauche ich nicht auch noch an meinem Kriegsschauplatz.«

»Nur weil du eine Marke und eine Knarre hast, gehört dir die South Side nicht alleine«, versetzte ich aufgebracht. »Du kannst nur die Erinnerung nicht ertragen …«

Bevor ich meine wütende Erwiderung zu Ende bringen konnte, klingelte es an der Tür. Peppy und Mitch stimmten ein ohrenbetäubendes Gebell an und tobten um mich herum, damit ich auch merkte, dass wir Besuch bekamen. Mr. Contreras, der sich immer pudelwohl fühlt, wenn ich außer Gefecht bin, eilte eifrig hinaus, gefolgt von den Hunden.

Die Unterbrechung verschaffte mir Gelegenheit zu einer besonneneren Äußerung: »Conrad, du bist als Polizist viel zu gut, um dich von irgendeiner Aktion von mir bedroht zu fühlen. Ich weiß, dass du auch keine Angst hast, ich könnte dir was von deinem Ruhm nehmen, wenn ich auf irgendwas stoße, das dir bei der Aufklärung eines Falls hilft. Und du arbeitest sehr gut mit Frauen zusammen. Deine Reaktion hat also nur was mit uns beiden zu tun. Meinst du, ich wüsste nicht …«

Ich brach ab, als ich die nahende Mannschaft die Treppe heraufkommen hörte: die Hunde, die auf und ab rasten, Mr. Contreras, der keuchend die Stufen in Angriff nahm, und das dumpfe Klopfen einer Krücke auf dem Treppenläufer.

Morrell kam mich besuchen. Seit er zurückgekehrt war, hatte er sich noch kein Mal so weit von zu Hause wegbewegt, und ich war gerührt und freute mich darüber – weshalb war ich dann auch noch verlegen? Doch bestimmt nicht, weil Morrell mich mit Conrad sehen würde – und ganz gewiss nicht, weil Conrad mich mit Morrell sehen würde. Ich wurde also völlig grundlos rot.

Dann hörte ich über dem Klopfen der Krücke und Mr. Contreras' schweren Schritten die helle Stimme von Marcena, und nun war ich nicht mehr verlegen, sondern genervt. Warum fuhr mir diese Frau jetzt wieder in die Parade? Musste sie nicht allmählich zurück nach London oder Fallujah?

Ich kehrte der Tür den Rücken zu und setzte meine Rede fort: »Du bist seit vier Jahren böse auf mich, und das macht mich traurig. Aber davon abgesehen verlangst du auch etwas von mir, worauf du kein Recht hast, nicht mal vor dem Gesetz, und du weißt, dass ich niemals einwilligen würde. Selbst wenn du dann deinen Groll gegen mich aufgeben könntest.«

Conrad blickte mich mit zusammengepressten Lippen an und überlegte, was er darauf antworten sollte. Bevor ihm etwas einfiel, kamen die Hunde hereingeschossen und hopsten mit wild wedelndem Schwanz um mich herum: Sie hatten Gäste für mich mitgebracht und wollten gelobt und gehätschelt werden, weil sie so schlau waren.

Hinter ihnen hörte ich Marcena zu Mr. Contreras sagen: »Ich liebe Pferderennen, ich wusste gar nicht, dass es in Chicago welche gibt. Bevor ich zurückfahre, müssen Sie mich mal mitnehmen zur Rennbahn. Haben Sie Glück beim Wetten? Nein? Ich auch nicht, aber ich kann es trotzdem nicht lassen.«

Jetzt bezirzte sie also auch noch meinen Nachbarn. Ich richtete mich auf, als sie mit Mr. Contreras ins Zimmer trat.

»Marcena! Wie schön. Ich wusste gar nicht, dass du dich für Pferderennen genauso begeisterst wie für Kampfflieger aus dem Zweiten Weltkrieg! Du musst unbedingt Commander Rawlings hier kennen lernen und ihm erzählen, wie sehr du dich für Modelleisenbahnen interessierst und wie dein Onkel Julian – oder war es Onkel Sacheverel? – dir erlaubt hat, zu Weihnachten mit seinen H.0.-Zügen zu spielen.« Conrad hatte verblüffenderweise eine Schwäche für Modelleisenbahnen. In seinem Wohnzimmer stand eine große Anlage, mit der er sich beschäftigte, wenn er sich entspannen wollte, und in einer kleinen Werkstatt in seiner Garage bastelte er dafür Gebäude und modellierte Landschaften.

Conrad schüttelte mehrmals den Kopf, verdattert über mein überdrehtes Gerede, und Marcena blickte mich mit zusammengekniffenen Augen an. Ich stellte die beiden einander vor und ging nach draußen, um nach Morrell Ausschau zu halten. Er hatte die Treppe bewältigt, wollte aber erst wieder zu Atem kommen, bevor er anderen Menschen gegenübertrat. Peppy folgte mir, Mitch dagegen war Marcena verfallen und wich ihr nicht von der Seite.

»Du bist wieder in den Krieg gezogen, meine starke Amazone, wie?« Morrell zog mich an sich und küsste mich. »Ich dachte, wir hätten abgemacht, dass jeweils nur einer von uns verletzt sein darf.«

»Ist nur 'ne Fleischwunde«, sagte ich mürrisch. »Tut im Moment scheußlich weh, ist aber nichts Ernstes. Schön, dass du gekommen bist. Ich musste den Cops Rede und Antwort stehen; Commander Rawlings wollte jedes Detail wissen.«

»Ich wäre ja schon früher aufgetaucht, aber Marcena kam erst mittags zurück und musste sich ein Weilchen ausruhen. Tut mir leid, dass ich sie angeschleppt habe, Süße, aber Autofahren traue ich mir noch nicht zu.«

Eine der Kugeln hatte den Ischiasnerv an Morrells rechter Hüfte gestreift. Der Nerv war verletzt und die Heilungschancen blieben unklar. Sein Beschäftigungstherapeut hatte ihm geraten, auf Handsteuerung umzusteigen, aber er weigerte sich noch, wollte sein Bein noch nicht aufgeben. Ich legte den Arm um Morrell, und wir gingen in die Wohnung zurück, wo Marcena indessen Mitch kraulte und Conrad nach seiner Arbeit befragte.

Conrad antwortete wortkarg. Er sah angespannt aus und verstummte, als er uns hereinkommen sah. Ich stellte die beiden

Männer vor und sank in den nächstbesten Sessel – das ganze Tohuwabohu strengte mich ziemlich an.

»Sie haben 'n paar Kugeln abgekriegt, wie?«, sagte Conrad zu Morrell. »Waren die vielleicht auch für Vic bestimmt?«

»Nee, exklusiv für mich«, gab Morrell zur Antwort. »Oder wenigstens für jeden, der an diesem Tag versucht hat, nach Mazar-e-Sharif reinzukommen. Das hat man mir zumindest seitens der Armee mitgeteilt – ich kann mich an nichts erinnern.«

»Tut mir leid, Mann, üble Geschichte. Ich hab mir selbst 'n paar eingefangen, auf Höhe 882.«

Conrad war es sichtlich peinlich, dass er sich wegen seiner Gefühle für mich ungehobelt benommen hatte. Morrell, er und Mr. Contreras ergingen sich eine Weile in Kriegsmoritaten. Meinem Nachbarn war es irgendwie gelungen, eine der blutigsten Schlachten des Zweiten Weltkriegs unverletzt zu überstehen, aber er hatte natürlich seinen Anteil an Toten und Verletzten zu Gesicht bekommen. Marcena wusste aus ihrem Schatz an Anekdoten aus Kriegsgebieten einiges beizutragen. Als altgediente South-Side-Straßenkämpferin hatte ich auch diverse brutale Scharmützel erlebt, aber in kleinerem Rahmen, weshalb ich mich zu dem Thema ausschwieg.

»›Der Krieg ist süß allein dem Unerfahrenen‹«, sagte Morrell und fügte, zu mir gewandt, hinzu: »Erasmus, glaube ich – wie es auf Latein heißt, müsstest du deine alte Trainerin fragen.«

Seine Bemerkung beendete die Rückschau, und Conrad sagte zu Marcena: »Vic hat mir erzählt, dass Sie in der South Side unterwegs waren, Ms. Love. Hatten Sie dabei Begleitung?«

Marcena warf mir einen vorwurfsvollen Blick zu; es war gar nicht nett von mir, sie an die Polizei zu verpetzen.

»Du hast in letzter Zeit hier ziemlich viel gesehen und mit vielen Leuten geredet«, sagte ich. »Ich habe das Commander Rawlings gegenüber erwähnt, weil du vielleicht etwas erlebt hast, was ihm helfen könnte.«

»Ich kann selbst Fragen stellen, Vic, besten Dank auch, und in Zukunft vermasselst du mir keine Zeugen mehr, ja? Vielleicht gehen Ms. Love und ich zusammen einen Kaffee trinken und lassen euch beide alleine.«

»Gute Idee«, sagte Marcena. »Morrell, wenn ich dich nach

Evanston zurückbringen soll, melde dich auf dem Handy. Großartig, Commander, ich wollte sowieso noch mit jemandem von der Polizei reden, um meinen Eindruck von South Chicago zu vervollständigen. Das Viertel scheint ja unter ständiger Überwachung zu stehen.«

Conrad beachtete ihre Bemerkung nicht, sondern baute sich vor mir auf. »Was ich gesagt habe über Aktivitäten von dir in meinem Revier, meine ich auch so, Vic. Kümmere dich um dein Basketballprojekt. Knöpf dir die Wirtschaftsgangster aus der La Salle Street vor. Aber den Fourth District überlass mir.«

17

Frosch in der Jeans

Was hast du denn angestellt, um diesen Commander so zu verärgern, Pepperpot?«, erkundigte sich Morrell.

»Nichts, was er nicht bis in ein bis zwei Jahrzehnten verschmerzt hat.« Ich lehnte mich an Morrell und schloss die Augen.

»Er meint, sie sei daran schuld, dass er vor vier Jahren angeschossen wurde«, erklärte Mr. Contreras, »obwohl er sich das selbst zuzuschreiben hat, weil er nämlich von Anfang an nicht auf sie gehört hat. Zum Glück, wenn man mich fragt, weil nämlich...«

»Es ist kein Glück, wenn man angeschossen wird.« Ich wollte nicht, dass Mr. Contreras sich nun freudig über Conrads und meine Trennung ausließ, vor allem nicht in Anwesenheit von Morrell. »Und vielleicht hätte ich die Kugel wirklich selbst abkriegen sollen. Na ja, Marcena ist charmant genug, die wird ihm seine schlechte Laune schon austreiben.«

»Ganz bestimmt«, meinte mein Hiobströster. »So kregel wie die ist, könnte sie 'nen ganzen Trupp Cheerleader anführen.«

Morrell lachte. »Sie ist eine mehrfach ausgezeichnete Journalistin – ich glaube, sie fände es nicht so gut, wenn man sie als Stimmungskanone betrachtet.«

»Aber sie hat so viel Energie«, murmelte ich, »und kann sich auf jeden einstellen.«

»Nur nicht auf dich«, erwiderte Morrell.

»Ich bin ja auch keine Stimmungskanone«, versetzte ich.

Morrell zog mich an sich. »Ich brauch auch keine, okay?«

»Ja, aber, Herzchen, Sie könnten schon was von ihr lernen«, schaltete sich Mr. Contreras ein und blickte mich mit seinen braunen Augen besorgt an. »Schaun Sie bloß, wie sie es geschafft hat, dass Commander Rawlings ihr förmlich aus der Hand frisst, nachdem er vorher noch so böse auf Sie war.«

Diese Bemerkung war meiner Laune nicht zuträglich, aber

ich erwiderte nichts; der alte Mann war den ganzen Tag lang so fürsorglich gewesen, dass ich jetzt nicht gemein sein wollte zu ihm, und außerdem wäre das nur Wasser auf seine Mühle gewesen. Als ich aufblickte, grinste Morrell mich an, als habe er meine Gedanken gelesen. Ich stupste ihn in die Rippen, lehnte mich aber wieder an seine Schulter.

Nachdem er noch ein Weilchen im Wohnzimmer herumgekramt hatte, verkündete mein Nachbar, er wolle jetzt mit den Hunden rausgehen. »Ihr beiden gehört jetzt wirklich ins Bett«, meinte er und lief dann rot an, als ihm die Doppeldeutigkeit seiner Bemerkung bewusst wurde.

»Keine Sorge, wir müssen wirklich schlafen.« Ich dankte ihm für seine Hilfe. »Vor allem die Spaghetti – erwecken Tote zum Leben.«

»Das war Claras altes Fleischklößchenrezept«, sagte er strahlend.

Danach folgte eine zehnminütige Ausführung über Conrad, Anweisungen für meine Genesung sowie das Versprechen, Marcena abzufangen, damit sie uns nicht aufweckte.

»Das wäre prima«, sagte ich. »Ihr beide könnt eine Strategie fürs Pferderennen erarbeiten, mit der ihr für den Rest eures Lebens ausgesorgt habt. Morrell und ich erarbeiten indessen eine Strategie zum Ausheilen unserer lädierten Körper.«

Wir schliefen einmal rund um die Uhr, mit Unterbrechungen. Ich stand einmal auf und redete mit Marcena, die trotz Mr. Contreras' Abwimmelbemühungen heraufkam, um Morrell abzuholen. Morrell kam in Jeans rausgehumpelt und sagte, er wolle hierbleiben, bis ich ihn selbst heimfahren würde.

Marcena lehnte im Türrahmen und berichtete, wie toll es mit Conrad gewesen sei. Er habe ihr versprochen, sie nächste Woche in die South Side mitzunehmen, sie würde eine kugelsichere Weste kriegen und so weiter, wie damals im Kosovo.

Ich hatte das Gefühl, als stünde meine Haut in Flammen, weil Marcena soviel Energie abstrahlte – aber vielleicht lag es auch an der Eifersucht. »Konntest du ihm irgendwas Nützliches berichten von deinen nächtlichen Streifzügen?«

Sie grinste. »So genau hab ich mich nun auch nicht umgesehen auf der Straße, Vic, aber ich wollte dir danken, dass du Bron nicht verraten hast – wenn die bei By-Smart mitkriegen, dass er mich in seinem Truck mitgenommen hat, könnte ihn das den Job kosten.«

Ich zuckte zusammen; ich hatte April Czernin völlig vergessen. »Wann hast du zuletzt mit Bron geredet? Seit gestern? Weiß er Bescheid wegen April?«

»Ach so, seine Tochter, Morrell hat es mir erzählt. Bron darf auf dem Handy keine Privatgespräche führen, weil es der Firma gehört und die alles abhören; deshalb konnte ich ihn nicht erreichen. Aber er war sowieso unterwegs nach Hause, seine Frau hat ihm bestimmt Bescheid gesagt.«

»Du hast nicht versucht, ihn selbst zu erreichen?« Es gelang mir nicht, meinen Zorn zu verhehlen. »Obwohl du wusstest, dass seine Tochter in Lebensgefahr schwebt?«

»Ich glaube nicht, dass es für ihn nützlich gewesen wäre, es aus vierter Hand zu hören – vom Krankenhaus über dich zu Morrell zu mir. Oder wenn seine Frau mit mir geredet hätte.« Sie klang leicht verächtlich, wie eine Rektorin, die unzufrieden ist mit ihrer Schülerin, aber wenigstens redete sie nun nicht mehr wie ein Wasserfall.

»Kein Wunder, dass mich Sandra Czernin für den Abschaum der Menschheit hält. Ich bin diejenige, die ihn der Frau vorgestellt hat, mit der er jetzt auf Achse ist.«

Ich machte ihr die Tür vor der Nase zu, musste sie aber gleich wieder öffnen, denn Peppy und Mitch waren Marcena nach oben gefolgt. Mitch – wie jedes andere männliche Wesen – wich Marcena nicht mehr von der Seite, aber Peppy wollte eingelassen werden. Ich warf einen wütenden Blick auf Mitchs verschwindendes Hinterteil und stapfte zum Telefon.

Unter Sandras Nummer stieß ich wieder nur auf den Anrufbeantworter mit der sonderbar förmlichen Ansage; ich ging davon aus, dass wenigstens Sandra sich im Krankenhaus aufhielt. Weiß der Himmel, wo Bron steckte. Ich hinterließ eine Nachricht, erklärte, dass ich bei der Explosion von Fly the Flag verletzt worden war, und bat sie, mich wegen April zurückzurufen.

Ich war immer noch völlig erledigt von der Narkose und dem endlosen Gespräch mit Conrad, aber Morrell fand, er habe genug geschlafen, und ließ sich mitsamt Peppy und seinem neuen

162

Laptop auf der Couch nieder. Er arbeitete an dem Buch, für das er recherchiert hatte, als er angeschossen wurde. Sein alter Laptop war ihm gestohlen worden, als er blutend in Afghanistan im Schlamm lag; die meisten Daten hatte er auf einem USB-Stecker gespeichert, aber er versuchte jetzt, Texte zu rekonstruieren, die er kurz vor dem Angriff geschrieben und noch nirgendwo gesichert hatte.

Ich ging wieder ins Bett, schlief aber unruhig, weil ich von den Schmerzen in der Schulter ständig wach wurde. Um halb zwei wachte ich auf und war alleine; Morrell arbeitete noch. Ich holte zwei der roten venezianischen Gläser von meiner Mutter aus dem Schrank und schenkte uns Armagnac ein. Morrell bedankte sich, ohne den Blick vom Bildschirm zu wenden; er war völlig vertieft in seine Arbeit. Während er schrieb, sah ich William Powell und Myrna Loy dabei zu, wie sie durch San Francisco flitzten und mit Unterstützung ihres treuen Terriers Asta Kriminalfälle aufklärten.

»Myrna Loy hat ihre Fälle in Abendkleid und hochhackigen Schuhen gelöst. Vielleicht liegt da mein Problem – ich renne zu häufig in Jeans und Sneakers durch die Gegend.«

Morrell lächelte mich geistesabwesend an. »Du würdest bestimmt toll aussehen in einem dieser Abendkleider aus den Vierzigern, Vic, aber wenn du jemanden verfolgen müsstest, würdest du vermutlich stolpern.«

»Und Asta«, fuhr ich fort. »Warum können denn Peppy und Mitch nicht so pfiffig sein und Beweise ranschaffen, wenn man sie irgendwo durchs Fenster wirft?«

»Bring sie nur nicht auf die Idee«, murmelte Morrell und blickte stirnrunzelnd auf seinen Text.

Ich trank meinen Armagnac aus und ging wieder ins Bett. Als ich das nächste Mal aufwachte, war es neun, und Morrell lag neben mir und schlief tief und fest. Er hatte einen Arm über der Decke liegen, und ich blickte eine Weile auf die gezackte Narbe an seiner Schulter, wo ihn eine der Kugeln getroffen hatte. Conrad hatte auch Narben, ältere, die weniger zornig aussahen – eine unterhalb der Rippen, eine im Unterleib. Auch die hatte ich oft betrachtet, während er schlief.

Ich stand ruckartig auf, kam ins Schwanken, als mich der

Schmerz durchfuhr, gelangte aber aufrecht ins Badezimmer. In schöner Missachtung der Anweisungen des jungen Chirurgen stellte ich mich unter die heiße Dusche, umwickelte aber den Verband vorher mit einem Plastiksack aus der Reinigung. Dabei fiel mir ein, dass ich in Bälde eine eigene Narbe haben würde, dezent auf dem Rücken. Eine damenhafte, zierliche Narbe von der Sorte, die auch Myrna Loys Sexappeal keinen Abbruch getan hätte, wenn sie in einem ihrer rückenfreien Kleider unterwegs war.

Peppy kam angetappt, als ich mit BH und Bluse kämpfte. Ich ließ sie zur Hintertür raus, bevor ich versuchte, etwas zum Frühstück aufzustöbern. Heute Morgen hatte ich eigentlich einkaufen wollen. Kein Brot, kein Obst, nicht mal ein schrumpliger Apfel. Kein Yoghurt. Ein Rest Milch, der roch, als hätte man ihn am Vortag trinken sollen. Ich schüttete ihn in den Ausguss und machte mir mit dem Kocher auf dem Herd eine Tasse Espresso. Den trank ich auf der hinteren Terrasse und knabberte dazu ein paar Roggenkekse.

Den Rest des Tages lungerte ich zu Hause herum, telefonierte mit Klienten und erledigte ein paar Sachen mit meinem Laptop. Am Spätnachmittag wagte ich mich zum Einkaufen nach draußen. Eigentlich hatte ich gehofft, das Training an der Bertha Palmer durchziehen zu können, aber ich musste absagen. Am Freitagmorgen stellte ich dann entnervt fest, dass ich noch immer ziemlich benebelt war von der Narkose, aber am Samstag wachte ich früh auf. Noch einen Tag im Haus herumzuhängen, war so verlockend, wie mit den Nägeln über eine Tafel zu schürfen.

Morrell schlief noch. Ich zog mich an und legte mir die Armschlinge an, die man mir im Krankenhaus mitsamt den Entlassungspapieren ausgehändigt hatte. Dann schrieb ich eine Nachricht für Morrell und stellte sie an seinen Lap.

Mr. Contreras freute sich, mich zu sehen, war aber alles andere als begeistert, als ich verkündete, dass ich einen Ausflug mit Peppy machen wolle. Sie ist zwar so gut erzogen, dass sie nicht an der Leine zerrt, aber er fand, ich sollte übers Wochenende noch im Bett bleiben.

»Ich werd schon nichts Dummes anstellen, aber ich werde

verrückt, wenn ich nicht rauskann. Ich hab schon drei Tage im Bett verbracht, länger kann ich beim besten Willen nicht rumlungern.«

»Ja, ja, Sie haben ja noch nie auf mich gehört, weshalb sollten Sie grade heute damit anfangen? Und was wollen Sie machen, wenn Sie auf der Autobahn irgendeinem Irren nicht schnell genug ausweichen können wegen Ihrer Schulter?«

Ich legte ihm den unverletzten Arm um die Schulter. »Ich fahre nicht auf die Autobahn. Nur zur University of Chicago, okay? Ich fahre nicht schneller als sechzig und bleibe die ganze Zeit auf der rechten Spur.«

Dass ich ihn in meine Pläne einweihte, besänftigte ihn nur wenig, aber er wusste, dass ich ohnehin losziehen würde, ob er nun schimpfte oder nicht. Weshalb er nur brummte, er werde dann Mitch ausführen, und seine Wohnungstür zuknallte.

Ich war schon fast an der Straße, als mir einfiel, dass mein Wagen noch in South Chicago stand. Worauf ich erwog, Peppy bei Mr. Contreras abzugeben, aber ich konnte den alten Herrn heute kein zweites Mal ertragen. In den öffentlichen Verkehrsmitteln in Chicago sind Hunde verboten, und so wanderte ich zur Belmont und hielt Ausschau nach Taxen. Das vierte, das ich anhielt, war bereit, mit einem Hund in die South Side zu fahren. Auf der langen Fahrt erfuhr ich, dass der Fahrer aus dem Senegal kam und selbst einen Rottweiler hatte, weshalb ihn Peppys gelbe Haare auf den Sitzen nicht störten. Er erkundigte sich nach meiner Armschlinge und schnalzte mitfühlend mit der Zunge, als ich ihm erklärte, was passiert war. Im Gegenzug erkundigte ich mich, was ihn nach Chicago geführt hatte, und bekam eine ausführliche Geschichte über seine Familie und seine Hoffnungen auf eine gute Zukunft in Amerika zu hören.

Ich fand den Mustang an der Yates wieder, wo ich ihn am Dienstagabend geparkt hatte, und zur Abwechslung war mir Glück beschieden: Alle vier Reifen waren noch da und die Fenster unversehrt. Der Taxifahrer wartete rücksichtsvoll, bis ich Peppy hineinbefördert und den Motor angelassen hatte.

Ich fuhr zur South Chicago Avenue, um einen Blick auf die Überreste von Fly the Flag zu werfen. Die Vorderseite stand noch, aber an der Rückwand gähnte ein großes Loch. Brocken von

Mauersteinen lagen herum, als habe ein Riese die Hand durchs Fenster gestreckt und Teile der Wand herausgerissen. Verkohlte Stoffbahnen bedeckten zum Teil den Boden, und auf denen gelang es mir dann auch auszurutschen. Mit dem Arm in der Schlinge verlor ich das Gleichgewicht, stolperte über eine Stahlstange und landete mit Schwung auf der unverletzten Schulter. Tränen schossen mir in die Augen vor Schmerz. Wenn ich mir jetzt den rechten Arm lädiert hatte, konnte ich nicht mehr fahren, und Mr. Contreras würde den Rest des Tages, vermutlich den Rest des Monats triumphierend »Ich hab's ja gesagt« intonieren.

Ich lag zwischen Schutt und Asche, blickte in den grauen Himmel über mir und versuchte vorsichtig, die rechte Schulter zu bewegen. Nur eine Prellung, die ich mit etwas Konzentration ignorieren konnte. Ich rappelte mich hoch, setzte mich auf ein Mauerstück und stocherte gedankenverloren in dem Schutt. Stücke eines Fensterrahmens, eine Rolle goldfarbene Zierborte, wundersamerweise unbeschädigt, verbogene Metallstücke, die einmal Spulen gewesen sein mochten, eine Aluminiumseifenschale in Form eines Froschs.

Ein merkwürdiger Gegenstand an dieser Stelle, es sei denn, die Toiletten waren auch in die Luft geflogen. Aber ich hatte die Klos gesehen – heruntergekommene kahle Kabuffs, bar jeden Dekors. Ich steckte die Schale in die Manteltasche und erhob mich. Es hatte was für sich, dass ich diese Exkursion in Jeans und Sneakers anstatt im Abendkleid angetreten hatte – die Jeans konnte ich in die Waschmaschine stopfen.

Ich wanderte zur Rückfront des Gebäudes und spähte durch das Loch in der Mauer. Innen schien so viel zerstört zu sein, dass ich von weiteren Erkundungen absah. Der Brand war auf der Seite zur Autobahn ausgebrochen, von der Straße aus nicht sichtbar. Über die Laderampe hätte ich einsteigen können, aber dazu hätte ich mich hochziehen müssen, und meine Schulter weigerte sich hartnäckig, als ich einen Versuch unternahm.

Ärgerlich über meine diversen hinderlichen Blessuren, kehrte ich zum Wagen zurück und fuhr Richtung Norden, so langsam, dass ich mit einer Hand lenken konnte. In Hyde Park parkte ich vor dem Campus der University of Chicago und schaute Peppy eine Weile zu, wie sie Eichhörnchen umherscheuchte. Obwohl es kalt war, saßen etliche Studenten mit Kaffeebechern und Büchern draußen. Peppy machte bei allen die Runde und sah sie mit diesem tieftraurigen Blick an, der besagte: Wenn Sie diesen Hund füttern, können Sie in Ruhe weiterlesen. Mit dieser Methode gelang es ihr, ein halbes Erdnussbutter-Sandwich einzuheimsen, bevor ich sie erbost zurückpfiff.

Als ich sie wieder im Mustang verstaut hatte, begab ich mich in das alte Gebäude der Sozialwissenschaften, um mich zu säubern; ich konnte schließlich nicht als Halloween-Ghoul bei April auftauchen. Als ich mich vom Spiegel abwandte, sah ich, dass meine Jacke an der Schulter aufgeschlitzt war, von der Notaufnahme. Ich sah nicht wie ein Ghoul aus, sondern wie eine Stadtstreicherin.

18

Besuchszeit

Die alten Flure des Kinderkrankenhauses waren gesäumt von Luftballons und Stofftieren; sie wirkten auf mich wie verzweifelte Opfergaben für die Gottheiten, die ihr launisches Spiel mit dem menschlichen Glück trieben. Als ich durch endlose Flure wanderte und Treppen hinaufstieg, kam ich an Nischen vorüber, in denen Angehörige saßen, reglos und stumm. Aus den Krankenzimmern waren betont muntere Stimmen zu vernehmen, Mütter, die all ihre Kraft aufboten, um ihre Kinder zu heilen.

Aprils Zimmer im vierten Stock war nicht schwer zu finden, denn in einer der Nischen im Korridor hielten sich Bron und Sandra Zoltak auf und stritten weithin vernehmbar.

»Du vögelst mit irgendeiner Schlampe rum, während unser Kind fast stirbt!« Sandra versuchte, leise zu sprechen, aber es gelang ihr nicht. Eine Frau mit einem Kleinkind an einem Tropf blickte nervös zu ihnen hinüber und versuchte, das Kind schnell außer Hörweite zu bringen. »Um Mitternacht bist du hier aufgekreuzt!«

»Ich bin gekommen, sobald ich es wusste. Hab ich seither das Krankenhaus auch nur eine Sekunde verlassen? Du weißt verdammt genau, dass ich auf dem Handy im Wagen keine Anrufe kriegen darf, und als ich heimkomme, bist du weg, das Kind weg, keine Nachricht. Ich dachte, ihr seid ausgegangen und du kaufst ihr wieder irgendwelchen Mist, für den wir kein Geld haben.

Ich existier doch für dich überhaupt nicht, ich bin nur der Scheck, der die Rechnungen bezahlt. Du hast nicht mal genug Anstand und rufst mich an, den Vater. Vom Anrufbeantworter hab ich die Nachricht gekriegt, und da warst nicht mal du drauf, sondern diese elende Warshawski-Kuh. So hab ich erfahren, dass mein Mädchen schwer krank ist, nicht von meiner eigenen Frau, Mrs. Zu-vornehm-für-alles. Die Jungfrau Maria war auch nicht keuscher als du, und da wunderst du dich noch, dass ich woanders nach menschlicher Wärme suche.«

»Du kannst wenigstens sicher sein, dass April auch von dir ist, was Jesse Navarro oder Lech Bukowski von ihren Kindern nicht behaupten können, weil du ständig mit deren Frauen zusammensteckst, und jetzt, jetzt sagen sie, April hat was mit dem Herzen und kann nicht mehr Basketball spielen.« Sandras Gesicht war schmerzverzerrt.

»Basketball? Sie ist todkrank, und du regst dich auf, weil sie diesen verdammten Sport nicht mehr machen kann? Was ist los mit dir?« Bron schlug mit der flachen Hand an die Wand.

Eine Schwester kam vorbei, blieb stehen, um die Situation einzuschätzen, und ging dann kopfschüttelnd weiter.

»Es geht mir doch nicht um den verdammten Sport!«, versetzte Sandra mit erhobener Stimme. »Das ist ihre einzige Chance zu studieren, du – du Versager. Du weißt verdammt genau, dass dein Geld dafür nicht reicht. Ich will nicht, dass sie so leben muss wie ich, verheiratet mit einem Mistkerl, der seinen Hosenschlitz nicht zulassen kann, schuften bei By-Smart, weil man keinen besseren Job kriegt. Schau mich doch an, ich seh so alt aus wie deine Mutter, und ich soll auch noch zu Kreuze kriechen und Dank heucheln, weil ich dich heiraten durfte, dabei kannst du nicht mal dein Kind durchbringen.«

»Was soll das heißen? Du hast doch nur Scheiße im Kopf, Alte! Ist sie jemals hungrig zur Schule gegangen oder…?«

»Hast du auch nur ein Wort gehört von dem, was der Arzt gesagt hat? Es kostet hunderttausend Dollar, wenn man ihr Herz operiert, und dann noch die Medikamente, und die Versicherung zahlt davon zehntausend Dollar. Wo willst du das denn hernehmen, kannst du mir das sagen? Das ganze Geld, das wir hätten sparen können, wenn du es nicht für Drinks mit deinen Kumpels und die Huren ausgegeben hättest, mit denen du rumvögelst und…«

Brons Kopf schien vor Wut anzuschwellen. »Ich werd das Geld für April auftreiben! Hör auf, einfach zu behaupten, dass ich meine Tochter nicht liebe.«

Die Frau mit dem Kleinkind trat vorsichtig zu den beiden und sagte schüchtern: »Könnten Sie ein bisschen leiser sprechen, bitte? Meine Tochter weint, weil Sie so laut sind.«

Sandra und Bron sahen die Frau an; das kleine Mädchen weinte stumm, was viel herzzerreißender war als lautes Schluchzen. Die beiden schauten wieder weg, wobei Brons Blick auf mich fiel.

»Da ist ja die verdammte Tori Warshawksi. Was zum Henker hast du dir dabei gedacht, meine Kleine so zu scheuchen, dass sie zusammenbricht?« Er brüllte so laut, dass Schwestern und Eltern aus den Zimmern gelaufen kamen.

»Hi, Bron, hi, Sandra, wie geht es ihr?«, sagte ich.

Sandra wandte sich ab, aber Bron kam aus der Nische geschossen und stieß mich so heftig an, dass ich gegen die Wand prallte. »Du hast meine Tochter auf dem Gewissen! Ich hab dich gewarnt, Warshawski, wenn du April was zuleide tust, kriegst du's mit mir zu tun!«

Entsetzt sahen die Umstehenden zu, wie ich mich langsam aufrichtete. Der Schmerz in meinem linken Arm war so übel, dass mir Tränen in die Augen schossen, aber ich blinzelte heftig, um sie zurückzuhalten. Ich würde mich bestimmt nicht auf eine Keilerei einlassen, nicht in einem Krankenhaus, nicht mit dem linken Arm in einer Schlinge und nicht mit einem Typen, der so verstört und hilflos war, dass er jeden anpöbelte, der ihm in die Quere kam. Aber ich legte auch keinen Wert darauf, dass er mich weinen sah.

»Ja, ich hab dich gehört. Ich weiß aber nicht mehr, was du tun wolltest, wenn ich ihr das Leben rette.«

Bron schlug sich mit der Faust in die andere Hand. »Du ihr das Leben rettest! Du kannst mich mal.«

Ich wandte mich zu Sandra. »Du hast gerade gesagt, es sei ihr Herz. Was ist passiert? Sie hatte bisher beim Training nicht mal eine Konditionsschwäche.«

»War ja klar, dass du das sagen würdest«, versetzte Sandra. »Du würdest alles sagen, um deinen Arsch zu retten. Mit ihrem Herz stimmt was nicht, von Geburt an, aber du hast sie zu sehr getriezt, deshalb ist sie zusammengeklappt.«

Vor Bron fürchtete ich mich nicht, aber jetzt packte mich die kalte Angst: Das klang wie das Vorspiel zu einem Prozess. Aprils Behandlung würde über hunderttausend Dollar kosten; sie brauchten Geld; sie konnten mich verklagen. Meine Taschen waren nicht tief, gaben aber jedenfalls mehr her als die der Czernins.

170

»Wenn sie das seit ihrer Geburt hat, hätte sie jederzeit und überall zusammenbrechen können, Sandra«, sagte ich so ruhig wie möglich. »Wie kann man sie behandeln?«

»Gar nicht. Sie muss sich ausruhen, bis wir die Kohle auftreiben, um die Ärzte zu bezahlen. Die Schwarzen haben es leicht, die brauchen nur ihre Sozialhilfekarten vorzuzeigen und kriegen alles, was sie für ihre Kinder brauchen, aber unsereins, Leute, die hart arbeiten, was können wir vorzeigen?«

Sandra blickte aufgebracht zu der Frau mit dem Kleinkind hinüber, die schwarz war, als habe das vierjährige Mädchen die Gesundheitsbehörden gegründet. Eine Schwester, die aus einem Krankenzimmer gekommen war, wollte schlichten, aber die Czernins befanden sich in ihrer eigenen Welt, ihrem Universum des Zorns, zu dem keiner Zugang fand. Die Schwester wandte sich wieder ihrer Tätigkeit zu, aber ich harrte tapfer auf dem Schlachtfeld aus.

»Und ich bin hier mit dem Traumprinzen verheiratet, der sich die ganze Woche nicht zu Hause hat blicken lassen und nun tut, als sei er der heilige Joseph, der tollste Vater aller Zeiten.« Sandra sah Bron erbittert an. »Es wundert mich ja, dass du ihren Namen noch weißt, ihren Geburtstag hast du dieses Jahr jedenfalls vergessen, als du mit dieser Schlampe aus England rumgezogen bist, oder war es Danuta Tomzak aus Lazinskis Bar?«

Bron packte Sandra an ihren knochigen Schultern und schüttelte sie. »Ich liebe meine Tochter, du elende Fotze, und du hörst auf, was anderes zu behaupten, hier nicht und anderswo auch nicht. Und ich krieg das Scheißgeld für ihr Herz zusammen. Sag diesem Scheißkerl von einem Arzt, er soll sie bloß hier lassen, bis Dienstag hab ich das Geld locker beisammen.«

Er stürmte den Flur entlang und polterte durch eine Schwingtür, die zu einer Treppe führte. Sandra presste die Lippen zusammen.

»Maria hatte den Friedensfürsten, ich hab den Schwanzfürsten abgekriegt.« Sie blickte mich finster an. »Will er diese Schlampe aus England nach dem Geld fragen?«

Ich schüttelte den Kopf. »Keine Ahnung. Ich weiß nicht, ob sie welches hat.«

Und wer rückt schon hunderttausend Riesen raus für die

Tochter eines Mannes, der nur als gute Geschichte für die Freunde zu Hause dient? Das sagte ich natürlich nicht. Sandra hielt sich an Strohhalmen fest, sie hatte im Moment jeglichen Bezug zur Realität verloren.

»Du hast gesagt, die Versicherung würde nur zehntausend Dollar übernehmen. Meinst du damit deine Versicherung?«

Sie schüttelte den Kopf und sagte bitter: »Ich habe keine, weil ich nur vierunddreißig Stunden die Woche arbeite. By-Smart sagt, man muss vierzig Stunden arbeiten, sonst gilt es nicht als volle Stelle. Bron zahlt die Versicherung für sich und April, für uns alle wird es zu teuer, und als das Krankenhaus gestern bei der Firma anrief, stellte sich raus, dass sie nicht mehr übernehmen, und dabei zahlen wir, Herr im Himmel, zweitausendsechshundert Dollar im Jahr. Hätte ich das gewusst, hätte ich das ganze Geld für April in einem Sparvertrag angelegt.«

»Und was hat April nun wirklich?«, fragte ich.

Sie rang die Hände. »Ich weiß es nicht, die Ärzte reden so komisch daher, dass man nicht weiß, ob sie nun das Richtige tun für das Kind oder nicht. Hast du sie so getriezt, weil sie meine Tochter ist?«

Ich wünschte mir inständig, dass ich auf Mr. Contreras gehört hätte und zu Hause geblieben wäre. Mir stand nur noch der Sinn danach, mich in eine Höhle zu verkriechen und bis zum Frühling zu schlafen.

»Können wir mit einem Arzt sprechen? Wenn ich die Diagnose kenne, kann ich vielleicht für die richtige Behandlung sorgen.« Ich dachte an meine Freundin Lotty Herschel, die in der North Side am Beth Israel Hospital als Chirurgin arbeitet. Sie behandelt auch mittellose Patienten und könnte den Czernins vielleicht helfen, das Problem mit der Versicherung zu lösen.

»Im letzten Sommer, in einem Basketball-Camp, ist sie mal in Ohnmacht gefallen, aber da hab ich mir nichts dabei gedacht. Mädchen in diesem Alter werden öfter ohnmächtig, das war bei mir auch so. Ich wollte, dass ihr alle Wege offen stehen, damit du dich über mein Kind nicht so erheben kannst wie über mich.«

Ich blinzelte, erschüttert ob des Ansturms von Worten und wirren Gedanken. Mechanisch wollte ich widersprechen und klarstellen, dass ich keinerlei Interesse daran hatte, mich über sie zu erheben, aber dann fiel mir unsere gemeinsame Geschichte wieder ein, und ich lief rot an. Wenn ich einen Abend in meinem Leben anders gestalten könnte, dann wäre es der Abend vor dem Abschlussball damals – abgesehen vielleicht von dem Abend, an dem meine Mutter starb und ich bei Lazinski's ein Pint Whiskey klaute … genug davon. Wenn ich jetzt alle üblen Erinnerungen zuließ, konnte ich mich noch den restlichen Tag vor Peinlichkeit winden.

Die Schwester, die den Streit zwischen Sandra und Bron schlichten wollte, hielt sich immer noch in der Nähe auf und willigte ein, einen Arzt in Aprils Zimmer zu rufen. Sandra folgte mir widerspruchslos, als ich vorausging.

April lag mit drei anderen Mädchen in einem Zimmer. Sie schaute fern, als wir hereinkamen; ihr Gesicht war aufgequollen von den Medikamenten. Neben ihr im Bett hockte ein nagelneuer riesiger Teddybär, der einen Luftballon mit der Aufschrift »Gute Besserung!« in den Pfoten hielt.

Sie wandte langsam den Kopf und blickte zu ihrer Mutter, aber ihre Miene erhellte sich, als sie mich bemerkte. »Coach! Das ist ja cool, dass Sie mich besuchen. Gehöre ich noch zur Mannschaft, auch wenn ich nächste Woche das Training versäume?«

»Wenn deine Mam und die Ärzte dir grünes Licht zum Spielen geben, kannst du natürlich jederzeit zurückkommen. Toller Bär – woher ist der?«

»Von Paps.« Sie warf einen vorsichtigen Blick auf ihre Mutter. Wahrscheinlich hatte der Teddy bereits Anlass zum Streit gegeben, aber ich fand es herzzerreißend, dass Bron seiner Tochter ein überdimensionales Spielzeug schenkte, um sie aufzumuntern.

Wir redeten ein bisschen über Basketball, die Schule, den Stoff, den sie in Biologie versäumte; Sandra zupfte unterdessen an den Kissen herum, zog die Laken gerade und drängte April, Saft zu trinken (»Du weißt doch, der Doktor hat gesagt, du musst viel Flüssigkeit zu dir nehmen, wegen der Medikamente«).

Nach einer Weile kam ein junger Arzt herein mit schwarzen Locken und Pausbacken wie ein Cherub. Er wirkte locker und entspannt und scherzte ein bisschen mit April, während er ihr den Puls fühlte und sich erkundigte, wie viel sie aß und trank.

»Der große Bär soll mich bestimmt erschrecken, was? Aber so leicht krieg ich keine Angst. Halt ihn aber von deinem Freund fern, Jungs deines Alters fürchten sich vor Bären.«

Nach einigen Minuten nickte er, zwinkerte ihr zu und ging hinaus. Sandra und mich geleitete er den Flur entlang, außer Hörweite von April. Ich stellte mich vor und erklärte, welche Rolle ich in Aprils Leben einnahm.

»Ah, Sie sind die Heldin, die ihr das Leben gerettet hat. Haben Sie sich dabei Ihren Arm kaputt gemacht?«

Ich hoffte insgeheim, dass sich Sandras Meinung von mir bessern würde, nachdem man mich als Heldin bezeichnet hatte. Ich äußerte mich kurz zu meiner Verletzung und fragte dann nach Aprils Diagnose.

»Sie leidet an etwas, das wir ›langes QT-Syndrom‹ nennen. Ich könnte Ihnen jetzt das EKG zeigen und erklären, woran wir das erkennen und weshalb es so heißt, aber im Grunde ist es in erster Linie eine Herzarrythmie. Mit der richtigen Behandlung kann sie ein ganz normales, aktives Leben führen, aber Basketball muss sie unter allen Umständen aufgeben. Wenn sie weiterspielt, kann das schlimme Folgen haben – tut mir leid, dass ich es so direkt sagen muss, Ms. Czernin.«

Sandra nickte dumpf. Sie hatte wieder begonnen, die Hände zu ringen, und bearbeitete sie so heftig mit den Daumen, dass sich rotviolette Flecken auf ihrer Haut bildeten. Ich fragte den Arzt, wie die richtige Behandlung denn aussehen würde.

»Wir stabilisieren das Herz mit Betablockern.« Er setzte zu einer ausführlichen Erklärung über den Aufbau von Natriumionen in der Herzkammer und der Rolle von Betablockern bei der Regulierung des Ionenaustauschs an und fügte dann hinzu: »Sie könnte einen Herzschrittmacher bekommen, einen implantierten Defibrillator. Andernfalls fürchte ich, dass es eine Frage der Zeit ist, bis es zum nächsten schwerwiegenden Zwischenfall kommt.«

Sein Pieper meldete sich. »Wenn Sie noch Fragen haben, rufen Sie mich über den Pieper, ich spreche gerne jederzeit mit Ihnen. Wenn sich Aprils Zustand bis Montag stabilisiert hat, entlassen wir sie am Montag. Die Betablocker muss sie vorerst weiterhin nehmen.«

»Als könnte ich mir die leisten«, murmelte Sandra. »Selbst wenn ich Rabatt kriege im Laden, kosten die Pillen fünfzig Dollar die Woche. Was denken die sich eigentlich? Dass in diesem Land nur Reiche krank werden?«

Ich versuchte, etwas Mitfühlendes zu äußern, aber sie raunzte mich wieder an; unser kurzes harmonisches Zwischenspiel war beendet. Da ich mich nicht mehr verpflichtet fühlte, ihr noch länger als Punchingball zur Verfügung zu stehen, tat ich kund, dass ich mich wieder melden würde, und zog von dannen.

An der Eingangstür stieß ich fast mit einem hochgewachsenen Mädchen zusammen, das von der Maryland Avenue hereinkam. Ich war in Gedanken versunken und nahm nichts wahr, bis ich das Mädchen »Coach!« keuchen hörte.

Ich blieb stehen. »Josie Dorrado! Schön, dass du April besuchen kommst. Sie wird viel Unterstützung brauchen in den nächsten Wochen.«

Zu meinem Erstaunen wurde Josie knallrot und ließ statt einer Antwort den Margeritentopf fallen, den sie im Arm hielt. Dann streckte sie die Hand zur Tür raus und wedelte hektisch herum, um jemandem draußen Bescheid zu geben, dass er verschwinden solle. Ich tat einen Schritt über die Blumen und die Erde hinweg und schob die Tür auf.

Josie packte mich am linken Arm, dem verletzten, und wollte mich festhalten. Ich schrie so laut auf, dass sie mich unwillkürlich losließ, und drängte mich an ihr vorbei, um einen Blick auf die Straße zu werfen. Ein nachtblauer Miata fuhr die Maryland entlang, aber eine Gruppe voluminöser Frauen, die gerade über die Straße walzten, versperrte mir die Sicht aufs Nummernschild.

Ich wandte mich zu Josie. »Wer hat dich hergefahren? Wen kennst du, der sich so einen Sportwagen leisten kann?«

»Ich bin mit dem Bus gekommen«, sagte sie hastig.

»Ach ja? Mit welchem?«

»Dem, äh, ich hab mir die Nummer nicht angeschaut, nur den Fahrer gefragt …«

»Der dich daraufhin zur Tür gefahren hat. Josie, ich schäme

mich für dich. Du gehörst zu meiner Mannschaft und sollst mich nicht anlügen. Ich muss dir vertrauen können.«

»Oh, Coach, Sie verstehen das nicht. Es ist nicht, was Sie denken, ehrlich!«

»Verzeihung.« Die drei gewichtigen Frauen von der Straße blickten uns stirnrunzelnd an. »Können Sie das da wegräumen? Wir möchten gerne hinein.«

Wir nahmen uns der Blumen an. Der Plastiktopf war unversehrt, und mit einem Handfeger, den uns der Wachmann brachte, beförderten wir den größten Teil der Erde mitsamt der Blumen wieder hinein. Sie sahen halbtot aus, aber das Preisschild verriet mir, dass Josie sie für einen Dollar und neunundneunzig Cent bei By-Smart erstanden hatte – für zwei Kröten kriegt man keine frischen, knackigen Blumen.

Als wir unsere Aufräumarbeiten beendet hatten, sah ich Josie scharf an. »Ich kann dir nicht versprechen, Josie, dass ich deiner Mutter gegenüber dichthalte, wenn du dich mit einem älteren Mann triffst, den sie nicht kennt oder von dem sie nichts hält.«

»Sie kennt ihn, und sie mag ihn auch, aber sie kann nicht… ich kann es Ihnen nicht sagen… Sie müssen mir versprechen…«

»Schläfst du mit ihm?«, fragte ich sie unverblümt, als sie weiterhin herumstotterte.

Sie lief rot an. »Nein, natürlich nicht!«

Ich presste die Lippen zusammen, dachte an ihr Zuhause, den zweiten Job ihrer Mutter, von dem die Familie nun leben musste, weil es Fly the Flag nicht mehr gab, das Baby der Schwester, Pastor Andrés und seine Ablehnung von Verhütungsmitteln. »Josie, ich verspreche dir, deiner Mutter vorerst nichts zu sagen, wenn du mir auch etwas versprichst.«

»Was denn?«, fragte sie argwöhnisch.

»Bevor du mit diesem Mann oder sonst mit irgendwem schläfst, musst du dafür sorgen, dass der Betreffende ein Kondom benutzt.«

Jetzt färbten sich ihre Wangen dunkelrot. »Aber, Coach, ich kann doch nicht… wie können Sie nur… und die Abstinenzlady sagt, die funktionieren nicht mal richtig.«

»Die hat dich schlecht beraten, Josie. Kondome sind nicht hundertprozentig sicher, aber meist tun sie ihren Dienst. Willst du enden wie deine Schwester Julia, die von früh bis spät Telenovelas schaut? Oder willst du auf ein Leben hinarbeiten, in dem du vorerst keine Kinder am Bein hast und nicht bei By-Smart schuften musst?«

Sie sah mich mit aufgerissenen Augen so ängstlich an, als hätte ich sie vor die Wahl gestellt, ihr den Kopf abzuhacken oder mit ihrer Mutter zu sprechen. Vermutlich hatte sie sich leidenschaftliche Umarmungen und eine Hochzeitsfeier vorgestellt, alles Mögliche, das mit Sex nur am Rande zu tun hatte. Sie blickte auf die Tür, dann zu Boden, und sprintete unvermittelt die Treppe hinauf. Als der Wachmann sie aufhielt, schaute sie noch einmal zu mir runter, aber ich konnte die Angst in ihrem Blick nicht ertragen, wandte mich ab und trat hinaus in die Kälte.

19

Der gastfreundliche Mr. Contreras

Ich ließ mich auf der Treppe der Bond Chapel nieder, zog die Knie an die Brust und lehnte meinen schmerzenden Rücken an die roten Türen. Peppy flitzte wieder herum und stöberte Eichhörnchen auf. Vereinzelte Schneeflocken drifteten vom bleigrauen Himmel herab. Die Studenten hatten das Gelände verlassen. Ich schlug den Kragen meiner dunkelblauen Seemannsjacke hoch, aber durch den Riss an der Schulter drang kalte Luft herein.

Hätte ich schon an diesem Montag Warnzeichen bei April bemerken müssen? Waren andere aus der Mannschaft auch gefährdet? Ich wusste nicht mal, ob die Schule die Kids untersuchen ließ, bevor sie an Wettkämpfen teilnahmen, ging aber davon aus, dass kein Geld für EKGs und Röntgenaufnahmen zur Verfügung stand, wenn man sich nicht mal Bälle und einen Trainer leisten konnte.

Wenn Sandra mich verklagen wollte – ich würde mich damit befassen, falls es dazu kam, wollte aber ein paar Punkte notieren, solange ich sie noch parat hatte: Aprils Ohnmacht im letzten Sommer, entsprechende Vorfälle in Sandras Jugend. »Mädchen in diesem Alter werden öfter ohnmächtig«, hatte Sandra gesagt, obwohl ich mich bei ihr nicht daran erinnern konnte. Vielleicht war ihr auch in Boom-Booms Armen das Bewusstsein geschwunden … Er hatte bestimmt nicht mit ihr geschlafen. Die Vorstellung machte mich wütend. Aber wieso stilisierte ich ihn zum Heiligen? In all den Jahren hatte ich mir eingeredet, er sei nur mit Sandra zum Abschlussball gegangen, weil er mich bestrafen wollte, aber ich hatte ihm einfach kein eigenes Leben, unabhängig von mir, zugestehen wollen. Sandra schlief mit diesem und jenem, das wusste jeder, warum also nicht mit Boom-Boom? Und er war ein Sportstar, der nicht grade ein keusches Leben führte.

Peppy stupste mich mit der Schnauze an, sichtlich beunruhigt ob meiner Reglosigkeit. Ich stand auf und warf einen Stock für sie, so gut es ging. Sie zeigte sich zufrieden und schleppte den Stock auf den Rasen, um auf ihm herumzukauen.

Ich merkte, dass mir die Auseinandersetzung zwischen Bron und Sandra ebenso zusetzte wie meine körperlichen Blessuren. Hatte es jemals eine Zeit gegeben, in der die beiden sich in den Armen hielten und liebevoll in die Augen blickten? Sandra war dreißig gewesen, als April zur Welt kam – Bron und sie hatten also nicht vorzeitig wegen eines Kindes geheiratet. Etwas anderes musste sie dazu gezwungen haben, aber ich hatte keine Freunde im Viertel mehr, die mir das erzählen konnten. War er Sandra untreu, weil sie ihn verachtete? Oder verabscheute sie ihn, weil er ihr untreu war? Was war die Henne, was das Ei bei dieser vergifteten Beziehung?

Ich rappelte mich mühsam auf und rief Peppy zu mir. Mit schlabbernder rosa Zunge kam sie angerannt, grinsend vor Vergnügen. Ich strich durch ihr seidiges, goldenes Fell und versuchte, etwas von ihrer Lebensfreude in mich einfließen zu lassen, bevor ich meinen müden Leib wieder in Bewegung setzte.

Im Büro ging ich die Anrufliste vom Vortag durch. Ein paar Klienten, mit denen ich Termine versäumt hatte. Drei Nachrichten von Mr. William, der seinen Sohn verlangte, zwei von Murray Ryerson vom *Herald-Star*, der wissen wollte, ob Fly the Flag eine brauchbare Story abgab. Brände sind in South Chicago an der Tagesordnung; die Meldung war nur im Lokalteil aufgetaucht, und lediglich Murray hatte mich identifiziert (ich tauchte als »Sergeant I. V. Warshacky von der Chicago Police« auf, doch davon ließ Murray sich nicht täuschen).

Als Erstes rief ich Morrell an. Er und Mr. Contreras hatten sich etwas vom Thai zum Mittagessen kommen lassen und eine Weile Rommé gespielt. Indessen war mein Nachbar verschwunden, aber Morrell konnte sich nicht mehr auf seine Arbeit konzentrieren; vielleicht hatte er sich in den letzten Tagen übernommen. Als ich erklärte, ich wolle noch eine Weile im Büro bleiben und dann Lotty einen Besuch abstatten, wenn sie da war, bekundete Morrell Interesse, sich anzuschließen; ihm fiel die Decke auf den Kopf.

Lotty war zu Hause. Im Gegensatz zu Murray studierte sie nicht Polizeiberichte in der Zeitung und zeigte sich besorgt, als sie von meiner Verletzung erfuhr. »Natürlich kannst du vorbeikommen, Liebes. Ich wollte jetzt in die Praxis gehen, aber heute Nachmittag wieder zurück sein. So gegen halb vier?«

Nachdem ich mir Notizen über meine Begegnung mit Sandra und Bron gemacht hatte, sprach ich kurz mit Murray: Fly the Flag gab keine große Geschichte ab, abgesehen von den verheerenden Auswirkungen im Leben von Menschen wie Rose Dorrado. Murray hörte sich ein paar Minuten meine engagierte Schilderung ihres Lebens an und unterbrach mich dann mit der Mitteilung, dass er einen Redakteur von ChicagoBeat fragen wolle, ob das nicht eine Human-Interest-Story für ihn sein könnte.

»Was ist mit dem Toten in dem Gebäude?«, fragte ich. »Hat der Gerichtsmediziner ihn identifiziert? War es Frank Zamar?«

Ich hörte, wie Murray sein Keyboard bearbeitete. »Ja, ähm, Zamar, genau. Er hatte eine Alarm- und Sprinkleranlage in dem Gebäude. Die Spezialisten von der Brandstiftung meinen, der Alarm sei losgegangen und er sei hingefahren, um nachzusehen. Auf der Rückseite der Fabrik war ein großer Raum mit einem propangasbetriebenen Trockner. Die Stoffe müssen gebrannt haben, wodurch der Gasbehälter explodierte, als Zamar dort eintraf. Es sah wohl aus, als habe er wegrennen wollen, sei aber von den Flammen erfasst worden.«

Ich ließ das Telefon fallen. Ich hatte vor dem Gebäude herumgelungert und Spion gespielt, und Frank Zamar war drinnen in seinen Tod gelaufen. Vor ein paar Tagen hatte ich jemanden dort beobachtet. Ich hätte diejenige sein müssen, die sich im Gebäude aufhielt. Murrays Stimme ertönte blechern von irgendwo in Höhe meiner Knie. Ich angelte den Hörer.

»Tut mir leid, Murray. Ich war auch da, musst du wissen. Ich hätte mich im Gebäude aufhalten und es durchchecken müssen. Ich hatte ein paar Tage vorher jemand dort beobachtet, ich hätte da drin sein müssen.« Meine Stimme wurde schrill, und ich wiederholte immer wieder: »Ich hätte da drin sein müssen.«

»Hey, Warshawski, nur die Ruhe, nur die Ruhe. Hätte der Typ dich überhaupt reingelassen? Du hast doch gesagt, er hat dich die Woche vorher rausgeschmissen. Wo bist du? In deinem Büro? Soll ich vorbeikommen?«

Ich rief mich zur Ordnung und sagte zittrig: »Ich glaube, ich muss bloß mal was essen. Hab ich schon länger nicht gemacht.«

Murray wiederholte noch mal sein Angebot, nahm mir das Versprechen ab, dass ich was essen und mich ausruhen würde, und versprach seinerseits, an einer Story über Rose und andere Arbeiterinnen bei Fly the Flag zu arbeiten.

Ich begab mich zum La Llorona, einem mexikanischen Diner, dem auch schon das Wasser bis zum Hals stand – mein Büro liegt in einer Gegend, die so rasant auf edel saniert wird, dass die Mieten sich täglich zu verdoppeln scheinen. Nach zwei Schalen von Mrs. Aguilars Huhn-Tortilla-Suppe und einem kurzen Nickerchen auf der Liege im Hinterzimmer meines Büros erledigte ich meine Anrufe.

Bei meinen ungeduldigen Klienten hinterließ ich Nachrichten, wobei ich verschwieg, dass ich deshalb zeitlich im Rückstand war, weil ich verletzt war – es macht keinen guten Eindruck, wenn man sich eine Schuss- oder Stichverletzung verpassen lässt, während man für andere Leute Probleme lösen soll. Ich sagte nur, ich hätte erste Berichte für sie, was am Abend des morgigen Tages auch so sein würde – falls ich mit meiner Schulter den ganzen Nachmittag schreiben konnte. Mr. William rief ich allerdings nicht an; was ihn auch umtrieb, die Bysens konnte ich heute nicht ertragen.

Als ich in mein Wohnhaus kam, hörte ich Mitch hinter Mr. Contreras' Tür bellen, aber mein Nachbar war entweder beschäftigt oder immer noch eingeschnappt, weil ich seinen morgendlichen Rat nicht beherzigt hatte. Als er sich nicht blicken ließ, nahm ich Peppy mit nach oben.

Morrell begrüßte mich erleichtert – sein Buch ging ihm auf die Nerven, die kleine Wohnung auch, und er hatte es satt, sich wie ein Gefangener zu fühlen, weil er die drei Treppen kaum bewältigen konnte. Wir brachen zu Lotty auf, und er humpelte langsam nach unten.

Lotty wohnte früher in einer Zweizimmerwohnung in der Nähe ihrer Klinik, aber vor ein paar Jahren ist sie in eines der eleganten alten Häuser am Lake Shore Drive gezogen. Im Sommer ist es nahezu unmöglich, in der Nähe einen Parkplatz zu finden, aber an diesem düsteren, kalten Novembernachmittag, der schon in die Nacht überging, ergatterten wir mühelos einen.

Lotty begrüßte uns herzlich, hielt sich aber nicht lange mit Smalltalk auf. In einem hinteren Raum mit Blick auf den Lake Michigan entfernte sie mit versierten Handgriffen den Verband von meinem Arm und schnalzte ärgerlich mit der Zunge – zum einen, weil er unter der Dusche nass geworden war, zum anderen, weil der Chirurg wohl gepfuscht hatte. Schlampige Arbeit, verkündete sie und fügte hinzu, dass wir gleich in ihre Klinik fahren würden, damit sie die Wunde anständig nähen könne; andernfalls würden Adhäsionen entstehen, die man kaum mehr entfernen könne, wenn der Heilungsprozess einsetzte.

Wir debattierten eine Weile darüber, wer fahren sollte: Lotty fand, ich solle nicht fahren wegen des verletzten Arms, ich fand, sie solle überhaupt nicht fahren, basta. Sie benimmt sich nämlich am Steuer wie Stirling Moss beim Grand Prix, aber lediglich in puncto Tempo und ihrer Überzeugung, dass sich kein anderes Auto vor ihr befinden sollte. Morrell lachte, während wir zankten, votierte aber für Lotty – wenn mir nach der Operation nicht nach Fahren zumute war, säßen wir ohne Auto an der Klinik fest.

Zu guter Letzt geriet weder die Fahrt noch das Nähen so übel, wie ich befürchtet hatte – ersteres, weil die Hauptachsen so zugestaut waren mit Leuten, die am Samstag Einkäufe machten, dass Lotty gezwungen war, Schritt zu fahren. In ihrer Klinik, die sie in einem ehemaligen Laden etwa anderthalb Kilometer westlich von meiner Wohnung eröffnet hat, in einem multikulturellen Viertel am Rand der Neubaugebiete der North Side, spritzte Lotty mir Novocain in die Schulter. Ich spürte ein leichtes Ziehen, als sie die alten Nähte aufschnitt und neue anlegte, aber entweder durch ihre Form der Narkose oder durch ihre Geschicklichkeit konnte ich den Arm danach recht gut bewegen.

Dann machte Lotty es sich in einem Sessel in ihrem Büro bequem, und wir erörterten April Czernins Notlage. Lotty hörte aufmerksam zu und schüttelte bekümmert den Kopf ob der mangelnden Hilfe, die den Czernins zuteil wurde.

»Die Versicherung übernimmt wirklich nur zehntausend Dollar von der Behandlung? Das ist erschütternd. Aber typisch heutzutage, wo viele Menschen sich zwischen Leben und Tod entscheiden müssen, weil die Versicherung nicht zahlen will.

Was das Mädchen betrifft: Wir können sie nicht als Medicaid-Patientin behandeln, weil ihre Eltern versichert sind. Sobald die Buchhaltung das herausfindet, werden sie dasselbe tun wie in der Uniklinik: bei der Versicherung anrufen, wo man ihnen mitteilen wird, dass sie die Kosten für den Defibrillator nicht übernehmen. Ich kann nur empfehlen, sie in eine Studie zu integrieren, wiewohl die QT-Syndrom-Therapie gegenwärtig schon ziemlich fortgeschritten ist. Es kann auch schwierig werden, ein Forschungsprojekt zu finden, zu dem sich die Familie die Fahrt leisten kann.«

»Ich glaube, Sandra Czernin würde überall hinfahren, wenn sie Aprils Lebensaussichten damit verbessern könnte. Lotty, ich frage mich immer noch, ob ich vor ihrem Zusammenbruch etwas übersehen habe.«

Lotty schüttelte den Kopf. »Manchmal werden die Leute vorher bewusstlos – was ja laut der Mutter im letzten Sommer geschehen ist –, aber diese Zusammenbrüche passieren aus heiterem Himmel, ohne Vorwarnung.«

»Ich fürchte mich vor der Schule am Montag«, gestand ich ihr. »Ich wage es nicht mehr, diese Mädchen zu Höchstleistungen anzuspornen. Wenn nun noch eine dabei ist, in deren Kopf oder Brust eine Zeitbombe tickt?«

Morrell drückte meine Hand. »Sag doch der Schule, dass die Mädchen untersucht werden müssen, bevor ihr das Projekt fortsetzt. Die Mütter sind bestimmt damit einverstanden, und dann könnte man die Schule dazu zwingen.«

»Bring sie her, dann machen ich oder Lucy die EKGs«, bot Lotty an.

Sie war mit Max Loewenthal zum Abendessen verabredet und fragte uns, ob wir mitkommen wollten, was für uns beide nach einer verlockenden Ruhepause klang. Wir gingen in eines der kleinen Bistros, die an der North Side wie Pilze aus dem Boden schießen. Es gab dort eine Weinauswahl, die Max zusagte, und wir saßen gemütlich beisammen über einer Flasche Côte du

Rhône. Trotz meiner Sorgen und meines lädierten Zustandes war dies der angenehmste Abend seit Marcenas Ankunft.

Im Taxi nach Hause schlief ich an Morrells Schulter ein. Als wir bei mir ankamen, stand ich schläfrig am Straßenrand und hielt seine Krücke, während er den Fahrer bezahlte. Ich war so dösig, dass ich den Bentley auf der anderen Straßenseite mit dem Chauffeur am Steuer nicht richtig wahrnahm und auch nicht die Tatsache, dass in meinem Wohnzimmer Licht brannte. Aber als ich nach dem gemeinsamen mühseligen Aufstieg oben feststellte, dass meine Wohnungstür nur angelehnt war, war ich schlagartig hellwach.

»Ich geh rein«, raunte ich Morrell zu. »Wenn ich in zwei Minuten nicht wieder da bin, ruf die Polizei an.«

Er wollte mit mir herumrechten, wer von uns beiden jetzt den Helden – oder den Trottel – geben sollte, musste aber schließlich einräumen, dass er schwerer verletzt war und ich überdies mehr Erfahrung als Straßenkämpferin hatte.

Bevor jedoch einer von uns beiden irgendetwas tun konnte, heroisch oder dämlich, hörte ich Peppy und Mitch hinter der Tür winseln und bellen. Ich trat die Tür auf und drückte mich flach an die Wand. Die Hunde stürmten heraus, um uns zu begrüßen. Nun eher von Ärger als von Furcht beflügelt, marschierte ich mit ihnen in die Wohnung.

20

Stippvisite

Im Sessel in meinem Wohnzimmer saß Mr. Contreras. Auf der Couch ihm gegenüber hatten sich Buffalo Bill Bysen und seine Assistentin Mildred niedergelassen. Sogar um zehn Uhr abends an einem Samstag trug sie heftige Kriegsbemalung. Mr. Contreras schaute mit demselben schuldbewussten, trotzigen Blick zu mir auf, den ich bei den Hunden zu sehen kriege, wenn sie im Garten Löcher gebuddelt haben.

»Also deshalb steht da unten ein Bentley und wartet auf einen der mächtigsten Firmenchefs der Welt, der mir gerade einen Besuch abstattet.« Ich rieb mir pseudoerfreut die Hände. »Freut mich sehr, dass Sie reinschauen konnten, aber ich fürchte, ich muss jetzt ins Bett. Nehmen Sie sich einen Schnaps aus dem Schrank, und machen Sie bitte die Musik nicht so laut – die Nachbarn sind etwas zickig.«

Ich ging wieder nach draußen, um Morrell mitzuteilen, dass die Luft zwar nicht direkt rein sei, er aber trotzdem kommen könne.

»Tut mir leid, Liebchen.« Mr. Contreras war mir gefolgt. »Als die hier auftauchten und sagten, sie müssten mit Ihnen reden, na ja, Sie sagen doch immer, ich soll mich nicht einmischen, also hab ich sie nicht weggeschickt, für den Fall, dass Sie mit ihnen verabredet waren; Sie wollten ja nicht, dass ich heute irgendwas von Ihren Plänen erfahre.«

Ich grinste ihn bösartig an. »Wie umsichtig von Ihnen. Wie lang sind die schon da?«

»Eine Stunde etwa, vielleicht ein bisschen länger.«

»Ich besitze ein Handy, wissen Sie, und Sie haben auch die Nummer.«

»Verzeihung?« Mildred gesellte sich zu uns. »Mr. Bysen hat morgen einen langen Tag. Wir müssten die Sache nun rasch klären, damit wir nach Barrington zurückfahren können.«

»Gewiss doch. Morrell, das ist Mildred – ich fürchte, ich weiß

185

ihren Nachnamen nicht –, sie ist Buffalo Bill Bysens Faktotum. Mildred, das ist Morrell. Er wiederum benutzt nicht gern seinen Vornamen.«

Morrell streckte die Hand aus, aber Mildred nickte nur knapp und führte die Truppe zurück in die Wohnung.

»Mildred und Buffalo Bill sitzen seit einer Stunde in meinem Wohnzimmer«, klärte ich Morrell auf. »Mr. Contreras hat sie reingelassen, weil er glaubte, es handle sich um einen Notfall, als sie ohne Anmeldung auftauchten, und nun sind sie ultrasauer, dass wir nicht in Windeseile angehetzt kamen und uns um sie gekümmert haben.«

»Für Sie heißt er Mr. Bysen«, bemerkte Mildred spitz. »Wenn Sie mit all Ihren Klienten so unmanierlich umgehen, wundert es mich, dass Sie überhaupt welche haben.«

Ich betrachtete sie sinnend. »Sind Sie Klientin von mir, Mildred? Oder Buffalo Bill? Ich kann mich gar nicht daran erinnern, dass Sie mir einen Auftrag erteilt hätten. Und auch nicht daran, dass ich Ihnen meine Privatadresse gegeben hätte.«

»*Mr. Bysen*«, erwiderte sie bockig, »wird Ihnen erklären, was er möchte.«

Als wir alle wieder im Wohnzimmer versammelt waren, stellte ich Bysen und Morrell einander vor und bot Getränke an.

»Ich bin nicht zum Plaudern hier, junge Frau«, sagte Bysen. »Ich will wissen, wo mein Enkel ist.«

Ich schüttelte den Kopf. »Das weiß ich nicht. Wenn das alles ist: Den weiten Weg von Barrington hätten Sie sich durch einen Anruf sparen können.«

Mildred platzierte sich neben Bysen auf die Couch, klappte die goldene Mappe auf und erwartete dann mit gezücktem Stift Weisungen aller Art, Exekutionen eingeschlossen.

»Er hat am Donnerstag mit Ihnen gesprochen. Sie haben ihn angerufen, und er hat mit Ihnen geredet. Jetzt sagen Sie mir, wo er steckt.«

»Billy hat mich angerufen, nicht ich ihn. Ich weiß nicht, wo er sich aufhält, und ich habe seine Handynummer nicht. Und ich habe ihm versprochen, nicht nach ihm zu suchen, solange ich der Überzeugung bin, dass er sich in Sicherheit befindet und nicht gegen seinen Willen irgendwo festgehalten wird.«

»Na prima, Sie reden mit dem Jungen am Telefon und wissen, dass alles in Ordnung ist, hnnh? Sie haben ihn zweimal getroffen und kennen ihn so gut, dass Sie an seiner Stimme am Telefon hören, ob es ihm gut geht? Wissen Sie, wie versessen Kidnapper auf meinen Enkel sind? Wissen Sie, was er wert ist? Hnnh? Hnnh?«

Ich massierte mir den Nasenrücken, als müsse ich angestrengt nachdenken. »Ich weiß nicht genau. Ich schätze mal, das Unternehmen ist vierhundert Milliarden wert, wenn Sie die gerecht aufteilen würden … Sie haben sechs Kinder? Siebenundsechzig Milliarden pro Kopf also, und wenn der junge Mr. William es mit seinen Kindern gut meint, denke ich …«

»Das sollte kein Witz sein«, donnerte Buffalo Bill und stand auf. »Wenn Sie mir Billy nicht bis morgen um diese Zeit rangeschafft haben …«

»Tun Sie was? Meine Unterhaltszahlungen einstellen? Ein Witz mag das nicht sein, aber Sie machen jedenfalls eine Farce draus. Ihr Sohn hat mich beauftragt, Billy zu suchen, und in einem gedankenlosen Moment habe ich eingewilligt. Als Billy das von jemandem in der South Side erfahren hat, rief er mich an und sagte, ich solle Mr. William mitteilen, dass er die Suche sofort einstellen soll, sonst würde er die Aktionäre anrufen.«

Buffalo Bill runzelte finster die Stirn und setzte sich wieder. »Hnnh. Was meint er denn damit?«

Ich lächelte unfreundlich. »Ihr Sohn schien das zu verstehen, deshalb dachte ich, Sie verstehen es vielleicht auch.«

»Das kann alles Mögliche bedeuten. Was dachten Sie denn? Hnnh? Haben Sie ihn nicht gefragt, was er den Aktionären sagen will?«

War das der wahre Grund für diesen grotesken Ausflug vom Luxusreich Barrington Hills in meine Vierzimmerwohnung? »Wenn Sie das mit mir erörtern wollen, weshalb haben Sie mich dann nicht einfach angerufen oder mich gebeten, in Ihr Büro zu kommen? Ich weiß nicht, wie es Ihnen geht, aber ich hatte einen furchtbar langen Tag und möchte jetzt wirklich zu Bett gehen.«

Bysens Miene verfinsterte sich noch mehr, und seine buschigen Brauen zogen sich so dicht zusammen, dass ich seine Augen nicht mehr sehen konnte. »Grobian hat mich gestern vom Lagerhaus angerufen. Er meinte, er hätte Billy auf der 92nd Street gesehen, mit einem mexikanischen Mädchen im Arm.«

»Dann wissen Sie ja, dass es ihm gut geht.«

»Das weiß ich mitnichten. Ich will wissen, wer diese Mexikanerin ist. Ich werde nicht zulassen, dass der Junge auf die Rührgeschichte einer dieser Zugelaufenen hereinfällt, sie womöglich heiratet und ihr Diamanten verspricht oder was immer sie meint, aus dem Vermögen seines Großvaters rausquetschen zu können. Sie haben Billy kennen gelernt und gesehen, wie er ist, er hat mit jedem Mitleid. Der Junge gibt sogar diesen Schnorrern mit ihren Straßenzeitungen Geld. Schaffen es nicht zu arbeiten und nutzen dann naive Jungs wie Billy aus.«

Ich holte tief Luft. Aus dem Augenwinkel sah ich, wie Morrell warnend den Kopf schüttelte: Sachte, V. I., geh dem Kerl nicht gleich an die Gurgel.

»Unvernünftige Ehen sind heute an der Tagesordnung, Mr. Bysen. Wenn Billy sich mit einer Person eingelassen hat, die nicht zu ihm passt, kann ich ihn wohl kaum davon abbringen. Aber mir scheint, dass er großen Wert legt auf die religiösen Werte seiner Großmutter. Ich glaube, dass es sich um ein frommes Mädchen handelt, wenn er sich mit einem Mädchen näher anfreundet. Selbst wenn die junge Frau arm ist, wird sie wohl eher keine Mitgiftjägerin sein.«

»Glauben Sie bloß das nicht! Schauen Sie sich doch diese Gestalt an, die Gary nach Hause gebracht hat und die angeblich Christin ist. Wir hätten ihn nicht so weit weg schicken dürfen zum Studium, aber in Duke schien es anständige, christlich erzogene Jungen und Mädchen zu geben, und sie gehörte der christlichen Studentenvereinigung an.«

Mildred murmelte ihm etwas ins Ohr, und Buffalo Bill unterbrach sich und blickte mich wieder böse an. »Ich will wissen, wer dieses Mädchen ist, das sich an Billy rangemacht hat.«

Ich unterdrückte ein Gähnen. »Sie haben so viele Möglichkeiten, Sie brauchen meine Hilfe nicht. Schauen Sie doch nur, wie schnell Sie mich aufgespürt haben. Ich habe eine Geheimnummer, und meine Post wird an mein Büro geschickt, damit meine Privatadresse nicht bei Lexis auftaucht, aber Sie haben sie gefunden. Jemand, der von Ihnen Geld kriegt, kennt jemanden bei der Telefongesellschaft oder im Innenministerium, der bereit ist, widerrechtlich zu handeln, um Ihnen zu helfen. Sollen die doch herausfinden, mit wem Billy sich trifft.«

»Aber er kennt Sie und vertraut Ihnen, und Sie kennen sich da unten aus. Wenn ich einen unserer Leute dorthin schicke, weiß er, dass die von mir kommen, und, na ja, dann wird er sich ärgern. Was William auch mit Ihnen vereinbart hat – ich ziehe mit.«

»Tut mir leid, Mr. Bysen. Ich habe Ihrem Sohn gesagt, dass ich den Auftrag beende und habe ihm ein entsprechendes Schreiben gesandt. Ich habe Billy versprochen, dass ich nicht mehr nach ihm suche, und dieses Versprechen werde ich halten.«

Bysen erhob sich wieder und stützte sich auf seinen Stock. »Sie begehen einen schwerwiegenden Fehler, junge Frau. Ich habe Ihnen ein gutes Angebot gemacht, ein sehr gutes Angebot, Williams Bedingungen ohne Verhandlung. Wenn Sie mir nicht helfen wollen, kann ich Ihnen das Leben sehr schwer machen, sehr schwer. Meinen Sie, ich wüsste nicht, wie hoch Ihre Hypothek ist? Was würden Sie tun, wenn all Ihre Klienten sich plötzlich einen anderen Ermittler suchen, hnnh? Was wäre, wenn ich Ihnen so zusetze, dass Sie angekrochen kämen und darum betteln würden, einen Auftrag zu bekommen, zu welchen Konditionen auch immer?«

Mr. Contreras sprang auf, und Mitch, dem Bysens Tonfall gar nicht gefiel, stimmte ein tiefes, gefährliches Knurren von der Sorte an, das bitter ernst gemeint ist. Ich sprang auch auf und packte ihn am Halsband.

»Was fällt Ihnen ein, ihr zu drohen!«, rief Mr. Contreras empört. »Sie hat gesagt, sie will nicht für Sie arbeiten, und nun nehmen Sie das wie ein Mann. Das ist schließlich nicht das Ende der Welt. Sie müssen ja nicht alles und jeden und auch noch sie in Ihren Besitz bringen.«

»Doch, doch, das muss er. Nur davon lebt er, dass er uns alle verschlingt wie Shrimps von einem Büfett.« Dieses Bild fand ich so witzig, dass ich herzhaft lachen musste; dann blickte ich Bysen sinnend an. »Wie fühlt es sich denn an, wenn man so gierig ist, dass nichts den Heißhunger stillt? Sind Ihre Söhne auch so? Wird William ebenso versessen darauf sein, Ihr Reich ständig zu vergrößern, wenn Sie nicht mehr sind?«

»William«, knurrte Bysen verächtlich. »Weinerliches, altes Weib. Da würde ja diese kleine, scharfe Nummer Jacqui noch besser...«

Mildred unterbrach ihn wiederum, indem sie etwas in sein Ohr raunte, dann sagte sie zu mir: »Mrs. Bysen ist schon ganz krank vor Sorge wegen Billy. Sie ist zweiundachtzig; das tut ihr alles nicht gut. Wenn Sie wissen, wo Billy ist, und es ihr nicht sagen, wird sie das vielleicht umbringen. Wir könnten Sie womöglich sogar der Beihilfe zur Entführung anklagen.«

»Ach, gehen Sie heim«, sagte ich. »Sie sind an Leute gewöhnt, die Sie so dringend brauchen, dass sie alles tun, um nicht in Ungnade zu fallen. Wenn Sie dann mal auf jemanden treffen, der mit Ihren Geschäften nichts zu tun haben will, haben Sie keine Ahnung, wie Sie sich verhalten sollen: Soll man schmeicheln, den Tod der Oma als Daumenschraube benutzen oder mit einer Anklage drohen? Gehen Sie zurück in Ihr Villenviertel und überlegen Sie sich einen sinnvollen Vorschlag, bevor Sie wieder meine Zeit stehlen.«

Ich wartete die Reaktion nicht ab, sondern zog Mitch hinter mir her, rief Peppy und marschierte mit den beiden durch die Küche nach draußen auf die Veranda, wo ich sie die Treppe runterschickte, damit sie im Garten ihr Geschäft erledigen konnten.

Ich lehnte mich an das Verandageländer, schloss die Augen und versuchte, die Spannungen in Nacken und Schultern zu lösen. Die Wunde puckerte, aber durch Lottys Einsatz hatte sich der Schmerz so weit reduziert, dass ich damit leben konnte. Die Hunde kamen wieder raufgesprintet, um sich zu versichern, dass es mir nach Bysens Drohungen auch gut ging. Ich kraulte sie, rührte mich aber nicht vom Fleck und lauschte den Lauten der Stadt: dem Rumpeln der Hochbahn ein paar Blocks weiter, einer entfernten Sirene, Lachen aus einer anderen Wohnung – meiner Nachtmusik.

Nach einer Weile kam Morrell herausgehumpelt. Ich lehnte mich an ihn und zog seine Arme um mich. »Sind sie weg?«

190

Er lachte leise. »Dein Nachbar hat sich mit Buffalo Bill angelegt. Ich glaube, Contreras hatte so ein schlechtes Gewissen, weil er die beiden hereingelassen hat, dass er sich an Bysen abreagieren musste. Mildred versuchte zu schlichten, aber als Contreras sagte, Bysen sei ein Feigling, weil er einer einsamen Frau wie dir droht, wurde Bysen wütend und brüstete sich mit seinen Auszeichnungen für Tapferkeit aus dem Krieg. Was Contreras natürlich mit Anekdoten vom Schlachtfeld in Anzio überbieten musste. Da fand ich dann, ich sollte jetzt alle rausbefördern.«

»Sogar Mr. Contreras?«

»Er wollte unbedingt noch bleiben, um sich zu vergewissern, dass du ihm nicht gram bist, aber ich habe gesagt, du seist nur müde und würdest morgen mit ihm reden.«

»Ja, Sir«, sagte ich fügsam.

Wir gingen nach drinnen. Als ich mich auszog, stieß ich auf die froschförmige Seifenschale in meiner Manteltasche. Ich betrachtete sie. »Wer bist du? Was hattest du dort zu suchen?«, fragte ich das Ding.

Morrell trat zu mir und trällerte ein paar Zeilen aus *Dr. Dolittle* – »She walks with the animals, talks with the animals« –, aber als ich ihm erklärte, wie ich zu der Seifenschale gekommen war, schlug er vor, sie in ein Plastiksäckchen zu packen.

»Könnte ein Beweisstück sein. Wenn du damit herumspielst, vernichtest du die Fingerabdrücke.«

»Da hätte ich früher dran denken sollen. Mist – ich hab sie schon den ganzen Tag in der Tasche rumgetragen.« Ich sollte sie Conrad überantworten, für seine Spezialisten. Aber Conrad war fies zu mir gewesen. Am Montag würde ich sie einem privaten Labor schicken, mit dem ich öfter arbeitete.

Als wir im Dunkeln lagen, fragte mich Morrell, ob ich wirklich nicht wisse, wo Billy sich aufhielt.

»Nein, aber wenn Grobian, der Geschäftsführer des By-Smart-Lagerhauses an der 103rd, Billy wirklich mit einem mexikanischen Mädchen gesehen hat, dann hat er es vermutlich in der Mount-Ararat-Kirche kennen gelernt – er singt da im Chor. Ich werd morgen früh vielleicht mal da vorbeischauen.«

21

Freilaufender Büffel in Kirche

Als ich am nächsten Morgen die Mount-Ararat-Kirche betrat, waren zwölf Kinder gerade damit beschäftigt, im Seitenschiff einen Formationstanz aufzuführen. Dem Infobrett am Eingang zufolge begann der Gottesdienst offiziell um zehn. Jetzt war es bereits elf. Ich hatte mir absichtlich Zeit gelassen, um erst gegen Ende da zu sein, doch nun schien der Gottesdienst gerade erst angefangen zu haben.

Vorher hatte ich Morrell zu sich nach Evanston gebracht – er meinte, er sei in Chicago geblieben, um mir zur Seite zu stehen wegen meiner Verletzung, nicht um mit Mr. Contreras und den Hunden in meiner Wohnung rumzuhängen. Was ich verstehen konnte, aber ich fühlte mich trotzdem verlassen; ich hatte ihn an der Haustür abgesetzt, ohne mit raufzukommen. Wenn Marcena es sich vor dem Fernseher gemütlich gemacht hatte, war das auch nicht zu ändern.

Als ich Richtung Süden fuhr, fing es an zu schneien. Vor der Kirche bedeckte schon eine dünne Schneeschicht den Boden. In zwei Wochen war Thanksgiving. Das Jahr neigte sich dem Ende entgegen, und der Himmel hing so tief, als wolle er mir bedeuten, dass ich mich hinlegen und in Winterschlaf verfallen solle. Ich parkte an der 91st und sprintete in die Kirche. Da ich mir gedacht hatte, es sei von Vorteil, hier im Rock anzutreten, wurde mir von unten her mächtig kalt.

Ich blieb stehen, um mich zu orientieren. Es war heiß und laut in der Kirche und ging ausgesprochen lebhaft zu. Die meisten Leute waren in Bewegung – wobei lediglich der Tanz der Kinder organisiert wirkte. Immer wieder lief jemand in den Mittelgang, reckte eine Hand gen Himmel, blieb eine Weile stehen und kehrte dann in seine Bank zurück.

Die Kinder trugen zu ihren dunkelblauen Hosen und Röcken langärmlige weiße T-Shirts mit einer lodernden Flamme auf der Vorderseite und der Aufschrift »Mount Ararats Truppen marschieren für Jesus« auf der Rückseite. Was sie aufführten, bestand aus Tritten, Klatschen und Stampfen und war mehr von Eifer als von Perfektion bestimmt, aber die Gemeinde applaudierte und feuerte sie an. Die musikalische Begleitung lieferte eine Band mit Harmonium, E-Gitarre und Schlagzeug.

Die Chorleiterin, eine imposante Gestalt in scharlachroter Robe, bewegte sich schwungvoll zwischen der Gemeinde und einem Podium hin und her, auf dem der Chor, der Priester und die Band versammelt waren. Die Frau hielt ein Mikro in der Hand und sang, aber die gesamte Anlage war so übersteuert, dass ich nicht mal die Sprache identifizieren, geschweige denn einzelne Wörter verstehen konnte.

Auf hölzernen Lehnstühlen, die in zwei Halbkreisen hinter ihr angeordnet waren, saßen mehrere Männer: in der Mitte Pastor Andrés in einer blauen Robe mit hellblauem Skapulier, neben ihm fünf weitere Männer, darunter ein Greis, dessen kahler Kopf auf seinem dürren Hals hin und her wippte wie eine riesige Sonnenblume auf einem schwächlichen Stängel.

Hinter den Männern stand, dicht gedrängt in zwei Reihen, der Chor. Die Chormitglieder sangen, schlugen Tamburins oder wirbelten herum, wenn sie sich vom heiligen Geist beflügelt fühlten. In dem Gewimmel von Leibern und Armen konnte ich kaum einzelne Gesichter erkennen.

Nach einer Weile gelang es mir aber, Billy zu sichten, in der hinteren Reihe, fast verdeckt von einem Kabelknäuel, das zu den diversen Mikros gehörte, und einer ausladenden Frau, die sich so verzückt bewegte, dass er nur ab und an zum Vorschein kam, wie der Mond, wenn er hinter einer dicken Wolke auftaucht. Am meisten fiel er auf, weil er als Einziger stillstand.

Josie, am Rand der vorderen Reihe, war leichter auszumachen. Sie strahlte und schwang ihr Tamburin mit einer Inbrunst, die ich beim Basketball nie von ihr zu sehen bekam.

Ich hielt im Chor und der Gemeinde nach weiteren Mitgliedern meiner Mannschaft Ausschau, entdeckte aber lediglich Sancia, meine Center-Spielerin, mit ihren beiden Kindern, ihrer Mutter und ihren Schwestern. Sie starrte vor sich hin und bemerkte mich offenbar nicht.

Als ich mich auf halber Höhe in einer Bank auf der rechten

Seite niederließ, drehte sich eine gepflegte Frau in schwarzem Kostüm zu mir um und drückte mir die Hand, um mich zu begrüßen. Eine andere Frau kam von hinten angeeilt, reichte mir ein Programm und einen Umschlag für Spenden und hieß mich ebenfalls willkommen.

»Zum ersten Mal hier, Schwester?«, fragte sie mit schwerem hispanischem Akzent.

Ich nickte und stellte mich vor. »Ich unterrichte Basketball an der Bertha Palmer. Einige Mädchen aus meiner Mannschaft kommen hierher.«

»Oh, wunderbar, wunderbar, Schwester Warshawski. Sie helfen diesen Mädchen wirklich. Wir sind dankbar.«

Ein paar Minuten später ging ein Raunen durch die Reihen. Man konnte nichts hören, weil die Musik zu laut war, aber die Leute stießen sich an und drehten sich zu mir um: *El coche* schätzte ihre Sportlerinnen so sehr, dass sie in ihre Kirche kam. Auch Sancia wandte sich zu mir um. Sie wirkte verblüfft und brachte ein kleines Lächeln zustande, als sie merkte, dass ich sie ansah.

Ich bemerkte auch Rose Dorrado jenseits des Mittelgangs. Als sie herschaute, lächelte ich und winkte ihr zu, aber sie presste die Lippen zusammen, zog ihre beiden kleinen Jungen an sich und blickte starr nach vorne.

Sie sah erschütternd verändert aus. Ich hatte sie bislang nur zurechtgemacht erlebt, und auch als sie wütend auf mich gewesen war, hatte sie noch lebhaft gewirkt. Heute dagegen schien sie nicht einmal ihre Haare gekämmt zu haben und saß reglos da, in sich zusammengesunken. Der Verlust von Fly the Flag war eine Katastrophe für sie.

Die Kinder, die für Jesus marschierten oder vielmehr stampften, hatten ihre Aufführung beendet und ließen sich auf Klappstühlen vor dem Chor nieder. Darauf erhob sich der Mann mit dem wackelnden Kopf und sprach mit zittriger Stimme auf Spanisch ein langes Gebet, das durch dramatische Akkorde seitens des Harmoniums und Amen-Rufe seitens der Gemeinde akzentuiert wurde. Obwohl er ins Mikro sprach, war seine Stimme so schwach, dass ich nur ab und an ein Wort verstehen konnte.

Als er sich schließlich setzte, gab es eine weitere Hymne, dann wanderten zwei Frauen mit Spendenkörben durch die Reihen.

Ich legte einen Zwanziger hinein, und die Frauen blickten mich erschrocken an.

»Wir können nicht gleich rausgeben«, sagte die eine besorgt. »Haben Sie Vertrauen bis zum Ende des Gottesdiensts?«

»Rausgeben?«, fragte ich erstaunt. »Sie müssen mir nichts rausgeben.«

Sie ergingen sich in langen Dankesbezeugungen. Die Frau im schwarzen Kostüm vor mir drehte sich um und gab dann die Nachricht wiederum an die Umsitzenden weiter, worauf ich rot anlief. Ich hatte nicht großspurig sein wollen, sondern mir einfach nicht klargemacht, wie arm die Leute hier waren. Vielleicht hatten alle Recht, die behaupteten, dass ich keine Ahnung mehr hätte von der South Side.

Nach der Spendensammlung und einem weiteren Lied begann Pastor Andrés mit seiner Predigt. Er sprach Spanisch, aber so langsam und deutlich, dass ich viel verstehen konnte. Aus der Bibel trug er einen Abschnitt über den Arbeiter vor, der seinen Lohn verdient hat – ich verstand die Worte *digno* und *su salario* und schlussfolgerte, dass *obrero* demnach wohl Arbeiter hieß; das Wort kannte ich nicht. Danach sprach er über kriminelle Elemente unter uns, die uns Jobs wegnahmen und unsere Fabriken zerstörten. Ich nahm an, dass er damit auf Fly the Flag anspielte. Das Harmonium gab einen hämmernden Rhythmus als Untermalung von sich, was das Verstehen erschwerte, aber ich mutmaßte, dass Pastor Andrés den Menschen Mut machen wollte, denen die Kriminellen *en nuestro medio* Schaden zugefügt hatten.

Mut, ja, den brauchte man wohl, um sich vom Elend in dieser Gemeinde nicht unterkriegen zu lassen. Aber Rose Dorrado verfügte über Mut – was ihr fehlte, war Arbeit. Als ich mir vorstellte, was alles auf ihr lastete – die vielen Kinder, und nun gab es die Fabrik nicht mehr –, sank ich förmlich in mich zusammen.

Die Leute nahmen lebhaft teil an der Predigt, riefen häufig »Amen« oder »Si, señor«. Zunächst dachte ich, sie wollten damit Pastor Andrés beipflichten, bis mir klar wurde, dass sie zu Gott sprachen. Einige standen in den Reihen oder sprangen in den Gang hinaus, reckten die Hand zum Himmel, andere schrien Bibelzitate.

Nachdem das zwanzig Minuten oder länger so ging, ließ meine

Konzentration nach. Oben drückte die Kirchenbank trotz Strick-top und Mantel an den Schultern, unten tat mir das Gesäß weh. Ich hoffte zusehends, dass der Heilige Geist in mich fahren und mich zum Aufspringen veranlassen würde.

Es war schon fast zwölf Uhr, und ich wünschte mir gerade, ein Buch mitgebracht zu haben, als ich merkte, dass die Leute sich umdrehten und die Hälse verrenkten, um einen weiteren Neuankömmling zu beobachten. Ich tat es ihnen gleich.

Und erblickte zu meinem Erstaunen Buffalo Bill, der mit seinem Stock nach vorne stapfte, gefolgt von Mr. William, an dessen Arm eine alte Frau im Pelzmantel einherschritt. Trotz Pelz und Diamantohrringen sah sie aus wie die klassische liebe Omi aus dem Bilderbuch. Es handelte sich offenbar um May Irene Bysen, die Großmutter, von der Billy seine Manieren und seine Frömmigkeit erlernt hatte. Gegenwärtig wirkte sie etwas ängstlich ob der ungewohnten Umgebung und des Geräuschpegels. Sie hatte das Kinn vorgereckt und hielt sich an ihrem Sohn fest, blickte aber aufmerksam um sich, auf der Suche nach ihrem Enkel.

Weitere Teilnehmer der Prozession waren Tante Jacqui und Onkel Gary. Ihre Hand – in edlem Handschuh – ruhte auf seinem Arm. Statt eines Mantels trug sie einen Cardigan mit Fledermausärmeln, der ihr gerade mal bis zu den Schenkeln reichte. Vielleicht hatte sie die Überkniestiefel und die dicke Strumpfhose angezogen, um die Lücke zwischen ihrem Minirock und der Entrüstung von Buffalo Bill oder ihrer Schwiegermutter zu schließen. Der Effekt war jedenfalls spektakulär genug, um die steigende Spannung durch Pastor Andrés zusehends dramatischere Predigt kurz zu unterbrechen.

Ein vierter Mann mit der wuchtigen Statur eines Ex-Polizisten bildete das Schlusslicht. Vermutlich Buffalo Bills Bodyguard. Ich fragte mich, ob sie selbst gefahren waren oder ob noch jemand draußen im Bentley saß. Vielleicht verfügten sie auch über ein Spezialfahrzeug für die South Side, einen martialisch gepanzerten Hummer oder etwas in der Art.

Bysen bemerkte mich nicht, als er sich zwischen den Leuten im Mittelgang hindurchdrängte. Er sichtete eine halb leere Bank weiter vorne, ließ sich dort nieder, ohne abzuwarten, ob der Rest seiner Entourage folgte, legte die Hände auf die Knie und starrte erbost nach vorne auf Pastor Andrés. Jacqui und Gary setzten sich in die Bank dahinter, aber Mr. William schob seine Mutter auf den Platz neben seinem Vater. Der Bodyguard bezog Stellung an der Wand neben der Kirchenbank, wo er die Gemeinde im Auge behalten konnte.

Der Priester ließ sich nicht beirren; vielleicht hatte er Bysens Ankunft in dem Getümmel der tanzenden, singenden und Jesus anrufenden Menschen gar nicht bemerkt. Seine Stimme wurde beschwörender.

»Si hay un criminal entre nosotros, si él es suficientemente fuerte para dar un paso adelante y confesar sus pecados a Jesús, los brazos de Jesús, lo sacarán adelante...«

Andrés stand auf dem Podium wie der Prophet Jesaja, mit flammenden Augen und lauter Stimme. Die Gemeinde geriet in eine Ekstase, der auch ich mich nicht entziehen konnte. Er wiederholte die Worte so laut und emphatisch, dass auch ich alles verstand:

»Wenn ein Verbrecher unter uns weilt, wenn er stark genug ist, sich zu bekennen und Jesus seine Sünden zu beichten, sind Jesus' Arme stark genug, um ihn hochzuheben. Jesus wird ihn tragen. Kommt zu mir, ihr alle, die ihr schwer arbeitet und mühselig und beladen seid, dies sind die Worte eures Erlösers. All ihr Mühseligen und Beladenen, werft eure Lasten ab – *entréguenselas de Jesús, dénselas a Jesús, vengan a Jesús* – gebt sie Jesus, bringt sie Jesus, kommt zu Jesus!«

»*Vengan a Jesús!*«, rief die Gemeinde. »*Vengan a Jesús!*«

Das Harmonium spielte lauter, drängender, wilder. Eine Frau stolperte durch den Mittelgang nach vorne und warf sich Andrés weinend zu Füßen. Die Männer neben Andrés standen auf und beteten laut mit über ihr erhobenen Händen. Dann lief eine weitere Frau nach vorne und brach neben der ersten zusammen, kurz darauf ein Mann. Die Band spielte etwas mit Disco-Beat, der Chor sang, wiegte sich, sang immer lauter. Sogar Billy war nun in Bewegung geraten. Und die Gläubigen riefen ständig: »*Vengan a Jesús! Vengan a Jesús!*«

Der Gefühlsansturm bedrängte mich. Mein Herz hämmerte, ich schwitzte und hatte Mühe zu atmen. Als ich gerade dachte, ich könne es nicht mehr aushalten, brach eine Frau in meiner

Bank zusammen. Mühsam rappelte ich mich auf, um ihr zu helfen, obwohl mir selbst schwindlig war, aber zwei Frauen in Schwesternuniform kamen angelaufen mit Riechsalz, das sie der Frau unter die Nase hielten. Als sie sich wieder aufrichten konnte, führten die beiden sie nach hinten und halfen ihr, sich in einer freien Bank hinzulegen.

Als ich sah, dass sie der Frau ein Glas Wasser reichten, ging ich nach hinten und bat auch um eines. Die Schwestern wollten mich mit ihrem Riechsalz behandeln, aber ich sagte ihnen, ich bräuchte nur Wasser und frische Luft, worauf sie mir einen Platz auf der Bank anboten: Ich war schwach genug, um zu den Erlösten zu gehören. Als ich nach einer Weile glaubte, mich aufrecht halten zu können, ging ich nach draußen – ich brauchte dringend kalte Luft und Stille.

Ich lehnte mich an die Kirchentür und rang um Atem. Am Bordstein stand mit laufendem Motor ein Cadillac von der Größe einer mittleren Yacht. Bysens Chauffeur saß am Steuer, einen Fernseher oder vielleicht auch einen DVD-Player vor sich auf dem Armaturenbrett. Der Caddy war in dieser Gegend wenn möglich noch auffallender als der Bentley, aber ich rechnete nicht damit, dass irgendwelche verkommenen Subjekte am Sonntagnachmittag vor einer Kirche eine Yacht überfallen würden.

Ich blieb vor der Tür, bis ich in meinem Rock halb durchgefroren war und mir die Zähne aufeinanderschlugen. Als ich schließlich wieder in die Kirche trat, hatte ich den Eindruck, dass sich die Lage allmählich beruhigte. Die Männer auf dem Podium hatten sich wieder auf ihren Stühlen niedergelassen, und niemand stürzte mehr nach vorne zum Altar. Das Harmonium spielte ein paar erwartungsvolle Akkorde, und Andrés reckte der Gemeinde die Arme entgegen, aber niemand reagierte, worauf er zu seinem Platz zurückkehrte. In diesem Moment erhob sich Buffalo Bill. Mrs. Bysen hielt ihn am Arm fest, aber er schüttelte sie ab.

Der Mann am Harmonium spielte ein paar hoffnungsvolle Töne, als Bysen den Gang entlanggestapft kam. Die Chorleiterin, die auf einem Stuhl saß und sich Luft zufächelte, trank rasch einen Schluck Wasser und ging wieder nach vorne. Die Gemeinde begann zu klatschen, offenbar bereit, den ganzen Nachmittag hier zu verbringen, falls ein weiterer Sünder zu Gott sprechen wollte.

Bysen kniete nicht vor dem Podium nieder. Er brüllte Andrés an, was jeder sah, aber wegen der lauten Musik nicht hören konnte. Billy stand stocksteif da und war kreidebleich geworden.

Ich drängte mich durch die Menge im Mittelgang zur linken Seite durch, wo niemand sich aufhielt, und trabte nach vorne. Die Band befand sich auch auf dieser Seite. Die Chorleiterin und die Musiker schienen zu spüren, dass etwas schieflief: Der Organist machte Schluss mit dem Disco-Beat, mit dem er die Gemeinde zur Erlösung gerufen hatte, und stimmte etwas Dräuenderes an, während die Frauen gemeinsam summten und nach einem Lied suchten. Welches Kirchenlied war geeignet für Wirtschaftsbosse, die beim Gottesdienst Prediger anbrüllten?

Ich wühlte mich durch das Dickicht der Kabel zum Chor durch. Die Kinder, die zuvor für Jesus marschiert waren, hockten gelangweilt herum und baumelten mit den Füßen; zwei Jungs kniffen sich heimlich. Der Organist runzelte die Stirn, als er mich sichtete, der Gitarrist legte sein Instrument beiseite und kam zu mir.

»Sie dürfen sich hier nicht aufhalten, Miss«, sagte er.

»Sorry, bin schon weg.« Ich grinste und marschierte an der Truppe für Jesus und der schwergewichtigen Frau vorbei schnurstracks zu Billy.

Er starrte nach unten auf seinen Großvater, aber als ich ihn am Ärmel zupfte, wandte er sich mir zu. »Wieso haben Sie ihn hergebracht?«, fragte er. »Ich dachte, ich könnte Ihnen vertrauen!«

»Ich habe ihn nicht hergebracht. Es war nicht allzu schwer, drauf zu kommen, dass du hier bist – du gehst hierher zum Gottesdienst, du bewunderst Andrés, du singst im Chor. Außerdem hat Grobian jemandem erzählt, dass er dich mit einem mexikanischen Mädchen auf der 92nd Street gesehen hat.«

»Oh, warum kümmern sich die Leute nicht um ihren eigenen Kram? Überall in der Welt gehen Jungen mit Mädchen in den Straßen spazieren, tagtäglich! Muss das auf der Website von By-Smart stehen, nur weil *ich* es tue?«

Bislang hatten wir gezischelt, aber jetzt wurde Billys Stimme lauter. Josie beobachtete uns, wie alle anderen vom Chor, aber sie wirkte nicht neugierig, sondern nervös.

»Und was macht er jetzt?«, fragte Billy.

Ich drehte mich um. Buffalo Bill versuchte, zu seinem Enkel vorzustoßen, aber die fünf Männer auf dem Podest versperrten ihm den Weg. Bysen schlug wahrhaftig mit seinem Stock nach einem der Männer, doch der wich ihm aus, und alle zusammen drängten nun Bysen vom Podium herunter. Sogar der alte Knabe mit dem wackelnden Kopf war mit von der Partie.

Mrs. Bysen kämpfte sich mühsam aus der Kirchenbank heraus, die Hände nach ihrem Enkel ausgestreckt. Jacqui blieb sitzen, mit dem bösartigen Katzenlächeln auf den Lippen, das sie offenbar immer aufsetzte, wenn es in der Bysen-Familie Krisen gab. Mr. William und Onkel Gary dagegen waren sich ihrer Pflicht bewusst und gesellten sich zu dem Bodyguard an der Wand. Einen Moment lang sah es aus, als würde es zu einer Schlägerei zwischen den männlichen Bysens und der Geistlichkeit von Mount Ararat kommen. Mrs. Bysen geriet dabei gefährlich in Bedrängnis; sie wollte zu ihrem Enkel vordringen, wurde aber zwischen ihren Söhnen und den fünf Männern eingekeilt.

Billy beobachtete das Geschehen, aschfahl im Gesicht. Mit Blick auf seine Großmutter machte er eine hilflose Geste, dann sprang er von der Tribüne und verschwand hinter einer Trennwand. Ich setzte mich in Trab und folgte ihm.

Hinter der Trennwand befand sich ein kleiner Umkleideraum. Irgendwo fiel eine Tür zu, und ich rannte weiter. Als ich die Tür öffnete, fand ich mich in einem großen Raum wieder, in dem etliche Frauen mit Kaffeekannen und Limonadekrügen beschäftigt waren. Unbeaufsichtigt krabbelten Babys am Boden und nuckelten an Keksen oder Plastikspielzeug.

»Wo ist Billy?«, fragte ich eine der Frauen, sah dann aber etwas Rotes hinter einer Tür am anderen Ende des Raums verschwinden.

Ich sprintete los. Als ich durch die Tür stürzte, sah ich noch, wie Billy in einen nachtblauen Miata stieg und mit Vollgas losraste, die Houston Street entlang, Richtung Süden.

22

Mahlstrom der Armut

Billy hat hier übernachtet.« Das war eine Feststellung von mir, keine Frage.

Josie Dorrado saß mit ihrer Schwester Julia und dem Baby, María Inés, auf der Couch. Der Fernseher lief. Als ich hereinkam, hatte ich den Ton abgestellt, aber Julia schien sich ausnahmsweise mehr für das Drama in ihrer Familie als für das Geschehen auf dem Bildschirm zu interessieren.

Josie nagte nervös an ihrer Lippe und biss ein Fetzchen Haut ab. »Er war nicht hier. Ma erlaubt nicht, dass hier Jungs schlafen.«

Von der Kirche aus war ich direkt zur Wohnung der Dorrados gefahren und hatte dort im Wagen gewartet, bis Rose mit den beiden Jungen nach Hause kam. Dann stieg ich aus und folgte ihr.

»Sie«, sagte Rose dumpf, als sie mich sah. »Ich hätte es mir denken können. Welcher Teufel hat mich geritten, als ich Josie gesagt habe, sie soll Sie zu uns bringen? Seit diesem Tag habe ich nur noch Pech, Pech, Pech.«

Es ist immer praktisch, wenn man seine Probleme auf einen Außenseiter abwälzen kann. »Ja, Rose, dass die Fabrik zerstört wurde, ist ein schrecklicher Schlag für Sie. Ich wünschte, Sie oder Frank Zamar hätten mir offen gesagt, was dort vorging. Wissen Sie, wer für den Brand verantwortlich ist?«

»Was kümmert Sie das? Krieg ich meinen Job zurück, oder wird Frank wieder lebendig, wenn Sie das erfahren?«

Ich nahm die Seifenschale aus meiner Umhängetasche. Ich hatte sie in eine durchsichtige Plastiktüte gesteckt und fragte Rose nun, ob ihr das Ding bekannt vorkomme.

Ohne es eingehend zu betrachten, schüttelte sie den Kopf.

»Lag es nicht in der Angestelltentoilette bei Fly the Flag?«

»Was? So ein Ding? Wir hatten einen Seifenspender an der Wand.«

Ich wandte mich zu Josie, die zur Tür gekommen war und über die Schulter ihrer Mutter auf den Frosch blickte.

»Kennst du das, Josie?«

Sie schaute nervös zurück ins Wohnzimmer, wo Julia noch auf der Couch saß. »Nein, Coach.«

Einer der kleinen Jungen hopste auf und ab. »Weißt du nicht mehr, Josie, die haben wir in dem Laden gesehen und ...«

»Sei still, Betto, unterbrich nicht, wenn die Trainerin mit mir spricht. Wir haben die mal gesehen – die gab's bei By-Smart, letztes Jahr vor Weihnachten.«

»Hast du eine gekauft?«, fragte ich, erstaunt über ihre Nervosität.

»Nein, Coach, hab ich nicht.«

»Aber Julia«, rief Betto, »Julia hat so was gekauft, sie wollte es ...«

»Sie hat es für Sancia gekauft«, warf Josie schnell ein. »Sie war viel mit Sancia zusammen, bevor María Inés auf die Welt gekommen ist.«

»Stimmt das?«, fragte ich den Jungen.

Er zog eine Schulter hoch. »Weiß nich. Kann schon sein.«

»Betto?« Ich ging in die Hocke, auf Augenhöhe mit ihm. »Du dachtest, Julia hat diese Schale für jemand anderen gekauft, nicht wahr?«

»Weiß nich mehr«, antwortete er mit gesenktem Kopf.

»Lassen Sie ihn zufrieden«, sagte Rose. »Sie haben Frank Zamar keine Ruhe gelassen, und dann ist er im Feuer verbrannt. Wollen Sie jetzt auch noch meine Kinder ins Unheil ziehen?«

Sie packte Betto an der Hand und zerrte ihn in die Wohnung. Der andere Junge folgte ihnen und warf mir beim Weggehen einen verängstigten Blick zu. Prima. Jetzt war ich für sie die Feuerhexe, die sie verkokeln würde, wenn sie mit mir redeten.

Ich schob Josie in die Wohnung. »Wir beide müssen reden.«

Sie setzte sich auf die Couch, neben das Baby und ihre Schwester. Julia hatte eindeutig aufmerksam zugehört; sie saß aufrecht da und blickte Josie angespannt an.

Im Esszimmer nebenan sah ich die beiden Jungen unter dem Tisch sitzen und leise vor sich hin weinen. Rose war verschwunden, ins Schlafzimmer oder in die Küche. Mir fiel ein, dass diese

Couch eigentlich ihr Bett sein musste. Bei meinem ersten Besuch hatte ich die beiden Betten von Josie und Julia gesehen und die Luftmatratzen der Jungen im Esszimmer. Für Rose gab es keinen anderen Platz zum Schlafen als diese Couch.

»Wo hat Billy also geschlafen?«, fragte ich. »Hier?«

»Er war nicht hier«, sagte Josie schnell.

»Sei nicht albern«, erwiderte ich. »Als er bei Pastor Andrés wegging, musste er irgendwohin. Gestern hat er dich ins Krankenhaus gefahren. Ich weiß, dass ihr euch heimlich trefft. Wo hat er geschlafen?«

Julia warf ihr Haar über die Schulter. »Ich und Josie haben uns ein Bett geteilt, Billy war im anderen.«

»Warum kannst du nicht die Klappe halten?«, fuhr Josie ihre Schwester an.

»Und wieso lässt du diesen reichen Gringo in deinem Bett schlafen, wo er doch genug Kohle hat, um sich ein ganzes Haus zu kaufen, wenn er 'nen Schlafplatz braucht?«, versetzte Julia.

Die kleine María Inés begann zu wimmern, aber keine der beiden Schwestern nahm Notiz von ihr.

»Und eure Mutter hat das geduldet?«, fragte ich fassungslos.

»Sie weiß es nicht, Sie dürfen es ihr nicht sagen.« Josie blickte unruhig durch die Tür. Ihre kleinen Brüder starrten zu uns herüber. »Beim ersten Mal war sie auf Arbeit, bei ihrem zweiten Job, und ist erst so um ein Uhr morgens nach Hause gekommen, und gestern und Freitag ist Billy durch die Küchentür reingekommen, da war sie schon im Bett.«

»Und Betto und dein anderer Bruder erzählen ihr nichts davon, und sie merkt es nicht? Ihr seid verrückt, ihr beiden. Wie lange seid ihr schon zusammen, Billy und du?«

»Wir sind nicht zusammen. Ich darf keinen Freund haben, weil Julia das Baby hat.« Josie blickte ihre Schwester finster an.

»Und die Bysens wollen auch nicht, dass Billy sich eine Mexe nimmt«, versetzte Julia.

»Billy würde mich nie so nennen. Du bist nur neidisch, weil sich ein netter weißer Junge für mich interessiert, nicht irgendein *chavo*, wie du einen aufgabelt hast!«

»Ja, ja, aber sein Opa, der hat Pastor Andrés angerufen und ihm gesagt, er meldet ihn bei der Einwanderungsbehörde, wenn

Billy in der Kirche was mit mexikanischen Mädchen anfängt«, erwiderte Julia triumphierend. »Zugelaufene, so hat er uns genannt, da kannst du jeden fragen, auch Freddy, der war dabei, als Billys Großvater angerufen hat. Und danach, wie lange hat es danach gedauert, bis er dich wieder angerufen hat?«

»Er muss mich nicht anrufen, wir sehen uns jeden Mittwoch bei der Chorprobe.«

Das Baby begann laut zu weinen. Als Mutter und Tante nicht reagierten, nahm ich die Kleine hoch und tätschelte ihr den Rücken.

»Und jetzt?«, fragte ich. »Billy wohnt zurzeit nicht zu Hause. Ruft er dich jetzt an?«

»Ja, einmal, und da hat er gefragt, ob er vorbeikommen kann. Aber dann hat er sein Handy weggegeben, weil da was drin ist, womit ein Detektiv ihn finden kann«, murmelte Josie und starrte auf ihre Knie.

Er hatte sich meinen Hinweis mit dem GPS-Signal also gemerkt. »Warum will er nicht nach Hause?«

Julia lächelte zuckersüß. »Er ist ver-liebt in die kleine Zugelaufene hier.«

Josie schlug Julia ins Gesicht, und Julia riss Josie an den Haaren. Ich legte die Kleine ab und zerrte die beiden auseinander. Sie funkelten sich grimmig an, stürzten sich aber nicht mehr aufeinander. Ich nahm María Inés wieder auf den Arm und hockte mich im Schneidersitz auf den Boden.

»Billys Leute, die waren gemein zu Pastor Andrés«, erklärte Josie. »Billy, dem liegt die Gegend hier am Herzen, wenn die Leute Arbeit haben, haben sie genug zu essen und so, und seine Familie, die wollen uns bloß ausbeuten.«

Billy hatte seiner kleinen Zugelaufenen offenbar Vorträge gehalten, und sie war eine gute Schülerin. María Inés grabschte nach meinen Ohrringen. Ich löste ihre kleine Faust und gab ihr meine Autoschlüssel zum Spielen. Sie krähte begeistert und feuerte sie schwungvoll auf den Boden.

»Wer ist Freddy?«, fragte ich.

Die Schwestern sahen sich an, dann sagte Julia: »Nur ein Typ, der auch zur Gemeinde von Mount Ararat gehört. Es ist eine kleine Kirche, wir kennen uns alle, schon wo wir Kinder waren.«

»Schon *als* wir Kinder waren«, korrigierte Josie.

»Wenn du Anglo reden willst, von mir aus. Ich bin bloß 'ne minderjährige Mutter, ich muss nix wissen.«

»Deine Mam und deine Tante sind ganz schlechte Lügnerinnen. Ich weiß, da musst du weinen, wenn du das hörst, aber es ist leider wahr«, sagte ich zu der Kleinen und pustete auf ihren Bauch. »Wer ist also Freddy wirklich?«

»Das stimmt. Er ist bloß ein Typ aus der Kirche.« Julia starrte mich bockig an. »Fragen Sie doch Pastor Andrés, der sagt's Ihnen.«

Ich seufzte. »Okay, mag ja sein. Aber irgendwas soll ich über ihn nicht erfahren. Nicht zufällig seine DNA, wie?«

»Seine was?«, fragte Julia.

»DNA«, antwortete Josie. »Das war in Bio dran, was du auch wissen könntest, wenn du mal zur Schule gekommen wärst, damit kann man Leute identifizieren ... oh.« Sie sah mich an. »Sie denken vielleicht, er ist María Inés' Vater oder so was.«

»Oder so was«, erwiderte ich.

Julia knurrte: »Er ist bloß ein Typ aus der Kirche, ich kenn den kaum und red bloß in der Kirche mit ihm.«

»Und dieser entfernte Bekannte hat dir erzählt, dass er gehört hat, wie der alte Mr. Bysen in der Kirche anrief und dem Pastor mit Ausweisung drohte?«

»Ich ... er hat gedacht, wir müssen das wissen«, stotterte Julia.

Josie war inzwischen dunkelrot angelaufen. »Billy singt in der Kirche seit August, und wir sind mal nach der Probe auf 'ne Cola zusammen ausgegangen, so im September, und Mr. Grobian, der vom Lagerhaus, der wo der Boss ist von Billy – der Billys Boss ist, der hat uns gesehen und uns verpetzt, als wär das ein Verbrechen, wenn Billy mit mir 'ne Cola trinken geht, und dann hat Ma das gehört und gesagt, ich darf das nicht, muss immer Betto und Sammy mitnehmen. Also muss ich babysitten, wenn ich ihn sehen will, was grässlich ist, immer die kleinen Brüder dabei, wenn man sein Freund – seinen Freund sehen will, aber seine Ma, wissen Sie, seine Mam, die will nicht, dass er mit mir abhängt, äh, ausgeht, also waren wir auch nie zusammen. Nur gestern, da hat er mich gefahren, ins Krankenhaus, wegen April.«

Billy hatte sich also in Josie verliebt und zwar offenbar heftig genug, um sie korrektes Englisch zu lehren. Und sie war auch in ihn verliebt, weshalb sie sich Mühe gab, korrekt zu sprechen. Und deshalb wollte Billy nicht nach Barrington zurückkehren. Vielleicht spielten seine Ideale auch eine Rolle, aber in erster Linie waren wieder einmal diese lästigen Himmelskörper schuld, die für unsternbedrohte Liebende sorgen. Ich dachte an meine eigenen Eifersüchteleien wegen Morrell und Marcena Love – man muss keine fünfzehn sein, um in eine Seifenoper zu geraten.

»Sie sagen es Mam nicht, oder, Coach?«, fragte Josie.

»Ich kann mir nicht vorstellen, dass deine Ma nicht schon längst Bescheid weiß«, erwiderte ich. »Man muss blind und taub sein, um nicht zu merken, wenn sich hier eine weitere Person aufhält. Sie ist vermutlich nur viel zu verstört wegen Fly the Flag, um sich jetzt mit dir und Billy herumzuschlagen. Und was den Brand betrifft – was hat es mit dieser Seifenschale auf sich? Wer von euch hat eine gekauft?«

»Ich, bei By-Smart«, sagte Julia rasch. »Hat Josie ja schon gesagt, ich hab letzte Weihnachten eine für Sancia gekauft. Die sind echt süß, die Frösche, und ganz billig. Aber die haben da Hunderte davon gehabt, woher wollen Sie wissen, ob das die ist von mir oder eine andere? Wo haben Sie die überhaupt gefunden?«

»Auf dem Gelände von Fly the Flag. Nach dem Brand, im Schutt.«

»Da, wo Ma arbeitet? Wie kam das da hin?« Julias Verwirrung wirkte echt. Die beiden Schwestern blickten sich an, als wollten sie prüfen, ob die andere etwas verschwieg.

»Ich habe keine Ahnung. Vielleicht hat es nichts zu bedeuten, aber es ist mein einziger Anhaltspunkt. Übrigens war Betto der Meinung, dass du das Ding für jemand anderen gekauft hast, Julia.«

»Ja ja, aber der war letzte Weihnachten grade mal sechs, woher soll er da wohl wissen, für wen ich Geschenke kaufe?« Julia starrte mich überheblich an. »Dem war nur wichtig, ob er seinen neuen Power Ranger kriegt.«

»Das klingt alles so plausibel, was ihr da erzählt, aber ich glaube euch trotzdem nicht. Ich werde das hier in ein Labor geben, wo man es auf Fingerabdrücke und Chemikalien untersucht. Und dann sagt man mir, was dieses Ding in der Fabrik zu suchen hatte und wem es gehörte.«

»Und?« Die beiden Schwestern blickten mich trotzig an, ausnahmsweise in schöner Einigkeit.

»Und was?«, erwiderte ich. »Ihr wisst also, dass keine Fingerabdrücke drauf sind, oder es ist euch egal, wer sie hinterlassen hat oder was?«

»Wenn Sancia das Ding weiterverschenkt hat, kann ich's auch nicht ändern«, sagte Julia.

»Trainerin McFarlane sagte mir, dass du die beste Spielerin warst, die sie seit Jahrzehnten, vielleicht überhaupt jemals hatte«, sagte ich zu Julia. »Warum gehst du nicht wieder zur Schule und strengst dein Gehirn für deine Zukunft an, anstatt dir Lügen für Erwachsene wie mich auszudenken? Du könntest auch wieder mitspielen; Sancia mit ihren beiden Kleinen macht das auch.«

»Ja, na klar, weil ihre Ma und ihre Schwestern einspringen. Und wer hilft mir? Niemand.«

»Das ist so unfair von dir!«, schrie Josie. »Ich hab dich nicht schwanger gemacht, aber weil du jetzt das Baby am Hals hast, muss ich rumschleichen wie eine Verbrecherin, wenn ich einen Jungen treffen will! Und ich helfe dir ganz oft mit María Inés, also bitte!«

Ich reichte die Kleine an Julia weiter. »Spiel mit ihr und sprich mit ihr. Gib ihr eine Chance, auch wenn du dir selbst keine geben willst. Und wenn eine von euch sich entschließen sollte, mir die Wahrheit zu sagen, ruft mich an.«

Ich gab beiden Mädchen eine Visitenkarte und verstaute den Frosch wieder in der Tasche. Als sie mich sprachlos anstarrten, stand ich auf und ging ins Esszimmer, um nach Rose zu suchen. Betto und Sammy verkrochen sich in die hinterste Ecke unter dem Tisch, als ich mich näherte: Ich war ja die Gestalt, die sie grillen würde, wenn sie mit ihr redeten.

Rose lag im Zimmer der Mädchen auf Josies Bett. Ich duckte mich unter der Wäscheleine hindurch, auf der die Kleider von María Inés aufgereiht waren, und überlegte, ob mein Ansinnen wichtig genug war, um Rose zu wecken. Das leuchtende Rot ihrer Haare bildete einen scheußlichen Kontrast zum Rot der amerikanischen Flagge auf dem Kopfkissen; von der Wand lächelte die Frauen-Basketballmannschaft der University of Illinois auf sie herunter.

»Ich weiß, dass Sie da stehen«, sagte sie dumpf, ohne die Augen zu öffnen. »Was wollen Sie?«

»Ich bin nur bei Fly the Flag aufgetaucht, weil Sie mich gebeten haben, dort Nachforschungen wegen der Sabotageakte anzustellen. Dann haben Sie mir gesagt, ich soll das alles vergessen. Wieso haben Sie Ihre Meinung geändert?« Ich bemühte mich um einen sanften, freundlichen Tonfall.

»Wegen des Jobs«, sagte sie. »Ich dachte... ich weiß es nicht mal mehr. Frank – er hat es mir gesagt. Er hat mir aufgetragen, Sie wegzuschicken.«

»Warum?«

»Weiß ich nicht. Er sagte nur, ich könnte meinen Job verlieren, wenn hier jemand rumschnüffelt. Aber ich habe ihn ohnehin verloren. Und Frank, der war ein anständiger Mann, hat gut gezahlt, hat sich bemüht für seine Leute, und nun ist er tot. Und ich frage mich: Ist er deshalb tot, weil ich eine Detektivin in die Fabrik geholt habe?«

»Das glauben Sie doch selbst nicht, oder, Rose? Es lag nicht an mir, dass jemand Ratten in die Heizungsrohre gestopft oder die Türschlösser verklebt hat.«

Ich setzte mich auf Julias Bett. Es roch leicht nach María Inés' Windeln. Obwohl die Dorrados der Pfingstbewegung angehörten, stand auf der Pappkommode zwischen den Betten eine kleine Jungfrau von Guadeloupe. Vermutlich braucht jeder eine Mutter im Rücken, was man von Gott auch halten mag.

Rose wandte langsam den Kopf und blickte mich an. »Aber vielleicht hatten die Angst, ich meine, wer das gemacht hat, vielleicht haben die Panik bekommen und die Fabrik angezündet, als sie eine Detektivin gesehen haben, die Fragen stellt.«

Das ließ sich nicht ausschließen, auch wenn mir ganz übel wurde bei dem Gedanken. Dennoch sagte ich: »Und Sie haben keine Ahnung, wer das getan haben könnte?«

Sie schüttelte so langsam den Kopf, als sei er zu schwer für eine schnellere Bewegung.

»Der zweite Job, den Sie angenommen haben – können Sie damit die Kinder durchbringen?«

»Der zweite Job?« Sie gab ein krächzendes Geräusch von sich, das wie das Lachen einer Krähe klang. »Da hab ich auch für Frank Zamar gearbeitet. Sein zweites Unternehmen, mit dem er neu angefangen hat. Jetzt – *oh, Dios, Dios*, morgen werde ich zu By-Smart gehen und schwere Kisten von den Lastern heben, wie all die anderen Frauen aus meiner Kirche. Ist doch auch egal. Die Arbeit wird mich schneller auslaugen, ich werde früher sterben und endlich Ruhe haben.«

»Wo war diese zweite Fabrik? Warum hat er nicht bei Fly the Flag eine zusätzliche Schicht eingelegt?«, fragte ich.

»Es war ja dort, mein anderer Job, aber bei einer Nachtschicht. Ich kam hin am Dienstagabend, als es losgehen sollte. Und das Haus war ein Trümmerhaufen. Wir trauten unseren Augen kaum. Die anderen Frauen und ich, wir standen da rum, bis ein Polizist uns nach Hause geschickt hat.«

Josie erschien in der Tür. »Ma, Sammy und Betto haben Hunger. Was gibt es zum Mittagessen?«

»Nichts«, war Roses Antwort. »Es ist nichts zu essen da und kein Geld, um was zu kaufen. Heute gibt es nichts zum Mittagessen.«

Die Jungen, die hinter ihrer Schwester standen, fingen wieder zu weinen an, aber diesmal laut und vernehmlich. Rose schloss fest die Augen. Einen Moment lang lag sie ganz starr da, als habe sie aufgehört zu atmen, dann richtete sie sich auf.

»Nein, *mis queridos*, natürlich ist etwas zu essen da, natürlich gebe ich euch zu essen. Solange noch Blut durch meine Adern rinnt, gebe ich euch zu essen.«

23

Unsternbedrohte Liebende

Als ich rauskam, hatte es aufgehört zu schneien. Schnee im November ist meist nur eine Vorwarnung für Kommendes, und heute blieb auch nicht mehr liegen als ein Zentimeter, feiner trockener Pulverschnee, der die Kinder auf dem leeren Grundstück gegenüber frustrierte, weil er sich nicht zu Schneebällen formen ließ.

Ich saß mit laufendem Motor im Auto, stellte die Heizung an und machte mir ein paar Notizen, solange ich die Unterredung mit den Dorrados noch im Kopf hatte; Sinn ergab das Ganze allerdings keinen für mich.

BILLY schrieb ich in mein Notizbuch und starrte dann auf die Großbuchstaben, weil mir nicht mehr dazu einfiel. Was war los mit dem Jungen? Am Donnerstag hatte er mir aufgetragen, seinem Vater auszurichten, er würde die Aktionäre anrufen, wenn die Familie ihn nicht zufriedenließ. War Buffalo Bill deshalb am Abend vorher bei mir aufgekreuzt? Und wenn dem so war: Was sollten die Aktionäre nicht erfahren? Meiner Meinung nach hatte die Firma allerhand Dreck am Stecken – sperrte Angestellte über Nacht ein, zahlte schlecht, unterband Gewerkschaften, ließ Familien wie die Czernins ohne vernünftige Krankenversicherung hängen –, aber darüber mussten die Aktionäre längst im Bilde sein. Was konnte so schrecklich sein, dass sie auf Abstand gehen würden?

Ich dachte an die Morgenandacht in der Firmenzentrale. Als das Gerücht die Runde machte, dass By-Smart Gewerkschaften zulassen würde, fiel der Aktienwert. Vielleicht wollte Billy dieselbe Nachricht bestätigen. Aber das konnte nicht alles sein.

Und weshalb war er von zu Hause weggelaufen? Weil er in Josie verliebt oder vom Geschäftsgebaren seiner Familie angewidert war, oder weil er sich für die South Side einsetzen wollte? Es war offensichtlich, dass er Pastor Andrés bewunderte, aber weshalb paktierte er mit dem Pastor gegen seine eigene Familie?

Womit ich bei dem Priester selbst war, dem Buffalo Bill mit Ausweisung gedroht hatte. Gewiss, der Alte warf mit Drohungen nur so um sich – gestern Abend erst wollte er die Bank dazu veranlassen, meine Hypothek zu kündigen, und überdies meine Firma zugrunde richten, wenn ich ihm nicht seinen Willen ließ. Vielleicht handelte es sich um eine Form verbaler Inkontinenz – Mildred hatte ihn auf dezente Weise immer wieder zum Schweigen gebracht.

Andererseits verfügte die Bysen-Familie tatsächlich über eine Macht, die ich nur annähernd ermessen konnte. Wenn man ein gigantisches Unternehmen mit Filialen in aller Welt besaß, mit dem Summen erwirtschaftet wurden, die höher waren als das Bruttosozialprodukt vieler Länder, konnte man sich auch Kongressabgeordnete und Leute von der Einwanderungsbehörde zurechtbiegen. Angenommen, Pastor Andrés verfügte über eine Sozialversicherungskarte – die konnten die Bysens ihm mit einem Anruf entziehen lassen. Wenn er US-Bürger war, wer weiß, vielleicht konnten sie ihm sogar diesen Status entziehen lassen. Dafür würden sie vielleicht drei Anrufe statt einem machen müssen, aber es würde mich nicht wundern, wenn es ihnen gelänge.

ANDRÉS schrieb ich auf die nächste Seite. Seine Verbindung zu Billy war mir weniger wichtig, aber was wusste der Pastor über den Brand bei Fly the Flag? Vor zehn Tagen hatte er sich mit Frank Zamar getroffen, an dem Tag, an dem ich den Einbrecher in der Fabrik aufgestöbert hatte.

Der Einbrecher. Über Aprils Herzproblem und der Explosion in der Fabrik hatte ich den Einbrecher vergessen. Andrés kannte ihn. Er war ein *chavo banda*, der bei Baustellen abstaubte, hatte Andrés gesagt und ihn fortgescheucht – vielleicht, um seine Baustelle vor ihm zu schützen, vielleicht aber auch, weil er mehr über diesen *chavo* wusste.

DEN *CHAVO* FINDEN, schrieb ich, und dahinter: FREDDY?? Spielte er irgendwo eine Rolle? Als ich seinen Namen an dieser Stelle sah, fragte ich mich unwillkürlich, ob er vielleicht sogar der *chavo* war. Aber wieso sollte ein Kleinkrimineller in Andrés' Büro herumlungern und mitbekommen, wie Buffalo Bill dem Pastor drohte? Oder oder oder. Mein Hirn streikte. Trotz Heizung waren meine Füße eiskalt, und meine Wunde pochte. Ich steckte mein Notizbuch weg.

Ich wollte grade losfahren, als ein nachtblauer Miata mit dem Nummernschild »The Kid 1« vor dem Haus hielt, in dem die Dorrados wohnten. Für so leichtfertig hätte ich Billy nicht gehalten. Ich zögerte kurz, dann stellte ich den Motor ab, stieg aus und ging über die Straße.

Als Billy sich anschickte auszusteigen, beugte ich mich über die Tür. »Dein Auto ist hundertmal leichter aufzuspüren als dein Handy, Billy, vor allem mit diesem Nummernschild. Damit könnte sogar ich dir auf den Fersen bleiben, wenn ich wollte, aber es wird ein Kinderspiel sein für die großen Detekteien, mit denen dein Vater und dein Großvater zusammenarbeiten. Willst du, dass die Josie und ihrer Familie Stress machen?«

Er wurde bleich. »Verfolgen Sie mich? Für die?«

»Nein. Ich hab Josie und ihrer Mam einen Besuch abgestattet. Und mitbekommen, dass du bei ihnen übernachtet hast. Was aus verschiedenen Gründen keine tolle Idee ist. Zum Beispiel möchte ich nicht, dass Josie ein Kind kriegt.«

»Ich ... das würden wir nicht, das tun wir nicht, ich achte sie. Ich gehöre ›Wahre Liebe Wartet‹ an.«

»Das ist gut und schön, aber wenn Teenager die ganze Nacht zusammen in einem Zimmer sind, wird es womöglich schwierig mit der Achtung. Außerdem hat die Familie kein Geld. Ms. Dorrado hat ihren Job verloren – die können keinen zusätzlichen Mitbewohner brauchen.«

»Ich habe dort nichts gegessen. Aber Sie haben Recht: Ich sollte was einkaufen für sie.« Er wurde rot. »Es ist nur ... ich habe noch nie eingekauft, für eine Familie, meine ich. Ich weiß gar nicht, was man braucht, wenn man ein Essen kochen will. Es gibt so viele normale Dinge im täglichen Leben, von denen ich nichts weiß.«

Er wirkte rührend in seiner Ernsthaftigkeit. »Wieso willst du nicht nach Hause?«

»Ich muss mir über ein paar Sachen klar werden. Die meine Familie betreffen.« Er presste die Lippen zusammen.

»Was hast du gemeint mit dieser Nachricht für deinen Vater, dass du die Aktionäre anrufen würdest, wenn er weiter nach dir sucht? Ich nehme mal an, das hat ihn und deinen Großvater ganz schön aufgeregt.«

»Das gehört zu den Sachen, über die ich nachdenken muss.«

»Hast du gedroht, die Hauptaktionäre anzurufen und zu verkünden, dass By-Smart Gewerkschaften zulassen wird?«

Er blickte mich entrüstet an. »Das wäre eine Lüge, und ich lüge nicht, vor allem nicht bei solchen Dingen, die meinen Großvater verletzen.«

»Was denn dann?« Ich bemühte mich um ein einnehmendes Lächeln. »Ich höre mir gerne alles an, vielleicht hilft es dir, mit jemandem darüber zu sprechen.«

Er schüttelte entschieden den Kopf. »Sie meinen es gut, Ms. War-sha-sky. Aber ich weiß im Moment nicht weiter. Ich weiß nicht, wem außer Pastor Andrés ich vertrauen kann, und er hilft mir. Vielen Dank also, ich komme schon zurecht.«

»Wenn du es dir anders überlegst, ruf mich an; ich spreche dann gerne mit dir. Und ich würde dich wirklich nicht an deine Familie verraten.« Ich gab ihm meine Karte. »Aber tu Josie einen Gefallen und sieh zu, dass du anderswo unterkommst. Selbst wenn du keinen Sex hast mit ihr, wird dein Großvater dich hier aufspüren, vor allem durch deinen auffälligen Wagen. Hier in der Gegend passiert nichts unbemerkt, und die Leute erzählen auf jeden Fall weiter, dass du hier gesehen wurdest. Buffalo Bill – dein Großvater – ist wütend; ich weiß, dass er dem Pastor gedroht hat, ihn ausweisen zu lassen, nur weil du mit Josie eine Cola getrunken hast. Er könnte Rose Dorrado fürchterliche Schwierigkeiten machen, und die braucht sie nicht. Was sie braucht, ist ein Job.«

»Oh. Weil es Fly the Flag nicht mehr gibt – daran hab ich nicht mal gedacht.« Er seufzte. »Ich hab gedacht, dass es eigentlich egal ist, aber natürlich ist es nicht egal für die Menschen, die dort gearbeitet haben. Danke, dass Sie mich daran erinnert haben, Ms. War-sha-sky.«

»Du hast gedacht, dass es egal ist?«, wiederholte ich scharf. »Was genau meinst du damit?«

Er machte eine vage Geste, die sich auf die South Side zu beziehen schien oder vielleicht auch auf die ganze Welt, und schüttelte unglücklich den Kopf.

Ich machte kehrt und wollte über die Straße gehen, als mir der Frosch einfiel. Ich zog ihn aus der Tasche und zeigte ihn Billy.

Er schüttelte wieder den Kopf. »Was ist das?«

»Mir scheint das eine Seifenschale in Form eines Froschs zu sein. Julia Dorrado sagt, sie hat letzte Weihnachten so eine bei By-Smart gekauft.«

»Wir verkaufen so viele Sachen, ich kenne nicht alle Bestände. Und Josie habe ich erst diesen Sommer kennen gelernt, als meine Kirche diesen Austausch gemacht hat. Wo haben Sie das gefunden? Ich hoffe, Sie wollen damit nicht sagen, dass wir schmutzige Sachen verkaufen.«

Da er immer so ernst war, dauerte es einen Moment, bis ich kapiert hatte, dass er versuchte, einen Witz zu machen. Das Nummernschild und jetzt ein kleiner Scherz: Vielleicht hatte der Junge Seiten, die ich bislang übersehen hatte. Ich lächelte pflichtschuldig und erklärte, wo ich auf die Seifenschale gestoßen war.

Billy zog eine Schulter hoch. »Vielleicht hat sie jemand dort fallen lassen. Bei diesen alten Gebäuden liegt immer viel Müll herum.«

»Wäre möglich«, sagte ich. »Aber die Stelle, an der das Ding lag, lässt den Rückschluss zu, dass es bei der Explosion aus dem Fenster geschleudert wurde. Ich glaube, dass es sich in der Fabrik befunden hat.«

Er drehte die Schale in der Plastiktüte hin und her. »Vielleicht wollte jemand es als Verzierung für seine Fahnenstange. Oder es war ein Glücksbringer von einer der Arbeiterinnen. Ich seh so was hier ständig, die ulkigsten Sachen als Glücksbringer.«

»Nimm mir nicht den Wind aus den Segeln«, sagte ich. »Das ist mein einziger Hinweis, den muss ich schwungvoll verfolgen.«

»Und dann? Wenn das Ding Sie nun zu irgendeinem armen Menschen führt, der ohnehin schon sein Leben lang von der Polizei geplagt wird?«

Ich verengte die Augen. »Weißt du, wer das in die Fabrik gebracht hat, oder weshalb sagst du das?«

»Nein, aber Sie verhalten sich, als handle es sich um ein Spiel, wie in Crossing Jordan oder so. Und die Menschen hier…«

214

»Hör mir bloß auf mit ›die Menschen hier‹«, fauchte ich. »Ich bin hier aufgewachsen. Für *dich* ist das vielleicht ein Spiel, unter den Armen zu leben, aber für Leute wie mich, die keinen Cent ausgeben, für den sie nicht hart gearbeitet haben, ist das hier keine romantische Gegend. Verzweiflung und Armut treiben Menschen zu niedrigen, hässlichen, widerwärtigen und sogar grausamen Taten. Frank Zamar ist bei diesem Brand ums Leben gekommen. Wenn jemand diesen Brand gelegt hat, wäre es mir recht, wenn ich der Polizei helfen könnte, ihn zu verhaften. Oder sie.«

Seine Miene verhärtete sich wieder. »Nun, reiche Leute tun auch gemeine, hässliche und grausame Dinge. Das alles ist für mich kein Spiel. Ich habe nie zuvor etwas Ernsteres erlebt. Und wenn Sie meinem Großvater sagen, wo Sie mich gesehen haben, dann wäre das – gemein und grausam. Und hässlich.«

»Entspann dich, Galahad, ich verpfeif dich nicht. Aber er hat dich heute Morgen in der Kirche gefunden. Und dich hier aufzuspüren, ist auch nicht schwer.«

Er nickte, wieder der ernsthafte, wohlerzogene Junge, nachdem sein Zorn verflogen war. »Sie geben mir gute Ratschläge, Ms. War-sha-sky, das weiß ich zu schätzen. Und wenn man mein Auto so leicht verfolgen kann, wie Sie sagen, sollte ich mich wohl nicht länger hier aufhalten.«

Er blickte einen Moment traurig auf das schäbige Haus, dann stieg er in seinen kleinen Sportwagen und brauste davon. Ich schaute an der Fassade hoch und fragte mich, ob Julia wohl nach Romeo Ausschau gehalten hatte. Einen Moment lang war ich versucht, noch mal reinzugehen und ihr zu versichern: Er wollte zu dir, doch einer der Capulets hat ihn abgefangen. Was eine blöde Idee war – aus diesem Mix aus Roses finanzieller Notlage, der Bysen-Familie, Pastor Andrés und den sprudelnden jungen Hormonen sollte ich mich lieber raushalten.

Ich ging zu meinem Wagen rüber, als der jachtartige Cadillac auf die Escanaba einbog. Der Fahrer machte eine elegante Kehrtwendung und hielt vor dem Haus der Dorrados. Dem jungen Montague war im letzten Augenblick die Flucht gelungen.

Der Chauffeur setzte seine Mütze auf und öffnete die mittlere Tür, um Mr. Bysen beim Aussteigen behilflich zu sein. Mr. Wiliam, der ganz hinten gesessen hatte, kam heraus und half seiner Mutter.

Ich ging wieder zurück und näherte mich der Jacht. »Hi, Mr. Bysen. War ein toller Gottesdienst, oder? Pastor Andrés ist ein begnadeter Priester.«

Buffalo Bill stützte seinen Stock auf den Boden und rappelte sich hoch. Als er aufrecht stand, stieß er heftig die Luft aus. »Was haben Sie hier zu suchen?«

Ich lächelte. »Sonntags nach der Kirche ist doch die Zeit, in der man Besuche macht. Haben Sie das nicht auch vor?«

Aus dem Caddy war ein hohes, maliziöses Lachen zu vernehmen. Ich spähte hinein und erblickte Jacqui auf dem Vordersitz. Ihr Gatte, der ganz hinten saß, rief ihr eine scharfe Ermahnung zu, aber sie gab dieselbe Tonfolge noch mal von sich und sagte: »Ich hätte nie gedacht, dass ein christlicher Gottesdienst so dramatisch sein kann.«

»Sorg dafür, dass deine Frau sich benimmt«, raunzte William Onkel Gary an.

»Oh, ja«, sagte Jacqui. »Wie die Gemeinde Christus untertan ist, so seien es auch die Frauen ihren Männern in allen Dingen. Ich habe dieses Zitat schon öfter vernommen, Willie. Nur weil du und dein Vater das gerne hättet, ist es aber noch lange nicht so.«

Buffalo Bill hakte den Griff seines Gehstocks um meine Schulter und drehte mich damit rum. »Scheren Sie sich nicht um dieses Gezänk. Ich will den Jungen. Ist er hier?«

Ich nahm den Stock von meiner Schulter und zog so ruckartig daran, dass Bysen ihn losließ. »Es gibt einfachere Methoden, meine Aufmerksamkeit und Gesprächsbereitschaft zu erlangen, Mr. Bysen.«

Er starrte mich erbost an. »Ich habe Ihnen eine Frage gestellt und erwarte eine Antwort.«

»Oh, Bill, lass das doch!« Mrs. Bysen hatte den Caddy umrundet und trat zu uns. »Wir kennen uns noch nicht, aber William sagte mir, Sie seien die Detektivin, die er beauftragt hat, unseren Billy zu finden. Wissen Sie, wo er ist? Wohnt hier dieses mexikanische Mädchen? Jacqui meint, die wüsste etwas, deshalb hat sie einen unserer Leute gebeten, Name und Adresse des Mädchens herauszufinden.«

216

»Ich bin V. I. Warshawski, Mrs. Bysen. Es tut mir leid, aber ich weiß nicht, wo Billy ist. Hier wohnt die Familie Dorrado. Eine der Töchter ist in meiner Basketball-Mannschaft. Sie befinden sich in einer Notlage, weil die Fabrik, in der die Mutter arbeitete, letzte Woche einem Brand zum Opfer fiel und die Frau fünf Kinder zu versorgen hat. Die Familie hat andere Sorgen als Billy, fürchte ich.«

»Billy hat keinen gesunden Menschenverstand«, knurrte Bysen. »Wenn die ihm eine Rührgeschichte auftischen, fällt er darauf herein.«

»Billy ist ein guter Junge«, sagte seine Frau strafend. »Wenn er Menschen in Not hilft, ist er ein guter Christ, und ich bin stolz auf ihn.«

»Ach, Schluss jetzt mit diesem Unfug. Ich werde selbst zu diesem Mädchen gehen. Wenn man ihn loskaufen muss, nun ...«

»Wir lassen uns nicht erpressen von Schmarotzern«, fiel Mr. William seinem Vater ins Wort. »Billy muss ein paar Dinge lernen fürs Leben. Wenn er sie auf die harte Art lernt, vergisst er sie nicht so schnell.«

»Ein löbliches Erziehungskonzept«, sagte ich beifällig. »Kein Wunder, dass beide Kinder von zu Hause abgehauen sind.«

Jacqui ließ wieder ihr klirrendes Lachen ertönen, entzückt ob der Boshaftigkeit. Buffalo Bill entriss mir den Stock und stapfte über den Weg mit den zerbrochenen Platten zur Haustür. Seine Frau drückte mir rasch die Hand, dann folgte sie ihm. Mr. William nahm wieder ihren Arm. Der Chauffeur öffnete ihnen die Tür und lehnte sich dann an die Wand, um eine zu rauchen.

Ich ließ mich auf der mittleren Bank in der Limousine nieder, hinter Jacqui. »Sie haben also Patrick Grobian im Lagerhaus gesagt, er soll die Dorrados suchen? Woher kennt er Sie?«

»Nicht, dass es Sie etwas anginge, aber Sie sollten wissen, dass jeder, der es im Unternehmen der Bysens zu etwas bringen will, darauf achten muss, was dem alten Büffel wichtig ist. Pat hat im September beobachtet, wie Billy mit diesem Mädchen eine Cola trank, und wusste, dass der Alte das bestimmt wissen wollte. Er hat sich darum bemüht rauszukriegen, wer sie ist. Natürlich weiß er da auch, wo sie wohnt.«

»Aber allzu weit kommt man ja nicht, wenn man nicht zur Familie gehört«, entgegnete ich.

»Man muss in einem so großen Unternehmen nicht im Vorstand sein, um Macht zu haben und viel Geld zu verdienen. Pat weiß das, und er ist ehrgeizig. Wenn er ein Bysen wäre, würde er das Rudel anführen. Aber wenn der Alte mal weg ist, wird er auch so eine gute Position in der Firmenzentrale bekommen.«

»Wenn *du* was zu melden hast«, meldete sich ihr Gatte vom Rücksitz. »Aber so wird's nicht sein, meine liebe Jacqueline. William wird die Leitung übernehmen, und der kann dich nicht leiden.«

»Wir sind hier nicht im Mittelalter in England«, erwiderte Jacqui. »Nur weil Willie der Älteste ist, bekommt er noch lange nicht den Thron, obwohl er Ähnlichkeit hat mit dem armen Prinz Charles, nicht wahr, der darauf wartet, dass seine Mam endlich stirbt, wobei Willie hier ja darauf wartet, dass Paps stirbt. Manchmal wundert es mich, dass er nicht …«

»Jacqui«, sagte Gary warnend. »Nicht jeder versteht deine Art von Humor. Wenn du weiterhin die Arbeit machst, die du jetzt machst, musst du lernen, mit William auszukommen. Mehr kann ich dazu nicht sagen.«

Jacqui wandte sich um und klapperte mit ihren unfassbar langen Wimpern. »Schätzelein, ich tue doch alles, um William behilflich zu sein. Al-les. Frag ihn doch nur, wie viel er mir zur Zeit verdankt, und du wirst dich wundern über seine andere Haltung. Er hat endlich gemerkt, wie unglaublich nützlich ich sein kann.«

»Schon möglich«, murmelte Gary. »Schon möglich.«

Ich blickte zum Haus hinüber und dachte, dass ich besser nach oben gehen sollte, um Rose zur Seite zu stehen. Sie verfügte nicht über genügend Kraft, um es alleine mit den Bysens aufzunehmen. Doch bevor ich an der Tür war, trat das Trio wieder in Erscheinung.

»Wussten sie etwas über Billy?«, fragte ich Mrs. Bysen.

Sie schüttelte unglücklich den Kopf. »Ich bin mir nicht sicher. Ich habe an das Gefühl dieser Frau als Mutter und Großmutter appelliert – ich habe ja gesehen, wie sehr sie die Kinder liebt und wie hart sie arbeitet, um ihnen ein anständiges Leben zu ermöglichen –, aber sie sagt, sie hat ihn nur in der Kirche gesehen, und die Mädchen behaupten dasselbe. Meinen Sie, sie sagen die Wahrheit?«

»Solche Leute können Lügen und die Wahrheit nicht unterscheiden, Mutter«, sagte Mr. William. »Da sieht man mal wieder, wo Billy seine Leichtgläubigkeit herhat.«

»So sprichst du nicht mit deiner Mutter, solange ich noch atme, Willie«, schaltete sich der alte Bysen ein. »Wenn Billy die Milde von deiner Mutter geerbt hat, ist das nichts Schlechtes. Ihr anderen seid doch nur Hyänen, die darauf warten, dass ich endlich sterbe, damit ihr das Unternehmen verschlingen könnt, das ich aufgebaut habe.« Er starrte mich finster an. »Wenn ich dahinterkomme, dass Sie wissen, wo der Junge steckt, und es mir nicht sagen...«

»Ich weiß«, versetzte ich müde. »Bröseln Sie mich in Ihre Suppe wie ein altes Brötchen.«

Ich stapfte über die Straße, wendete meinen Wagen und fuhr nach Hause.

24

Noch ein verschwundenes Kind

Am nächsten Morgen fuhr ich zeitig in mein Büro, verstaute die Froschschale in einem Karton und schickte sie per Boten an Cheviot, das kriminaltechnische Labor, mit dem ich gerne arbeite. Sanford Rieff, dem Mitarbeiter, mit dem ich immer zu tun habe, schrieb ich, dass ich einen vollständigen Bericht von der Seifenschale bräuchte, weil ich nicht wusste, wonach ich Ausschau hielt – also Hersteller, Fingerabdrücke, chemische Rückstände, was auch immer. Als er mich anrief, um sich zu erkundigen, wie eilig es war, zögerte ich und bedachte meine Monatseinkünfte. Keiner zahlte mir etwas dafür; ich wusste nicht mal, ob die Seifenschale etwas mit dem Brand zu tun hatte. Es verhielt sich so, wie ich Billy gestern gesagt hatte – das Ding war mein einziger Anhaltspunkt, deshalb war ich so begeistert davon.

»Nicht eilig – kann ich mir nicht leisten.«

Den Rest des Vormittags verbrachte ich mit Arbeit für Leute, die meine Nachforschungen bezahlten, aber etwas Zeit zweigte ich noch ab, um mir Informationen über die Bysens zu besorgen. Ich wusste ja schon, dass es sich nicht um arme Leute handelte, aber als ich mir die Informationen in der kriminalistischen Datenbank ansah, staunte ich nicht schlecht. Ich verfügte insgesamt über nicht genug Finger und Zehen, um die Nullen in ihrem Vermögen zu zählen. Ein Großteil war natürlich in diversen Trusts angelegt. Es gab ferner eine Stiftung, die ein breites Spektrum an evangelikalen Projekten unterstützte, großzügige Spenden an Anti-Abtreibungsgruppen und evangelikale Missionsstationen verteilte, aber auch Büchereien und Museen förderte.

Drei von Buffalo Bills Söhnen und eine der Töchter wohnten auf dem von Mauern umgebenen Anwesen in Barrington Hills, in eigenen Häusern, aber dennoch in der Enklave des Patriarchen. Die zweite Tochter lebte mit ihrem Mann in Santiago; er war für die Geschäfte in Südamerika zuständig. Der vierte

Sohn war von Singapur aus für Asien im Einsatz. Keines der Kinder hatte Papa den Rücken gekehrt. Das schien mir bezeichnend, obwohl ich nicht genau wusste, wofür.

Gary und Jacqui hatten keine eigenen Kinder, dafür hatten die anderen zusammen sechzehn an der Zahl hervorgebracht. Die Verteilung des Vermögens verwies auf die traditionellen Werte der Bysen-Familie: Soweit ich den Überblick hatte, waren für jeden Sohn und Enkel Treuhandfonds angelegt worden, die dreimal so hohe Summen enthielten wie die der weiblichen Familienmitglieder.

Ich fragte mich, ob Billy sich darüber empört hatte, was mir aber unwahrscheinlich vorkam; heutzutage interessiert sich kaum mehr jemand für Frauenbelange, nicht einmal die jungen Frauen. Ich ging davon aus, dass Billy keinen Widerspruch einlegen würde, wenn seine Schwester beim Erbe benachteiligt wurde. Die Einzige, der das womöglich aufstoßen würde, war vielleicht Jacqui, aber die war mit einem der Haupterben verheiratet und würde sich wohl nicht ereifern, wenn sie ihren Anteil abbekam.

Billys Schwester Candace war jetzt zweiundzwanzig. Aus welchen Gründen die Familie sie auch nach Korea verschifft hatte – im Testament war sie jedenfalls noch vorhanden, was man zumindest als fair betrachten musste. Ich suchte nach weiteren Details über Candace, fand aber nichts. Die interessantesten Berichte druckte ich mir aus und machte dann Feierabend im Büro. Ich wollte auf dem Weg zur Bertha Palmer noch einen Zwischenstopp im Krankenhaus einlegen, weil die Mannschaft bestimmt einen aktuellen Bericht über April haben wollte.

Aber als ich dort ankam, teilte man mir mit, dass April morgens entlassen worden war. Ich rief Sandra Czernin aus dem Wagen an.

Sie führte sich auf wie ein Stachelschwein, das einem Hund Stacheln ins Maul feuert, und legte wieder die Platte auf, dass ich an Aprils Kollaps schuld sei. »Die ganzen Jahre hast du nur drauf gewartet, dich für Boom-Boom zu rächen, deshalb hast du diese Schlampe aus England angeschleppt, die Bron angebaggert hat. Ohne dich wäre er zu Hause gewesen, wo er hingehört.«

»Oder auf Achse mit einer Frau aus der Nachbarschaft«, versetzte ich, bevor ich an mich halten konnte. Ich bereute die Äußerung sofort und entschuldigte mich, aber sie hätte mich wohl ohnehin nicht mit April reden lassen.

»Hat man dir gesagt, wann sie wieder zur Schule gehen kann?«, fragte ich. »Die Mädchen werden es bestimmt wissen wollen.«

»Dann können deren Mütter mich anrufen und fragen.«

»Wenn ich nach so vielen Jahren noch sauer auf dich wäre, würde ich das jedenfalls nicht an meinem Kind auslassen, Sandra«, fauchte ich, aber sie hatte schon aufgelegt.

Ach, zum Teufel mit der. Ich fuhr los und dachte mir, dass Sandra und ich uns wenigstens in unserer Eifersucht auf Marcena einig waren. Was mich zum Kichern brachte und meine Laune für die Fahrt erheblich verbesserte.

Ich war früh dran und konnte vor dem Training noch bei Natalie Gault vorbeischauen, der stellvertretenden Direktorin. Als ich sie fragte, ob die Mädchen ärztlich untersucht würden, bevor sie der Mannschaft beitraten, verdrehte sie die Augen, als sei ich völlig minderbemittelt.

»Wir machen hier keine Gesundheitschecks. Die Mädchen müssen eine unterschriebene Genehmigung der Eltern mitbringen, die besagt, dass es Risiken gibt bei diesem Sport und dass ihr Kind gesund ist und daran teilnehmen kann. Das machen wir bei allen Sportarten, auch beim Football und beim Baseball. Ferner steht auf diesem Dokument, dass die Schule keinerlei Haftung für Krankheiten oder Verletzungen übernimmt, die infolge des Sports eintreten können.«

»Sandra Czernin ist wütend und hat Angst. Sie braucht hunderttausend Dollar für Aprils Versorgung, für den Anfang jedenfalls. Wenn sie auf die Idee kommt, die Schule zu verklagen, findet sie bestimmt einen Anwalt, der Sie vor Gericht bringt – mit einer schriftlichen Genehmigung kommt man nicht weit bei einem Prozess. Warum lassen Sie bei den anderen Mädchen aus der Mannschaft nicht EKGs machen, um für gute Stimmung zu sorgen und den Eindruck zu erwecken, als seien Sie um ihr Wohl bemüht?«

Lottys Angebot, die EKGs zu übernehmen, ließ ich unerwähnt – sollten die Verantwortlichen von der Schule ruhig mal ein bisschen ins Schwitzen kommen. Außerdem war mir nicht ganz klar, wie ich fünfzehn Mädchen zu Lottys Klinik befördern sollte. Gault sagte, sie würde mit der Direktorin sprechen und sich bei mir melden.

Ich ging nach unten in die Sporthalle, wo ich nur Teile meiner Mannschaft vorfand. Josie Dorrado fehlte und auch Sancia, die Center-Spielerin. Celine Jackman, die Gangbraut, war da mit ihren beiden Gefolgsmädchen, aber auch sie wirkte bedrückt.

Ich erzählte den verbliebenen neun Mädchen, was ich über April wusste. »Sie ist heute aus dem Krankenhaus entlassen worden. Sie kann nicht mehr Basketball spielen – sie hat etwas mit dem Herzen, und das Training für einen Mannschaftssport ist zu anstrengend für sie. Aber sie wird wieder zur Schule gehen können, und äußerlich merkt man es ihr nicht an. Wo stecken Josie und Sancia?«

»Josie war heute nicht in der Schule«, berichtete Laetisha. »Wir haben gedacht, sie hat sich vielleicht das eingefangen, was April hat, weil die beiden doch immer zusammenstecken.«

»Was April hat, kann man sich nicht ›einfangen‹, es ist eine Geburtskrankheit, mit der man auf die Welt kommt.« Ich holte meine Trainertafel heraus und zeichnete ein Diagramm, um zu erklären, wie man eine Viruserkrankung wie Windpocken oder AIDS bekommt, im Gegensatz zu einer angeborenen Erkrankung.

»Also könnte eine von uns das auch haben, ohne es zu wissen«, meldete sich Delia zu Wort, eines der ruhigeren Mädchen, das sich nie sonderlich anstrengte.

»Du ganz bestimmt nicht«, versetzte Celine. »Du bist so langsam, dass man glauben könnte, du hast gar kein Herz.«

Ich ließ die Attacke ohne Ermahnung durchgehen; sie sollten das Gefühl haben, dass Normalität einkehrte, auch wenn Mobbing dazugehörte. Ich ließ sie eine Runde Dehnungsübungen machen und ging dann gleich zum Scrimmage über, vier gegen fünf, wobei ich die schwächsten Spielerinnen der kleineren Gruppe zuordnete. Der schloss ich mich als Spielmacherin an, machte meiner Mannschaft Druck, gab Tempo und Spielzüge vor, rief ab und an dem gegnerischen Team einen Rat zu, nahm aber vor allem den Zweikampf mit Celine auf. Nach kurzer Zeit vergaßen alle, sogar Delia, dass ihr Herz stillstehen könnte, und legten los. Ich beförderte angeberisch den Ball zwischen den Beinen durch zu jemandem in der Ecke, sprang hoch, um Bälle zu blocken, rückte Celine ständig auf die Pelle, und die Mädchen lachten und johlten und rannten schneller, als ich sie je erlebt hatte. Celine gab ihr Bestes, täuschte an und schoss so präzise, als sei sie Tamika Williams.

Als ich um vier abpfiff, wollten drei der Mädchen unbedingt noch bleiben, um Freiwürfe zu üben. Ich räumte ihnen grade noch zehn Minuten ein, als eines kreischte: »Uuh, Coach, Ihr Rücken, Celine, was hast du mit ihr gemacht?«

Ich berührte meinen Rücken und spürte etwas Wärmeres als Schweiß: Die Wunde war aufgeplatzt. »Keine Panik«, sagte ich. »Das ist eine alte Verletzung, die ich mir letzte Woche bei der Fabrik zugezogen habe, Fly the Flag, wisst ihr, als sie abbrannte. Ihr wart spitze heute. Ich muss jetzt los und das hier wieder zusammenflicken lassen, aber am Donnerstag nach dem Training lade ich alle, die heute gespielt haben, zum Pizza-Essen ein.«

Als sie geduscht waren und ich alles abgeschlossen hatte, fuhr ich zu Lottys Klinik und fühlte mich großartig dabei; mit einem so tollen Gefühl verließ ich meine Highschool zum ersten Mal seit… vielleicht überhaupt zum ersten Mal. Oder seit meine Mannschaft vor vielen Jahren die Landesmeisterschaft gewonnen hatte, aber damals lag meine Mutter im Sterben. Ich hatte mich mit Sylvia und den anderen betrunken, um nicht an Gabriella denken zu müssen, die, verkabelt und verdrahtet, einer Fliege in einem Spinnennetz gleich, im Krankenhaus lag.

Über dieser Erinnerung verflog meine gute Stimmung. In Lottys Klinik meldete ich mich ernüchtert bei Mrs. Coltrain, ihrer Praxishelferin. Im Warteraum saßen an die zwölf Leute; es würde mindestens eine Stunde dauern. Als ich mich abwandte und Mrs. Coltrain meinen blutigen Rücken sah, schickte sie mich als Erste rein. Lotty war im Krankenhaus, aber ihre Assistentin Lucy, eine erfahrene Schwester, nähte die Wunde wieder zu.

»Sie sollten mit dieser Naht nicht herumspringen, V. I.«, sagte sie mindestens so streng wie Lotty. »Die Wunde braucht Zeit zum Verheilen. Sie stinken nach Schweiß, aber Sie dürfen den Verband nicht wieder unter der Dusche nass machen. Sie müssen sich mit dem Schwamm waschen. Und die Haare im Küchenbecken. Haben wir uns verstanden?«

»Ja, Ma'am«, sagte ich kleinlaut.

Zu Hause machte ich einen kurzen Spaziergang mit den Hunden und bereitete dann nach Lucys Anweisungen meine Säuberung vor. Was bedeutete, dass ich zuerst das Geschirr spülen musste, das sich im Becken türmte. Ich hatte noch nicht mal die venezianischen Weingläser von meiner Mutter abgewaschen, die ich letzte Woche Morrell zu Ehren herausgeholt hatte. Meine Nachlässigkeit bestürzte mich: Meine Mutter hatte sie aus Italien mitgebracht, als einziges Erinnerungsstück an das Land, aus dem sie flüchten musste. Vor einigen Jahren waren zwei zerbrochen, und ich wollte auf keinen Fall noch weitere einbüßen.

Ich spülte sie sorgfältig und trocknete sie ab, ließ aber eines draußen, um ein Glas Torgiano zu trinken. Normalerweise benutze ich im Alltag gewöhnliche Gläser, aber die Erinnerung von vorhin ließ mich nicht los, und ich hatte das Bedürfnis, Gabriella nah zu sein.

Ich rief Morrell an und erklärte, ich sei zu müde, um heute noch nach Evanston zu kommen. »Marcena kann dich mit ihrem wortgewandten Geplänkel unterhalten.«

»Könnte sie, wenn sie hier wäre, Süße, aber sie ist wieder verschwunden. Heute Mittag hat jemand angerufen und ihr weitere Abenteuer in der South Side verheißen, worauf sie sofort losgezogen ist.«

Ich musste an Sandras bittere Bemerkung über Bron und die Hure aus England denken. »Romeo Czernin.«

»Schon möglich. Ich hab nicht drauf geachtet. Wann sehen wir uns? Könnte ich dich nicht morgen Abend zum Essen ausführen? Dich mit gesunder Nahrung füttern und mit meinem eigenen wortgewandten Geplänkel unterhalten? Ich weiß, dass du verstimmt bist, weil ich gestern nach Hause wollte.«

Ich lachte etwas zögerlich. »Ah ja, richtig: Contenance gehört nicht zu meinen Stärken. Abendessen würde mir gefallen, aber nur mit Geplänkel.«

Wir einigten uns auf eine Zeit, und ich spazierte in die Küche und beschäftigte mich mit dem heutigen Abendessen. Auf dem Rückweg von Lottys Klinik hatte ich es endlich geschafft einzukaufen und war nun wieder ausgestattet mit allem Notwendigen von Seife bis Yoghurt sowie frischem Fisch und Gemüse.

Ich dünstete Thunfisch mit Knoblauch und Oliven für Mr. Contreras und mich. Wir machten es uns im Wohnzimmer bequem, aßen und schauten dabei gemeinsam *Monday Night Football*, New England gegen die Chiefs. Ich trank meinen Wein, Mr. Contreras ein Bud. Er schließt immer Wetten ab und versuchte, mich auch jetzt zu überreden, nicht nur zu mutmaßen, sondern auch Geld zu setzen.

»Aber nicht über so was wie wer den ersten Down oder den stärksten Tackle macht«, protestierte ich. »Fünf Mäuse auf den Ausgang, nicht mehr.«

»Ach, kommen Sie schon, Liebchen: einen Dollar, wenn die Chiefs als Erste scoren.« Er zählte allerlei Möglichkeiten zum Wetten auf und sagte schließlich beleidigt: »Ich hab immer geglaubt, Sie seien risikofreudig.«

»Sie kriegen Rente von der Gewerkschaft, da kann man sich Risikofreudigkeit leisten«, grummelte ich. »Ich hab nur 'nen mageren Rentenfonds, in den ich letztes Jahr nicht mal was einzahlen konnte.« Aber zu guter Letzt ließ ich mich breitschlagen und rückte fünfzehn Dollar in Einern raus.

Rose Dorrado rief an, als die Chiefs gegen Ende der ersten Halbzeit einen heroischen Angriff starteten; da waren mir bereits sechs Dollar flöten gegangen. Wegen des Getöses wanderte ich mit dem Telefon in den Flur.

»Josie ist heute nicht von der Schule heimgekommen«, sagte Rose ohne Umschweife.

»Sie war heute gar nicht in der Schule, haben mir die Mädchen aus dem Team gesagt.«

»Nicht in der Schule? Aber sie ist heute Morgen pünktlich losgegangen! Wo ist sie denn hin? Oh, nein, nein, *Dios*, hat jemand mein Kind entführt?« Ihre Stimme wurde schrill.

Ich sah die dunklen Seitenstraßen und verlassenen Gebäude in der South Side vor mir, in der nicht selten Mädchen vergewaltigt und umgebracht wurden. Aber ich glaubte nicht, dass Josie so etwas widerfahren war.

»Haben Sie Sandra Czernin angerufen? Vielleicht ist sie zu April gefahren.«

»Hab ich, daran hatte ich auch gedacht, aber Sandra hat nichts von ihr gehört, hat sie vergangenen Samstag zum letzten Mal gesehen, als sie April im Krankenhaus besucht hat. Was haben Sie gestern zu ihr gesagt? Haben Sie die Kleine so aufgeregt, dass sie ausgerissen ist?«

»Ich habe ihr gesagt, dass ich es nicht für eine gute Idee halte, wenn sie die Nacht mit Billy verbringt. Wissen Sie, wo er ist?«

Sie rang hörbar um Atem. »Glauben Sie, er ist mit ihr durchgebrannt? Aber warum? Und wohin?«

»Ich glaube im Moment gar nichts, Rose. Ich würde jedenfalls erst mal mit Billy sprechen, bevor ich die Polizei anrufe.«

»Oh, ich dachte, es gibt nichts Schlimmeres, als den Job zu verlieren, aber jetzt das, das! Wo finde ich ihn, diesen Billy?«

Ich überlegte mir, wo er stecken könnte. Dass er freiwillig nach Hause zurückgekehrt war, nahm ich nicht an. Vielleicht hatte sein Großvater ihn irgendwo aufgegriffen – Buffalo Bill war zu allem imstande. Josie hatte erwähnt, dass Billy sein Handy weggegeben hatte; offenbar hatte er sich meine Bemerkung über den GPS-Chip gemerkt. Ich fragte mich, ob er den Miata inzwischen auch abgestoßen hatte.

»Rufen Sie Pastor Andrés an«, sagte ich schließlich. »Mit ihm spricht Billy zurzeit am häufigsten. Ich glaube, dass Sie auch Josie finden werden, wenn Sie erst wissen, wo Billy ist. Oder aber er kann Ihnen zumindest sagen, wo sie ist.«

Zehn Minuten später rief Rose wieder an. »Pastor Andrés sagt, er weiß nicht, wo Billy ist. Hat ihn seit dem Gottesdienst gestern nicht mehr gesehen. Sie müssen herkommen und mir helfen, Josie zu finden. Wen soll ich sonst fragen? An wen kann ich mich wenden?«

»An die Polizei«, riet ich ihr. »Die wissen, wie man nach verschwundenen Personen sucht.«

»Die Polizei«, fauchte sie. »Wenn die überhaupt abnehmen! Meinen Sie vielleicht, das kümmert die?«

»Ich kenne den Watch Commander vom Revier persönlich«, sagte ich. »Den könnte ich anrufen.«

»Sie kommen her, Ms. V. I. War … War …«

Mir wurde klar, dass sie von einer der Visitenkarten ablas, die ich ihren Töchtern gegeben hatte, und meinen Namen tatsächlich nicht kannte. Als ich ihn für sie aussprach, sagte sie wieder, ich solle herkommen; die Polizei würde ihr nicht zuhören, das wisse sie, aber ich sei Detektivin und kenne mich in der Gegend aus, bitte, es sei alles zu viel für sie, die Fabrik kaputt, keine Arbeit, die vielen Kinder und nun das.

Ich war müde und hatte zwei Gläser schweren italienischen Rotwein intus. Außerdem war ich heute schon einmal in South Chicago gewesen, hatte keine Lust mehr, vierzig Kilometer zu fahren, und dann noch die neuerlich malträtierte Schulter… und ich sagte ihr, ich würde mich beeilen.

25

Gutenachtgeschichten

Kurz vor elf hielt ich vor dem Haus in der Escanaba, in dem die Dorrados wohnten, in Begleitung von Mr. Contreras und Mitch. Man konnte nie wissen – Mitch hatte Jagdhundblut und mochte uns als Spürnase nützlich sein.

Wie nicht anders zu erwarten, hatte sich mein Nachbar sichtlich geärgert, als ich ankündigte, dass ich noch mal losziehen müsse, aber ich umging eine Zankerei, indem ich ihn kurz entschlossen einlud mitzukommen. »Ich weiß, dass es spät ist und ich nicht mehr fahren sollte. Wenn Sie mitkommen und dafür sorgen könnten, dass ich wach bleibe, wäre das fantastisch.«

»Aber gewiss doch, Liebchen, natürlich gerne.« Seine Begeisterung war geradezu rührend.

Ich ging ins Schlafzimmer, zog Jeans und ein paar lose sitzende, dünne Wollpullis unter meine blaue Seemannsjacke an und nahm meine Pistole aus dem Wandsafe. Ich hatte keine Tätlichkeiten mit Billy im Sinn, falls er und Josie tatsächlich zusammen abgehauen waren. Aber Drive-by-Shootings gehörten zum tristen Alltag in meiner einstigen Gegend, und ich hatte nicht die Absicht, mit einer Kugel im Rücken in irgendeinem verlassenen Lagerhaus zu enden, weil ich nicht anständig gerüstet war. Mitch nahmen wir auch vor allem aus diesem Grund mit – die wenigsten Gangbanger haben was übrig für große Hunde.

Bevor wir in Lakeview losfuhren, rief ich Billys Mutter an. Unter ihrer Nummer meldete sich ein Mann, der Butler oder Sekretär sein mochte, jedenfalls eindeutig der Telefonvorkoster war. Er weigerte sich zunächst, Mrs. William ans Telefon zu rufen, und als er auf mein Drängen hin endlich nachgab, trat der Grund für sein Verhalten zutage: Annie Lisa lief auf irgendetwas. Ob es sich um moderne Substanzen wie Xanax oder traditionelle wie Old Overholt handelte, war nicht ganz klar, aber sie reagierte auf jede Äußerung von mir mit einer Verzögerung wie ein Echo.

Ich sprach langsam und geduldig wie zu einem Kind und rief ihr in Erinnerung, dass ich die Detektivin war, die nach Billy suchte. »Wann haben Sie zuletzt von ihm gehört, Mrs. Bysen?«

»Gehört?«, echote sie.

»Hat Billy Sie heute angerufen?«

»Billy? Billy ist nicht hier. William, William ist wütend.«

»Und warum ist William wütend, Ma'am?«

»Ich weiß nicht.« Sie war verwirrt und setzte zu einer längeren Äußerung an. »Billy ging zur Arbeit, im Lagerhaus, das machen anständige Jungen, er arbeitet schwer für seinen Lebensunterhalt, das hat Daddy Bysen uns immer aufgetragen. Weshalb ist William dann wütend? Vielleicht nur, weil Billy tut, was Daddy Bysen sagt, William kann es nicht leiden, wenn Billy auf Daddy Bysen hört, aber er findet Kinder, die hart arbeiten, auch gut. Kinder, die nur herumhängen, Drogen nehmen und schwanger werden, schicken sie fort, da soll er doch froh sein, dass Billy wieder ins Lagerhaus ging.«

»Ja, Ma'am«, erwiderte ich. »In seinem Herzen ist er bestimmt entzückt, verbirgt es jedoch vor Ihnen.«

Ironie war keine gute Idee; jetzt dachte sie, ich hätte ihr mitteilen wollen, dass William Billy verbarg. Ich unterbrach ihre Fragen und erkundigte mich nach der Telefonnummer von Billys Schwester.

»Candace ist in Korea. Sie arbeitet in einer Mission, und wir sind stolz, dass sie ihr Leben geändert hat.« Annie Lisa sprach diese Zeilen mit der Lebhaftigkeit einer unerfahrenen Nachrichtensprecherin, die vom Teleprompter abliest.

»Das ist schön. Aber können Sie mir bitte ihre Telefonnummer geben, für den Fall, dass Billy mit seiner Schwester über seine Pläne gesprochen hat?«

»Das würde er nicht tun; er weiß, dass William dann sehr wütend sein würde.«

»Und ihre E-Mail-Adresse?«

Die kannte sie nicht oder wollte sie nicht rausrücken. Ich machte ihr so viel Druck wie möglich, ohne sie zu vergraulen, aber sie wurde nicht weich: Candace war nicht zugänglich, bis sie ihre Strafe abgedient hatte.

»Meinen Sie, dass Billy sich vielleicht an seine Tanten oder

Onkel gewandt hat?« Ich versuchte, mir vorzustellen, wie er sich der katzenhaft lächelnden Tante Jacqui anvertraute.

»Niemand versteht Billy so gut wie ich. Er ist sehr sensibel, wie ich – er ist nicht wie die Bysens. Von denen hat ihn keiner jemals richtig verstanden.«

Mehr war aus ihr nicht herauszukriegen. Mr. Contreras, der sich noch einen Parka und eine Rohrzange aus seiner Wohnung geholt hatte, wartete mit Mitch am Fuß der Treppe. Als wir aufbrachen, hörten wir Peppy traurig hinter der Tür winseln.

Im Haus der Dorrados ging es so lebhaft zu wie in wohl allen großen Wohnhäusern in den Städten. Als wir die drei Treppen hochstiegen, hörten wir schreiende Babys, Stereoanlagen, die so laut dröhnten, dass die Geländer vibrierten, Leute, die in einer Vielzahl von Sprachen durcheinanderredeten und -schrien, sogar die Lustlaute eines Paars. Mitchs Nackenhaare waren gesträubt, und Mr. Contreras hielt seine Leine mit festem Griff.

Ich fühlte mich ein bisschen dämlich, hier mit einem alten Mann, einem Hund und einer Knarre anzurücken, auch wenn letztere unsichtbar in meiner Weste steckte. Der Hund und der Mann dagegen waren für jedermann offensichtlich. Rose jedenfalls brachten die beiden ziemlich aus der Fassung.

»Ein Hund? Kein Hund, er frisst doch das Baby. Wer ist das? Ihr Vater? Was tun die beiden hier?«

Hinter ihr hörte ich María Inés brüllen. »Ich binde den Hund hier draußen im Flur an. Wir dachten, er könnte uns helfen, Josie aufzuspüren, wenn wir in etwa wissen, wo wir nach ihr suchen sollen.«

Ich stellte Mr. Contreras vor, jedoch ohne unsere Beziehung zu erläutern, die so kompliziert war, dass ich dazu mehr als einen Satz gebraucht hätte. Mein Nachbar verblüffte mich, indem er an Rose vorbei zu María Inés ging und die Kleine auf den Arm nahm. Vielleicht lag es an seiner leisen, sonoren Stimme oder einfach nur an der Ruhe, die er ausstrahlte – Rose stand so unter Strom, dass sie die ganze South Side und Indiana hätte erleuchten können –, die Kleine jedenfalls beruhigte sich sofort, lehnte den Kopf an sein Flanellhemd und blinzelte schläfrig. Ich wusste, dass Mr. Contreras Vater einer Tochter war und nun auch zwei Enkel hatte, aber ich hatte ihn noch nie im Umgang mit kleinen Kindern erlebt.

Die Couch, auf der Julia sonst fernsah, war ausgezogen und in Roses Schlafstatt verwandelt worden. Im Esszimmer nebenan lagen Betto und Sammy unter dem Tisch auf ihren Luftmatratzen. Sie rührten sich nicht, aber das Licht der Wohnzimmerlampe glitzerte in ihren Augen – sie waren hellwach und beobachteten das Geschehen. Rose tigerte in dem engen Raum zwischen Bett und Tür auf und ab, rang die Hände und gab unzusammenhängende und widersprüchliche Anklagen von sich.

Ich nahm sie am Arm und zog sie auf das Bett. »Setzen Sie sich und versuchen Sie, ruhig zu denken. Wann haben Sie Josie zum letzten Mal gesehen?«

»Heute Morgen. Sie zieht sich an, um zur Schule zu gehen, und ich gehe zum Büro des Stadtrats, der ist ein anständiger Mann, und ich denke, er weiß vielleicht von einem Job, bei dem man besser bezahlt wird als bei By-Smart, und ich war an zwei Stellen, aber die stellen nicht ein, und ich bin wieder hergekommen, um für Betto und Sammy Essen zu machen, aber Josie isst in der Schule, und so war's, seither hab ich sie nicht mehr gesehen, seit heute Morgen.«

»Haben Sie sich gestritten? Wegen Billy vielleicht?«

»Ich war sehr böse, dass sie diesen Jungen hier hereingelassen hat. Bei jedem Jungen wäre ich böse, aber dieser Junge, mit dieser furchtbar reichen Familie, was denkt sie sich nur? Die könnten uns schaden. Jeder weiß doch, die wollen nicht, dass ihr Sohn sich mit einem mexikanischen Mädchen trifft, alle wissen, dass sie in der Kirche angerufen und Pastor Andrés gedroht haben.«

Rose sprang wieder auf, worauf María Inés zu wimmern begann und Mr. Contreras nach der Flasche der Kleinen fragte.

Rose hob die Flasche vom Boden auf, reichte sie Mr. Contreras und redete weiter: »Ich sagte, wie hab ich sie wohl erzogen, wie kann sie nur einen Jungen über Nacht in ihr Zimmer lassen? Will sie ein Kind, wie Julia? Ihr Leben ruinieren für einen Jungen, einen reichen Jungen noch dazu, der sich um nichts kümmern braucht? Er sagt, er ist Christ, aber beim ersten Problem suchen die das Weite, diese reichen Anglo-Jungs. Sie soll studieren, das hab ich ihr gesagt, will sie auch, mit April. Dann muss sie nicht leben wie ich, rumlaufen, um Arbeit betteln und nichts kriegen.«

»Hat sie irgendetwas erwidert, dass sie weglaufen würde oder so?«

Rose schüttelte den Kopf. »Das alles haben wir geredet, nachdem die Familie von dem Jungen hier war. Sie haben sie beschuldigt und beschimpft, und Gott vergebe mir, wir haben alle gelogen, haben alle gesagt, nein, Billy ist nicht hier gewesen. Der Großvater, der war wie die Polizei, hat nicht zugehört, hat mir nichts geglaubt, der ist wirklich ins Schlafzimmer gegangen und ins Badezimmer und hat geschaut, ob er was von Billy findet. Er sagt, wenn Billy hierherkommt und ich ihn verstecke, lässt er mich ausweisen. Versuchen Sie's erst gar nicht, hab ich ihm gesagt, ich bin nämlich US-Bürgerin, genau wie Sie, ich gehöre in dieses Land, genau wie Sie. Und der Sohn, Billys Vater, der ist noch schlimmer, der hat in meinen Büchern nachgeschaut und in den Büchern von den Kindern, als hätten wir Geld gestohlen oder so – er hat meine Bibel geschüttelt, und alle Lesezeichen sind rausgefallen, aber *Dios*, als die weg waren, da hatten wir einen schlimmen Streit, Josie und ich. Wie sie uns alle in solche Gefahr bringen kann, nur wegen so einem Jungen. Die sind wie Autobusse, sage ich ihr, da kommt immer wieder ein anderer, mach dein Leben nicht kaputt wie Julia hier.

Sie widerspricht und schreit und weint, aber sie sagt nicht, dass sie weglaufen will. Dann am Nachmittag taucht dieser Junge, dieser Billy, auf mit einem Karton voller Essen, und Josie benimmt sich, als sei er der Erzengel Michael, aber dann geht er wieder, ohne sie, und sie sitzt den ganzen Tag vor dem Fernseher wie Julia und schaut Telenovelas.«

Ich rieb mir die Stirn und bemühte mich, die Flut von Informationen zu verarbeiten. »Und Julia? Was hat die gesagt?«

»Sie sagt, sie weiß nichts. Diese beiden, die streiten jetzt immer von früh bis spät, nicht wie früher, vor María Inés, damals waren sie sich so nah, dass man glaubt, sie wären eins. Wenn Josie ein Geheimnis hat, dann sagt sie Julia nichts davon.«

»Ich würde sie gerne selbst fragen.«

Rose legte halbherzig Widerspruch ein: Julia schlafe doch schon, und sie sei zu wütend auf Josie, um etwas zu wissen.

Mr. Contreras tätschelte ihr die Hand. »Victoria hier sagt schon nichts, was Ihr Mädchen aufregt. Sie kann gut mit jungen Leuten umgehen. Setzen Sie sich doch ruhig hin und erzählen Sie mir was über die entzückende junge Dame hier. Sie ist Ihre Enkelin, wie? Und die schönen Augen hat sie von Ihnen, nicht wahr?«

Seine beruhigende Stimme im Ohr, arbeitete ich mich durch das vollgestellte Esszimmer zum Schlafzimmer der Mädchen durch. Ich spürte ein unangenehmes Kribbeln im Nacken, weil ich wusste, dass die beiden Jungen unter dem Tisch mich beobachteten.

Das Zimmer ging zu einem Luftschacht hinaus, und durch die dünnen Vorhänge drang Licht aus den umliegenden Wohnungen. Als ich mich unter der Wäscheleine voller Kleider hindurchduckte, sah ich Julia auf dem Bett liegen. Ihre langen Wimpern ruhten auf ihren Wangen, aber ihre Augen waren zu fest geschlossen, sie stellte sich nur schlafend. Ich setzte mich auf die Bettkante, in dem kleinen Raum war kein Platz für einen Stuhl.

Julia atmete schnell und flach, versuchte, mich weiter zu täuschen.

»Du bist wütend auf Josie, seit María Inés geboren wurde«, sagte ich. »Sie geht zur Schule, sie spielt Basketball, sie macht alles, was du auch tun konntest, bevor du ein Kind bekamst. Das findest du ungerecht, oder?«

Sie lag stocksteif da, stumm und dennoch spürbar wütend. Als ich nichts weiter äußerte, platzte sie schließlich heraus: »Ich hab es nur ein einziges Mal gemacht, als Ma bei der Arbeit war und Josie und die Jungs in der Schule. Er hat gesagt, eine Jungfrau wird nicht schwanger, ich wusste es nicht mal, bis … ich hab gedacht, ich muss sterben, ich hätte Krebs in mir oder so was. Ich wollte kein Baby, ich wollte es wegmachen, aber der Pastor und Ma, die haben gesagt, das ist eine Sünde, und man kommt in die Hölle dafür.

Und dann, an dem Tag, als er das gemacht hat mit mir, kam Josie früher von der Schule, und sie hat mich gesehen und hat gesagt: Wie konntest du bloß, du bist eine Hure. Wir waren echt gute Freundinnen, auch als ich mit Sancia zusammen war, und immer wenn ich mich über María Inés beklage, sagt sie, wärst du eben keine Hure. Sie und April sagen, sie wollen studieren, sie schaffen es mit dem Basketball. Coach McFarlane hat das auch zu mir gesagt. Dann kam Billy am Donnerstag und wollte hier schlafen, und ich hab ihn reingelassen und gedacht, soll er das mit ihr machen, mit Josie, dann kriegt sie ein Kind, mal hören, was sie dann sagt!«

Sie keuchte atemlos, als warte sie auf meine Strafpredigt, aber die ganze Geschichte war so traurig, dass ich am liebsten geweint hätte. Ich tastete unter der Decke nach ihrer Hand, die sie krampfhaft zur Faust geballt hatte, und drückte sie sacht.

»Julia, ich würde dich wahnsinnig gerne spielen sehen. Was deine Schwester, deine Mutter, der Pastor auch sagen – es ist keine Schande, Sex zu haben und schwanger zu werden. Eine Schande ist, dass der Junge, der dir das angetan hat, dich belogen hat und dass du nicht besser Bescheid wusstest. Und die nächste Schande wäre, wenn du wegen der Kleinen keine Ausbildung machst. Wenn du weiter hier herumhängst und wütend bist, ruinierst du dein Leben.«

»Und wer soll sich um María Inés kümmern? Ma muss arbeiten, und jetzt sagt sie, wenn ich nicht zur Schule gehe, soll ich mir einen Job suchen.«

»Ich werde mich mal erkundigen, wie man dir helfen kann, Julia. Inzwischen möchte ich, dass du am Donnerstag ins Training kommst. Bring Sammy und Betto mit, sie können während des Trainings auf die Kleine aufpassen. Machst du das?«

Ihre Augen wirkten wie dunkle Flecken. Sie umklammerte meine Hand und murmelte schließlich: »Vielleicht.«

»Und bevor du dich wieder mit einem Jungen triffst, musst du etwas über deinen Körper lernen, du musst erfahren, wie man schwanger wird und wie man es verhindern kann. Darüber werden wir auch noch reden. Triffst du dich immer noch mit María Inés' … Vater?« Das Wort wollte mir nicht über die Lippen kommen – der Kerl, der sie geschwängert hatte, benahm sich nicht wie ein Vater.

»Manchmal. Nur um ihm reinzureiben, hey, das ist dein Baby.

Aber ich lass ihn nicht mehr an mich ran, wenn Sie das meinen. Ein Baby reicht mir.«

»Er zahlt nichts für María Inés?«

»Der hat noch zwei Kinder hier in der Gegend«, rief sie. »Und keine Arbeit. Hab ihn immer gefragt, und nix hat er getan, und jetzt geht er auf die andre Straßenseite, wenn er mich sieht.«

»Ist es dieser Freddy, von dem du und Josie gestern gesprochen habt?«

Sie nickte, und ihr seidiges Haar glitt über das Nylonkissen.

»Wer ist der Typ?«

»Nur ein Typ eben. Hab ihn in der Kirche kennen gelernt, weiter nix.«

Ich fragte mich, ob Pastor Andrés mit seinen strengen Prinzipien in puncto Sex auch mit Freddy darüber sprach, dass man nicht in der ganzen South Side Kinder zeugen sollte, die man nicht ernähren kann, aber als ich das formulierte, wandte Julia sich ab. Mir wurde bewusst, dass ich ihr nicht nur zu schaffen machte, sondern auch ziemlich weit abschweifte von Josies Verschwinden.

»Hatten Josie und Billy denn Sex, als er Freitag- und Samstagnacht hier geschlafen hat?«

»Nein«, antwortete sie mürrisch. »Er hat gesagt, ich soll mit Josie in einem Bett schlafen, er will keine Versuchung. Dann hat er Bibelsprüche aufgesagt. War fast so schlimm, als wär Pastor Andrés im Zimmer.«

Ich konnte mir das Lachen nicht ganz verkneifen bei der Vorstellung von diesem Mix aus Hormonen und Religion auf engstem Raum. Eine Mischung, von der einem schwindlig werden konnte. »Glaubst du, dass deine Schwester mit Billy davongelaufen ist?«

Sie wandte sich wieder mir zu. »Ich weiß nicht genau, aber sie ist in die Schule gegangen und 'ne Stunde später wiedergekommen. Dann hat sie ihre Zahnbürste in ihren Rucksack gepackt und noch ein paar andere Sachen, Pyjama und so. Als ich sie gefragt hab, wo sie hin will, hat sie gesagt, zu April, aber ich weiß genau, wenn Josie lügt. Und April ist erst heute aus dem Krankenhaus rausgekommen. Mrs. Czernin hätte nicht erlaubt, dass Josie sie besucht, wo April noch so krank ist.«

»Hast du eine Ahnung, wo die beiden stecken könnten, Billy und Josie?«

Julia schüttelte den Kopf. »Ich weiß bloß, dass er sie nicht mit nach Hause nehmen würde, Sie wissen schon, das große Haus, wo er mit seiner Ma und seinem Dad wohnt, weil die ja nicht wollen, dass er sich mit 'nem mexikanischen Mädchen trifft.«

Ich redete noch ein Weilchen mit ihr, aber sie schien mir alles gesagt zu haben. Zum Abschied drückte ich ihr noch mal die Hand und sagte: »Wir sehen uns am Donnerstag um drei in der Sporthalle, Julia. Hast du's dir gemerkt?«

Sie flüsterte etwas, das man als Zustimmung deuten konnte. Als ich aufstand, sah ich einen Schatten hinter der Babykleidung auf der Wäscheleine: Rose hatte gelauscht. Nun, vielleicht war das ganz in Ordnung. Vielleicht erfuhr sie auf diesem Wege endlich ein paar wichtige Dinge über ihre Töchter.

26

Annie, Get Your Gun

Ich rieb mir mit den Handballen die Augen. »Angenommen, Billy und Josie verkriechen sich irgendwo hier unten. Dann könnten wir sie vielleicht durch seinen kleinen Sportwagen finden, falls er den auf der Straße geparkt hat.« Ich rechnete im Kopf. »Wir müssten an die siebzig Kilometer Straßen abklappern; könnten wir in vier Stunden schaffen. Wenn wir die kleinen Straßen weglassen, schaffen wir's schneller.«

Mr. Contreras und ich saßen im Mustang, in dem wir Zuflucht gesucht hatten vor Roses Gefühlsausbrüchen. Noch bevor ich das Schlafzimmer der Mädchen verlassen hatte, machte sie Julia schon Vorhaltungen, weil sie ihrer eigenen Mutter verschwiegen hatte, was sie aber mir erzählte. »Hab ich dich zur Lügnerin erzogen?«, schrie sie. Dann fuhr sie herum und befahl, dass ich auf der Stelle nach Josie suchen sollte.

»Und wo soll ich wohl suchen, Rose?«, erwiderte ich müde. »Es ist Mitternacht. Sie sagen, bei April sei sie nicht. Zu welchen Freundinnen könnte sie noch gegangen sein?«

»Ich weiß nicht, ich kann nicht denken. Sancia vielleicht? Aber Sancia war eigentlich Julias Freundin, obwohl sie und Josie …«

»Ich werd es bei Sancia versuchen«, unterbrach ich sie, »und bei den anderen Mädchen aus der Mannschaft. Was ist mit Verwandten? Hat sie Kontakt zu ihrem Vater?«

»Ihrem Vater? Diesem *gamberro*? Der hat sie zum letzten Mal gesehen, als sie zwei war. Ich weiß nicht mal, wo der jetzt wohnt.«

»Wie heißt er? Manchmal treffen sich Kinder auch heimlich mit ihren Vätern.«

Als Rose sofort widersprach – Josie würde nie etwas heimlich tun –, wies ich sie darauf hin, dass Josie auch heimlich abgehauen war, worauf sie widerwillig den Namen des Mannes herausrückte: Benito Dorrado. Als sie ihn vor acht Monaten zuletzt gesehen hatte, saß er mit einer zugemalten *puta* in seinem Eldorado. Ich hörte Julia im Bett entsetzt keuchen ob der Wortwahl ihrer Mutter.

»Gibt es sonst noch Verwandte? Haben Sie Brüder oder Schwestern in Chicago?«

»Mein Bruder wohnt in Joliet. Den hab ich schon angerufen, er hat nichts von ihr gehört. Meine Schwester lebt in Waco in Texas. Sie glauben doch nicht...«

»Rose, Sie sind durcheinander und drehen sich im Kreis. Hat Josie ein enges Verhältnis zu Ihrer Schwester? Glauben Sie, dass Josie Billy dazu überreden würde, sechzehnhundert Kilometer zu ihr zu fahren?«

»Ich weiß nicht, ich weiß nicht, ich will nur mein Kind wiederhaben.« Rose brach in Tränen aus, schluchzte so gequält, wie es Menschen tun, die sich solche Ausbrüche nur selten erlauben.

Mr. Contreras tröstete sie mit fast derselben beruhigenden Sprache wie zuvor die Kleine. »Geben Sie uns etwas, das dem Mädchen gehört, ein T-Shirt oder irgendetwas, das nicht gewaschen ist. Mitch hier kann dann die Fährte aufnehmen und sie finden, Sie werden schon sehen.«

Die beiden Jungen hatten sich auf ihren Luftmatratzen aufgerichtet und starrten Rose mit großen, ängstlichen Augen an. Ihre verschwundene Schwester war schon Aufregung genug, und nun brach auch noch ihre Mutter zusammen. Um alle zu beruhigen, versprach ich, mich noch heute Nacht umzuschauen. Ich gab Rose meine Handynummer und sagte ihr, sie solle mich anrufen, sobald sie etwas hörte.

Nun hockten mein Nachbar und ich in meinem Wagen und versuchten, einen Plan auszutüfteln. Mitch lag auf dem schmalen Rücksitz, Josies ungewaschenes Basketballtrikot zwischen den Pfoten. Ich hatte ihn noch nie für eine exzellente Spürnase gehalten, aber man konnte ja nie wissen.

»Wir sollten mit den Mädchen aus der Mannschaft anfangen«, schlug Mr. Contreras vor.

»Ein Adressbuch wäre hilfreich, ein Telefonbuch, irgendwas.«

Ich wollte nicht noch mal bei den Dorrados auftauchen, um nach einem Telefonbuch zu fragen. Schließlich rief ich trotz der

Uhrzeit Morrell an. Er war noch wach, da er sich das Football-Spiel ansah.

»Noch zwei Minuten Spielzeit, die Chiefs liegen fünf Punkte zurück«, berichtete ich Mr. Contreras, der sich daraufhin in Erwartung seines Gewinns erfreut die Hände rieb.

Ich hörte Morrell den Flur entlanghumpeln, um sein Laptop und die Telefonbücher zu holen. In ein paar Minuten hatte er mir sämtliche Adressen der Mädchen vorgelesen, die Telefonanschluss hatten, inklusive Celine Jackman, obwohl ich mir nicht vorstellen konnte, dass Josie sich an Aprils Erzfeindin wenden würde. Ich zeichnete eine Skizze der Gegend und schrieb die Adressen an die Straßen. Sie befanden sich alle innerhalb eines Radius von anderthalb Kilometern. Nur Aprils Vater, Benito Dorrado, war von South Chicago in die East Side gezogen, ein etwas ruhigeres und weniger armes Viertel in der Nähe.

Wir brauchten weit über eine Stunde, um alle Straßen und Nebenstraßen im Umfeld der Adressen abzugrasen. Mir stand nicht der Sinn danach, die Mädchen jetzt rauszuklingeln – Besuche mitten in der Nacht von der Trainerin, die eine verschwundene Spielerin suchte, waren nicht gut fürs Nervenkostüm. Ich nahm Mitch an die kurze Leine und spähte in die Garagen – die meisten von dem Mädchen wohnten in flachen Bungalows, wie es sie hier häufig gibt, zu denen meist eine Garage gehört. In einer gerieten wir in ein Gangtreffen von acht oder zehn jungen Männern, deren stumpfe, drohende Blicke mich das Gruseln lehrten. Sie schienen sich zu überlegen, ob sie über uns herfallen sollten, aber Mitch ließ sein gefährlichstes Knurren ertönen, worauf die Typen zurückwichen und wir uns aus dem Staub machen konnten.

Um halb zwei rief Rose an und fragte, ob wir etwas gefunden hätten. Als ich ihr Bericht erstattete, seufzte sie, sagte aber, sie müsse wohl jetzt zu Bett gehen; sie wolle morgen ihre Jobsuche fortsetzen, obwohl sie so bedrückt sei, dass sie bestimmt keinen guten Eindruck machen würde.

Mr. Contreras und ich fuhren unter dem Skyway durch Richtung Süden. Benito Dorrado wohnte in einem kleinen Holzhaus an der Avenue J. Im Haus brannte kein Licht, was angesichts der Uhrzeit nicht verwunderlich war, aber ich hatte keinerlei Skrupel,

Dorrado zu wecken – er war Josies Vater und sollte ruhig teilhaben an dramatischen Ereignissen in ihrem Leben. Ich klingelte Sturm an der Haustür und rief dann mit dem Handy seine Nummer an. Nachdem wir ein Weilchen dem blechernen Klingelton hinter der Haustür gelauscht hatten, gingen wir nach hinten. Die schmale Garage war leer, weder Benitos Eldorado noch Billys Miata befanden sich dort. Entweder war der Mann umgezogen, oder er verbrachte die Nacht bei der zugemalten *puta*.

»Ich glaube, wir gehen jetzt nach Hause.« Ich gähnte so ausgiebig, dass mein Kiefer knackte. »Ich sehe schon Flecken statt Straßenschilder, da sollte man nicht mehr fahren.«

»Sind Sie schon müde, Liebchen?«, fragte mein Nachbar grinsend. »Sonst kommen Sie doch oft noch viel später heim.«

»Was Ihnen ja ganz einerlei ist, nicht wahr?«, erwiderte ich, ebenfalls grinsend.

»Aber sicher, Liebchen, ich weiß doch, dass Sie's nicht mögen, wenn ich die Nase in Ihre Angelegenheiten stecke.«

Wenn ich um diese Uhrzeit noch herumziehe, bin ich meist mit Freunden in einem Club und tanze; da halten Musik und Bewegung mich wach. In einem Auto herumzukutschieren und angestrengt durch die Windschutzscheibe zu starren, ist etwas anderes. Außerdem fährt es sich nicht gut in South Chicago: Straßen enden urplötzlich in Resten der alten Sümpfe, auf denen die Stadt erbaut wurde, in Kanälen oder sonstigen Wasserwegen, andere stoßen auf die Autobahn. Ich glaubte, mich zu erinnern, dass ich über die 103rd Street zur Schnellstraße käme, musste dann aber umkehren, weil ich am Calumet River gelandet war. Auf der anderen Flussseite lag das Lagerhaus von By-Smart. Ich sann darüber nach, ob Romeo Czernin wohl heute Nacht mit einer Fuhre unterwegs war und ob er und Marcena irgendwo auf einem Schulhof geparkt hatten und sich im Laster hinter den Sitzen verlustierten.

Die Straße war holprig hier, zwischen den Häusern gab es große, leere Flächen, auf denen zwischen braunem Gras und abgestorbenen Bäumen allerhand Gerümpel herumlag: ausrangierte Bettgestelle, Reifen und verrostete Autokarrosserien. Ein paar Ratten huschten über die Straße und verschwanden linkerhand in dem Graben. Mitch winselte und sprang hinter uns auf –

er hatte sie auch gesichtet und war der Überzeugung, sie fangen zu können, wenn ich ihn losließe.

Ich dehnte meine angespannten Schultermuskeln und machte mein Fenster auf, damit mir der Wind ins Gesicht blies. Mr. Contreras schnalzte besorgt mit der Zunge und stellte das Radio an, um mich wach zu halten. Ich bog auf eine Straße nach Norden ein, die auf Umwegen zur Autobahn führte.

Die Temperatur lag um den Gefrierpunkt, meldete WBBM, und es gab keine Staus auf der Autobahn – zwei Uhr morgens war die Idealzeit, um in Chicago unterwegs zu sein. Die Börsen in London und Frankfurt hatten eröffnet, mit flauen Gewinnen. Die Chiefs hatten sich wieder berappelt, lagen aber immer noch acht Punkte zurück.

»Da kommen Sie ja noch mit einem blauen Auge davon, Herzchen«, meinte Mr. Contreras tröstend. »Das bedeutet, Sie schulden mir noch sieben Kröten mehr, zwei für den Score im dritten Viertel, einen für alle Sacks von New England, einen für …«

»Moment mal.« Ich trat auf die Bremse.

Wir befanden uns unter dem Skyway, flankiert vom deprimierenden Schutt der South Side. Ich hatte angestrengt auf die Schlaglöcher geachtet, als ich aus dem Augenwinkel eine Bewegung wahrnahm. Zwei Typen, die im Müll herumstocherten. Als ich anhielt, hörten sie damit auf und starrten aufgebracht herüber. Das Licht von der Autobahn oben brach sich auf ihren Radeisen. Ich blinzelte und versuchte zu erkennen, an was sie sich zu schaffen machten: am glatten runden Kotflügel eines neuen Wagens.

Ich riss meine Pistole aus dem Holster und schnappte mir Mitchs Leine. »Bleiben Sie im Auto!«, befahl ich Mr. Contreras, riss die Wagentür auf und sprintete raus, bevor er Widerspruch erheben konnte.

Mitchs Leine hatte ich in der linken Hand, die Knarre in der rechten. »Waffen fallen lassen! Hände hoch!«

Sie riefen mir irgendwelche Schweinereien zu, aber Mitch knurrte wütend und zerrte an der Leine.

»Ich kann den hier nicht mehr lange halten«, verkündete ich und stapfte auf die beiden zu.

Scheinwerferlicht von oben huschte über uns. Mitchs Zähne

glitzerten gemein. Die beiden ließen die Radeisen fallen, hielten die Hände hinter den Kopf und wichen zurück, wobei das Auto zum Vorschein kam. Ein Miata, den man mit solcher Wucht in den Schutt gefahren hatte, dass nur noch das Heck mit dem aufgebrochenen Kofferraum und dem Nummerschild mit der Aufschrift The Kid 1 zwischen den Brettern und Bettfedern herausragte.

»Wo habt ihr diesen Wagen gefunden?«, herrschte ich die Typen an.

»Hau ab, Nutte. Wir waren zuerst hier.« Der eine Typ ließ die Hände fallen und bewegte sich auf mich zu.

Ich feuerte, mit ausreichend Abstand, damit ich keinen traf, aber sie sollten wissen, dass ich es ernst meinte. Mitch heulte vor Schreck; er hatte noch nie einen Schuss gehört. Er bellte und sprang herum wie ein Wilder, versuchte wegzurennen. Ich verbrannte mir die Finger am heißen Lauf, als ich sicherte, während Mitch knurrte und an der Leine zerrte. Als ich ihn wieder einigermaßen im Griff hatte, war ich schwer am Schwitzen und Keuchen, und Mitch zitterte, aber die beiden Typen standen da wie Salzsäulen, die Hände brav hinterm Kopf.

Mr. Contreras tauchte neben mir auf und nahm mir die Leine ab. Da ich selbst zitterte, war ich dankbar dafür, aber ich sagte nichts, sondern achtete darauf, dass meine Stimme ruhig und deutlich klang, als ich die Typen wieder ansprach.

»Das Einzige, was ihr beiden Kerle zu mir sagt, ist ›Ma'am‹. Nicht ›Nutte‹ und auch nicht ›Schlampe‹ oder sonstwelche dreckigen Ausdrücke, die euch grade durch euer mieses Hirn wandern und aus dem Mund rauskommen wollen. Nur ›Ma'am‹. So. Welcher von euch hat den Wagen hierher gefahren?«

Sie schwiegen sich aus. Ich machte eine große Show daraus, die Smith & Wesson zu entsichern.

»Wir haben ihn hier gefunden«, sagte darauf der eine. »Wieso willst 'n das wissen?«

»Es heißt ›wieso wollen Sie das wissen, Ma'am‹«, knurrte ich. »Ich will das wissen, weil ich Detektivin bin und dieser Wagen eine Rolle spielt in einem Entführungsfall. Wenn ich eine Leiche drin finde, könnt ihr beiden euch glücklich schätzen, wenn ihr nicht im Todestrakt landet.«

»Wir haben den Wagen hier gefunden, er war schon hier.« Inzwischen winselten sie beinahe, und mir wurde übel von meinem eigenen Benehmen – gib einer Frau eine Knarre und einen großen Hund, und sie demütigt andere Menschen genauso wie ein Mann.

»Sie können nichts beweisen, wir wissen nichts, wir ...«

»Lassen Sie die nicht aus den Augen«, sagte ich zu Mr. Contreras.

Ich ging rückwärts zu dem Auto, zielte dabei weiterhin auf die Typen. Mein Nachbar hielt Mitch an der Leine, der immer noch unruhig war. Im Kofferraum, den die beiden Gestalten aufgebrochen hatten, stieß ich nur auf ein Handtuch und ein paar Bücher von Billy – *Rich Christians in an Age of Hunger* und *The Violence of Love*.

Die beiden Typen standen da wie angewurzelt. Ich drehte mich um, schlug mich durch das Gestrüpp und spähte ins Innere des Wagens. Keine Josie, kein Billy. Die Windschutzscheibe vor dem Fahrersitz war gesplittert, das Seitenfenster eingeschlagen, das Dach zerfetzt. Vielleicht war das alles passiert, als der Wagen in den Schutt chauffiert wurde. Oder die beiden Typen mit ihren Radeisen hatten hier ihre Spuren hinterlassen.

Ein ständiges unrhythmisches Vibrieren ging von den rostigen Pfeilern der Brücke aus. Die Lichter huschten vorüber, waren aber nicht hell genug, um etwas im Inneren des Wagens zu erkennen. Ich schaltete die kleine Taschenlampe an meinem Handy ein, steckte den Kopf durch das Loch im Stoffdach des Miata und leuchtete umher. Glassplitter waren auf dem Armaturenbrett und dem Sitz verstreut. Es roch nach Whiskey, Bourbon oder Rye Whiskey. Vor dem Beifahrersitz lag eine offene Thermosflasche; unter dem Deckel hatte sich eine kleine Lache gebildet.

Die Flasche war ein Designermodell aus Titan, von Nissan. Dieselbe hatte ich Morrell geschenkt, als er nach Afghanistan aufbrach. Sie hatte ein Vermögen gekostet, war aber auch enorm stabil; nicht mal, als er angeschossen wurde, hatte sie eine Delle abgekriegt, nur das *I* aus dem Firmennamen war abgesplittert. Genau wie bei dieser hier.

Ich zerrte an der Beifahrertür, bis sie aufging. Benommen

nahm ich die Flasche an mich und steckte sie in meine Manteltasche. Wie war Morrells Flasche in Billys Wagen gelandet? Vielleicht hatte Billy auch so eine, und das *I* brach leicht ab. Allerdings konnte ich mir nicht vorstellen, dass Billy oder Josie
Whiskey tranken.

Morrell war am Samstag bei mir gewesen, als Buffalo Bill he-
reinmarschiert war und seinen Enkel verlangt hatte, aber selbst
wenn Morrell jemand wäre, der nach Billy suchen würde, ohne
es mir zu sagen, konnte er das zurzeit gar nicht schaffen. Und
er hatte nicht viel übrig für Whiskey.

Ich klappte mein Handy auf und drückte die Taste für Morrells
Nummer, aber dann schaltete ich es wieder aus, weil mir klar
wurde, dass es nach halb drei war. Ich brauchte ihn nicht zu
wecken wegen einer Frage, die ich ihm auch am nächsten Morgen stellen konnte. Außerdem hatte ich noch die beiden Typen
an der Hand, die den Kofferraum aufgebrochen hatten. Die
konnten auch ein paar Fragen beantworten.

Wie auf Stichwort gab es einen Tumult hinter mir: Mr. Contreras schrie, Mitch bellte wie wild, und Schotter spritzte auf, als
die beiden Typen lossprinteten. Ich hastete so schnell wie möglich durch das Gestrüpp und ließ dabei die beiden Bücher fallen.
Die Kerle rannten die Ewing entlang. Mitch riss sich los und
setzte sich auf ihre Fährte.

Ich brüllte, er solle zurückkommen, doch er reagierte nicht.
Ich setzte ihm nach. Ein paar Meter weit hörte ich noch Mr.
Contreras hinter mir, dann nur noch das Dröhnen des Verkehrs
von der Autobahn. An der 100th Street bogen die Typen Richtung
Fluss ab, Mitch dicht auf den Fersen. Ich folgte ihnen noch eine
Weile, musste mir dann aber eingestehen, dass ich sie verloren
hatte. Ich stand still und horchte, doch ich hörte nur das Donnern der Laster auf der Brücke und das Plätschern des Flusses
irgendwo zu meiner Linken.

Ich ging zur Ewing zurück. Wenn Mitch die beiden erwischt
hätte, würde man das Geschrei hören. Aber sich zu Fuß durch
die Sackstraßen und das sumpfige Gelände zu schlagen, auf dem
diese Burschen zu Hause waren, war hirnrissig.

27

Tod im Sumpf

Hinter mir tauchten Scheinwerfer auf, die mich anstrahlten wie einen Hirsch auf einer einsamen Landstraße. Ich duckte mich hinter eine Mülltonne, bis ich feststellte, dass es sich um mein eigenes Auto handelte; Mr. Contreras war so vernünftig gewesen, mir zu folgen.

»Wo stecken Sie, Liebchen?« Der alte Mann war ausgestiegen und blickte um sich. »Ich hab Sie grade noch gesehen. Oh – wo ist Mitch? Es tut mir leid, er ist plötzlich losgesprungen und hat diese Kerle verfolgt. Sind sie hier lang gelaufen?«

»Ja. Aber inzwischen könnten sie überall sein, auch mitten im Sumpf.«

»Es tut mir so leid, Liebchen, ich versteh schon, warum Sie mich nicht dabeihaben wollen bei Ihrer Arbeit. Ich kann nicht mal den verflixten Hund festhalten.« Er ließ den Kopf hängen.

»Na, na.« Ich tätschelte ihm den Arm. »Mitch ist kräftig, und er wollte diese beiden Kreaturen unbedingt fangen. Wenn ich hier nicht Annie Oakley gespielt hätte, wäre Mitch gar nicht erst so durchgedreht. Und wenn ich den Wagen genommen hätte, anstatt zu meinen, ich könnte Zwanzigjährige zu Fuß einholen…« Ich unterbrach mich; Selbstanklagen und Mutmaßungen gehören zu den Luxusbeschäftigungen, die sich eine gute Detektivin nicht erlauben sollte.

Mein Nachbar und ich riefen noch ein, zwei Minuten nach dem Hund und lauschten angestrengt. Der Skyway befand sich hier zu unserer Linken, und das Dröhnen übertönte alle anderen Geräusche.

»Das bringt nichts«, sagte ich. »Wir fahren rum. Wenn wir ihn nicht bald sehen, kommen wir mit Peppy wieder, wenn es hell ist – sie kann ihn vielleicht aufspüren.«

Mr. Contreras pflichtete mir bei; zumindest meinem ersten Vorschlag. Als wir ins Auto stiegen, sagte er: »Sie fahren heim, legen sich eine Weile aufs Ohr und kommen dann mit Peppy wieder, aber ich lasse Mitch hier nicht zurück. Er war noch nie nachts alleine draußen, und er wird's auch heute nicht sein.«

Ich widersprach ihm nicht, weil ich im Grunde dasselbe empfand. Wir fuhren langsam die 100th Street entlang, und Mr. Contreras steckte den Kopf aus dem Fenster und pfiff alle paar Meter durchdringend. Als wir näher zum Fluss kamen, sahen wir halb verfallene Fabrikbauten und Baracken anstelle der heruntergekommenen kleinen Häuser am Straßenrand. Die beiden Typen konnten sich in einer der alten Fabriken versteckt haben. Mitch lag womöglich dort – ich verdrängte den Gedanken.

Wir durchkämmten die vier Straßenzüge zwischen der Brücke und dem Fluss. Nur einmal begegneten wir einem anderen Fahrzeug, einem Zyklopen, dem der rechte Scheinwerfer fehlte. Ein dürrer, nervöser Jugendlicher saß am Steuer, der sich duckte, als er uns sah.

Am Fluss stieg ich aus und holte meine starke Taschenlampe aus dem Handschuhfach. Mr. Contreras beleuchtete damit das Flussufer, während ich durch das trockene Schilf streifte.

Wir konnten von Glück sagen, dass es Herbst war; ein Großteil der Vegetation war erfroren und vermodert, und im hohen Gras lauerten nicht mehr Myriaden hungriger Stechmücken. Doch der Boden war schlammig, und ich spürte, wie mir das kalte Brackwasser in die Schuhe drang.

Ich hörte etwas rascheln im Gestrüpp und blieb stehen. »Mitch«, rief ich gedämpft.

Einen Moment lang herrschte Stille, dann war das Rascheln wieder zu vernehmen. Etwas Rattenähnliches kam herausgehuscht, gefolgt von einer kleinen Sippschaft, und flitzte zum Fluss. Ich ging weiter.

Kurz darauf kam ich an einem Mann vorbei, der so reglos im Gras lag, dass ich ihn im ersten Moment für tot hielt. Widerstrebend näherte ich mich; er atmete, ein langsames raspelndes Geräusch. Mr. Contreras war mir mit der Lampe gefolgt, und ich sah die Spritze, die quer auf einer offenen Bierdose lag. Ich überließ den Mann den Träumen, die ihm noch blieben, und kletterte die Böschung wieder hoch.

Auf der anderen Seite des Flusses führten wir müde und bedrückt dasselbe Manöver durch und riefen beide nach Mitch. Als wir uns schließlich zum Wagen zurückschleppten und auf die Sitze sanken, war es nach fünf Uhr morgens, und der Himmel im Westen nahm diesen hellen Grauton an, der um diese Zeit, wenn das Jahr zu Ende geht, die Morgendämmerung ankündigt.

Ich holte meine Karten heraus. An der West Side waren die Sümpfe endlos; hier konnte ein ganzer Suchtrupp mit Hunden eine Woche zubringen, ohne auch nur die Hälfte des Geländes abzugrasen. Dahinter gab es meilenweit Straßen mit verlassenen Häusern und Schrottplätzen; ein Hund fiel dort keinem auf. Aber ich glaubte nicht, dass die beiden Typen den Fluss überquert hatten. Ich nahm an, dass sie den Miata unweit von ihrer Bleibe gefunden oder entführt hatten.

»Ich weiß nicht, was wir jetzt tun sollen«, sagte ich erschöpft.

Meine Füße waren klamm und eiskalt, meine Augen brannten vor Müdigkeit. Mr. Contreras ist einundachtzig; ich konnte nicht verstehen, wie er sich überhaupt noch auf den Beinen hielt.

»Ich auch nicht, Herzchen, ich auch nicht. Ich hätte niemals...« Er brach seine Anklage ab, bevor ich es tun konnte. »Haben Sie das gesehen?«

Er wies auf einen dunklen Umriss weiter vorne. »Vermutlich nur irgendein Wildtier, aber schalten Sie das Licht an, Liebchen, schnell.«

Ich tat wie geheißen, sprang dann aus dem Wagen und ging in die Hocke. »Mitch? Mitch? Komm hierher, mein Junge, komm!«

Sein Fell war schlammverkrustet, und die Zunge hing ihm aus dem Maul vor Erschöpfung. Als er mich erblickte, gab er ein kurzes erleichtertes »Wuff« von sich und leckte mir das Gesicht ab. Mr. Contreras stolperte aus dem Wagen, umarmte den Hund und beschimpfte ihn nach Strich und Faden, drohte Mitch, ihn bei lebendigem Leibe zu häuten, wenn er so eine Nummer noch mal abzöge.

Hinter uns hupte ein Wagen, und wir zuckten alle drei zusammen. Wir hatten vergessen, dass wir auf einer Straße standen, weil wir so lange niemandem begegnet waren. Mitchs Lederleine hing noch an seinem Halsband. Ich wollte ihn zum Wagen führen, aber er stemmte die Pfoten auf den Boden und knurrte.

»Was ist los, Junge? Hm? Hast du was in der Pfote?« Ich tastete seine Pfoten ab und fand ein paar kleine Risse, aber nichts, das feststeckte.

Er hob etwas von der Straße auf und ließ es vor meinen Füßen fallen. Dann drehte er sich um, blickte die Straße Richtung Westen entlang, von wo er gekommen war, nahm das Ding wieder ins Maul und ließ es erneut fallen.

»Er will, dass wir in diese Richtung gehen«, sagte Mr. Contreras. »Er hat was gefunden und will, dass wir mitkommen.«

Ich betrachtete das Ding im Licht der Taschenlampe. Es handelte sich um ein Stück Stoff, das aber so verdreckt war, dass ich es nicht identifizieren konnte.

»Wollen Sie uns mit dem Wagen nachfahren, während ich ihm folge?«, fragte ich zögernd. Vielleicht hatte er einen der Typen totgebissen und wollte mir die Leiche zeigen. Oder er hatte durch den Geruch des T-Shirts Josie gefunden, aber dieser Fetzen hier war zu klein für ein T-Shirt.

Ich entdeckte noch eine Flasche Wasser im Wagen und goss etwas in eine leere Papptasse, die ich am Straßenrand fand. Mitch hatte es so eilig, dass ich ihn nur mit Mühe zum Trinken überreden konnte. Ich trank den Rest selbst aus und ließ ihm dann seinen Willen. Den schmutzigen Stofffetzen wollte er unbedingt wiederhaben.

Inzwischen kamen öfter Autos vorbei, Leute, die im trüben Morgengrauen zur Arbeit fuhren. Ich nahm die Taschenlampe in die rechte Hand, damit uns entgegenkommende Fahrzeuge sehen konnten. Dann tappten wir die 100th Street entlang; Mr. Contreras folgte im Wagen, und Mitch schaute immer wieder unruhig zu mir und dann auf die Straße. Nach etwa einem Kilometer, an der Torrence, schien er die Fährte verloren zu haben und lief ein Weilchen am Straßengraben auf und ab. Dann hielt er sich Richtung Süden.

An der 103rd wandte er sich nach Westen. Wir marschierten am gewaltigen Lagerhaus von By-Smart vorbei. Ein Laster nach dem anderen bog auf die Zufahrt ein, und ein Strom von Menschen näherte sich von der Bushaltestelle. Die Morgenschicht schien zu beginnen. Während unseres Marschs hatte sich der Himmel erhellt; es war Morgen geworden.

Ich bewegte mich wie eine Bleifigur, setzte mechanisch einen schweren Fuß vor den anderen. Alles schien weit entfernt zu sein: die vielen Autos und Laster, die braunen Gräser im Sumpf, sogar der Hund. Mitch kam mir vor wie ein Phantom, ein schwarzer Geist, dem ich willenlos folgte. Hinter Mr. Contreras hupten genervte Autofahrer, aber nicht einmal das drang richtig zu mir durch.

Plötzlich bellte Mitch kurz und bog scharf vom Straßenrand in den Sumpf ab. Ich war so verblüfft, dass ich das Gleichgewicht verlor und schwerfällig in den kalten Schlamm fiel. Da lag ich dann wie benommen und wollte nicht mehr aufstehen, aber Mitch zerrte an mir, bis ich mich schließlich aufrappelte. Seine Leine wieder aufzuheben, war mir jetzt zu mühevoll.

Mr. Contreras rief von der Straße herüber, was Mitch vorhabe.

»Weiß nicht«, krächzte ich.

Mr. Contreras schrie noch etwas, aber ich zuckte die Achseln; ich verstand ihn nicht. Mitch zerrte an meinem Ärmel. Ich blickte zu ihm hinunter. Er bellte mich an und lief weiter in den Sumpf hinein, weg von der Straße.

»Versuchen Sie, uns zu folgen«, schrie ich Mr. Contreras heiser zu und winkte.

Nach ein paar Minuten sah ich Mr. Contreras nicht mehr. Die hohen Gräser mit ihren grauen Bärten ragten über mir auf. Die Stadt schien so weit entfernt wie ein Traum; ich nahm nur noch den schlammigen Boden wahr, die Sumpfratten, die davonflitzten, die Vögel, die sich mit Warnrufen in die Luft erhoben. Unter dem bleigrauen Himmel verlor ich die Orientierung. Es konnte sein, dass wir im Kreis gingen, dass wir hier sterben würden, aber ich war so erschöpft, dass mich auch das nicht weiter beunruhigte.

Auch der Hund war erschöpft; nur deshalb konnte ich ihm folgen. Er blieb immer etwa ein Dutzend Schritte vor mir, die Nase am Boden, und blickte nur kurz auf, um sich zu versichern, dass ich hinter ihm war. Er verfolgte die Spuren, die ein Lastwagen im Schlamm hinterlassen hatte. Sie waren so frisch, dass die umgeknickten Pflanzen noch am Boden lagen.

Ich trug keine Handschuhe, und meine Hände waren steif gefroren. Ich betrachtete sie, während ich vorwärtsstolperte. Sie sahen aus wie große violette Würstchen. Es wäre schön gewesen, jetzt ein gebratenes Würstchen zu essen, aber ich konnte meine Finger nicht verspeisen, das war lächerlich. Ich steckte die Hände in die Manteltaschen. Dabei stieß ich an die Thermosflasche. Sehnsüchtig dachte ich an den Bourbon. Er gehörte jemand anderem, Morrell, doch der hatte gewiss nichts dagegen, wenn ich einen Schluck trank, um mich zu wärmen. Es gab einen Grund, weshalb ich ihn nicht trinken sollte, aber ich konnte mich nicht daran erinnern. War der Whiskey vergiftet? Ein Dämon hatte ihn aus Morrells Küche gestohlen. Ein komischer, untersetzter Dämon mit buschigen, zuckenden Augenbrauen; er brachte die Flasche zu Billys Wagen und sah dann zu, wie ich sie fand. Ein Schrei unter meiner Nase schreckte mich auf. Ich war im Stehen eingeschlafen, aber Mitchs heißer Atem und sein ängstliches Jaulen brachten mich zurück in die Gegenwart, in den Sumpf, unter den düsteren Herbsthimmel, zu dieser sinnlosen Expedition.

Mit meinen verklumpten Wurstfingern in den Ärmeln schlug ich mir auf die Brust. Ja, Schmerz war anregend. In den Fingern pochte es, und das war gut, sie hielten mich wach. Ich war mir nicht sicher, ob ich noch schießen konnte, aber auf wen sollte ich auch schießen mitten im Sumpf?

Das Gras lichtete sich, und statt Sumpfratten sah ich rostige Dosen. Eine echte Ratte lief über den Weg und blickte Mitch herausfordernd an, doch der beachtete sie gar nicht. Er winselte jetzt unruhig und lief schneller, stieß mich mit dem Kopf an, sobald er den Eindruck hatte, dass ich ins Stocken kam.

Mir war gar nicht aufgefallen, dass wir den Sumpf verlassen hatten, aber plötzlich waren wir auf einer Müllkippe, bahnten uns einen Weg durch Konservenbüchsen, Plastiktüten, Halterungen von Sechserpacks, zerfetzte Kleider, Autositze, Dinge, die ich lieber nicht deuten wollte, alles untergepflügt von dem Lastwagen, dessen Spuren wir folgten. Ich stolperte über einen Autoreifen, hielt mich aber aufrecht und tappte weiter.

Der Müll endete quasi bei einem Stacheldrahtzaun, doch der Lastwagen hatte den Zaun niedergewalzt, ein drei Meter breites Stück herausgerissen. Mitch schnüffelte an einem purpurroten Etwas, das am Zaun hing, jaulte und bellte. Ich ging zu ihm und betrachtete das Ding. Es war neu, neu an dieser Stelle, meine ich, denn es hatte seine Farbe noch nicht verloren. Jedes andere Stoffstück hier war schmutzig grau. Ich versuchte, es zu betasten, aber meine Finger waren so gefühllos, dass ich nichts spürte.

»Sieht aus wie Seide«, sagte ich zu Mitch. »Josie trägt keine Seide, was soll das also, Junge?«

Er stieg über den kaputten Zaun hinweg, ich tat es ihm gleich. Dahinter rannte er los. Als ich nicht schnell genug folgen konnte, kam er zurück und zwickte mich in die Wade. Halb verdurstet, hungrig und steif vor Kälte hoppelte ich ihm hinterher, eine asphaltierte Straße entlang, einen Abhang hinauf, auf ein Plateau, auf dem das Gras sich weich unter den Sohlen anfühlte. Ich war wohl wieder eingeschlafen, denn nun war ich in einem Märchen, wo man durch den von Unholden heimgesuchten Wald wandert und zu einem Zauberschloss kommt – zum Park eines Zauberschlosses jedenfalls.

In meiner Seite stach etwas, und vor meinen Augen tanzten schwarze Punkte, die ich immer wieder mit Mitch verwechselte. Nur sein heiseres Bellen zeigte mir die Richtung an, in die ich mich bewegen sollte. Ich schwebte nun, der Boden war einen Meter unter mir. Ich konnte fliegen, das war die Magie des Zauberschlosses, ein schlammschwerer Fuß hebt von der Erde ab, der nächste tut es ihm gleich, ich musste nur meine Arme ein bisschen bewegen, und ich segelte kopfüber den Abhang hinunter, überschlug mich immer wieder, bis ich beinahe in einem Teich landete.

Ein riesiger Hund tauchte auf; er gehörte gewiss der Hexe, in deren Schlossgarten ich eingedrungen war. Der Hund packte meinen Ärmel und versuchte, mich vorwärtszuziehen, aber es gelang ihm nicht. Da biss er mich in den Arm, und ich setzte mich auf.

Mitch. Ja, mein Hund. Der mich ins Nirgendwo führte, zu einer sinnlosen Mission. Er biss mich wieder, diesmal so fest, dass seine Zähne den Mantelstoff durchbohrten. Ich schrie auf.

»Herrje, bist du ein Marine-Sergeant oder was?«, krächzte ich.

Er blickte mich verächtlich an: Ich war das kläglichste Exemplar von einem Rekruten, das ihm beim Dienst jemals untergekommen war. Dann trottete er am Rand des Gewässers entlang und trank einen Schluck. Wir gingen um eine Biegung, dann erblickte ich in der Ferne eine Flotte blauer Lastwagen und vor mir braune Müllberge. Die Müllhalde. Waren wir auf der Müllhalde von Chicago? Dieser Hund hatte mich durch die Hölle geschleift, um mir die weltgrößte Ansammlung von Müll zu präsentieren?

»Wenn ich jemanden gefunden habe, der mich heimfährt, werde ich dich ...« Ich beendete meine heiseren, nutzlosen Drohungen. Mitch war in einer Kuhle verschwunden. Vorsichtig trat ich näher und blickte über den Rand. Man hatte diese Kuhle ausgehoben und dann ungenutzt gelassen; am Rand wuchs struppiges Unkraut.

Und am Boden der Kuhle lagen zwei Menschen. Ich stolperte den steinigen Abhang hinunter. Meine Erschöpfung war vergessen. Beide waren übelst misshandelt worden, grün und blau geschlagen, hie und da hingen Fetzen von Haut herab. Die eine Gestalt schien ein Mann zu sein, aber Mitch hatte sich neben der anderen Gestalt niedergelassen und berührte sie mit der Pfote. Üppiges, sandfarbenes Haar umgab ihr geschwollenes Gesicht. Ich kannte das Gesicht, ich kannte den schwarzen Ledermantel. Und das rote Stück Stoff am Zaun war ihr Tuch. Ich hatte oft genug zugesehen, wie sich Marcena Love dieses Tuch umlegte. Mein Glückstuch, hatte sie gesagt, ich trage es immer in Kampfgebieten.

Der Mann – ich sah hin und schaute wieder weg. Es konnte nicht Morrell sein, nicht wahr? Die schwarzen Punkte vor meinen Augen schwollen und sprangen auf und ab, blendeten den grauen Himmel und die verunstalteten Körper aus. Mir wurde übel, mein leerer Magen rebellierte. Ich wandte mich ab und erbrach Galle und Schleim.

28

Es ist ein Vogel, es ist ein Flugzeug,
nein, es ist …

Durch schiere Willenskraft rappelte ich mich auf. Ich brauchte dringend Wasser; meine Beine zitterten nicht nur vor Erschöpfung und durch den Schock, sondern auch durch Dehydrierung. Wieder dachte ich an den Bourbon in meiner Tasche, aber wenn ich mir den jetzt in meinen leeren Magen schüttete, würde mir nur übel davon.

Ich ging neben den beiden Körpern in die Hocke. Der Mann war größer und kräftiger als Morrell und als Billy.

Denk nach, Warshawski, und überlass die Melodramen den Seifenopern. Romeo, nahm ich an. Romeo Czernin. Er wirkte äußerst tot auf mich, aber ich tastete dennoch in der lila Masse, die einst sein Hals gewesen war, nach dem Puls. Ich spürte keine Regung, aber andererseits waren meine Finger so gefühllos, dass ich wohl ohnehin nichts gespürt hätte. Seine Haut war noch warm; falls er tot war, dann noch nicht lange.

Mitch leckte Marcena ängstlich das Gesicht. Als ich ihn beiseite zog, um nach ihrem Puls zu fühlen, spürte ich ein schwaches, unregelmäßiges Pochen. Ich kramte mein Handy heraus, aber sein Einsatz als Taschenlampe hatte wohl die Batterie aufgebraucht – nichts regte sich.

Ich rappelte mich hoch. Die Mülllaster mochten etwa einen Kilometer von hier entfernt sein, ein weiter Weg auf diesem Gelände, aber mir fiel keine bessere Lösung ein, um Hilfe zu holen – den Rückweg würde ich nicht mehr schaffen, und ich konnte auch nicht sicher sein, dass Mr. Contreras noch mit dem Wagen an Ort und Stelle war.

»Bleibst du bei ihr, alter Knabe?«, sagte ich zu Mitch. »Wenn du dich zu ihr legst und sie wärmst, kommt sie vielleicht durch.«

Ich gab ihm mit der Hand das Zeichen, dass er sich hinlegen und hierbleiben sollte. Er winselte und sah mich unsicher an, legte sich aber zu Marcena. Ich schickte mich grade an, wieder aus der Kuhle herauszukraxeln, als ich ein Telefon klingeln hörte. Was so verblüffend war, dass ich im ersten Moment dachte, ich hätte wieder Halluzinationen, Telefone im Nirgendwo und womöglich im nächsten Moment Spiegeleier, die vom Himmel fielen.

»Marcenas Handy!« Ich lachte leicht hysterisch auf und wandte mich wieder zu ihr.

Aber das Klingeln kam von Romeo. Dann verstummte es; vermutlich hatte sich die Mailbox eingeschaltet. Widerstrebend steckte ich die Hand in seine Jackentasche und förderte einen Schlüsselbund, ein Päckchen Zigaretten und eine Handvoll Lottoscheine zutage. Das Klingeln war erneut zu vernehmen. Seine Jeanstasche. Die Jeans war zerfetzt und hart von getrocknetem Blut. Ich konnte mich kaum überwinden, sie zu berühren, aber dann hielt ich die Luft an und holte das Handy aus der linken Vordertasche.

»Billy?«, sagte eine scharf klingende Männerstimme.

»Nein. Wer sind Sie? Wir brauchen Hilfe, einen Krankenwagen.«

»Wer ist da?« Jetzt klang die Stimme noch schärfer.

»V. I. Warshawski«, krächzte ich. »Wer sind Sie? Sie müssen Hilfe rufen.«

Ich versuchte, meinen Aufenthaltsort zu beschreiben: unweit der Mülldeponie, in der Nähe eines Gewässers, vermutlich dem Lake Calumet, aber der Mann unterbrach die Verbindung. Ich rief 911 an und gab meinen Namen und die Ortsbeschreibung durch. Sie würde ihr Bestes tun, sagte die Frau am anderen Ende, aber sie wisse nicht, wie lange es dauern würde.

»Der Mann ist, glaube ich, tot, aber die Frau atmet noch. Bitte beeilen Sie sich.« Inzwischen war ich so heiser, dass ich keinen dringlichen oder mitleiderregenden Tonfall mehr hinbekam, sondern nur noch mit Mühe die Worte hervorbrachte.

Als Nächstes zog ich meinen Mantel aus und legte ihn so über Marcenas Kopf, dass sie noch Luft bekam. Ich wollte sie nicht bewegen und auch keine erste Hilfe versuchen, weil ich nicht wusste, wie schlimm die inneren Verletzungen waren, und ob ich sie womöglich töten würde, indem ich ihr gebrochene

Rippen in die Lunge stach oder etwas ähnlich Grauenvolles. Aber ich war der Überzeugung, dass ihr Kopf warm gehalten werden musste; den größten Teil unserer Körperwärme verlieren wir über den Kopf. Meiner war kalt. Ich zog mir das Sweatshirt bis über die Ohren hoch und schlang die Arme um mich.

Ich hatte Mr. Contreras ganz vergessen. Vor über zwei Stunden hatte ich ihn an der 100th Street zurückgelassen. Er konnte helfen; vielleicht gelang es ihm, uns zu finden. Und Morrell – ich hätte gleich an ihn denken sollen.

Als er sich meldete, brach ich zu meinem Erstaunen in Tränen aus. »Ich bin hier irgendwo im Niemandsland, und Marcena ist halb tot«, brachte ich mühsam hervor.

»Vic, bist du das? Ich kann dich nicht verstehen. Wo bist du? Was ist los?«

»Marcena. Mitch hat sie gefunden, hat mich durch die Sümpfe gezerrt, kann es jetzt nicht erklären. Sie ist fast tot, und Romeo liegt neben ihr, er ist tot, und wenn nicht bald jemand kommt, stirbt sie auch und ich auch. Ich bin so ausgetrocknet und durchgefroren, ich kann es kaum mehr aushalten. Du musst mich finden, Morrell.«

»Was ist passiert? Wie bist du auf Marcena gestoßen? Hat man dich angegriffen?«

»Kann ich nicht erklären, zu kompliziert. Sie wird nicht überleben, wenn kein Krankenwagen kommt.« Ich wiederholte die dürftigen Ortsangaben.

»Ich werd auf den Rand von dieser Grube klettern, in der sie liegen, aber ich glaube, es gibt keine Straße in der Nähe.«

»Ich werd alles tun, was ich kann, Süße. Halt durch, ich lass mir was einfallen.«

»Oh – und Mr. Contreras. Er hat uns abgesetzt und ist bestimmt jetzt kopflos vor Sorge.«

Ich versuchte, mich an meine Autonummer zu erinnern, aber es wollte mir nicht gelingen. Morrell wiederholte, dass er alles tun würde, was in seinen Kräften stand, und legte auf.

Mitch lag dicht bei Marcena; auch seine Augen waren glasig vor Erschöpfung. Er hatte aufgehört, ihr das Gesicht zu lecken, dafür den Kopf auf ihre Brust gelegt. Als ich mich an den Aufstieg machte, hob er den Kopf und schaute zu mir auf, rührte sich aber nicht.

»Ist gut, mein Junge. Bleib du nur hier. Halte sie warm.«

Es waren nur knapp drei Meter nach oben. Ich krallte mich in dem kalten Schlamm fest und zog mich den Abhang hoch. Normalerweise wäre ich raufgerannt, aber in meinem jetzigen Zustand erschien mir der Aufstieg kaum machbar. Das ist nicht der Everest, dachte ich grimmig, du musst nicht Junko Tabel sein. Oder vielleicht doch: Ich würde die erste Frau sein, die zwar nicht den Everest, aber eine Kuhle beim Lake Calumet erstiegen hatte. Die National Geographic Society würde mich feiern. Ich hielt mich am Rand der Grube fest und zog mich hoch. Als ich nach unten schaute, stand Mitch auf und lief unruhig zwischen dem Abhang und Marcena hin und her.

Ich gab ihm wieder ein Handzeichen, dass er sich hinlegen sollte. Er gehorchte nicht, aber als er merkte, dass ich in Sichtweite blieb, kehrte er zu Marcena zurück und rollte sich neben ihr ein.

Ich steckte die Hände in meine Jeanstaschen und beobachtete die Armee der blauen Laster, die auf der Deponie unterwegs waren. Komisch, dass ich die Motoren hören konnte; die Laster schienen so weit weg zu sein. Vielleicht konnte ich sie doch zu Fuß erreichen. Vielleicht dachte ich nur, sie seien weit weg, weil ich jegliches Gefühl für Zeit und Entfernung verloren hatte. Wenn Menschen längere Zeit fasten, bekommen sie Halluzinationen. Sie sehen Engel, die vom Himmel kommen, wie ich jetzt soeben. Ich sah, wie er aus den Wolken herabflog, ein gewaltiges Ding, das auf mich zukam und einen so grauenvollen Lärm machte, dass ich nichts mehr denken konnte.

Ich hielt mir die Ohren zu. Ich wurde verrückt – das war kein Engel, sondern ein Hubschrauber. Jemand hatte meinen Hilferuf ernst genommen. Ich stolperte auf den Helikopter zu, und ein Mann mit einem Lederblouson sprang heraus und duckte sich vor den Rotoren.

»Was geht hier vor?«, fragte er, als er mich erreicht hatte.

»Sie sind da unten.« Ich wies in die Grube. »Holen Sie die Leute mit der Trage; ich weiß nicht, was für Verletzungen die Frau hat.«

»Ich verstehe Sie nicht!«, schrie der Mann ärgerlich. »Wo zum Teufel ist Billy?«

»Billy?«, krächzte ich, nun nahe am Ohr des Mannes. »Sie meinen Billy the Kid? Den hab ich seit Sonntag nicht gesehen. Das da unten ist Marcena Love. Und Romeo, glaube ich – Bron Czernin. Sie müssen ins Krankenhaus gebracht werden. Haben Sie keine Trage in dem Vogel da?«

Ich konnte nur langsam sprechen, und der Mann wich zurück, als er meinen stinkenden Atem roch. Er gehörte einer anderen Spezies an: Er war hellwach, er hatte gefrühstückt, er roch nach Kaffee und Aftershave. Er hatte geduscht und sich rasiert. Ich dagegen roch vermutlich wie die Mülldeponie, da ich die ganze Nacht durch den Sumpf und durch Abfälle getappt war.

»Ich suche nach Billy Bysen. Ich weiß nichts von diesen Leuten hier. Wieso haben Sie sich auf seinem Handy gemeldet?«

»Es war in der Tasche des Toten.«

Ich wandte mich ab, stolperte auf den Hubschrauber zu und dachte im letzten Moment daran, mich unter den Rotoren wegzuducken. Durch die Bewegung verlor ich das Gleichgewicht und stürzte, und der glatt rasierte Mann zerrte mich auf die Beine und schrie mich an, ich solle ihm sagen, wo Billy sei. Er ging mir wirklich auf die Nerven, wie die blöden Kerle auf dem Spielplatz, die immer »Iffi-genie« schrien, und ich hätte gerne meine Smith & Wesson rausgeholt und ihn erschossen, aber da würde mein Vater böse auf mich sein. »Du kannst Kindern, die du nicht magst, nicht einfach erzählen, dass dein Vater Polizist ist und sie verhaften wird«, hatte er gesagt. »Du kannst nicht mit meinem Beruf drohen. Du musst deine Probleme lösen, ohne auf die Leute einzuprügeln. So benehmen sich gute Polizisten und anständige Männer und Frauen, hast du gehört, Pepperpot?«

Ich entwand mich dem Griff des Glattrasierten und versuchte, mich in den Helikopter zu hangeln. Der Pilot warf mir einen gleichgültigen Blick zu und wandte sich wieder seinen Armaturen zu. Ich war recht sicher, dass ich es nicht schaffen würde, mich alleine hochzuziehen, und bei dem Krach konnte ich mich nicht verständlich machen. Ich klammerte mich verzweifelt an der Leiter fest, während der Glattrasierte mich an der verletzten Schulter packte und versuchte, mich herunterzureißen.

Plötzlich verstummten die Rotoren. Der Pilot setzte seine Kopfhörer ab und stieg aus. Um mich her bestand die Welt aus blitzenden roten und blauen Lichtern. Ich blickte um mich und blinzelte verwirrt, als ich die vielen Streifenwagen und Ambulanzen sah.

Der Glattrasierte ließ meine Schulter los, als hinter mir eine vertraute Stimme ertönte: »Bist du das, Ms. W.? Ich hatte dir doch verdammt noch mal befohlen, dich aus South Chicago rauszuhalten. Was hast du hier gemacht? Ein Bad in der Mülldeponie genommen?«

29

Abgetaucht – mal wieder

Erst später, als mir die Infusionen aus den Armen entfernt wurden und das County Hospital mich als wiederhergestellt bezeichnete, konnte ich mir erklären, wo die vielen Cops und Tragen plötzlich hergekommen waren. Und es dauerte noch etwas länger, bis ich kapierte, wie der Hubschrauber in die Mülldeponie geraten war.

Vorerst jedoch versuchte ich, gar nichts zu begreifen, sondern gab bei Conrads Anblick nur ein erleichtertes Krächzen von mir. Ich wollte ihm erzählen, was passiert war, brachte aber endgültig keinen Ton mehr heraus. Zittrig wies ich auf die Grube. Dann klappte ich in der Tür des Helikopters zusammen, und Conrad ging zu der Kuhle hinüber und blickte hinein. Als er Marcena und Romeo sah, sprintete er zu den Ambulanzen zurück und beorderte die Ärzte mit Tragen herbei.

Ich döste weg, aber Conrad rüttelte mich wach. »Du musst den Hund wegholen. Er lässt die Ärzte nicht an die Frau ran, und wir wollen ihn ja nicht erschießen.«

Mitch hatte Marcena die ganze Nacht bewacht und war nun bereit, jeden zu beißen, der sich ihr näherte. Ich stolperte wieder den Abhang hinunter, erledigte den Rest des Wegs auf dem Hintern. Diese Aktion gab mir dann den Rest. Ich schaffte es bis zu Mitch, legte die Hand an sein Halsband, dann zersplitterte alles in Fragmente: Conrad, der mich auf die Schulter lud und an ein paar Polizisten weiterreichte, die mich nach oben trugen; die Anstrengung, Mitchs Leine nicht loszulassen, während ich immer wieder einschlief; ein kurzes Erwachen, als der Glattrasierte Conrad anschrie wegen des Hubschraubers.

»Sie können hier nicht Privateigentum beschlagnahmen. Dieser Helikopter gehört Scarface.«

Das konnte nicht stimmen, er konnte nicht Eigentum von Al Capone sein. Aber ich konnte mir die Geschichte nicht zusammenreimen und gab es schließlich auf, beobachtete nur, wie

Conrad ein paar Polizisten anwies, den Typen festzuhalten, während die Tragen in den Helikopter verladen wurden. Prima Idee, ich wünschte, ich wäre darauf gekommen. Ich schlief wieder ein und ließ Mitch los, der hinter Marcena in den Hubschrauber sprang.

»Nehmen Sie die am besten auch mit«, sagte Conrad zu den Sanitätern und wies auf mich. »Sie muss sich um den Hund kümmern, und sie braucht selbst einen Arzt.«

Er klopfte mir auf die Schulter. »Wir werden uns noch unterhalten, Ms. W., wir werden uns noch darüber unterhalten, wie du hierhergekommen bist, aber es hat ein paar Stunden Zeit.«

Dann legten die Rotoren los, und trotz des Krachs und des Ruckelns, das Mitch dazu veranlasste, sich zitternd an mich zu drängen, dämmerte ich wieder weg. Ich wachte nur kurz auf, als die Sanitäter mich aus dem Hubschrauber in die Notaufnahme trugen, aber Mitch durfte nicht ins Krankenhaus. Ich konnte ihn nicht zurücklassen, und ich konnte nicht reden. Ich setzte mich neben ihn auf den Boden, schlang die Arme um ihn. Sein Fell war blutverkrustet. Ein Wachmann versuchte zuerst, mit mir zu diskutieren, dann schrie er mich an, aber ich konnte nichts sagen, und plötzlich tauchten auf magische Weise Mr. Contreras und Morrell auf, und ich landete auf einer Trage und konnte endlich schlafen.

Als ich aufwachte, war es Abend. Ich blinzelte schläfrig und sann müßig darüber nach, wie ich in diesem Krankenzimmer gelandet war, aber es wollte mir nicht einfallen, und ich war zu träge, um nachzudenken. Ich empfand dieses körperliche Behagen, das einsetzt, wenn man ein Fieber überstanden hat. Mir tat nichts weh, ich hatte keinen Durst, und während ich schlief, hatte mich jemand gewaschen. Ich trug ein Krankenhausnachthemd und roch nach Waschlotion.

Nach einer Weile kam eine Hilfsschwester herein. »Sie sind aufgewacht. Wie fühlen Sie sich?«

Sie maß Temperatur und Blutdruck und erklärte mir auf meine Frage, dass ich mich im Cook County Hospital befände. »Sie haben zwölf Stunden geschlafen, junge Frau; ich weiß nicht, welche Schlacht Sie geschlagen haben, aber Sie waren jedenfalls mit dem Rücken zur Wand. Trinken Sie den Saft hier; so viel Flüssigkeit wie möglich, das ist jetzt angesagt.«

Folgsam leerte ich das Glas Apfelsaft, das sie mir reichte, und dann noch ein Glas Wasser. Als die Schwester sich zum Gehen wandte, fiel mir nach und nach wieder ein, wie ich hierher geraten war. Ich versuchte zu sprechen. Meine Stimme war zwar noch heiser, konnte aber benutzt werden, und ich erkundigte mich nach Marcena.

»Ich weiß nicht, Liebes, ich weiß von niemandem, der mit Ihnen eingeliefert wurde. Wenn sie so schlimm verletzt war, wie Sie sagen, wäre sie in einer anderen Abteilung, wissen Sie. Fragen Sie den Doc, wenn er Visite macht.«

Dann schlief ich den Rest der Nacht – allerdings unruhiger als zuvor. Da meine Erschöpfung etwas nachgelassen hatte, konnte ich die Geräusche des Krankenhauses nicht mehr ausblenden, ebenso wenig wie die Leute, die irgendwas von mir wollten. Angeführt wurde die Parade natürlich von jemandem aus der Verwaltung, der meine Versicherung wissen wollte. Meine Brieftasche hatte in meiner Jeans gesteckt; als ich nach meinen Kleidern fragte, förderte jemand aus dem Schließfach ein unappetitliches Bündel zutage. Das Schicksal meinte es gut mit mir: Meine Brieftasche war noch da, inklusive Kreditkarten und Versicherungskarte.

Als sie mich am Mittwochmorgen zur Visite weckten, saß Morrell an meinem Bett, mit einem Grinsen auf dem Gesicht.

Die Ärzte erklärten mich für einsatzfähig oder zumindest für imstande, das Krankenhaus zu verlassen. Sie befragten mich wegen der Wunde an der Schulter, die durch die Strapazen etwas mitgenommen war, im Prinzip aber gut verheilte, unterschrieben meine Entlassungspapiere und ließen mich schließlich mit meinem Liebsten alleine.

Morrell sagte: »Nun, Hippolyte, Königin der Amazonen. Du hast wieder eine Schlacht überlebt.«

»Sie haben Herkules wohl noch nicht auf mich angesetzt. Seit wann bist du hier?«

»Halbe Stunde etwa. Als ich gestern Abend anrief, hab ich gehört, dass sie dich heute entlassen wollen, und da dachte ich mir, du hättest vielleicht gern frische Unterwäsche.«

»Du bist fast so brauchbar wie ein Mädchen, Morrell. Du kannst zu meiner Horde wilder Frauen stoßen und uns ein Beispiel an Brustlosigkeit sein.«

Er beugte sich vor und küsste mich. »Das mit der abgeschnittenen Brust ist ein Mythos, weißt du. Und ich mag deine ganz besonders gern, tu also bitte nichts Überstürztes. Obwohl das wohl die überflüssigste aller Bemerkungen ist, wenn man bedenkt, wie du dich in den letzten zehn Tagen misshandelt hast.«

»Und das von dem Mann mit dem Geschosssplitter am Rückgrat.«

Er reichte mir eine kleine Reisetasche, die er mit der ihm eigenen Sorgfalt gepackt hatte: Sie enthielt Zahnbürste, Haarbürste, BH, saubere Jeans und einen Baumwollpulli. Der BH war mein liebstes Dessous aus rosa und silberner Spitze, den ich vor einigen Wochen bei ihm gelassen hatte, die Klamotten stammten von ihm. Wir sind gleich groß, und die Sachen saßen ziemlich gut; nur die Jeans hätte ich wohl kaum zugekriegt, wenn ich nicht sechsunddreißig Stunden gefastet hätte.

Wir fuhren mit dem Taxi zu mir, wo ich von Mr. Contreras und den Hunden begrüßt wurde wie ein Seemann, der einen Schiffbruch überlebt hat. Mein Nachbar hatte Mitch gebadet und ihn zum Tierarzt gebracht, wo die Schnitte in einer Pfote genäht wurden, die Mitch sich an einer Dose oder dem Stacheldrahtzaun zugezogen hatte. Nach seinem Freudenausbruch kehrte Mitch in Mr. Contreras' Wohnung zurück, rollte sich auf der Couch ein und schlief weiter. Mein Nachbar wollte ihn nicht alleine lassen, weshalb wir uns in der Küche niederließen. Mr. Contreras buk Pfannkuchen, und wir gingen zur Kriegsberichterstattung über.

Als Mr. Contreras bemerkt hatte, dass Mitch mich in den Sumpf führte, war er uns im Wagen gefolgt, aber dann verlief die Straße zu weit westlich, und außerdem hatte er uns im hohen Gras nicht mehr gesehen. Er war zu der Stelle zurückgefahren, wo Mitch die Straße verlassen hatte, aber nach einer halben Stunde tauchte ein Statetrooper auf und wies ihn an zu verschwinden.

»Ich hab versucht, dem Kerl klarzumachen, dass Sie da drin

verschwunden sind, aber der sagte, das sei Sache der Polizei von Chicago. Da bitte ich ihn inständig, die anzurufen, und er sagt bloß, er lässt den Wagen abschleppen, wenn ich ihn nicht wegschaffe, also blieb mir nichts anderes übrig, als heimzufahren.« Mr. Contreras klang immer noch völlig niedergeschmettert. »Zu Hause hab ich gleich 911 angerufen, und die haben mir gesagt, ich soll bis zum nächsten Morgen warten und dann eine Vermisstenanzeige aufgeben. Ich hätte wohl Captain Mallory anrufen sollen, aber da hab ich nicht dran gedacht, und außerdem hat sich dann Morrell hier gemeldet und mir erzählt, dass Mitch Sie zu Miss Love geführt hat.«

»Diesen Teil kapiere ich überhaupt nicht«, sagte ich. »Nicht, dass ich den Rest der Geschichte verstünde, aber – wer auch immer Marcena und Romeo so zugerichtet hat, muss es zwischen der 100th und dem Fluss getan haben, denn dort ist Mitch verschwunden. Er hat die beiden Typen verfolgt, die Billys Wagen geknackt haben, und dann muss er wohl Marcenas Fährte aufgenommen haben und ihr gefolgt sein. Hat Conrad am Fluss Nachforschungen gemacht?«

Morrell schüttelte den Kopf. »Ich habe ihn seit gestern im Krankenhaus nicht mehr gesehen.«

»Wie seid ihr überhaupt zueinander gekommen, Conrad und du?«, fragte ich.

»Ich habe ihn angerufen, nachdem du dich gestern aus dieser Grube gemeldet hattest – weißt du übrigens, wo das war? Am Rand des Harborside-Golfplatzes, wo das Gelände zum Niemandsland wird und schließlich zur Deponie. Jedenfalls ist South Chicago das Revier von Rawlings, und ich dachte mir, über ihn können wir dich am schnellsten finden und Marcena ins Krankenhaus schaffen.«

Ich zögerte zunächst, erkundigte mich dann aber doch nach Marcenas Zustand.

»Es geht ihr nicht gut, aber sie weilt noch auf diesem Planeten.« Morrell musste das leise erleichterte Seufzen bemerkt haben, das ich von mir gab, denn er fügte hinzu: »Ja, du bist eine eifersüchtige, schlagwütige Straßenkämpferin, aber du bist nicht gemein. Sie war nicht bei Bewusstsein, als sie eingeliefert wurde, aber sie haben sie ins künstliche Koma versetzt. Sie hat ein Viertel ihrer Haut eingebüßt und braucht Transplantationen. Wenn sie wach genug wäre, um Fragen zu beantworten, wären die Schmerzen so schlimm, dass sie wahrscheinlich am Schock sterben würde.«

Wir versanken eine Weile in Schweigen. Zu Mr. Contreras' Bestürzung gelang es mir nach meinem Nahrungsentzug nicht, mehr als einen Pfannkuchen zu verspeisen, aber dazu aß ich einen kräftigen Schlag Honig und fühlte mich hinterher deutlich besser.

Nach einer Weile nahm Morrell den Faden seiner Geschichte wieder auf. »Als Rawlings mich anrief und sagte, sie hätten dich gefunden, hab ich mich bei Contreras gemeldet und ihn mit dem Taxi abgeholt. Was segensreich war, kann ich dir nur sagen, Königin der Amazonen, denn dein Wachhund wollte nicht von deiner Seite weichen.«

»Wirklich?« Ich strahlte. »Er war gestern so auf Marcena fixiert, dass ich dachte, er liebt mich nicht mehr.«

»Vielleicht hat er sich gedacht, du bist sein letztes Bindeglied zu ihr.« Morrell zuckte provokativ mit den Augenbrauen. »Wie auch immer: Wäre Contreras nicht aufgetaucht, dann wärst du jetzt vermutlich im Knast und der Hund tot. Aber es hat ja alles hingehauen. Contreras hat den Hund von Baskerville überredet, das Bein des Wachmanns loszulassen, ich hab dich in die Notaufnahme gebracht, wir haben gewartet, bis die Schwester sagte, du bräuchtest nur Ruhe und Infusionen, und dann erschien Rawlings, der gerne von dir eine Aussage zu Marcena haben wollte. Als er merkte, dass daraus nichts wurde, haben wir einen Taxifahrer aufgetrieben, der bereit war, Mitch mitzunehmen, und Contreras ist mit ihm losgezogen. Rawlings verschwand, um seine Polizeiarbeit zu erledigen, aber ich hab mich in die Leichenhalle auf der anderen Straßenseite begeben und mit Vish gesprochen, der die Autopsie von Bron Czernin machte.«

Nick Vishnikov, genannt Vish, leitender Gerichtsmediziner der Leichenhalle vom Cook County und ein alter Freund von Morrell, hat ziemlich viele forensische Untersuchungen für Humane Medicine gemacht, die Organisation, für die Morrell nach Afghanistan gereist war. Wegen ihrer guten Beziehung offenbarte er Morrell einige Einzelheiten, die er mir wohl verschwiegen hätte.

»Sie waren so entsetzlich zugerichtet.« Ich schauderte bei der Erinnerung an die zerfetzten und entstellten Körper. »Was ist mit ihnen passiert?«

Morrell schüttelte den Kopf. »Vish kann es sich nicht erklären. Sie wurden geschlagen, aber wohl nicht mit Keulen oder Peitschen. Er sagt, er hat Öl unter Czernins Haut gefunden. Czernin hat einen heftigen Schlag auf den Kopf bekommen, der ihm das Rückgrat brach, aber er ist nicht sofort daran gestorben. Die Todesursache war Sauerstoffmangel, nicht die Rückgratverletzungen. Aber was Vish wirklich vor ein Rätsel stellt, ist die Tatsache, dass Marcena und Czernin beide identische Verletzungen aufweisen. Abgesehen von dem gebrochenen Rückgrat. Dieser Verletzung ist Marcena entgangen, so dass Hoffnung für ihre Genesung besteht.«

Die beiden Männer erörterten die möglichen Ursachen der Verletzungen. Morrell dachte laut über Walzen aus einem Stahlwerk nach, aber Mr. Contreras wandte ein, dass die beiden dann zerquetscht worden wären. Mein Nachbar schlug vor, dass sie vielleicht hinten an einem Laster festgebunden und die Straße entlanggeschleift wurden. Das hielt Morrell für einleuchtend. Er rief Vishnikov an, um ihm die Idee mitzuteilen, aber das hätte Schürfungen und Zerrungen in Armen und Beinen hinterlassen.

Die Bilder waren zu plastisch für mich; ich hatte die beiden gesehen, konnte, was sie betraf, keine theoretischen Gedankenspiele betreiben, und verkündete unvermittelt, dass ich nach oben gehen wolle. In meiner Wohnung beschloss ich, mir als Erstes die Haare zu waschen, was im Krankenhaus nicht geschehen war. Ich sagte mir, dass die Schulterverletzung eine Dusche aushalten würde.

Als ich sauber war und eigene Jeans anhatte, checkte ich meine Nachrichten. Es war gar nicht leicht, mich daran zu erinnern, dass ich ein Unternehmen hatte, dass mein Leben für gewöhnlich nicht daraus bestand, Basketball zu unterrichten und durch Sümpfe zu stapfen.

Ich fand die üblichen Anfragen von Murray Ryerson vom

Herald-Star und von Beth Blacksin, einer Reporterin vom Fernsehsender Global Entertainment, vor. Ich teilte beiden die wenigen mir bekannten Fakten mit und meldete mich bei Klienten, die zunehmend ungeduldiger auf Berichte warteten.

Sanford Rieff hatte auch von sich hören lassen, der Labormitarbeiter, dem ich die Seifenschale geschickt hatte. Er hatte einen ersten Bericht für mich, den er mir ins Büro faxen wollte. Als ich ihn anzurufen versuchte, stieß ich nur auf die Mailbox; ich würde wohl auf den Bericht warten müssen, bis ich in mein Büro kam.

Rose Dorrado hatte zweimal angerufen und wollte wissen, ob Josie mit Bron und Marcena in der Grube gefunden worden war. Julia nahm ab, als ich mich meldete; ihre Mutter war auf Jobsuche. Nein, sie hatten nichts von Josie gehört.

»Ich hab gehört, dass sie Aprils Dad umgebracht haben. Sie glauben nicht, dass die auch Josie umbringen, oder?«

»Wer, Julia?«, fragte ich freundlich. »Weißt du irgendwas darüber, wie Bron getötet wurde?«

»Jemand hat Ma erzählt, dass sie Billys kaputtes Auto gefunden haben, und ich denk mir eben, Josie und er sind an dem Abend verschwunden, an dem Mr. Czernin ermordet wurde, und vielleicht rennt da draußen irgendein Irrer rum, der Leute umbringt, und der Polizei sind wir doch egal, die finden den nie.«

Sie klang verängstigt. Ich bemühte mich, sie zu beruhigen, ohne ihr etwas vorzumachen – ich konnte nicht versprechen, dass ihre Schwester am Leben war, aber dass niemand sie gesehen hatte, schien mir eher ein gutes Zeichen zu sein. Wenn sie denselben Leuten in die Hände gefallen wäre, die Bron und Marcena so zugerichtet hatten, hätte man Billy und sie in ihrer Nähe gefunden.

»Wir sehen uns morgen beim Training, ja, Julia?«

»Ähm, ja, ich schätze schon, Coach.«

»Und sag deiner Ma, ich komme nach dem Training mal vorbei. Ich bringe dich und María Inés nach Hause, nur dieses eine Mal.«

Nach dem Gespräch setzte ich mich mit Block und Stift hin und schrieb alles auf, was das Geschehen in South Chicago betraf.

Rose Dorrado und Billy the Kid waren zentrale Figuren, bei denen vieles zusammenlief. Rose hatte den zweiten Job angenommen, wodurch Josie unter Druck geriet; an dem Abend, an dem bei Fly the Flag der Brand ausbrach, lief Billy von zu Hause weg und tauchte bei den Dorrados auf. Weil seine Eltern Josie geschmäht hatten? Oder wegen eines anderen Konflikts? Dann war da Billys Auto mit der Thermosflasche von Morrell. Irgendwie war Billy mit Bron oder Marcena oder beiden in Kontakt gekommen. Und Bron hatte Billys Handy in der Tasche.

Mir fiel ein, dass Josie sagte, Billy hätte sein Handy weggegeben. Hatte er es Bron überlassen? Aber warum? Und hatte er auch seinen Miata Bron gegeben, damit die von seiner Familie beauftragten Detektive ihn nicht aufspüren konnten? War Bron von jemandem getötet worden, der ihn für Billy hielt? War Billy auf der Flucht vor einer Bedrohung, deren Ausmaß er nicht erkannt hatte?

Das Handy. Was hatte ich damit gemacht? Ich erinnerte mich undeutlich daran, dass ein glattrasierter Mann von Scarface es verlangt hatte, aber ich wusste nicht mehr, ob er es tatsächlich bekommen hatte.

Die verschmutzten Klamotten hatte ich an meiner Wohnungstür fallen lassen. Billys Handy steckte noch in der Jeanstasche. Und Morrells Flasche oder die Flasche, die aussah wie seine, befand sich im Mantel. Die hatte ich so oft angefasst, dass sie wahrscheinlich keine ergiebigen Spuren mehr aufwies, aber ich steckte sie dennoch in einen Plastikbeutel und ging steifbeinig wieder nach unten. Früher hätte ich nach vierundzwanzig Stunden wieder rennen können, aber diese Beine würden so schnell nirgendwohin rennen.

30

Waffenbrüder

Als ich wieder in Mr. Contreras' Küche eintraf, fand ich dort Conrad vor. Er saß neben Morrell an dem abgesplitterten Emailletisch, und Mr. Contreras buk gerade eine frische Portion Pfannkuchen für ihn.

»›Siehe, wie gut und wie lieblich ist es, wenn Brüder einträchtig beieinanderwohnen‹«, deklamierte ich.

Conrad grinste mich an, wobei sein Goldzahn aufblitzte. »Halt das hier nicht für Männerbündelei, Ms. W.: Du bist die Hauptattraktion. Erzähl mir mal, was dich gestern zur Mülldeponie geführt hat.«

»Der Hund«, antwortete ich prompt, und als sich Conrads Miene verfinsterte, fügte ich hinzu: »Nein, ganz im Ernst. Frag Mr. Contreras.«

Ich schilderte die Ereignisse von Rose Dorrados Anruf bis zu der Entdeckung von Billys Miata unter dem Skyway und Mitchs Wiederkehr an der 100th Street westlich vom Fluss. »Billy kennt April Czernin, weil er Josie kennt. Und Bron kennt er – kannte er –, weil Bron für das Lagerhaus der Bysens als Fahrer tätig war und Billy alle Fahrer kennt. Deshalb frage ich mich, ob Billy vielleicht Bron sein Handy und seinen Wagen überlassen hat.«

Conrad nickte. »Wäre möglich. Ms. Czernin – die ist völlig durcheinander und verdreht. Ihr Mädchen ist krank, wie ich verstanden habe, und jetzt weiß sie nicht mehr aus noch ein. Ich habe sie nicht nach dem Handy gefragt, weil ich nichts davon wusste, aber es hätte vielleicht auch nichts genützt: Ihren Aussagen nach hat ihr Mann ihr ohnehin nicht viel erzählt.«

Er holte sein Handy raus und wies einen Sergeant an, jemanden zu der Brücke zu schicken und die Reste des Miata zu bergen. »Und setzen Sie ein gutes Spurensuchteam auf die Gegend zwischen Ewing und dem Fluss in Höhe 100th Street an. Der Hund einer Privatermittlerin hat dort irgendwo die Fährte der Love aufgenommen; vielleicht sind sie dort überfallen worden.«

Als er das Handy verstaute, förderte ich die Thermosflasche zutage. »Das lag auf dem Vordersitz. Bourbon tropfte raus.«

»Du hast das eingesteckt?«, fragte Conrad ärgerlich. »Was zum Teufel denkst du dir, Beweisstücke von einem Tatort zu entfernen?«

»Die sah aus wie die Flasche, die ich Morrell geschenkt habe«, erwiderte ich. »Ich wollte nicht, dass die Abstauber, die den Miata zerlegt haben, sie sich unter den Nagel reißen.«

Morrell kam angehumpelt und nahm die Flasche in Augenschein. »Das ist meine, glaube ich; das *I* ist hier abgefallen, als auf mich geschossen wurde. Ich hatte sie Marcena geliehen für ihre nächtlichen Streifzüge – wobei ich allerdings eher an Kaffee dachte als an Bourbon. Nehmen Sie die an sich, Rawlings? Ich hätte sie dann gerne zurück.«

»Dann hättest du sie Marcena erst gar nicht geben sollen«, warf ich ein. Als mir schlagartig einfiel, dass sie im Koma lag und ein Viertel ihrer Haut eingebüßt hatte, schämte ich mich.

»Wir waren in so vielen Kriegsgebieten zusammen«, entgegnete Morrell. »Sie ist meine Waffenschwester, und man teilt das, was man hat mit seinen Kameraden, Vic. Ob es dir nun passt oder nicht.«

Conrad sah mich an, als warte er nur darauf, dass ich wieder einmal in einer Beziehung für schlechte Stimmung sorgte. Ich schüttelte den Kopf und wechselte das Thema, indem ich mich erkundigte, wer der Typ im Helikopter gewesen war.

»Im weitesten Sinne ein Kollege von dir«, sagte Conrad.

Ich runzelte die Stirn. »Ein Privatschnüffler, meinst du?«

»Ganz genau. Von Carnifice Security. Der Hubschrauber gehört denen.«

Nicht Scarface. Carnifice. Die mächtigste Truppe im internationalen Sicherheitsgewerbe. Die übernahmen alles, von Entführungsschutz in Kolumbien und im Irak bis zur Unterhaltung von Privatgefängnissen, und auf diesem Wege hatte ich Bekanntschaft mit der Organisation gemacht: Vor einigen Jahren hatte ich beinahe das Zeitliche gesegnet, als die mich in Gewahrsam hatten.

Conrad zufolge war jemand bei den Bysens letzte Woche auf die Sache gekommen, vor der ich Billy gewarnt hatte – dass nämlich sein Handy ein GPS-Signal aussandte. »Der Vater des Jungen hatte die Nase voll davon, dass der alte Mr. Bysen sich einmischte, in diese Kirche fuhr und so fort. Deshalb hat er Carnifice beauftragt, mit ihren Geräten das Handy von dem Jungen aufzuspüren, und das haben sie dann auch getan bis in die Mülldeponie. Als der Schnüffler Billy dort nicht fand, wollte er sich wieder verdrücken – er hatte schließlich keinen Auftrag, das Leben anderer Personen zu retten.«

»Danke, Conrad«, sagte ich etwas beschämt. »Danke, dass du aufgetaucht bist und mir und Marcena das Leben gerettet hast.«

Er lächelte angespannt. »Wir dienen und schützen, Ms. W., auch die, die es nicht verdient haben.«

Darauf brachte er einen Kassettenrecorder zum Vorschein. »Jetzt der offizielle Teil. Was trieb die Love in meinem Revier?«

Morrell und ich wechselten einen Blick. Dann sagte Morrell: »Sie arbeitete an einer Serie für eine englische Zeitung. Czernin lernte sie kennen, als er seine Tochter vom Basketball-Training abholte. Ich weiß allerdings nicht, an was sie genau dran war – sie sagte, er zeige ihr das Viertel und verschaffe ihr Zugang zu Quellen, an die sie sonst nicht rankäme.«

»Wie zum Beispiel?«, fragte Conrad.

»Ich weiß es nicht. Sie hat mir keine Details erzählt, sagte nur, sie beschäftige sich mit der Armut und der Wohnsituation.«

»Sie wohnt bei Ihnen, nicht, Morrell? Wie oft hat sie sich mit Czernin getroffen?«

»Marcena hat viele Kontakte hergestellt in Chicago – auch zu Ihnen, Rawlings; sie hat erzählt, dass Sie sie diese Woche auf eine Tour mitnehmen wollten. Manchmal war sie einen Tag verschwunden, manchmal auch länger, und ich wusste nie, ob sie nun mit Czernin zusammen war oder mit Ihnen oder mit anderen Leuten. Sie musste sich nicht aus- und eintragen, wenn sie kam und ging«, fügte Morrell leicht boshaft hinzu.

»Hat sie dir mehr erzählt?«, fragte Conrad nun mich. »Du bist auch ziemlich oft in dieser Wohnung, oder?«

Ich lächelte. »Das stimmt, Commander, aber Marcena hat mich nicht ins Vertrauen gezogen. Sie hat nur erzählt, dass Bron sie an dem Abend, an dem sie sich kennen lernten, den Laster steuern ließ, wobei sie auf dem Schulparkplatz um ein Haar einen Schuppen umgefahren hat. Mehr hat sie mir nicht über ihn berichtet.«

»Mrs. Czernin behauptet, die Love hätte mit ihrem Mann gebumst«, sagte Conrad.

Mr. Contreras gab ein indigniertes Geräusch von sich ob des Ausdrucks; dabei pflegte sich Conrad für gewöhnlich nicht vulgär auszudrücken. Ich nahm an, dass er Morrell aus der Ruhe bringen und dazu verlassen wollte, Details auszuplaudern.

Morrell lächelte knapp. »Marcena hat mich nicht in ihr Privatleben eingeweiht.«

»Dich vielleicht, Warshawski?«, fragte Conrad. »Nein? Eines der Mädchen aus deiner Mannschaft sagte, die ganze Schule wüsste darüber Bescheid.«

Mir wurde heiß vor Ärger. »Wieso verhörst du mein Team, Conrad? Meinst du, eines der Mädchen hat Bron Czernin umgebracht? Muss ich dafür sorgen, dass meine Spielerinnen einen Anwalt kriegen?«

»Wir reden mit allen aus der Gegend, die den Mann kannten. Er hat sich in dem Viertel so aufgeführt, dass etliche Männer wohl nicht übel Lust hätten, ihn umzubringen.«

»Und warum sollten die Männer aus South Chicago ihn jetzt erledigen, wo er mit Marcena zusammen war? Ich denke eher, dass die froh waren, wenn er nicht mehr in ihrem Revier wilderte. Einzige Ausnahme wäre wohl Sandra, aber ich wüsste nicht, wie die ihren Mann und Marcena so zugerichtet und dann in die Müllhalde geschleift haben sollte.«

»Vielleicht hat ihr jemand geholfen.« Conrad wies mit dem Kopf auf Morrell, der ihn fassungslos anblickte.

»Sie meinen, ich hätte auf Czernin eifersüchtig sein sollen?«, sagte Morrell. »Marcena und ich sind alte Freunde, deshalb wohnt sie bei mir, aber wir haben keine Liebesbeziehung. Ihr Geschmack ist sehr eigenwillig. Als wir letzten Winter in Afghanistan waren, hat sie etwas mit einem Helfer von Humane Medicine angefangen, ferner mit einem pakistanischen Major und mit jemandem vom slowenischen Nachrichtendienst; das sind nur die drei, über die ich im Bilde bin. Glauben Sie mir, wenn ich ein eifersüchtiger Geliebter wäre, der sie umbringen wollte, dann hätte ich das dort in den Bergen erledigt, wo es niemandem aufgefallen wäre.«

Conrad grunzte; ich war mir nicht sicher, ob er Morrell Glauben schenkte oder nicht. »Was war mit ihrem Auftrag? Woran arbeitete sie?«

Morrell schüttelte den Kopf. »An einer Serie über das Amerika, das Europa verborgen bleibt. Als sie Czernin kennen lernte, beschloss sie, sich auf South Chicago zu konzentrieren. Sie hat sich mehrmals in der Firmenzentrale von By-Smart aufgehalten – der alte Mr. Bysen schien sie zu mögen, und sie hat sich ein paar Mal privat mit ihm getroffen. Mehr kann ich Ihnen nicht sagen; Marcena ließ sich nicht in die Karten gucken.«

»Aber doch so weit, dass Sie Bescheid wissen über den pakistanischen Major und den Krankenpfleger und so fort«, entgegnete Conrad. »Ich möchte ihre Aufzeichnungen sehen.«

»Glauben Sie, dass es mit der Story zu tun hatte, an der sie gearbeitet hat? Dass die es nicht auf Bron abgesehen hatten, sondern auf Marcena?«

»Ich habe keine Theorie«, sagte Conrad verdrossen, »aber eine schwer verletzte Frau am Bein, deren Papa in England im Auswärtigen Amt sitzt, weshalb der Konsul schon fünfmal den Polizeichef angerufen hat, der mir daraufhin zehnmal in der Leitung hing. Czernin hat etlichen Typen in South Chicago Hörner aufgesetzt, und das nehmen wir unter die Lupe. Ich glaube nicht, dass es sich um einen durchschnittlichen Bandenmord handelt, weil es ziemlich viel Arbeit gemacht hat, die beiden so zuzurichten. Und meine üblichen Verdächtigen in South Chicago haben zwar Zeit im Überfluss, aber kein Interesse an ausgeklügelten Morden. Deshalb schaue ich mir an, wer einen Hass auf Czernin schob und woran Love arbeitete. Ich kann im Handumdrehen einen Durchsuchungsbefehl für Ihre Wohnung beschaffen, Morrell, weil der Bürgermeister dem Chef im Nacken sitzt und der mir – da zieht jeder Richter sofort mit. Aber es wäre ausgesprochen nett, wenn Sie mir die Umstände ersparen könnten.«

Morrell betrachtete ihn gedankenvoll. »Heutzutage gibt der Patriot Act der Polizei das Recht, mir nichts dir nichts mit persönlichen Unterlagen davonzumarschieren. Ich möchte die Polizei nicht zu mir nach Hause einladen, damit sie sich an meinem Computer oder dem von anderen vergreift.«

»Sie wollen also, dass ich Zeit verschwenden muss mit der Beschaffung eines Durchsuchungsbefehls.«

»Ich halte rechtliche Sicherheitsmaßnahmen nicht für Zeitverschwendung, Rawlings. Aber ich kann Ihnen den Gang zum Richter ersparen, wenn Sie selbst mitkommen und mit mir zusammen die Dateien in Marcenas Computer durchsehen. Private Materialien lassen wir unangetastet. Wenn sich irgendwo Hinweise auf den Täter finden, können Sie diese Texte kopieren und mitnehmen.«

Das passte Conrad gar nicht. Er ist Polizist, und als Polizist lässt man sich nicht gerne von der Zivilbevölkerung Vorschriften machen. Aber er ist im Prinzip ein anständiger Kerl, der keinen Gefallen daran findet, Leute zu schikanieren.

»Ich bin Commander. Dafür reicht meine Zeit nicht, aber ich kann Ihnen einen guten Detective und einen uniformierten Polizisten schicken. Mit der Order, nichts mitzunehmen, was Sie nicht gesehen haben.«

»Mit Order, nur Kopien mitzunehmen, keine Originale«, sagte Morrell.

»Mit Order, alles mitzunehmen, was Rückschlüsse auf die Tätigkeit der Love in South Chicago zulässt.«

»Sofern es sich um Kopien handelt und ihr Computer nicht mitgenommen wird.«

»Ihr seid ja wie Lee Van Cleef und Clint Eastwood«, erhob ich Einspruch. »Das kann noch den ganzen Nachmittag so gehen. Ich muss jetzt ins Büro, macht das unter euch aus; Mr. Contreras übernimmt die Rolle von Eli Wallach. Er sagt mir dann, wer von euch beiden das Gold gekriegt hat.«

Conrad gluckste widerstrebend. »Okay, Ms. W., schon gut. Dein Freund darf sich alles ansehen, aber ich darf mir aussuchen, was ich kopiert haben will. Oder vielmehr mein Detective. Sie heißt Kathryn Layndes und wird in neunzig Minuten in Ihrer Wohnung sein, Morrell.«

Wenn Conrad es sich erlauben konnte, eine Ermittlerin von jetzt auf nachher von South Chicago nach Evanston zu beordern, musste der Bürgermeister mächtig Stress machen.

»Marcenas Vater muss aber wirklich ein hohes Tier sein, wenn der Konsul dafür sorgt, dass der Bürgermeister sich mit einem Überfall in South Chicago abgibt. Meinst du, du könntest auch jemanden für eine Person ohne Kontakte erübrigen? Ich hab dir doch erzählt, dass ich nach Josie gesucht habe, als ich Marcena und Bron entdeckte. Sie ist immer noch nicht aufgetaucht, und allmählich fällt mir nichts mehr ein.«

»Sag der Mutter, sie soll zur Dienststelle gehen und eine Vermisstenmeldung machen.«

»Und dann stürzt sich sofort jemand drauf und sucht die verlassenen Gebäude und Grundstücke ab?«, fragte ich wütend.

»Mach mir keinen Stress, Ms. W. Du weißt, wie wenig Leute ich habe.«

»Letzte Woche hast du mir aufgetragen, mich aus South Chicago rauszuhalten. Und diese Woche sagst du, du hättest keine Leute, dich um dein Revier zu kümmern.«

»Immer wenn wir uns grade mal verstehen, eröffnest du das Feuer«, versetzte Conrad. »Willst du mir Vorwürfe machen, weil ich unter Druck war wegen dem Brand?«

Ich holte tief Luft; wenn wir Äußerungen aufrechneten, konnten wir beide nur verlieren. »Gut, Conrad, ich eröffne hier nicht das Feuer auf dich, aber hast du etwas über den Brand rausgekriegt? Wer ihn gelegt hat und vielleicht gar, wer es auf Frank Zamar abgesehen hatte?«

»Nee. Wir wissen nicht mal, ob Zamar die Explosion nicht ausgelöst hat und dann nicht mehr rechtzeitig rauskam, obwohl ich das nicht glaube. Wenn der Laden letzten Sommer abgebrannt wäre, als er eine Flaute hatte, wär's was anderes – er war dick im Geschäft mit By-Smart, als jeder eine amerikanische Flagge wollte. Hatte sogar eine Nachtschicht eingerichtet und Kredite aufgenommen für teure neue Maschinen. Dann war es plötzlich Sense mit dem Vertrag, und er musste die Nachtschicht einstellen. Aber kurz vor dem Brand hatte er einen neuen Vertrag mit By-Smart unterzeichnet, für eine Serie Bettwäsche und Handtücher mit Flaggenmotiv.«

Nachts auf dem Sternenbanner schlafen und sich morgens damit den Hintern abtrocknen. Kam mir auf eine Art auch nicht respektloser vor, als es abzufackeln, aber was wusste ich schon. War das Roses zweiter Job gewesen? Aufsicht in Zamars Handtuchfabrik? Warum tat sie dann so geheimnisvoll? Daran war doch nichts auszusetzen.

Ich schüttelte verständnislos den Kopf und sagte zu Conrad: »Nur damit du im Bilde bist – der Carnifice-Typ, der Billy the Kid sucht, hat haufenweise Leute. Ich glaube, dass Josie Dorrado mit Billy abgehauen ist. Die Bysen-Familie unterstellt ihr, sie sei ein niederträchtiges Mexenmädchen, das aus Billy Geld rausschlagen will. Ich möchte nicht, dass ihr was zustößt.«

»Ich werd's mir merken, Ms. W., ich werd's mir merken«, sagte Conrad müde, aber er machte sich eine Notiz. Damit musste ich mich wohl vorerst zufriedengeben.

Morrell kam mit mir nach draußen. »Ich werd mir ein Taxi nehmen und schnell heimfahren, damit ich mir noch ein paar Sachen ansehen kann, bevor Rawlings' Ermittlerin auftaucht. Kommst du zurecht?«

Ich nickte. »Ich bleib heute am Schreibtisch. Reisen Marcenas Eltern an?«

»Das Auswärtige Amt versucht, sie zu finden – sie sind fanatische Trekker und halten sich grade in irgendeinem entlegenen Teil von Indien auf.« Er strich mir die Haare aus den Augen und küsste mich. »Wir waren gestern Abend zum Essen verabredet, Süße, aber du hast mich versetzt. Soll ich dir eine zweite Chance geben?«

In diesem Augenblick trat Conrad aus Mr. Contreras' Wohnung, und ich merkte, wie ich gegen meinen Willen rot wurde.

31

Freigang für Versehrte

Mein Büro strahlte eine so verlassene Atmosphäre aus, als habe sich monatelang kein Mensch mehr hier blicken lassen. Meine Schritte hallten von den Wänden wider. Vor zwei Tagen war ich zwar hier gewesen, aber von ernsthafter Arbeit konnte nicht die Rede sein – eher von Stippvisiten zwischen Sumpfmärschen.

Meine Ko-Mieterin Tessa, die Bildhauerin ist, weilte in Australien. Ich deponierte ihre Post auf ihrem Arbeitstisch. Ihr Atelier war picobello aufgeräumt – die Werkzeuge hingen an einem Bord, die Zeichnungen lagen in ordentlich beschrifteten Schubladen, ihre Lötlampe und ihre Metallplatten ruhten unter Staubdecken. Ein krasser Gegensatz zu meiner Hälfte des Gebäudes, wo sich Akten türmen und das Büromaterial ständig auf Wanderschaft geht.

Im Grunde sind meine Räume zu groß und die Decken zu hoch, wie häufig in alten Fabrikgebäuden. An einigen Stellen habe ich zusätzliche Decken einziehen lassen, aber die Fenster sind zu weit oben, und ich hatte beim Einzug nicht genügend Geld, eine Wand einzureißen, um an mehr Tageslicht zu kommen. Durch Trennwände habe ich die Räume überschaubarer gestaltet: In einem Bereich befindet sich mein Schreibtisch, in einem anderen Büromaterial und Drucker, und in einem dritten steht ein Bett, falls ich mal nicht zu Hause schlafen will, aber den Großteil meiner Arbeit erledige ich in dem großen Raum Richtung Westen.

Dort gibt es eine kleine Nische mit Couch und Sesseln für informelle Gespräche mit Klienten, eine zweite Sitzecke mit Leinwand für offiziellere Treffen, einen langen Tisch, wo ich meine Ergebnisse aufreihen kann, einen Schreibtisch für eine Assistentin, für den Fall, dass ich jemals wieder den Hintern hochkriege und mir eine Vollzeitkraft suche. Ich blickte auf den langen Tisch mit den Papierstapeln und kam zu dem Schluss, dass ich noch nicht bereit war, mich mit denen zu befassen.

Als Erstes ging ich zur Reinigung an der Ecke, um meine Seemannsjacke wegzubringen. Ruby Choi, die mir schon Spaghettisoße aus Seidenblusen und Teer aus Wollhosen entfernt hat, betrachtete die Jacke zweifelnd. »Die hat zu viel durchgemacht. Ich versuche es, ich tu mein Bestes, aber ich kann nichts versprechen. Wenn Sie besser auf Ihre Sachen achten, erleichtern Sie mir die Arbeit, Vic.«

»Ja, das hat mir der Arzt auch über meinen Körper gesagt, der, glauben Sie mir, in noch üblerem Zustand ist als die Jacke.«

Als ich über die Oakton zurückschlenderte, genehmigte ich mir einen Cappuccino und einen großen Strauß Blumen mit dicken, stachligen, roten Blüten, die es sogar mit meinem tristen Büro aufnehmen konnten. Willkommen, V. I., du hast uns gefehlt!

Das Fax von Sanford Rieff vom Cheviot Lab war, wie verheißen, eingetroffen. Er hatte den kleinen Frosch komplett durchgecheckt, von seinen vorstehenden Augen bis zu den knubbligen Zehen. In China war er hergestellt worden, was Wunder, und bestand aus einer Zinnlegierung, auf deren rauer Oberfläche sich Fingerabdrücke nicht gut hielten. Unter den Brandflecken hatte Sanford Öl entdeckt und Spuren von Fingerabdrücken; vielleicht könnte man die DNA noch feststellen, aber er war skeptisch.

Der Rücken des Froschs war der Teil, auf dem man die Seife ablegen konnte; er war konkav, mit einem Loch als Ablauf. Dieses Loch hatte jemand mit einem Gummipfropfen verschlossen und dann Salpetersäure in die Schale gegossen. Die Säure hatte den Pfropfen weggefressen, aber am Rand des Lochs waren noch Spuren feststellbar.

»Salpetersäure löst Seife auf«, stand in Sanfords Bericht, »weshalb ich keine Seifenspuren mehr finden konnte, aber an den Seiten wurde ich noch fündig. Die Person, von der die Schale zu ihrem eigentlichen Zweck eingesetzt wurde, benutzte eine Seife mit starkem Rosenduft, vermutlich Adoree, eine preisgünstige Marke, die in vielen Drogeriemärkten und Billigläden verkauft wird. Ich habe den Frosch in einer Dose verwahrt. Sagen Sie mir Bescheid, ob Sie ihn wiederhaben wollen oder ob wir ihn lagern sollen, bis er als Beweisstück benötigt wird.«

Ich starrte auf das Fax, als könnte ich es dazu veranlassen, mir mehr mitzuteilen. Wie kam die Schale auf das Gelände von Fly the Flag? Weshalb hatte sie Salpetersäure enthalten? Vielleicht wurden Säuren bei der Flaggenherstellung benötigt. Vielleicht lösten sie damit Klebstoffe auf oder so, und jemand hatte den Frosch als Behälter benutzen wollen, aber die Säure hatte den Gummipfropfen vernichtet.

Mein kostbares Beweisstück schien nicht viel zu bedeuten, aber ich setzte mich trotzdem an den Schreibtisch und schrieb Etiketten für diverse Aktenordner: Fly the Flag, Brandstiftung, By-Smart, Billy. Rieffs Bericht wanderte in den Fly-the-Flag-Ordner. Nun hatte ich etwas geleistet. Ich schloss die Augen und versuchte, mich an die Rückfront der Fabrik zu erinnern, wo das Feuer ausgebrochen war. Ich hatte mich nur zweimal kurz in dem Gebäude aufgehalten. Dort unten war der Maschinenraum gewesen, die Trockner, das Stofflager. Ich machte eine grobe Skizze; ich konnte mich nicht an jede Einzelheit erinnern, war mir aber ziemlich sicher, dass das Feuer vom Trockenraum ausgegangen war, nicht vom Stofflager.

RATTEN, schrieb ich langsam. Klebstoff. Die Sabotageakte hatten die Produktion verzögert, aber nicht gänzlich verhindert. War die Brandstiftung der letzte Akt, weil Zamar die Drohungen nicht beachtet hatte? Oder sollte diese Sache nur eine weitere Drohung sein, die aber außer Kontrolle geriet? Der Typ, den ich vor zwei Wochen überrascht hatte bei Fly the Flag, der *chavo banda*, den Andrés von seiner Baustelle verscheucht hatte – er war eine Schlüsselfigur. Den musste ich ausfindig machen. Und dabei konnte es nicht schaden, detaillierte Informationen über den Verlauf des Brands zu besorgen.

Ich rief noch mal Sanford Rieff bei Cheviot Labs an. Diesmal erreichte ich ihn an seinem Schreibtisch. Ich bedankte mich für den Bericht, bat ihn, den Frosch bei ihnen im Safe zu verwahren, und fragte ihn, ob es bei ihnen einen Elektriker oder einen Experten für Brandstiftung gebe, den ich möglichst schnell bei Fly the Flag treffen könne.

»Ich möchte, dass ein Experte sich die Kabel ansieht. Vielleicht kann man feststellen, wo das Feuer ausbrach und weshalb. Die Polizei überschlägt sich nicht gerade in dieser Sache.«

Und weshalb sollte ich das wohl tun, für noch weniger Geld, als die Cops bekamen? Ich stellte mir die Unterhaltung mit meiner Steuerberaterin vor. Weil ich in meiner Berufsehre gekränkt war: Ich befand mich vor Ort, als die Fabrik in Flammen aufging. Was hätte ich bemerken müssen, wenn ich aufmerksamer gewesen wäre?

Cheviot hatte natürlich jemanden zu bieten, und Rieff versprach, der Expertin Bescheid zu sagen, damit sie sich bei mir meldete. Doch ich sollte vielleicht wissen, dass die Firma zweihundert Dollar die Stunde für sie berechnete. Das war in der Tat gut zu wissen; es war gut zu wissen, dass ich Tausende von Dollar in eine Ermittlung investierte, mit der mich niemand beauftragt hatte, während ich unterdessen die Arbeit vernachlässigte, mit der ich mein Geld verdiente.

Wenn ich die drei Hintergrundrecherchen für Darraugh Graham, meinen wichtigsten Klienten, nicht bald fertig stellte, würde ich in Kürze auf der Straße leben und Katzenfutter zu mir nehmen, und zwar nicht die gute Sorte. Ich klopfte mir mit dem Bleistift an die Zähne und überlegte, wie ich das alles bewerkstelligen sollte, als mir plötzlich Amy Blount einfiel. Sie hatte vor etwa einem Jahr ihren Doktor in Wirtschaftsgeschichte gemacht; während sie nach einer festen Unistelle Ausschau hielt, erledigte sie neben anderen Jobs auch manchmal Recherchen für mich. Erfreulicherweise hatte sie tatsächlich Zeit und war bereit, mir ein paar Tage im Büro unter die Arme zu greifen. Wir verabredeten uns für neun Uhr am nächsten Morgen, um die liegengebliebenen Fälle in Angriff zu nehmen.

Nach dem Anruf tigerte ich ziellos in dem großen Raum umher. Wer hatte es auf Marcena abgesehen und warum? Hatte man Bron wegen ihr getötet, oder war sie wegen ihm in diesem schlimmen Zustand? Morrell hatte im Gespräch mit Conrad erwähnt, dass Marcena sich seit der Begegnung mit Buffalo Bill Bysen bei der Gebetsstunde vor zwei Wochen mehrmals mit dem alten Mann getroffen hatte. Vermutlich hatte sie die erfundene Kriegsgeschichte ihres Vaters als Eisbrecher benutzt, aber vielleicht war sie auch auf etwas Wichtiges gestoßen. Buffalo Bill war unangekündigt in meiner Wohnung und beim Gottesdienst in Mount Ararat aufgetaucht, ich konnte also ebenso gut nach Rolling Meadows fahren und ihm einen Spontanbesuch abstatten.

Der Gedanke war verlockend, aber ich wusste nicht genug, um sinnvolle Fragen zu stellen. Es gab eine Verbindung zwischen Fly the Flag und By-Smart, weil das kleine Unternehmen zuerst Flaggen und nun Wäsche für den Giganten herstellte. Ich fragte mich, ob Buffalo Bill sich auch mit Details abgab und sich Wäschemuster ansah, oder ob das ausschließlich in Jacquis Händen lag. Mit der konnte ich jedenfalls mal reden.

Zwischen Bron, Marcena und Billy the Kid gab es eine Verbindung, weil Billy Bron sein Handy gegeben hatte und weil Morrells Thermosflasche, die er Marcena geliehen hatte, in Billys Wagen aufgetaucht war. Die Verbindung zwischen Billy und Fly the Flag bestand aus der Tatsache, dass Billy in Josie verliebt war. Und mit ihr durchgebrannt war. Das hoffte ich zumindest. Ich hoffte inständig, dass sie mit ihm zusammen war und nicht… weitere Gedanken untersagte ich mir, weil ich mir die schrecklichen Alternativen nicht vorstellen mochte.

Wo steckten die beiden Kids? Vielleicht hatte Josie sich April anvertraut. Ich griff nach dem Telefon, um Sandra Czernin anzurufen, beschloss aber dann, dass es einfacher war, mit ihr persönlich zu reden, vor allem, wenn ich mit ihrer Tochter sprechen wollte. Ich war Sandra ohnehin einen Besuch schuldig, da ich ihren toten Mann gefunden hatte. Und ich wollte mit Pastor Andrés sprechen. Es wurde Zeit, dass er mir ein paar Fragen beantwortete. Wie zum Beispiel: Hatte der *chavo* etwas mit dem Brand zu tun? Wo war der Typ zu finden? Dann würde ich meinen Ausflug nach South Chicago mit einem Besuch bei Patrick Grobian abschließen – kurz bevor Billy verschwunden war, hatte er sich noch mit dem Geschäftsführer des Lagerhauses getroffen.

Ich verstaute meine ordentlich beschrifteten Hefter in einer Schublade und packte alles zusammen, was ich für einen Nachmittag in der Kälte benötigte. Dann zog ich einen Parka an, der unförmiger und weniger kleidsam war als meine Seemannsjacke, aber besser geeignet, um an kalten Tagen an Straßenecken herumzustehen. Diesmal dachte ich daran, Handschuhe mitzunehmen, oder genauer gesagt Fäustlinge, da meine Finger von meinen nächtlichen Eskapaden immer noch so geschwollen waren, dass ich keine Handschuhe tragen konnte. Falls ich die Pistole zum Einsatz bringen müsste, würde ich alt aussehen. Ich nahm sie trotzdem mit – wer Bron und Marcena attackiert hatte, verfügte über eine unerfreuliche Fantasie. Fernglas, Adressbuch, Erdnussbutter-Sandwiches, eine Thermosflasche Kaffee. Was fehlte noch? Eine neue Batterie für meine Taschenlampe, die Mr. Contreras in meinem Auto gelassen hatte, und meine Dietriche.

Ich hatte Morrell gesagt, ich würde heute am Schreibtisch bleiben. Jetzt überlegte ich, ob ich ihn anrufen und ihm die geänderten Pläne mitteilen sollte. Ich entschied mich dagegen, weil ich keine Lust hatte, eine lange Diskussion über meinen Zustand zu führen. Ehrlicherweise hätte ich nämlich zugeben müssen, dass ich nach dem vierundzwanzigstündigen Aufenthalt im Krankenhaus noch nicht fit war. Und schlauerweise hätte ich nach Hause fahren und mich ausruhen sollen. Was nun hoffentlich nicht bedeutete, dass ich verlogen und strohdumm war.

»It's a long and dusty road/ It's a hard and heavy load«, sang ich vor mich hin, als ich auf die Autobahn Richtung Süden fuhr. Ich hatte diese Strecke allmählich satt, den bleigrauen Himmel, die schmutzigen Gebäude, den dichten Verkehr, und dann, nach der Abzweigung vom Ryan Expressway, die heruntergekommene Gegend, die einst meine Heimat gewesen war.

Die Ausfahrt an der 103rd führt direkt an dem Golfplatz vorbei, an dessen Rand Mitch Marcena und Bron gefunden hatte. Ich hielt kurz an, betrachtete das Gelände und sann darüber nach, wieso man die beiden hierher geschafft hatte. Auf einer Nebenstraße fuhr ich zum Eingang, einem gewaltigen Tor, das über den Winter mit Vorhängeschlössern gesichert und flankiert war von einem Stacheldrahtzaun, den man nicht überwinden konnte.

Ich gondelte zur 103rd zurück und nahm dabei den Zaun in Augenschein; mit dem Stacheldraht war nicht gespart worden, und es gab nirgendwo Löcher. Diese Seitenstraße führte an einem Schrottplatz der Polizei vorbei, letzte Ruhestätte für an die tausend Autos. Einige befanden sich in üblem Zustand, vermutlich von der Autobahn abgekratzt, andere schienen unversehrt und waren vermutlich aus Parkverbotszonen abgeschleppt worden. Blaue Abschleppwagen kamen angetrudelt und brachten Nachschub, zogen Autos hinter sich her wie eine Ameisenkolonne, die der Königin Futter bringt. Leere Laster fuhren vom Gelände, gingen wieder auf Beutezug. Ich fragte mich, ob Billys kleiner Miata auch hier gelandet war oder ob ihn die Familie geborgen hatte.

Hinter dem Autofriedhof trennte der Stacheldraht weiterhin die Straße vom Sumpf. Ich stellte den Wagen an der Stelle ab, wo Mitch in die Sümpfe gelaufen war. An dieser Stelle war der Zaun niedergefahren worden; man sah immer noch die Reifenspur im braunen Gras.

Ich verstand einfach nicht, weshalb man Bron und Marcena durch den Sumpf gekarrt und am Rand des Golfplatzes abgeladen hatte, statt sie im Sumpf zurückzulassen, wo Schlamm und Ratten sie in Kürze unkenntlich gemacht hätten. Wieso wurden sie in eine Kuhle am Rande eines Golfplatzes geworfen, wo sie jederzeit entdeckt werden konnten? Sogar um diese Jahreszeit wurde der Golfplatz gewartet. Und weshalb hatten die Täter den mühevollen Weg durch die Sümpfe gewählt, anstatt von Süden her über die Stony Island Avenue zur Müllhalde zu fahren und ihre Opfer dort zu deponieren?

Die ganze Geschichte war entnervend unklar. Ich stieg wieder ins Auto und wollte grade losfahren, als mein Handy klingelte. Das Display zeigte Morrells Nummer an. Ich hatte ein schlechtes Gewissen, weil er mich außerhalb meines Büros erwischte, meldete mich aber.

»Vic, bist du auf dem Heimweg? Ich hab es grade bei dir im Büro probiert.«

»Ich bin in South Chicago«, gestand ich.

»Ich dachte, du wolltest heute keine Exkursionen machen.«

Er klang wütend, was so ungewöhnlich war, dass ich mich nicht einmal wegen der Überwachung ärgerte, sondern fragte, was passiert sei.

»Etwas Ungeheuerliches – jemand ist bei mir eingebrochen und hat Marcenas Computer gestohlen.«

»Was... wann?« Ein Neunachser von By-Smart hupte aufgebracht, als ich auf die Bremse trat und an den Rand fuhr.

»Irgendwann zwischen fünf heute früh, als ich ins Krankenhaus gefahren bin, und jetzt, ich meine, vor anderthalb Stunden, als ich heimkam. Ich hatte mich eine halbe Stunde auf die Couch gelegt und bin dann nach hinten, um alles vorzubereiten für Rawlings' Detective. Bei der Gelegenheit hab ich festgestellt, dass jemand in meinem Arbeitszimmer gewütet hat wie ein Orkan.«

»Woher weißt du, dass sie Marcenas Computer mitgenommen haben? Hatte sie ihn nicht vielleicht bei sich?«

»Er war auf dem Küchentresen. Ich hab ihn an ihr Bett gestellt, als ich am Sonntagabend aufgeräumt habe. Und jetzt ist er verschwunden, genau wie meine USB-Stecker. Soweit ich feststellen kann, fehlt sonst nichts.«

Seine USB-Stecker, die kleinen, schlüsselgroßen Dinger, auf denen er jeden Abend seine Daten speichert. Dann werden sie, ordentlich beschriftet, in einem Kästchen auf seinem Schreibtisch verstaut.

»Deinen Lap haben sie nicht mitgenommen?«

»Ich hatte ihn im Krankenhaus dabei, weil ich dachte, ich könnte ein bisschen arbeiten, während ich an deinem Bett sitze. Was ich dann nicht getan hab, aber es war trotzdem gut – auf diese Weise hab ich ihn noch.«

Ich erkundigte mich nach den anderen elektronischen Geräten. Seine teure Stereoanlage war unangetastet, ebenso Fernseher und DVD-Player.

Morrell hatte sofort beim Revier ins Evanston angerufen, als er den Einbruch entdeckte, aber dort glaubte man offenbar an Beschaffungskriminalität. »Aber die Tür wurde nicht aufgebrochen. Ich meine, die müssen einen Schlüssel gehabt haben, denn die Schlösser sind erstklassig. Das sieht nicht nach Drogensüchtigen aus, und die hätten davon abgesehen auch Sachen wie den DVD-Player zum Verhökern mitgehen lassen.«

»Also wollte jemand, der gut gerüstet ist für Einbrüche, Marcenas Material und nur das, und es ist den Betreffenden auch einerlei, ob du das weißt«, dachte ich laut.

»Ich hab Rawlings angerufen, und er schwört, es war niemand von seinen Leuten«, sagte Morrell. »Kann ich das glauben?«

»Es sieht ihm gar nicht ähnlich«, sagte ich, »und wenn er schwört, dass er nichts damit zu tun hat – ich weiß nicht. Er ist bei der Polizei, und die Welt ist so verdreht dieser Tage, dass man nicht mehr recht weiß, wem man vertrauen kann. Aber er ist im Grunde ein anständiger Kerl; ich möchte gern glauben, dass er nichts damit zu tun hat und jedenfalls nicht lügen würde, wenn es so wäre. Soll ich zu dir kommen und die Nachbarn befragen?«

»Daran hab ich noch nicht mal gedacht. Woran man sehen kann, wie mich das aus der Fassung gebracht hat. Nein, bleib du an deinen Sachen dran; ich fühle mich weniger hilflos, wenn ich selbst mit den Nachbarn rede. Und dann werde ich mir neue USB-Stecker kaufen und in der Unibibliothek arbeiten, wo mich keiner wegen meines Laps überfallen kann. Was machst du gerade?«

»Ich bin in South Chicago. Ich will noch mal mit dem Pastor reden und mit Sandra Czernin. Vielleicht hat Josie Dorrado April verraten, wo sie und Billy sich verstecken wollten.«

»Vic, du gibst auf dich Acht, ja? Sei bitte nicht leichtsinnig und geh keine Risiken ein. Du bist körperlich nicht gerade gut drauf – und ich bin nutzlos zurzeit.«

Aus dem letzten Satz sprach eine Bitterkeit, die untypisch war für Morrell. Ich hatte ihn bisher noch nicht einmal über seine Verletzung klagen hören. Er machte diszipliniert seine Krankengymnastik, arbeitete an seinem Buch und pflegte seine Kontakte. Nun wurde mir zum ersten Mal bewusst, wie schwer es für ihn sein musste, dass er mir nicht zur Seite stehen konnte, wenn ich in Schwierigkeiten steckte.

Ich versprach, ihn anzurufen, wenn ich nicht auf die Minute genau um halb acht bei ihm sein könnte. Als das Gespräch beendet war, blickte ich stirnrunzelnd auf mein Handy. Etwas war mir durch den Kopf gegeistert, als ich ranging. Doch bevor ich versuchen konnte, mich daran zu erinnern, klingelte es wieder.

Diesmal war Conrad dran, der wissen wollte, ob Morrell womöglich Marcenas Computer versteckt hatte, damit seine Leute ihn nicht in die Finger bekamen. »Er behauptet, bei ihm sei eingebrochen worden, aber woher soll ich wissen, ob das stimmt? Ich hab meine Leute trotzdem hingeschickt, aber Papiere durch die Gegend werfen kann jeder.«

Ich lachte, was Conrad nicht witzig fand. »Morrell hat mir grade genau dieselbe Frage in Bezug auf dich gestellt. Jetzt weiß ich wenigstens, dass ihr beide die Wahrheit sagt.«

Conrad stimmte zögernd in mein Lachen ein und äußerte dann denselben Gedanken, den Morrell und ich gerade erörtert hatten: dass jemand es auf Marcenas Aufzeichnungen abgesehen hatte. Was bedeutete, dass Morrell nicht alleine sein sollte, weil dieselben Leute, die bei ihm eingebrochen waren, auch glauben mochten, dass er Bescheid wusste über Marcenas Aktivitäten.

Mir lief ein Schauer über den Rücken. Nach dem Gespräch mit Conrad rief ich sofort wieder Morrell an und sagte ihm, wenn er alleine zu Hause sei, solle er die Tür verriegeln. »Und geh eine Weile nicht durch den Hintereingang ins Haus, ja?«

»Ich werde gar nicht erst damit anfangen, in Angst zu leben, V. I. Das zermürbt einen. Ich werde vorsichtig sein, aber mich nicht in einem Bunker verstecken.«

»Morrell, ich habe Marcena und Bron gesehen. Wer die so zugerichtet hat, verfügt über eine üble Fantasie und einen entsprechenden Charakter. Sei kein Idiot!«

»Oh, herrje, Vic, sag mir nicht, ich soll kein Idiot sein, während du dich an der South Side herumtreibst, wo das alles passiert ist. Wenn jemand über dich herfällt...«

Er brach ab, und wir beendeten das Gespräch, ohne noch etwas hinzuzufügen.

32

Den Pastor ans Kreuz nageln

Die Kolonne hatte deutliche Fortschritte gemacht mit den vier kleinen Häusern, an denen der Pastor arbeitete. Eines sah fertig aus, das zweite, in dem ich Andrés vor zwei Wochen gefunden hatte, hatte eine leuchtend rote Haustür bekommen. Die beiden restlichen waren noch immer Betonskelette mit ein paar Brettern, aus denen sich ihre spätere Form nur erahnen ließ.

Während ich durch die South Side kutschierte, zerbrach ich mir den Kopf über den Einbruch bei Morrell. Ich versuchte, mir vorzustellen, was Marcena wohl in Erfahrung gebracht hatte. Morrell hatte ich gewarnt, vorsichtig zu sein, falls ihre Widersacher nun auch hinter ihm her waren, aber irgendwo zwischen der Torrence, wo ich Richtung Norden abbog, und der 89th, auf der ich nach Osten zu der Baustelle fuhr, wurde mir bewusst, dass jemand auf die Idee kommen könnte, auch ich sei im Bilde über Marcenas Recherchen. Schließlich schliefen wir beide bei Morrell, und über mich hatte sie Bron kennen gelernt. Ich sah wieder ihren entstellten Körper vor mir und fing an, alle paar Sekunden nervös in den Rückspiegel zu blicken. Mein goldener Mustang ist leicht zu verfolgen.

Als ich zu der Baustelle kam, fuhr ich daran vorbei und parkte den Wagen zwei Blocks weiter. In den leeren Straßen hier konnte ich Verfolger auf einen Blick ausmachen. Doch als ich die kleinen Häuser erreichte, war ich mir sicher, dass keiner sich an meine Fersen geheftet hatte.

Ich setzte meinen Schutzhelm auf und trat ohne anzuklopfen durch die rote Tür. Drinnen empfing mich der Baulärm – Hämmern, Sägen, Rufe auf Spanisch. Die Trockenwand am Eingang war fertig, aber die Treppe sah noch ziemlich nackt aus. Ich fragte den erstbesten Mann, der mir über den Weg lief, nach Andrés, und er wies mit dem Daumen über die Schulter.

Ich spazierte einen kleinen Flur entlang und entdeckte Andrés in dem Raum, der die Küche werden sollte. Er zog Drähte durch ein Plastikrohr und schrie durch ein Loch im Boden auf Spanisch einem Mann Anweisungen zu, der die Drähte von unten durchschob. Als ich hereinkam, schaute er nicht auf.

Ich wartete, bis er die Arbeit beendet hatte, und sagte dann: »Pastor Andrés, wir müssen uns unterhalten.«

»Sie waren am Sonntag beim Gottesdienst, Frau Detektivin. Sind Sie heute hergekommen, um sich zu Jesus zu bekennen? Für ein solches Ereignis unterbreche ich gerne meine Arbeit.«

Ich hockte mich auf die rohen Bodendielen neben ihn. »Montagnacht wurde Bron Czernin umgebracht.«

»Ich trauere immer über den sinnlosen Tod von einem Kind Gottes.« Andrés' Stimme klang ruhig, aber seine Augen waren wachsam. »Vor allem wenn es starb, ohne sich Jesus zugewandt zu haben.«

»Ich glaube kaum, dass sein Priester ihm ein christliches Begräbnis verweigern wird.«

»Ein katholisches Begräbnis«, verbesserte Andrés. »Kein christliches: Bron Czernin starb in Gesellschaft einer Frau, die einen Keil in seine Ehe getrieben hatte.«

»Bron war wehrloser Betrachter des Vorgangs, dass Ms. Love einen Keil in seine Ehe trieb?«

Er runzelte die Stirn. »Er selbst trug gewiss auch Verantwortung daran, aber eine Frau ist…«

»Machtloser, für gewöhnlich«, fiel ich ihm ins Wort, »wiewohl ich in diesem Fall zugebe, dass es sich eher nicht so verhielt. Aber da wir gerade von machtlosen Frauen sprechen: Josie Dorrado ist am Montagabend verschwunden, meiner Ansicht nach zusammen mit Billy the Kid. Wo sind die beiden?«

»Ich weiß es nicht. Und wenn ich es wüsste, begreife ich nicht, weshalb Sie das wissen wollen.«

»Weil Rose mich gebeten hat, ihre Tochter zu suchen. Und da Sie wissen, dass Bron zusammen mit Marcena Love in einer Grube gefunden wurde, wissen Sie wohl auch, dass sich Ms. Love in Billys Wagen befand, als der unter dem Skyway in den Dreck gefahren wurde. Ich wüsste gerne, wo Billy und Josie sich aufhielten, als das passierte.«

Während ich sprach, schüttelte der Pastor unablässig den

Kopf. »Ich weiß es nicht. Billy kam am Samstagabend zu mir und bat mich, ihn ein weiteres Mal aufzunehmen. Er war bei Rose untergekommen, glaubte aber, das sei kein sicherer Ort, ob für ihn oder für Rose, wurde mir nicht ganz klar. Er wollte, dass ich Josie auch bei mir aufnehme. Ich sagte, das könne ich nicht tun, denn die Detektive seines Vaters würden als Erstes bei mir suchen. Sie waren schon zweimal bei mir, und wenn ich nachts aus dem Fenster schaue, sehe ich jetzt immer einen Wagen unten auf der Straße. Und ich wies ihn darauf hin, dass er und Josie ohnehin verheiratet sein müssten, bevor ich ihnen ein gemeinsames Bett anbieten würde.«

»Ich weiß von keinem Bundesstaat der USA, in dem man so jung heiraten darf«, versetzte ich scharf. »Zum Glück. Wo haben Sie ihn hingeschickt?«

»Wenn Sie über Dinge urteilen, über die zu urteilen Sie kein Recht besitzen, können wir uns nicht weiter unterhalten.«

Ich sah förmlich Rot, unterdrückte meine Wut aber mühsam: Wenn ich mich mit Andrés über Moralfragen anlegte, würde ich nichts aus ihm herausbekommen.

»War das Auto in Ihrer Straße auch am Sonntagabend da, als Billy zu Ihnen kam?«

Er überlegte. »Ich glaube nicht. Es ist mir zum ersten Mal am Montag aufgefallen, als ich zum Mittagessen nach Hause kam. Aber wenn sie am Sonntag auch da waren, hätten sie Billy mitgenommen, und Sie sagen ja, er war am Montag mit Josie zusammen.«

»Was haben Sie Billy vorgeschlagen?«, fragte ich.

»Ich habe ihm vorgeschlagen, mit Josie nach Hause zu seiner Familie zu gehen, damit seine Leute sich selbst ein Bild machen können, anstatt nach Gerüchten über Josie zu urteilen. Aber das wollte er auf keinen Fall.«

»Und das ist die Hauptfrage«, sagte ich. »Was ist los mit dem Jungen, dass er um keinen Preis nach Hause will? Mir hat er gesagt, er habe Zweifel an seiner Familie, und Sie seien die einzige Person, der er vertraut. Was ist geschehen, dass er kein Vertrauen in seine eigenen Leute hat?«

»Was er mir anvertraut hat, war nur für mich bestimmt, für niemand anderen. Auch nicht für Sie, Frau Detektivin.«

»Aber es hat mit Billys Arbeit im Lagerhaus zu tun, nicht wahr?«

»Das kann man nicht ausschließen.«

»Und mit Fly the Flag.«

Das war geraten, aber Andrés blickte nervös über die Schulter. Der Mann, mit dem er an dem Rohr gearbeitet hatte, beobachtete ihn mit besorgtem Gesichtsausdruck.

»Ich werde mich nicht dazu verleiten lassen, Vertrauliches auszuplaudern. Was wissen Sie über Fly the Flag?«

»Frank Zamar hatte gerade einen großen Vertrag über eine Serie mit Bettwäsche und Handtüchern für By-Smart unterzeichnet, nicht lange bevor seine Fabrik in Flammen aufging. Er hatte wohl keinen Grund, aus Verzweiflung seine eigene Fabrik anzuzünden und sich selbst gleich mit. Deshalb gehe ich davon aus, dass jemand wütend auf ihn war.«

Ich schlug mir an die Stirn, Karikatur einer Person, die gerade einen zündenden Einfall hat. »Da fällt mir ein: Sie selbst waren ja ein paar Tage vor dem Brand bei Fly the Flag. Sie hatten irgendetwas mit Frank Zamar zu klären. Sie sind Elektriker. Sie wüssten, wie man etwas installiert, das viel später einen Brand auslöst. Vielleicht haben Sie dieses Etwas an dem Dienstag, an dem ich Sie in der Fabrik sah, dort angebracht.«

»Sie sollten sich vorsehen mit solchen Anklagen.« Er bemühte sich, erbost zu klingen, aber seine Lippen waren starr. Ich hatte das Gefühl, dass sie zu zittern beginnen würden, sobald er sie entspannte. »Ich würde niemals das Leben eines Menschen aufs Spiel setzen, vor allem nicht im Fall von Frank Zamar, der nicht böse, sondern nur von Problemen geplagt war.«

»Aber, Roberto«, warf der andere Arbeiter ein, »wir wissen doch alle …«

Andrés wies ihn auf Spanisch an, auf seine Worte zu achten – ich gehörte nicht zu den Freunden.

»Ich bin aber auch nicht Ihr Feind«, sagte ich auf Spanisch. »Was wissen wir alle?«

Mit einem strafenden Blick auf seinen Kollegen sagte Andrés steif: »Wie Sie ja bereits gesagt haben, unterschrieb Zamar bei By-Smart einen neuen Vertrag für eine Produktion von Bettwäsche und Handtüchern mit dem Muster der amerikanischen

Flagge. Nur – er unterschreibt in Hast, weil er so viel Geld verloren hat, und er muss die Kredite für die neuen Maschinen abzahlen, auch wenn die Maschinen nicht laufen. Darauf sagt Zamar, er macht diese Serie, aber mit so wenig Geld kann er die Arbeiter in Chicago nicht bezahlen, er muss in Nicaragua oder China anfertigen lassen, wo die Leute für einen Dollar am Tag arbeiten und nicht dreizehn die Stunde kriegen. Da bin ich zu ihm gegangen und habe ihm gesagt, er könne alles verlieren, wenn er die Jobs hier im Viertel kaputtmacht oder Menschen so schlecht bezahlt, dass sie quasi Sklaven sind.«

»Und er wollte nicht auf Sie hören?«, sagte ich. »Weshalb Sie dann Ratten in die Heizungsrohre geworfen haben? Und als er immer noch keine Vernunft annahm, haben Sie die Fabrik angezündet?«

»Nein!«, donnerte Andrés und sagte dann ruhiger: »Er versprach mir, noch einmal zu By-Smart zu gehen und denen zu sagen, er habe es sich anders überlegt. Ich habe versprochen, ihm zu helfen, wenn er das tut. Und Billy erzählte, dass er wirklich dort war, dass er mit der Frau geredet hat, die für die Wäsche zuständig ist, und mit Patrick Grobian, den wir alle kennen, aber dann – hat er sich wohl anders entschieden.«

»Hat er Ihnen erzählt, dass er eine zweite Fabrik eröffnet hat? Hat Rose Dorrado Ihnen gesagt, dass sie dort Vorarbeiterin der Nachtschicht war?«

»Was?« Andrés sah aus wie vom Donner gerührt. »Das hat sie getan, ohne mit mir, ihrem Pastor, über diese wichtige Sache im Viertel zu reden?«

»Aber war die Fabrik denn nicht etwas Gutes?« Ich war nun aufrichtig erstaunt. »Damit hat er doch hier für Arbeit gesorgt.«

»Er hat mich belogen!« Andrés wurde laut. »Und sie auch. Oder schlimmer noch: Sie hat mir nicht in die Augen geblickt und mir die Wahrheit gesagt!«

»Worüber denn?«

»Über – Frank Zamars finanzielle Lage.«

Das hatte er nicht gemeint, was der Miene seines Kollegen auch anzusehen war, aber ab jetzt stellte Andrés sich stur, und dem anderen Elektriker war auch nichts mehr zu entlocken. Die Unterredung hatte etwa zehn Minuten gedauert, als ein Mann hereinkam und Andrés auf Spanisch etwas mitteilte – er müsse jetzt in der Küche fertig werden, da sie den Boden irgendwas – verlegen konnten, glaube ich. Worauf Andrés zu mir sagte, ich müsse jetzt gehen, er habe mir nichts mehr zu sagen.

Ich rappelte mich auf. Meine Waden waren nach dem langen Hocken völlig verkrampft. »Okay. Nur damit Sie Bescheid wissen: Heute Morgen ist jemand in die Wohnung eingebrochen, in der Ms. Love gewohnt hat. Diese Leute haben ihren Computer mitgenommen. Sie haben offenbar etwas dagegen, dass die Dinge, die Ms. Love in Erfahrung gebracht hat, an die Öffentlichkeit dringen. Bron Czernin wurde auf abscheuliche Weise umgebracht. Wenn Ms. Love überlebt, wird sie zahlreiche Operationen durchstehen müssen, bevor sie wiederhergestellt ist. Die Täter sind vollkommen skrupellos. Wenn die glauben, dass Sie etwas über die Dinge wissen, die Bron und Ms. Love erfahren hatten, könnten Sie das nächste Opfer sein.«

Andrés richtete sich auf, und ein verklärter Ausdruck trat auf sein Gesicht. »*Jesús se humillo así mismo, haciendose obediente, hasta la muerte.* Jesus fügte sich dem Tod am Kreuze. Ich werde mich nicht fürchten, den Weg zu beschreiten, den mein Herr vor mir beschritten hat.«

»Und Sie finden es auch in Ordnung, wenn diese Individuen Billy und Josie so zurichten?«

Andrés runzelte die Stirn. »Ich habe aus Ihren Aussagen nicht geschlossen, dass der Tod von Bron Czernin etwas mit Billy Bysen und seiner Familie zu tun hat. Vielleicht steckt sogar Mrs. Czernin selbst dahinter. Haben Sie mit ihr darüber gesprochen? Eine Frau, die betrogen wird und wütend ist, kann sehr wohl einen Mord begehen. Vor allem jetzt, da ihre Tochter schwer krank ist, wird Mrs. Czernin außer sich sein. In ihrem Kummer und Zorn kann sie durchaus ihrem Mann und seiner Geliebten etwas Schreckliches angetan haben.«

»Ausgeschlossen ist es nicht«, räumte ich ein. »Aber man brauchte viel Kraft, um diese Körper herumzuwuchten. Selbst wenn Ms. Czernin sie bewusstlos geschlagen hat, müsste sie die beiden mit einem Gabelstapler – falls sie einen zur Hand hatte – in den Lastwagen gehoben haben, der sie dann zu der Grube beförderte. Möglich, aber unwahrscheinlich.«

Der Mann, der Andrés wegen der Küche ermahnt hatte, blickte demonstrativ auf seine Armbanduhr.

»Ich gehe schon«, sagte ich. »Aber, Pastor, falls Billy sich noch einmal bei Ihnen meldet, sagen Sie ihm, dass er mich oder Conrad Rawlings im Fourth District anrufen soll, falls seine Sorgen wegen seiner Familie etwas mit einem Verbrechen zu tun haben. Das Monster, das dort draußen sein Unwesen treibt, ist ein paar Nummern zu groß für einen Neunzehnjährigen. Und, übrigens: Vielen Dank für die Infos über Fly the Flag.«

Diesmal verlor er die Contenance. »Ich habe Ihnen nichts gesagt! Und wenn Sie etwas anderes behaupten, begehen Sie eine schreckliche Sünde, indem Sie falsches Zeugnis ablegen.«

»Adios.« Ich lächelte und wandte mich zum Gehen.

Gemächlich schlenderte ich hinaus in der Hoffnung, dass er es sich anders überlegen und mir noch etwas erzählen würde. Die Männer, die vor dem Haus eine Zigarettenpause machten, grüßten freundlich, als ich vorbeiging, aber Andrés blieb in seiner Küche.

Das Haus der Czernins war nur drei Blocks entfernt, und ich legte die Strecke zu Fuß zurück. Es wehte ein kalter Wind; Wolken zogen über den Himmel und ballten sich über dem See. Trotzdem ging ich langsam – zum einen, weil ich nicht gerade versessen war auf die Begegnung mit Sandra Czernin und ihren Wutausbrüchen, zum anderen, weil ich über Andrés nachdachte.

Am liebsten hätte ich den Burschen mit den Füßen an den Dachbalken dieses Hauses aufgehängt und ihn so lange geschüttelt, bis alles aus ihm herausfiel, was er über Billy samt seiner Familie und Fly the Flag wusste. Ich konnte nicht recht glauben, dass Andrés das Feuer in der Fabrik gelegt hatte, aber er war unbestritten Elektriker. Er wusste, wo Stromkabel verliefen und wie man bei einer Brandstiftung die größte Wirkung erzielen konnte. Aber ich war mir recht sicher, dass er niemanden töten würde, und konnte mir auch nicht vorstellen, weshalb er eine Fabrik zerstören sollte, die vielen aus der Gemeinde gute Arbeit bot.

Da ich Andrés nicht zum Reden bringen konnte, war es umso wichtiger, Billy aufzuspüren. Der Junge war weggelaufen, nachdem sein Großvater Pastor Andrés bei der Gebetsstunde beleidigt hatte; ich ging nicht davon aus, dass Billys Zwist mit seiner Familie mit Bron und Marcena in Zusammenhang stand. Am nächsten Tag war Billy wie immer zur Arbeit gegangen, aber dort geschah dann etwas, das ihn zum Verschwinden veranlasst hatte. Seine Probleme hatten offenbar mit dem By-Smart-Lagerhaus zu tun, nicht mit Fly the Flag. Und zwar vermutlich mit Tante Jacqui, da sie sich als Einzige aus der Familie regelmäßig im Lagerhaus einfand. Selbiges stand also als Nächstes auf dem Programm, sobald ich Sandy Zoltak hinter mich gebracht hatte. Oder vielmehr Sandra Czernin.

Trotz meines Schneckentempos war ich nun vor dem Haus der Czernins angelangt, einem Bungalow an der 91st, Ecke Green Bay Avenue, schräg gegenüber eines riesigen Ödland-Grundstücks, auf dem einstmals die USX South Works angesiedelt waren.

Ich starrte auf die Schutthaufen. In meiner Kindheit, als wir wegen der Rauchschlieren täglich die Fenster putzen mussten, sehnte ich mich nach einem Tag ohne das Stahlwerk, doch ich konnte mir nicht vorstellen, dass sie nun verschwunden sein sollten, diese gewaltigen Hallen, diese kilometerlangen Förderbänder, auf denen Kohle und Eisenerz transportiert wurden, die orangen Funken in der Nacht, an denen man merkte, dass Stahl gegossen wurde. Wie konnte etwas so Monumentales sich in Schutt und Gestrüpp verwandeln? Es war mir unbegreiflich.

Meine Mutter bestand immer darauf, die unangenehmen Aufgaben zuerst zu erledigen, ob man nun Fenster putzen oder mit Leuten wie Sandra Czernin sprechen musste. Ich fand es sinnvoller, zuerst zu spielen und dann abzuwarten, ob hinterher noch Zeit war für die doofen Sachen, aber nun hörte ich Gabriellas Stimme: Je länger du dich jetzt mit dem Stahlwerk beschäftigst, desto mühseliger wird die Sache, wegen der du hier bist.

Ich richtete mich auf und marschierte zur Haustür. Die anderen Häuser in der Straße wirkten trist und heruntergekommen, doch der Bungalow der Czernins hatte einen makellosen Anstrich, und nirgendwo fehlten Bretter. Auch der kleine Vorgarten sah sehr ordentlich aus – am Wegrand wuchsen Chrysanthemen, und der Rasen war für den Winter frisch gemäht worden. Sandra schien jedenfalls einen Teil ihrer Wut produktiv umzusetzen, wenn sie für den Zustand des Hauses verantwortlich war oder Bron zur Erledigung dieser Pflichten abkommandierte.

Ich hatte kaum geklingelt, als sie auch schon öffnete. Sie starrte mich an, als würde sie mich nicht erkennen. Ihre kaputtblondierten Haare waren schon länger nicht gewaschen oder gekämmt worden und standen wirr vom Kopf ab. Ihre blauen Augen waren blutunterlaufen, und ihr Gesicht wirkte verschwommen, als hätten sich die Knochen unter der Haut aufgelöst.

»Hi, Sandra. Es tut mir leid wegen Bron.«

»Tori Warshawski! Du hast Nerven, jetzt hier aufzukreuzen, zwei Tage zu spät. Dein Mitgefühl interessiert mich einen Dreck. Du hast ihn gefunden, haben die Cops mir gesagt. Und du hast es nicht mal für nötig gehalten, mich anzurufen? Ich hab deinen Mann gefunden, Sandra, bestell einen Sarg, du bist nämlich jetzt Witwe?«

Ihre Wut hörte sich bemüht an, als müsse sie sich zwingen, etwas zu empfinden, irgendetwas, und als sei Wut das einzige Gefühl, das sie zuwege brachte, wenn schon nicht Trauer. Ich hätte fast angefangen, mich zu rechtfertigen – die Nacht in den Sümpfen, der Krankenhausaufenthalt –, verkniff es mir aber.

»Du hast Recht. Ich hätte gleich anrufen sollen. Wenn ich reinkommen darf, erzähle ich dir, was ich weiß.«

Ich marschierte los, ohne abzuwarten, ob sie mich überhaupt ins Haus lassen wollte, und sie trat unwillkürlich zurück.

»Er war mit dieser englischen Hure zusammen, nicht wahr?«, fragte sie, als ich im Flur stand. »Ist die auch tot?«

»Nein. Aber schwer verletzt, so schwer, dass sie nicht reden und der Polizei berichten kann, was passiert ist.«

»Ja ja, wisch dir die Augen, wenn ich ›My Heart Cries for You‹ auf der Geige spiele.« Zu meiner Bestürzung rieb sie Mittel- und Zeigefinger aneinander, wie wir es als Kinder getan hatten, wenn wir sarkastisch waren – ein Floh, der »My Heart Cries for You« auf der kleinsten Geige der Welt spielte, sagten wir immer.

»Wie geht es April?«, fragte ich.

»Oh, sie war Papas Liebling, sie kann es nicht fassen, dass er tot ist, dass er mit dieser Reporterin aus England zusammen war, obwohl sie das schon in der Schule von allen zu hören gekriegt hat.«

»Bron glaubte, er könne Geld für Aprils Defibrillator auftreiben. Weißt du, ob er das geschafft hat?«

»Bron mit seinen Ideen.« Sie verzog das Gesicht zu einer höhnischen Grimasse. »Wollte wahrscheinlich einen Laster voller Fernseher bei By-Smart klauen. Falls der jemals oberhalb seiner Gürtellinie eine gute Idee hatte, ist sie mir nicht zu Ohren gekommen. Uns kann nur eins helfen: wenn er während der Arbeitszeit gestorben ist.«

Ihre Bitterkeit war so unerträglich, dass ich etwas länger brauchte, um zu begreifen, was sie meinte. »Oh. Damit ihr seine Versicherung bekommt. Hatte er keine Lebensversicherung?«

»Zehntausend. Wenn ich ihn unter der Erde habe, sind davon noch siebentausend übrig.« Tränen rannen ihr aus den Augen. »Oh, Dreck, was soll ich nur ohne ihn tun? Er hat mich alle Naselang betrogen, aber was soll ich jetzt tun? Ich kann das Haus nicht behalten, ich kann nicht für April sorgen. Zum Teufel mit dem verdammten Kerl!«

Ihr Schluchzen erschütterte ihren mageren Körper so heftig, dass sie sich an die Wand lehnen musste. Ich nahm sie behutsam am Arm und führte sie ins Wohnzimmer. Die gepflegten Möbel waren mit Plastikbezügen abgedeckt. Ich zog den Bezug von der Couch herunter und veranlasste Sandra, sich hinzusetzen.

33

Glückliche Familien sind alle gleich,
unglückliche Familien …

Das Haus der Czernins hatte denselben Grundriss wie alle Bungalows an der South Side. Ich wusste sofort, wie ich zur Küche fand, weil das Haus meiner Kindheit genauso angelegt war. Ich konnte es mir nicht verkneifen, einen Blick durch die Hintertür zu werfen, weil ich sehen wollte, ob es hier auch so einen kleinen Schuppen gab wie bei uns. Mein Vater hatte sein Werkzeug dort untergebracht; er konnte fast alles am Haus selbst reparieren. Sogar ein Rad an meinen Rollschuhen hatte er eigenhändig ausgewechselt. Befriedigt stellte ich fest, dass es den Schuppen gab. Er war allerdings weit weniger ordentlich als der meines Vaters. Mein Dad hätte niemals zerschnittene Gummistücke oder ausgefranste Kabel herumliegen lassen.

Ich wollte mich gerade auf die Suche nach Tee begeben, als April in der Küchentür auftauchte. Sie hielt den riesigen Bären umklammert, den Bron ihr im Krankenhaus geschenkt hatte. Ihr Gesicht wirkte aufgequollen von den Medikamenten.

»Coach! Ich wusste nicht… Sie hier…«

»Hi, Schätzchen. Tut mir leid wegen deinem Vater. Du weißt, dass ich ihn gefunden habe.«

Sie nickte traurig. »Haben Sie sich seine Werkstatt angeschaut? Er hat mir beigebracht, wie man mit dem Lötkolben arbeitet. Letzte Woche haben wir beide sogar zusammen an einer Sache gebastelt, aber Mam lässt mich jetzt bestimmt nicht mehr das Werkzeug benutzen. Weiß sie, dass Sie hier sind?«

»Sie sitzt im Wohnzimmer und ist ziemlich durcheinander; ich suche grade nach Tee.«

April öffnete eine Blechschachtel auf der Theke, holte einen Teebeutel heraus und nahm Becher von einem Regal. Ich erkundigte mich nach ihrem Zustand.

»Ist okay, denk ich. Sie geben mir diese Medikamente, von denen ich müde werde, das ist alles. Und sie sagen, ich darf nicht mehr Basketball spielen.«

»Ich weiß. Das ist ein Jammer. Du bist eine gute Spielerin, und du wirst uns fehlen, aber du kannst nicht deine Gesundheit aufs Spiel setzen und auf dem Spielfeld rumrennen. Aber wenn du willst, kannst du weiter zur Mannschaft gehören, zum Training kommen und Spiele protokollieren.«

Ihre Miene erhellte sich ein wenig. »Aber wie soll ich studieren, wenn ich kein Stipendium kriege?«

»Über deine normalen Schulleistungen«, sagte ich trocken. »Das ist nicht so spektakulär wie ein Sportstipendium, aber langfristig kommst du damit weiter. Aber darüber zerbrechen wir uns jetzt nicht den Kopf – du hast genug um die Ohren, und du musst dich erst in einem Jahr bewerben.«

Das Wasser kochte, und ich verteilte es auf die Becher. »April, hast du mit Josie gesprochen, seit du aus dem Krankenhaus entlassen wurdest?«

Sie wandte sich ab und beschäftigte sich eingehend mit dem Tee, tauchte den Beutel immer wechselweise in die Becher, bis das Wasser allmählich hellgelb wurde.

»Josie ist an dem Tag verschwunden, an dem dein Vater zu Tode kam, und ich mache mir große Sorgen um sie. Ist sie mit Billy durchgebrannt?«

April verzog unglücklich das Gesicht. »Ich habe versprochen, nichts zu sagen.«

»Ich habe Billys Sportwagen gegen ein Uhr morgens als Wrack unter dem Skyway gefunden. Ich glaube, dass die englische Reporterin damit gefahren ist. Aber waren Billy und Josie bei ihr?«

»Billy hat Daddy seinen Wagen gegeben«, flüsterte April. »Billy meinte, er könne nichts mehr damit anfangen, und er wusste, dass Dad kein Auto hatte. Wenn er ausgehen wollte, musste er sich von einem Freund eines borgen, und manchmal hat er uns auch mit dem Truck irgendwo hingefahren, wenn er dachte, Mr. Grobian würde es nicht rauskriegen. Der Laster gehört ja By-Smart.«

»Wann hat er deinem Vater das Auto gegeben?« Ich versuchte, ruhig und gelassen zu klingen, um sie nicht noch nervöser zu machen, als sie schon war.

»Am Montag. Er kam am Montagmorgen hierher, als meine Eltern mich aus dem Krankenhaus abgeholt hatten. Ma musste wieder zur Arbeit, sie hatten ihr nur eine Stunde freigegeben, aber Dad hatte Spätschicht und ging erst um drei. Und dann kam noch Josie hierher. Ich hatte sie angerufen und ihr gesagt, sie solle auf dem Weg zur Schule vorbeikommen. Sie und Billy haben sich immer hier getroffen, wissen Sie, hier konnte Josie in Ruhe ihre Hausaufgaben machen, und meine Ma dachte, Billy sei von unserer Schule. Wir haben ihr nicht gesagt, dass er ein Bysen ist, da wäre sie total ausgeflippt.«

Die Schulprojekte, an denen Josie so interessiert war, ihre Hausaufgaben in Naturwissenschaften, die sie mit April erledigen musste. Vielleicht hätte ich erraten müssen, dass sie eine Ausrede waren, aber jetzt spielte das auch keine Rolle mehr.

»Warum ist Billy so wütend auf seine Familie?«, fragte ich.

»Er ist nicht wütend«, antwortete April ernsthaft. »Er macht sich Sorgen wegen dem, was er in der Fabrik erlebt.«

»Und was ist das?«

Sie zog eine Schulter hoch. »Alle schuften für zu wenig Geld. Wie Ma. Auch Daddy; er hat mehr verdient als sie, aber Billy meinte, es sei nicht in Ordnung, dass die Leute es so schwer haben müssen.«

»Das war alles?«, fragte ich enttäuscht.

Sie schüttelte den Kopf. »Ich hab nicht so genau zugehört, meistens hat er mit Josie geredet, aber Nicaragua haben sie mal erwähnt und Fly the Flag, glaube ich …«

»Was machst du da? Setzt du meiner Kleinen zu?« Sandra erschien in der Tür; die Tränen waren verschwunden, ihr Gesicht sah so hart aus wie immer.

»Wir kochen Tee für dich, Ma. Die Trainerin meint, ich könnte immer noch zur Mannschaft gehören und vielleicht Spiele protokollieren.« April reichte uns beiden einen Becher. »Und vielleicht komme ich über gute Noten in ein Stipendium.«

»Aber damit können wir die Arztrechnungen nicht bezahlen. Wenn du was für April tun willst, dann setz ihr keine Flausen in den Kopf von wegen guten Noten. Beweise lieber, dass Bron für die Firma unterwegs war, als er gestorben ist.«

Ich sah Sandra verblüfft an. »Behauptet By-Smart, dass es nicht so war? Wissen die, wo er sich aufhielt, als er getötet wurde?«

»Die sagen mir nichts. Ich war heute Morgen bei Mr. Grobian

im Lagerhaus, ich hab ihm gesagt, ich werd den Versicherungsanspruch anmelden, und er hat geantwortet: ›Viel Glück.‹ Er
hat gemeint, Bron hätte gegen die Bestimmungen der Firma
verstoßen, weil er diese Schlampe im Wagen hatte, und sie würden die Ansprüche anfechten.«

»Du brauchst einen Anwalt«, sagte ich. »Jemanden, der die
vor Gericht bringt.«

»Du bist so – so dumm!«, kreischte Sandra. »Wenn ich mir einen
Anwalt leisten könnte, würd ich dieses Geld gar nicht brauchen.
Beweise, das ist es, was ich brauch. Du bist Detektivin, sorg dafür,
dass ich denen beweisen kann, dass er für die Firma unterwegs
war und nicht die englische Hure dabeihatte. Du bist schuld, dass
die aufgetaucht ist. Jetzt kannst du was wiedergutmachen.«

»Ich bin nicht für Brons Verhalten verantwortlich, Sandra.
Und wenn du herumschreist, löst das keine Probleme. Ich hab
anderes zu tun, als mich von dir beleidigen zu lassen. Wenn du
dich nicht so weit zusammenreißt, dass wir vernünftig reden
können, verschwinde ich.«

Sandra zögerte, hin- und hergerissen zwischen ihrer Wut und
dem Impuls, mehr über Brons Tod zu erfahren. Zu guter Letzt
hockten wir dann zu dritt am Küchentisch und tranken den
dünnen Tee, und ich berichtete, wie Mitch mich durch die
Sümpfe zu Bron und Marcena geführt hatte.

Sandra wusste, dass Billy Bron sein Handy geliehen hatte (»Er
hat mir gesagt, er hätte es angenommen, damit er April anrufen
kann«), aber von dem Miata wusste sie nichts, was zu einem
Wortgefecht zwischen ihr und April führte (»Ma, ich hab es dir
nicht gesagt, weil du dasselbe gemacht hättest wie jetzt, wegen
ihm rumgeschrien, und das kann ich nicht ertragen«).

Ihr Priester hatte ihnen gesagt, Bron sei so entstellt, dass
Sandra ihn nicht mehr sehen sollte; stimmte das?

»Er sieht schlimm aus«, gab ich zu. »Aber wenn er mein Mann
wäre, würde ich ihn sehen wollen. Weil mich das nicht loslassen
würde, dass ich mich nicht von ihm verabschiedet habe.«

»Wenn du mit dem Dreckskerl verheiratet gewesen wärst, würdest du nicht so rührselig daherquatschen von wegen Verab-
schieden und diesem ganzen Schwachsinn aus Filmen«, fauchte
Sandra.

Sie unterbrach sich wegen des empörten Aufschreis ihrer Tochter, aber dann stritten die beiden weiter darüber, ob Bron wirklich einen Plan zum Beschaffen von Geld für Aprils Behandlung gehabt hatte.

»Er hat Mr. Grobian angerufen, und der hat gesagt, er könne kommen und mit ihm darüber sprechen, das hat Daddy mir selbst erzählt«, sagte April, zornesrot im Gesicht.

»Du hast nie kapiert, dass dein Vater allen Leuten immer nur das gesagt hat, was sie hören wollten, aber nie die Wahrheit. Was meinst du wohl, weshalb ich ihn geheiratet hab?«, versetzte Sandra wutentbrannt.

»Wann hat dein Vater dir das über Grobian gesagt?«, fragte ich April. »Montagvormittag?«

»Er hat mir Mittagessen gemacht, als wir vom Krankenhaus heimkamen.« April kämpfte mit den Tränen. »Thunfisch-Sandwiches. Er hat mir die Rinde vom Brot abgeschnitten, wie früher, als ich noch klein war. Er hat mich in eine Decke gewickelt und in seinen Klappsessel gesetzt und mich gefüttert, mich und Big Bear. Er meinte, ich solle mir keine Sorgen machen, er würde mit Mr. Grobian reden, alles würde gut werden. Dann kam Billy, und der sagte, wenn ich noch acht Jahre warten könne, bis er an seinen Treuhandfonds rankäme, würde er die Operation bezahlen, aber Daddy meinte, wir würde keine Almosen annehmen, selbst wenn wir so lange warten könnten, und er wolle mit Mr. Grobian reden.«

Sandra schlug so fest auf den Tisch, dass der Tee aus den Bechern spritzte. »Das ist so verflucht typisch! Mit dir hat er geredet, aber nicht mit seiner eigenen Frau!«

Aprils Unterlippe zitterte, und sie umklammerte ihren Bär. Mir kam Patrick Grobian nicht gerade vor wie der barmherzige Samariter der South Side. Wenn Bron ihn treffen wollte, hatte er vermutlich vor, Grobian unter Druck zu setzen, aber als ich das äußerte, fuhr April wieder hoch. »Nein! Wieso stellen Sie sich auf ihre Seite, gegen Dad? Er sagte, er habe ein Dokument von Mr. Grobian, ganz geschäftsmäßig, alles paletti.«

»Warum hast du mir das nicht früher gesagt?«, schrie Sandra. »Dann hätte ich Grobian heute Morgen danach fragen können.«

»Weil du dann wieder nur gesagt hättest, was du jetzt sagst, dass seine Ideen blöd sind und nichts bringen.«

»Also wisst ihr beide nicht, ob er nun wirklich mit Grobian geredet hat und was dieses Dokument ist? Sandra, wann hast du zum letzten Mal mit Bron gesprochen?«

Die Gefühlsausbrüche abgerechnet, belief es sich darauf, dass sie zuletzt am Montagmorgen miteinander gesprochen hatten, als sie April aus dem Krankenhaus abholten. Sie hatten sich von einem Nachbarn ein Auto geliehen – ihr eigenes war im letzten Monat bei einem Unfall mit Fahrerflucht kaputtgefahren worden, und sie konnten sich kein neues leisten (weil Bron die Versicherungsraten nicht regelmäßig bezahlt hatte, natürlich). Bron hatte Sandra auf dem Rückweg zur Arbeit gefahren und war dann mit April zu Hause geblieben, bis er seine Schicht antreten musste.

»Diese Woche hatte er die von vier bis Mitternacht. Ich muss morgens um Viertel nach acht im Laden sein, deshalb haben wir uns manchmal wochenlang kaum gesehen. Er steht auf, trinkt morgens mit mir Kaffee. Wenn April zur Schule geht, geht er wieder ins Bett, und ich nehm den Bus, und das war's dann für die Woche. Aber als wir April heimbrachten, da wollten wir nicht, dass sie die Treppe raufsteigen muss, die ist so steil, der Arzt hat gesagt, sie soll sich nicht anstrengen, deshalb schläft sie bei mir unten in dem großen Bett. Bron sollte Montagnacht in ihrem Bett oben schlafen.

Am Dienstag hab ich April Frühstück gemacht, auch wenn ich nicht die Rinde vom Brot abschneide, mach ich ihr jeden Morgen Frühstück, aber ich musste zur Arbeit, man weiß nie, wie lang man auf den Bus warten muss, und ich konnte nicht warten auf Mr. Supertoll, der …« Sie unterbrach sich, weil ihr bewusst wurde, dass das Objekt ihrer Bitterkeit nicht mehr am Leben war. »Ich dachte, er schläft noch«, fügte sie mit ruhiger Stimme hinzu. »Ich hab mir nichts dabei gedacht.«

Was für ein Dokument mochte Grobian wohl unterzeichnet haben, das Bron einen Anspruch auf hunderttausend Dollar für Aprils Behandlung einräumte? Ich konnte es mir nicht erklären, aber als ich April drängte, sich zu erinnern, ob Bron noch etwas Konkreteres gesagt hätte, fuhr Sandra aus der Haut. Merkte ich denn nicht, dass April müde war? Ob ich ihre Tochter umbringen wolle? Die Ärzte hatten gesagt, April dürfte keinen Stress haben, und dass ich nun hier hereinplatzte und sie bedrängte, sei Stress ohne Ende.

»Ma!«, kreischte April. »Rede nicht so mit der Trainerin. Das ist viel mehr Stress für mich.«

Hier bot sich die nächste Gelegenheit für einen handfesten Streit zwischen Mutter und Tochter, aber ich räumte das Feld ohne weitere Äußerungen. Sandra blieb in der Küche, aber April begleitete mich ins Wohnzimmer, wo ich meinen Parka abgelegt hatte. Das Mädchen sah grau aus um den Mund, und ich riet ihr dringlich, ins Bett zu gehen, aber sie blieb sitzen und drückte ihr Gesicht an den Bären, bis ich sie fragte, was los sei.

»Coach, tut mir leid, dass Ma so neben sich ist und so, aber – kann ich wirklich noch zum Training kommen, wie Sie vorhin gesagt haben?«

Ich legte ihr die Hände auf die Schultern. »Deine Mam ist wütend auf mich, und sie hat gewiss ihre Gründe, aber mit uns beiden hat das nichts zu tun. Natürlich kannst du weiter zum Training kommen. Und jetzt bringen wir dich ins Bett. Oben oder unten?«

»Ich will lieber in mein eigenes Bett«, sagte sie, »aber Ma meint, die Treppe bringt mich um. Stimmt das?«

Ich machte eine hilflose Handbewegung. »Ich weiß es nicht, Schätzchen, aber wenn wir superlangsam gehen, wird's schon in Ordnung sein.«

Stufe um Stufe arbeiteten wir uns nach oben. Auch die schmale steile Treppe, über die man durch eine Luke ins Dachgeschoss gelangte, befand sich an derselben Stelle wie in unserem Haus an der Houston. Aprils kleines Zimmer war genauso liebevoll von ihren Eltern ausgebaut worden wie meines seinerzeit. Über meinem Bett hingen damals Bilder von Ron Santo und Maria Callas – eine eigenwillige Mischung aus den Leidenschaften meiner Eltern –, über Aprils Bett sah ich dasselbe Poster von der Frauenbasketballmannschaft der University of Illinois wie bei Josie. Ich fragte mich, wie sie den Schmerz aushalten würde, allmorgendlich mit der Erinnerung an ein Sportlerleben, das es für sie nicht mehr gab, konfrontiert zu sein.

»Sagt dir der Name Marie Curie was?«, fragte ich unvermittelt. »Nein? Ich werd dir mal ihre Biografie mitbringen. Sie war Polin und wurde eine weltberühmte Wissenschaftlerin. Basketball hat in ihrem Leben keine Rolle gespielt, aber mit ihrer Arbeit hat sie ein ganzes Jahrhundert beeinflusst.«

Ich zog die Tagesdecke von Aprils Bett. Darunter kamen dieselben Laken mit dem Sternenbanner zum Vorschein, die ich schon bei Josie und Julia gesehen hatte. War das Ausdruck ihrer Solidarität mit Team USA oder was?

»Kauft ihr immer die gleiche Bettwäsche, du und Josie?«, fragte ich, als ich ihren Bären zudeckte.

»Ach, wegen der Bezüge, meinen Sie? Die haben wir aus der Kirche. In meiner Kirche gab's die zu kaufen und auch in Josies Kirche und in anderen. Die meisten Mädchen aus der Mannschaft haben welche – hatte irgendwas damit zu tun, dass im Viertel Ordnung gemacht wurde oder so, ich weiß nicht mehr, aber sogar Celine hat welche gekauft. War so 'ne Mannschaftssache.«

Ich hielt Ausschau nach einem Firmennachweis, aber auf dem Schildchen stand nur »Made in USA – mit Stolz«. Ich versorgte April mit allem, was sie brauchte – Wasser, einer Trillerpfeife, damit sie im Notfall ihre Mutter rufen konnte, ihrem CD-Player. Sogar ihre Schulbücher legte ich ihr zurecht, falls ihr nach Lernen zumute war.

Auf halber Höhe der Treppe fiel mir Billys Handy ein. Ich hatte es in der Reinigung aus meiner Seemannsjacke genommen und vorerst in meiner Handtasche versteckt, ohne konkreten Plan.

Jetzt holte ich es raus und gab es April. »Der Akku ist noch ziemlich voll. Ich weiß nicht, ob Billys Eltern es abmelden werden, aber Billy hat es deinem Dad gegeben, er wird bestimmt nichts dagegen haben, wenn du es benutzt. Ich bring dir noch das Ladegerät vorbei.« Ich gab ihr eine meiner Karten. »Ruf mich an, wenn du mich brauchst. Du machst eine schwere Zeit durch.«

Sie strahlte vor Freude über das Handy. »Josie hatte so ein Glück, dass sie mit Billy zusammen war, weil der diese ganzen Sachen hatte, die wir sonst nur in der Schule benutzen können.

Er konnte mit seinem Handy online gehen, und sie durfte seinen Laptop benutzen. Er hat uns geholfen, Blogs zu finden, in denen wir schreiben konnten, und hat uns Nicknames gegeben. In dem einen Blog hat er mit seinem Nickname Kontakt gehalten mit seiner Schwester, obwohl seine Eltern das nicht wollen. Wenn Josie und ich dann an die Uni kommen, kennen wir uns schon aus mit dem, was die anderen so machen.«

Ich nahm mir vor, mit der stellvertretenden Direktorin über Aprils Schullaufbahn zu sprechen. Das Mädchen war so ehrgeizig, die Schule musste ihr irgendwie helfen.

Im Runtergehen hörte ich, wie April sagte: »Ja, Billy Bysen hat mir erlaubt, sein Handy zu benutzen, bis er es wieder braucht. Gehst du zum Training?«

Unten rief ich Richtung Küche, dass ich April oben zu Bett gebracht hatte, und verzichtete auf weitere Abschiedsfloskeln.

34

Und die Reichen
sind auch nicht glücklich

Als ich durch den adretten Vorgarten marschierte und der Wind mir um die Ohren pfiff, fragte ich mich, ob Sandra Recht hatte. Wurde Bron getötet, weil er mit Marcena zusammen war, oder hatte man Marcena wegen Bron überfallen? Der Diebstahl von Marcenas Computer wies darauf hin, dass sie hier die Schlüsselfigur war. Was bedeutete, dass Bron noch am Leben sein könnte, wenn er nicht durch mich die englische Reporterin kennen gelernt hätte. Und wenn Marcena sich nicht immer in jedes Abenteuer gestürzt und Bron sich nicht auf die exotische Fremde gehechtet hätte.

Ich wollte mich nicht verantwortlich dafür fühlen, dass diese beiden zusammen im Bett gelandet waren, aber ich wollte unbedingt in Erfahrung bringen, was sie in Billys Miata zu suchen hatten, als der Montagnacht unter der Autobahnbrücke landete.

Und ich wollte wissen, welche Rolle Nicaragua und Fly the Flag bei alledem spielten; nur an diese beiden Äußerungen von Billy konnte April sich erinnern. Vielleicht hatte Frank Zamar seine Produktion nach Nicaragua verlegen wollen, um den Vertrag mit By-Smart finanziell durchhalten zu können. Was gewiss Pastor Andrés auf die Barrikaden brachte, der den Verlust von Arbeitsplätzen im Viertel verhindern wollte. Aber Rose war Vorarbeiterin der Nachtschicht in Zamars zweiter Fabrik; wenn er für den By-Smart-Auftrag ein zweites Unternehmen gegründet hatte, konnte er nicht nach Mittelamerika umsiedeln.

Die Sonne ging unter, und der Wind aus Nordosten wurde zusehends frischer, aber nach der hitzigen Stimmung bei den Czernins fand ich die kalte Luft angenehm. Ich hielt den Kopf in den Wind, um mich richtig durchpusten zu lassen.

Es war erst kurz nach drei, als ich zum Auto kam. Pat Grobian müsste sich eigentlich noch im Lagerhaus aufhalten. Vielleicht

verriet er mir, welches Dokument in Brons Besitz für Aprils Arztrechnungen sorgen würde. Ich überquerte den Lake Calumet
und fuhr dann auf der 103rd Richtung Süden zum Lagerhaus
von By-Smart.

Bei meinem ersten Besuch hier hatte ich dem Wachmann
beweisen müssen, dass ich einen Termin hatte, und am Lagerhaus hatte mich der nächste in Empfang genommen. Da ich
vermutete, dass Grobian keinen gesteigerten Wert auf meine
Anwesenheit legte, ersparte ich mir dieses Procedere, indem ich
an der Crandon parkte und mich, mit Schutzhelm unter dem
Arm, dem Gebäude von hinten näherte.

Das gesamte Gelände war mit Stacheldraht abgezäunt. Ich
stolperte am Zaun entlang; meine halbhohen Lederstiefel waren
nicht das ideale Schuhwerk für Querfeldein-Exkursionen.
Schließlich näherte ich mich einer zweiten Einfahrt, einem schmalen Weg, der vermutlich nur von Technikern benutzt wurde, die
in dem Transformatorenhaus hinter dem Gebäude zu tun hatten.
Das Tor war mit einem Vorhängeschloss versehen, aber die Furchen auf dem unbefestigten Weg waren so tief, dass ich mich
unter dem Tor hindurchzwängen konnte.

Ich befand mich jetzt an der Rückfront des Lagerhauses und
hinter dem Angestelltenparkplatz. Ich setzte meinen Schutzhelm
auf und versuchte, mich an den Grundriss des Gebäudes zu
erinnern, aber ich tappte trotzdem ein paar Mal in die falsche
Richtung, bevor ich die offene Tür entdeckte, vor der sich die
Raucher in der Kälte drängten. Sie nahmen mich kaum zur
Kenntnis, als ich mich an ihnen vorbeischob und den Flur entlang zu Grobians Büro marschierte.

Drei Trucker warteten vor der geschlossenen Tür. Einer trug
einen dicken, gezwirbelten Schnurrbart im Gesicht, den ich
ziemlich abstoßend fand. Nolan, der Mann mit der Harley-Jacke,
war auch da und erinnerte sich offenbar an mich.

»Hoffe, der andere sieht genauso übel aus, Lady«, sagte er
grinsend.

Ich erwiderte irgendwas Entsprechendes, aber als ich an mir
herunterschaute, musste ich leider feststellen, dass ich mir bei
der Aktion mit dem Tor die Hose zerrissen hatte. Die Unkosten
dieses Monats standen nicht im Verhältnis zu den Einnahmen.

»Sie kannten Bron Czernin, nicht wahr?« Der Themenwechsel war alles andere als subtil, aber ich wollte zur Sache kommen, bevor Grobian auftauchte. »Ich fürchte, ich bin diejenige, die ihn gestern früh gefunden hat.«

»Scheußliche Geschichte«, äußerte der Schnauzbart, »obwohl Bron immer schon auf Messers Schneide unterwegs war. Wundert mich eher, dass ihm nicht schon längst einer auf die Pelle gerückt ist.«

»Wieso?«, fragte ich.

»Hab gehört, dass diese Engländerin bei ihm war, mit der er dauernd rumkutschiert ist.«

Ich nickte. Es lag wohl nahe, dass die Männer über Marcena im Bilde waren – die Fahrer waren eine kleine Gemeinde. Wenn Bron Marcena mit auf Tour nahm und mit ihr angab, kannte sie jeder, der ihn kannte. Ich konnte mir vorstellen, wie die Fahrer, die alleine in ihren Trucks saßen, sich anriefen, um den neuesten Klatsch zu bereden.

»Da gibt's an die fünfzehn Ehemänner, die ihn in den letzten zehn Jahren gern kaltgemacht hätten – die Braut aus England war nicht die einzige Puppe, die er, na, Sie wissen schon, in der Kabine hatte. Verstoß gegen das Gesetz, klar, und gegen die Firmenpolitik, aber …« Der Typ zuckte vielsagend die Achseln.

»Hatte er noch ein weiteres Verhältnis? Marcena hat keinen wütenden Mann, der sich Romeo – ich meine Bron – vorknöpfen würde.« Ich dachte unbehaglich an Morrell, aber das war lächerlich – selbst wenn er sich wegen einer Frau so aufregen würde, dass er einen Mann verprügelte, selbst wenn er es wegen Marcena getan hätte, so wäre er mit seinem Bein dazu außerstande gewesen.

Die Männer erörterten ein paar Bekannte, kamen aber zu dem Schluss, dass Marcena Romeos erste Affäre seit einem Jahr gewesen sei. »Seine Kleine hat sich beklagt, weil alle sie in der Schule ständig aufgezogen haben. Da hat er der Frau versprochen, dass er es lässt, aber wie ich gehört hab, war diese Tante aus England so gei… so klasse und interessant, der konnt er nicht widerstehen.«

Mir fiel ein, dass der junge Mr. William unbedingt erfahren

wollte, wer Marcena durch die South Side chauffiert hatte. »Wusste Grobian von ihr?«

»Denk ich nicht«, sagte der Schnauzer. »Wenn Pat Bescheid gewusst hätte, dann hätt Bron nicht mehr am Steuer gesessen.«

»Darüber hat der Mexe wahrscheinlich mit Bron gequatscht«, ergänzte Harley-Jacke.

Mir blieb fast das Herz stehen. »Was für ein Mexe denn?«

»Weiß nicht, wie der heißt. Hängt immer hier in der Gegend auf Baustellen rum und versucht, was zu klauen oder abzustauben. Mein Sohn, der geht auf die Bertha Palmer, der hat sie mir gezeigt, Bron und den Mexen. Letzte Woche oder die Woche davor, weiß nicht mehr genau, da hab ich meinen Jungen nach 'nem Spiel abgeholt – spielt Football an der Schule –, und da hing der Mexe auf dem Parkplatz rum, und Bron und die englische Lady waren auch da. Der Mexe hat sich wohl gedacht, Bron schiebt ihm ein paar Kröten rüber, wenn er der Firma nicht pfeift, dass er die Lady im Truck hat.«

Der dritte in der Runde lachte lauthals und sagte: »Hat sich vielleicht gedacht, Bron bezahlt, damit er der Alten nichts erzählt. Ich hätt jedenfalls mehr Schiss vor Sandra Czernin als vor Pat Grobian.«

»Geht mir auch so.« Ich grinste, obwohl ich in Gedanken bei Freddy war, dem *chavo*, der an Baustellen herumhing und auf Beute lauerte. Erpressung, das passte gut zu Freddys unerfreulichem Charakter. Das ergab Sinn. Aber ob Freddy Bron und Marcena überfallen hätte? Vielleicht hatte Romeo – Bron, ich sollte mich an seinen echten Namen gewöhnen –, vielleicht hatte Bron ihm gedroht, ihn wegen Erpressung verhaften zu lassen, und da hatte Freddy den Kopf verloren?

»Ich glaub nicht, dass Bron sich erpressen lässt«, meinte der Dritte.

»Vielleicht hat der Mexe ihn verpfiffen«, äußerte Schnauzer. »Grobian und Czernin haben ja ordentlich zugelangt am Montagnachmittag.«

»Sie haben sich geprügelt?« Meine Augenbrauen schossen in die Höhe.

»Gestritten«, stellte Schnauzer klar. »Ich hab auf meine Papiere gewartet, Bron war da drin, und die beiden haben sich 'ne gute Viertelstunde lang angeschrien.«

Ich schüttelte den Kopf. »Ich weiß nicht – Bron wollte um Unterstützung bitten für die Krankenhausrechnungen seiner Tochter.«

»Bei Grobian?« Nolan mit der Harley-Jacke schnaubte verächtlich. »Billy ist wohl der einzige Typ unter der Sonne, der glauben mag, dass Grobian sich um die Tochter von irgendjemand schert. Ist natürlich eine superüble Geschichte mit der Kleinen von Czernin, aber Grobian denkt nur an eines, und das ist, sich bei den Bysens einzuschmeicheln. Und er weiß, dass er mit den Arztrechnungen für irgendwen niemals durchkommen würde bei denen – obwohl Czernin seit über zwanzig Jahren für die Firma arbeitet.«

»Die haben sich vielleicht gestritten, als Czernin reinging, aber dann müssen sie sich wieder vertragen haben, denn als Czernin in seine Kutsche stieg, war er bester Laune«, berichtete der Dritte.

»Hat er irgendwas gesagt?«, fragte ich.

»Nur dass er vielleicht das große Los gezogen hat.«

»Los?«, wiederholte ich. »In der Lotterie, meinte er?«

»Ach, der hat sich völlig bescheuert aufgeführt«, sagte Schnauzer. »Ich hab ihn dasselbe gefragt, und er hat gesagt, ›ja, in der Lotterie des Lebens‹.«

»Und dann ist 'ne Lotterie des Todes draus geworden«, äußerte Nolan düster.

Alle versanken in Schweigen, als ihnen bewusst wurde, dass Bron nicht mehr lebte. Ich ließ den Männern einen Moment Zeit mit ihren Gedanken, dann fragte ich, ob sie wüssten, wo Billy the Kid sich aufhielt.

»Hier jedenfalls nicht. Hab ihn die ganze Woche nicht gesehen, fällt mir da auf. Ist vielleicht zurück nach Rolling Meadows.«

»Nein«, setzte ich sie ins Bild. »Er ist verschwunden. Die Familie hat eine große Detektei beauftragt, die nach ihm sucht.«

Die drei blickten sich mit großen Augen an. Das war zweifellos eine Neuigkeit für sie, und neuer Tratsch war stets willkommen. Harley-Jacke meinte allerdings, Billy sei erst kürzlich hier gewesen.

»Heute?«, fragte ich.

»Nee. Das letzte Mal, als ich hier war – müsste Montagnachmittag gewesen sein. Ich hab gemerkt, dass ihm irgendwas schwer zu schaffen gemacht hat, aber ich hätt nicht gedacht, dass er sich traut, von der Familie abzuhauen.«

Keiner der drei konnte sich vorstellen, was Billy zu schaffen machte oder wohin er ausgerissen sein könnte. Mitten in einer lebhaften Diskussion darüber, ob Las Vegas oder Miami vorzuziehen sei, wenn man abhauen wollte, ging die Tür zu Grobians Büro auf. Zu meinem Erstaunen erblickte ich Mr. William in Begleitung von Tante Jacqui, die heute ganz geschäftsmäßig bekleidet war mit einer Art Uniformjacke und einem schräg geschnittenen Seidenrock, der ihr um die Knie wirbelte.

»Unsere Glückswoche«, murmelte Harley-Jacke. »Wenn dieser Hampelmann zweimal die Woche hier auftaucht, muss Grobian was verpatzt haben.«

Keiner der Männer sprach Mr. William an. Sie hatten ihn vielleicht sogar schon gekannt, als er in Billys Alter war, aber er war nicht von der Sorte, mit der man herumalbern konnte wie mit seinem Sohn.

»Warten Sie auf Ihre Aufträge? Sie können reingehen«, sagte William knapp.

Er ging an mir vorbei, ohne mich zu bemerken – mit dem Schutzhelm und den zerrissenen Hosen ordnete er mich wohl als Trucker ein, aber Tante Jacqui war aufmerksamer. »Wollen Sie sich bei Patrick als Fahrer bewerben? Uns fehlt ein Mann, jetzt, wo Romeo Czernin tot ist.«

Die drei Trucker blieben in der offenen Tür stehen. Der Schnauzer runzelte die Stirn über die Bemerkung, aber keiner mischte sich ein.

»Sie sind die Königin des Feingefühls, nicht wahr?«, konterte ich. »Während wir uns hier amüsieren, fehlt Ihnen nicht nur ein Fahrer. Haben Sie nicht auch einen Zulieferer verloren?«

William blinzelte und versuchte, mich einzuordnen. »Oh. Die polnische Ermittlerin. Was tun Sie hier?«

»Ermitteln. Was unternehmen Sie denn nun wegen der Bettwäsche und Handtücher mit Sternenbanner, die Sie von Fly the Flag bekommen sollten?«

»Was wissen Sie darüber?«, fragte William ungehalten.

»Dass der Besitzer von Fly the Flag einen Vertrag unterschrieb, dann merkte, dass er mit dem Angebot nicht auskam, und noch einmal verhandeln wollte.«

Jacqui lächelte strahlend. »Wir verhandeln nie zweimal. Das ist Daddy Bysens wichtigstes Geschäftsprinzip. Ich habe das dem Mann … wie war sein Name gleich wieder, William? Na ja, einerlei – ich habe ihm das gesagt, und er hat sich schließlich auf unsere Preisvorstellungen eingelassen. Letzte Woche sollten wir die erste Lieferung bekommen, doch wir hatten zum Glück einen Ersatzzulieferer und sind deshalb nur fünf Tage hinter dem Zeitplan.«

»Ersatzzulieferer?«, wiederholte ich. »Ist das die Person, die in den Kirchen in South Chicago Bettwäsche verkauft?«

Jacqui gab ihr maliziöses Lachen zum Besten, das jedem aus der Bysen-Familie zuteil wurde, der eine schlechte Figur machte. »Jemand ganz ganz anderer, Ms. polnische Detektivin. Wenn Sie diese Bettwäsche zurückverfolgen wollen, landen Sie in einer Sackgasse.«

Mr. William blickte sie missbilligend an, sagte aber: »Ich habe Zamar immer für unzuverlässig gehalten. Vater sagt ständig, wir sollen hier unten in der South Side Verträge abschließen, weil er hier groß geworden ist. Aber er will nie hören, dass die Unternehmer unseren Anforderungen nicht gerecht werden.«

»Es ist wahrhaftig unzuverlässig, bei dem Brand umzukommen, der die eigene Fabrik in Schutt und Asche legt«, sagte ich.

Mr. William blickte mich finster an. »Von wem haben Sie überhaupt von diesem Vertrag erfahren?«

»Ich bin Detektivin, Mr. Bysen. Ich stelle Fragen, die Leute beantworten sie. Manchmal sagen sie sogar die Wahrheit. Apropos: Sie waren am Montagnachmittag hier und Ihr Sohn auch.«

»Billy?«

»Haben Sie noch andere Söhne? Ich weiß nicht, wie Sie es geschafft haben, sich zu verfehlen. Haben Sie ihn wirklich nicht getroffen?«

William presste die Lippen zusammen. »Wann war er hier?«

»Etwa um diese Zeit. Halb fünf, fünf. Ich denke mir, dass Sie vielleicht etwas zu ihm gesagt haben, das ihn veranlasst hat, davonzulaufen.«

»Sie denken falsch. Wenn ich gewusst hätte, dass er hier war – verflucht, man könnte meinen, ich wäre einer der Buchhalter und nicht der kaufmännische Leiter dieses Unternehmens. Ich erfahre von niemandem auch nur das Geringste.«

Er stieß die Tür zu Grobians Büro auf. »Grobian? Weshalb zum Teufel haben Sie mir nicht gesagt, dass Billy am Montagnachmittag hier war?«

Die Trucker vor Grobians Schreibtisch traten beiseite, damit William freie Sicht auf den Chef des Lagerhauses hatte. Grobian war sichtlich verblüfft.

»Ich hab ihn nicht gesehen, Chef. Er hat sein Schließfach ausgeräumt, aber das wissen Sie ja schon. Offenbar hat er nur das gemacht.«

William runzelte noch immer die Stirn, beschloss aber, es dabei bewenden zu lassen und sich wieder mit mir herumzuschlagen. »Wer hat Sie beauftragt, sich mit Fly the Flag zu befassen? Zamar hat nichts als Schulden hinterlassen.«

»Ja, woher wissen Sie das denn?«, fragte ich. »Finanzchef des fünftgrößten Unternehmens von Amerika, und Sie haben Zeit, sich mit einem kleinen Zulieferer abzugeben?«

»Die Sorgsamkeit im Umgang mit Einzelheiten macht uns so erfolgreich«, erwiderte William steif. »Vermutet man, dass bei dem Brand irgendwas nicht mit rechten Dingen zuging?«

»Bei Brandstiftung geht immer etwas nicht mit rechten Dingen zu«, antwortete ich nicht minder steif.

»Brandstiftung?« Jacqui schaffte es, ihre dunklen Augen aufzureißen, ohne dabei die Stirn in Falten zu legen. »Ich hatte gehört, ein Fehler bei den Stromanschlüssen war die Ursache. Wer hat Ihnen etwas von Brandstiftung erzählt?«

»Wieso interessiert Sie das?«, gab ich zurück. »Ich dachte, Ihr neuer Zulieferer ist schon fleißig an der Arbeit.«

»Wenn jemand in Fabriken in South Chicago Feuer legt, interessiert uns das sehr wohl. Wir sind das größte Unternehmen hier unten, wir könnten auch betroffen sein.« Mr. William bemühte sich um einen strengen Tonfall, hörte sich aber nur beleidigt an. »Deshalb muss ich wissen, woher Sie das wissen.«

313

»In einem Viertel spricht sich alles schnell herum«, antwortete ich vage. »Jeder kennt jeden. Ich dachte mir eigentlich, dass Ihre Wachhunde von Carnifice längst darüber berichtet haben. Sie bespitzeln schließlich Billys Pastor. Die haben doch bestimmt mit den Leuten geredet, die er kennt.«

»Sie haben es versucht…«, setzte Tante Jacqui an, während William sich im selben Moment hastig erkundigte, woher ich wisse, dass Carnifice Andrés beschatte.

»Nun, das ist ganz leicht zu erklären. Hier unten fallen Fremde auf. Zu viele leere Grundstücke, deshalb weiß man genau, wenn irgendwo ein Neuer auftaucht, und zu viele Arbeitslose, die eben auf der Straße rumhängen. Was haben die Burschen denn über Billys Wagen rausgekriegt?«

»Als wir dessen habhaft wurden, war er schon ausgeweidet«, antwortete William. »Die Reifen waren verschwunden, das Radio, sogar der Fahrersitz. Warum haben Sie mir nicht sofort Bescheid gesagt, als Sie ihn gefunden haben? Das musste ich von diesem schwarzen Polizisten erfahren, der sich aufführt, als hätte er hier unten das Sagen.«

»Es handelt sich um *Commander* Rawlings, und er hat in der Tat hier das Sagen. Weshalb ich Sie nicht angerufen habe – ich war etwas zu beschäftigt, um an Sie zu denken. Zum Beispiel damit, kilometerweit durch die Sümpfe zu tappen, um Ihren toten Fahrer zu finden. Es passierte alles etwas zu schnell, da habe ich glatt vergessen, Sie anzurufen.«

»Was haben Sie in dem Auto gefunden?«, fragte Jacqui.

»Fragen Sie sich, ob ich mir Billys Aktienbündel unter den Nagel gerissen habe?«, versetzte ich. »Er hat ein paar Bücher im Kofferraum liegen lassen. *The Violence of Love,* dieses Buch von dem ermordeten Erzbischof, und«, – ich schloss die Augen und versuchte, mich an die Cover zu erinnern – »*Rich Christians and Poverty,* irgend so was.«

»Ach ja, das.« Jacqui verdrehte die Augen. »*Rich Christians in the Age of Hunger.* Billy hat uns beim Essen so oft daraus vorgelesen, dass man magersüchtig werden konnte – er war der Meinung, dass kein Mensch etwas essen sollte, solange überall in der Welt Kinder sterben. Haben Sie irgendwelche Papiere mitgehen lassen, weil Sie dachten, es seien Aktien?«

Ich betrachtete sie mit zusammengekniffenen Augen. »Rose Dorrado hat mir erzählt, dass Sie ihre Bücher durchsucht haben, sogar ihre Bibel ausgeschüttelt haben, so dass ihre Lesezeichen rausfielen. Was hat Billy, das Ihnen so wichtig ist?«

»Nichts«, antwortete William und warf seiner Schwägerin einen ärgerlichen Blick zu. »Wir hatten gehofft, einen Hinweis auf seine Pläne zu finden. Er hat sein Handy und sein Auto weggegeben, weshalb er nicht mehr so leicht aufzuspüren ist. Wenn Sie irgendetwas über ihn wissen, Ms. – ähm –, sollten Sie es mir lieber mitteilen.«

»Ich weiß«, sagte ich gelangweilt. »Sonst krieg ich in dieser Stadt keinen Fuß mehr auf den Boden.«

»Das ist kein Witz«, erwiderte er warnend. »Meine Familie hat eine Menge Einfluss in Chicago.«

»Und im Kongress und überall«, ergänzte ich.

Er blickte mich böse an, marschierte dann aber den Flur entlang, ohne mich eines weiteren Wortes zu würdigen. Jacqui stöckelte auf ihren hochhackigen Schuhen neben ihm her. Der schräg geschnittene Rock flatterte dabei ausgesprochen feminin um ihre Knie, wodurch ich mir meiner zerrissenen Hose und meines schmutzigen Parkas noch bewusster wurde.

35

Freddy, na so eine Überraschung!

Die Fahrer hielten sich nicht lange bei Grobian auf. Als sie rauskamen, zwinkerte Harley-Jacke mir zu und hielt beide Daumen hoch, worauf ich das Büro des Geschäftsführers mit leichterem Herzen betrat. Ist es so schlimm, wenn man sich mal von Fremden trösten lässt?

Grobian telefonierte und unterschrieb dabei Papiere. Sein Bürstenschnitt war militärisch kurz; dafür musste man seine Haare alle paar Tage mähen lassen, und ich fragte mich, wie er als Leiter eines so großen Betriebs die Zeit dafür fand. Er hatte die Ärmel seines Hemds hochgerollt, und ich kam nicht umhin, den Durchmesser seiner Oberarme zu registrieren: Das Tattoo von den Marines erstreckte sich über zehn Zentimeter haarige Haut.

Ohne mich wirklich anzusehen, wies er auf einen Klappstuhl vor seinem Tisch, während er in den Hörer sprach. Mein Schutzhelm und die kaputte Hose waren nicht so feminin wie Jacquis Flatterröckchen, aber ich erregte damit jedenfalls weniger Aufsehen. Als ich mich niederließ, bemerkte ich, dass meine Lederstiefel schlammverkrustet waren. Nicht weiter verwunderlich, weil ich unter diesem Tor durchgekrochen war, aber dennoch ärgerlich.

Als Grobian auflegte, zeigte sich, dass er mich zwar nicht erwartet hatte, sich aber auch nicht an mich erinnerte.

»V. I. Warshawski«, sagte ich schwungvoll. »Ich war vor zwei Wochen schon mal hier, mit dem jungen Billy.«

Sein Mund wurde schmal; wenn er mich eines Blickes gewürdigt hätte, als ich reinkam, hätte er gleich zur Tür gezeigt anstatt auf den Stuhl. »Oh. Die Wohltäterin. Was Billy Ihnen auch erzählt haben mag: Das Unternehmen hat kein Interesse an Ihrem Kinderhort-Projekt.«

»Basketball.«

»Wie?«

»Es ging um Basketball, nicht um einen Kinderhort, woran man ersehen kann, dass Sie meinen Vorschlag nicht gelesen haben. Ich werd Ihnen die Zahlen noch mal zukommen lassen.« Ich platzierte die gefalteten Hände auf seinem Schreibtisch und lächelte selig wie eine erfahrene Wohltäterin.

»Was es auch sein mag, wir beteiligen uns nicht daran.« Er blickte auf seine Uhr. »Sie haben keinen Termin? Wie sind Sie überhaupt reingekommen? Ich habe keinen Anruf vom Tor bekommen ...«

»Ich weiß. Es ist bestimmt nicht leicht für Sie, Ihre Termine einzuhalten ohne Billy. Warum ist er denn überhaupt weggelaufen? Er kam hierher, nachdem ...« Ich erinnerte mich plötzlich an das Gespräch mit Billy nach dem Gottesdienst am Sonntag.

»Ach ja, richtig. Sie haben ihn bei seinem Dad verpetzt – Sie haben dem erzählt, dass Sie Billy mit Josie Dorrado gesehen hatten, und da kam er hierher, um Sie zur Rede zu stellen. Vor ein paar Minuten sagten Sie, dass Sie Billy am Montag gar nicht gesehen hätten. Hat er Sie also am Sonntag zur Rede gestellt? Sie sind am Sonntagnachmittag im Büro? Haben Sie das Mr. William berichtet?«

Grobian wirkte unbehaglich. »Ich wüsste nicht, was das mit Ihnen zu tun hätte.«

»Ich bin nicht nur Basketballtrainerin und Wohltäterin, sondern gehöre auch zu der Schar von Ermittlern, die von der Familie beauftragt wurden, Billy zu finden. Wenn Ihre Unterhaltung mit ihm der Auslöser für sein Verschwinden war, möchte die Familie das bestimmt gerne wissen.«

Er beäugte mich prüfend – vielleicht schenkten Mr. William oder gar Buffalo Bill mir Gehör. Oder aber ich war nur eine Schwindlerin. Bevor er auf eine Frage verfiel, sagte ich: »Mr. William und ich haben uns gerade auf dem Flur kurz unterhalten. Ich bin die Detektivin, die vorgestern Billys Miata im Gestrüpp unter dem Skyway gefunden hat.«

»Ja, aber Billy hat den Wagen nicht gefahren, als er von der Straße abkam.«

»Wahrhaftig, Mr. Grobian.« Ich lehnte mich zurück und betrachtete ihn prüfend. »Woher wissen Sie denn das?«

»Von der Polizei.«

Ich schüttelte den Kopf. »Das glaube ich nun gar nicht. Ich kann gerne mal Commander Rawlings vom Fourth District anrufen, um nachzufragen, aber als ich gestern mit ihm sprach, wusste er noch nicht, wer den Wagen gefahren hatte.«

»Dann hab ich's wohl irgendwo hier gehört.« Er blickte zur Tür und wieder zu mir. »Die Fahrer klatschen viel. Wäre besser, sie hätten vor Czernins Tod mit mir über ihn gequatscht als hinterher.«

»Was soll das heißen?«

»Wegen dieser Tante aus England, die Czernin gebumst hat.« Er beobachtete mich, um zu sehen, ob eine Wohltäter-Detektivin zusammenzuckte bei ordinären Ausdrücken, aber ich blickte ihn höflich und interessiert an. »Hab gehört, dass sie in dem Wagen war, nicht Billy, und keiner weiß, wie sie an die Karre gekommen ist.«

»Verstehe«, sagte ich langsam. »Sie wussten also nichts von Marcena Love, bis man sie gestern früh neben Bron auf dem Golfplatz gefunden hat?«

»Hätte ich von der gewusst, hätte Bron sich am Montag arbeitslos melden können. Wir dulden keine Missachtung der Regeln, und Fremde im Laster sind bei By-Smart strengstens verboten.«

»Aber wenn sie in Billys Miata war, konnte sie doch nicht mit Czernin im Laster sein.«

»Czernin war …« Er unterbrach sich. »Er hat sie die letzten zwei Wochen mit dem Truck rumchauffiert. Das hab ich von den Fahrern hier zu hören gekriegt, als ich ihnen erzählt habe, was mit Czernin passiert ist.«

»Sie sagen, dass Marcena Love sich in Billys Miata befand und in Brons Laster«, fasste ich zusammen. »Aber der Laster und der Sportwagen waren nicht an derselben Stelle, das heißt, Bron war in dieser Nacht im Auftrag von By-Smart unterwegs, nicht wahr?«

Er blickte mich mit steinerner Miene an. »Er hat Lieferpapiere unterzeichnet um vier Uhr zweiundzwanzig. Um fünf Uhr siebzehn war er beim ersten Empfänger in Hammond. Beim nächsten, in Merrill, kam er dreizehn Minuten zu spät und beim dritten in Crown Point zweiundzwanzig. Da war es dann zehn Uhr acht, und danach haben wir nichts mehr von ihm gehört. Gut, wenn das dann alles war ...«

»War es aber nicht, obwohl ich es interessant finde, dass Sie diese Zeiten so präzise im Kopf haben. Worüber haben Bron und Sie sich am Montagnachmittag gestritten?«

»Haben wir nicht.«

»Viele Leute haben Sie herumschreien hören«, erwiderte ich. »Er glaubte, Sie würden ihn unterstützen bei den Arztrechnungen für seine Tochter.«

»Wenn Sie das schon wissen, weshalb fragen Sie dann?« Sein Ton war feindselig, aber er wirkte unruhig.

»Weil ich gerne Ihre Version hören würde.«

Er sah mich einen Moment an, dann sagte er schließlich: »Ich habe keine Version. Trucker sind ein rauer Haufen. Mit denen kommt man nicht klar, wenn man sie nicht im Griff behält, und Czernin war der Übelste von allen. Mit ihm musste man sich wegen allem streiten, ob es nun seine Arbeitszeiten waren, seine Routen, seine Überstunden. Er fand, dass ihm die Welt seinen Lebensunterhalt schuldig war, und Streitereien mit ihm waren an der Tagesordnung.«

»Ich habe Bron immer eher als Liebhaber, nicht als Kämpfernatur erlebt, und ich kenne ihn noch aus der Schulzeit«, wandte ich ein. »Wenn er so unerträglich war, wieso hat er dann seit siebenundzwanzig Jahren hier gearbeitet?«

Grobian verzog das Gesicht zu einer höhnischen Fratze. »Jaja, die Bräute sehen alle die liebestolle Seite bei dem, aber wir hier haben die zänkische zu sehen gekriegt. Hinterm Steuer gab es keinen Besseren als ihn – wenn er bei der Sache war. Hatte in der ganzen Zeit keinen einzigen Unfall.«

»Und als er sich dann mit den Arztrechnungen seiner Tochter an seinen Arbeitgeber wandte ...«

»Darüber wurde nicht gesprochen«, fauchte er.

»Hm, ich habe einen Zeugen, der gehört hat, wie Sie Czernin versprochen haben, Sie würden diese Sache ...«

»Wer soll das gewesen sein?«, wollte Grobian wissen.

»Jemand aus dem Zeugenschutzprogramm.« Ich grinste fies. »Diese Person sagt, dass Bron ein unanfechtbares unterzeichnetes Dokument besaß, dem zu entnehmen war, dass Sie versprochen hatten, sich an den Kosten für Aprils medizinische Versorgung zu beteiligen.«

Eine Minute lang saß er ganz still. Seine Brille reflektierte, weshalb ich seinen Gesichtsausdruck nicht richtig erkennen konnte. Wurde er panisch oder dachte er nach?

»Ihr Zeuge hat Ihnen das Dokument gezeigt, ja?«, sagte er schließlich. »Dann wissen Sie ja, dass ich nie etwas unterschrieben habe.«

»Sie geben also zu, dass es ein solches Dokument gab? Das nur noch nicht unterschrieben war?«

»Ich gebe gar nichts zu! Wenn Sie es haben, will ich es sehen – ich muss wissen, wer da Lügen über mich in die Welt setzt.«

»Niemand tut das, Grobian, mit Ausnahme von Ihnen. Sie behaupten, Sie wüssten, wer Billys Wagen gefahren hat, und Sie hätten keine Auseinandersetzung mit Bron Czernin gehabt. Bron ist direkt nach diesem Streit getötet worden. Ist das Zufall?«

Über seinem rechten Auge pulsierte eine Ader. »Wenn Sie das noch mal sagen wollen, dann tun Sie's vor einem Richter. Sie können mir gar nichts beweisen, nicht das Geringste. Sie tappen im Dunkeln.«

Sein Telefon klingelte, und er riss den Hörer herunter. »Ja?« Er schaute wieder auf seine Uhr. »Der verfluchte Mexe kommt sechsundzwanzig Minuten zu spät. Jetzt kann er auch noch fünf Minuten warten... Und Sie«, sagte er zu mir, als er aufgelegt hatte, »wir sind fertig hier.«

»Kein Wunder, dass Sie der perfekte Koordinator für Trucker sind – Sie sind eine wandelnde Uhr. Ihr sogenannter Mexe kommt sechsundzwanzig Minuten zu spät, keine halbe Stunde, und Bron lag zweiundzwanzig Minuten im Zeitplan zurück. Die Bysens werden Sie niemals befördern – Sie sind der ideale Mann für diese Position.«

Er sprang auf und funkelte mich wütend an, aber es lag auch Furcht in seinem Blick – ich hatte seine schlimmsten Ängste in Worte gefasst. »Die Bysens haben Vertrauen zu mir!«, schrie er. »Ich glaube nicht mal, dass die Sie jemals beauftragt haben. Beweisen Sie es.«

Ich lachte. »Dann rufen wir doch Mr. William an. Oder wollen Sie zuerst wetten – einen Hunderter vielleicht?«

Er war so aufgebracht, dass er fast zugestimmt hätte; ich stellte mir ein Abendessen im Filigree vor oder eine zu einem Drittel bezahlte Telefonrechnung. In letzter Sekunde rief er sich zur Vernunft und teilte mir mit, er habe keine Zeit für solchen Mist und ich solle verschwinden. Und zwar sofort.

Ich erhob mich. »Ach übrigens – wo haben Sie denn Brons Laster gefunden? In der Nähe des Miata war er nicht und auch nicht in der Nähe von Brons Leiche.«

»Was geht Sie das an?«

»Bron war auf Tour im Truck, während Ihnen zufolge Marcena alleine den Miata fuhr. Das heißt, dass es vermutlich in dem Laster Hinweise darauf gibt, wer ihn überfallen hat und wie oder jedenfalls irgendwas. Einen Sattelschlepper zu verlieren ist ziemlich schwierig, wenn auch nicht unmöglich.«

»Wenn wir ihn finden, wirst du als Erste davon erfahren, Polackin – oder auch nicht. Aber jetzt verschwinde.«

Der tätowierte Oberarm fuhr unter meinen Ellbogen und zog mich hoch. Es war beunruhigend, dass er mich so leicht bewegen konnte, aber ich wehrte mich nicht, weil ich meine Kräfte für wichtigere Kämpfe aufsparen musste.

Als wir vor den langen Gängen mit den Warenregalen und den Förderbändern an der Decke standen, sagte er in ein Mikro an seinem Hemd: »Jordan? Ich hab hier so ein Mädel, das ohne Anmeldung reingekommen ist. Sie geht jetzt Richtung Ausgang – sehen Sie zu, dass sie vom Gelände verschwindet, ja? Roter Parka, hellbrauner Schutzhelm.«

Ich erwog, ihm mitzuteilen, dass ich eine Frau war und kein Mädel, aber ich wollte mir nicht noch mehr Stress einhandeln. Er stemmte die Hände in die Hüften und knurrte, ich solle mich in Bewegung setzen, worauf ich den alten Jerry-Williams-Song »I'm a woman, not a girl. I want a real man« anstimmte, aber er machte mir Beine.

Hocherhobenen Hauptes marschierte ich den ersten Gang entlang, ohne mich noch mal umzudrehen. Ich fragte mich, wie Grobian wohl feststellen wollte, ob ich wirklich verschwunden war, aber als ich durch die mit Waren vollgestellten Gänge wanderte, vorbei an den Angestellten in ihren roten Kitteln mit der Aufschrift »Sei smart – kauf bei By-Smart«, die alles von Weinkisten mit der Hausmarke von By-Smart bis zu Kartons mit Weihnachtsdeko verluden, sichtete ich die Videokameras in sämtlichen Ecken. Frau mit rotem Parka und hellbraunem Schutzhelm für Hinz und Kunz zu erkennen. Während ich mich zwischen Regalen, Gabelstaplern und Kisten hindurchwand, ertönten fortwährend Ansagen aus den Lautsprechern – »Gabelstapler zu A42N«, »Panne bei B33E«, »Fahrer zu Ladezone 213«. Wenn ich jetzt umkehrte, würden sie wahrscheinlich dröhnen: »Frau mit rotem Parka entlaufen, suchen und zerstören.«

Zwischen dem Wein und der Weihnachtsdeko ging ich blitzschnell in die Hocke hinter einem Gabelstapler, der drei Meter hoch mit Kartons beladen war, und zog den Parka aus. Ich drehte ihn von innen nach außen, legte ihn zusammen und versteckte den Schutzhelm darunter. Hinten an dem Gabelstapler hing ein By-Smart-Schutzhelm, den der Fahrer trotz der Schilder, die auf »Sicherheit am Arbeitsplatz« verwiesen, nicht benutzte.

Ich setzte ihn auf, stopfte den Parka hinter einen Karton mit Höhensonnen und marschierte zurück zu den Büros. Grobian war mit einem Mexikaner verabredet, und ich sollte nicht erfahren, mit wem. Das heißt: Ich würde es rauskriegen.

Die Tür zu Grobians Büro war geschlossen, und eine Gestalt mit der üblichen Verkleidung des By-Smart-Wachpersonals – Betäubungspistole, Reflektorweste etc. – stand davor. Ich verzog mich in den Raum mit den Druckern und Faxgeräten. Da ich wegen des Ratterns der Geräte nicht hörte, was draußen vor sich ging, spähte ich nach einigen Minuten wieder um die Ecke. Grobians Tür ging auf. Ich senkte den Kopf und ging den Flur entlang zur Kantine. Dort blieb ich in der Tür stehen und beobachtete, wie Grobian ins Mikro sprach und jemanden herbeizitierte, der seinen Besucher zurück zum Lagerhaus begleiten sollte.

Auch aus dieser Entfernung erkannte ich den *chavo*, den ich vor zwei Wochen bei Fly the Flag gesehen hatte. Dieselben dichten, schwarzen Haare, die schmalen Hüften, die Tarnjacke. Freddy. Er hatte mit Pastor Andrés gesprochen, mit Bron, mit Grobian. Während die beiden auf Freddys Eskorte warteten, unterhielten sie sich weiter. Ich hörte, dass sie Spanisch sprachen, wobei Grobian so schnell redete wie Freddy. Aber was hatten diese beiden nur zu erörtern?

36

Schon wieder vor die Tür gesetzt

Meine Hoffnung, Freddy irgendwo abpassen zu können, wurde vom Wachpersonal gründlich zunichte gemacht. Während ich bei den Höhensonnen meinen Parka und meinen eigenen Schutzhelm wieder an mich nahm, wurde Freddy von den Wachleuten zu seinem Dodge-Pickup gebracht. Als ich rausgelaufen kam, sah ich gerade noch die Rücklichter verschwinden, weil ich vorher von der Frau aufgehalten wurde, die am Eingang Wache stand.

»Sind Sie die Detektivin? Kann ich mal Ihren Ausweis sehen? Wir haben Sie für ein paar Minuten aus den Augen verloren – ich muss Sie durchsuchen.«

»Nach Seifenschalen?«, versetzte ich, ließ es aber zu, dass sie mich abtastete und in meine Umhängetasche schaute. Zum Glück hatte ich den Schutzhelm von By-Smart nicht mitgenommen, obwohl die Versuchung groß war – wer weiß, wann ich wieder hier sein würde.

Ich konnte nur einen kurzen Blick aufs Nummernschild des Pickup werfen – die ersten Buchstaben lauteten »VBC« –, war mir aber ziemlich sicher, dass es sich um denselben Pickup handelte, den ich vor Josies Haus gesehen hatte, als ich ihre Mutter zum ersten Mal besuchte. War das nur zwei Wochen her? Es kam mir vor, als seien Jahre vergangen. Die ohrenbetäubenden Bässe aus den wuchtigen Lautsprechern auf der Ladefläche – Josie hatte den Typen etwas zugerufen, irgendetwas Wichtiges, wie mir jetzt schien, aber es wollte mir nicht einfallen.

Ich schlenderte gemächlich die Einfahrt entlang zur 103rd Street und wich den Pkws und Lastern aus, die durch die tiefen Furchen rumpelten. Im Wagen zog ich meinen Parka aus, stellte die Heizung an und legte die Goldberg-Variationen, gespielt von David Schrader, in den CD-Player. Dann lehnte ich mich bequem zurück und ließ alles Revue passieren, was ich heute Nachmittag erlebt hatte: April, die felsenfest davon überzeugt war, dass ihr

Vater ein Dokument besaß, auf dem Grobian zugesagt hatte, sich finanziell an ihrer medizinischen Versorgung zu beteiligen. Die Bysens suchten fieberhaft nach Billy, weil er mit einem wichtigen Dokument verschwunden war. Handelte es sich um ein und dasselbe? Und was besagte dieses Dokument? War Bron Czernin deshalb zu Tode gekommen?

Dann war da Pastor Andrés' Erklärung zu seinen Treffen mit Frank Zamar bei Fly the Flag. Es klang überzeugend, dass er Zamar gedrängt hatte, sich noch einmal mit Jacqui Bysen zu treffen und ihr zu sagen, dass er den Vertrag zu diesen Konditionen nicht einhalten konnte. Aber Zamar musste Laken hergestellt haben, denn April und Josie hatten sie in ihren Kirchen gekauft. Hatten sich die Bysens darüber so aufgeregt, dass sie die Fabrik in die Luft jagten? Schließlich war Daddy Bysens wichtigstes Geschäftsprinzip: »Wir verhandeln nie zweimal«.

Vielleicht hatten Bron und Marcena, die irgendwo auf dem Gelände herumknutschten, beobachtet, wie Jacqui, William oder Grobian das Teil anbrachten, das die Explosion auslöste, und man hatte versucht, sie zum Schweigen zu bringen. Aber das passte nicht zusammen: Marcena hatte am Tag nach dem Brand Conrad getroffen. Hätte sie einen Brandstifter beobachtet, dann hätte sie Conrad darüber informiert. Dessen war ich mir recht sicher – was hatte sie davon, wenn sie so etwas geheim hielt?

Jacquis maliziöses Lächeln, als sie mir mitteilte, dass ich in einer Sackgasse landen würde, wenn ich versuchte, die Herkunft der Bettlaken zu ermitteln, wies darauf hin, dass sie um Zamars Produktion wusste. Aber die Bysens hatten immer noch mit Zamar zusammengearbeitet, denn sie waren durch seinen Tod fünf Tage im Rückstand.

Und wo passte Freddy ins Bild, Julias – nun, nicht gerade ihr Freund, eher der Typ, vom dem sie schwanger geworden war? Mit diesem *chavo* hätte ich zu gerne gesprochen, aber ich wusste nicht, wo ich ihn finden konnte. Er kreuzte vielleicht mal bei Julia auf oder beim Pastor oder – mir wurde bewusst, dass ich nicht mal seinen Nachnamen kannte, geschweige denn seine Adresse. Es kam mir ohnehin wichtiger vor, zuerst Billy aufzuspüren, bevor das den Leuten von Carnifice gelang.

Ich schloss die Augen und konzentrierte mich auf die Musik.

Die Goldberg-Variationen waren so präzise, so ausgewogen und doch so dicht, dass ich Gänsehaut bekam. Hatte Bach jemals alleine im Dunkeln herumgesessen und sich gefragt, ob er seiner Aufgabe gewachsen war, oder war seine Musik mühelos aus ihm herausgeflossen? Hatte er niemals Zweifel gekannt?

Schließlich setzte ich mich auf und fuhr los. Ich war nur zwei Straßen von der Stadtautobahn entfernt, hatte aber an diesem Abend keine Lust, mich mit den vielen Lastern dort abzuplagen. Ich fuhr über die Calumet auf die Route 41, die sich hier unten zwischen den üblichen Brachgrundstücken und Fast-Food-Läden durchzieht, aber sie verläuft parallel zum Lake Michigan und ist weniger befahren als der Dan Ryan Expressway.

Unterwegs versuchte ich, mir zu überlegen, wie ich die Bysens aus der Reserve locken könnte, aber mir kam keine zündende Idee. Ich konnte vielleicht Jacquis maliziöses Lächeln ersterben lassen oder Patrick Grobian bloßstellen, aber mir fiel keine Strategie ein, wie ich den ganzen Klan dazu bringen konnte, die Wahrheit zu sagen.

Ich kam an der Ecke vorbei, wo ich abbiegen musste, wenn ich zu Mary Ann fuhr. Seit fast einer Woche war ich nicht mehr bei ihr gewesen, und ich hatte ein schlechtes Gewissen, als ich weiterfuhr. »Morgen«, sagte ich laut; morgen nach dem Training und dem Pizzaessen, das ich den Mädchen versprochen hatte.

Ich wurde das unangenehme Gefühl nicht los, dass ich noch etwas anderes versäumt hatte in der South Side, aber ich grübelte nicht mehr darüber nach, sondern gönnte mir eine CD mit alten Operndiven und sang gemeinsam mit Rosa Ponselle *Tu che invoco«,* eine Lieblingsarie meiner Mutter.

Obwohl ich bei mir einen Zwischenstopp einlegte, mit den Hunden rausging und eine Flasche Wein holte, schaffte ich es, pünktlich um sechs bei Morrell einzutreffen. Ich freute mich auf den freien Abend. Morrell wollte kochen, und wir würden vor dem offenen Kamin sitzen und nicht mehr an den Einbruch oder Marcenas Verletzungen denken. Vielleicht konnten wir sogar Marshmallows rösten.

Doch als ich in seine Wohnung kam, war Schluss mit den romantischen Vorstellungen: Sein Verleger war aus New York eingetroffen, um Marcena zu besuchen. Don Strzepek, Morrell und Marcena hatten sich im Peace Corps kennen gelernt; Marcena war damals als Studentin in der Welt herumgereist, auf der Suche nach Gefahrenzonen, über die sie ein Buch schreiben wollte. Morrell hatte Don offenbar gestern angerufen und ihm von Marcenas Verletzungen berichtet, und Don wollte sie besuchen; er war vor zehn Minuten angekommen.

»Tut mir leid, dass ich es dir nicht gesagt habe, Süße.« Morrell klang nicht sonderlich reuevoll.

Don küsste mich auf die Wange. »Du weißt ja – hinterher bereuen ist einfacher, als vorher eine Erlaubnis kriegen.«

Ich zwang mich zu lachen. Don und ich hatten uns vor einigen Jahren ziemlich zerstritten und sind noch immer vorsichtig im Umgang miteinander.

Morrell und er wollten gleich nach dem Essen ins Krankenhaus fahren, obwohl Morrell erst nachmittags dort gewesen war. Marcena lag noch immer im Koma, aber die Ärzte waren zuversichtlich und meinten, sie würde wohl am Wochenende aufwachen.

»Wo sind ihre Eltern?«, fragte Don.

»Ich habe Bescheid gesagt«, antwortete Morrell. »Sie sind in Indien im Urlaub. Die Sekretärin des Vaters hat versprochen, sie aufzuspüren – sie kommen bestimmt, sobald sie im Bilde sind.«

Ich war froh über die positiven Nachrichten. »Ist nichts passiert, während du weg warst?«, fragte ich Morrell.

»Passiert?«, wiederholte Don fragend.

Morrell berichtete von dem Einbruch und dem Verschwinden von Marcenas Computer. »Deshalb ist es gut, dich hier zu haben, Strzepek – wir brauchen jemanden, der körperlich fit ist im Haus.«

»Vic nimmt es doch mit jedem Rhinozeros auf«, meinte Don.

»Wenn sie in Form ist, aber sie hat jüngst selbst einige Blessuren davongetragen.«

Sie scherzten noch ein bisschen über das Thema – Don ist ein schmächtiger Bursche und außerdem starker Raucher, ihm würde man nicht mal eine Schlägerei mit einem Kissen zutrauen –, aber dann meinte Morrell: »Ich glaube, dass mir heute Nachmittag jemand gefolgt ist. Ich musste ein Taxi nehmen zum Krankenhaus, und dem Fahrer fiel doch tatsächlich auf, dass seit der Evanston immer derselbe grüne LeSabre hinter uns war.«

Er lächelte angespannt. »Vielleicht hätte ich selbst darauf achten sollen, aber wenn man nicht am Steuer sitzt, denkt man nicht dran, in den Rückspiegel zu schauen. Auf dem Rückweg hab ich besser aufgepasst, und ich glaube, es war wieder jemand da, aber mit einem anderen Auto, könnte ein Toyota gewesen sein. An meinem Haus haben sie sich dann verzogen.«

»Aber das kann doch nicht sein«, wandte ich ein. »Es sei denn – sie haben irgendeine Abhörmöglichkeit und kriegen mit, wann du irgendwo aufbrichst.«

Morrell blickte mich verblüfft an; dann verfinsterte sich seine Miene. »Wie können die es wagen? Und wer sind ›die‹ überhaupt?«

»Ich weiß es nicht. Polizei? Carnifice Security, die erfahren wollen, ob wir was von Billy wissen?« Ich senkte die Stimme, für alle Fälle, und sagte leise: »Hast du von den Nachbarn irgendwas erfahren?«

»Ms. Jamison hat einen fremden Mann gesehen, der sich Zugang zum Gebäude verschaffte. Heute Morgen um sechs, als sie mit Tosca draußen war.« Tosca war Ms. Jamisons Sealyham-Terrier. »Weiß, gut gekleidet, um die fünfunddreißig oder vierzig, und sie dachte, er sei ein Freund von mir, weil er einen Schlüssel hatte.«

Morrell betreibt eine Art Pension für seine Globetrotter-Freunde – Marcena war nicht die Erste, die hier unterkam. Ein weiterer Grund, weshalb ich mir das mit dem Zusammenleben noch mal gut überlegen sollte. Abgesehen natürlich von der Sünde, dachte ich, als mir Pastor Andrés' strenge Ermahnungen zu Josie und Billy wieder einfielen.

Morrell sinnierte darüber, wer wohl einen Schlüssel zu seiner Wohnung haben könne, aber ich unterbrach ihn, indem ich sagte, das sei aussichtslos. »Könnte der Hausmeister sein, der Makler, einer deiner alten Freunde. Vielleicht sogar Don hier, falls er einen gebügelten Anzug dabeihat. Aber ich denke, der Typ hatte irgendein tolles Spielzeug, und Ms. Jamison hat nicht gesehen, wie er es benutzt hat. Einen elektronischen Dietrich oder so was. Ich kann mir solchen Schnickschnack nicht leisten, aber bei Carnifice kriegt man das wahrscheinlich als kleine Aufmerksamkeit beim Betriebsausflug. Das FBI hat welche und – ach, jede große Organisation. Die entscheidendere Frage ist eher, weshalb die nichts anderes tun als beobachten. Vielleicht warten sie drauf, dass wir dahinterkommen, was Marcena weiß – und wenn wir in Aktion treten, wissen sie, was wir erfahren haben, und schlagen zu.«

»Dieser Logik kann ich nicht folgen, Victoria«, sagte Morrell. »Vergessen wir das Ganze doch vorerst und essen lieber was.«

Morrell hatte ein Hühnergericht mit Rosinen, Koriander und Yoghurt gekocht, das er in Afghanistan kennen gelernt hatte, und es gelang uns, unsere Konflikte und Sorgen während des Essens einigermaßen beiseite zu lassen. Ich bemühte mich, nicht verärgert zu sein, weil Don den größten Teil des Torgiano weg-trank – das ist ein Rotwein aus der Berggegend in Italien, in der meine Mutter groß wurde, nicht leicht zu finden in Chicago. Wenn ich gewusst hätte, dass Don hier sein würde, der immer kräftig schluckte, hätte ich einen gewöhnlicheren französischen Wein mitgebracht.

37

Wo die wilden Büffel hausen

Don und Morrell brachen sofort auf, nachdem sie den Tisch abgeräumt hatten. Ich versuchte, mich in einen Roman zu vertiefen, aber Müdigkeit oder Sorge, vielleicht sogar Eifersucht, vereitelten meine Bemühungen. Darauf probierte ich es mit Fernsehen, was sich als noch erfolgloser erwies.

Zuletzt tigerte ich unruhig herum und überlegte, ob ich mich bei mir zu Hause nicht wohler fühlen würde. Da meldete sich mein Handy. Mr. William war dran.

»Hallöchen«, sagte ich launig, als handle es sich um einen Anruf von Freunden.

»Haben Sie Grobian gesagt, Sie würden für uns arbeiten?«, verlangte er ohne Vorrede zu wissen.

»Ich kann einfach nicht lügen. Was ich auch nicht getan habe. Sie haben mir vor zwei Wochen einen Auftrag erteilt.«

»Und Sie wieder gefeuert!«

»Bitte, Mr. Bysen, ich habe gekündigt. Ich habe Ihnen ein offizielles Schreiben mit diesem Inhalt gefaxt, und Sie haben mich inständig gebeten, weiter nach Billy zu suchen. Als ich mich geweigert habe, heuerten Sie meine Kumpel von Carnifican.«

»Wie dem auch sei ...«

»So war es!«, fauchte ich, gar nicht mehr launig.

»Wie dem auch sei«, wiederholte er, als hätte ich nichts gesagt, »wir müssen mit Ihnen reden. Meine Frau und meine Mutter bestehen darauf, an sämtlichen Gesprächen über Billy teilzunehmen. Sie müssen also sofort nach Barrington kommen.«

»Ihr seid eine wirklich erstaunliche Truppe«, sagte ich. »Wenn ihr mich so dringend sehen müsst, kommt doch morgen früh in mein Büro. Alle zehn. Den Butler könnt ihr meinetwegen auch mitbringen.«

»Das ist ein dummer Vorschlag«, erwiderte er kalt. »Wir haben hier ein Unternehmen zu leiten. Heute Abend ist der einzige ...«

»Sie sind schon zu lange umgeben von Frauen, die nichts zu tun haben, Bysen – ich habe auch ein Unternehmen zu leiten. Und ein Leben zu leben. Ich muss mich Ihnen nicht gefällig erweisen, um meine Existenz zu sichern, weshalb ich auch nicht bei jeder Laune von Ihnen irgendwo antanzen muss.«

Ich hörte aufgeregtes Stimmengewirr im Hintergrund, dann war eine Frau dran. »Ms. Warashki? Hier spricht Mrs. Bysen. Wir sind alle so besorgt wegen Billy, dass wir uns vielleicht manchmal im Ton vergreifen, aber ich hoffe sehr, dass Sie uns das nachsehen und herkommen können. Ich wäre Ihnen sehr, sehr dankbar.«

Alle Bysens auf einen Schlag zu treffen, statt ruhelos in Morrells Wohnung herumzutapern? In Barrington Hills war wenigstens was geboten.

Es waren zähe fünfzig Kilometer von Morrells Wohnung zum Anwesen der Bysens. Keine Autobahnen durch North Shore, ich musste mich auf kleinen Straßen durchschlagen. Was allerdings den Vorteil hat, dass man leichter merkt, wenn man verfolgt wird. Zuerst dachte ich, alles sei klar, aber nach etwa sechs Kilometern kam ich dahinter, dass sie mit mehreren Wagen unterwegs waren, die sich abwechselten. Sofern sie mich nicht umbringen wollten, waren sie in erster Linie lästig, aber ich versuchte dennoch, sie abzuhängen, indem ich ein paar Mal plötzlich von den Hauptstraßen verschwand und in Wohngebieten abtauchte. Jedesmal hatte ich etwa einen Kilometer lang Ruhe, dann waren sie wieder da. Als ich in Barrington Hills von der Dundee Road abbog, sagte ich mir, es sei letztlich einerlei – wenn es sich um Leute von Carnifice handelte, hatten sie grade viel Energie darauf verschwendet, mich zu ihrem Auftraggeber zu verfolgen.

In Barrington Hills gibt es keine Straßenlaternen – es ist eine Art großes privates Naturschutzgebiet mit Seen und kurvigen, schmalen Straßen. Die Nacht war mondlos, und die Orientierung fiel mir umso schwerer, als ich wegen meiner Verfolger nicht aussteigen konnte, um Straßenschilder zu entziffern. Ziemlich gestresst hielt ich vor dem Tor zum Anwesen. Der Wagen vor mir fuhr weiter, aber der hinter mir parkte am Straßenrand, außer Sichtweite von dem Wachhäuschen.

Das Anwesen war von einem hohen Eisenzaun umgeben, nur

unterbrochen durch das Eingangstor. Ich marschierte zu dem Wachhaus und teilte dem Mann dort mit, ich sei eine Detektivin, die der alte Mr. Bysen mit der Suche nach seinem verschwundenen Enkel beauftragt und nun hierher bestellt habe. Der Mann telefonierte mit mehreren Leuten und teilte mir schließlich verwundert mit, Mr. Bysen wünsche mich tatsächlich zu sehen. Er erklärte mir den Weg zu Buffalo Bills Haus – so nannte er den Alten natürlich nicht – und ließ das Eisentor beiseite gleiten.

In Barrington Hills gibt es viele natürliche Seen, nicht von Menschenhand geschaffen, und die Häuser der Bysens befanden sich am Ufer eines solchen Sees, der so groß war, dass es dort einen Jachthafen und diverse Segelboote gab. Bei meinen Recherchen hatte ich herausgefunden, dass drei von den vier Bysen-Söhnen und eine der Töchter samt ihren Familien, Buffalo Bill selbst, Linus Rankin, der Firmenanwalt, und zwei weitere leitende Angestellte in Häusern auf dem Gelände lebten. Entlang der Straße gab es ein paar diskrete Laternen, damit die Familien im Dunkeln den Weg fanden, und ich sah, dass die Häuser monströs groß waren.

Auf halber Höhe des Sees, in direkter Linie gegenüber dem Wachhäuschen, befand sich Buffalo Bills Villa. Ich fuhr die halbkreisförmige Auffahrt entlang, die von Kutschenlampen beleuchtet war. Vor dem Eingang standen ein Hummer und zwei Sportwagen; ich parkte dahinter, stieg die flache Treppe rauf und klingelte.

Ein Butler im Frack öffnete. »Die Familie trinkt gerade Kaffee im Salon. Ich werde Ihr Eintreffen melden.«

Er ging gemessenen Schrittes einen langen Flur entlang, so dass mir genug Zeit blieb, meine Umgebung in Augenschein zu nehmen. Dieser Korridor, an dem sich mehrere Salons, ein Musikzimmer und allerhand andere Zimmer befanden, schien in der Mitte des Hauses zu verlaufen. Die weichen Goldtöne, die ich bereits in der Firmenzentrale bemerkt hatte, bestimmten auch hier die Atmosphäre. Wir sind reich, verkündeten die bestickten Seidenwandbehänge, was wir auch berühren, es verwandelt sich in Gold.

Mr. William kam mir entgegen. Meine Bemühungen um eine

gepflegte Konversation – ich äußerte mich bewundernd über das Musikzimmer und die niederländischen Meister und sinnierte darüber, dass er einen weiten Weg habe von hier nach South Chicago – veranlassten ihn lediglich dazu, seine Lippen so zusammenzuziehen, dass sie aussahen wie saure Gürkchen.

»Sie sollten Trompete spielen«, schlug ich vor. »So wie Sie ständig Ihre Lippen zusammenziehen, haben Sie bestimmt einen tollen Ansatz. Aber vielleicht spielen Sie ja auch schon, auf einer dieser netten, kleinen Zwanzig-Dollar-Trompeten, die man zusammen mit einem CD-Kurs bei By-Smart kriegt.«

»Ja, in allen Berichten, die wir über Sie bekommen haben, hieß es, Sie seien witzig, was in Ihrem Gewerbe hinderlich sei.«

»Du lieber Himmel, Sie haben Geld von By-Smart darauf verwendet, über mich Berichte anfertigen zu lassen? Nun fühle ich mich aber superwichtig.« Ich merkte, dass ich zu meinem Cheerleader-Gezwitscher überging.

Bevor unser geistreicher Dialog ausarten konnte, kam uns Buffalo Bills persönliche Assistentin Mildred auf hohen Alligatorlederpumps entgegengestöckelt. Sie wich offenbar nie von der Seite des Alten. Was Mrs. Bysen wohl davon hielt, dass die persönliche Assistentin ihres Gatten ihn nicht nur am Arbeitsplatz, sondern auch zu Hause betreute?

»Mr. Bysen und Mr. William werden in Mr. Bysens Studierzimmer mit dieser Person sprechen, Sneedham«, sagte sie zu dem Butler, ohne mich anzusehen.

Unvermittelt tauchte Mrs. Bysen aus einem Nebenzimmer auf und trat zu Mildred. Ihre grauen Löckchen waren so tadellos frisiert wie am Sonntag in der Kirche, ihr grünes Seidenkleid schimmerte so glatt, als würden unsichtbare Hände es jedes Mal bügeln, wenn sie irgendwo gesessen hatte. Doch trotz ihres formellen Äußeren strahlte sie jene Güte aus, die ich schon am Sonntag bemerkt hatte; heute wirkte sie allerdings entspannter und sicherer als beim Gottesdienst.

»Danke schön, Mildred, aber wenn Bill mit einer Detektivin über meinen Enkel spricht, möchte ich dabei sein. Und Annie Lisa möchte den Bericht wohl auch gerne hören.« Sie klang etwas zweifelnd, als sei Annie Lisa möglicherweise nicht nüchtern oder interessiert genug, um an dieser Versammlung teilzunehmen.

»Bill hat mir nicht gesagt, dass er mit weiblichen Detektiven arbeitet, aber vielleicht bringt eine Frau mehr Verständnis für meinen Enkel auf als die Männer von dieser Firma, die gestern hier waren. Haben Sie Neuigkeiten von Billy?« Mrs. Bysen sah mich fest an – gütig mochte sie wohl sein, aber sie wusste auch genau, was sie wollte, und konnte es entsprechend zum Ausdruck bringen.

»Neuigkeiten habe ich leider keine, Ma'am, zumindest keine positiven. Ich weiß lediglich, dass er sich nicht bei Pastor Andrés oder Josie Dorrados bester Freundin aufhält und dass Josies Mutter außer sich ist vor Sorge – sie hat keine Ahnung, wo die beiden sein könnten. Vielleicht könnten Sie mir helfen zu verstehen, weshalb Billy überhaupt fortgelaufen ist. Wenn ich das wüsste, hätte ich vielleicht bessere Chancen, ihn zu finden.«

Sie nickte. »Sneedham, sagen Sie doch bitte Annie Lisa und Jacqui Bescheid. Ich denke, Gary und Roger können hier nicht hilfreich sein. Möchten Sie Kaffee, Ms. War ... Verzeihung, ich fürchte, ich habe Ihren Namen nicht richtig verstanden ...« Sie wartete, während ich ihn wiederholte. »Ja, Ms. Warshawski. Es gibt keine alkoholischen Getränke bei uns im Haus, aber wir können Ihnen Wasser oder Limonade anbieten.«

Ich sagte, Kaffee wäre schön, und Sneedham verzog sich, um die Schafe in den Pferch zu treiben. Ich folgte Mrs. Bysen den Flur entlang zu einem Zimmer mit abgesenktem Fußboden, der bedeckt war mit flauschigem, goldfarbenem Teppich. Dunkle, schwere Möbel, mit aufwendigen Brokatstoffen bezogen, und starre Brokatvorhänge an den Fenstern erinnerten an ein mittelalterliches Schloss.

Mildred befasste sich damit, ein paar Sessel näher zusammenzurücken, was angesichts des dicken Teppichbodens und des sperrigen Mobiliars keine leichte Aufgabe war, aber William machte keinerlei Anstalten, ihr behilflich zu sein – sie war schließlich kein Familienmitglied, nur das treue Faktotum.

Während wir auf den Rest der Familie warteten, fragte Mrs. Bysen mich, wie gut ich Billy kannte. Ich antwortete aufrichtig – ihr Gesicht rief wenigstens bei mir den Impuls hervor, aufrichtig zu sein –, dass ich ihm nur ein paar Mal begegnet war, dass er mir ein grundanständiger und idealistischer junger Mann zu sein schien und dass er sie häufig als wichtigsten Einfluss in seinem Leben bezeichnet hätte. Sie sah erfreut aus, schwieg aber dazu.

Nach ein paar Minuten kam Jacqui herein. Inzwischen trug sie nicht mehr den schlammfarbenen Flatterrock, sondern ein bodenlanges, schwarzes Kleid mit Gürtel – nichts Offizielles, sondern ein geschmackvolles Hauskleid aus Kaschmir.

Hinter Jacqui betrat mit unsicheren Schritten eine zweite Frau den Raum. Sie hatte dieselben Sommersprossen wie Billy, und die rotbraunen Locken, die er kurz geschnitten trug, standen bei ihr vom Kopf ab wie das Fell eines verwahrlosten Pudels. Das also war Annie Lisa, Billys Mama. Eine ältere Frau in einem magentaroten Seidenkleid hatte den Arm um Annie Lisa gelegt und geleitete sie über den hinderlichen Teppichboden. Die Frau und ich wurden uns nicht vorgestellt, ich nahm aber an, dass sie die Gattin des Firmenanwalts Linus Rankin war, da selbiger kurz darauf hereinkam.

Von meinen Recherchen wusste ich, dass Billys Mutter achtundvierzig war, aber durch ihre unsicheren Bewegungen wirkte sie eher wie ein Schulmädchen. Sie blickte verwirrt in die Runde, als wisse sie nicht, wie sie auf diesem Planeten gelandet war und was sie nun in diesem Raum zu suchen hatte. Als ich zu ihr trat, um sie zu begrüßen, gesellte ihr Mann sich umgehend zu ihr, als wollte er verhindern, dass sie mit mir sprach. Er nahm seine Frau am Ellbogen und führte sie, ziemlich nachdrücklich, wie mir schien, zu einem Sessel, der möglichst weit außerhalb der Runde stand.

Als fast alle saßen und Sneedham dünnen Kaffee serviert hatte, kam Buffalo Bill hereingestapft; den Gehstock mit dem Silbergriff benutzte er wie einen Skistock, um sich durch den Teppich zu pflügen. Er begab sich zu dem schwereren der beiden Sessel, die Mildred verschoben hatte, und sie ließ sich links von ihm nieder. Mrs. Bysen saß auf einer Couch und klopfte einladend neben sich auf ein Kissen.

»Nun, junge Frau? Nun? Sie sind in mein Lagerhaus eingedrungen und haben dort herumspioniert. Ich hoffe, Sie haben eine vernünftige Erklärung dafür.« Buffalo Bill blickte mich finster an und atmete so heftig, dass seine Wangen sich aufplusterten.

Ich lehnte mich an die dicken Kissen, obwohl die Couch so tief war, dass ich das nicht allzu bequem fand. »Wir müssen über vieles sprechen. Fangen wir doch mit Billy an. In Ihrem Unternehmen ist etwas passiert, was Billy so durcheinandergebracht hat, dass er mit niemandem aus der Familie darüber sprechen wollte. Was war das für ein Vorfall?«

»Es war genau umgekehrt, Frau Detektivin«, sagte Mr. William sofort. »Sie waren ja an dem Tag hier, als Billy diesen lächerlichen Priester anschleppte. Wir hatten tagelang alle Hände voll zu tun, um ...«

»Ja, ja, das wissen wir doch alles«, unterbrach Buffalo Bill mit der üblichen Ungeduld. »Hast du irgendwas zu Billy gesagt, William, das ihn zum Ausreißen gebracht hat?«

»Lieber Himmel, Vater, du tust, als sei Billy so empfindlich wie eine von Mutters Rosen. Er nimmt alles zu schwer, aber er weiß auch, wie dieser Betrieb geführt wird. In den fünf Monaten im Lagerhaus hat er alles mitgekriegt. Er benimmt sich erst so seltsam, seit er unter den Einfluss dieses Priesters geraten ist.«

»Es hat eher etwas mit diesem mexikanischen Mädchen zu tun«, äußerte Tante Jacqui. Sie saß mit übergeschlagenen Beinen auf einem bestickten Sitzkissen, und ihr langes Kleid öffnete sich am Knie. »Er ist verliebt oder glaubt das jedenfalls, und deshalb meint er, die Welt aus dem Blickwinkel dieses Mädchens sehen zu müssen.«

»Er war ausgesprochen entrüstet, als er erfuhr, dass Pat Grobian ihn mit dem Mädchen beobachtet und das Ihnen erzählt hat, Mr. William«, sagte ich. »Am Sonntagnachmittag fuhr er ins Lagerhaus, um Grobian zur Rede zu stellen. Grobian behauptet, Billy habe am Montag sein Schließfach ausgeräumt, aber da habe er ihn nicht gesehen. Sie waren auch am Montag im Lagerhaus, Mr. William, sagen aber, Sie hätten Ihren Sohn ebenfalls nicht gesehen.«

»Was hattest du denn im Lagerhaus zu suchen?«, fragte Buffalo Bill und senkte angriffslustig den Büffelschädel. »Das gab's ja noch nie. Hast du nicht genug Arbeit, dass du dich auch noch in Garys Revier rumtreiben musst?«

Ich rief mir das Familiendiagramm vor Augen, das ich in meiner Datenbank gefunden hatte – es war schwierig, alle Bysens im Kopf zu behalten. Gary war Tante Jacquis Mann und vermutlich zuständig für die Inlandsgeschäfte.

»Billy hat sich so sonderbar benommen, dass ich selbst nach ihm schauen wollte, Vater. Er ist schließlich mein Sohn, obwohl es dir ja solchen Spaß macht, meine Autorität zu untergraben, dass ...«

»William, das ist kein guter Zeitpunkt für solche Gespräche«, schaltete sich seine Mutter ein. »Wir sind alle verstört wegen Billy, und es ist gewiss nicht hilfreich, wenn wir uns gegenseitig Vorhaltungen machen. Ich möchte wissen, was wir tun können, um Ms. Warshawski bei der Suche nach ihm behilflich zu sein, da deine große Detektei nichts erreicht hat. Ich weiß, dass sie sein Handy und sein Auto gefunden haben, aber das hatte er beides weggegeben. Wissen Sie, weshalb er das getan hat, Ms. Warshawski?«

»Nicht mit Sicherheit, aber er wusste, dass beides leicht aufzuspüren war, und er schien mir sehr entschlossen zu verschwinden.«

»Meinen Sie, dass dieses mexikanische Mädchen ihn zu einer heimlichen Heirat überredet hat?«

»Ma'am, Josie Dorrado ist ein amerikanisches Mädchen, und ich weiß keinen Bundesstaat, in dem Fünfzehnjährige heiraten dürfen. Selbst Sechzehnjährige brauchen dafür eine schriftliche Erlaubnis von Erziehungsberechtigten, und Josies Mutter legt keinerlei Wert auf diese Beziehung – sie hält Billy für einen reichen, verantwortungslosen Anglo, der ihre Tochter schwängern und dann sitzen lassen wird.«

»So etwas würde Billy niemals tun!«, rief Mrs. Bysen schockiert aus.

»Mag sein, Ma'am, aber Ms. Dorrado weiß über Ihren Enkel nicht mehr als Sie über ihre Tochter.« Ich beobachtete, wie Mrs. Bysens Miene sich veränderte, als sie diesen Gedanken verarbeitete. Dann wandte ich mich zu ihrem Gatten. »Billy hat offenbar einige Dokumente bei sich oder hat sie an sich genommen, die Ihr Sohn unbedingt in seinen Besitz bringen möchte. Mr. William hat heute Nachmittag, als wir uns darüber unterhielten, versucht, das als lächerlich abzutun, aber am Montagabend hat er den Dorrados einen Besuch abgestattet und die Wohnung durchsucht. Was fehlt ...«

»Was!«, fuhr Buffalo Bill William an. »Nicht genug, dass der Junge verschwunden ist, und nun wirfst du ihm auch noch Diebstahl vor? Deinem eigenen Sohn? Du hast was verschlampt und versuchst, das jetzt ihm unterzuschieben, oder wie?«

»Niemand behauptet, dass Billy etwas gestohlen hat, Papa Bill«, warf Jacqui rasch ein. »Aber du weißt doch, dass es zu Billys Aufgaben im Lagerhaus gehört, die eintreffenden Faxe zu sortieren. Er schien zu glauben, dass einige Informationen von unserer Fabrik in Matagalpa in Nicaragua bedeutsamer seien, als sie tatsächlich sind, und dieses Fax hat er vor zwei Wochen an sich genommen. Wir dachten, er hätte es vielleicht dem mexikanischen Priester gegeben, aber da unten hat es offenbar auch niemand.«

Davon schien sie so überzeugt zu sein, dass sie wohl die Carnifice-Leute auf die entsprechenden Wohnungen angesetzt hatten, um gründlicher zu suchen, als William es am Montagabend bei den Dorrados gemacht hatte. Daraus schloss ich, dass diese Typen sich heute Morgen auch Morrells Wohnung vorgenommen hatten. Dachten sie, diese Faxe aus Nicaragua seien bei Marcena gelandet, oder suchten sie noch nach etwas anderem?

»Mr. Bysen«, sagte ich zu Buffalo Bill, »Sie wissen, dass Bron Czernin Montagnacht ermordet wurde, als er für By-Smart auf Tour ...«

»Es steht nicht fest, dass er für uns auf Tour war, als er umkam«, warf Mr. William stirnrunzelnd ein.

»Was soll das?«, rief ich aus. »Wollen Sie so tun, als sei er Montagnacht nicht für Sie gefahren, damit Sie seiner Familie die Versicherung verweigern können? Grobian selbst hat das Buch, in dem die Uhrzeiten festgehalten sind!«

»Der Lkw ist verschwunden. Und wir wissen jetzt, dass Czernin mit dieser Love – herumturtelte, was bedeutet, dass er nicht mehr im Dienst war. Wenn die Familie damit vor Gericht gehen will, kann sie das gerne tun, aber ich denke, die Witwe wird es unerfreulich finden, wenn die Einzelheiten des Lebenswandels ihres Gatten in der Öffentlichkeit ausgebreitet werden.«

»Ihrem Anwalt wird das gar nichts ausmachen«, versetzte ich kalt. »Freeman Carter wird sie vertreten.« Freeman ist mein Anwalt. Wenn ich sein Honorar übernahm, würde er vielleicht sogar bereit sein, gegen By-Smart anzutreten – man konnte nie wissen.

Linus Rankin war Freeman ein Begriff. Er sagte, wenn Sandra sich Freeman leisten könne, brauche sie weder die Versicherungssumme noch ihren Job als Kassiererin.

Ich spürte, wie die Wut in mir hochstieg, einer Blutvergiftung gleich, die sich von den Zehen in alle Körperteile ausbreitet. »Wieso missgönnen Sie Sandra Czernin die Entschädigung, die ihr von Rechts wegen zusteht? Mit einer Viertelmillion könnten Sie sich nicht mal die Autos leisten, die hier vor dem Haus stehen, geschweige denn dieses Anwesen. Sie muss für ihre Tochter sorgen, die schwer krank ist, und Ihr Unternehmen hat ihr die Krankenversicherung verweigert, indem man sie nur knapp vierzig Stunden die Woche arbeiten lässt. Sie behaupten, Sie seien Christen …«

»Genug!«, donnerte Buffalo Bill. »Ich erinnere mich wohl an Sie, junge Frau, Sie haben doch glatt verkündet, fünfzigtausend Dollar seien ein Klacks für die Firma, und nun behaupten Sie dasselbe von einer Viertelmillion! Ich habe für jeden Dime gearbeitet, den ich verdient habe, und das kann diese Czernin ebenso tun.«

»Ja, Bill, gewiss doch«, sagte seine Frau. »Aber wir finden Billy nicht, indem wir uns alle aufregen. Wollten Sie noch etwas berichten, Ms. Warshawski?«

Ich trank einen Schluck von dem Kaffee, der jetzt nicht nur dünn, sondern überdies kalt war. Ich bin keine Milliardärin, aber ich würde keinem Gast solches Spülwasser zumuten.

»Danke, Mrs. Bysen. Marcena Love, die gestern früh zusammen mit Bron Czernin gefunden wurde, hat Ihren Mann mehrmals besucht. Sie schrieb für eine englische Zeitung an einer Serie über South Chicago. Ich würde gerne wissen, worüber sie mit Ihrem Mann gesprochen hat, um herauszufinden, ob sie in der South Side etwas Außergewöhnlichem, eventuell sogar Illegalem auf die Spur gekommen war. Das könnte ein Grund gewesen sein für den gewalttätigen Angriff auf sie.«

»Was hat das mit Billy zu tun?«, fragte Mrs. Bysen.

»Ich weiß es nicht. Aber sie befand sich in Billys Wagen, als er unter dem Skyway von der Straße abkam. Zwischen den beiden gibt es irgendeine Verbindung.«

Mrs. Bysen forderte ihren Mann auf, von den Gesprächen mit Marcena zu berichten. Sogar Mildred versuchte, seiner Erinnerung auf die Sprünge zu helfen, aber alles, was ihm noch einfiel, waren der Zweite Weltkrieg und seine grandiose Karriere bei der Air Force.

Ich war erschöpft und dieser Unterredung, der Bysen-Familie, der wuchtigen Möbel überdrüssig. Als Mrs. Bysen verkündete, wir hätten nun lange genug geredet, war ich so froh wie ihr Sohn, dass dieses Beisammensein ein Ende fand. William begab sich zu seiner Frau und sagte unwirsch zu seiner Mutter, Annie Lisa müsse jetzt zu Bett gehen. Jacqui folgte den beiden. Während Mildred und Linus Rankin mit Buffalo Bill palaverten, fragte ich Mrs. Bysen, ob ihre Detektive Billys Zimmer durchsucht hätten.

»Sein Zimmer, seinen Computer, seine Bücher. Der arme Junge, er bemüht sich so sehr, wie ein guter Christ zu leben, und das ist nicht immer einfach, nicht einmal in einer christlichen Familie. Ich bin stolz auf ihn, aber ich muss zugeben: Es verletzt mich, dass er sich mir nicht anvertraut hat. Er musste doch wissen, dass ich ihm helfen würde.«

»Er ist sehr verwirrt zurzeit«, sagte ich. »Verwirrt und zornig. Er fühlt sich auf irgendeine Art zutiefst betrogen. Mir gegenüber hat er sich auch nicht dazu geäußert, aber ich könnte mir denken, dass Billy Angst hatte, Sie würden Mr. Bysen alles erzählen, falls er sich Ihnen anvertraut.«

Mrs. Bysen wollte erst widersprechen, doch dann lächelte sie etwas unsicher. »Vielleicht haben Sie Recht, Ms. Warshawski, vielleicht hätte ich das wirklich getan. Bill und ich sind seit sechzig Jahren verheiratet, da hört man nicht plötzlich auf, miteinander zu reden. Aber Bill ist ein guter und gerechter Mann, auch wenn er manchmal ruppig und in seinem Geschäftsgebaren hart ist. Ich hoffe, dass Billy das nicht vergessen hat.«

Sie begleitete mich in den Flur, wo ihr Sohn mit Jacqui herumstand. Als sie die beiden wegschickte, um Sneedham herbeizuzitieren, der mich zu meinem Wagen bringen sollte, fragte ich sie, ob es eine zweite Route gäbe, um das Anwesen zu verlassen.

»Die Detektive Ihres Sohns beschatten mich, und ich würde gerne alleine nach Hause fahren, wenn es möglich wäre.«

Sie legte den Kopf schief, was ihre Löckchen nicht in Unordnung brachte, und ich sah eine Spur von Schalk in ihren Augen. »Sie sind ziemlich ungeschickt, diese Männer, nicht wahr? Hinter dem Haus gibt es eine Zufahrt für Lieferanten – sie führt zur Silverwood Lane. Ich öffne Ihnen das Schloss von der Küche aus, aber Sie müssen aussteigen, um das Tor aufzumachen. Schließen Sie es bitte wieder hinter sich, es verriegelt sich dann von selbst.«

Als sie sah, dass der Butler im Anmarsch war, umklammerte sie unvermittelt meine Hände. »Ms. Warshawski, wenn Sie irgendeine Ahnung haben, wo mein Enkel sein könnte, dann sagen Sie es mir, darum bitte ich Sie inständig. Er ist – mir sehr wichtig. Ich habe eine eigene Telefonnummer, die sonst nur von meinen Kindern und meinem Mann benutzt wird; rufen Sie mich unter dieser Nummer an.«

Sie beobachtete genau, wie ich mir die Nummer in meinen Taschenkalender notierte, dann übergab sie mich der Obhut des Butlers.

38

Primitive Kunst

Als ich rauskam, stiegen Mr. William und seine Frau gerade in den Hummer. Der Porsche gehörte zu Jacqui und Gary, was mich nicht überraschte. Mit dem dritten Wagen, einer Jaguar-Limousine, pflegte wohl Linus Rankin unterwegs zu sein.

Ich trödelte herum, bis Gary und William verschwunden waren, weil ich nicht dabei beobachtet werden wollte, wie ich die zweite Zufahrt hinter dem Haus benutzte.

Wie viel Spannung sich über die Jahre aufbaut, wenn man so dicht zusammenlebt. Der Konflikt zwischen William und seinem Vater trat am deutlichsten zutage, aber William hatte auch durchblicken lassen, dass es Streit zwischen den Brüdern gab. Jacqui, die Unsummen für Kleider ausgab und sklavisch an ihrer Figur arbeitete, sorgte für weitere Feindseligkeiten innerhalb der Familie. Kein Wunder, dass Annie Lisa sich in eine Traumwelt geflüchtet hatte und ihre Tochter in Sex und Drogen. Die arme Candace – wie kam sie wohl zurecht in Korea?

Es gelang mir, durch das hintere Tor zu entwischen, ohne entdeckt zu werden. Die Silverwood Lane fuhr ich langsam und ohne Licht entlang, bis sie auf eine größere Straße stieß. Bei einer Tankstelle hielt ich an, um den Mustang zu füttern und mich auf meinen Karten zurechtzufinden. Ich war ein paar Kilometer von einer Autobahn entfernt, die in die Stadt zurückführte, und fand es verlockender, auf schnellstem Wege zu mir zu fahren, als mich über Land zu Morrell durchzuschlagen, wo ich dann vermutlich auch noch den Abend mit Don verbringen musste. Ich kramte mein Handy heraus, um Morrell anzurufen, entsann mich dann aber meines eigenen Ratschlags: Auch mein Handy sandte ein GPS-Signal aus. Auf diese Art gelang es Carnifice oder wem auch immer, mich, Morrell, uns alle zu verfolgen.

Ich schaltete das Handy aus. Dann erwog ich, einen öffentlichen Fernsprecher zu suchen, um ihn von dort anzurufen, aber falls sie sein Telefon verwanzt hatten, würden sie auf jeden Fall mithören. Ich fuhr wieder los und fühlte mich sonderbar frei; da kutschierte ich durch die Nacht, und niemand wusste, wo ich war. Als ich auf die Autobahn stieß, begann ich *»Sempre libera«* zu schmettern, wenn auch ziemlich falsch.

Es war so wenig los, dass ich mit hundertdreißig Sachen über die Autobahn zur Mautstrecke brettern konnte, nur am O'Hare-Flughafen etwas langsamer fahren musste und es so in siebenundzwanzig Minuten bis zu meiner Ausfahrt schaffte. Wenn ich weiterhin so präzise mit der Zeit war, konnte ich Patrick Grobian ersetzen, der die Strecken seiner Fahrer auf die Sekunde genau im Kopf hatte. Ich grinste, als ich mir die Reaktion der Familie Bysen auf dieses Angebot vorstellte.

Ich sann darüber nach, weshalb sie mich wohl heute Abend zu sich beordert hatten – um zu beweisen, dass sie es konnten? Natürlich, sie hatten mich aus Morrells Wohnung weggelockt – vielleicht sollte Carnifice die Räume noch gründlicher durchsuchen. Vielleicht machten sie sich aber auch wirklich Sorgen um Billy. Das mochte auf seine Großmutter zutreffen, aber Billys Eltern wirkten nicht einmal ein Drittel so beunruhigt und verzweifelt wie Rose Dorrado.

Ich wünschte mir im Nachhinein, mehr Fragen gestellt zu haben. Zum Beispiel hätte ich gerne gewusst, was mit Billys Miata geschehen war. Hatten sie ihn als Erinnerungsstück nach Hause bringen lassen oder beim Schrotthändler verhökert? Ich nahm mir vor, am nächsten Tag unter dem Skyway nachzusehen, ob noch etwas davon aufzufinden war.

Er war ausgeweidet worden, hatte William nachmittags gesagt; angeblich war nichts davon übrig. Und den Rest hatten die hochkarätigen Schnüffler von Carnifice bestimmt haarklein untersucht. Vermutlich hatte sie jedes Partikel in ihr Labor geschleppt und unter die Lupe genommen, um festzustellen, ob Billy zuletzt damit gefahren war. Vielleicht lag der Wagen auch in den Schrottbergen auf dem Platz an der 103rd Street, aber er war wahrscheinlich so oder so außerhalb meiner Reichweite.

Und das Dokument, das April erwähnt hatte, hatte ich auch nicht aufgetrieben – dieses Papier, mit dem angeblich bewiesen werden konnte, dass By-Smart die Kosten für Aprils medizinische

Versorgung übernehmen oder wenigstens dazu beitragen wollte. Erst an der Belmont kam mir plötzlich der Gedanke, dass es vielleicht dieses Dokument war, nach dem William so hartnäckig suchte. Natürlich hatte Bron nicht irgendein unterschriebenes Dokument besessen, das für Aprils Arztkosten sorgte, sondern ein Beweisstück, mit dem er die Firma erpressen konnte. Und die wollte dieses Papier verständlicherweise haben.

Was es auch war, es musste jedenfalls bis morgen warten. Ich parkte den Wagen in der Garage hinter meinem Wohnhaus; es gibt da nur drei Parkplätze, und als diesen Sommer einer frei wurde, war ich auf der Warteliste endlich ganz nach oben gerückt. Jetzt konnte ich im Winter direkt von der Garage ins Haus gehen und musste den Wagen nicht nachts auf der Straße herumstehen lassen, wo jeder ihn finden konnte, der mir auf den Fersen war.

Als ich vom Keller hochkam, sah ich noch Licht bei Mr. Contreras. Ich klingelte, um mich zurückzumelden. Wir tranken ein Gläschen von seinem selbst gemachten Grappa, der nach Heizöl riecht und furchtbar in die Beine geht, und ich rief Morrell an und erklärte, wo ich mich aufhielt. Er und Don waren noch auf und debattierten über Weltpolitik oder gaben sich Erinnerungen an gemeinsame Abenteuer hin, aber sie waren bester Dinge und schienen mich nicht im Geringsten zu vermissen. Eingebrochen war offenbar auch niemand mehr – soweit sie wussten.

Am nächsten Morgen stand ich früh auf, um mit den Hunden zu laufen, bevor ich mich um neun mit Amy Blount traf. Mir taten immer noch alle Knochen weh, aber meine Finger waren auf Normalgröße geschrumpft, was ich sehr begrüßte – damit ließ sich besser Auto fahren, und außerdem musste ich mir keine Sorgen machen, ob ich meine Pistole benutzen könnte, falls es nötig war.

Amy erschien pünktlich in meinem Büro. Ich war froh, sie bei mir zu haben, nicht so sehr wegen der liegengebliebenen Arbeit, sondern vor allem, um mit jemandem alles durchsprechen zu können. Alleine zu arbeiten ist, offen gestanden, eine ziemlich einsame Angelegenheit. Ich konnte gut verstehen, weshalb Bron Marcena oder andere Frauen in seinem Truck mitnahm: Nach über zwanzig Jahren war er es vermutlich leid, acht Stunden pro

Tag alleine im Nordwesten von Indiana und im Umland von Chicago herumzukutschieren.

Amy und ich gingen gemeinsam die offenen Fälle durch. Ich erklärte ihr den Umgang mit LifeStory, der Datenbank, die ich für Hintergrundrecherchen nutze, für meine Klienten oder auch für mich selbst; die Informationen über die Bysens hatte ich auch dort gefunden.

Unversehens begann ich, Amy die ganze Geschichte von den Bysens, Bron und Marcena zu erzählen, sogar inklusive meiner Eifersucht. Sie machte sich Notizen in ihrer kleinen ordentlichen Handschrift und sagte am Ende, sie würde die Informationen in einem Flussdiagramm darstellen und mich fragen, sofern ihr etwas unklar sei.

Als ich zum Ende kam mit der ganzen Geschichte, war es schon elf. Ich musste zu einem Termin im Loop, einer Präsentation bei einer Anwaltskanzlei, die einer meiner wichtigsten Auftraggeber ist. Ich hatte gehofft, es danach so zeitig nach South Chicago zu schaffen, dass ich vor dem Training noch zum Skyway fahren konnte, aber meine Klienten waren diesmal besonders anspruchsvoll oder ich war besonders unkonzentriert – jedenfalls blieb mir gerade noch Zeit, um mir eine Schale Nudelsuppe mit Huhn zu genehmigen, bevor ich Richtung South Side fuhr. Unterwegs hielt ich noch kurz an und besorgte ein Ladegerät für Billys Handy, was ich April nach dem Training vorbeibringen wollte. Und ich kaufte etwas zu essen für Mary Ann; es war so kalt draußen, dass ich Milch und Butter eine Weile im Auto aufbewahren konnte. Schließlich traf ich knapp vor der Mannschaft in der Schule ein.

Das Training war nicht ganz so grandios wie am Montag, aber die Mädchen legten eine überzeugende Leistung hin. Julia Dorrado war tatsächlich gekommen, mitsamt María Inés und Betto, der die Babytrage in der Zuschauertribüne abstellte und während des Trainings mit seinen Power Rangers spielte. Julia war nicht mehr gut in Form, aber ich verstand, weshalb Mary Ann McFarlane begeistert von ihr war. Es lag nicht nur an ihrer Art, sich zu bewegen, sondern sie hatte auch immer das gesamte Spielfeld im Blick, wie es nur herausragenden Spielern wie Larry Bird und M. J. gelang. In meiner Mannschaft verfügte nur noch Celine, die

Gangbraut, über dieses Talent. Nicht einmal Josie und April, die uns schmerzlich fehlten, hatten dieses ausgeprägte Gefühl für Timing.

Nach dem Spiel nahm ich alle mit zu Zambrano's zum Pizza-essen, auch Betto und das Baby, aber ich sorgte dafür, dass sie sich nicht allzu viel Zeit ließen. Es wurde schon dunkel draußen, und ich wollte noch zum Skyway, bevor die Straßen völlig verlassen waren. Nach dem Essen setzte ich Julia mitsamt ihrem Bruder und der Kleinen zu Hause ab, ging aber nicht mit nach oben, sondern sagte Julia nur, sie solle Rose ausrichten, dass es noch immer keine Spur gab von Josie und Billy.

»Ich glaube aber, dass sie in Sicherheit sind«, sagte ich zu Julia. »Und zwar, weil die Bysens einen Haufen Geld für die Suche nach Billy ausgeben – wenn Josie und Billy etwas zugestoßen wäre, hätten die Detektive sie schon längst gefunden. Wenn deine Mam mich deshalb noch sprechen möchte, kann sie mich auf dem Handy anrufen, aber ich möchte selbst noch an einem Ort suchen, den die Detektive, soweit ich weiß, nicht unter die Lupe genommen haben. Kannst du dir das merken?«

»Ja, okay ... Meinen Sie, ich kann in der Mannschaft bleiben?«

»Du bist auf jeden Fall gut genug für die Mannschaft, aber du musst wieder zur Schule gehen, bevor du weiter beim Training mitmachen kannst. Meinst du, das schaffst du bis nächsten Montag?«

Julia nickte feierlich und stieg aus. Es beunruhigte mich, dass sie es Betto überließ, die Trage mit dem Baby vom Rücksitz zu holen, aber ich konnte es mir nicht auch noch aufhalsen, Julia im Umgang mit Kleinkindern zu schulen; ich wartete lediglich, bis alle drei im Haus verschwunden waren. Dann fuhr ich zum Skyway.

Carnifice hatte sich diesen Ort bestimmt schon vorgenommen, vor allem wenn meine Theorie zutraf, dass William hinter einem Dokument her war, mit dem Bron der Firma gedroht hatte. Aber South Chicago war mein Revier, und ich konnte mir nicht vorstellen, dass Carnifice sich hier so verhalten würde wie ich. Für diese Männer war die Suche in South Chicago nur ein Auftrag für die Bysens, kein komplexer Teil ihrer persönlichen Vergangenheit.

Der erste Teil des Skyway verläuft innerhalb einer Erhebung, die South Chicago in zwei Teile spaltet. Als er gebaut wurde, brachte er vielen kleinen Geschäften und Fabriken, mit denen ich groß geworden war, den Niedergang. Vor der Grenze zu Indiana verläuft die Autobahn dann überirdisch. Darunter leben Obdachlose in ihren Verschlägen, aber viele Pendler und Leute aus der Gegend betrachten diese Straße als Müllhalde. Ich fuhr vorsichtig an den Rand, weil ich meine Reifen nicht ruinieren wollte, und ließ das Licht an.

Im Gestrüpp sah man noch die Bresche, die der Miata geschlagen hatte. Das war vor drei Tagen gewesen, und hier waren viele Leute unterwegs, die sich im Dickicht versteckten oder den Müll durchsuchten, aber wegen der Kälte konnte man die Reifenspuren noch erkennen. Ich war kein Forensiker, aber mir kam es vor, als sei der Wagen absichtlich hier ins Gestrüpp gefahren wurden, vielleicht um ihn zu verstecken. Die Spur wirkte nicht, als habe jemand (Marcena? Oder Bron?) die Kontrolle über den Wagen verloren und sei ins Schlingern geraten.

Schritt für Schritt ging ich voran und betrachtete dabei jeden Quadratzentimeter. Als die Bresche endete, ließ ich mich auf allen vieren nieder; nach dem Training hatte ich eigens dafür alte Jeans angezogen.

Ich war froh über meine Fäustlinge, als ich am Ende der Bresche die Äste beiseitebog und den Boden inspizierte. Ein kleines Stück vom vorderen Kotflügel entdeckte ich, noch schimmernd im Gegensatz zu den anderen stumpfen oder verrosteten Metallstücken rundum. Es war vermutlich bedeutungslos, aber ich steckte es dennoch in die Tasche meines Parkas.

Über mir kroch der Verkehr dahin. Es war Rushhour, und alle strebten aus der Stadt zu ihren ordentlichen Vorstadthäuschen. Und aßen und tranken dabei – was ich wusste, weil ständig leere Dosen und Packungen von oben angeflogen kamen. Ich wurde um ein Haar von einer leeren Bierflasche getroffen, als ich mich daran machte, den Bereich links der Reifenspuren in Augenschein zu nehmen.

Ich hob jedes Stück Papier auf, in der Hoffnung, dass dieses Dokument, dem die Bysens nachjagten, vielleicht herausgefallen war, als das Auto zerpflückt wurde. Dabei versuchte ich, mir mitzuteilen, dass das eine sinnlose Verzweiflungstat war, aber es fruchtete nichts. In erster Linie fand ich Werbeflyer für Orient-Brücken für fünf Dollar, Handlesen für zehn – woraus sich wohl schließen ließ, dass unsere Zukunft uns wichtiger ist als das Bedecken unserer Fußböden –, aber auch Rechnungen, Briefe, sogar Kontoauszüge.

Seit einer Stunde war ich schon an der Arbeit, als ich auf die beiden Bücher stieß, die ich im Kofferraum von Billys Wagen gesehen hatte – Oscar Romeros *The Violence of Love* und das Werk, das Tante Jacqui angeblich zur Magersucht getrieben hatte, *Rich Christians in the Age of Hunger*. Ich steckte beide ein. Das würde wohl meine ganze Ausbeute sein. Frustriert blickte ich auf das Areal, das ich abgesucht hatte. Inzwischen war es stockfinster, und die Scheinwerfer meines Wagens schienen schwächer zu werden. An der Stelle, an der die Bücher gelegen hatten, war noch ein Papierfetzen. Ich hob ihn auf, steckte ihn zu den Reichen Christen und stieg steifbeinig in meinen Wagen.

Ich wendete, um nach Norden zurückzufahren, inspizierte aber noch meine Fundstücke, während der Motor warmlief. Gespannt blätterte ich Billys Bücher durch, in der Hoffnung, dass irgendein geheimnisvolles Dokument herausfallen würde, sein Testament beispielsweise, in dem er seine sämtlichen Fonds der Mount-Ararat-Kirche vermachte, oder ein Statement für die Geschäftsleitung von By-Smart. Doch ich stieß lediglich auf Randbemerkungen in Billys runder Schuljungenschrift im Buch des Erzbischofs Romero. Ich versuchte, sie im Halbdunkel zu entziffern, aber was ich lesen konnte, erschien mir nicht vielversprechend.

Auf dem Papier, das neben den Büchern gelegen hatte, konnte ich etwas erkennen, das aussah wie eine Kinderzeichnung: eine unbeholfene Darstellung von einem Frosch mit einer großen schwarzen Warze auf dem Rücken, der auf einer Art Pfropfen hockte. Ich hätte es beinahe aus dem Fenster geworfen, aber hier schmiss jeder seine Abfälle hin – ich konnte wenigstens so anständig sein und es bei mir zu Hause ins Altpapier stecken.

Der Wagen war nun endlich warm, ich zog meine Fäustlinge aus, mit denen ich schlecht lenken konnte, und fuhr gen Norden. Ich wollte bei Mary Ann vorbeischauen und ihr die Lebensmittel bringen; außerdem wollte ich mit ihr über Julia und April sprechen und sie fragen, ob sie vielleicht eine Idee hatte, wo Josie sich versteckte.

Es war halb acht. Der Verkehr über mir floss zügig dahin, aber die Straßen hier unten waren verlassen – wer hier durchfahren musste, war schon lange zu Hause. Ich befand mich nicht weit entfernt vom Haus der Czernins, konnte es aber nicht sehen. Das Herz tat mir weh, wenn ich an April dachte, die mit ihrem Bären im Bett lag, deren Vater ermordet worden war, deren eigenes Herz fremde und unheimliche Dinge anstellte in ihrer Brust.

Meine Mutter starb, als ich nur ein Jahr älter war als April jetzt, und es war ein entsetzlicher Verlust für mich, der mich immer noch auf vielerlei Ebenen verfolgt, aber wenigstens hatte man Gabriella nicht umgebracht; sie war nicht in einer Grube geendet, neben einem fremden Liebhaber. Und der Mann, der zurückblieb, hatte sie abgöttisch geliebt und liebte auch mich, seine Tochter, abgöttisch – ich hatte es viel leichter gehabt als April, die mit ihrer chronisch zornigen Mutter leben musste. Ich nahm mir vor, Aprils Lehrer zu fragen, ob man ihren Leistungen irgendwie auf die Sprünge helfen könnte, damit sie eine Chance bekam zu studieren – und ob es vielleicht eine Möglichkeit gab, ihr ein Studium zu finanzieren.

Sandras Hoffnung auf den Beweis, dass Bron bei seinem Tod für By-Smart im Dienst war, blieb vorerst Aprils einzige Chance, sowohl für ihr Herz als auch für ihre Ausbildung, und was das betraf, sah ich schwarz. William hatte keinen Zweifel daran gelassen, dass die Firma Sandras Ansprüche unerbittlich anfechten würde. Mit den Ressourcen von Carnifice hätte ich vielleicht beweisen können, wo Bron sich zu diesen Zeitpunkten aufhielt, die Grobian aufgezählt hatte – zehn Uhr irgendwas in Crown Point, Indiana – hätte beweisen können, dass er im Einsatz für die Firma gestorben war, aber ich wusste nicht einmal, wo ich nach seinem Wagen suchen sollte. Ich konnte mir höchstens denken, dass der Truck wie der Miata auf diesem Schrottplatz an der 103rd Street gelandet oder bereits wieder irgendwo zwischen South Chicago und South Carolina auf Achse war.

Mir schmerzte der Kopf, wenn ich daran dachte, was ich alles noch erledigen musste, um in dieser Sache auch nur einen Schritt weiterzukommen. Außerdem hatte ich immer noch keine

Ahnung, wo Billy und Josie sein mochten. Ich hatte über eine Stunde auf einer wilden Müllhalde verschwendet und konnte nicht mehr vorweisen als zwei religiöse Bücher und eine Kinderzeichnung von einem Frosch, der ... ich trat abrupt auf die Bremse und fuhr an den Straßenrand.

Die Kinderzeichnung von einem Frosch, der auf einem Gummistück saß. Was dem ausgefransten Kabel ähnelte, das ich in Brons Werkstatt hinter der Küche gesehen hatte. Eine Anleitung, wie man einen Stromkreisunterbrecher mit Salpetersäure herstellen konnte. Stecke einen Gummipfropfen in eine froschförmige Seifenschale. Befestige sie auf der Hauptstromleitung bei Fly the Flag. Gieße Salpetersäure in die Schale. Die Säure würde den Gummistopfen allmählich auflösen, sich durch die Isolierung der Leitung fressen und einen Kurzschluss erzeugen, bei dem eine Explosion entstand.

Ich versuchte zu ergründen, wieso Billy diese Zeichnung bei sich hatte, wenn doch Bron mit dem Kabel herumexperimentiert hatte. Dass Billy einen solchen Sabotageakt verübte, hielt ich für unwahrscheinlich – es sei denn, der Pastor hatte ihn davon überzeugt, es sei gut für die Gemeinde. Der Pastor sei zur Zeit der einzige Mensch, dem er vertrauen könne, hatte Billy gesagt, aber ich konnte sein trotziges ernsthaftes Gesicht einfach nicht in Verbindung bringen mit einer solchen Tat.

Bron wäre wohl dazu imstande gewesen, aber falls er das Ding tatsächlich gebastelt hatte – hätte er dann eine Zeichnung davon mit sich herumgetragen? Und wie war er überhaupt zu diesem Froschteil gekommen? Julia, Josie, April. Julia hatte behauptet, sie habe den Frosch als Weihnachtsgeschenk für Sancia gekauft. Ich hatte das Gefühl gehabt, dass sie log – jetzt war ich mir sicher. Josie hatte den Frosch vielleicht Julia weggenommen und April gegeben, obwohl das auch keinen rechten Sinn ergab.

Ich trommelte mit den Fingern auf dem Lenkrad herum. April, die in jeder Hinsicht herzkrank war, wollte ich keinen Druck machen, aber ich hatte das Ladegerät für Billys Handy dabei. Wenn ich es ihr brachte, konnte ich sie nach der Schale fragen, aber das wollte ich mir als letzte Option vorbehalten. Julia dagegen – das war etwas anderes. Ich wendete scharf und fuhr nach South Chicago zurück.

39

Schmerzhaftes Rausbohren

Rose Dorrados Gesicht war noch ausdrucksloser als vor zwei
Tagen. Wie Sandra Czernin hatte auch sie sich in letzter Zeit die
Haare weder gewaschen noch gekämmt, ihre roten Locken waren stumpf und verfilzt, aber sie trat beiseite, um mich einzulassen. Betto und Samuel lagen auf der Couch und schauten *Spiderman.* María Inés hockte zwischen ihnen, krähte fröhlich und
klatschte unablässig in die Hände. Sie war in ein Stück rot-weiß
gestreiften Stoff gewickelt. Wieder ein Rest von einer Flagge. Ich
starrte darauf und fragte mich, wie oft ich dieses Muster in letzter Zeit gesehen hatte, ohne es wahrzunehmen.

»Und?«, fragte Rose dumpf. »Haben Sie meine Josie gefunden?
Ist sie tot?«

Ich schüttelte den Kopf. »Hat Julia meine Nachricht nicht
übermittelt? Die Bysens haben eine große Detektei mit der Suche
nach Billy beauftragt. Diese Leute haben gute Chancen, ihn zu
finden. Und wir können beruhigt davon ausgehen, dass Josie
mit ihm zusammen ist. Haben Sie mit Ihrer Schwester in Waco
gesprochen?«

»Ich soll beruhigt sein, wenn meine Tochter mit einem Jungen
schläft? Ich kann hier wirklich nicht noch ein Baby brauchen.«
Auch die wütenden Worte klangen tonlos. »Nein, meine Schwester weiß nichts von ihnen. Ich hab gehört, dass Sie Montagnacht
Bron Czernin und diese Engländerin gefunden haben. Sie waren
mit Billys teurem Wagen unterwegs, und Sie haben die beiden
neben dem Wagen in der Mülldeponie entdeckt. Kann es sein,
dass Josie und Billy auch da sind, und Sie haben sie nur nicht
gefunden?«

Die Geschichte war durchs Weitererzählen ordentlich verdreht
worden. »Ich kann natürlich nicht garantieren, dass es nicht so
ist«, sagte ich ruhig. »Aber ich weiß, dass Billy Bron seinen Wagen
überlassen hat, weil er nicht gefunden werden wollte und das
Nummernschild zu auffällig war. Deshalb gehe ich davon aus,

dass er nicht mit Bron zusammen war. Und ich habe den Wagen nicht auf der Mülldeponie, sondern unter dem Skyway gefunden. Niemand kann sich erklären, wie Bron und Marcena zu dieser Deponie gelangt sind.«

»Aber wo sind sie dann, Billy und Josie? Nicht beim Pastor, nicht bei Ihnen – ich war sogar bei Josies Vater, dachte, Sie haben vielleicht Recht und sie hat sich an ihn gewendet, aber er konnte sich nicht mal so richtig erinnern, welches Kind ich meine.«

Wir betrachteten die Lage gemeinsam aus allen möglichen Blickwinkeln – was nicht viele waren. Ich nahm an, dass Billy sich noch in South Chicago aufhielt; sein Problem mit seiner Familie hatte mit diesem Viertel zu tun, und er konnte nicht davon ablassen.

»Ich werde alle Mädchen aus der Mannschaft anrufen«, versprach ich Rose schließlich. »Am Montagabend bin ich nur vor den Häusern gewesen und habe nach Billys Wagen Ausschau gehalten. Aber bevor ich aufbreche, muss ich noch einige Dinge wissen, Rose, von Ihnen und von Julia.«

Ich war hergekommen, um Julia wegen der Seifenschale zu befragen, aber nun interessierte mich auch dieser Flaggenstoff. »Erzählen Sie mir etwas über die Bettwäsche, die ich bei Josie und Julia gesehen habe – und diesen Stoff, in den Mariá Inés gewickelt ist. Ist das alles von Fly the Flag?«

»Ach, diese Wäsche.« Sie zog müde eine Schulter hoch. »Das ist jetzt alles nicht mehr wichtig. Er dachte … der Pastor dachte, warum nicht Handtücher, Bettwäsche, Topflappen, solche Sachen über die Kirche verkaufen? Das wäre gut für die Gemeinde, die Sachen hier herstellen, kaufen, verkaufen. Es war ein Traum vom Pastor, so eine Kooperative – er dachte, mit der Zeit könnten wir alles Mögliche kaufen und verkaufen, Kleidung, Lebensmittel, sogar Medikamente und auf diese Art Geld sparen und verdienen. Als Erstes hat er mit Mr. Zamar geredet, und der hat sich wirklich Mühe gegeben, aber der Pastor, der hat ihm vorgeworfen, dass Mr. Zamar die Kooperative gar nicht wollte. Aber ich war dabei, ich hab genäht, wir haben fünfhundert Bettbezüge gemacht, tausend Handtücher – und nur siebzehn Leute haben was gekauft, hauptsächlich die Mütter von den Mädchen aus der

Basketballmannschaft. Wie soll man davon leben, wenn nur siebzehn Leute was kaufen?«

»War das dann Ihr zweiter Job?«, fragte ich verwirrt. »Bettwäsche für die Kooperative nähen?«

Sie lachte leicht hysterisch. »Ach nein, nein. Der zweite Job, den hatte ich an derselben Stelle wie den ersten. Nur mitten in der Nacht, damit der Pastor nichts merkte. Als würde der nicht alles wissen, was hier passiert. Der ist wie Gott, der Pastor, was der nicht persönlich sieht, erfährt er trotzdem.«

Ich ging neben den beiden Jungen in die Hocke, die uns ängstlich beobachteten. »Betto, Samuel, eure Mama und ich müssen uns mal unterhalten. Könnt ihr so lange ins Esszimmer gehen?«

Die beiden hatten offenbar noch in Erinnerung, dass ich die Frau war, die sie in Holzkohle verwandeln konnte; sie blickten nur kurz erschrocken zu ihrer Mutter und sausten dann hinaus. Schade, dass ich diese Wirkung nicht auf Pat Grobian und den Pastor hatte. Rose und ich ließen uns auf der Couch nieder; María Inés lag schlafend zwischen uns.

»Warum wollte Zamar die zweite Produktion vor Pastor Andrés geheim halten?«

»Weil wir mit Illegalen gearbeitet haben!«, rief Rose aus. »Leuten, die so nötig Geld brauchen, dass sie für einen Hungerlohn arbeiten. Verstehen Sie jetzt?«

»Nein.« Ich tappte erst recht im Dunkeln. »Sie brauchen doch Geld, Sie können doch nicht unter solchen Bedingungen arbeiten. Was haben Sie dort gemacht?«

»Oh, wenn Sie so dumm sind, wie können Sie da an einer großen Universität gewesen sein?« Sie wedelte entnervt mit den Händen. »Wie kann ich da glauben, dass Sie meine Tochter finden? Ich hab nicht da gearbeitet, ich meine, ich habe schon gearbeitet, aber ich war Vorarbeiterin. Sie haben mich bezahlt, damit ich aufpasse, dass die Leute an den Maschinen bleiben, keine langen Pausen machen, nicht stehlen und lauter solche Sachen – die ich hasse!«

Ich mochte zu blöde sein, um Josie aufzuspüren, aber ich war wiederum nicht so dumm, Rose nun zu fragen, weshalb sie diese Arbeit angenommen hatte – eine Frau, die von sechsundzwanzigtausend Dollar im Jahr sechs Menschen ernähren musste. Stattdessen fragte ich, wie lange sie diese Arbeit gemacht hatte.

»Nur zwei Tage. Wir haben zwei Tage vor dem Brand angefangen. An dem Tag, an dem Sie wegen der Sabotage in die Fabrik gekommen sind, hat Mr. Zamar mich zu sich kommen lassen. Er war wütend, weil ich eine Detektivin in die Fabrik geholt hatte. ›Aber die Sabotage, Mr. Zamar‹, hab ich gesagt, ›die Ratten, der Kleber und dann dieser *chavo* heute Morgen, der wieder was Schlimmes machen wollte‹, und er hat gesagt…« Sie unterbrach sich, um Zamar zu imitieren, wie er die Hände vors Gesicht schlug: »Er hat gesagt: ›Rose, ich kenne mich da aus, eine Detektivin wird nur dafür sorgen, dass die Fabrik geschlossen wird.‹ Und dann am nächsten Tag kam er und hat mir diesen zweiten Job angeboten, die Aufsicht, und er hat gesagt, wenn ich ihn nehme, kriege ich fünfhundertfünfzig Dollar die Woche, wenn nicht, muss er mich feuern wegen der Detektivin. Aber ich darf es dem Pastor nicht sagen. Mr. Zamar weiß, dass ich zur Kirche gehe und dass mein Glauben mir wichtig ist, aber er weiß auch, was meine Kinder mir bedeuten, und zwischen diesen Dornen klemmt er mich ein, meine Liebe zu Jesus, meine Familie, was soll ich da tun? Gott helfe mir, ich hab die Arbeit angenommen, und dann werde ich erst recht gestraft, weil zwei Tage danach die Fabrik abbrennt und Mr. Zamar umkommt. Ich kann Gott nur danken, dass es früh passiert ist, als ich und die anderen Arbeiter noch nicht da waren. Ich danke Gott für die Warnung, dass er mich nicht im Feuer hat sterben lassen, dass ich eine Chance habe zu bereuen, aber warum müssen meine Kinder auch leiden?«

Ich starrte Rose entsetzt an, als mir die Bedeutung ihrer Worte dämmerte. »Sie wollen damit sagen, dass der Pastor die Fabrik in Brand gesteckt hat, weil Zamar dort mit Illegalen arbeitete?«

Sie schlug sich eine Hand vor den Mund. »Das hab ich nicht gemeint. Das hab ich nicht gesagt. Aber als der Pastor das mit den Illegalen erfahren hat, war er sehr, sehr wütend.«

Andrés hatte Zamar gedroht, wenn er seine Produktion aus Chicago abziehen würde, hätte er bald keine mehr. War Andrés von solchem Größenwahn besessen, dass er sich für den Gott der South Side hielt? Mir war schwindlig, und ich schaffte es nicht mal, mich aufrecht hinzusetzen.

Schließlich suchte ich mir eine kleinere Frage, die ich noch bewältigen konnte. »Woher kamen diese Leute, die nachts in der Fabrik gearbeitet haben?«

»Von überall, vor allem aus Guatemala und Mexiko. Ich spreche Spanisch, bin in Waco groß geworden, aber meine Familie war aus Mexiko – Mr. Zamar wusste, dass ich mich verständigen kann. Aber das Schlimmste, das Schlimmste ist, dass sie einem *jefe* Geld schulden, und Zamar, der hat sich die Arbeiter von einem *jefe* schicken lassen. Nie hätte ich geglaubt, dass ich einmal so was tun müsste, so eine *mierda* für ihn übersetzen.«

Jefes sind eine Art Zwischenhändler, die illegalen Einwanderern horrende Summen dafür abknöpfen, dass sie ihnen dazu verhelfen, in die USA zu kommen. Kein armer Immigrant hat tausend Dollar zur Hand für die Einreise mit gefälschter Green Card und Sozialversicherungsnummer, und die *jefes* leihen den Leuten das Geld. Wenn die Einwanderer die Grenze passiert haben, werden sie von *jefes* an Betriebe verkauft, die nach billigen Arbeitskräften suchen. Dann stecken die *jefes* den größten Teil des Lohns ein, so dass den Arbeitern nur genug für Essen und Unterkunft bleibt. Das Ganze ist eine Art Sklaverei, da es niemandem jemals gelingt, sich aus einem solchen Vertrag freizukaufen. Ich konnte mir gut vorstellen, dass Pastor Andrés wütend war über Betriebe, die unter solchen Bedingungen arbeiteten.

»Dieser Freddy ist ein *jefe*, oder?«, fragte ich unvermittelt.

»Freddy Pacheco? Der ist zu faul«, antwortete Rose erbost. »Ein *jefe* ist ein schlimmer Mensch, aber er arbeitet schwer, anders geht's nicht.«

Danach versanken wir beide in Schweigen. Rose schien erleichtert zu sein, dass sie die Geschichte endlich losgeworden war; sie wirkte so lebhaft, wie ich sie seit dem Brand nicht mehr gesehen hatte. Ich dagegen fühlte mich dumpfer, als sei ich wirklich zu blöde, um zu studieren, geschweige denn ein verschwundenes Mädchen aufzuspüren.

Auf dem Bildschirm vor mir fesselte Spiderman im Handumdrehen den Bösewicht, der die Bank ausrauben wollte, oder vielleicht war es auch der Bankier, der seine Kunden ausrauben wollte – jedenfalls vergoss Spiderman keinen Tropfen Schweiß dabei. Und er hatte keine halbe Stunde gebraucht, um den Schurken zu identifizieren und aufzuspüren. Ich brauchte dringend eine Portion Superenergie – obwohl ich im Moment schon mit ganz normalen menschlichen Kräften zufrieden gewesen wäre.

Die Kleine erwachte und begann zu quengeln. Rose stand auf und sagte, sie wolle ihr eine Flasche wärmen und würde mir einen Kaffee mitbringen.

Ich nahm María Inés auf den Arm. »Ist Julia noch hier? Ich müsste sie etwas fragen, wegen der Seifenschale, diesem Frosch, den ich Ihnen am Sonntag nach dem Gottesdienst gezeigt habe.«

Rose verschwand, und ich tätschelte der Kleinen den Rücken und sang ihr italienische Kinderlieder vor, die meine Mutter für mich gesungen hatte – das Lied vom Glühwürmchen, das Lied von der Großmutter mit dem Suppentopf ohne Boden. Wenn ich singe, werde ich ruhiger, fühle mich meiner Mutter näher. Ich frage mich, warum ich es so selten tue.

Gerade als María Inés zusehends ungehaltener wurde, kehrte Rose mit einem Fläschchen und einer Tasse bitterem Pulverkaffee zurück, Julia im Schlepptau. Das Mädchen blickte mich argwöhnisch an; ihre Mutter hatte ihr erzählt, worum es ging, und die vertrauensvolle Stimmung vom Training war sichtlich hinüber.

Ich reichte die Kleine an Rose weiter und begab mich in eine Position, in der ich Julia halbwegs in die Augen blicken konnte – sie überragte mich um ein ganzes Stück. »Julia, ich bin zu müde, um mir jetzt stundenlang Lügen oder Halbwahrheiten anzuhören. Hast du die Seifenschale Freddy geschenkt, ja oder nein?«

Julia warf einen raschen Blick zu ihrer Mutter hinüber, die sie aufgebracht anblickte. »Du sagst jetzt die Wahrheit, Julia, so wie die Trainerin es will. Deine Schwester ist verschwunden, wir wollen nicht wie der Zahnarzt Stück für Stück aus deinem Mund herausbohren.«

»Ich hab sie ihm geschenkt, okay? Ich hab nicht gelogen.«

Ich schlug auf die Couchlehne. »Die ganze Geschichte, und

zwar sofort. Es geht um Wichtigeres als deine Gekränktheit. Wann war das?«

Julia lief rot an und sah ihrer kleinen Tochter plötzlich sehr ähnlich, aber als sie merkte, dass weder ihre Mutter noch ich Mitgefühl zeigten, sagte sie mürrisch: »Weihnachten letztes Jahr. Und Freddy hat sie angeschaut und gesagt, was soll er denn mit so einem Mädchengeschenk? Und dann hab ich rausgekriegt, dass er sie Diego gegeben hat, und Diego hat sie Sancia gegeben.«

»Und dann?«

»Was – und dann?«

Ich seufzte laut. »Hat Sancia sie behalten? Hat sie die Schale immer noch?«

Julia zögerte, aber ihre Mutter brach über sie herein, bevor ich loslegen konnte. »In dieser Sekunde sagst du es, Julia Miranda Isabella!«

»Sancia hat sie mir gezeigt!«, schrie Julia. »Sie hat damit angegeben, dass Diego sie so liebt und ihr so ein tolles Ding geschenkt hat, sogar mit einer kleinen Seife drin, die wie eine Blume aussieht, und was hab ich von Freddy gekriegt? Ich war wütend und hab gesagt, komisch, ich hab Freddy genau so ein Ding geschenkt. Diego ist Freddys Cousin, und dann hat Sancia ihn gefragt, hast du Freddys Seifenschale geklaut, und Diego sagt, nein, die hat Freddy ihm gegeben. Da war sie total beleidigt, Sachen aus zweiter Hand, hat sie gesagt und sie mir zurückgegeben! Als sei ich das Letzte, eine, die so was braucht, ein Ding, das ich selbst gekauft hab und das mein Freund nicht haben wollte!«

Tränen liefen ihr über die Wangen, aber Rose und ich blickten sie nach wie vor streng an. »Und wo ist die Schale jetzt?«, fragte ich.

»Ich hab sie weggeworfen. Aber Betto und Sammy wollten sie haben, und ich hab gesagt, gut, sollen sie, sie können damit spielen, ist auch egal, wenn sie kaputtgeht.«

»Haben die beiden sie noch?«, fragte ich.

Julia zögerte erneut, und ihre Mutter machte ihr wieder Dampf. Freddy war gekommen und hatte gesagt, er hätte es sich anders überlegt, er wolle die Seifenschale jetzt doch behalten.

Diego hatte ihm erzählt, dass Sancia sie ihr zurückgegeben habe, und ob er sie nun wiederhaben könne?

»Er war echt nett zu mir, wie letztes Jahr, als er mir María Inés gemacht hat, hat gesagt, ich sei schön und all so was. Also hab ich sie aus Sammys Kiste rausgeholt und ihm gegeben, und er ist abgezogen, ohne Abschiedskuss, ohne auch nur zu fragen: ›Wie geht's María Inés?‹.«

»Gratuliere, knapp entkommen«, äußerte ich trocken. »Je mehr du dich von dem fernhältst, desto besser bist du dran. Wann war das?«

»Vor drei Wochen. Morgens, als Ma zur Arbeit gegangen ist und die anderen in die Schule.«

»Hat er gesagt, warum er die Schale haben wollte?«

»Hab ich doch gesagt! Weil er eben doch was von mir wollte und es ihm leid tut und all so was!«

»Wo ist Freddy jetzt?«, fragte ich.

Julia sah mich nervös an. »Weiß ich nicht.«

»Dann rate. Wo geht er sonst immer hin? Irgendeine Bar? Wo hat er seine anderen Kinder? Irgendwas.«

»Wollen Sie ihm was tun?«

»Wieso willst du den schützen?«, explodierte Rose. »Er ist ein böser Mann – er hat dich mit dem Baby sitzen lassen, er stiehlt, der schert sich um keinen, nur um sich selbst! Seine Mutter hat ihn jeden Sonntag mit zum Gottesdienst gebracht, und was macht er? Lungert draußen rum bei Diegos Wagen und stört den Gottesdienst mit der lauten Musik. In fünf Jahren sieht er auch nicht mehr so gut aus, und dann hat er gar nichts mehr.«

Rose wandte sich zu mir. »Manchmal ist er im Cocodrilo, das ist eine Bar gegenüber von der Kirche. Dieses andere Mädchen hat auch ein Baby von ihm, da geht er auch nicht hin, glaub ich, aber sie wohnt an der Buffalo. Und wenn Sie den mit bloßen Händen umbringen, werd ich bei der Polizei schwören, dass Sie ihn nie gesehen und nie angefasst haben.«

Ich musste lachen. »Ich glaube, dazu wird es wohl nicht kommen. Aber falls doch – *muchas gracias!*«

40

Ein Hauch von Säure

In der Kirche brannte Licht, als ich an der Ecke 92nd, Houston parkte. Ich stieg die niedrige Treppe hinauf, um an der Tür nachzusehen, was drinnen los war. Donnerstagabend, Bibelstunde von halb sieben bis acht, Thema im November: der Prophet Jesaja. Es war kurz nach halb sieben, der Pastor hatte also gerade erst losgelegt.

Direkt gegenüber der Kirche befand sich ein leeres Grundstück, auf dem kreuz und quer diverse Kleinwagen und Pickups standen – auch ein Dodge mit großen Lautsprechern auf der Ladefläche und einer Autonummer, die mit »VBC« begann. Daneben lehnten sich drei halb verfallene Häuser aneinander. Cocodrilo, Freddys Stammbar, befand sich im Erdgeschoss des äußersten Hauses, einer schmalen zweistöckigen Bruchbude mit schiefen Holzwänden, von denen die Farbe abblätterte. Die Fenster waren mit dichtem Maschendraht vergittert, durch den nicht viel Licht nach innen drang.

Ich hatte Morrell aus dem Auto angerufen und ihm gesagt, dass ich mich verspäten würde, aber nur ein kleines bisschen. Er hatte geseufzt – das übertriebene Seufzen eines Liebsten, der ständig versetzt wird – und gesagt, wenn ich um acht nicht da sei, würden Don und er ohne mich essen.

Darauf betrat ich, ordentlich gereizt, das Cocodrilo. Ich ließ die Tür hinter mir zuknallen wie Clint Eastwood und setzte die dazupassende Miene auf: Die Bar gehört mir, legt euch lieber nicht mit mir an. Ich befand mich in einem kleinen dunklen Raum mit einem hohen Tresen und ein paar wackligen Tischen an der Wand, in dem sich höchstens fünfzehn Leute aufhielten.

Im Fernseher über der Bar lief ein Fußballspiel, Mexiko gegen irgendeine kleine karibische Insel. Ein paar Männer schauten zu, aber die meisten redeten in einer Mischung aus Spanisch und Englisch aufeinander ein.

Die Mehrzahl der Gäste war jung, aber ich entdeckte auch ein paar ältere Männer, darunter einen der Arbeiter von Pastor Andrés' Baustelle. Jedenfalls befand ich mich in einer Lokalität, die nur von Männern aufgesucht wurde – weshalb auch sämtliche Gespräche erstarben, als man mich bemerkte. Drei Typen an der Tür versuchten es mit einer kessen Bemerkung, aber mein Blick sorgte dafür, dass sie sich mit einem pampigen Kommentar auf Spanisch – dessen Bedeutung ich leicht erraten konnte, auch wenn ich solche Ausdrücke nicht an der Highschool gelernt hatte – wieder ihrem Bier zuwandten.

Schließlich sichtete ich Diego, Sancias Freund, in einer kleinen Gruppe auf der anderen Seite des Raums. Der Mann neben ihm saß mit dem Rücken zu mir, weshalb er für mich leicht zu erkennen war – dieselben dichten, dunklen Haare, die Tarnjacke, der ich erst vor ein paar Stunden durchs Lagerhaus gefolgt war.

Ich drängte mich an den drei Typen vorbei, marschierte zu Freddy und klopfte ihm auf die Schulter. »Freddy! Und Diego. Was für ein wunderbarer Zufall. Wir werden uns mal unterhalten, Freddy.«

Als er sich umdrehte, sah ich, dass Rose Recht hatte: Er war ein ganz schmucker Bursche mit seinen hohen Wangenknochen und dem vollen Mund, aber der leere Ausdruck in den Augen und die Drogen setzten der Attraktivität mächtig zu.

Freddy blickte mich verständnislos an, aber Diego sagte: »Die Trainerin, Mann, das ist die Basketballtrainerin.«

Als das einsickerte, starrte Freddy mich entsetzt an. Dann versetzte er mir einen so heftigen Stoß, dass ich das Gleichgewicht verlor, und rannte zur Tür, wobei er eine Bierflasche umwarf.

Ich richtete mich auf und setzte ihm nach. Keiner versuchte, mich aufzuhalten, aber man ging mir auch nicht aus dem Weg, weshalb Freddy als Erster draußen war. Ich rannte, was das Zeug hielt, vergaß meine schmerzenden Schenkel, meine lädierten Hände, meine Schulter. Er raste über das leere Grundstück zu Diegos Pickup, als ich nahe genug rankam und mich auf ihn hechtete. Worauf er zu Boden ging und ich mit Karacho auf ihm landete.

Ich hörte Applaus und sah drei Männer aus der Bar, darunter

den älteren Knaben von der Baustelle, die herausgekommen waren, lachten und klatschten.

»Hey, Schätzchen, geh zu Lovie Smith, du kannst für die Bears antreten!«

»Was hat dir der *chavo* getan? Hat er dich mit Baby und ohne Geld sitzen lassen? Der hat schon zwei Kinder, für die er nicht sorgen kann!«

»Von der Sorte ist die nicht, Geraldo, pass auf, was du sagst.«

Freddy schubste mich beiseite und rappelte sich auf. Ich packte seinen rechten Knöchel. Als er zu treten anfing, rückte einer der Zuschauer vor und hielt seine Arme fest. »Nicht wegrennen, Freddy, die Lady hat sich so angestrengt, um dich zu kriegen. Ist unhöflich, wenn du jetzt wegläufst.«

Die anderen Gäste waren inzwischen herausgekommen und standen in einem Halbkreis um uns herum, mit Ausnahme von Diego, der unschlüssig auf halber Strecke zu dem Pickup verharrte.

Ich erhob mich und zog meine Fäustlinge an. »Freddy Pacheco, diese kleine Unterhaltung zwischen uns ist schon lange überfällig.«

»Sind Sie von der Polizei, junge Frau?«, fragte der Mann, der Freddys Arme festhielt.

»Nein. Ich bin die Trainerin der Mädchenbasketball-Mannschaft von der Bertha Palmer Highschool. Julia war eine gute Schülerin und eine hervorragende Spielerin, bis dieser *chavo banda* hier ihr Leben zerstört hat.«

Ein Raunen lief durch die Gruppe, und die Männer unterhielten sich murmelnd auf Spanisch. *El coche.* Ja, aber auch eine Ermittlerin, nur nicht von der Polizei, sondern privat. Celine, seine *sobrina*, war ganz verrückt nach *el coche*. Ich durchforstete mein erschöpftes Hirn nach meinen Spanischresten. Richtig, *sobrina* hieß Nichte. Celine, die Gangbraut, war die Nichte dieses Mannes. Und sie war ganz verrückt nach mir? Vielleicht verstand ich ihn nicht richtig, aber diese Vorstellung fand ich höchst erfreulich.

»Was wollen Sie wissen von diesem Mistkerl, Lady?«

»Die Seifenschale, die dir Julia letztes Jahr zu Weihnachten geschenkt hat, Freddy.«

»Weiß nicht, was Sie meinen.« Er blickte zu Boden, und sein Gemurmel war kaum zu verstehen.

»Du sollst nicht lügen, Freddy. Ich habe diese Schale in ein Labor geschickt, zur Untersuchung. Du weißt doch, was DNA ist, oder? Die finden DNA auf einer Seifenschale, auch wenn sie im Feuer gelegen hat. Ist das nicht großartig?«

Er stellte sich weiter bockig, aber nachdem die Männer und ich ihm mit Drohungen und ein paar Knuffen zusetzten, gab er schließlich zu, dass er die Schale Diego überlassen hatte, der sie dann seinerseits Sancia Valdez schenkte. »Was hat Julia sich gedacht, mir so 'n Mädchengeschenk zu machen?«

»Und Sancia hat sich geärgert, als ihr zu Ohren kam, dass Diego die Schale gar nicht für sie gekauft hat. Sachen aus zweiter Hand, hat sie gesagt und Julia die Schale zurückgegeben. Das stimmt doch so, oder, Diego?«

Diego wich entsetzt zurück, aber einer der Männer packte ihn am Arm und zerrte ihn mit einer barschen Anweisung auf Spanisch zu den anderen.

»Und dann, Freddy«, fuhr ich im fröhlichen Ton einer Lehrerin fort, »hast du es dir plötzlich anders überlegt. Bist bei den Dorrados aufgetaucht und hast dir die Schale zurückgeholt. Warum hast du das denn gemacht?«

Die Straße war durch das Licht aus der Bar und eine Straßenlaterne vor der Kirche nur schwach beleuchtet, aber ich hatte den Eindruck, dass Freddy mich prüfend betrachtete, um zu sehen, was er mir alles auftischen konnte.

»Es hat mir leid getan, dass ich gemein zu ihr war, Mann, sie wollte ja was Nettes für mich tun, und ich hätt nicht so fies zu ihr sein sollen.«

»Ja ja, Freddy, ich glaube auch an den Osterhasen und diese ganzen netten Märchen. Wenn dir so viel lag an dieser Schale, wieso ist sie dann bei Fly the Flag gelandet?«

»Keine Ahnung. Vielleicht hat sie mir einer geklaut.«

»Na klar, eine Seifenschale für drei Dollar, das lohnt sich, dafür einen Bruch zu machen. Wir haben hier folgendes Problem.« Ich wandte mich zu den Männern aus der Bar, die mir so gespannt lauschten, als sagte ich ihnen die Zukunft voraus. »Mithilfe dieser Seifenschale wurde der Brand bei Fly the Flag verursacht. Frank Zamar ist bei diesem Brand ums Leben gekommen, das heißt, die Person, die ihn gelegt hat, muss sich wegen Mordes verantworten. Und es sieht ganz so aus, als wäre diese Person Freddy hier, vielleicht im Pakt mit Bron Czernin oder Diego.«

Die Männer redeten erregt aufeinander ein. Hatten dieser *gamberro* und sein Cousin Frank Zamar umgebracht? Die Fabrik zerstört?

»Und, Freddy? Warst du das?« Celines Onkel verpasste ihm eine Ohrfeige.

»Ich hab nix getan. Ich weiß nicht, wovon die redet!«

»Wie hat Seifenschale Feuer gemacht?«, fragte einer der Männer.

Ich förderte die Zeichnung zutage, und die Männer drängten sich um mich.

»Ich weiß nicht, wer diese Zeichnung angefertigt hat – vielleicht Bron Czernin, vielleicht auch Freddy. Es ist jedenfalls so gelaufen.«

Ich legte meine Theorie über die Salpetersäure und die Kabel dar, und wieder redeten alle aufgeregt durcheinander. Ich schnappte die Namen von Andrés und Diego auf und das Wort »*carro*«; im Italienischen heißt »*caro*« Liebling. Diego war jemandes Liebling? Nein, der Pastor hatte Diegos Liebling etwas angetan, nein, seinem – Auto, seinem Pickup, das war es.

Als ich zum ersten Mal bei Rose Dorrado war, stand Diego mit seinem Pickup vor dem Haus und setzte die Nachbarschaft mit seinen Boxen unter Lärmbeschuss. Und Josie hatte zu ihm gesagt, wenn Pastor Andrés vorbeikäme, würde er Diegos Wagen wieder plattmachen.

»Was hat der Pastor denn mit Diegos Wagen angestellt?«, fragte ich.

»Nicht mit dem Wagen, Lady, mit der Anlage.«

»Diego, der stellt sich mit dem Wagen hier hin, vor die Kirche, beim Gottesdienst«, erklärte Celines Onkel, »und dreht voll auf. Keiner kapiert, warum, will er angeben bei Sancia, damit sie rauskommt, oder seine Ma ärgern, die ist eine fromme Frau, sie und Freddys Ma, die sind Schwestern, und die kommen beide zum Beten in die Kirche, aber der Pastor, der hat Diego zweimal, dreimal gesagt, dreh das Ding ab beim Gottesdienst, und Diego, der ist genauso 'n *chavo* wie Freddy hier, der hat bloß gelacht. Da hat der Pastor so 'ne Metallschale mit 'nem Gummistopfen gemacht, Säure rein, auf die Anlage gestellt, Säure hat sich durchgefressen zu den Kabeln, und aus war's mit dem Ding, noch während dem Gottesdienst.«

Ich konnte die Mienen der Männer im Halbdunkel nicht genau erkennen, aber ich hörte sie lachen.

Freddy regte sich auf. »Ja, alle glauben, was der Pastor macht, ist immer so cool, aber Diego, der musste dreihundert löhnen, um seinen Amp und seine Speaker zu reparieren, und ihr denkt, das ist okay, weil's der Pastor war, aber ich sag euch was: Der hat den Kleber in die Türen von Fly the Flag gemacht. Ich hab ihn gesehen.«

In dem schockierten Schweigen, das daraufhin eintrat, lockerte Celines Onkel offenbar seinen Griff, denn Freddy riss sich los und rannte zu Diegos Pickup. Diego raste ihm voraus und warf sich auf den Fahrersitz. Ich setzte den beiden nach, stolperte aber über einen Stein und stürzte. Als einer der Männer aus der Bar mir aufhalf, trat Diego schon das Gaspedal durch, und wir sahen nur noch die Schlusslichter des Pickups auf der Houston verschwinden.

Die Männer debattierten wild. War das möglich? Konnte man Freddy Pacheco Glauben schenken? Einer der Männer sagte, ja, er habe dieselbe Geschichte auch schon gehört, aber der Mann von der Baustelle meinte, er könne das nicht glauben von Roberto.

»Er ist jetzt in der Kirche drüben, bei der Bibelstunde. Er muss es uns sagen, muss der Lady hier sagen, ob dieser *chavo* die Wahrheit sagt oder nicht. Ich arbeite jeden Tag mit ihm, er ist der beste Mann von der ganzen South Side, ich kann das nicht glauben.«

Fünf aus der Gruppe kehrten in die Bar zurück, alle anderen überquerten die Straße in unbehaglichem Schweigen; niemand wollte den Pastor zur Rede stellen. Wir gingen durch den Altarraum zu dem großen Raum im hinteren Teil der Kirche, in dem nach dem Gottesdienst am Sonntag Kaffee getrunken wurde. In einer Ecke spielten ein paar Kleinkinder mit Plastiklastern und

Puppen oder nuckelten an ihren Flaschen. Andrés saß mit einer Gruppe von etwa zwölf Gemeindemitgliedern, vorwiegend Frauen, an einem Holztisch neben der Tür und sprach über den Propheten Jesaja.

»Was ist hier los?«, fragte Andrés ärgerlich. »Wenn Sie die Bibel studieren, Frau Detektivin, sind Sie willkommen, aber wenn Sie hier stören wollen, müssen Sie warten, bis wir fertig sind. Das Wort des Herrn hat Vorrang vor allen menschlichen Kümmernissen.«

»Nicht vor allen, Roberto«, erwiderte sein Kollege. »Nicht, wenn es um Leben und Tod geht.«

Er sprach auf Spanisch weiter, aber so schnell, dass ich kaum etwas verstand. *El coche*, das war ich, dann sprach er über Freddy, Diego, den Brand, die Fabrik und *pegamento*, ein Wort, das ich nicht kannte. Andrés widersprach ihm, aber die Frauen am Tisch sahen schockiert aus und begannen, sich zu unterhalten. Andrés merkte, dass seine Gruppe nicht mehr auf ihn hörte, und klappte die Bibel zu.

»Wir machen fünf Minuten Pause«, verkündete er gebieterisch auf Englisch. »Ich werde mit dieser Detektivin in meinem Büro sprechen. Du kannst mitkommen, Tomás, zweifelnder Tomás«, fügte er hinzu, zu seinem Kollegen gewandt.

Die Truppe, mit der wir aus dem Cocodrilo gekommen waren, und einige Frauen aus der Bibelgruppe folgten uns durch den Umkleideraum ins Büro des Pastors. Dort gab es außer dem Stuhl hinter dem Schreibtisch nur zwei Stühle für Gäste; die anderen Schaulustigen drängten sich an der Tür.

»Nun, Frau Detektivin, worum geht es hier? Weshalb belästigen Sie mich und das noch in der Kirche?«, fragte Andrés, nachdem er sich an seinem Schreibtisch niedergelassen hatte.

»Freddy sagt, dass Sie bei Fly the Flag den Klebstoff in die Schlösser gespritzt haben. Ist das wahr?«

»Ja, Roberto, hast du das getan?«, fragte auch Tomás.

Andrés blickte von Tomás zu der Gruppe an der Tür, als überlege er, ob er sich herausreden könne, aber niemand ermutigte ihn. »Frank Zamar war ein Mann, der sich entscheiden musste zwischen dem rechten und dem einfachen Weg, und es gelang ihm nicht immer, eine kluge Wahl zu treffen«, antwortete er schließlich. »Nach dem elften September fertigte er Flaggen für Leute in aller Welt an, und er bekam einen großen Auftrag von By-Smart. Er legte eine zweite Schicht ein, kaufte neue Maschinen.«

»Dann hat er die Arbeit verloren«, sagte einer der Männer. »Das wissen wir alle. Meine Alte, die ist auch entlassen worden. Warum verklebst du die Schlösser, wenn er seinen Vertrag verliert?«

»Das hat nichts damit zu tun. Als er den Vertrag verlor, war ich da nicht der Erste, der deiner Frau geholfen hat, sich arbeitslos zu melden? Hab ich nicht eine Wohnung für die Familie Valdéz besorgt?«, fragte Andrés anklagend.

Zustimmendes Gemurmel war zu vernehmen, ja, er hatte das alles getan. »Aber deshalb umso mehr die Frage, Roberto: Weshalb hast du das mit dem Kleber gemacht?«

Andrés blickte mir zum ersten Mal ins Gesicht. »Es ging um das, was ich Ihnen heute Nachmittag schon erzählt habe: Zamar hatte Hals über Kopf einen neuen Vertrag mit By-Smart unterzeichnet. Um ihn zu warnen – es tut mir leid, dass ich euch das gestehen muss, und ich schäme mich dessen –, habe ich den Kleber in die Türschlösser gespritzt. Ich wollte ihm zeigen, was passieren kann, wenn er dem Viertel hier schadet. Es war ein Kinderstreich, nein, ein ganz übler Streich, ich bedaure es nun auch, aber für mich wie für viele kommt die Reue zu spät, um etwas schon Geschehenes zu ändern.«

Seine Stimme klang rau, und er hielt einen Moment inne, als müsse er eine bittere Pille schlucken. »Nach der Sache mit dem Kleber hat Zamar mir gedroht, hat gesagt, er bringt mich vor Gericht, aber wir haben uns unterhalten, und er hat mir versprochen, dass er noch einmal mit By-Smart verhandeln will – wie ich Ihnen schon gesagt habe.«

Ich nickte, versuchte zu ergründen, inwieweit ich ihm glauben konnte. »Der Brandstifter hat bei seiner Tat darauf geachtet, dass die illegalen Einwanderer in der Nachtschicht nicht zu Schaden kamen. Rose Dorrado sagte mir, wenn Sie von der Nachtschicht wüssten, würden Sie wütend sein. Waren Sie wütend genug, um die Fabrik abzubrennen?«

»Ich wusste bis heute Nachmittag nicht einmal, dass Zamar

in der Fabrik mit Illegalen gearbeitet hat, und ich schwöre …«, Andrés legte die rechte Hand auf eine große Bibel auf seinem Tisch, »dass ich diesen Brand nicht gelegt habe.«

Das brachte ihm einige ermutigende Zurufe von den Frauen an der Tür ein – und mir finstere Blicke –, aber Tomás blickte ihn weiterhin prüfend an: Andrés war für ihn nicht nur ein Kollege, sondern auch eine Führungsfigur in der Gemeinde. Tomás musste wissen, ob er dem Pastor trauen konnte.

»Der Brand wurde mit derselben Methode ausgelöst, mit der Sie Diegos Anlage außer Kraft gesetzt haben«, sagte ich. »Vielleicht haben Sie den Brand nicht selbst gelegt, aber Freddy gezeigt, wie man es machen kann?«

Wiederum brachte ich die Zeichnung zum Vorschein und legte sie auf den Schreibtisch des Pastors. »Haben Sie das hier für Freddy gezeichnet?«

Zu meinem Erstaunen stritt der Pastor nichts ab, sondern lief rosafarben an. Schweiß trat ihm auf die Stirn. »O mein Gott. Deshalb …«

»Deshalb was?«, fragte ich.

»Freddy kam zu mir und wollte Salpetersäure haben, er meinte, um den Gummi auf der Ladefläche des Pickup wegzuputzen, nachdem ich die Anlage zum Schweigen gebracht hatte. Er sagte, das wäre ich ihm schuldig, aber jetzt … oh, jetzt, o Jesus, was habe ich getan in meinem Stolz? Ihm gezeigt, wie man eine Fabrik abbrennt und einen Menschen tötet?«

»Aber warum sollte Freddy so was tun?«, fragte Celines Onkel von der Tür her. »Freddy ist bloß ein *chavo*, der würde so ein – ein *esquema* nur für jemand anderen machen, so was würde dem nicht einfallen. Wer hat ihn beauftragt und bezahlt, wenn nicht Sie, Pastor Andrés?«

»Ich glaube, dass Bron Czernin den Stopfen in seiner Werkstatt angefertigt hat«, warf ich ein. »Und diese Zeichnung habe ich unweit der Stelle gefunden, an der ich auch das kaputte Auto von Billy the Kid entdeckt habe. Bron wurde zusammen mit Freddy gesehen, aber wieso sollte er die Fabrik niederbrennen wollen?«

Nicht alle Anwesenden kannten Bron, aber eine Frau, die sich als Sancia Valdéz' Großmutter vorstellte, erklärte den anderen:

»Aprils Vater, der Mann, der letzte Woche ermordet wurde. Ja, April, das Mädchen, das mit Sancia und Josie Basketball spielte, aber jetzt war sie krank am Herzen und musste aufhören.«

»Worin befand sich die Säure, als Sie Diegos Anlage außer Kraft setzten?«, fragte ich Andrés.

»In einem kleinen Metalltrichter, den ich hinten an den Verstärker geklammert habe.«

»Josie wusste also, wie Sie die Anlage kaputtbekommen haben«, sagte ich langsam und versuchte, mir die Verbindungen im Viertel ins Gedächtnis zu rufen. »Josie und April sind eng befreundet; Josie hat es April erzählt, die hielt das vermutlich für witzig und hat ihrem Vater davon berichtet. Oder vielleicht hat sogar Freddy Ihr System Bron erklärt, als er von Brons Plan hörte.«

Hatte Freddy sich an Bron gewandt, weil er von Julia wusste – die es von Josie gehört haben konnte –, dass Bron eine Werkstatt hatte? Oder hatte sich Bron an Freddy gewandt, damit er die Vorrichtung in der Fabrik anbrachte? Entweder hatte April von dem ganzen verletzenden Wirbel um die Seifenschale gehört und ihrem Vater davon erzählt, oder Freddy hatte sich an die Schale erinnert, als Bron ihm erklärte, was er brauchte. Das Ganze fügte sich plötzlich auf unheilvolle Weise zusammen.

»Ich verstehe nur nicht, warum sie das alle gemacht haben«, dachte ich laut. »Wieso sollten …«

Ich unterbrach mich, weil ich unvermittelt Tante Jacquis strahlendes Lächeln vor mir sah: Wir verhandeln nie zweimal. Und ihr maliziöses Grinsen, als sie verkündete, wenn ich die Wege der Bettwäsche verfolgen wollte, würde ich in einer Sackgasse landen. Hatte sie womöglich Bron beauftragt, die Fabrik abzubrennen?

»Sie müssen mir sagen, welche Probleme Billy the Kid mit seiner Familie hatte«, sagte ich unvermittelt zu Andrés. »Das ist jetzt zu wichtig, Sie dürfen es nicht mehr verheimlichen.«

»Aber es ging nicht um den Brand«, widersprach der Pastor. »Wenn Billy mir erzählt hätte, dass sie Frank Zamars Fabrik niederbrennen wollten, hätte ich das nicht für mich behalten, glauben Sie mir.«

Er lächelte traurig. »Billy wusste, dass ich mit Frank Zamar zusammenarbeitete – dass wir versucht hatten, die Bettwäsche über die Kirchen hier in South Chicago zu verkaufen, aber dass wir damit gescheitert waren. Billy selbst versuchte, seine Tante, seinen Vater und seinen Großvater zu überreden, den Vertrag mit Fly the Flag zu ändern. Aber die waren wie Felsen – ließen sich nicht bewegen. Das bereitete ihm große Schmerzen. Und dann fand er diese Faxe aus Übersee, in denen stand, dass sie bereits eine Fabrik in Nicaragua mit der Produktion dieser Wäsche und Handtücher beauftragt hatten und dass die Arbeiter dabei neun Cent für jedes Handtuch oder jeden Bettbezug bekommen sollten.

Billy besorgte sich einen Bericht über diese Fabrik und stellte zu seinem Entsetzen fest, dass die Leute dort siebzig Stunden die Woche arbeiten mussten, die nicht als Überstunden angerechnet wurden, dass sie keinen Urlaub bekamen und nur eine kurze Pause zum Mittagessen. Darauf sagte er, es sei an der Zeit, den Arbeitern in Nicaragua Rechte zuzugestehen, dass sie eine Gewerkschaft haben sollten, und er würde sich an den Aufsichtsrat wenden, wenn die Familie sich nicht darauf einließe. Der Großvater hängt sehr an Billy. Als er merkte, wie verstört sein Enkel war, sagte er, sie würden noch einen Monat abwarten und sich ansehen, wie Frank Zamar zurechtkäme.«

»Aber dann brannte Frank Zamars Fabrik ab. Wie passend. Und Bron Czernin ist tot.« Ich lachte etwas hysterisch.

Ich konnte noch nicht das ganze Bild erkennen, aber die Grundlinien. Bron glaubte, er könne den Bysens die Daumenschrauben ansetzen – er hatte ihre dreckige Arbeit erledigt, jetzt sollten sie Aprils Operation bezahlen. Doch stattdessen hatte ihn die Familie umgebracht. Oder Grobian. Jetzt fehlten mir nur noch Billy und Freddy. Und ein paar nette Beweise.

»Sie wissen wirklich nicht, wo Billy steckt?«, fragte ich Andrés.

Der Pastor sah mich besorgt an. »Ich habe keine Ahnung, Frau Detektivin.«

Er schloss die Augen und begann leise zu beten. Die Frauen an der Tür betrachteten ihn mitleidig und ehrfürchtig und begannen leise zu summen, ein Lied, um ihn zu stärken und zu stützen. Nach drei oder vier Minuten richtete Andrés sich auf. Er hatte seine Autorität wiedergefunden. Und er verkündete den Anwesenden, dass es nun deren wichtigste Aufgabe sei, Billy the Kid und Josie Dorrado zu finden.

»Vielleicht verstecken sie sich in irgendeinem Gebäude, einer Garage, haben unter falschem Namen eine Wohnung gemietet. Ihr müsst alle fragen, mit allen reden, ihr müsst diese Kinder finden. Und wenn ihr sie gefunden habt, müsst ihr es mir sofort mitteilen. Falls ihr mich nicht finden könnt, dann sagt ihr es dieser Trainerin-Detektivin.«

41

Chavo *in der Klemme*

Langsam ging ich zurück zu meinem Wagen. Ich musste mich unbedingt sofort bei Conrad melden und ihm von Freddys Rolle beim Brand von Fly the Flag berichten. Mein Handy hatte ich heute noch nicht benutzt. Amy und diverse Klienten hatte ich vom Lehrerzimmer in der Bertha Palmer aus angerufen. Aber jetzt spielte es keine Rolle mehr, ob potentielle Verfolger mitkriegten, dass ich in South Chicago war. Falls sie sich richtig ins Zeug legten und meine Anrufe abhörten, würden sie eher von mir ablassen, wenn sie hörten, was ich der Polizei zu berichten hatte.

Erstaunt stellte ich fest, dass es erst halb acht war. Die letzten Stunden waren so anstrengend gewesen, dass es mir vorkam, als läge schon der ganze Abend hinter mir. Ich rief im Fourth District an, um Freddy den Cops zu servieren – Conrad würde staunen, was für eine vorbildliche und nützliche Detektivin ich sein konnte. Als ich hörte, dass er gerade gegangen war, fühlte ich mich wie ein Ballon, aus dem man die Luft rausgelassen hat.

Die Telefonistin im Revier schien meine Ankündigung von neuen Erkenntnissen im Brandstiftungsfall Fly the Flag nicht sonderlich aufregend zu finden. Es gelang mir schließlich, sie dazu zu bewegen, mich zu einem Detective durchzustellen. Es handelte sich um einen jungen Mann, der zwar meinen und Freddys Namen notierte, aber seine Aussage, dass sie sich darum kümmern wollten, hörte sich wie eine dieser typischen Ausflüchte an – er machte sich nicht die Mühe, meinen Namen buchstabieren zu lassen, den er nicht aussprechen konnte, und meine Telefonnummer schrieb er sich nur auf, weil ich sie ihm aufdrängte.

Nach diesem Gespräch zögerte ich einen Moment, aber dann rief ich mir Conrads Privatnummer auf, die ich trotz aller Handy-Wechsel immer noch im Adressbuch habe, an vierter Stelle nach meinem Büro, meinem Telefondienst und Lotty. Er war nicht zu Hause, aber ich hinterließ einen detaillierten Bericht auf seinem Anrufbeantworter. Vielleicht würde er sich ärgern, weil ich ihm in den Ermittlungen voraus war, aber er würde auf jeden Fall etwas unternehmen.

Ich dehnte meine Schultern, die von dem Handgemenge nachmittags noch immer schmerzten. Viele meiner Detektivbrüder und -schwestern scheinen es ohne Ruhephasen zu verkraften, wenn sie verprügelt oder eingebuchtet werden oder einen üblen Katerkopf haben. Ich warf einen Blick in den Rückspiegel – das Licht war schwach, aber ich sah ziemlich bleich aus.

Ich rief Mary Ann an, weil ich ihr sagen wollte, dass ich in einer Stunde vorbeikäme, falls das nicht zu spät sei. Jemand nahm ab, sagte aber nichts, was mir einen ordentlichen Schrecken einjagte, aber schließlich hörte ich ihre dunkle, raue Stimme.

»Alles in Ordnung, Victoria, es geht mir gut, ich bin nur ein bisschen müde. Du musst heute eigentlich nicht vorbeikommen.«

»Mary Ann, bist du alleine? Ist da grade jemand anders dran gewesen?«

»Meine Nachbarin ist hier, sie hat abgenommen, als ich auf dem Klo war, aber sie hat wohl nichts gesagt. Ich gehe wieder ins Bett.«

Irgendetwas in ihrer Stimme beunruhigte mich. »Ich muss noch bei April Czernin vorbei und komme dann in einer Dreiviertelstunde zu dir. Ich bleibe nicht lange, will dir nur ein paar Lebensmittel bringen. Vielleicht bist du ja noch wach, aber wenn du schläfst, werd ich dich nicht wecken. Ich hab ja Schlüssel.«

»Oh, Victoria, deine Sturheit war schon immer die Pest. Wenn du unbedingt vorbeikommen willst, werd ich es wohl ertragen, aber wenn es länger als eine Dreiviertelstunde dauern sollte, ruf vorher an, damit ich nicht aufbleiben muss.«

»Du wirst es wohl ertragen?«, sagte ich, konsterniert über die Wortwahl und ihren entnervten Tonfall. »Ich dachte…«

Ich unterbrach mich, als mir einfiel, dass Schmerzen das Verhalten eines Menschen von Grund auf verändern. Meine Mutter, die immer abendelang auf meinen Vater gewartet hatte, wobei sie sich selbst und mich mit Musik, Kochen, Büchern beschäftigte – wir lasen Giovanni Vergas Stücke auf Italienisch vor –, verlor nie ein Wort der Klage über das Warten, über die Sorge. Aber eines Abends im Krankenhaus schrie sie unvermittelt, er würde sie nicht lieben, hätte sie nie geliebt, und erschreckte sich selbst damit ebenso wie mich und meinen Vater.

»Josie ist noch immer verschwunden«, sagte ich zu meiner einstigen Trainerin. »Wie gut kennst du das Mädchen? Kannst du dir jemanden denken, bei dem sie sich sicher fühlen würde? Sie hat eine Tante in Waco, die behauptet, Josie sei nicht bei ihr, aber vielleicht lügt die Tante auf Josies Geheiß.«

»Ich kenne die Dorrado-Mädchen privat nicht näher, Victoria, aber ich kann morgen ein paar ihrer Lehrer anrufen. Vielleicht hat jemand eine Idee. Ich bin in der Küche, ich muss mich hinlegen.« Und damit war das Gespräch beendet.

Trotz der Erklärungen, die ich mir zurechtlegte, hatte Mary Anns harscher Ton mich gekränkt. Ich blieb reglos im dunklen Auto sitzen. Meine Glieder schmerzten, und ich spürte einen neuen Bluterguss am Schenkel, von dem Zusammenprall mit Freddy.

In dem warmen Auto wurde ich dösig und nickte ein, fuhr aber ein paar Minuten später panisch hoch, als jemand ans Fenster klopfte. Nachdem ich mich von meinem Schreck erholt hatte, sah ich, dass es sich um Celines Onkel handelte. Ich kurbelte das Fenster runter.

»Alles in Ordnung, Lady? Sie sind ja vorhin schwer zu Boden gegangen.«

Ich zwang mich zu lächeln. »Ja, alles okay. Nur ein bisschen geprellt. Ihre Nichte – sie ist eine sehr begabte Sportlerin. Meinen Sie, Sie könnten ihr vielleicht helfen, von den Pentas loszukommen? Diese Verbindung behindert sie, hält sie davon ab, ihre Kräfte zu nutzen.«

Wir unterhielten uns ein Weilchen – über die Schwierigkeiten, in South Chicago Kinder großzuziehen, und leider hatte sein Bruder die Familie verlassen, und Celines Ma trank, um es deutlich zu sagen, aber er wollte sich bemühen um Celine, weil er es gut fand, was ich für sie tat.

Nachdem wir uns gegenseitig mit Dank für die Bemühungen um Celine überschüttet hatten, zog Celines Onkel von dannen, und ich rief bei den Czernins an. Wenn Sandra abnahm, wollte ich auflegen, aber April war dran; sie klang apathisch.

»Diese Pillen, Coach«, sagte sie, als ich fragte, ob ich sie geweckt hätte. »Ich fühl mich ständig wie in Watte gepackt, ich seh nichts und spür nichts. Meinen Sie, ich kann die weglassen?«

»Hoppla, Mädchen, du nimmst dieses Zeug so lange, bis der Arzt was anderes sagt. Besser sich ein paar Wochen benebelt fühlen, als am Tropf hängen, oder? Ich bin ganz in der Nähe und hab das Ladegerät für dein Handy dabei. Kann ich kurz vorbeikommen? Ich möchte auch, dass du dir etwas ansiehst.«

Sie klang sofort munterer; es würde ihr guttun, jemand anderen zu sehen als ihre Mutter. Ich nahm mir vor, mit ihren Lehrern zu reden, jemanden zu organisieren, der ihr Hausaufgaben brachte, und ihr ein paar Klassenkameraden zum Plaudern zu schicken. Als ich an der Tür klingelte, machte April auf, aber ihre Mutter stand hinter ihr.

»Wofür hältst du uns, Tori, für einen Sozialfall, um den du dich kümmern musst? Ich kann auch ohne dich für mein Mädchen sorgen. Ich hab erst heute Nachmittag erfahren, dass du ihr so ein verfluchtes Handy gegeben hast. Wenn ich gewusst hätte, dass sie so was haben will, hätte ich es ihr selbst gekauft.«

»Nun sei mal friedlich, Sandra«, fauchte ich. »Es ist Billys Handy, und sie benutzt es nur, bis er es zurückhaben will.«

»Ist Bron nicht umgebracht worden, weil er dieses Ding bei sich hatte?«

Ich starrte sie an. »Wieso? Wer hat dir das gesagt?«

»Eine der Frauen auf der Arbeit. Sie hat gesagt, die waren eigentlich hinter Billy her und haben Bron umgebracht, weil er Billys Auto fuhr und sein Handy benutzt hat, und sie glaubten, er sei Billy.«

»Das höre ich zum ersten Mal, Sandra.« Ich fragte mich, ob sie Recht haben konnte oder ob es nur eines dieser Gerüchte war, die nach schlimmen Ereignissen im Umlauf sind. Wenn ich bei der Polizei gewesen wäre oder über die Ressourcen von Carnifice verfügt hätte, wäre ich wohl zu Sandras By-Smart-Filiale gefahren, um der Sache nachzugehen. Vielleicht konnte Amy Blount das morgen übernehmen.

»April, kann ich einen Moment reinkommen? Ich möchte dir und deiner Mam ein Bild zeigen.«

»Oh, ja klar, Coach, 'tschuldigung.« April wich zurück, um mich einzulassen.

Es tat weh, sie so zu sehen, unbeholfen und schwerfällig, wo sie noch vor kurzem mit den anderen Mädchen herumgesprungen war wie ein Füllen. Um diese emotionale Anwandlung zu überspielen, war ich fast so kurz angebunden wie Mary Ann, holte die Zeichnung von dem Frosch hervor und reichte sie den beiden.

»Wo hast du das her?«, fragte Sandra.

»Hab ich an der 100th, Ecke Ewing, gefunden. Hat Bron dir das Bild gezeigt?«

Sie schnaubte. »Es lag draußen in seiner Werkstatt rum. Ich hab ihn gefragt, was das sei, und er meinte, ein Versuchsprojekt für jemand anderen. Der hätte ihm die Zeichnung gegeben, und er würde es bauen. So was machte er öfter.«

»Weil er so nett war und seinen Kumpeln aushalf?«, fragte ich.

»Nein!« Sie verzog das Gesicht. »Weil er irgendeine Idee gehabt hat, von der er dachte, sie könnte ihn reich machen. Frösche auf Isoliergummi, hab ich gesagt, wer soll denn so was kaufen, aber er hat nur gelacht und gesagt, oh, jemand bei By-Smart würde sich dafür interessieren.«

»Hör auf damit!«, schrie April. »Hör auf, dich über ihn lustig zu machen! Er hat tolle Sachen gebaut, das weißt du genau, wie diesen Schreibtisch für dich, aber du warst so blöde und hast ihn verkauft, damit du letzte Ostern mit deinen Freundinnen nach Vegas fahren konntest. Wenn ich gewusst hätte, dass du den verhökern willst, hätte ich ihn dir selbst abgekauft.«

»Und von welchem Geld, Fräulein, möchte ich mal wissen?«, versetzte Sandra. »Dein Sparkonto ...«

Aus dem hinteren Teil des Hauses war ein lautes Krachen zu vernehmen, splitterndes Glas. Ich riss meine Pistole raus und sprintete durchs Esszimmer in die Küche, bevor die beiden reagieren konnten. Die Küche war leer, aber ich hörte jemanden in der Werkstatt. Ich riss die Tür auf, ging in die Hocke und hechtete auf die Beine des Eindringlings.

Er konnte nicht umfallen, weil der Raum zu schmal war, krachte aber gegen die Werkbank, und ich wich rasch zurück und legte auf ihn an.

»Freddy Pacheco!«, brachte ich keuchend hervor. »Was für ein Wiedersehen. Was zum Teufel suchst du hier? Falls du das Bildchen wiederhaben willst, das du gemalt hast, kommst du zu spät.«

Er richtete sich auf und wollte sich auf mich stürzen, besann sich aber eines Besseren, als er den Revolver sah. »Was machst du denn hier, Schlampe? Verfolgst du mich? Was willst du von mir?«

»So viel, dass ich gar nicht weiß, wo ich anfangen soll.« Ich schlug ihm auf den Mund, so schnell, dass er sich nicht schützen konnte. »Als Erstes mal Respekt. Wenn du mich noch einmal Schlampe nennst, schieß ich dir eine Kugel in den linken Fuß. Beim zweiten Mal in den rechten.«

»Du schießt das Ding doch nicht ab, das ist…«

Ich schoß hinter seinem Kopf in die Wand. Es gab einen Höllenkrach in dem kleinen Raum, Freddy wurde grün im Gesicht und sackte gegen Brons Werkbank. Er verströmte einen unangenehmen Geruch, und ich schämte mich, weil ich schon wieder meine Waffe einsetzte, um jemandem Angst zu machen – aber deshalb hatte ich nicht die Absicht, diesen Typen ungeschoren davonkommen zu lassen.

Ich hörte Sandra hinter mir hereinschleichen. »Du hast hier 'ne Ratte im Haus, Sandra. Ruf 911 an. Sofort.«

Mechanisch wollte sie wieder anfangen, mit mir herumzudiskutieren, aber als sie Freddy sichtete, eilte sie davon. Das Telefon war in der Küche; ich hörte, wie sie in den Hörer kreischte und April zuschrie, dass sie bloß nicht in die Küche kommen solle.

»So, Freddy, und nun erzählst du mir mal von dem Frosch. Du hast dieses Bildchen für Bron gezeichnet, und er sollte das Ding für dich bauen, ja?«

»Es war seine Idee, Mann. Er hat gesagt, seine Kleine hat erzählt, wie der Pastor Diegos Anlage plattgemacht hat. Da wollte Bron wissen, wie, Mann, und ich hab's erzählt. Dann sollte ich ihm das noch aufmalen.«

»Und das hast du gemacht. Und dann bist du hergegangen

und hast das Fröschlein in den Trockenraum der Fabrik befördert.«

»Nein, Mann, nein, nein. Ich hab keinen umgebracht.«

»Und was hast du dann an dem Morgen getrieben, als ich dich in der Fabrik gesehen hab, wie? Warst du auf Arbeitssuche?«

Seine Miene erhellte sich. »Ja, Mann, so war's, ich wollt 'n Job suchen.«

»Und Bron hat dir einen beschafft: die Fabrik abfackeln und Frank Zamar umbringen.«

»Das war ein Unfall, Mann, es sollte bloß der Strom ausfallen …« Er verstummte, als er merkte, dass er sich verplappert hatte.

»Du willst sagen, dass du einen Mann umgebracht hast, weil du nicht wusstest, dass du einen Brand auslöst? Um dich herum waren Stoffe und Lösungsmittel, und du wusstest nicht, dass die Feuer fangen?« Ich war so wütend, dass ich mich zusammenreißen musste, um nicht unbeherrscht loszuballern.

»Ich hab nichts gemacht, Mann, ich sag kein Wort mehr ohne meinen Anwalt.«

Er beäugte unbehaglich die Knarre, doch ich brachte es nicht über mich, sie wieder zum Einsatz zu bringen, selbst wenn er dann noch einiges ausgespuckt hätte. Aber ich war außer mir vor Wut über die Katastrophe, die dieser Bursche durch seine Blödheit verursacht hatte.

»Und was willst du nun hier?«, herrschte ich ihn an. »Weshalb bist du hier eingebrochen? Wegen der Zeichnung?«

Er schüttelte den Kopf, sagte aber nichts mehr.

Ich blickte auf die Werkbank. »Wegen den Gummiresten? Der Säure?«

»Säure? Was für Säure?«, fragte Sandra scharf, die hinter mich getreten war.

»Ein kleiner Trick, den Freddy von Pastor Andrés gelernt hat«, sagte ich, ohne mich umzudrehen. »Wie man mit Salpetersäure einen Kurzschluss erzeugen kann. Bron hat für Freddy so eine Gerätschaft gebaut, und Freddy hat damit Fly the Flag abgefackelt. Obwohl er ja behauptet, es war keine Absicht. Sind die Cops unterwegs hierher?«

Sandra nahm nur einen Teil meiner Aussage wahr. »Wie kannst du es wagen! Wie kannst du es wagen, in dieses Trauerhaus zu kommen und zu behaupten, Bron hätte Feuer gelegt? Verschwinde aus meinem Haus! Auf der Stelle!«

»Sandra, willst du mit Freddy und April alleine sein?«

»Wenn der Kerl der Polizei Lügen erzählt, will ich nicht, dass er verhaftet wird.« Sie begann, mir gegen die Waden zu treten.

»Sandra, hör auf! Hör sofort auf! Dieser Kerl ist hier eingebrochen, er ist gefährlich, wir müssen ihn der Polizei übergeben! Bitte! Willst du, dass er April was antut?«

Sie hörte nicht mehr zu, trat nur weiter auf mich ein, riss mich an den Haaren. All die Wut und die Sorgen der letzten Woche – der letzten dreißig Jahre – brachen aus ihr heraus, und ich hatte sie auszubaden.

Ich bewegte mich in die Ecke der Werkstatt, um von ihr wegzukommen. Sie folgte mir, achtete nicht auf Freddy, die Glassplitter, achtete auf gar nichts außer mir, ihre alte Feindin. »Du hast gewusst, dass Boom-Boom mit mir schlief«, kreischte sie. »Du konntest es nicht ertragen. Du hast geglaubt, er gehört dir, du, du, du – Mannweib!«

Ihre Worte verletzten mich, aber an einer fernen Stelle, die erst später wehtun würde – vorerst musste ich mich auf Freddy konzentrieren. Sandra ließ nicht von mir ab, und ich hatte keinen Platz mehr, um mich zwischen sie und Freddy zu stellen. Als sie sich an mir vorbeidrängte, packte er sie und hielt ihre Arme fest. Ihre Kraft verpuffte schlagartig, und sie sackte gegen ihn. Plötzlich hielt er ein Messer in der rechten Hand und drückte es an ihre Kehle.

»Verschwinde hier, Schlampe, sonst mach ich diese Frau kalt!«, schrie er.

Wenn ich schoss, hatte ich gute Chancen, Sandra zu treffen. Ich wich zurück in die Küche. April stand dort, mit aschgrauem Gesicht. Sie hatte Mühe zu atmen.

»Schätzchen, wir beide gehen jetzt nach draußen. Und du atmest schön tief durch. Komm schon.« Ich sprach mit meiner strengen Trainerstimme. »Atme ein. Zähl bis vier. Jetzt atme ganz, ganz langsam aus. Ich zähle laut, und du atmest jedes Mal ein bisschen aus.«

»Aber, Ma, wird er …«

»April, fang an zu atmen. Er wird ihr nichts tun, und außerdem kommt gleich die Polizei.«

Ich brachte April zu meinem Wagen, legte den Beifahrersitz um, damit sie weniger Druck auf der Lunge hatte. Dann schaltete ich die Elektrik ein und stellte die Heizung auf volle Kraft.

»Wenn ich draußen bin, verschließt du die Türen. Du öffnest absolut niemandem. Ich gehe nach hinten und versuche, deiner Mam zu helfen, okay?«

Ihre Lippen zitterten, und sie rang um Atem, aber sie nickte.

»Und konzentriere dich aufs Atmen. Das ist das Wichtigste, was du jetzt tun kannst. Atme ein, zähle bis vier, dann atme aus auf vier. Kapiert?«

»J-ja, Coach«, flüsterte sie.

Ich schaute auf die Uhr; vor zehn Minuten hatte Sandra die Polizei angerufen. Auf dem Weg zurück ins Haus wählte ich noch mal 911 mit dem Handy, dessen Nummer nicht automatisch auf dem Bildschirm in der Zentrale erschien. Ich gab die Adresse durch und sagte, wir hätten vor zehn Minuten schon mal angerufen. Die Telefonistin verbrachte quälend lange Minuten damit, Sandras Anruf zu suchen. Als sie ihn schließlich gefunden hatte, sagte sie, ein Wagen sei unterwegs.

»Und wann kommt der?«, erwiderte ich. »Jetzt oder mit dem Messias? Ich hab hier ein Mädchen, das demnächst einen Herzstillstand kriegt. Schicken Sie sofort einen Krankenwagen!«

»Sie haben nicht den einzigen Notfall in der Stadt, Ma'am.«

»Hören Sie, wir sind beide im Bilde über die Geschichte der South Side. Ich hab hier einen Einbruch, den Einbrecher und ein schwerkrankes Mädchen. Tun Sie so, als seien wir in Lincoln Park und schicken Sie SOFORT einen Wagen!«

Die Telefonistin versetzte gekränkt, jeder Notfall werde gleich behandelt, und sie könne mir keinen Krankenwagen zaubern.

»Ich könnte vermutlich einen bauen, so lange warten wir schon. Wenn dieses Mädchen stirbt, sorge ich dafür, dass das in die Schlagzeilen kommt und dass man die Aufzeichnung von diesem Gespräch im ganzen Land hören kann. Ihre Kinder und Enkel werden sie auswendig können.« Ich klappte das Handy zu und rannte ums Haus herum.

Durch das zerbrochene Fenster an Brons Werkstatt fiel Licht, aber die Küchentür war mit solcher Wucht zugeschlagen worden, dass sie jetzt schief in den Angeln hing. Mit der Pistole in der Hand griff ich nach dem Deckel einer Mülltonne, den ich als Schild benutzen konnte. An der Tür ging ich in die Hocke und stieß die Tür mit dem Deckel auf. Kein Laut. Noch immer in der Hocke, watschelte ich in die Küche, Karikatur eines Cops. Dann rutschte ich auf Metallkugeln aus, die Freddy verstreut hatte, und fiel auf die Knie. Worauf ich aus dem Zimmer nebenan einen erstickten Laut hörte.

Ich richtete mich auf und sprintete ins Esszimmer. Sandra war weder hier noch im Wohnzimmer. Ich schaute ins Schlafzimmer und sah, dass die Kommode umgeworfen war und die Schranktür blockierte. Ich schob die Kommode aus dem Weg und öffnete den Schrank. Sandra lag eingerollt auf dem Boden und wimmerte.

Ich kniete mich neben sie. »Bist du verletzt, Sandra? Hat er dich geschnitten?«

Sie sagte nichts, sondern wimmerte nur vor sich hin wie ein verwundeter Hund. Ich tastete ihren Hals ab, fand aber kein Blut, und auch neben ihr waren nirgendwo Blutspuren. Freddy hatte das Bettzeug aus dem Schrank auf den Boden geworfen; ich nahm eine der Decken und hüllte Sandra damit ein.

In den wenigen Minuten, in denen ich mit April draußen war, hatte Freddy das Haus so gründlich verwüstet wie die Heuschrecken Ägypten. Er hatte sämtliche Schubladen aus der Kommode im Schlafzimmer und dem Arzneischrank herausgerissen; in Aprils Zimmer hatte er den Schreibtisch durchwühlt und die Matratze vom Bett gezerrt. Danach hatte er die Küchentür aufgetreten und war abgehauen. Vermutlich hatte Diego draußen mit dem Pickup gewartet.

Ich ging langsam wieder nach unten zu Sandra. »April ist draußen im Wagen in Sicherheit. Soll ich sie in die Klinik fahren, wenn der Krankenwagen nicht bald kommt?«

Sandra klapperten die Zähne, aber sie zischte: »Du nimmst mir – n-nicht meine Kleine – weg, Tori.«

»Nein, Sandra, das habe ich nicht vor. Du kannst mitkommen. Wieso hat dieser Kerl dein Haus so auseinandergenommen?«

»Er hat g-gesagt, er w-will die A-a-aufnahme«, brachte sie hervor. »A-als wäre – ich ein – R-radios-s-sender. Gib m-mir die A-a-aufnahme, hat – er immer wi-wieder g-gesagt.«

»Die Aufnahme?«, echote ich. »Was für eine Aufnahme?«

Sie zitterte am ganzen Körper und war völlig aufgelöst; sie wollte keine dummen Fragen von mir beantworten. Ich führte sie zur Couch, setzte Teewasser auf und lief nach draußen zu meinem Wagen. Zu meiner grenzenlosen Erleichterung atmete April noch, als ich die Tür aufschloss. Ich schilderte ihr gerade die Lage, als endlich mit Sirenengeheul die Streifenwagen um die Ecke gerast kamen.

42

Das Versteck

Nach dem Eintreffen der Streifenwagen brach das pure Chaos aus. Männer rannten durch den Vorgarten, wichtig in ihre Walkie-Talkies blökend, und umstellten das Haus. Ich ließ April im Wagen, um zu verhindern, dass sie ihre Herzschwäche überlebte, nur um hinterher von einem dieser Lone Ranger erschossen zu werden. Es dauerte eine Ewigkeit, bis diese Männer (und die eine Frau in der Truppe) kapierten, dass es einen Einbruch gegeben hatte, dass der Einbrecher geflohen war und dass Sandra und ihre Mutter ärztliche Hilfe brauchten.

Zu guter Letzt gelang es ihnen, einen Krankenwagen ranzuschaffen. April atmete zwar, hatte aber eine erschreckende Gesichtsfarbe, und ich war froh, sie in die Hände von Profis übergeben zu können. Sandra zitterte noch immer so heftig, dass sie nicht alleine gehen konnte, aber die brüske Sachlichkeit, mit der die Sanitäter sie hochnahmen und zum Krankenwagen trugen, brachte sie wieder zu sich.

»Kann ich jemanden anrufen, der auf dich wartet und dich nach Hause bringt?«, fragte ich Sandra, als sie im Krankenwagen verstaut wurde.

»Lass mich bloß zufrieden, Tori Warshawski. Sobald du in meiner Nähe auftauchst, geht es jemandem aus meiner Familie schlecht.« Die Bemerkung war offenbar ein reiner Reflex, denn eine Sekunde später sagte sie, ich solle ihre Eltern in Pullman anrufen. »Sie haben nur eine Ausziehcouch im vorderen Zimmer, aber April und ich können für ein paar Tage bei ihnen unterkommen. Mein Dad ist ein Alteingesessener dort, er kann jemanden schicken, der das Haus wiederherrichtet.«

Sie war also nicht völlig auf sich alleine gestellt, was ich mit Erleichterung vernahm. Als der Krankenwagen verschwand, hatte ich dann allerdings das Vergnügen, der Polizei alles erklären zu dürfen. Ich beschloss, dass ich mit einer abgespeckten Version der Ereignisse wohl am besten beraten war: Ich trainierte vorübergehend die Basketballmannschaft. April war schwerkrank, ihr Vater war vor kurzem gestorben, ich brachte ihr etwas vorbei, als so ein Dreckskerl ins Haus einbrach. Er packte Sandra und bedrohte sie. Ich brachte das Mädchen aus der Gefahrenzone und setzte sie in meinen Wagen. Wir warteten auf Unterstützung der Polizei – die, ganz am Rande bemerkt, etwa eine halbe Stunde nach Sandras Anruf eintraf.

Die abgespeckte Version war im Eimer, als sie die Smith & Wesson entdeckten. Ich besaß eine Waffe, ja, ich hatte einen Waffenschein, ja, ich war Privatdetektivin, ja, hielt mich aber nicht wegen Ermittlungen hier auf. Ich legte die Vorgeschichte dar, meine Verbindung zu den Czernins, weil April der Basketballmannschaft angehörte und ich für die Trainerin eingesprungen war, etc. pp. Das sagte ihnen gar nicht zu: Hier war ich, bewaffnet, in einem verwüsteten Haus, und es gab keine Beweise, dass dieser Einbrecher wirklich hier gewesen war.

Ich bemühte mich nach Kräften, nicht auszurasten, weil ich mir damit auf jeden Fall eine Nacht hinter Gittern im Revier einhandeln würde. Zeitgleich meldete sich Conrad auf meinem Handy: Er hatte zu Hause meine Nachricht vorgefunden, und was zum Teufel ich mir dabei dachte, Verdächtige zu verhören?

»Deine verfluchte Truppe hat geschlagene dreißig Minuten gebraucht, um nach einem Notruf wegen Einbruchs vor Ort aufzutauchen«, knurrte ich. »Und du predigst hier, ich soll mich aus deinem Revier raushalten, die Polizeiarbeit deinen Leuten überlassen und lieber Kaffeekränzchen veranstalten oder was du letzte Woche alles verzapft hast.«

»Einbruch? Was erzählst du da, Warshawski? Davon war nicht die Rede in deiner Nachricht.«

»Weil es noch nicht passiert war«, raunzte ich, »aber eine Stunde später ist Freddy Pacheco, der Typ, über den ich dich informiert habe, bei den Czernins eingebrochen. Ich hatte vorher versucht, einen deiner Detectives über den Kerl ins Bild zu setzen, aber er zeigte kein sonderliches Interesse. Und jetzt wollen deine Leute hier mich verhaften, weil ich Sandra und April Czernin das Leben gerettet habe.«

»Du bist so durchgedreht, dass ich gar nichts mehr kapiere«, beklagte sich Conrad. »Gib mir den Einsatzleiter.«

Ich grinste bösartig und reichte das Handy dem Chefplagegeist, der mich gerade vernahm.

Der runzelte die Stirn, weil er glaubte, ich wolle ihn verscheißern, aber als er Conrads Stimme am anderen Ende vernahm, zog er eine überzeugende Komödiennummer ab, indem er sich ruckartig aufsetzte und dem Boss einen zackigen, knappen Bericht lieferte. Wobei Conrad ihn immer wieder unterbrach, um sich offenbar zu erkundigen, weshalb sie nicht früher bei den Czernins erschienen waren und was sie vorgefunden hatten, als sie das Haus durchsuchten. Der Einsatzleiter stand auf, redete mit einem Kollegen und gab dann zu Bericht, im Haus habe sich niemand aufgehalten.

Ich hörte Conrads Stimme aus dem Handy schnarren, und der Einsatzleiter sagte zu mir: »Er möchte wissen, ob Sie noch was über den Einbrecher sagen können.«

»Nicht viel. Er hält sich gerne in einer Bar namens Cocodrilo an der 91st Street auf, aber ich weiß nicht, wo er wohnt. Er ist mit einem Cousin unterwegs, der mit Vornamen Diego heißt.« Ich beschrieb, so gut es ging, Freddys hübsches, verdrossenes Gesicht.

Der Officer gab die Infos durch, hörte dann wieder zu und fragte anschließend, ob ich wüsste, weshalb Pacheco hier eingebrochen sei.

Ich zuckte vielsagend die Achseln. »Er ist ein Kleinkrimineller – der Pastor von der Mount-Ararat-Kirche nennt ihn einen *chavo banda*, der für ein Handgeld irgendwelche kleineren Schurkereien erledigt. Aber da fällt mir ein: Der Pastor könnte wissen, wo er wohnt.«

Ich hatte nicht die Absicht, die ganze Geschichte mit dem Frosch, dem Brand bei Fly the Flag und Freddys Suche nach einer Aufnahme über einen Vermittler zu erläutern. Schließlich beendeten Conrad und der Einsatzleiter ihre Unterredung, und der Officer reichte mir wieder seinen Boss.

»Also, leg los, Ms.W. Woher weißt du, dass dieser *chavo* für den Brand verantwortlich ist?«

»Weil er es zugegeben hat. Als ich ihn hier eingekeilt und ausgefragt habe – bevor Sandra Czernin sich aufgeführt hat wie ein Rodeopferd und zwischen ihn und mich geraten ist. Worauf er sie geschnappt und als Geisel genommen hat. Aber ich weiß nicht, was er in ihrem Haus wollte. Bron Czernin hat eine Gerätschaft angefertigt, mit der Freddy das Feuer verursacht hat – von diesem Ding gab es eine Zeichnung, die Freddy gemacht hat, und die war hier. Er hat sie sich angeschaut, aber offenbar keinen Wert darauf gelegt, denn sie ist immer noch da.« In meiner Tasche, aber das musste Conrad nicht unbedingt wissen.

»Während ich die Kleine aus dem Haus gebracht habe, hat Freddy das Haus durchwühlt. Ich glaube nicht, dass er gefunden hat, wonach er suchte. Er ist mit seinem Cousin in einem Dodge-Pickup unterwegs. Die ersten Buchstaben der Nummer sind VBC – den Rest konnte ich nicht erkennen. Das ist die ganze Geschichte. Kann ich jetzt nach Hause?«

»Ja, und bleib nach Möglichkeit dort. Auch wenn wir nicht so schnell sind, wie die Bürger sich das wünschen, kommen wir …«

»Grade zur rechten Zeit, um die Leichen einzusammeln«, warf ich giftig ein. »Und genau die hättet ihr gekriegt, wenn ich nicht vor Ort gewesen wäre. Ich trainiere hier ein Basketballteam. April Czernin ist eine meiner Spielerinnen, desgleichen Josie Dorrado, die immer noch verschwunden ist, obwohl deine Leute mit Feuereifer nach ihr suchen. Weshalb ich mich hier herumtreiben werde, ob es dir nun passt oder nicht.«

»Also gut!«, brüllte Conrad. »Nun kennst du mein Geheimnis. Ich habe weder genug Geld noch genug Leute, um alles zu tun, was für ein sicheres South Chicago nötig wäre. Schreib an den Bürgermeister, sag's dem Polizeichef, aber bleib mir vom Hals damit.«

Er wollte mich also auch aus Stolz aus seinem Revier heraushalten – damit ich nicht merkte, dass er sich nicht so darum kümmern konnte, wie er gerne wollte.

»Oh, Conrad, das Chaos hier ist so übel, dass auch sieben Cops mit sieben Mopps nicht damit klarkämen. Ehrlich, ganz aufrichtig: Ich will dich nicht hintergehen, sondern unterstützen.«

»Da sei der Himmel vor, Ms. W.«, sagte er, um Beherrschung bemüht. »Geh nach Hause, leg dich ins Bett – nein, warte. Ich wusste, da war noch was. Dieser Wagen, der Miata, den du an der Ewing unter dem Skyway gefunden hast, der war weg, als wir am Dienstagnachmittag hinkamen. Wir haben die Bysens oder vielmehr deren Anwälte angerufen: Der Wagen gehört Billy, sie wollen nicht, dass eklige Cops daran rumtatschen. Sie haben ihn in eine Garage gebracht, wo wir ihn gestern früh nur noch gründlich gereinigt und überholt vorfanden. Ich dachte, das interessiert dich bestimmt. Und nun bleib sauber, Ms. W.«

Ich war froh, dass Conrad gnädiger gestimmt war, als wir uns verabschiedeten, und verdrückte mich aus dem Haus der Czernins, bevor noch was dazwischenkam. Die Officers, die Straße und Grundstück untersuchten, hielten mich wiederum auf, um festzustellen, ob ich eine Tatverdächtige auf der Flucht war, aber irgendwann hatte ich sie vom Hals und konnte losfahren. Als ich Abstand zwischen mich und die Cops gebracht hatte, parkte ich irgendwo am Straßenrand, klappte meinen Sitz zurück, stellte wieder die CD mit Schrader und Bach an und versuchte nachzudenken.

Ich konnte Pastor Andrés nach Freddys Adresse fragen, aber der *chavo* war jetzt unergiebig für mich. Die Polizei würde ihn ohnehin bald schnappen, und bei ihm war nichts mehr zu holen, das mich weiterbrachte. Das Entscheidende war jetzt diese Aufnahme.

Ich schloss die Augen und ließ zu Bachs Musik meinen Gedanken freien Lauf. Sandra hatte gesagt, Freddy habe Aufnahmen haben wollen. In meiner Jugend konnte eine »Aufnahme« gleichbedeutend mit einer Single sein. Deshalb wohl hatte Sandra an einen Radiosender gedacht. Ich erinnerte mich, wie ich heimlich WVON gehört hatte, als ich auf der Highschool war – einen schwarzen Radiosender, der die coolste Musik brachte. Damals, zu Zeiten der Bürgerrechtsbewegung, konnte es durchaus passieren, dass man von seinen fortschrittlichen Altersgenossen verprügelt wurde, wenn man als weißes Mädchen WVON hörte.

Aber eine Aufnahme konnte auch eine Aufzeichnung eines Gesprächs sein. Ich sah Marcena Loves durchtriebenes Grinsen vor mir, als sie mit ihrem Füller-Recorder die Kommentare der Leute während der Gebetsstunde bei By-Smart aufzeichnete. Sie nahm alles auf. Auf dem kleinen Gerät konnte sie acht Stunden

Gespräch speichern und sie danach in ihren Computer laden. Jemand hatte also ihren Computer gestohlen, um diese Aufnahmen zu zerstören. Aber der Recorder fehlte ihnen, Marcenas roter Füller. Falls sie ihn verloren hatte, als sie mit dem Miata unterwegs war, lag er vielleicht noch unter dem Skyway. Der Miata war genau untersucht worden; hätte sich der Füller dort befunden, wäre er jetzt im Besitz der Leute, die den Wagen unter die Lupe genommen hatten, und niemand hätte Freddy auf die Suche geschickt. Aber der kleine Recorder konnte herausgefallen sein, als man Marcena aus dem Miata zerrte – falls das unter der Brücke passiert war, hatte ich vielleicht noch eine Chance, das Ding zu finden.

Mir stand nicht der Sinn danach, um diese Uhrzeit noch einmal unter dem Skyway herumzustöbern. Am nächsten Morgen konnte ich mit Amy Blount hinfahren, falls ich keine Termine hatte. Ich holte meinen Palm heraus und sah die Uhrzeit: Ich hatte Mary Ann versprochen, sie um neun anzurufen, falls ich mich verspätete, und jetzt war es Viertel vor zehn.

Ich klopfte mit meinem Stift auf das Display. Ich sollte auf jeden Fall noch bei ihr vorbeischauen – sie hatte sich am Telefon so merkwürdig benommen, dass ich wissen wollte, ob es ihr wirklich gut ging. Die Lebensmittel würde ich in der Küche abstellen, falls sie schon schlief, und vielleicht eine kleine Runde mit ihrem Dackel drehen.

Ich warf einen Blick auf meine Freitagstermine. Den ersten hatte ich erst um ein Uhr mittags. Ein freier Vormittag also, den ich gut gebrauchen konnte – ausschlafen, danach im Belmont Diner Corned Beef Hash und Rühreier essen. Beim Gedanken daran lief mir das Wasser im Munde zusammen, und ich merkte, dass ich seit dieser Nudelsuppe vor neun Stunden nichts mehr zu mir genommen hatte. Ich stieg aus, holte den Ziegen-Feta aus dem Kofferraum, den ich für Mary Ann gekauft hatte, und aß ein Stück davon. Ich fand ihn so köstlich und würzig, dass ich mir gleich noch ein Stück genehmigte. Ehe ich mich's versah, hatte ich alles verputzt. Na ja – ich würde ihr nächste Woche wieder einen kaufen.

Auf der Route 41 fiel mir ein, dass Marcena ihren Füller vielleicht bei Morrell gelassen hatte. Die Leute von Carnifice oder wer es auch gewesen war, hatten seine Wohnung zwar durchsucht, aber vielleicht wussten sie nicht, wonach sie suchten. Ich rief Morrell an.

»Hippolyte? Wie ist das Befinden Eurer Hoheit heute Abend?«

»Wenig hoheitlich, fürchte ich – ich hab's nicht mal geschafft, einen kümmerlichen Kleinkriminellen fertigzumachen. Mit einem echten Krieger würde ich es wohl kaum aufnehmen können.«

Ich berichtete von meiner Begegnung mit Freddy. »Er sucht Marcenas Recorder, und ich glaube, darauf waren auch die Gestalten aus, die in deine Wohnung eingebrochen sind, falls dich das irgendwie tröstet. Ich weiß, dass ich zu spät bin fürs Abendessen, aber ich könnte später noch vorbeikommen, falls du noch auf bist.«

»Ich sollte umgehend nach South Chicago rasen und dich auf deinem Schild nach Hause tragen, nach allem, was du durchgemacht hast. Da ich dazu leider außerstande bin, wäre es vielleicht besser, du fährst zu dir – es ist nicht so weit, und ich mache mir immer Sorgen, wenn du in so einem Zustand auch noch weite Strecken fährst. Don und ich schauen uns hier mal um – falls wir was finden, sag ich dir Bescheid. Und ruf du mich bitte an, sobald du zu Hause bist.« Als ich nichts antwortete, sagte er scharf: »Okay, Warshawski?«

Meine eigene unordentliche Bude mit meinen Hunden – ich fühlte mich etwas unbehaglich, als ich merkte, dass ich diese Vorstellung tatsächlich verlockender fand als Morrells tadellos aufgeräumtes Apartment. Aber das lag vermutlich nur an Dons Anwesenheit – sobald ich Morrell wieder alleine sehen konnte, würde ich mich bestimmt nach ihm sehnen.

Erst nach dem Gespräch fiel mir ein, dass mein Handy oder auch Morrells Telefon möglicherweise von Carnifice oder sonstwem abgehört wurden, und ich versuchte, mich zu erinnern, was ich gesagt hatte. Ich legte zwar keinen Wert darauf, mich vor Fremden als schusselig zu entblößen, aber ich hätte auf keinen Fall über den Recorder sprechen dürfen. Worauf ich Morrell sofort noch mal anrief, um ihn zu warnen. Er war entsprechend verärgert über die Vorstellung, womöglich abgehört zu werden, versicherte mir aber, dass er die Tür nicht aufmachen würde, ohne hundertprozentig sicher zu sein, wer da war.

»Außerdem qualmt Don ohnehin wie der Leibhaftige. Jeder, der reinkommt, kriegt erst mal Lungenkrebs, während wir auf dich mit deinem Revolver warten.«

Ich lachte, etwas entspannter. Fahrlässigerweise hatte ich beim Fahren telefoniert und war inzwischen bei Mary Ann angekommen. Ich sagte Morrell, ich würde mich von zu Hause aus wieder melden, und packte das Handy weg.

So spät war es noch gar nicht; in allen Fenstern des Hauses sah ich Licht, sogar bei Mary Ann, wie mir schien – vielleicht las sie noch im Bett. Ich konzentrierte mich einen Moment darauf, den Rest meiner Kraft zu aktivieren, bevor ich schließlich steifbeinig zu ihrem Hauseingang stakste. Um sie nicht zu wecken, falls sie schon schlief, schloss ich selbst auf und schlich die Treppe hinauf, damit Scurry mich nicht am Gang erkannte und zu bellen anfing. Ebenso vorsichtig öffnete ich die Wohnungstür und huschte hinein.

Der Dackel kam den Flur entlanggefegt, um mich zu begrüßen. Ich stellte rasch die Lebensmittel ab und nahm ihn auf den Arm, damit er keinen Radau machte. Er leckte mir entzückt das Gesicht, entwand sich dann aber meinem Griff und hoppelte in die Küche. Ich nahm die Tüte hoch und folgte ihm. Die Tür zu Mary Anns Schlafzimmer war geschlossen, aber weiter hinten in der Wohnung brannte noch Licht. Ich tappte leise in die Küche.

Wo zwei Gestalten soeben panisch versuchten, das Schloss zur Hintertür aufzufummeln: Josie Dorrado und Billy the Kid.

43

Die Flüchtenden

Ich war so fassungslos, dass ich einen Moment lang wie erstarrt dastand, ohne einen Laut hervorzubringen. Mary Anns merkwürdiges Benehmen –, ihr Desinteresse an einem Besuch von mir und ihre Forderung, mich auf eine bestimmte Uhrzeit festzulegen, die Person, die sich am Telefon nicht meldete – dennoch wäre ich nie auf die Idee gekommen, dass sie die beiden Flüchtlinge beherbergte.

Billy stellte sich vor Josie, als wolle er sie vor einer Attacke meinerseits schützen, und schluckte nervös. »Was werden Sie jetzt tun?«

»Jetzt? Mary Anns Lebensmittel auspacken, mir einen Kaffee kochen und euch dazu bringen, dass ihr mir erzählt, was ihr so im Sinn habt.«

»Sie wissen schon, was ich meine«, sagte Billy. »Was werden Sie tun – jetzt, nachdem Sie uns gefunden haben?«

»Das hängt ganz von eurer Geschichte ab.«

Als ich die verderblichen Sachen im Kühlschrank verstaute, sah ich, dass die beiden sich Cola und Pizza besorgt hatten. Ich dachte sehnsüchtig an die Flasche Armagnac in meinem Schnapsschrank, setzte aber tapfer Wasser für Kaffee auf und machte mir einen Toast.

»Ich muss Ihnen gar nichts erzählen.« Billy wirkte viel jünger als neunzehn, wenn er so trotzig war.

»Musst du tatsächlich nicht«, pflichtete ich ihm bei, »aber du kannst schließlich nicht ewig bei Coach McFarlane bleiben. Wenn du mir sagst, was du weißt und wovor ihr euch versteckt, kann ich euch helfen, das zu klären. Ich kann etwas unternehmen oder euch an einen wirklich sicheren Ort bringen, falls ihr in Lebensgefahr sein solltet.«

»Wir sind sicher hier«, wandte Josie ein. »Die Trainerin lässt keinen rein.«

»Josie, denk mal ein bisschen nach. Wenn in deinem Haus

zwei Fremde wohnen würden – wie lange würde es wohl dauern, bis du das weißt?«

Sie wurde rot und blickte zu Boden.

»Die Leute reden nun mal. Sie mögen Neuigkeiten. Billys Familie hat die größte Detektei der Welt, jedenfalls aber die größte Detektei von Chicago und Umgebung, mit der Suche nach ihm beauftragt. Irgendwann wird einer der Ermittler mit jemandem sprechen, der Mary Ann kennt, und sie werden von dem eigenartigen jungen Paar hören, das ihren Hund ausführt, bei Jewel Pizza und Cola holt oder sich in der Küche versteckt, wenn die Krankenschwester vorbeikommt. Und wenn die hier auftauchen, um Billy zu holen, könnten sie dir oder Mary Ann was antun.«

»Also müssen wir uns einen neuen Ort suchen«, sagte Billy düster.

Ich goss mir Kaffee ein und hielt ihnen die Kanne hin. Josie holte sich ein Wasser aus dem Kühlschrank, aber Billy nahm sich eine Tasse. Ich beobachtete fasziniert, wie er etwa eine Vierteltasse Zucker hineinrührte.

»Und deine Mutter, Josie. Sie ist ganz krank vor Sorge um dich. Sie glaubt, du lägst tot in der Mülldeponie, wo wir Aprils Vater gefunden haben. Willst du sie ewig in dem Glauben lassen, dass sie dich verloren hat?«

Billy sagte: »Sie waren auf der Mülldeponie? Wer hat sie auf die Mülldeponie gebracht?«, während Josie murmelte, ihre Mutter wolle nicht, dass sie mit Billy zusammen sei.

»Wie gemein von ihr! Du bist fünfzehn, schlau und raffiniert genug, dass du Jungs in deinem Schlafzimmer übernachten lässt oder hier mit einem – wo, vielleicht auf Mary Ann McFarlanes Ausziehbett – schläfst. Früher oder später musst du nach Hause zurück. Ich bin für früher.«

»Aber, Coach, hier ist es so schön ruhig, es gibt kein Baby, keine Schwester nimmt mir Sachen weg, niemand schläft unter dem Esszimmertisch, es gibt keine Kakerlaken – es ist hier so friedlich. Ich will nicht zurück!« Sie sah unglücklich und sehnsüchtig zugleich aus. »Und Coach McFarlane hat mich gerne um sich, das hat sie gesagt. Sie sorgt dafür, dass ich meine Schularbeiten mache, und ich sorge für sie, ich hab so was schon gemacht, als meine Großmutter schwerkrank war, es stört mich nicht.«

»Das ist eine andere Geschichte«, sagte ich, ruhiger – ich war oft genug in der Wohnung an der Escanaba gewesen, um Verständnis zu haben für Josies Ruhebedürfnis. »Lasst uns gemeinsam überlegen, wie wir Billys Probleme lösen können.«

Ich zog die Stühle unter Mary Anns altem Emailletisch hervor. Billy reckte immer noch trotzig das Kinn vor, aber aus der Tatsache, dass er sich hinsetzte, schloss ich, dass er bereit war, meine Fragen zu beantworten.

»Billy, ich komme gerade von April. Während ich dort war, ist Freddy Pacheco in das Haus eingebrochen und hat alles verwüstet. Ich dachte zuerst, er hätte nach der Zeichnung gesucht, die er für Bron gemacht hatte ...« Ich brachte das inzwischen ziemlich zerfledderte Stück Papier zum Vorschein.

»Sie haben das?«, rief Billy aus. »Wo haben Sie das gefunden?«

»Nicht weit von der Stelle, an der am Montagabend dein Auto kaputtgefahren wurde. Was weißt du darüber?«

»Mein Auto ist kaputt? Wie ist das passiert? Wo?«

Ich betrachtete ihn prüfend. »An der 100th, Ecke Ewing. Wer ist damit gefahren? Marcena?«

»Nein, weil die sie schon ...« Er schlug sich die Hand vor den Mund.

In der Stille, die daraufhin eintrat, nahm ich das Ticken der Küchenuhr und den tropfenden Wasserhahn im Badezimmer wahr und dachte beiläufig, dass ich den Hahn richtig zudrehen musste, bevor ich aufbrach.

»Weil die sie schon ... was, Billy?«

Er schwieg hartnäckig, und ich musste daran denken, wie Rose Dorrado heute zu Julia gesagt hatte, das Gespräch solle nicht wie Zähneziehen verlaufen. »Billy, du musst den ganzen Dreck auf den Tisch packen, bevor ich Ordnung machen und helfen kann. Fang mit deinem Auto an. Du hast es Bron gegeben, ja?«

Er nickte. »Ich hab Bron gesagt, er könne damit fahren, solange ich es nicht brauchte. Ich hab ihm sogar eine Vollmacht ausgeschrieben, für den Fall, dass ein Polizist oder irgendwer behauptet, er hätte es gestohlen. Aber ich wollte zuerst noch ins Lagerhaus und meine Bücher und ein paar andere Sachen aus meinem Schließfach holen. Ich wollte nicht mehr für Grobian arbeiten, weil er Josie und mich durch seine Nachschnüffelei beleidigt hat. Das war, bevor ich gesehen habe, dass er … also, jedenfalls hab ich Bron gesagt, er kann den Wagen haben, wenn ich das alles erledigt habe.«

»Du hast am Sonntag nach der Kirche mit Pat Grobian gesprochen? War er da im Lagerhaus?«

»Nein, aber er wohnt in Olympia Fields. Nachdem ich mit Ihnen gesprochen hatte, bin ich da hingefahren. Pat saß in Unterwäsche vorm Fernseher und schaute ein Football-Spiel, können Sie sich das vorstellen? Und der hatte die Frechheit, Josie eine – nein, ich wiederhol lieber nicht, was er gesagt hat. Jedenfalls hatten wir eine Auseinandersetzung – nur mit Worten natürlich, ich schlage mich nicht. Ich hab mir jedenfalls über das alles schon total Sorgen gemacht und ihm gesagt, ich müsste eine Zeitlang aussetzen mit der Arbeit.«

»Das, was dir Sorgen bereitet hat – hattest du das in einem Fax aus Nicaragua gesehen? Das behauptet jedenfalls deine Tante Jacqui.«

»Sie hat Ihnen davon erzählt? Wann?« Er sah mich ungläubig an.

»Ich war gestern Abend bei deinen Großeltern. Jacqui hat nicht viel gesagt, nur dass du etwas missverstanden hättest, was das Werk in Matagalpa angeht, aber sie …«

»Das hat sie gesagt?«, fragte Billy aufgebracht. »Diese Lüge hat sie meiner Großmutter aufgetischt? Haben Sie eine Ahnung, was da unten vorgeht?«

»Nicht so richtig«, sagte ich kleinlaut. »Ich weiß, dass Pastor Andrés die Türen von Fly the Flag verklebt hat, um Zamar Druck zu machen, weil er mit illegalen Einwanderern arbeitete, aber Zamar hat sich nicht davon beeindrucken lassen. Ich weiß auch, dass Freddy …«

»Aber Sie wissen nichts über Matagalpa«, unterbrach mich Billy. »Ich habe herausgefunden, dass … ich habe dieses Fax bei Tante Jacqui gesehen, übrigens an dem Tag, an dem Sie ins Lagerhaus gekommen sind wegen Ihrem Basketball-Projekt. In

Matagalpa werden Jeans für By-Smart hergestellt, wissen Sie, unsere Hausmarke Red River, und Tante Jacqui wollte wissen, wie schnell die dort mit der Massenproduktion von Bettwäsche sein würden und so. Da habe ich die Löhne und die Arbeitszeiten gesehen. Ich war völlig schockiert und habe mit ihr darüber gesprochen. Sie selbst gibt für jedes Outfit, das sie trägt, zwei- bis dreitausend Dollar aus, das weiß ich, weil Onkel Gary sich immer darüber aufregt.

Als ich dieses Fax aus Nicaragua gesehen habe, hab ich eine Rechnung aufgestellt. Die Arbeiter in der Red-River-Fabrik arbeiten viertausendvierhundert Stunden im Jahr und verdienen damit nicht einmal achthundert Dollar, *im Jahr*. Sie müssten also vierzehntausend Stunden arbeiten, um eines dieser Kleider zu bezahlen, was sie natürlich nicht kaufen könnten, denn sie müssen ihre Kinder ernähren. Ich hab ihr das gesagt und gefragt, weshalb sie die Leute nicht anständig bezahlt, und sie hat nur gelacht, wie sie das immer macht, und hat gesagt, die hätten niedrigere Ansprüche. Niedrigere Ansprüche! Dabei werden sie nach Strich und Faden ausgebeutet!«

Er war rot angelaufen und keuchte. Ich konnte mir die Szene gut vorstellen: Billy erhitzt vor Zorn, Tante Jacqui maliziös lächelnd, wie es ihre Art war, wenn einer der Bysens außer sich geriet.

»Deshalb wolltest du nichts mehr mit deiner Familie zu tun haben?«

»So ungefähr.« Er rührte mechanisch die Zuckerpampe in seiner Tasse um. »Ich hab mit allen geredet, auch mit Großvater und Großmutter. Mein Vater ist ohnehin nicht ansprechbar, aber Großvater hat mich behandelt, als wäre ich geistig minderbemittelt. Das machen sie alle, und er meinte, ich würde das schon begreifen, wenn ich erst mal mehr vom Geschäft verstünde. Und als Pastor Andrés dann in der Firmenzentrale war und den Gottesdienst abgehalten hat, da hat er das Thema in seine Predigt aufgenommen, und Sie haben ja gesehen, was passiert ist!«

Josie legte beruhigend ihre Hand auf seine und warf mir einen raschen Blick zu, um zu sehen, ob ich was dagegen hatte, wenn sie ihn berührte. Billy tätschelte ihre Hand geistesabwesend; in Gedanken war er bei seiner Familie.

»Du hast gedroht, die Aktionäre anzurufen. Worum ging es da?«

»Ach ja, das.« Er zuckte ungeduldig die Achseln. »Das ist schon so lange her. Ich hab meinem – meinem Vater und Onkel gesagt, ich würde die Gründung einer Gewerkschaft in dem Werk in Nicaragua unterstützen, und dann würde ich den Leuten, die der Chef des Red-River-Werks aussperrt, Geld schicken, damit sie ihren Fall vor den Internationalen Gerichtshof bringen können. Das hat meinen Vater und meine Onkel natürlich in totale Panik versetzt. Ich wollte der Familie nicht wirklich schaden, damals nicht, aber jetzt, o Gott, jetzt...«

Er brach ab und schlug die Hände vors Gesicht. Diesmal war ich diejenige, die ihn beruhigend tätschelte.

»Was ist denn passiert? Hatte es mit Zamar zu tun?«

»Alles hatte mit Zamar zu tun.« Seine Stimme klang erstickt. »Sie – Tante Jacqui und Grobian, meine ich – die haben Zamar gedroht, seine Fabrik hochgehen zu lassen – das war die Geschichte mit den Ratten –, weil er den Vertrag aufkündigen wollte. Pat, Pat Grobian, und Vater sagten, ein Vertrag mit By-Smart sei unkündbar. Wenn Frank Zamar das tun würde, dann würden alle anderen denken, sie könnten das auch machen, wenn ihnen die Bedingungen nicht passen. Alle wollen mit uns ins Geschäft kommen, weil wir so groß sind, und dann kriegen sie Konditionen aufgezwungen, die sie sich nicht leisten können...«

Er verstummte.

»Und?«, drängte ich.

Billy ließ die Hände sinken. »Ich kann inzwischen ziemlich gut Spanisch«, sagte er. »Ich hatte auch auf der Highschool Spanisch, aber durch die Arbeit im Lagerhaus und die Gottesdienste in der Mount-Ararat-Kirche verstehe ich jetzt ziemlich viel. Da kam also dieses Fax vom Geschäftsführer in Matagalpa, auf Spanisch. Er teilte Pat den Namen von einem *jefe* hier mit, einem dieser Typen, die Illegalen miese Jobs verschaffen und die Hälfte ihres Lohns einstreichen, wissen Sie...«

Ich nickte.

»Der Typ aus Matagalpa schrieb jedenfalls, sie sollten Frank Zamar zu diesem *jefe* schicken, der könnte ihm massenhaft Illegale aus Mittelamerika beschaffen, die über jede Arbeit froh wären. Und Pat Grobian sagte Frank, entweder er macht das oder Schluss.«

»Aber Frank hatte doch schon diese Nachtschicht mit den Illegalen eingerichtet«, wandte ich ein. »Josies Mutter hat da gearbeitet. Damit hat er zwei Tage vor dem Brand angefangen.«

»Ja, aber Frank war so verbittert und schämte sich so, dass er Tante Jacqui und meinem Vater nichts davon sagte. Er nahm die fertigen Sachen mit nach Hause, da wollte er sie sammeln und dann ausliefern. Nur reden wollte er nicht darüber.« Billy sah mich an. »Wenn er es ihnen nur gesagt hätte! Aber die dachten, er verweigere sich immer noch, deshalb haben sie die nächste Sabotage angezettelt.«

Ich dachte an die Kisten, die in den Laster verladen wurden, als ich zum letzten Mal vor dem Brand in der Fabrik gewesen war. Das war offenbar die Ware, die Frank zu sich nach Hause geschafft hatte.

»Deine Familie hat Freddy beauftragt«, ergänzte ich. »Und wie ist Bron da hineingeraten?«

»Ach, Sie wissen doch gar nichts!«, rief Billy entnervt aus. »Bron hat das doch alles getan! Aber Freddy hat er die Drecksarbeit erledigen lassen. Meine Leute haben Bron nur gesagt, stell irgendwas mit der Fabrik an, egal was, und Bron hat Freddy Pacheco beauftragt, die toten Ratten herbeizuschaffen oder – oder diese Froschschale an der Elektrik anzubringen.«

Mein Handy klingelte. Morrell war dran, sie hätten sich umgesehen und nichts gefunden – womit Marcenas Recorder-Füller gemeint war –, und er gehe jetzt zu Bett.

»Ist Mary Ann so weit okay?«

»Ich glaub schon«, sagte ich und entsann mich in letzter Sekunde, dass ich nichts von Billy und Josie sagen durfte. Ich berichtete nur, dass ich mich um ein paar Sachen kümmern musste, weil ich eine Woche nicht hier gewesen war.

Danach wandte ich mich wieder Billy zu. »Seit wann weißt du von dieser Froschschale? Warum bist du nicht zur Polizei gegangen?«

»Konnte ich nicht«, flüsterte Billy. Er starrte wie hypnotisiert auf den Tisch, und ich musste ihn mehrere Minuten bearbeiten, bevor er mit dem Rest der Geschichte rausrückte.

Am Montag, erzählte Billy, hatte er Bron rechtzeitig zu seiner ersten Tour zum Lagerhaus gefahren. Er wollte sein Schließfach ausräumen und den Miata auf dem Parkplatz stehen lassen, wo ihn Bron dann am Ende seiner Schicht abholen konnte. Dafür sollte Bron ihn zu Beginn seiner Tour an der Bahnstation absetzen.

Auf dem Weg zum Lagerhaus fragte er Bron, was er unternehmen wolle, um das Geld für Aprils Operation aufzutreiben. Bron sagte, er habe eine spezielle Versicherungspolice, die Grobian unterschrieben hätte, und zeigte Billy die Froschzeichnung, die sich nun in meiner Tasche befand. Billy fragte, was das sei, und Bron antwortete, das sei Teil dieser speziellen Police und mehr brauche Billy nicht zu wissen, denn er sei ein anständiger Junge.

»Ich hab echt genug davon, dass mir ständig jemand sagt, ich sei zu unschuldig oder zu anständig oder zu minderbemittelt, um zu kapieren, was in der Welt los ist«, ereiferte sich Billy. »Als wäre man automatisch ein Volltrottel, wenn man an Jesus glaubt und Gutes tun möchte. Deshalb – hab ich beschlossen, mal etwas nicht Anständiges zu tun, nämlich rauszufinden, was Bron mit Pat im Sinn hatte. In Pats Büro gibt es eine Kammer, die mit dem nächsten Raum verbunden ist – das war früher ein größeres Büro mit einem Klo dazwischen oder so was. Jedenfalls hab ich mich da versteckt und die ganze Geschichte mit angehört. Bron sagte, er bräuchte hundert Riesen für April, Pat lachte so widerlich wie immer und sagte: ›Sie haben zu viel mit Billy the Kid rumgehangen, wenn Sie glauben, dass die Familie auch nur einen roten Heller zahlt für Ihre Göre.‹

Dann hat Bron ihm wohl die Zeichnung gezeigt, und Pat meinte, damit könne er nichts beweisen, das sei doch gequirlte Kacke …« Billy lief rot an und warf mir einen flüchtigen Blick zu, ob ich vielleicht zutiefst schockiert war. »Worauf Bron sagte, oh, er habe eine Aufnahme von allem, weil nämlich Marcena Love dabei war, als Pat ihm den Auftrag gab, die ganze Drecksarbeit zu erledigen. Marcena habe alles auf Band, weil sie alles aufnahm, was die Leute redeten, um ein präzises Bild zu bekommen. Darauf sagte Pat zu Bron, er solle einen Moment rausgehen. Er machte einen Anruf und schilderte das Gespräch, und dann rief er Bron wieder rein und sagte, okay, er könne ihm wohl doch unter die Arme greifen. Er sagte, wenn Bron seine Lieferung in Crown Point erledigt habe, solle er mit dem Truck zu Fly the Flag kommen – er wolle die erste Produktion von Zamars Bettwäsche inspizieren, um zu sehen, ob sie brauchbar sei, und jemand von der Familie würde mit einem Scheck kommen. Öffentlich könne es eben nicht laufen, weil die Familie dabei nicht offiziell erscheinen wolle. Da beschloss ich, zu Fly the Flag zu fahren, weil ich wissen wollte, wer von meiner Familie auftaucht.«

»Wo war denn Josie inzwischen?«, fragte ich.

»Ich hab mich in Billys Auto versteckt.« Josie meldete sich zum ersten Mal zu Wort.

»In dem Miata? Das ist ein kleiner Sportwagen, ein Zweisitzer.«

»Wir hatten das Verdeck offen.« Josies Augen leuchteten bei der Erinnerung. »Ich hab mich hinter den Vordersitzen geduckt. Hat total Spaß gemacht.«

An einem kalten Novembernachmittag, dem Tod nah und der Liebe zugleich – ja, mit fünfzehn machte das Spaß.

»Und wie ist Marcena dann in das Auto geraten?«, fragte ich, verzweifelt bemüht, einen Überblick zu bekommen.

»Bron hat sie mit dem Truck mitgenommen. Sie hat jemanden interviewt oder sich irgendwas angesehen, ich weiß nicht, aber er sagte, er wolle sie abholen, und fragte mich, ob es okay sei, wenn sie mit meinem Wagen fahren würden. Wissen Sie, bevor ich Grobian und Bron belauscht hatte, wollten Josie und ich nach Mexiko abhauen, zu Josies Großtante in Zacatecas. Wir wollten mit der Bahn zur Greyhound-Haltestelle fahren. Josie hat keinen Pass, deshalb konnten wir nicht fliegen, und über den Flughafen hätten uns die Detektive meines Vaters sowieso entdeckt. Wir wollten mit dem Greyhound nach El Paso fahren und von dort aus nach Zacatecas trampen.

Aber dann hab ich beschlossen, dass ich zuerst noch schauen wollte, wer von meiner Familie bei Fly the Flag auftauchte, und ich wollte nicht, dass Bron das mitkriegt. Hätte ich gewusst, was die vorhaben, hätte ich Josie niemals mitgenommen, das müssen Sie mir glauben, Ms. War-sha-sky, denn es war das Schrecklichste –« Seine Schultern begannen zu zucken, als er versuchte, sein Schluchzen zu unterdrücken.

»Wer war dort?«, fragte ich in möglichst sachlichem Tonfall.

»Mr. William«, sagte Josie leise, als Billy kein Wort hervorbrachte. »Die englische Lady ist mit Billys Auto hingefahren. Mr. Czernin hat uns drüben an der Bahnstation 91st Street abgesetzt. Die Fabrik ist nur so sechs Blocks von der Station entfernt. Billy hat meinen Rucksack getragen, und wir sind gelaufen, haben uns noch Pizza und so geholt und sind dann direkt zur Fabrik.«

Sie sprach im selben leisen Tonfall weiter, als wollte sie Billy nicht erschrecken: »In dem großen Raum, wo Ma immer genäht hat, da roch es verbrannt, aber die Vorderseite war noch in Ordnung. Wenn man nicht wusste, dass der hintere Teil des Gebäudes weg war, konnte man denken, alles sei okay. Dann haben wir gewartet, ich weiß nicht, drei Stunden oder so. Mir war ziemlich kalt. Und dann hab ich plötzlich Mr. Grobian gehört, und er kam rein, mit Mr. William. Wir haben uns unter einem der Arbeitstische versteckt – es gab keinen Strom mehr wegen dem Brand, und sie hatten so eine starke tragbare Lampe dabei, aber sie haben uns nicht gesehen.

Und dann kam Aprils Dad mit der englischen Reporterin rein. Sie reden so rum, über Aprils Operation und was Mr. Czernin alles schon für Mrs. Jacqui und Mr. Grobian und Mr. William getan hat, und Mr. William, der sagt dann zu der englischen Lady, Mr. Czernin sagt, Sie haben eine Aufnahme von all dem?

Und die englische Lady sagt, sie hat eine Aufnahme, aber sie wird ihnen das … ich weiß das Wort nicht mehr … jedenfalls hat sie alles aufgeschrieben, also kopiert von der Aufnahme, meine ich. Sie sagt denen, sie können ihren Recorder nicht kriegen, weil sie weiß, was dann damit passiert.

Und dann hat sie das alles vorgelesen, wo Mr. Grobian Mr. Czernin aufgetragen hat, die Fabrik kaputtzumachen, Fly the Flag, meine ich. Billys Tante, die war nicht bei dem Treffen in der Fabrik, sondern da, wo sie Aprils Vater gesagt haben, er soll die Fabrik kaputtmachen. Die englische Lady hat alles vorgelesen, was sie gesagt haben, und auch wie Mr. William gesagt hat, damit könne er dem Alten – also Billys Großvater – beweisen, dass er auch zupacken kann.

Als sie fertig war, da hat Mr. William so falsch gelacht« – Josie warf Billy einen Blick zu, als fürchte sie, dass er gekränkt sein könnte – »und gesagt: ›Sie haben also die Wahrheit gesagt, Czernin. Ich dachte, das seien nur leere Drohungen. Wir lassen uns was einfallen. Laden Sie den Truck, wir haben die Wäsche gut gefunden, die ist in den Kisten hier, und ich schreib Ihnen einen Scheck‹.«

Josie konnte Williams akkurate und pikierte Sprechweise verblüffend gut imitieren. Billy starrte mit leerem Blick vor sich hin, als wäre er betrunken. Ich konnte nicht sagen, ob er Josie zuhörte oder die Szene vor seinem geistigen Auge sah.

»Dann weiß ich nicht, was wirklich passiert ist, weil wir unter dem Tisch waren, aber Mr. Grobian und Mr. Czernin haben den Gabelstapler beladen, und die englische Lady sagt, oh, ob sie den Gabelstapler lenken darf, sie hat schon Panzer gefahren und den Truck, aber noch nie so was, und Mr. Grobian sagt, er fährt den Truck an die Laderampe, und Czernin soll ihr zeigen, wie das mit dem Gabelstapler geht. Aber irgendwie ist der Gabelstapler runtergefallen mit der englischen Lady und Mr. Czernin. Sie hat irgendwie geschrien, aber Mr. Czernin hab ich gar nicht gehört…« Sie verstummte. Plötzlich war das alles nicht mehr aufregend, sondern beängstigend.

»Was ist dann passiert?« Ich versuchte, mir die Szene vorzustellen – der Gabelstapler, der zur Laderampe fuhr und dann ins Leere stürzte.

»Ich habe es nicht gesehen«, flüsterte Billy. »Aber ich hab gehört, wie Dad sagte: ›Ich denke, die sind fertig, Grobian. Schaffen Sie die beiden in den Laster. Wir bringen sie rüber zur Mülldeponie, und ihre Lieben dürfen sich vorstellen, sie seien zusammen nach Acapulco durchgebrannt.‹«

Billy fing an zu weinen, schluchzte so laut und heftig, dass sein ganzer Körper zuckte. Dieser Ausbruch versetzte wiederum Josie in Angst und Schrecken, die nun panisch von ihm zu mir blickte.

»Hol ihm ein Glas Wasser«, trug ich ihr auf.

Ich ging um den Tisch herum und barg Billys Kopf an meiner

Brust. Der arme Junge musste miterleben, wie sein Vater zum Mörder wurde. Kein Wunder, dass er sich versteckte. Kein Wunder, dass William hinter ihm her war.

Ich zuckte zusammen, als hinter mir jemand sprach. »Ach, du bist's, Victoria. Das hätte ich mir ja denken können, bei dem Krach hier.« In der Tür stand Mary Ann McFarlane.

44

Der Aufnahmeengel oder -teufel?

Mary Ann bot einen merkwürdigen Anblick mit ihrem schar-
lachroten Schottenkaro-Bademantel und dem kahlen Schädel,
aber wir reagierten alle drei sofort auf ihre natürliche Autorität.
Billy entsann sich augenblicklich seiner guten Manieren, er
sprang auf, trank das Wasser, das Josie ihm reichte, entschuldigte
sich bei Mary Ann dafür, dass er sie geweckt hatte. Nach der
Begrüßung und meiner Schilderung, wie ich die beiden Flüchtlinge entdeckt hatte, vervollständigte Billy die Geschichte und
erzählte, wie sie bei Mary Ann gelandet waren.

Den Rest der Montagnacht hatten sie unter dem Tisch in der
Fabrik zugebracht. Sie waren so verstört und verängstigt, dass
sie sich nicht hinauswagten. Beide glaubten, noch mehr Stimmen
gehört zu haben, und waren nicht sicher, ob die Fabrik beobachtet wurde. Aber morgens waren sie durchgefroren und hungrig
und wagten es zumindest, auf die Toilette zu gehen, die sich im
unversehrten Teil der Fabrik befand. Als nirgendwo jemand auftauchte, beschlossen sie, sich rauszuschleichen, wussten aber
nicht, wo sie hingehen sollten.

»Ich wollte Sie anrufen, Coach Warshawski«, sagte Josie, »aber
Billy war nicht sicher, ob Sie vielleicht noch für Mr. William arbeiten. Deshalb sind wir hierhergekommen, weil Coach McFarlane
auch Julia geholfen hat, als sie schwanger wurde.«

Ich täuschte einen linken Haken vor. »Ich dachte, du kennst
die Dorrado-Schwestern nicht näher?«

Mary Ann lächelte grimmig. »Ich wollte, dass die beiden zu
dir gehen, Victoria, aber ich hatte versprochen, ihr Geheimnis
zu wahren, bis sie zum Sprechen bereit waren. Allerdings war
ich in dem Glauben, dass Billy sich versteckt, weil er über die
Ethik des Familienunternehmens nachdenken will – ich habe
erst jetzt gerade gehört, dass die beiden Zeugen des Mordes an
Bron wurden. Hätte ich das gewusst, hätte ich dich *quam primum
famam audieram* angerufen, glaub mir.«

Wenn Mary Ann aufgeregt ist, fängt sie an, Latein zu reden – das beruhigt sie, aber Ärzte und Krankenschwestern haben es etwas schwer damit. Mir gelingt es auch nicht immer, ihr zu folgen, und im Moment war ich auch zu mitgenommen von Billys Bericht.

»Du hast gesagt, Marcena hat aus schriftlichen Aufzeichnungen vorgelesen, nicht die Aufnahme abgespielt«, sagte ich zu Billy. »Hast du ihren Recorder irgendwo bei Fly the Flag gesehen?«

»Wir haben nichts gesehen«, antwortete Josie.

»Und Billys Vater hat euch nicht entdeckt?«

»Nein, niemand.«

Jetzt war mir klar, weshalb William so angestrengt nach dem Recorder suchte. Marcenas Computer hatten sie gefunden, doch die Originalaufnahme fehlte ihnen. Aber weshalb suchte er ebenso besessen nach seinem Sohn, von dem er doch gar nicht wusste, dass er Zeuge des Mordes war? Ich fragte Billy, wem er die Geschichte sonst noch erzählt hatte.

»Niemand, Ms. War-sha-sky, niemand.«

»Du hast auch keine Online-Nachricht an jemand geschickt?«

Er schüttelte den Kopf.

»Was ist mit dem Blog – April sagte mir, dass du über ein Blog mit deiner Schwester in Kontakt bleibst.«

»Ja, aber nur über Nickname. Candy ist in einer Mission in Daegu in Südkorea. Meine Eltern… mein Vater hat sie dahin geschickt nach der – nach der Abtreibung, damit sie nicht wieder in Versuchung gerät und um sie von dem Weg abzubringen, den sie eingeschlagen hatte. Ich darf ihr nicht schreiben, aber wir schreiben an dieses Blog, es ist Oscar Romero gewidmet, weil er – mein geistiges Vorbild ist. Mein Vater weiß nichts davon, und wenn ich ihr schreibe, benutze ich meinen Blog-Namen, Gruff, aber…«

Mir lief es kalt den Rücken runter. »Für Billy-the-Kid-Goat's Gruff zweifellos. Hast du ihr das mit Bron und deinem Vater erzählt?«

Billy blickte auf den Linoleumboden und zog einen Kreis mit der Schuhspitze. »Irgendwie schon.«

»Carnifice kann deine Blog-Nachrichten über deinen Laptop verfolgen, selbst wenn du die raffiniertesten Nicknames der Welt benutzt.«

»Aber – ich habe ihr das mit Bron von Coach McFarlanes Computer aus geschrieben«, protestierte er.

Ich jaulte so laut auf, dass Scurry den Flur entlangwetzte und sich verkroch. »Die haben deinen Nickname, und mit dem können sie jede weitere Meldung zurückverfolgen! Und jetzt hast du sie auch noch zu Mary Anns Computer gelockt. Wenn man sich verstecken will, Billy, darf man mit dem Rest der Welt überhaupt nicht in Kontakt treten. Nun kann ich mir was ausdenken, wo ich euch beide unterbringe – es ist nur noch eine Frage von Stunden, bis die Detektive deines Vaters Mary Anns Computer ausfindig gemacht haben. Und Sie müssen wir vielleicht auch umsiedeln«, sagte ich zu meiner einstigen Trainerin.

Mary Ann erwiderte, sie würde sich hier nicht wegrühren, sondern in ihrer Wohnung bleiben, bis man sie mit den Füßen zuerst raustrug.

Ich verschwendete keine Zeit damit, mit ihr und den Kids über einen Ortswechsel zu streiten. Das Wichtigste war nun, Marcenas Recorder zu finden, bevor Williams Spürhunde ihn aufstöberten. Da Marcena ihn immer mit sich herumtrug, hatte sie ihn bestimmt auch am Montag bei sich gehabt. Vielleicht hatte sie ihre schriftlichen Aufzeichnungen nur deshalb vorgelesen, weil sie währenddessen weiter aufnahm.

Ihre große Prada-Handtasche, die sie auch immer bei sich hatte, war verschwunden; vermutlich hatte William die an sich genommen. Er hatte den Miata durchsucht. Wenn der Füller nicht dort, bei Morrell oder bei den Czernins war, musste Marcena ihn eigentlich bei Fly the Flag oder in dem Laster verloren haben, mit dem sie zur Müllkippe geschafft wurde. Oder auf der Mülldeponie. Da ich nicht wusste, wo der Lastwagen war, und ich mir die Mülldeponie erst am nächsten Tag vornehmen konnte, wollte ich als Erstes zur Fabrik fahren – bevor William auch auf diese Idee kam.

Ich hoffte inständig, dass Billy und Josie weiterhin in Sicherheit sein würden, wenn ich jetzt losfuhr. Es war schwer, mit so vielen Unwägbarkeiten umgehen zu müssen. Gestern hatte man mich verfolgt, heute nicht, soweit ich das mitbekommen hatte. Aber ich hatte in der letzten Stunde mein Handy benutzt, und Billy hatte auf Mary Anns Computer geschrieben. Ich ging ins Wohnzimmer und spähte durch einen Spalt im Vorhang auf die Straße hinunter. Ich konnte niemanden entdecken, aber man wusste natürlich nie.

Josie hatte sie bis hierher gut durchgebracht. Sie war vier Jahre jünger als Billy, aber viel tougher und erfahrener im Überlebenskampf in der Stadt. Ihr schärfte ich nun ein, dass sie an beiden Türen die Ketten vorlegen und niemandem außer mir öffnen sollte. Wenn ich heute Nacht nicht mehr zurückkam, sollten sie morgen einem vertrauenswürdigen Erwachsenen alles erzählen.

»Ihr beiden wart klug genug und habt Coach McFarlanes Telefon nicht benutzt, und so haltet ihr es auch weiterhin. Aber ihr müsst mir versprechen, dass ihr Commander Rawlings vom Fourth District anruft, wenn ihr bis morgen früh nichts von mir hört. Sprecht mit niemand anderem, nur mit ihm.«

»Wir können uns nicht an die Polizei wenden«, widersprach Billy. »Da sind zu viele Leute, die meiner Familie irgendwas schuldig sind, und die tun das, was mein Vater oder mein Großvater ihnen sagen.«

Ich war drauf und dran, ihm zu sagen, dass sie Conrad ebenso vertrauen konnten wie mir – aber wusste ich das wirklich so genau? Für Conrad mochte das wohl gelten, aber er hatte Vorgesetzte, und auch seine Streifenpolizisten konnten bestochen sein oder bedroht werden. Stattdessen gab ich den beiden die Nummer von Morrell.

»Wenn ich zurückkomme, nehme ich euch mit zu mir. Ich lasse euch nicht gerne hier bei Coach McFarlane – das ist zu unsicher geworden und gefährdet sie auch.«

»Ach, Victoria, mein Leben ist doch ohnehin bald zu Ende, was soll ich da über Gefahr nachdenken?«, protestierte Mary Ann. »Ich freue mich über die jungen Leute, da bin ich nicht ständig mit meinem Körper beschäftigt. Sie kümmern sich um Scurry, und ich bringe ihnen Latein bei – wir haben es prima zusammen.«

Ich lächelte matt und sagte, darüber könnten wir später noch nachdenken. Dann zeigte ich Josie den Vorhangschlitz, durch den sie die Straße beobachten konnte, und sagte ihr, sie solle mich anrufen, falls jemand mir folgte. Andernfalls sähen wir uns morgen früh wieder.

Ich zog meinen Parka zu, küsste Mary Ann auf beide Wangen und wandte mich zum Gehen. Billy trat zu mir und zupfte mich am Ärmel.

»Ich wollte nur danke schön sagen für vorhin, als ich mich vergessen habe«, murmelte er.

»Oh, Schätzchen, du hast eine viel zu schwere Last mit dir herumgetragen. Du hast dich doch nicht vergessen – du hast dich nur sicher genug gefühlt, mir anzuvertrauen, wie schlimm alles gewesen ist.«

»Meinen Sie das ernst?« Er sah mich prüfend an. »In meiner Familie findet es niemand gut, wenn man weint, nicht mal meine Großmutter.«

»In meiner Familie glauben alle, dass man sich nicht in Selbstmitleid suhlen soll, sondern handeln – aber wir glauben auch, dass man das manchmal erst tun kann, wenn man sich gründlich ausgeweint hat.« Ich legte den Arm um Billy und drückte ihn kurz. »Pass gut auf Josie und Coach McFarlane auf. Und auf dich selbst. Ich komme so schnell wie möglich zurück.«

Es hatte aufgeklart. Als ich ins Auto stieg, konnte ich im Norden den Großen Wagen sehen, und der Mond war fast voll. Gut und schlecht zugleich: Ich würde ohne Licht auskommen auf dem Fabrikgelände, konnte aber auch leichter entdeckt werden.

Ich checkte meine Taschenlampe. Die Batterien waren noch voll, und ich hatte ein Ersatzpaar im Handschuhfach, das ich in meiner Manteltasche verstaute. Dann sah ich nach, ob ich ein zweites Magazin für die Smith & Wesson dabeihatte, und fuhr los, nach Norden, Richtung Lake Shore Drive und meiner Wohnung. Das Handy ließ ich an. An der 71st Street schaltete ich es aus, bog nach Westen ab und kutschierte herum, bis ich sicher war, dass mir niemand folgte. Dann fuhr ich Richtung Süden, zu Fly the Flag.

Ich parkte wieder an der Yates und legte den Rest des Wegs zu Fuß zurück. Die Böschung der Autobahnbrücke ragte vor mir auf; die Natriumlampen strahlten nach oben, gaben aber wenig

Licht nach unten ab. Die meisten Laternen hier in der Gegend waren kaputt, doch der Mond erhellte die Straßen mit seinem kalten silbrigen Licht, das die alten Fabriken an der South Chicago Avenue wie Gebäude aus Marmor wirken ließ. Mein Schatten, langgezogen wie ein Kaugummimännchen mit knubbligen Gelenken, waberte die Straße entlang.

Es war still, aber nicht auf die ruhige, friedliche Art wie auf dem Land – hier schlichen im Schutz der Dunkelheit die Aasgeier der Stadt umher: Ratten, Drogensüchtige, Schläger, alle begierig nach Beute. Ein Stadtbus kam mühsam herangewalzt. Aus der Ferne erinnerte er an ein Bild aus einem Kinderbuch: Die Fenster verströmten warmes Licht, und die Scheinwerfer unter der breiten Windschutzscheibe sahen wie ein grinsender Mund aus. Steig ein, mit mir kannst du warm und behaglich nach Hause fahren.

Ich überquerte die Straße und betrat das Fabrikgelände. Seit dem Feuer war über eine Woche vergangen, doch der Geruch nach Verbranntem hing immer noch ein wenig in der Luft, wie ein flüchtiges Parfüm.

Obwohl der Verkehrslärm von der Brücke so laut war, dass man mich wohl kaum hören konnte, lief ich neben dem Schotterweg entlang, um kein Knirschen zu erzeugen, und ging zur Ladezone.

Ich sah auf den ersten Blick, was mit Bron passiert war. Als er die Vorderseite des Gabelstaplers über die Rampe auf den Laster geschoben hatte, um seine schwere Last abzuladen, war Grobian losgefahren, und der Gabelstapler war von der Rampe gestürzt. Die Eisenstreben hatten sich in den Boden gebohrt, und die Kisten waren überall verstreut. Bron hatte sich wohl bei dem Sturz das Genick gebrochen; es grenzte an ein Wunder, dass Marcena überlebt hatte.

Ich leuchtete auf dem Boden herum. Sherlock Holmes hätte gewiss das geknickte Unkraut oder den falsch platzierten Steinbrocken entdeckt, um daraus schließen zu können, ob Marcena in dem Gabelstapler saß, als er abstürzte, oder nicht. Ich konnte lediglich mutmaßen, dass sie durch ihre Aufenthalte in Kriegsgebieten einen siebten Sinn für Gefahr entwickelt hatte und rechtzeitig abgesprungen war.

Ich stieg über die Kisten zu dem Gabelstapler hinüber und spähte darunter, entdeckte Marcenas roten Füller aber nirgendwo. Vielleicht lag er unter dem vorderen Teil des Fahrzeugs, aber diese Suche sparte ich mir für zuletzt auf – das Gefährt hier konnte man nur mit einem Abschleppwagen aufrichten.

Ich durchstreifte in Kreisen das Gelände, beäugte Unkraut und Schotter. Da diese Seite des Gebäudes vom Feuer nicht betroffen war, hatte ich kein Problem mit Glassplittern und verkohlten Stoffresten, auf die ich bei meiner Suche letzte Woche überall gestoßen war, aber es gab immer noch mehr als genug Müll – Strandgut der Stadt, das entweder von der Brücke heruntergeworfen oder von der Straße aus hier abgeladen worden war. Erst kürzlich hatte ich gelesen, dass die Müllhalden von Chicago demnächst am Anschlag waren und unsere Abfälle an andere Orte im Bundesstaat transportiert werden sollten. Hätte man all die Säcke und Dosen, die ich heute am Straßenrand gesichtet hatte, auf die Mülldeponien gebracht, wären sie vermutlich jetzt schon voll. Auf diese Art und Weise schonten die Umweltsünder womöglich sogar die Geldbörse des Steuerzahlers.

Nach einer Stunde Suche im Dunkeln konnte ich einigermaßen sicher sein, dass der Füller nicht hier draußen war. Ich kletterte über den umgekippten Gabelstapler auf die Laderampe hoch. Dort hockte ich mich hin, starrte in das Gestrüpp hinunter und versuchte, mich in Marcena hineinzuversetzen.

Da ich selbst jetzt keine Geräusche machte, kamen mir die Geräusche der Nacht plötzlich laut vor. Ich horchte. Wurde das Rascheln in den Büschen, das ich durch das Dröhnen der Autos und Rattern der Laster von oben nur undeutlich hörte, von Ratten und Waschbären oder von Menschen verursacht?

Marcena wollte eine Aufnahme von Grobian und William auf Band oder einem Chip. Sie hatte gemerkt, dass sie an einer viel größeren Story dran war, als sie ursprünglich glaubte, und wusste um die Macht der Bysens: Wenn sie diese Story veröffentlichte, konnten die Bysens die Zeitung und auch sie verklagen. Marcena brauchte direkte Beweise, wie zum Beispiel Stimmen, die Pläne darlegten.

Vielleicht hatte sie den Recorder in ihre Hosentasche gesteckt, vielleicht hatte sie ihn aber auch irgendwo platziert, wo sie glaubte, die Privatgespräche der beiden Männer aufnehmen zu können. Ich rappelte mich auf. Ich fror jetzt, trotz meines Parkas, und hatte gar keine Lust, alleine dieses kalte, dunkle Gebäude zu betreten.

Billy und Josie haben eine ganze Nacht hier zugebracht, sagte ich mir vorwurfsvoll. Benimm dich nicht wie ein Hasenfuß, du bist Detektivin. Ich schaltete die Taschenlampe wieder ein und betrat den Laderaum. In den Regalen an den hohen Wänden lagen zusammengefaltete Kartons, in die man die Flaggen verpackt hatte. Einige in Plastikfolie gewickelte Stoffballen warteten auf ihren Abtransport zum Schneiden. Inzwischen waren sie von Asche und Staub bedeckt, und Nagetiere hatten sich an ihnen gütlich getan, entzückt darüber, so schönes, weiches Material für ihre Bauten vorzufinden. Ich hörte sie davonhuschen, als der Schein der Lampe sie aufstörte.

Hier hatte ich mir rasch einen Überblick verschafft; am Boden lag nichts. Ich schaute noch unter den Regalen nach, sichtete aber nur Rattenkot. Schaudernd erhob ich mich und ging in die Arbeitshalle, in der William angeblich eine Ladung Bettwäsche gefunden hatte.

Hier waren die Auswirkungen des Feuers nicht zu übersehen. Die Eingangstür war von den Feuerwehrleuten mit ihren Äxten aufgebrochen worden. Ascheschichten bedeckten Nähmaschinen und Schneidetische – am dicksten waren die Schichten an der Südwestseite, wo das Feuer ausgebrochen war. Überall lagen Glasscherben von den zersplitterten Fenstern, auch im vorderen Teil des Raums. Wie kamen sie bis hierhin? Stücke von Fensterrahmen, Stuhlbeine, halb fertige Sternenbanner – alles lag verstreut herum, als habe ein Riese, der mit einem Puppenhaus spielte, in einem Tobsuchtsanfall alles verwüstet.

Marcena hätte auf jeden Fall versucht, so viel Material wie möglich für ihre Story zu bekommen; sie hätte versucht, Grobians und Williams Gespräch aufzuzeichnen, während Bron den Gabelstapler belud. Vielleicht hatte sie den Füller irgendwo in ihre Nähe gelegt.

Und da lag er wahrhaftig, bei einer Nähmaschine, dicht neben einer Schere, deutlich sichtbar – ich konnte es kaum glauben.

Andererseits sah man diesem raffinierten, kleinen Gegenstand seine Fähigkeiten nicht an.

Ich nahm den Stift und inspizierte ihn im Licht der Taschenlampe. Er war kaum größer als diese dicken Hightech-Füller, die man in teuren Schreibwarenläden zu kaufen kriegt. Er hatte einen USB-Stecker, mit dem man ihn an einen Computer anschließen und den Inhalt runterladen konnte, kleine Knöpfe mit den üblichen Quadraten und Dreiecken für Play, Forward, Reverse und ein Mini-Display. Als ich auf »on« drückte, fragte mich das Display, ob ich abspielen oder aufzeichnen wolle. Ich entschied mich für abspielen.

»Sie und ich, wir sind die zwei Besten in der Mannschaft, aber die Trainerin bevorzugt immer April.«

Das war die Stimme von Celine, meiner Gangbraut. Die Aufnahme lief vom Anfang an und begann an dem Tag, als Marcena mit zum Basketballtraining gekommen war. Die Versuchung, weitere Reaktionen der Mädchen auf mich zu hören, war groß, aber ich spulte vor. Dann zuckte ich zusammen, als ich meine eigene Stimme hörte: Ich sprach mit der Frau, die während der By-Smart-Gebetsstunde neben mir saß, über William Bysen. Ich drückte wieder die Vorspultaste.

Jetzt vernahm ich Marcenas Stimme, die blechern klang. »Steck es hier in deine Jackentasche. Ich hab es eingeschaltet, aber es nimmt nur auf eine Distanz von drei Metern auf. Ich hoffe, du kriegst nicht jede Menge nutzlose Hintergrundgeräusche.«

Dann ersticktes Scharren und Grunzen, Marcena lachte, ein Klatschen, gespielte Empörung von Bron. Nicht jugendfrei, na gut. Dann hörte man den Laster mehrmals losfahren und anhalten, Bron fluchte über einen anderen Verkehrsteilnehmer. Kurz darauf sagte er zu Marcena, sie solle sich hinten auf die Matratze legen, damit der Wachmann am Tor sie nicht sehe. Der Wachmann ließ Bron ein; die beiden kannten sich und klopften ein paar Sprüche. Darauf folgten mehrere Dialoge dieser Art im Lagerhaus; Bron redete mit Harley-Jacke über ihre Routen und Frachten, gab mit April und ihrem Basketballtalent an, lamentierte mit den anderen über die Bears und die Firmenleitung, bis er von Grobian ins Büro gerufen wurde.

Grobian erörterte mit Bron die Route und die Fracht des Tages, dann sagte er: »Czernin, Ihr Zulieferer da drüben bei Ihnen, dieser Flaggenfabrikant – ich weiß nicht, ob es an seinem serbischen Dickschädel liegt, aber er scheint etwas dämlich zu sein, er kapiert offenbar nichts.«

»Hey, Grobe, ich hab getan, was ich konnte.«

»Und wir haben uns erkenntlich gezeigt.« Das war Tante Jacqui. »Aber wir – die Familie –, wir wollen, dass Sie ihm noch eine Nachricht überbringen.«

»Was soll ich machen?«

»Sie sollen dafür sorgen, dass er die Fabrik einen Tag schließen muss; und er soll kapieren, dass wir ihn für immer aus dem Geschäft kicken, wenn er nicht mitspielt. Ein Hunderter, wie beim letzten Mal, wenn Sie's bis Ende der Woche erledigt haben. Und noch einer, wenn die Nachricht so deutlich ist, dass er nachgibt«, sagte Grobian.

»An was haben Sie gedacht?«, fragte Bron.

»Sie sind doch erfinderisch und haben geschickte Hände«, sagte Tante Jacqui in ziemlich anzüglichem Tonfall, dem zu entnehmen war, dass sie diese Hände auch gerne selbst ausprobiert hätte. »Ihnen wird bestimmt etwas einfallen. Keine Einzelheiten, bitte.«

Ihre Stimme klang deutlicher als die von Grobian; sie saß offenbar vor dem Schreibtisch und Grobian dahinter. Trug sie dieses Kleid mit den schwarzen Knöpfen? Überschlug sie beiläufig die Beine und gewährte Bron Ausblick auf einen Oberschenkel – das könnte dir gehören, Bron, wenn du tust, was ich will?

Plötzlich hörte ich Stimmen im Laderaum. Ich hatte so angestrengt der Aufnahme gelauscht, dass ich den Laster überhört hatte, der auf den Hof gefahren war. Was war ich nur für eine Detektivin – da hockte ich herum wie ein Truthahn, der darauf wartet, für Thanksgiving abgeknallt zu werden.

»Du hättest vernünftige Schuhe anziehen können, Jacqui, wenn du schon mitkommen wolltest. Mir ist es egal, ob deine verfluchten Tausend-Dollar-Stiefel eine Schramme abkriegen. Ich weiß nicht, weshalb Gary deine Verschwendungssucht duldet.«

Jacqui lachte. »Du weißt so wenig, William. Daddy Bysen wird sechs Anfälle kriegen, wenn er hört, dass du fluchst.«

Ich steckte den Recorder in die Hosentasche und duckte mich unter den großen Schneidetisch. An den Seiten hingen rot-weiße Stoffbahnen herunter wie ein schwerer Vorhang – vielleicht war ich sicher hier.

»Vielleicht geben die ihm dann endlich den Rest. Ich hab es gottverdammt satt, mich von ihm behandeln zu lassen wie einer, der seine Familie nicht im Griff hat, geschweige denn diese Firma.«

»Willy, Willy, du hättest dich schon vor Jahren durchsetzen sollen, so wie ich, als Gary und ich geheiratet haben. Wenn du nicht willst, dass Daddy Bysen dir dein Leben vorschreibt, dann hättest du ihm gar nicht erst erlauben sollen, dir da draußen dieses Haus zu bauen, in … was war das?«

Beim Abtauchen unter den Tisch war ich über ein Stuhlbein gestolpert und an den Tisch gestoßen. Nun saß ich reglos zwischen den Stoffbahnen und wagte kaum zu atmen.

»Bestimmt nur eine Ratte.« Das war Grobian.

Licht huschte am Boden entlang.

»Da drin ist jemand«, sagte William. »Hier sind Fußabdrücke in der Asche.«

Ich hielt die Smith & Wesson in der Hand, entsichert, glitt unter der Stoffbahn am entfernten Ende des Tischs hervor und versuchte, die Entfernung zu dem Mauerloch in der Vorderfront einzuschätzen.

»Hier wimmelt's vor Junkies. Die kommen hier rein, um sich einen Schuss zu setzen.« Grobian klang unbeteiligt, aber dann kippte er den Schneidetisch so schnell um, dass die Kante mich beinahe getroffen hätte.

»Da!«, schrie Jacqui, als ich mich aufrichtete und Richtung Eingang rannte.

Sie strahlte mich mit ihrer Lampe an. »Oh! Das ist die polnische Detektivin, die uns einen Vortrag über Barmherzigkeit halten wollte.«

Ich drehte mich nicht um, sondern rannte weiter, versuchte, Tischen und herumliegendem Schutt auszuweichen.

»Los, Grobian, Sie müssen sie schnappen«, gellte William.

Ich hörte ihn hinter mir, drehte mich aber nicht um. Nur noch zwei Schritte zur Tür, doch in dem Moment klickte es, er entsicherte seine Waffe. Ich warf mich in dem Augenblick auf den Boden, als er schoss, versuchte, meine eigene Pistole nicht loszulassen, aber durch den Aufprall verlor ich sie, und er war über mir, bevor ich mich aufrappeln konnte.

Ich packte Grobians linkes Bein und riss es hoch. Er geriet ins Stolpern und musste sich drehen, um nicht zu fallen. Ich federte hoch und wich zurück. Mein Kopf fühlte sich nass an, Blut tropfte mir über den Hals in die Bluse. Mir wurde schwindlig, aber ich musste mich auf Grobian konzentrieren. Jacqui und William leuchteten mich an, und Grobian war nur ein Schatten im Dunkeln, zwei Schatten, zwei Fäuste, die auf mich zielten. Unter der ersten Faust duckte ich mich weg, aber die zweite erwischte mich.

45

Wie der letzte Dreck

Mein Vater mähte das Gras. Und er überfuhr mich immer wieder mit dem Rasenmäher. Meine Augen waren zugebunden, deshalb konnte ich ihn nicht sehen, aber ich hörte, wie das Dröhnen näher kam. Die Räder stießen mich an, dann überrollten sie mich. Es war doch so kalt, weshalb mähte er den Rasen, wenn es so kalt war draußen, und weshalb sah er mich nicht? Der Garten roch schrecklich, nach Pisse, Kotze, Blut.

Ich schrie, er solle aufhören.

»*Pepaiola, cara mia*«, das waren die einzigen italienischen Worte, die er konnte, und so nannte er mich und meine Mutter, seine zwei Pfefferstreuer. »Warum liegst du mir im Weg? Steh doch auf, damit ich hier fahren kann.«

Ich versuchte aufzustehen, aber das lange Gras hielt mich umschlungen, fesselte mich, und da überfuhr er mich schon wieder. Er liebte mich doch abgöttisch, weshalb quälte er mich so?

»Papa, hör auf!«, schrie ich wieder. Er hielt kurz inne, und ich versuchte, mich aufzusetzen. Jemand hatte mir die Hände hinter den Rücken gefesselt. Ich rieb mein Gesicht an meiner Schulter, versuchte, die Bandagen abzustreifen. Nichts bewegte sich, und ich bemühte mich weiter, bis ich merkte, dass ich meine Augen rieb. Sie waren nicht verbunden, sondern ich befand mich an einem Ort, der so dunkel war, dass ich nicht mal den schimmernden Stoff meines Parkas sehen konnte.

Ich hörte ein Donnern, dann versetzte mir etwas einen schrecklichen Stoß, und der Rasenmäher überrollte mich erneut, so brutal, dass ich nicht mehr schreien konnte. Alles in mir zog sich zusammen, um dem Schmerz zu entkommen. Dann hielt er inne, und diesmal zwang ich mich zum Denken.

Ich war in einem Lastwagen, auf der Ladefläche, und etwas auf Rädern rollte mit der Bewegung des Lasters hin und her. Ich dachte an Marcena, die ein Viertel ihrer Haut eingebüßt hatte, und versuchte, mich zu bewegen, aber das Rütteln des Wagens und die Attacken von diesem Handkarren oder Förderband oder was immer es war, sorgten dafür, dass ich mich nicht rühren konnte.

Meine Hände waren auf dem Rücken gefesselt und meine Beine verschnürt. Und ich stank, so wie Freddy Pacheco gestunken hatte, als ich ihm zusetzte. Seither schienen hundert Jahre vergangen zu sein. Die Kotze, das Blut, die Pisse stammten von mir. Mein Kopf tat furchtbar weh, und ich hatte getrocknetes Blut in der Nase. Ich brauchte dringend Wasser. Ich verrenkte mir die Zunge und leckte das Blut ab. AB negativ, ein guter Jahrgang, schwer zu finden, vergeude nichts davon.

Ich wollte nicht hier sein, sondern in dieser anderen Welt, wo mein Vater bei mir war, auch wenn er mir wehtat. Ich wünschte, meine Mutter wäre nebenan und würde mir eine heiße Schokolade machen.

Eine Detektivin, die sich dem Selbstmitleid hingibt, kann ebenso gut ihre eigene Begräbnisrede verfassen. Als der Laster wieder anhielt, nahm ich alle meine Kraft zusammen und setzte mich auf. Dann wand ich mich so lange hin und her, bis ich mit dem Rücken an der Wand lehnte. Als das rollende Ding wieder auf mich zugeschossen kam, knallte es auf meine Schuhsohlen. Der Schmerz fuhr mir den Rücken hoch bis ins Hirn. Keine gute Idee, V.I., noch so ein paar Attacken, und du bist gelähmt.

Der Laster hielt wieder. Wo er auch hinfuhr, er war jedenfalls in der Stadt unterwegs, wo es viele Ampeln gab, und meine Folterer befolgten die Verkehrsregeln; sie wollten nicht angehalten werden, weil sie bei Rot durchfuhren.

Ich ließ mich nach vorne auf die Knie fallen und wand mich vorwärts, bis ich auf das rollende Teil stieß. Es war niedrig, und ich schaffte es, mich draufzuwerfen, als der Laster wieder anfuhr.

Das war ein triumphales Gefühl, als hätte ich den Everest bezwungen. Jawohl, ich war Junko Tabel. Ihr war es gelungen, den gewaltigen Berg zu erklimmen, aber das war kein Vergleich mit meiner Leistung: mit gefesselten Händen und Füßen etwas zu besteigen, das ich nicht mal sehen konnte. Nun lag ich auf dem Rollding, mein Kopf hämmerte schrecklich, aber die Erleichterung darüber, den furchtbaren Rollen entkommen zu sein, war so groß, dass es mir gelang, bei Bewusstsein zu bleiben.

Wir gingen in eine scharfe Rechtskurve, und der Laster schlingerte und ruckelte wie wild. Ich rollte auf dem Karren hilflos hin und her und versuchte, meinen Kopf ruhig zu halten, damit er nicht bei jeder Bewegung hin und her gerissen wurde.

Ich wusste jetzt, wohin der Laster unterwegs war. Der kaputte Zaun, die Furchen auf dem unbefestigten Weg, ich sah es vor mir, den grauen Himmel, das Gestrüpp, das Ende in einer Grube. Ich drückte die Augen fest zu, wollte die Dunkelheit nicht sehen, wollte das Ende nicht sehen.

Als wir anhielten, lag ich flach atmend auf dem Gesicht, nahm das Rumpeln des Motors unter mir wahr, war zu erschöpft, mich gegen den nächsten Ruck zu wappnen. Rechts von mir krachte etwas, und ich wandte langsam den Kopf und blinzelte. Die Türen wurden aufgerissen, Licht blendete mich. Ich dachte, es sei heller Tag, dachte, ich sähe die Sonne und würde nun blind von dem grellen Licht.

Grobian stapfte auf mich zu. Augen zu und nach oben verdrehen, V. I. Du bist bewusstlos, und da verdrehen sich die Augen. Grobian riss grob ein Augenlid hoch und schien zufrieden. Er packte mich um die Taille, warf mich über die Schulter und marschierte wieder nach draußen. Ich blinzelte. Es war Nacht – in dem Laster war es so finster gewesen, dass mir sogar der Nachthimmel hell vorkam.

»Diesmal sind wir an der richtigen Stelle«, sagte Grobian. »Echt – 'n reicher Schnösel wie Sie, wirft der doch Czernin und diese Love auf den Golfplatz statt auf die Müllkippe. Diese polnische Fotze wird unter fünf Metern Müll liegen, wenn die Sonne aufgeht.«

»So reden Sie nicht mit mir, Grobian«, versetzte Mr. William.

»Bysen, von jetzt an rede ich mit dir, wie's mir passt. Ich will diesen Job in Singapur, die Asiengeschäfte von By-Smart managen, aber Südamerika kommt auch noch in Frage. Eins von beiden, oder ich rede mit dem Alten. Wenn Buffalo Bill dahinterkommt, was du mit seinem kostbaren Unternehmen vorhattest...«

»Wenn ihn der Schock umbringt, singe ich bei seinem Begräbnis«, sagte William. »Ich mache mir keine Sorgen, was Sie ihm erzählen könnten.«

»Große Worte, Bysen, große Worte. Wenn du so groß im Handeln wärst wie im Reden, wärst du nie in so eine Scheiße wie die hier reingeraten. Männer wie dein Vater, wenn die ihre Drecksarbeit nicht selbst erledigen wollen, sind sie schlau genug, Freunde von Freunden von Freunden ranzulassen, damit es nicht auf sie zurückfällt. Willst du wissen, warum Buffalo Bill dir nicht mehr Verantwortung gibt in seiner Firma? Nicht weil du ein verlogener Scheißkerl bist – so was bewundert er, sondern weil du eine verlogene, nutzlose Lusche bist, Bysen. Wenn du nicht Buffalo Bills Sohn wärst, könntest du von Glück sagen, wenn du im Lager Zahlen tippen dürftest.«

Grobian schleuderte mich in hohem Bogen von sich. Ich landete mit dem Gesicht in irgendwelchem Dreck. Ich hörte, wie er sich die Hände abklopfte und dann mit Bysen zum Laster zurückging. Sie stritten auf dem ganzen Weg, redeten nicht mehr über mich, drehten sich wohl auch nicht mehr um.

Als der Truck losfuhr, hob ich den Kopf. Einen kurzen Moment lang konnte ich im Scheinwerferlicht erkennen, wo ich war: auf einem der riesigen Hügel, wo die Abfälle von Chicago landen. Hinter dem Truck sah ich eine Schlange von Mülllastern näher kommen wie fleißige Käfer. Jeden Tag werden zehntausend Tonnen Müll hier abgekippt und mit Erde bedeckt. Die Lastwagen sind rund um die Uhr im Einsatz und schaffen unseren Dreck weg.

Mir war übel vor Angst. Grobian setzte den Truck zurück und wendete ihn unbeholfen in einem großen Bogen. Sobald er kein Hindernis mehr darstellte, würde die Käferschlange hier heraufkriechen und ihre Ladung auf mich schütten. Ich drückte verzweifelt meinen linken Fuß gegen den rechten, drehte den rechten wie wild im Schuh, stemmte mich mit dem Gewicht dagegen, das Gesicht im Dreck. Ich durfte keine Zeit vergeuden, indem ich dem By-Smart-Truck zuschaute. Ein stechender Schmerz schoss mir den Rücken hinauf, und ich schrie auf.

Aber ich hatte es geschafft, meinen rechten Fuß aus dem Schuh zu winden und danach durch die Fessel. Zog die Knie unter mich und rappelte mich hoch. Ich war frei, ich konnte auf und ab springen, die Fahrer würden mich sehen. Meine Beine waren wacklig, meine Arme noch immer hinter dem Rücken festgebunden, so dass meine Schultern sich anfühlten, als würden sie gleich aus den Gelenken springen, aber mir war nach Singen und Tanzen und Radschlagen zumute.

Die Müllwagen kamen nicht mehr voran, weil der By-Smart-Laster noch immer die Zufahrt blockierte. Ich hörte auf zu hopsen. Spar deine Kräfte, Warshawski, du brauchst sie noch. Der By-Smart-Truck fuhr weiter im Kreis, bog nicht auf die Straße ein. Der vordere Mülllaster begann zu hupen. Es hatte den Anschein, als hätte Grobian das Fahren verlernt. Oder wollte William beweisen, dass er keine nutzlose Lusche war, und versuchte, selbst zu lenken? Die Zugmaschine fuhr einen zu weiten Bogen, wodurch der Auflieger über den Abhang geriet, einen Moment im Leeren hing und abstürzte. Die Zugmaschine kippte nach hinten, verharrte eine Sekunde auf den Rädern und fiel dann zur Seite.

46

Siehe da – der entwendete Füller

Diese Nacht endete für mich wie bereits zu viele in diesem Monat: in einem Krankenhausbett, mit dem Gesicht von Conrad Rawlings über mir.

»Was immer du zum Frühstück gegessen hast, Ms. W., das pfeife ich mir künftig auch ein – theoretisch müsstest du tot sein.«

Ich blinzelte ihn schläfrig an, völlig benommen von Schmerzmitteln. »Conrad? Was machst du denn hier?«

»Du hast die Schwester in der Notaufnahme gezwungen, mich anzurufen. Weißt du das nicht mehr? Du hast offenbar Tobsuchtsanfälle gekriegt und verlangt, dass sie mich herholen, bevor sie dich zwecks Behandlung betäuben.«

Ich bewegte den Kopf hin und her und versuchte, mich an die Ereignisse der Nacht zu erinnern, aber das tat weh. Als ich nach meinem Kopf tastete, spürte ich ein Pflaster.

»Ich weiß nichts mehr. Und was ist los mit mir? Was ist das auf meinem Kopf?«

Er grinste, und sein Goldzahn glitzerte im Licht der Deckenstrahler. »Ms. W., du siehst aus wie der Chef-Zombie in *Die Nacht der lebenden Toten*. Jemand hat dir in den Kopf geschossen, was ich durchaus begrüßen würde, falls du dadurch vernünftiger würdest.«

»Oh. Im Lagerhaus, bevor Grobian mich niedergeschlagen hat. Da hat er auf mich geschossen. Ich hab es gar nicht gespürt, hab nur gemerkt, wie mir das Blut übers Gesicht lief. Wo ist William Bysen?«

»Wir haben sie alle sozusagen in Verwahrung, wobei ich nicht weiß, wie lange ich sie behalten kann, weil die Bysens natürlich jetzt ihr juristisches Geschütz auffahren. Als ich hier ankam, versuchten die beiden grade, dem Dienst habenden Kollegen zu erzählen, dass du einen der By-Smart-Trucks gekapert hättest, worauf sie mit dir gekämpft hätten und der Laster umkippte.

Die Leute von der Feuerwehr, die euch drei hierher schafften, sagten daraufhin, dass du an Händen und Füßen gefesselt warst, und Grobian meinte, das hätten sie gemacht, damit du sie nicht überwältigst. Möchtest du dazu was sagen?«

Ich schloss die Augen; das Licht aus den Strahlern war schwer zu ertragen. »Wir leben in einer Welt, in der die Leute offenbar bereit sind, jede erdenkliche Lüge zu glauben, sofern jemand sie erzählt, der angeblich auf Familienwerte achtet. Die Bysens reden so viel darüber, dass ihnen die Staatsanwälte und Richter die Geschichte wohl auch abkaufen.«

»Hey, sei nicht so zynisch, Ms. W., ich bin auch noch da. Und die Müllmänner können beweisen, dass diese Geschichte nicht hinhaut.«

Ich lächelte ihn belämmert an. »Das ist nett von dir, Conrad, danke.«

Die Schmerzmittel pflügten mich immer wieder unter, aber wenn ich auftauchte, erzählte ich Conrad von Billy und Josie und den anderen Vorkommnissen der Nacht, sofern ich mich noch erinnern konnte, und er berichtete mir von meiner Rettung.

Als der By-Smart-Truck umkippte, waren die Müllmänner offenbar aus ihren Lastern gesprungen und zum Unfallort geeilt – sicherlich nicht nur, um zu helfen, sondern auch der Sensation wegen. Dabei hatte einer mich entdeckt, wie ich jämmerlich auf dem Müllberg rumhopste. Sie hatten den Notruf gewählt, bekamen aber keinen Krankenwagen, sondern nur die Feuerwehr. Weshalb die Feuerwehrleute als Erstes Grobian und William aus der Zugmaschine befreiten und uns dann alle drei ins Krankenhaus verfrachteten.

Bruchstückhafte Erinnerungen kehrten zurück: wie wir mit einem Affenzahn die Stony Island Avenue entlangrasten und ich aufwachte, weil ich durchgeschüttelt wurde und Schmerzen hatte, und dann sah ich verschwommen Grobian und William vor mir, die sich anschrien und gegenseitig die Schuld an dem Schlamassel gaben. Vermutlich hatten sie erst angesichts der Polizei im Krankenhaus beschlossen, sich zusammenzutun und die Schuld auf mich zu schieben.

Ich bemühte mich, wach zu bleiben, um Conrads Geschichte

folgen zu können, aber den Medikamenten gelang es auch nicht, die Schmerzen in meinen Schultern, den Nieren und dem gesamten Rest meines Körpers zu unterdrücken. Ich fühlte mich von Kopf bis Fuß wie eine einzige Wunde, und nach einer Weile gab ich es auf und schlief einfach ein.

Als ich wieder aufwachte, war Conrad verschwunden, aber dafür saßen Lotty und Morrell an meinem Bett. Das Krankenhaus wollte mich entlassen, und Lotty war gekommen, um mich zu sich zu nehmen.

»Es ist kriminell, dich jetzt zu entlassen, was ich dem Klinikchef auch gesagt habe, aber die Erbsenzähler mit ihrem Sparsystem legen fest, wie lange jemand sich hier aufhalten darf, und für deinen misshandelten Körper haben sie zwölf Stunden errechnet.« Lottys schwarze Augen funkelten vor Wut, wobei mir bewusst war, dass sie sich nicht nur meinetwegen aufregte, sondern auch weil ein Krankenhaus eher auf seine Buchhaltung hörte als auf eine bedeutende Chirurgin.

Nach seiner eigenen Verletzungsgeschichte wusste Morrell bestens, welche Art von Kleidung man einem malträtierten Körper zumuten konnte. Er hatte in einer Edelboutique in der Oak Street einen Hausanzug aus Kaschmir für mich erstanden, der sich so weich anfühlte wie das Fell eines Kätzchens. Ferner Stiefel mit Fleece-Futter, damit ich nicht mit Schuhen und Strümpfen herumfuhrwerken musste. Als ich mich zittrig und im Schneckentempo ankleidete, stellte ich fest, dass meine Haut viel Ähnlichkeit mit reifen Auberginen aufwies, da sie an den meisten Stellen violett verfärbt war. Beim Rausgehen reichte mir die Krankenschwester eine Tüte mit dreckverkrusteten Kleidern, und ich empfand noch mehr Dankbarkeit für Morrell, weil er mir durch seinen Einkauf die Betrachtung dieser Sachen erspart hatte.

Morrell half mir in den Rollstuhl und legte mir seinen Stock auf den Schoß, damit er mich den Flur entlangschieben konnte. Lotty marschierte neben uns her wie ein bissiger Terrier; ihr Fell schien sich jedes Mal zu sträuben, wenn sie mit jemandem über meine Entlassung sprechen musste.

Allerdings konnte nicht einmal mein Zustand sie davon abhalten, die Straßen als eine Formel-Eins-Strecke zu betrachten, aber ich war viel zu benebelt, um mich wirklich aufzuregen, als sie an der 71st Street fast mit einem Lastwagen zusammenstieß.

Morrell begleitete uns zu ihrer Wohnung und wollte sich von dort aus ein Taxi nach Evanston nehmen. Als wir im Aufzug hochfuhren, berichtete er, das britische Konsulat habe endlich Marcenas Eltern in Indien ausfindig gemacht, die heute Abend in Chicago eintreffen und bei ihm wohnen würden.

»Gut«, sagte ich so interessiert, wie es mir in meinem Zustand möglich war. »Was ist mit Don?«

»Zieht vorerst um auf die Wohnzimmercouch, aber er fliegt am Sonntag nach New York zurück.« Er strich vorsichtig mit dem Finger an meinem Verband entlang. »Könntest du versuchen, ein paar Tage nicht in den Krieg zu ziehen, Hippolyte? Am Montag bekommt Marcena ihre erste Hauttransplantation, und ich wäre dankbar, wenn ich mich nicht auch noch um dich sorgen müsste.«

»Victoria geht nirgendwohin«, verkündete Lotty entschieden. »Ich werde dem Portier sagen, er soll sie wieder in ihr Bett tragen, wenn er sie unten in der Lobby sieht.«

Ich lachte matt, äußerte aber meine Sorge um Billy und Josie. Morrell fragte, ob ich mehr Ruhe hätte, wenn sie bei Mr. Contreras unterkämen. »Er möchte sich so gerne nützlich machen, und wenn er sich um die beiden kümmern könnte, wäre er vielleicht weniger geknickt, weil du bei Lotty bist.«

»Ich weiß nicht, ob sie dort sicher sind«, sagte ich besorgt.

»An diesem Wochenende behalten sie Grobian ohnehin noch in Haft. Und am Montag wirst du dich schon kräftiger fühlen und dir einen besseren Plan überlegen können.«

Ich musste ihm zustimmen: Ich hatte im Moment nicht die Kraft, irgendetwas anderes zu tun. Ich musste sogar einwilligen, dass Morrell Amy Blount zu Mary Ann schickte, um die beiden Ausreißer abzuholen. Ich ärgerte mich, dass ich mich nicht selbst um sie kümmern konnte, und ärgerte mich noch mehr, als Morrell zu allem Überfluss äußerte, ich könne nicht alles auf der Welt im Alleingang regeln.

Den Rest des Tages schlief ich. Als ich abends aufwachte, brachte Lotty mir eine Schale ihrer selbst gekochten Linsensuppe. Ich lag in ihrem Gästezimmer, genoss die Ordnung, die sauberen Sachen, die ich anhatte, ihre liebevolle Fürsorge.

Erst am nächsten Morgen zeigte sie mir Marcenas roten Füller. »Ich habe deine verschmutzten Sachen in die Wäscherei gebracht, Liebes, und dabei habe ich das hier gefunden. Ich nehme an, das wolltest du behalten?«

Ich konnte kaum glauben, dass ich den Füller in dem Getümmel nicht verloren hatte – und dass Bysen und Grobian ihn nicht entdeckt hatten, als ich ohnmächtig und ihnen ausgeliefert war. Ich riss ihn Lotty aus der Hand. »O mein Gott, ja, das wollte ich allerdings behalten.«

47

Büroparty

Wenn der Schock ihn umbringt, singe ich bei seinem Begräbnis.«

Williams dünne, kalte Stimme hing in der Luft wie Giftgas. Wir saßen in meinem Büro. Buffalo Bills Wangen wirkten eingefallen, seine Augen unter den buschigen Brauen sahen blass und wässrig aus – die Augen eines schwachen, alten Mannes, nicht die scharfen Adleraugen des Firmendiktators.

»Hörst du das, May Irene? Er will, dass ich sterbe! Mein eigener Sohn will, dass ich sterbe!«

Seine Frau beugte sich über meinen Couchtisch und tätschelte seine Hand. »Wir waren zu streng mit ihm, Bill. Er konnte nie so hart werden, wie du es wolltest.«

»Ich war zu streng mit ihm, und deshalb wünscht er mir den Tod?« Die Entrüstung sorgte dafür, dass Farbe in Buffalo Bills Wangen zurückkehrte. »Seit wann bist du für diesen liberalen Unfug, schont die Rute, verwöhnt die Kinder?«

»Ich glaube nicht, dass Mrs. Bysen es so gemeint hat«, murmelte Mildred.

»Mildred, lassen Sie mich bitte ausnahmsweise einmal für mich selbst sprechen. Mein Gott, Sie müssen meine Worte nicht meinem Mann übersetzen! Wir haben die Aufnahme von Ms. Warshawski alle gehört. In der Tat ist dies ein trauriges Kapitel unserer Geschichte, aber wir sind eine Familie, wir sind stark, wir werden das überstehen. Linus hat dafür gesorgt, dass nichts davon in der Presse auftaucht.« Sie warf dem Unternehmensanwalt, der auf einem der Sessel am Rand saß, einen dankbaren Blick zu. »Und ich bin sicher, mit Ms. Warshawski hier können wir eine Einigung erzielen.«

Ich lehnte mich bequem in meinem Sessel zurück. Meine Schultern schmerzten noch immer, weil meine Arme zwei Stunden lang gefesselt waren, und ich war erschöpft. Diverse gebrochene Rippen hatte ich davongetragen, und mein Körper sah nach wie vor aus wie ein Haufen reifer Auberginen, aber ich fühlte mich großartig – sauber, wie neugeboren, quicklebendig und euphorisch.

Als Lotty auf den kleinen Recorder stieß, war die Batterie leer. Sie erlaubte mir nicht, rauszugehen und ein Ladegerät zu besorgen, aber nachdem ich ihr erklärt hatte, warum ich mir die Aufnahme dringend anhören musste, gestattete sie gnädig, dass Amy Blount mich mit meinem Laptop besuchte. Als ich den Recorder an mein ibook anschloss, erwachte er schlagartig zum Leben und offenbarte mir seine Geheimnisse.

Am Donnerstagabend im Lagerhaus war das Ding noch kräftig genug gewesen, um die Äußerungen von William, Grobian und Jacqui aufzuzeichnen. Der Schuss hallte brutal durch Lottys Wohnzimmer, gefolgt von einem befriedigten Ausruf von William, den ich erst jetzt hörte. Auf dem Weg von der Mülldeponie zum Krankenhaus hatte die Batterie den Geist aufgegeben, so dass nur noch ein Teil von Grobians und Williams Streiterei zu hören war, aber Grobian verfügte über ein umfangreiches Vokabular an Kraftausdrücken, von dem ich noch einiges lernen konnte.

Nachdem wir die Aufnahme in meinen Mac geladen hatten, bat ich Amy, etwa dreißig Kopien davon zu machen; ich wollte sie so weitgefächert verteilen, dass nicht einmal Linus Rankin oder die Truppe von Carnifice sie alle verschwinden lassen konnte. Einige schickte ich an meinen eigenen Anwalt, Freeman Carter, ein paar wanderten in meinen Safe im Büro, eine bekam Conrad, eine weitere ein alter Freund meines Vaters, der in der Polizeihierarchie weit oben saß, und nachdem ich mit Amy und Morrell ausführlich darüber gesprochen hatte, schickte ich auch eine an Murray Ryerson vom *Herald-Star*. Murray versuchte verzweifelt, von seinen Vorgesetzten grünes Licht zu bekommen, damit er gegen die reiche und mächtige Bysen-Familie antreten durfte, aber ob sie es ihm erlauben würden, stand noch in den Sternen.

Indessen war meine Aussage durch die Aufnahme so überzeugend belegt, dass der Staatsanwalt – der auch Angst hatte, sich mit den reichen und mächtigen Bysens anzulegen – zur Tat schritt. Grobian und William waren am Freitag wegen Körperverletzung angeklagt, aber kurz darauf auf Kaution entlassen worden. Doch am Montag wurden sie von Conrads Truppe erneut verhaftet, diesmal wegen Mordes an Bron.

Die Cops stöberten Freddy bei seiner Freundin auf und verhafteten ihn nicht wegen Mordes, sondern wegen Totschlags im Fall Frank Zamar – da er keine Brandstiftung, sondern nur einen Kurzschluss beabsichtigt hatte. Tante Jacqui wurde ebenfalls verhaftet und der Beihilfe zum Mord angeklagt; falls sie verurteilt wurde, konnte sie dann ihren Mitinsassinnen im Knast helfen, ihre Garderobe aufzubessern. Die Mitglieder der Bysen-Familie befanden sich natürlich binnen Stunden gegen Kaution wieder auf freiem Fuß, Freddy dagegen überließen sie seinem Pflichtverteidiger, ohne ihm Geld für die Kaution zu geben – er würde vermutlich nicht nur Thanksgiving hinter Gittern verbringen, sondern auch noch Weihnachten und Ostern, denn die Mühlen der Justiz mahlen langsam.

Als Freddy kapierte, dass Grobian ihn am ausgestreckten Arm verhungern ließ, fing er an zu singen wie der Chor von Mount Ararat. Er erzählte Conrad von seinem Treffen mit Grobian im Lagerhaus – bei dem ich ihn gesehen hatte –, als Grobian ihm auftrug, bei den Czernins einzubrechen und nach Marcenas Recorder zu suchen. Er erzählte, wie er die Froschschale mit der Salpetersäure bei Fly the Flag angebracht hatte. Er schilderte sogar, wie er für Grobian Billys Miata ins Gestrüpp unter dem Skyway gefahren hatte. Darüber war er besonders sauer, weil er fand, dass er für seine schwere Arbeit an diesem Abend nicht nur fünfzig Dollar, sondern auch diesen Wagen verdient hatte.

Im Krankenhaus hatte Conrad diese Einzelheiten ausgelassen, aber als er mich bei Lotty besuchte, um weitere Fragen zu stellen, vervollständigte er seinen Bericht und ließ auch durchblicken, wie sehr er sich über Grobians und Williams Zankerei amüsierte. »So haben sie es geschafft, diesen Truck aus der Spur zu bringen – sie haben sich gestritten, ob William eine Lusche ist und Grobian ein Bösewicht. Ganz im Ernst, Ms. W., sie haben es mir noch mal vorgespielt. Und dann grapschte William nach dem Lenkrad und meinte, er sei Manns genug, diesen Laster zu fahren. Grobian wollte aber nicht loslassen, und sie haben das Ding flachgelegt. Ich finde es einfach herrlich, ehrlich, wenn die High Society sich genauso aufführt wie meine Straßenkids.

Übrigens, dieser Laster, in den sie dich verfrachtet hatten, war Czernins Wagen, und damit waren die beiden auch in der Nacht unterwegs, als sie Czernin fertiggemacht haben. Weshalb Grobian den Truck nicht beseitigt hat, ist mir ein Rätsel: Wir haben Czernins Blut und das von der Love auf diesem Förderapparillo gefunden, und auch dein AB negativ. So 'ne merkwürdige Blutgruppe gibt's auf dem ganzen Planeten nicht noch mal.«

Ich überhörte diesen Scherz geflissentlich. »Was ist mit Tante Jacqui? Sie war am Donnerstagabend mit in der Fabrik. Wo steckte sie, als der Truck umkippte?«

»Sie war nach Barrington Hills zurückgefahren. Jetzt behauptet sie, dass sie nur auf Befehl von Buffalo Bill gehandelt habe. Sie sagt, als sie ihm berichtete, dass Zamar aus dem Vertrag mit By-Smart aussteigen wolle, habe der Alte ihr aufgetragen, Zamar eine Lektion zu erteilen, wie er es früher immer getan habe, damit jeder kapierte, dass mit By-Smart nicht zu spaßen ist. Wenn sie ihre Lektionen vergessen haben, müssen sie noch mal von vorne anfangen, soll Buffalo Bill ihren Aussagen nach geäußert haben.«

Der Alte habe ihr verheißen, wenn sie die Sache mit Zamar zu seiner Zufriedenheit löste, wäre sie reif für eine Beteiligung am Management von By-Smart.

Bei dieser Truppe war ich tatsächlich bereit, alles zu glauben. Ich konnte mir vorstellen, wie der Alte das sagte, mit vielen »hnnh, hnnh, hnnh« dazwischen, aber wenn Jacqui glaubte, sie könne es mit dem alten Büffel aufnehmen, war sie entweder tolldreist oder ahnungslos.

Während Lotty am Dienstag in der Klinik war, kam Morrell zu Besuch. Vorher war er bei Marcena gewesen, die im County Hospital ihre erste Hauttransplantation bekommen hatte. Sie lag auf der Intensivstation, war aber endlich bei Bewusstsein und hatte offenbar keine Hirnschäden von den Torturen in dem Laster davongetragen.

Da ich dasselbe entsetzliche Erlebnis hinter mir hatte, war ich besonders erleichtert, als ich das vernahm. Sie konnte sich nicht an Ereignisse vor dem Unfall, geschweige denn an den Unfall selbst erinnern, aber Conrad wusste nun, wo er suchen musste, und schickte ein Spurensicherungsteam zu Fly the Flag. Die Spezialisten kamen zu dem Schluss, dass Marcena aus dem herabstürzenden Gabelstapler gesprungen war, im Gegensatz zu Bron, der sich beim Aufprall das Genick gebrochen hatte. Marcena hatte bei dem Sturz vermutlich das Bewusstsein verloren, und der Rest ihrer Verletzungen erklärte sich aus der Fahrt im Laster durch den Sumpf.

Auch über Marcenas Halstuch, das Mitch zu ihr geführt hatte, konnte man nur spekulieren. Die Forensiker vermuteten, dass es sich gelöst hatte, als Grobian sie in den Truck verfrachtete; vielleicht hatte es sich an der Tür verfangen und blieb dann am Zaun hängen, als der Laster die Straße verließ, um querfeldein zur Müllhalde zu fahren.

Das waren nur Einzelheiten, aber genau die ließen mir keine Ruhe. Ich für mein Teil glaubte und wünschte mir, dass Marcena wieder zu sich gekommen war und vorsätzlich eine Spur gelegt hatte: Das Tuch war zerrissen gewesen, wobei ein großes Stück am Zaun hing und ein kleineres von Mitch entdeckt worden war. Ich hätte gerne gehabt, dass sie aktiv gehandelt hatte, um sich aus ihrer Notlage zu befreien, dass sie nicht passiv in dem Truck gelegen und den Tod erwartet hatte. Die Vorstellung von Hilflosigkeit, vor allem von meiner eigenen, ist etwas, das mir Angst macht.

»Möglich ist es, Victoria«, sagte Lotty, als ich mit ihr darüber sprach. »Der menschliche Körper ist ein Wunderwerk, der Geist noch mehr. Ich würde die Möglichkeit von fast übermenschlicher Kraft und Bemühung niemals ausschließen.«

An diesem Dienstag wandte ich mich auch erstmals wieder meiner eigenen Firma zu. Mein Anrufdienst vermeldete zig Nachrichten mit guten Wünschen von Freunden und Journalisten, einen Lieferwagen voller Blumen von meinem wichtigsten Klienten (»Schön zu hören, dass Sie noch nicht tot sind. Darraugh«) sowie an die zwanzig Anrufe von Buffalo Bill, der eine Unterredung verlangte: Er wollte wissen, »welchen Unfug ich seinem Enkel in den Kopf setzte, und ein für alle Mal klarstellen, was ich über die Familie herumerzählen könne und was nicht«.

»Kommt nicht heim, der Junge«, sagte Buffalo Bill, als ich ihn am Dienstagnachmittag anrief. »Sagt, Sie hätten ihm allerhand Lügen über mich und die Firma erzählt.«

»Sie sollten Ihre Wortwahl sorgfältiger bedenken, Mr. Bysen. Wenn Sie mich der Lüge bezichtigen, kann ich Ihrer Familie zu Ihren anderen Prozessen auch noch eine Verleumdungsklage anhängen. Und ich habe keine Macht über Billy – er entscheidet ganz alleine, was er tun möchte. Wenn ich wieder mit ihm spreche, kann ich ihn fragen, ob er zu einem Treffen mit Ihnen bereit wäre – mehr werde ich nicht tun.«

Am selben Nachmittag kam Morrell mit Billy vorbei – mitsamt Mr. Contreras und den Hunden. Josie ging wieder zur Schule – allerdings nur unter Protest, wie ihre Mutter berichtete. Ich hatte am Vortag das Basketballtraining selbst abgesagt und den Mädchen erklärt, dass ich mich melden würde, wenn ich wieder kräftig genug wäre. Worauf sie mir eine Gute-Besserung-Karte voller guter Wünsche auf Englisch und Spanisch schickten, die fast eine ganze Wand in Lottys Gästezimmer einnahm.

Amy Blount hatte mir bereits von Billy und Josie berichtet, denn es war ihr am Freitag nicht gelungen, die beiden zum Mitkommen zu überreden. Rose Dorrado dagegen hatte offenbar nicht lange gefackelt und ihre Tochter gezwungen, mit nach Hause zu kommen und wieder zur Schule zu gehen.

Amy schilderte mir die Begegnung zwischen Mutter und Tochter, die – wie zu erwarten – ebenso von Wut wie von Freude geprägt war (»Du warst hier, keine drei Kilometer entfernt, sauber, gut versorgt und in Sicherheit, und ich habe nächtelang vor Sorge nicht geschlafen!«).

Billy war zutiefst verstört über das Verhalten seines Vaters und blieb bei Mary Ann. Er hatte seine Großmutter angerufen und auch kurz mit seiner Mutter gesprochen, aber er wollte um keinen Preis nach Hause zurückkehren. Zu Pastor Andrés wollte er auch nicht mehr. Er fand, der Pastor trage auch Schuld an Frank Zamars Tod, weil er den Fabrikbesitzer wegen des Vertrags mit By-Smart unter Druck gesetzt hatte.

Doch in erster Linie blieb Billy bei Mary Ann, weil er nicht mehr die Kraft hatte, ein weiteres Mal das Asyl zu wechseln. Er war beim Pastor untergekommen und bei Josie und zuletzt bei

Mary Ann, und das alles innerhalb von zehn Tagen. Er war zu verwirrt, um sich auf einen neuen Ort einzulassen – und meine einstige Trainerin hatte ihn gerne um sich. Da er sich jetzt nicht mehr verstecken musste, führte er drei- bis viermal am Tag den Dackel spazieren und stürzte sich mit Feuereifer auf den Lateinunterricht, den Mary Ann ihm angedeihen ließ. Die starren Regeln dieser Sprache und die komplexe Grammatik schienen eine Wohltat für ihn zu sein, ein Hort der Ruhe und Ordnung.

Am Dienstag, in Lottys Wohnung, bemühte er sich, mir zu erklären, warum er mit seiner Familie momentan nichts zu tun haben wollte. »Ich liebe sie alle, Dad vielleicht nicht, ich finde es schwer, ihm zu vergeben, dass er Aprils Vater und Mr. Zamar umgebracht hat. Und selbst wenn Freddy und Bron diejenigen waren, die an dem Brand schuld waren, glaube ich, dass es nur wegen Tante Jacqui und – und Dad passiert ist, dass Mr. Zamar gestorben ist. Ich liebe sogar meine Mam und natürlich meine Großeltern, das sind prima Menschen, wirklich, aber – aber ich finde, sie denken nicht weit genug.«

Er vergrub seine Hände in Peppys Fell und sprach weiter – eher zu ihr als zu mir. »Es ist komisch, sie haben so eine große Vision, dass die Firma ein internationaler Gigant werden soll, aber die einzigen Leute, die sie als – als menschlich anerkennen, sind sie selbst. Sie begreifen nicht, dass Josie ebenso eine vollwertige Person ist und ihre Familie und alle Leute, die da in South Chicago arbeiten. Wer nicht als Bysen auf die Welt kommt, zählt nicht. Und wenn sie Bysens sind, können sie sich alles rausnehmen, weil sie zur Familie gehören. Wie Großmutter, die Abtreibung total ablehnt – sie spendet Unsummen an irgendwelche Antiabtreibungsgruppen –, aber als Candy schwanger wurde, hat Großmutter sie in eine Klinik schaffen lassen. Sie waren wütend auf Candy, aber Großmutter hat dafür gesorgt, dass sie eine Abtreibung kriegt, die Josie niemals bekommen würde – nicht dass sie schwanger ist.« Sein Gesicht lief dunkelrot an. »Wir – wir haben auf Sie gehört, ich meine, wegen – na ja, vorsichtig sein –, aber das ist nur ein Beispiel für die Art, wie meine Familie sich benimmt.«

»Dein Großvater möchte mit dir sprechen. Wenn wir das Gespräch in meinem Büro abhielten – würdest du dann kommen?«

Billy kraulte nervös Peppys Hals. »Ich denke schon. Ich denke schon.«

Deshalb begab ich mich zum Missfallen von Lotty am Tag vor Thanksgiving in mein Büro, um mich mit Bysen und seiner Entourage zu treffen. An diesem Tag hielten sich dort so viele Leute auf, dass ich zur Abwechslung froh war über die weitläufigen Räume. Billys Mutter und seine Großeltern waren da, Onkel Roger, der Familienanwalt Linus Rankin und Jacquis Mann, Onkel Gary. Und Mildred selbstredend, die goldene Mappe im Anschlag.

Meiner Mannschaft gehörten Morrell und Amy Blount an, ferner Mr. Contreras, der darauf bestanden hatte, an dem Treffen teilzunehmen – »nur für den Fall, dass diese Bysens sogar am helllichten Tag irgendwas Böses mit Ihnen anstellen wollen; denen trau ich alles zu« –, in Gesellschaft der Hunde. Auch Marcenas Eltern hatten sich eingefunden, weil sie wissen wollten, wer die Personen waren, die ihre Tochter beinahe umgebracht hatten. Ich musste mir aus dem Atelier meiner Mitmieterin fünf Stühle ausborgen, damit alle sitzen konnten.

Billy ließ sich trotzig neben Peppy in der Mitte nieder, nachdem er seine Großmutter kurz umarmt hatte. Er trug ein altes Holzfällerhemd und Blue Jeans, offenbar, um sich von der formellen Kleidung seiner Familie abzusetzen.

Als Billys Großmutter sagte, Linus könne gewiss eine Einigung mit mir erzielen, ging Mr. Contreras in die Luft: »Ihr Sohn hat beinahe meine Kleine hier umgebracht. Glauben Sie vielleicht, Sie können hier reinschneien und mit Ihrer dicken fetten Brieftasche wedeln und ›eine Einigung erzielen‹? Was denn zum Beispiel? Können Sie ihr ihre Gesundheit zurückgeben? Oder wollen Sie den Loves die Haut ihrer Tochter wiedergeben? Können Sie den Papa von diesem armen, kranken Mädchen in der Basketballmannschaft von Herzchen – Vicki – Ms. Warshawski wieder lebendig machen? Was denken Sie sich bloß?«

Mrs. Bysen blickte ihn so bekümmert an, als benehme sich eines ihrer Enkelkinder beim Essen daneben. »Ich habe mich nie in die Geschäfte meines Mannes eingemischt, aber ich weiß, dass er mit Hunderten kleiner Unternehmen zusammenarbeitet. Wir haben beide viel Respekt vor Miss Warshawskis Mut und Unerschrockenheit, und es tut uns sehr leid, dass unser Sohn sich so … nun, dass er getan hat, was er getan hat. In seinem Verhalten kommen unsere Werte nicht zum Ausdruck, das kann ich Ihnen versichern. Ich denke, wenn mein Mann Miss Warshawski einige seiner Ermittlungsaufträge erteilen würde, würde sie angemessen entschädigt werden, da ihr Unternehmen dann an Bedeutung gewinnen würde.«

»Und im Gegenzug?«, erkundigte ich mich höflich.

»Oh, im Gegenzug würden Sie sämtliche Kopien dieser dummen Aufnahme vernichten. Wir wollen nicht, dass die an die Öffentlichkeit dringt, damit ist niemandem geholfen.«

»Und ich kann sie vermutlich auch als Beweis raushalten, falls William sich je vor Gericht verantworten muss«, fügte Linus Rankin hinzu.

Ich schob die Ärmel meines Pullovers hoch und betrachtete sinnend meine violett verfärbten Arme. Ich hatte Morrell gebeten, mich in diesem Zustand zu fotografieren, obwohl es mir zuwider war, mich so zu entblößen. Jetzt allerdings war mir gar nichts peinlich; ich sagte auch nichts, sondern bot Großmutter Bysen und Rankin lediglich die Aussicht auf die geschwollenen Blutergüsse.

»Solche Hilfe will sie nicht«, sagte Billy. »Ihr geht es nicht um Geld, sie … Großmutter, wenn du sie kennen würdest, dann wüsstest du, dass sie nach all den Werten lebt, die du mir vermittelt hast, auch wenn sie keine Christin ist. Sie ist ehrlich, sie kümmert sich um ihre Freunde, sie – sie ist so mutig …«

»Billy.« Ich lachte verlegen. »Das ist ein wunderbares Statement. Ich hoffe, dass ich lange genug leben werde, um auch nur ein Viertel davon zu verdienen. Mrs. Bysen, das Problem sieht folgendermaßen aus: Diese Aufnahme ist nicht mein Eigentum, sondern sie gehört Marcena Love. Für sie kann ich nicht sprechen. Aber ich kann Ihnen und Ihrem Mann einen kleinen Vorschlag unterbreiten: Sie haben mit Williams Taten nichts zu tun gehabt. Nun halten Sie sich auch davon fern. Selbst wenn es stimmt, was Jacqui erzählt – dass nämlich Buffalo Bill ihr aufgetragen hat, Frank Zamar von Fly the Flag zur Räson zu bringen, und dass sie ins Management aufgenommen werden sollte, wenn sie diesen Test bestand –, hat er doch wohl nicht formuliert, dass man die Fabrik in Brand stecken oder Mr. Zamar oder Bron Czernin umbringen soll. Davon gehe ich jetzt einfach aus, ja?« Ich lächelte Bysen und Linus Rankin strahlend an. »Hier also nun mein bescheidener Vorschlag. Widersetzen Sie sich nicht Sandra Czernins Ansprüchen auf die Versicherungssumme nach Brons Tod. Sie sollte die volle Summe von 250 000 Dollar ausgezahlt bekommen; damit wäre für April Czernins medizinische Versorgung gesorgt, und sie könnte sich noch etwas fürs Studium zurücklegen. Zum Zweiten: Sie verschaffen Rose Dorrado eine Stelle in Ihrem Unternehmen und zwar zu dem Lohn, den sie auch bei Frank Zamar bekommen hat. Sie ist eine erfahrene Vorarbeiterin. Sie wird von Ihnen als Vollzeitkraft angestellt und bekommt damit zumindest die kümmerliche Krankenversicherung, die Sie Ihren Leuten gewähren. Und, zu guter Letzt: Sie unterstützen das Basketballprojekt an der Bertha Palmer Highschool mit diesen 55 000 Dollar, um die ich Sie vor einem Monat gebeten habe.«

»Ach ja genau, einen Dollarschein in vierzigtausend Stückchen schneiden, war das nicht Ihr idiotischer Einfall, hnnh?«, versetzte Bysen, der sich nun wieder aufplusterte. »Und für diesen Fahrer, der die Ehe gebrochen hat, soll ich nun noch einen Schein in eine Viertelmillion Stückchen schneiden? Da können Sie doch gleich sagen, ich soll die Leute für ihre Sünden bezahlen …«

»Nicht doch, Lieber.« May Irene legte ihrem Mann besänftigend die Hand aufs Knie. »Und was würden Sie für uns tun, Miss Warshawski, wenn wir zusagen?«

»Ich würde Ihre Aussage unterstützen, dass Ihr Sohn und Ihre Schwiegertochter hinter Ihrem Rücken gehandelt haben und dass Sie mit dem Blutvergießen an der South Side nichts zu tun hatten.«

»Das ist nichts, junge Frau!«, mischte sich Linus Rankin ein. »Das ist lächerlich!«

Ich lehnte mich wieder zurück. »Das ist das Angebot. Akzeptieren Sie es oder nicht, das ist mir einerlei, aber ich werde nicht mehr darüber verhandeln.«

»Das brauchen Sie auch nicht, Ms. War-sha-sky«, platzte Billy wutentbrannt heraus. »Ich werde nämlich Aprils Rechnungen bezahlen, wenn sie Brons Versicherungsanspruch anfechten, und ich werde auch das Basketballprojekt finanzieren. Ich werde ein paar Aktien verkaufen müssen, und dafür brauche ich die Genehmigung meiner Treuhänder, aber wenn die mir das nicht erlauben, leiht mir bestimmt irgendeine Bank Geld, weil die ja wissen, dass ich mit siebenundzwanzig meine Anteile kriege. Solange zahle ich dann eben Zinsen, das werd ich schon schaffen.«

»Das gibt eine super Schlagzeile.« Ich lächelte ihn an. »›Bysen-Erbe pumpt Bank an, um Verpflichtungen seines Opas nachzukommen.‹ Sie können jetzt alle heimgehen und darüber nachdenken. Morgen ist Thanksgiving, da haben Sie ein langes Wochenende zum Überlegen, und am Montag rufen Sie mich an.«

Onkel Gary meinte, er könne sich als der beinharte Sohn erweisen, indem er mir Widerworte gab, aber ich sagte nur: »Wiedersehen, Gary. Ich muss mich ausruhen. Sie dürfen nun alle gehen.«

Die Bysen-Truppe verzog sich murmelnd. Ich hörte, wie Buffalo Bill Gary anraunzte: »Ich hab von Anfang an gesagt, dass Jacqui uns kein Glück bringt. Gibt sich als Christin aus, hnnh. Wenn du in Eden gewesen wärst, hättest du auch auf die Schlange gehört, weil…«

May Irene unterbrach ihn. »Wir haben genug Sorgen im Moment, Lieber, lass uns den Rest unserer Familie lieber hegen und pflegen.«

Meine Mannschaft blieb noch ein Weilchen, erörterte die Unterredung und mutmaßte, wie die Bysens wohl entscheiden würden. Schließlich brach Morrell mit den Loves auf, um Marcena zu besuchen, und Amy fuhr nach St. Louis, wo sie Thanksgiving mit ihren Eltern verbringen wollte. Ich hangelte mich auf meine wackligen Beine und begab mich mit Mr. Contreras und den Hunden zum ersten Mal seit einer Woche wieder in meine eigenen vier Wände. Morgen wollten wir mit Lotty bei Max Loewenthal in Evanston Thanksgiving feiern, aber an diesem Nachmittag war ich froh, in mein eigenes Bett sinken zu können.

48

Tanzendes Rhinozeros

Bei Max Loewenthal stießen Morrell und ich auf eine riesige Menschenmenge, die sich dort zum Thanksgiving-Dinner eingefunden hatte. Das ist Tradition – Max' Tochter reist zu diesem Anlass mit Mann und Kindern aus New York an, seine Musikerfreunde kommen früh und bleiben ewig, und Lotty lädt immer einsame Assistenzärzte aus ihrer Klinik, Beth Israel, ein. Dieses Jahr war auch Mr. Contreras mit von der Partie, überglücklich, dem strengen Regiment seiner Tochter entkommen zu sein, bei der er sonst feiern musste. Als Max von Marcenas Eltern hörte, lud er sie sofort auch ein und schlug sogar vor, dass Billy und Mary Ann McFarlane kommen sollten – er fand die Vorstellung schrecklich, dass Billy, seiner Familie entfremdet, Thanksgiving alleine verbringen musste. Aber Billy half Pastor Andrés beim Verteilen von Truthahn an Obdachlose, und Mary Ann sagte, ihre Nachbarin besorge ihr etwas zu essen, und sie komme gut ohne mich zurecht.

Marcena lag natürlich noch im Krankenhaus, erholte sich aber zusehends und war guter Dinge. Ich hatte sie vor dem Dinner besucht und war in der Intensivstation ihren Eltern begegnet. Die Loves waren seit ihrer Ankunft still und bedrückt gewesen, wurden nun aber zusehends lebendiger, da es mit ihrer Tochter bergauf ging.

Man musste einen Kittel und eine Schutzmaske anlegen, bevor man Marcenas Zimmer betrat, damit man keine Erreger mitbrachte, die ihre neue Haut attackieren konnten. Die Eltern ließen mich alleine, da Marcena nur zwei Besucher zugleich haben durfte, und ich betrat auf Zehenspitzen den Raum.

Marcenas Kopf war rasiert und bandagiert, ihre linke Wange war durch einen Bluterguss verunstaltet, und ihr Körper steckte in einer Art Kasten, der mit Laken bedeckt war und ihre neue Haut schützte. Aber in ihren Augen entdeckte ich einen Anflug der alten Tollkühnheit.

Marcena bemerkte, wir sähen beide wie Untote aus mit unseren rasierten Köpfen und blauen Malen. »Wir hätten zu Halloween so auftreten sollen, nicht an Thanksgiving. Was war das für ein Ding, das mich gehäutet hat?«

»Ein handbetriebenes Förderband, eine Art Karren«, sagte ich. »Hast du jemals so was gesehen in Brons Laster? Sie benutzen die Teile, um schwere Lasten raus- und reinzutransportieren. Es hätte festgebunden sein müssen, aber entweder war es ihnen einerlei, oder sie hatten gehofft, dass es uns übel zurichten würde. Dich wollten sie ja auf der Mülldeponie abladen wie mich, aber Mr. William war zu blöde und hat dich stattdessen auf den Golfplatz befördert.«

»Und Mitch war mein Lebensretter, hat Morrell erzählt. Eine Schande, dass Hunde nicht ins Krankenhaus dürfen. Ich würde ihm gern einen fetten Schmatz verpassen. Wieso bist du glimpflicher davongekommen als ich?« Ihre Augen wirkten zwar lebhaft, aber das Sprechen fiel ihr noch schwer; ich sah eine Morphiumpumpe zwischen den diversen Gerätschaften neben ihrem Bett.

Ich zuckte die Achseln. »Glücksfall. Du hast einen furchtbaren Schlag auf den Kopf bekommen, als der Gabelstapler runterstürzte, ich war noch bei Bewusstsein.« Ich fragte sie, ob sie sich an Ereignisse davor erinnere könne, wie sie zum Beispiel aus dem Gabelstapler gesprungen war, aber sie wusste nur noch, wie sie in Billys Miata hinter der Fabrik angehalten hatten, konnte nicht einmal mit Bestimmtheit sagen, wer dort gewesen war, Tante Jacqui oder Buffalo Bill selbst.

Ich berichtete, dass ich mich im Besitz ihres Füller-Recorders befand, ihn aber vorerst behalten wolle, um abzuwarten, wie sich das juristische Procedere entwickelte. »Die Staatsanwaltschaft wird ihn womöglich beschlagnahmen wollen. Ich habe ihn in einem Banksafe deponiert, damit die Bysen-Mafia ihn nicht aus meinem Büro stehlen kann, aber deren Anwälte bemühen sich jetzt natürlich ohnehin, die Aufnahmen unter Verschluss zu halten.«

»Du kannst ihn behalten, wenn du mir eine Kopie vom Inhalt zukommen lässt. Morrell hat erzählt, dass William und Pat Grobian wegen Mordes an Bron verhaftet wurden. Besteht überhaupt eine Chance, dass man sie verurteilt?«

Ich machte eine ungeduldige Handbewegung. »Die ganze Justizgeschichte wird ein langer, öder Kampf werden, und es wäre erstaunlich, wenn sie zu einem Urteil kommen, bevor Billy selbst erwachsene Enkel hat. – Marcena, wie viel von dieser ganzen Sache wusstest du, bevor Bron umgebracht wurde? Wusstest du, dass er für den Brand verantwortlich war?«

Marcena errötete leicht. »Ich bin zu tief in die Sache reingeraten. Deshalb kriege ich immer die detailreichsten Storys überall – weil ich mich in das Leben der Betreffenden hineinbegebe. Morrell meint, ich manipuliere damit die Dinge, über die ich berichte, aber das stimmt nicht. Ich nehme teil, ich mache keine Vorschläge, urteile nicht, ich beobachte nur – das ist auch nichts anderes, als wenn Morrell mit einem Stammeshäuptling in Afghanistan an einem Überfall teilnimmt.«

Sie holte tief Atem und fuhr dann mit gedämpfter Stimme fort: »Dieser Fabrikbesitzer, wie hieß er wieder, Zabar? Nein, genau, Zamar – der sollte nicht sterben. Und als Bron beschloss, diesen Kerl da, diesen Gangtypen, Freddy, mit einzubeziehen, hab ich ihm gesagt, der sei wohl nicht der Hellste, aber Bron meinte, er könne nicht selbst in die Fabrik, weil dort die Mutter der besten Freundin seiner Tochter arbeitet, und die würde ihn erkennen, falls sie ihn zufällig sähe. Aber ich habe ihm dabei geholfen, dieses Ding in seiner Werkstatt anzufertigen – seine Tochter war in der Schule, seine Frau bei der Arbeit.«

Ihre Augen funkelten bei der Erinnerung. Man brauchte nicht viel Fantasie, um sich die Szene vorzustellen: Sex im Ehebett, während die Frau bei By-Smart an der Kasse stand. Marcena hatte zur Entstehung einer Mordwaffe beigetragen, aber sie erinnerte sich nur an den Sex und das Abenteuer. Vielleicht würden sich noch andere Gefühle einstellen, wenn sie wieder genesen war – sie musste noch zwei große Operationen durchstehen, bevor sie entlassen werden konnte.

Offenbar sah sie mir meine Gedanken an, denn sie sagte: »Du bist ein bisschen prüde, Vic, oder? Du gehst doch selbst ziemlich viele Risiken ein – du wirst doch nicht behaupten, dass du nicht diesen Adrenalinkick kennst, wenn man sich aufs Eis wagt.«

Ich tastete unwillkürlich nach meinem Kopfverband. »Adrenalinkick? Vielleicht geht mir das ab. Ich gehe Risiken ein, um meine Aufträge zu erledigen – ich nehme keine Aufträge an, um Risiken eingehen zu können.«

Sie wandte das Gesicht ab, ungeduldig oder beschämt – ich würde ihre Denkweise nie begreifen können.

»Was war mit diesem Privattreffen mit Buffalo Bill?«, fragte ich. »Hat er seine ganzen schmutzigen Geschäftspraktiken offenbart?«

»Nicht so wortreich. Aber nach ein paar bewundernden Bemerkungen meinerseits hat er mehr preisgegeben, als ihm bewusst war. Ich würde sagen, der Mann ist ziemlich paranoid, nicht krankhaft, aber genug, um die Welt permanent als Feind zu betrachten – was gewiss das Motiv hinter seiner Erfolgsstory ist. Mit viel ›hnnh, hnnh‹ hat er zum Beispiel erzählt, dass es nötig ist, Müll auf den Parkplätzen von kleineren Läden zu deponieren, um die Kunden davon zu überzeugen, dass es smart ist, bei By-Smart zu kaufen.«

»Du hast also eine schöne Story«, sagte ich höflich.

Sie lächelte matt. »Nicht schlecht jedenfalls, auch wenn ich mich nicht mehr an den Höhepunkt erinnern kann. Bis auf den armen Bron. Er war so gierig, dass er einfach nicht auf die Idee kam, es könnte eine fette Dynamitstange in der Möhre stecken, mit der sie vor seiner Nase gewedelt haben.«

»›Gierig‹ finde ich nicht das richtige Wort«, widersprach ich. »Er suchte verzweifelt nach einer Möglichkeit, seiner Tochter zu helfen, und war deshalb bereit, über die mögliche Gefahr hinwegzusehen.«

»Mag sein, mag sein.« Marcena wurde zusehends blasser, sie senkte ihr Bett ab und schloss die Augen. »Tut mir leid, bin völlig groggy, ich schlafe ständig ein.«

»Wenn du rauskommst, wirst du dich schnell erholen«, sagte ich. »Im Handumdrehen bist du wieder in Fallujah oder Kigali oder wo es grade ein Kriegsgebiet gibt.«

»Hnnh«, murmelte sie. »Hnnh, hnnh.«

Als ich wieder im Wagen saß, brachte ich kaum die Energie auf loszufahren. »Prüde« hatte sie mich genannt. War ich das wirklich? Neben Marcena kam ich mir wie irgendein massiges, schwerfälliges Wesen vor, ein Rhinozeros etwa, das versuchte, um einen Greyhound herumzutänzeln. Ich hatte gute Lust, nach

Hause zu fahren und den Rest des Tages im Bett zu verbringen, Football zu schauen und mich und meinen misshandelten Leib ausgiebig zu bemitleiden. Aber als ich heimkam, war Mr. Contreras schon startklar zum Aufbruch. Er hatte eine große Kasserolle mit Süßkartoffelauflauf nach dem Rezept seiner Frau gekocht und verpackt, die Hunde gestriegelt, bis ihr Fell schimmerte, und ihnen orange Schleifchen um den Hals gebunden – Max hatte gesagt, er dürfe die Hunde mitbringen, wenn sie sich anständig benähmen und ich bereit wäre, die Verantwortung für etwaige Verwüstungen im Garten zu übernehmen.

Abends, als wir viel zu viel gegessen hatten, wie es an solchen Tagen üblich ist, und ich mit den Hunden in den Garten ging, kam Morrell herausgehinkt. Er konnte jetzt manchmal schon ein Weilchen ohne Stock gehen, ein gutes Zeichen.

Da wir den ganzen Tag in Gesellschaft gewesen waren und ich das Football-Spiel angeschaut hatte, während Morrell sich mit Marcenas Vater über Politik unterhielt, waren wir noch keine Minute alleine gewesen. Es wurde schon dunkel, aber der Garten war von einer hohen Mauer umgeben, die einen vor den heftigsten Winden vom See schützte. Wir setzten uns unter das Spalier, an dem noch ein paar späte Rosen blühten und einen schwachen süßen Duft verströmten. Ich warf Stöckchen für die Hunde, um Mitch vom Buddeln abzuhalten.

»Ich war eifersüchtig auf Marcena.« Ich wunderte mich, dass ich imstande war, das auszusprechen.

»Ich möchte dir ja nicht zu nahe treten, Liebste, aber ein sibirischer Tiger im Wohnzimmer ist weniger durchschaubar als du.«

»Sie hat so viel geleistet und sich so oft in Gefahr begeben.«

Morrell sah mich bestürzt an. »Victoria, wenn du dich noch öfter in Gefahr begeben hättest, wärst du vermutlich längst tot, bevor wir uns überhaupt kennen gelernt hätten. Was willst du? Fallschirmspringen ohne Fallschirm? Den Mount Everest ohne Sauerstoffvorrat besteigen?«

»Unabhängigkeit«, antwortete ich. »Ich handle, weil Menschen mich brauchen oder ich das zumindest glaube – Billy, Mary Ann, die Dorrados. Marcena handelt aus Abenteuerlust. Wir sind von einem ganz anderen Geist beseelt.«

438

Er hielt mich fest in den Armen. »Ja, ich verstehe – dir kommt es vor, als sei sie frei, und du fühlst dich beengt und verpflichtet. Ich weiß nicht recht, was ich dazu sagen soll, aber – mir ist es wichtig, dass ich mich auf dich verlassen kann.«

»Aber genau das bin ich leid, dass sich alle Leute auf mich verlassen.« Ich schilderte ihm meine Vision vom Rhinozeros und dem Greyhound.

Worauf er lauthals loslachte, aber meine Hand nahm. »Vic, du siehst wunderschön aus, wenn du dich bewegst, aber auch, wenn du still liegst – nicht, dass das oft vorkäme. Ich liebe deine Energie, und du siehst sehr elegant aus, wenn du läufst. Hör um alles in der Welt auf, eifersüchtig zu sein auf Marcena. Ich kann mir nicht vorstellen, wie du so nebenbei mit Bron Czernin in dessen Werkstatt ein tödliches Ding bastelst und das dann auch noch der Polizei verschweigst, um deine große Story nicht platzen zu lassen. Und nicht deshalb, weil du so furchtbar anständig bist, sondern weil du dein Hirn benutzt, okay?«

»Okay«, sagte ich, nicht ganz überzeugt, aber bereit, das Thema fallen zu lassen.

»Apropos Eifersucht: Was hat Sandra Czernin eigentlich gegen dich?«, erkundigte sich Morrell.

Ich spürte, wie ich purpurrot anlief. »Als wir zusammen auf der Highschool waren, hab ich ihr mit ein paar anderen einen üblen Streich gespielt. Mein Cousin Boom-Boom hat sie zum Abschlussball eingeladen. Meine Mutter war gerade gestorben, mein Vater wollte nicht, dass ich mich mit Jungen verabrede, und Boom-Boom hatte gesagt, ich könne mit ihm hingehen. Aber dann kriegte ich mit, dass er eigentlich Sandra gebeten hatte und ich das fünfte Rad am Wagen sein würde, und bin ausgerastet. Sandra und ich waren schon öfter aneinandergeraten, und die Sache mit dem Abschlussball war für mich der ultimative Betrug. Sie ließ sich auf Sex mit ziemlich vielen Jungen ein, und das wussten wir Mädchen auch alle, aber ich war mir nicht sicher, ob Boom-Boom es wusste. Sandra war hübsch damals, auf so eine weiche Art, wie eine Perserkatze, und ich schätze mal – ach, lassen wir das. Jedenfalls war ich furchtbar wütend, und die Mädchen aus meiner Basketballmannschaft und ich, wir haben Sandras Unterwäsche aus ihrem Schrank gestohlen, als sie im Schwimmbad war – damals gab es noch ein Schwimmprojekt an der Bertha Palmer. In der Nacht vor dem Abschlussball sind wir in die Sporthalle eingestiegen, haben die Seile hochgezogen und ihre Unterhose drangehängt, mit einem großen roten S drauf, und daneben Boom-Booms Schulsweater mit dem B drauf. Als Boom-Boom dahinterkam, dass ich das angezettelt hatte, sprach er monatelang kein Wort mehr mit mir.«

Morrell brüllte vor Lachen.

»Das ist nicht komisch!«, schrie ich.

»O doch, Warshawski, ist es. Du bist echt ein Kampfhund. Vielleicht nicht gerade vom Geist der Abenteuerlust beseelt, aber wie dein Geist auch sein mag – er hält jedenfalls ziemlich viele Leute in Atem.«

Das war wohl als Kompliment gemeint, und so versuchte ich, es mit Würde anzunehmen. Wir blieben im Garten sitzen, bis ich vor Kälte zitterte. Nach einer Weile begaben wir uns zu Morrell nach Hause, die Hunde im Schlepptau – jemand, der auch in den Loop fuhr, erbot sich, Mr. Contreras mitzunehmen. Den größten Teil des Wochenendes verbrachten wir im Bett und spendeten uns mit unseren verletzlichen und verwundeten Körpern so viel Trost wie nur möglich auf Erden.

Am Montag rief Mildred an, das Faktotum der Bysens, um mir mitzuteilen, dass sie Sandra Czernin einen Scheck ausgeschrieben hatten und ihn per Boten zu ihr schickten. »Im Übrigen hat Rose Dorrado heute Morgen ihre Stelle als Aufsicht in unserem Geschäft an der 95th Street angetreten. Und Mr. Bysen möchte etwas Besonderes für die Bertha Palmer Highschool tun, da er dort selbst zur Schule gegangen ist. Diesen Sommer soll eine Sporthalle gebaut werden, und im Winter wird er sowohl für die Basketballmannschaft der Mädchen als auch der Jungen neue Trainer einstellen. Heute Nachmittag wird es aus diesem Anlass eine Pressekonferenz in der Schule selbst geben. Wir wollen ein ganzes Programm für Teens starten, das Bysen-Zukunft-Projekt. Es soll Jugendlichen helfen, bei ihrer Sportschulung auf christliche Werte zu achten.«

»Das sind ja großartige Neuigkeiten«, sagte ich. »Mr. Bysens christliche Praktiken werden in der South Side gewiss gut ankommen.«

Mildred wollte offenbar fragen, was ich damit meinte, entschied sich dann aber für einen Themenwechsel und fragte nur nach meiner Faxnummer, damit sie mir die vollständigen Infos schicken konnte.

Die Pressekonferenz fand vor dem Basketballtraining am Montag statt, weshalb die Mädchen so überdreht waren, dass sie sich hinterher kaum aufs Spiel konzentrieren konnten. Ich schickte sie schließlich früher nach Hause, verkündete aber, sie müssten dafür am Donnerstag doppelt so lang trainieren.

Das Bysen-Zukunft-Projekt würde erst ab nächsten Herbst starten, was für mich bedeutete, dass ich meinen Job als Trainerin für den Rest der Saison nicht loswurde. Zu meinem eigenen Erstaunen stellte ich allerdings fest, dass ich froh darüber war, noch eine Weile in Kontakt zu bleiben mit den Mädchen.

In den tristen Wintermonaten flog Billy nach Korea, um seine Schwester zu besuchen. Er brachte sie mit nach Hause, und die beiden kauften sich zusammen eines der kleinen Häuser, an denen Pastor Andrés mitgearbeitet hatte. Ich hatte den Eindruck, dass die Leidenschaft zwischen Josie und Billy ziemlich erloschen war. Verantwortungsvoll, wie Billy war, kümmerte er sich weiter um sie und achtete darauf, dass sie fleißig für die Schule lernte, aber er verwandte seine Energie jetzt vor allem auf ein Projekt, das er und seine Schwester ins Leben gerufen hatten. Es nannte sich »The Kid for Kids« und ermöglichte jungen Menschen aus der South Side Lernhilfe und Jobtraining.

Kurz nach Beginn des neuen Jahres bekam April ihren Defibrillator eingesetzt. Es würde noch ein paar Monate dauern, bis sie wieder zur Schule gehen konnte, aber sie kam zu den Heimspielen der Lady Tigers, wo sie von den anderen Mädchen wie eine Art Maskottchen behandelt wurde. Celine und Sancia, die beiden Wortführerinnen der Mannschaft, widmeten ihr feierlich die Spiele.

Sandra benutzte einen Teil der Versicherungssumme für einen Anbau an ihrem Haus, damit ihre Eltern dort einziehen und sich um April kümmern konnten. Dann erstand sie einen gebrauchten Saturn, doch den Rest des Geldes legte sie für April an. Sie wusste sehr wohl, dass sie die schnelle Übersendung des Geldes ohne juristische Querelen mir zu verdanken hatte, war aber, als wir uns in der Highschool begegneten, gehässig wie eh und je.

Während des Winters musste ich bei diversen Anwälten, die sich nun mit By-Smart befassten, Aussagen zu Protokoll geben. Was sich jetzt abspielte, war die übliche mühsame Prozedur, bestehend aus Offenlegung von Unterlagen, Ermittlung, Antrag, Vertagung und so fort – ob es zu meinen Lebzeiten einen Prozess geben würde, wagte ich nicht zu ermessen.

Unerhört fand ich die Tatsache, dass Grobian seine Stelle im Lagerhaus wahrhaftig wieder angetreten hatte. Billy errötete beschämt, als ich ihn darauf ansprach, und sagte, sein Großvater bewundere Grobians Durchsetzungsfähigkeit. William dagegen war auf längere Zeit beurlaubt; Buffalo Bill konnte seinem Sohn nicht verzeihen, dass er ihm den Tod gewünscht hatte. Und Gary hatte die Scheidung von Tante Jacqui eingereicht, ein weiterer Rechtsstreit, der sich über ein paar Jahrzehnte hinziehen konnte. Tante Jacqui war gewiss nicht bereit, kampflos auf die Bysen-Milliarden zu verzichten.

Die einzig positive Sache, die bei dem Bysen-Fiasko heraussprang, war eine Entspannung in meiner Beziehung zu Conrad. Nach dem Basketball-Training trafen wir uns ab und an auf einen Kaffee oder Whiskey. Morrell erzählte ich nichts davon; Conrad und ich waren schließlich alte Freunde und konnten ruhig mal zusammen ausgehen. Und Conrad wohnte immerhin nicht bei mir, wie Marcena bei Morrell in ihrer gesamten Rekonvaleszenzzeit. Selbst wenn Morrell mein Verantwortungsbewusstsein ihrer Leichtfertigkeit vorzog, passte es mir dennoch nicht, dass sie jedes Mal im Wohnzimmer herumsaß, wenn ich zu Morrell kam.

Wären wir bei Disney, wären wir in einer Art Märchen, würde ich nun berichten, dass meine Lady Tigers sämtliche Spiele auf Bezirks- und auf Landesebene gewannen. Ich würde erzählen, dass sie um ihr Leben spielten für mich, ihre angeschlagene Trainerin, und für Mary Ann, die wir im Februar gemeinsam zu Grabe trugen. Aber meine Welt sieht anders aus. Meine Mädchen gewannen fünf Spiele in der gesamten Saison; im Vorjahr waren es zwei gewesen. Mehr Triumph gab es nicht.

An dem Tag, nach dem die Saison für die Tigers zu Ende ging, aß ich mit Lotty zu Abend und gestand ihr, dass ich enttäuscht und mutlos war. Sie runzelte missbilligend die Stirn.

»Victoria, du weißt doch, dass mein Großvater, der Vater meines Vaters, ein sehr gottesfürchtiger Jude war.«

Ich nickte verblüfft. Lotty sprach selten über ihre Familienangehörigen, die alle tot waren.

»In dem schrecklichen Winter 1938, in dem wir zu fünfzehnt in zwei Zimmern im Ghetto von Wien lebten, versammelte er alle seine Enkel um sich und erzählte das: Die Rabbis sagen, wenn man stirbt und sich vor der göttlichen Gerechtigkeit verantworten muss, bekommt man vier Fragen gestellt: Warst du ehrlich und gerecht in deinen Geschäften? Hast du dich deiner Familie liebend zugewandt? Hast du die Tora studiert? Und die wichtigste Frage: Hast du in Hoffnung auf das Eintreffen des Messias gelebt? Wir hatten damals nicht genug zu essen und Hoffnung schon gleich gar keine, aber er weigerte sich, die Hoffnung aufzugeben, mein Zeyde Radbuka.

Ich glaube nicht an Gott, geschweige denn an den Messias. Aber von meinem Zeyde habe ich gelernt, dass man die Hoffnung niemals aufgeben darf, die Hoffnung, dass man mit seinen Bemühungen etwas bewirken kann in der Welt. Du tust das, Victoria. Du kannst nicht mit einem Zauberstab wedeln und die Ruinen der stillgelegten Stahlwerke verschwinden lassen oder die kaputten Lebensgeschichten in South Chicago wieder heil machen. Aber du bist in deine einstige Heimat zurückgekehrt, hast drei Mädchen, die sich niemals eine Zukunft ausgerechnet hätten, dazu gebracht, sich um eine Zukunft, um ein Studium zu bemühen. Du hast Rose Dorrado einen Job verschafft, damit sie ihre Kinder ernähren kann. Wenn der Messias jemals kommt, dann nur wegen Menschen wie dir, die sich zäh und unermüdlich darum bemühen, in dieser gnadenlosen Welt etwas auszurichten.«

Das war ein kleiner Trost, und an diesem Abend schien er mir kärglich. Doch im Laufe des langen Winters spürte ich, wie mich die Hoffnung von Lottys Großvater wärmte.

Danke

Helen Martin, M.D., hat mir sehr geholfen, indem sie mir das QT-Syndrom erklärt hat, an dem ein Mädchen aus V.I.s Basketball-Mannschaft leidet. Ich bin sehr dankbar für ihre Informationen über die Krankheit, Symptome und Behandlungsmöglichkeiten. Dank auch an Dr. Susan Riter, die uns zusammengebracht hat.

Mr. Kurt Nebel, der Leiter der CID Recycling and Disposal Facility an der 138th Street, nahm sich viel Zeit, um mir detailgenau zu schildern, wie und wo sich die Stadt Chicago ihres Mülls entledigt. Dave Sullivan hat diesen für mich sehr wichtigen Kontakt hergestellt und auch viel Zeit mit mir in den Kirchen von South Chicago zugebracht; ich bin dankbar für all meine Erlebnisse in diesem geplagten Viertel.

Die City of Chicago produziert täglich zehntausende Tonnen Müll; damit zurechtzukommen, ist eine monumentale Aufgabe. Obwohl die Mülldeponien von Chicago in den letzten Jahren die Grenzen ihrer Aufnahmefähigkeit erreicht haben und die meisten Abfälle aus der Stadt transportiert werden, habe ich die Deponie an der 122nd Street in diesem Buch noch als benutzt dargestellt.

Vielen Dank an Janice Christiansen, Geschäftsführerin von FlagSource, die es mir ermöglicht hat, ihre Fabrik zu besichtigen, und an Beth Parmley für ihre lebendige und informative Führung. Sie hat auch den Unfall im Kapitel 44, »Der Aufnahmeengel oder -teufel?« vorgeschlagen. Sandy Weiss von Packer Engineering hat diesen Kontakt für mich hergestellt und mir wichtige technische Informationen zur Verfügung gestellt sowie Fotos des Unfalls. Es gibt keinerlei Übereinstimmungen zwischen Fly the Flag und FlagSource.

Judi Phillips hat mir bei der Gestaltung des Gartens aus V.I.s Kindheit geholfen. Kathy Lyndes hat mir mit Zeit und Rat zur Seite gestanden und überdies die mühselige Aufgabe der letzten Durchsicht des Manuskripts auf sich genommen. Ebenfalls sehr hilfreich waren Jolynn Parker und die Fact Factory. Calliope hat dafür gesorgt, dass ich nicht vor dem Computer verkümmere, indem sie mir in passenden Augenblicken meine Schuhe stahl. Der Senior C-Dog hat sich wie immer der kniescheibengefährdenden Tätigkeit als erster Leser, erster Lektor und Erfinder von Kapitelüberschriften unterzogen.

Mein ganz besonderer Dank geht an Constantine Argyropoulos für die CDs von V.I.s Musik, die er zusammengestellt hat und auf denen alle Stücke zu hören sind, die V.I. im Laufe der Jahre gesungen oder gehört hat. Nick Rudall war zuständig für Coach McFarlanes Latein.

Dieses Buch ist frei erfunden. Nichts daran soll auf die Realität des heutigen Amerika verweisen. Für NFL-Puristen: Das Spiel Kansas City gegen New England im Jahre 2004 habe ich vom 22. auf den 15. November verlegt. Für Leser, die finden, dass V.I. multinationalen Konzernen nicht genügend Achtung entgegenbringt: Bedenken Sie bitte, dass sie eine frei erfundene Figur ist, deren Ansichten nicht notwendigerweise identisch sind mit denen des Managements.

Inhalt